러시아 문학과 사상

푸시킨·고골·도스토옙스키·톨스토이·체호프

이영범 저

보고사
BOGOSA

머리말

러시아 문학의 기원은 동슬라브족(러시아 민족, 우크라이나 민족, 벨라루스 민족)에게 문자 문학이 생기기 오래전의 전설, 민담, 속담, 설화 등 다양한 구비문학적인 소재들이 10세기경에 출현한 키릴문자로 표현되었을 때부터 시작되었다.

러시아는 르네상스 단계를 거치지도 못하고, 서구에 비해 상당히 늦게 출발했음에도 불구하고, 표트르 대제의 서구화 정책으로 인해 문화와 예술, 과학 기술, 관습과 종교 등 거의 전 영역에서 그 이전에 비해 괄목상대할 정도로 변화됨과 동시에 비약적인 수준의 진화와 발전이 이루어졌다. 한편, 러시아의 사상가들과 문학자들은 서구의 문화와 사상 등을 비판적으로 수용해 러시아만의 독자적인 발전 방향을 추구하려고 노력했다. 예를 들어, 1840년대에 벌어진 서구주의자와 슬라브주의자 간의 치열한 논쟁이 이에 해당한다. 19세기 초 '러시아 시의 황금기 최고 시인'이자 '국민 시인'으로 불리는 푸시킨은 "러시아는 그 지리적 위치, 정치적 상태 등으로 유럽을 재판하는 법정이며, 러시아인은 유럽의 비판자다"라고 선언했다.

이 책에 소개되는 러시아 대문호들(푸시킨, 고골, 도스토옙스키, 톨스토이, 체호프)은 각 작가의 작품 속에서 훌륭한 러시아 여성의 형상을 창조했다. 예를 들어, 푸시킨의 운문 형식의 산문 소설 〈예브게니 오네긴〉 여주인공 타티야나, 톨스토이의 장편 〈안나 카레니나〉의 안나 카레니나 등이 그러한 형상에 해당한다.

러시아의 정치와 철학 및 사상, 그리고 비평 등 다양한 분야에서 활동한 훌륭한 사상가이자 혁명가였던 게르첸은 말했듯이, 러시아 문학은 어떤 정치적 자유조차 없던 민중의 분노와 인텔리겐차(지성인)의 양심의 외침을 전달하는 연단으로서 그 사명을 감당했다. 이처럼 러시아 문학은 민중의 열악한 삶의 상태와 사회적 환경을 개선하는 길이자 도구로서 커다란 역할을 했다. 특히 푸시킨을 비롯한 고골, 투르게네프, 도스토옙스키, 톨스토이, 체호프와 같은 19세기의 위대한 러시아 문학의 거장들은 그 당시 서구에 비해 크게 뒤떨어진 러시아 사회의 개선과 인간과 인권을 중시하는 휴머니즘과 이에 토대가 되는 인문 정신 및 사회사상의 탐구 등에 있어서 커다란 역할을 했다. 또한, 그들은 국민적 의의를 지닌 중대한 문제를 국민(민중)의 편에서 국민에게 이익이 되는 방향으로 해석하려는 입장을 취했다. (참고로 이 책은 전제주의 체제하의 19세기의 민중을 염두에 두었음을 강조하므로, 여기서 '국민'이란 말은 '민중'을 의미함.)

19세기 러시아는 전제주의 제도와 농노제도 등 여러 영역에서 후진적인 정치. 경제 체제 등 비민주적인 사회 환경에 있었다. 이처럼 열악한 사회적 환경과 조건 속에서 19세기 러시아 문학은 1세기라는 매우 짧은 기간에 서구 문학을 앞지를 정도로 비약적인 발전을 이루게 되었다. 고골, 투르게네프, 도스토옙스키, 톨스토이, 체호프와 같은 대문호들은 '러시아 민중성의 최고 표현자', '다양한 문학 장르의 천재 작가', '러시아 국민 문학의 아버지' 등으로 불리는 푸시킨이 낸 '비판적 사실주의의 길'을 따라가며, 그리고 그 길을 더 단단히 다져가면서, 왕성한 창작활동을 통해 사실주의 문학을 번영하게 했다.

17세기에 표트르 대제의 서구화 정책과 더불어 진행된 러시아 근대문학은 18세기 초부터 프랑스를 비롯한 영국 등의 영향을 받아 19세기에 이르러 러시아만의 고유한 특징을 지닌 세계 최고 수준에 도달했다. 즉, 서구(유럽)의 관점에서 러시아 문학이 세계문학에 커다란 영향을 끼친 전성기는 19세기였다. 따라서 19세기 러시아 근대문학의 대문호들(푸시킨, 고골, 투르게네프, 도스토옙스키, 톨스토이, 체호프 등)은 셰익스피어, 괴테, 세르반테스 등에 비견되는 작가들이다. 러시아 사상과 철학, 정치, 종교, 역사, 문화와 예술, 사랑, 젠더, 결혼과 이혼 등 다양한 주제를 연구한 자료로 쓴 이 책이 러시아 문학과 문화 및 예술에 대한 이해와 러시아인의 정체성 탐구 등에 작은 도움이 되길 바란다. 끝으로 이 책을 출판해 주신 보고사 김흥국 사장님과 꼼꼼히 편집을 맡아주신 이경민 편집자님께 감사를 드린다.

2022년 8월
우암산 기슭 연구실에서
저자 이영범

목차

제1장

푸시킨의 작품 세계와 사상

1. 푸시킨의 생애와 작품 세계

인간을 둘러싸고 있는 현실을 올바르게 묘사하는 것이 사실주의다. 19세기 러시아의 비판적 사실주의 문학은 이전의 모든 경향과 전통의 통합과 발전 속에서 형성되었으며, 사회적 상황과 역사적 시대 상황과 긴밀한 관계를 맺고 있다. 따라서 그 이전의 문학적 경향에 비해 사회적 시각이 넓어지고 역사에 대한 인식이 깊고 넓어졌을 뿐만 아니라, 사회 현실의 모순, 부정과 부패, 비리 등에 대한 강력한 비판. 폭로, 풍자가 가해졌다.

러시아 최고의 낭만주의 시인이자 사실주의 작가인 푸시킨(1799~1837)은 모스크바 귀족 가문에서 출생했다. 그의 어머니는 18세기에 표트르 대제의 총애를 받았던 에티오피아의 한니발 장군의 손녀였다. 곱슬머리와 검은 피부를 가진 푸시킨은 자기의 몸속에 에티오피아인의 피가 흐르고 있다는 데 대해 항상 자랑스럽게 생각하였다. 어린 시절에 그는 프랑스인 가정교사로부터 교육을 받으며 자랐고, 유모 아리나 로지오노브나로부터 러시아어 읽기와 쓰기를 배웠을 뿐만 아니라 러시아 민담과 민요를 들었다. 또한, 그는 유모를 통해서 러시아 민중의 삶에 대해 깊이 동정하고 이해했으며, 러시아 민간 전래 문학에 관해서도 관심과 흥미를 갖게 되었다. 그는 12살 되던 해인 1811년 6년제 귀족자제 교육기관인 리체이에 입학했다. 천재 시인 푸시킨은 이 학교에 다니면서 120여 편의 시를 썼다. 리체이를 졸업한 후 외무성 관리로서 잠시 근무하던 중 진보적 문학 서클인 '녹색 램프'에 가입해 미래의 데카브리스트들과 교류했다. 그는 이 무렵 진보적인 시 〈자유〉, 〈차다예프에게〉, 〈마을〉을 발표했는데, 이로 인해 남러시아로 유형을 당했다.

그는 캅카스(코카서스)에서 바이런의 작품을 읽고, 그 영향을 받아 바이런 풍의 시를 쓰기도 했다. 그리고 키시네프(키시나우)에서는 낭만적이고 이국적인 냄새를 풍기는 작품들-〈캅카스(코카서스)의 포로〉, 〈바흐치사라이의 분수〉, 〈도둑 형제〉 등-을 발표했고, 운문 형식의 산문 소설 〈예브게니 오네긴〉을 집필하기 시작했다. 그는 미하일롭스코예 영지에서 〈예브게니 오네긴〉과 〈집시들〉을 집필하던 중 1825년에 데카브리스트 난이 발생하지만, 격리된 신분이어서 이 난에 참여하지 못한다. 여기서 그는 비극 〈보리스 고두노프〉를 완성했다. 니콜라이 1세는 데카브리스트 난을 평정한 후 푸시킨을 모스크바로 소환해 그의 작품을 직접 검열하고 감독하였다. 푸시킨은 1830년 가을 볼디노 영지에서 〈예브게니 오네긴〉, 작품집 『벨킨 이야기』, 4편의 〈작은 비극〉 등 많은 작품을 썼다. 그는 1828년 겨울 모스크바에서 만난 16세의 나탈리야 곤차로바의 미모에 반해, 그 이듬해 봄에 청혼했으나 그녀의 부모로부터 거절당한다. 그러나 그는 다시 청혼하여 결국 1831년 2월에 모스크바에서 결혼식을 올리게 된다. 그해 가을 페테르부르크로 이주해 살던 중 1833년에 〈예브게니 오네긴〉을 발표하고, 그해 여름에 볼디노를 방문해 〈스페이드의 여왕〉, 〈대위의 딸〉, 〈청동 기마상〉 등을 집필하기 시작한다. 수도 페테르부르크의 사교계에서 상당한 인기를 끌었던 그의 아내는 사치스럽고 호화로운 생활을 좋아해서 많은 빚을 지게 되었다. 또한, 그녀는 남편의 문학적 재능이나 지적 활동에는 무관심했다. 니콜라이 1세와 자기의 아내와의 염문설이 떠도는 중에 그는 황제 시종관으로 임명되어 근무하게 되는 굴욕을 겪어야 했다. 푸시킨은 1836년에 고골의 도움을 받아 문학 잡지『동시대인』을 발행하고, 이 잡지에 〈대위의 딸〉을 연재했다. 자기의 아내와 황제와의 염문설에 이어 네덜란드 대사의 양아들이자 프랑스인 청년 장교 단테스와의 염문설로 인해 괴롭힘을 당한 푸시킨은 단테스에게 결투를 신청한다. 단테스와 결투하여 치명상을 입은 그는 1837년 1월 7일에 사망했다. 황제 정부는 국민들의 조문시위를 두려워한 나머지 한밤중에 그의 관을 미하일롭스코예 부근의 스뱌토고르스크 수도원으로 옮겨 비밀리에 장례식을 치르도록 명령했다.

푸시킨은 '러시아 국민 문학의 아버지', '위대한 국민 시인' 등으로 불린다. 그는 1812년 조국전쟁의 승리로 고무된 러시아 민족의 애국주의 사상, 민족적 자각과 민족적 기운이 고조되는 역사적 시기에 창작활동을 시작했다. 그는 러시아 국민사상(민중사상)과 감정을 훌륭히 표현한 러시아 국민 문학의 창시자이자 러시아 문학어의 창시자다. 국민 생활과의 밀접한 유대, 시대의 선구적 사상의 반영, 내용의 풍부 등의 측면에서 그를 따를 러시아 시인은 없다. 투르게네프가 푸시킨 이후의 작가들은 그가 개척한 길을 따라갈 수밖에 없었다고 말한 것처럼 그의 문학적 영향력은 매우 크다.

푸시킨의 대표 작품은 시 〈자유〉, 〈차다예프에게〉, 〈마을〉 등과 작품집『벨킨 이야기』, 소설 〈캅카스의 포로〉, 〈바흐치사라이의 분수〉, 〈집시들〉, 〈두브롭스키〉, 〈청동 기마상〉, 〈예브게니 오네긴〉, 〈스페이드의 여왕〉, 〈대위의 딸〉, 4편의『작은 비극』, 비극 〈보리스 고두노프〉 등이다.

2. 푸시킨의 장편 〈대위의 딸〉의 시학: 작품의 슈제트와 시공간 구조

러시아 근대문학의 전통을 확립한 푸시킨은 국민 시인으로서 추앙을 받고 있을 뿐 아니라, 산문작가로서도 유명하다. 러시아 시의 황금기인 19세기 초의 낭만주의 시인이자 작가인 푸시킨의 장편소설 〈대위의 딸〉은 작가의 대표작이라고 평가할 수 있다. 이 소설은 1833년부터 집필되어 1836년에 완성되었고, 그해에 검열관의 수정을 받아 푸시킨이 발행하는 문학 잡지인 『동시대인』에 수록되었다. 푸시킨은 1833년 여름에 2개월에 걸쳐 푸가초프 농민 반란의 주요한 무대였던 볼가강 유역과 남부 우랄 지방을 여행하면서 자료를 수집하고, 당시 극비문서에 해당하는 푸가초프 반란과 연관된 기록들을 '국립문서보관소'에서 직접 열람해 『푸가초프 반란사』를 썼다고 하고 있다. 작가이자 역사가이기도 한 푸시킨은 이 역사서를 통해 푸가초프 농민 반란의 주요한 원인이 사회·정치·경제적 불만과 억압에서 비롯되었다고 보았다. 그리고 그는 이 민란의 진정한 주도 세력은 카자흐 농민들을 비롯한 민중이며, 그 주동자인 푸가초프는 그들의 불만을 하나로 모아 황제 정부를 폭력으로 위협한 폭도나 강도들의 두목에 불과한 인물로 보았다. 그가 직접 발로 뛰어 모은 진정한 사료를 바탕으로 쓴 이 역사 연구서를 예술적으로 승화시킨 작품이 바로 이 〈대위의 딸〉이다. 푸시킨이 낸 러시아 사실주의의 길의 토대를 확립한 고골은 푸시킨의 〈대위의 딸〉을 "가장 뛰어난 러시아 산문 문학"이며, "사실보다 더 사실적이고, 진실보다 더 진실한" 명작이라고 평가했다.

푸시킨의 〈대위의 딸〉의 이야기는 이 작품의 일인칭 주인공이자 화자인 그리뇨프에 의해 전개되고 서술된다. 바로 이 점이 이 소설의 특징 중 하나다. 즉, 푸시킨은 역사의 현장에 참여하는 청년 그리뇨프와 노년에 이를 회상하며 이야기를 서술하는 그리뇨프라는 인물의 구성을 통해 작품을 쓰고 있다. 그리뇨프는 푸가초프 반란이 일어나기 직전 엄격한 아버지에 의해 군대에 입대하고 있다. 청년 그리뇨프는 벨로고르스크 요새에서 장교로 군 복무를 하면서 이 요새의 사령관 딸인 마샤(마리야 이바노브나)와 사랑을 나누게 된다. 그러나 그는 이 때문에 마샤와의 사이를 질투하는 장교 시바브린과 결투를 벌여, 부상당한다. 때마침 발발한 푸가초프의 반란으로 인해 벨로고르스크 요새가 함락당하고, 마샤의 아버지인 요새의 사령관(미로노프 대위)은 군인으로서의 명예를 지키기 위해 참칭 황제인 푸가초프의 제의를 거부하고 처형당한다. 그리뇨프 역시 귀족 장교로서의 명예를 지키려다 처형당할 위기에 처하지만, 처형 직전에 충복 사벨리치의 기지로 구사일생으로 목숨을 건지게 된다. 그러나 졸지에 고아가 된 마샤는 그리뇨프와 헤어지게 된다. 그리뇨프의 연적이자 악당 시바브린은 황제를 배반하고 반란군에 가담하고, 처형된 마샤의 아버지 대신 벨로고르스크 요새 사령관으로 임명되자 마샤를 강제로 자신의 아내로 만들려 한다. 그는 심지어 그녀가 자신의 요구를 거부할 경우 능욕하겠다고 위협하기도 하는 파렴치한이다. 또한, 그는 그리뇨프와 푸가초프의 관계를 밀고하고 그리뇨프를 모함해서 재판받게 만든다. 그러나 푸가초프 반란이 황제 정부군에 의해 진압되자 푸가초프 일당에게 가담했던 시바브린은 그리뇨프와 함께 체포돼, 사문위원회에 회부 돼 투옥되고, 반란군 지도자 푸가초프는 모스크바로 압송되어 처형된다. 그러나 그리뇨프는 마샤가 예카테리나 여제에게 탄원하여 특사로 풀려나 행복한 삶을 살게 된다.

문학작품에서 슈제트(сюжет)는 이 작품 속에서 시간과 공간이 어떻게 구성되어 있는가, 즉 어떤 구조 체계를 형성하고 있는가라는 문제와 긴밀히 연관되어 있다. 다시 말해서 이 시간과 공간이 어떤 부분들로 나뉘며, 그것들이 서로 어떤 연관 관계를 맺고 있으며, 그것들을 표현하려는 방법이나 형식이 어떤 것인가를 고찰하는 데 있어서 가장 기본적인 요소다.

구소련과 포스트 소비에트 러시아의 대표적인 문학 연구자였던 리하초프(Д С Лихачев D.S. Likhachov)의 다음과 같은 언급은 슈제트 속의 시공간 구조와 연관하여 우리의 특별한 관심과 흥미를 끈다. "작가는 시간의 간격을 짧거나 길게 묘사할 수 있고, 시간을 느리게 하거나 빠르게 할 수 있으며, 시간을 단속적으로나 연속적으로, 즉 일관성 없이 비논리적으로나 초지일관 논리적으로 표현할 수 있다(역행, 추월과 함께). 리하초프는 작품 속의 시간을 역사적 시간과 긴밀히 연관시키거나 그것과 분리해서 폐쇄적인 묘사를 할 수 있고, 다양한 결합 속에서 과거와 현재, 그리고 미래를 묘사할 수 있다.[1]

우리는 이러한 언급이 푸시킨의 장편소설 〈대위의 딸〉에서 시간 경과의 묘사와 직접 연관돼 있음을 알게 될 것이다. 이 주제에 대한 언급들이 몇 연구자들의 논문이나 저서 등에서 부수적으로 눈에 띄고 있지만,[2] 이 소설에 대한 예술적 시간과 공간의 구조에 대한 문제를 특별히 그리고 전문적으로 고찰하지는 않았다.[3] 즉, 예술적 공간이 어떻게 설정되고, 어떤 부분들로 나뉘며, 예술적 시간이 어떤 '층'들로 나뉘느냐에 따라 이 작품 〈대위의 딸〉에서 슈제트의 특징이 결정됨에도 불구하

---

1   Лихачев Д.С. поэтика Древнирусской литературы. М., 1979. С. 211.

2   См., например, Шатин Ю.В. 《Капитанская дочка》 А.С. Пушкина в русской историче ской беллетристике первой половины века: учебное пособие к спецкурсу. Новосибирс к, 1987. С. 54. ; Гиллельсон М.И. Мушина И.Б. Повесть А.С. Пушкина 《Капитанск ая дочка》. Комментарий; Пособие для учителя. Л., 1977. С. 173; Благой Д.Д. Масте рство Пушкин. М., 1955, С. 253. Петрунина Н.Н. Проза Пушкина(пути эволюции). Л., 1987. СС. 278–284.

3   Лотман Ю.М. Идейная структура 《Капитанской дочки》 // Ю.М. Лотман, Избранные статьи в трёх томах, Т.2. Таллин, 1992. С. 418.

고, 이 슈제트 요소가 푸시킨 연구자들에 의해서 충분히 고려되지 않았다고 본다. 다시 말해서 그들이 슈제트에 관해서는 언급하면서도 예술적인 시공간에 관한 문제에 대해서는 그러한 관계 속에서 고찰하지 않았다고 본다.

푸시킨은 서구의 이성 중심적인 계몽주의 사상에 물든 일부 러시아 귀족 사회, 가부장적 사회제도, 자신의 명령에 거역하는 귀족들과 장교들을 무자비하게 처형하는 무지몽매하고 잔인한 참칭 황제 푸가초프와 그 일당의 폭력성과 잔학성, 이를 무자비하게 진압하는 계몽전제군주를 자처한 예카테리나 2세를 비롯한 지배계급의 부정적인 모습들을 선명히 대조시키기 위해 객관적으로 묘사하고 있다. 푸시킨의 〈대위의 딸〉은 18세기 말 러시아 농민 반란이라는 대서사시의 한 에피소드에 불과하다. 따라서 독자들은 이 작품을 해석자의 입장에서 볼 수 있을 뿐 아니라, 폐쇄적이고 예술적인 총체로서의 시간을 지닌 작품으로 볼 필요가 있다. 즉, 독자는 물리적 시간을 물리적 시간이 아닌 '예술적 시간'이라는 역사적 배경을 바탕으로 등장인물들이 참여하는 사건들과 계속 긴밀히 연관된 슈제트(플롯)의 시간으로 이해하고 있다면, 작품을 더 정확히 이해할 수 있을 것이다.

푸시킨의 장편 〈대위의 딸〉에서 묘사된 시간의 첫 부분은 주인공 그리뇨프의 부모에 대한 정보와 푸가초프가 출현하기 훨씬 이전에 발생한 사건들에 대한 정보를 제공하고 있다. 주인공의 장래 이야기를 소개하는 이 발단에는 두 개의 역사적 선(푸가초프 반란이라는 거대한 '역사적 시간의 선'과 주인공 그리뇨프의 개인적인 '전기적 시간의 선')이 있는데, 이 역사적 선(線) 속에서 주인공-그리뇨프의 장래 이야기가 시작되고 있다. 즉, 역사적 사건들의 열 속에는 주인공의 아버지가 군대 퇴역에 대해 회고하는 시간이 있고, 다른 열 속에는 열여섯 살 먹은 철부지 아들을 군대에 보내려는 아버지의 갑작스러운 결정에 따라 갑자기 중단되는 '가정 내' 시간, 즉 전기적 시간이 있다.

역사적 시간의 열과 전기적 시간의 열의 두 번째 교차점은 푸가초프가 반란군을 이끌고 벨로고르스크 요새로 접근하는 지점이다. "이 일은 1773년 10월 초에 있었다…"[4] 세 번째 교차점은 주인공 그리뇨프의 삶의 상황이 국가의 공식적인 관점에서 관찰되어서 사건의 정확한 날짜들을 획득하게 되는 재판이다. 따라서 중요한 서술에서 역사적인 사건 열과 전기적 시간의 열이 갈라지고, 이 두 가지 형태의 선들을 묘사하는 방법이 다양해질 수 있다는 결론이 나온다. "현재 허구적 서술에 있어서 발전된 역사적 시대를 소설이라는 명칭의 의미로 사용할 수 있다."라는 푸시킨의 말처럼, 소설에서 시대의 예술적 표현은 시간의 두 기본적인 '열' 또는 '선'의 교차와 상호관계의 도움을 통해 창조된다. 만약 〈대위의 딸〉이 푸가초프 난 때 일어난, 사건들의 연대기가 되지 않는다면, 이 푸가초프 난이 발생한 사건들의 지형이 정확한데도 불구하고, 실제 지리적 공간의 단순한 수용도 그 속에는 없어지게 된다.

지리적으로 상이한 사건의 공간들은 주인공의 운명의 관점에서는 그리뇨프의 고향 집과 미로노프 사령관의 집의 경우처럼 거의 같다. 이와는 반대로 푸가초프 반란군들이 요새를 점령하기 전과 그 후에 발생한 사건들을 비교할 경우, 같은 요새이지만 사건이 발생하기 전과 후의 요새는 같지 않다. 그 외에 푸시킨의 공간묘사에서는 일정한 예술적 전통들이 언급되고 있다.[5] 틀에 박힌 형식들이나 '집', '길' 등과 같은 공간의 유형들도 있다.

---

4 Пушкин А.С. Полн. собр. соч.: в 16 томах. М., 1948. Т.12. С. 277. Все в дальнейшем тексте 《Капитанской дочки》 везде цитируется по этому изданию.

5 О видах художественного государства. см.: Лотман Ю.М. Проблема художественного пространства в прозе Гоголя. Уч. Зап. Тарту. Гос. Ун-та; (труды По рус. и слав. филологии, Т.11), в. 209. 1968.

이 모두가 푸시킨의 작품에서 공간 구조의 전문적인 연구와 체계적인 연구의 필요성에 대해 말하고 있다. 예술작품에서 시공간은 상호 연관되어 있는데, 이는 바흐친이 도입한 '흐로노토프'란 개념에 반영되어 있다.[6]

그러나 무엇보다도 우리는 〈대위의 딸〉에서 시간과 공간 간 상호관계의 특성을 명확히 할 수 있을 뿐만 아니라, 이 시간과 공간의 문제를 부분적으로 고찰할 수 있을 것이다. 그러면, 시간의 문제보다 덜 복잡한 문제인 공가의 문제부터 시작해보자.

먼저 사건의 중심지로서의 벨로고르스크 요새란 공간을 구분한 다음에 예술적 공간 구조를 분석하기 위한 기준을 정할 필요가 있다. 첫째, 그리뇨프가 벨로고르스크 요새로 도착하기 전에 선행하는 사건들이 발생하는 장소들(그리뇨프의 고향 집, 심비르스크의 주막집, 초원과 여인숙, 오렌부르크 -에르 장군과 만난 곳-)이 묘사되고 있다. 둘째, 이후에 이어지는 사건들과 연관된 장소들(오렌부르크, 베르다 마을, (심비르스크로 가는 길에 위치하는) 어느 소도시(여기서 그리뇨프가 체포됨), 카잔(재판 장소), 다시 그리뇨프의 고향 집, 페테르부르크)이 묘사되고 있다.

이처럼 모든 사건이 공간의 관점에서도 세 부분으로 나뉘며, 시간의 관점에서도 세 부분으로 나뉜다. 그런데 '중심적인' 사건들이 바로 이 벨로고르스크 요새에서 발생하고 있다. 사건들이 중요할수록 작가는 풍경묘사 기법을 더 자주 사용한다. 예를 들어, 그리뇨프가 벨로고르스크 요새에 도착한 이후 초원과 성벽을 많이 보았을 것이다. 그런데 그것들이 예전에는 전혀 묘사되지 않다가 결정적인 사건인 반란군의 공격이 갑자기 시작되었을 때, 다음과 같이 묘사되고 있다. "우리는 자연에 의해 형성되고 방책이 쳐진 성벽으로 갔다. (중략) 요새에서 멀

---

6 См., Бахтин М. М. Вопросы литературы и эстетики. М., 1975, СС. 234-235.

지 않은 초원에서 20여 명이 말을 타고 돌아다니고 있었다. (중략) 초원에서 말을 타고 돌아다니는 사람들이 요새 안의 움직임을 눈치채고는 한 무리를 지어 모였다. (중략) 유격기병대원들이 뿔뿔이 흩어지면서 즉시 모습을 감추자, 초원이 텅 비어버렸다. (중략) 비 오듯이 쏟아지는 총탄으로 인해 마음이 누그러진 바실리사 에고로브나는 눈에 띨 정도로 커다란 움직임이 있는 초원을 바라보았다…"

이 작품의 발단 부분에서 사건들이 발생하는 과정이 그 사건들이 일어나는 장소와 연관되어 있음을 볼 수 있다. 즉, 독자는 그리뇨프가 벨로고르스크 요새에 도착할 때까지의 과정을 관찰할 수 있다. 이 발단 부분에서 주인공의 행위가 행해지는 장소의 교체는 둥그런 원의 형태를 그리는 원운동에 해당한다. 즉, 그리뇨프의 고향 집 → 오렌부르크 → 벨로고르스크 요새의 순서로 주인공의 행위 장소가 바뀐다. 이처럼 주인공의 행위 장소가 원운동의 형태를 띠는 이유는 결정적으로 중요한 사건들이 발생하기 전까지, 즉 그러한 사건들이 시작되기 전까지 바로 이 행위가 발생하는 장소들이 교체되기 때문이다. 그런데 문제는 그리뇨프의 고향 집이 그의 아버지의 옛 친구인 안드레이 카를로비치 에르 장군 휘하에 있는 오렌부르크에서 군대 복무하러 "눈물을 흘리며" 길을 떠났던 장소라는 점이다. 비록 그리뇨프가 처음에는 자신의 임지가 오렌부르크라고 생각했었다 할지라도 나중에는 그것이 벨로고르스크 요새가 그의 종착지임을 알게 된다. 이와 연관하여 이 작품의 주인공인 표트르 그리뇨프에게 있어서 적합한 군대 복무지에 관한 그리뇨프의 아버지의 생각과 오렌부르크의 에르 장군의 생각이 이처럼 유사하다는 점도 흥미로운 요소다.

또한, 그리뇨프의 고향 집과 벨로고르스크 요새 간의 유사점도 처음에 눈에 띄는 부분이다. 벨로고르스크 요새 사령관, 즉 미로노프 대위의 집에서 그리뇨프는 다음과 같이 마치 고향의 집에서 사는 것처럼 편안한 기분을 느낀다. "몇 주일이 지났는데 벨로고르스크 요새에서의 생활도 나에게는 참을만할 뿐 아니라, 심지어 유쾌하기까지 하다. 사령관의 집에서 난 마치 친척처럼 대접을 받았다. 부부도 존경할만한 분들이셨다…" 이처럼 주요한 사건들이 벌어진 공간의 1단계에서 행위의 발전이 원을 따라서 진행되고 있다고 볼 수 있다. 심비르스크의 여인숙과 오렌부르크의 에르 장군의 집은 예술적 공간의 두 지점인 그리뇨프의 고향 집과 사령관의 집 사이에 놓여 있다. 이 심비르스크에 있는 여인숙에서 방탕한 기병 대위 주린과의 만남과 에르 장군과의 만남이 어떤 상관관계에 놓여 있을 뿐 아니라, 상호 대조되고 있다. 주린은 그리뇨프에게 어떻게 "군대 복무에 익숙해져야만 하는지를" 다음과 같이 설명한다. "(전략) 술을 많이 마신 다음에, 군대 복무에 익숙해질 필요가 있다고 말하면서, 나에게도 술을 권했다. (중략) 여기서 그는 나에게 당구를 가르쳐 주겠다고 자진해서 나섰다. (중략) 주린은 군대 복무에 익숙해질 필요가 있다는 말을 되풀이하면서, 나에게 술을 계속 부어 주었다…" 그런데 에르 장군은 그리뇨프의 아버지가 보낸 편지를 읽은 뒤에 그리뇨프에게 다음과 같이 말한다. "(전략) 모든 게 해결될 걸세… 자네가 시간을 낭비하지 않도록 자네를 연대 장교로 진급시킬 걸세. 내일 자넨 훌륭하고 정직하신 미로노프 대위의 지휘를 받게 될 벨로고르스크 요새로 가게. 거기서 자넨 제대로 군대 복무를 하게 될 거고, 군기를 배우게 될 걸세. 오렌부르크에선 자네가 할 일이 아무것도 없다네. 젊은이가 얼이 빠져 무위도식하는 건 해로워…" 이처럼 근면 검소하고 엄격한 독일식 습관을 지닌 에르 장군과 방탕한 기병 대위가 현저한 대조를 이루고 있다.

위에서 살펴본 것처럼 한 "집"(즉, 그리뇨프가 방탕한 기병 대위 주린과 난 심비르스크 여인숙)과 다른 "집"(오렌부르크의 에르 장군의 집)은 유사하다. 또한, 그리뇨프의 고향 집과 벨로고르스크 요새의 사령관의 집도 유사하다. 그리뇨와 주린 간의 첫 번째 만남은 그리뇨프가 벨로고르스크 요새로 도착하기 전에 오렌부르크에서 이루어지는 만남과 대조를 이루고 있다. 그런데 그리뇨프는 오렌부르크로 이동하는 도중에 초원과 주막에서 머물게 된다. 바로 이 공간들은 주인공이 여행하는 사건의 진행과 어떤 연관성이 있을까. 이 공간들은 이 작품의 발단 전체의 중심에 그리뇨프가 푸가초프와 만나게 되는 사건과 긴밀히 연관된다. 그리뇨프가 심비르스크 주막에 도착하기 이전에 그는 눈보라가 치는 상황에서 길 안내자인 푸가초프를 처음으로 만난 후 꿈을 꾸게 된다. 그리뇨가 꾸는 바로 이 예언적인 꿈이 가장 중심적인 사건으로 묘사되는 것으로서 이 작품의 발단 부분의 공간 구성이 형성된다는 결론을 내릴 수 있다.

이처럼 모든 행위 장소의 교체가 중심과 그렇지 않은 것들을 구분하는 방식에 따라 조직되어 있다. 작가-푸시킨에게 있어서는 그가 창조한 주인공-그리뇨프가 푸가초프와 만났다는 사실보다는 그리뇨프가 꾼 이 예언적인 꿈속에서 드러나는 그들의 만남의 의미가 더 중요하다. 왜 그럴까? 그리뇨프가 눈보라 속에서 만난 푸가초프가 꿈속에서 살인자의 형상으로 나타났을 때(즉, 꿈속에서 한 사나이가 나타난 도끼를 휘둘렀을 때), 그리뇨프는 푸가초프와의 미래의 만남(두 번째 만남)을 바로 이 꿈이 예언하는 역할을 하기 때문이다. 즉, 바로 이것이 푸가초프의 미래의 역할을 암시하기 때문이다. 다시 말해서, 그리뇨프의 양아버지 역할도 역시 바로 이 꿈속에서 다음과 같이 암시된다. "(전략) 이분이 양아버지시다. 이분의 손에 입을 맞추고, 이분에게 널 축복해달라고 부탁하려무나…"

이처럼 그리뇨프가 꾼 이 예언적인 역할을 하는 꿈은 나중에 벨로고르스크 요새 광장에서 재판이 행해질 때, 푸가초프가 그리뇨프의 목숨을 구해준 역할을 하게 된다. 또한, 이 꿈은 그리뇨프의 애인 마샤 미로노바를 구출하는 데 있어서 주인공–그리뇨프에게 도움을 주는 역할을 하게 된다. "자네 마음대로 하게! (중략) 자네가 원하는 곳으로 자네의 미녀를 데리고 가게. 그리고 하나님이 자네들에게 사랑과 화평을 주길 바라네."(제12장)라는 말을 하게 될 사람으로서의 푸가초프의 역할도 바로 이 꿈이 준비하고 있다.

이제 중요한 사건들(제2단계의 사건들)의 과정과 이 사건들이 발생하는 벨로고르스크 요새의 묘사 간의 관계를 고찰할 필요가 있다.

그리뇨프가 처음으로 벨로고르스크 요새 사령관의 집으로 들어갔을 때, 사령관의 아내인 바실리사 에고로브나가 그리뇨프에게 "이반 쿠즈미치는 짐에 없어요. (중략) 내가 그 사람 안주인이에요…" 라고 한 말을 통해서 그녀가 자기 남편을 지배하고 있음을 볼 수 있다. 미로노프 대위의 아내인 바실리사 에고로브나는 자신이 이 커다란 집(즉, 벨로고르스크 요새의 다른 표현)의 안주인이라는 것, 그리고 그녀가 자신의 남편뿐 아니라 벨로고르스크 요새까지도 지휘한다는 사실을 말하고 싶어 한다. 즉, 다음과 같이 그녀는 그리뇨프에게 자신의 존재감을 보여주고 싶은 것이다. "이반 이그나치이치!" 하고 대위의 부인이 허리가 구부정한 노인에게 말했다. "프로호로프와 우스치니야 중에 누가 옳고, 그른지를 조사해서, 둘 다 벌을 주세요…"

이처럼 벨로고르스크 요새란 공간에서 벌어지는 사건의 시작은 대위의 아내이자 사령관의 아내가 행한 이처럼 우스꽝스럽고 코믹한 제판이며, 이 요새에서 발생하는 모든 사건의 맨 끝은 푸가초프가 행한 재판이다. 대위의 아내가 행한 재판은 가정적이고 원시적인 형태의 소박한 재판이다. 만약 누가 정말 죄를 지었는지를 조사하려면, "둘 다"가 아닌 죄를 지은 자에게만 벌을 주어야만 마땅하다. 그럼에도 불구하고 대위의 아내는 벨로고르스크 요새가 마치 커다란 집인 것처럼 생각하며, 이 요새에 사는 사람들을 대하고 있음을 볼 수 있다.

이처럼 벨로고르스크 요새란 공간에서 벌어지는 모든 사건이 이처럼 이상하고 독특한 "재판"의 우스꽝스러운 에피소드로 시작해서 요새의 함락과 푸가초프의 재판으로 끝나고 있다. 벨로고르스크 요새에서의 이 모든 삶이 평화롭고 순수한 삶이 아니다. 이러한 형태의 삶이 비록 러시아에서 그러한 전통(즉, 군주인 황제는 아버지이고 백성은 그의 자식들이라고 간주하던 전통)이 존재했었다고 할지라도, 푸가초프가 행한 재판처럼 가혹한 재판이 행해짐으로써 중단되고야 만다. 미로노프 대위의 아내인 바실리사 에고로브나도 벨로고르스크 요새를 마치 자기 집처럼 관리하며, 푸가초프도 이와 마찬가지로 사람들을 자기 자식들을 다루듯이 다루고 있다.

　앞에서 언급했듯이 행위가 완전히 둥근 원을 그리면서 행해지고 있다. 행위 장소의 반복은 두 사건의 "원"에 일치한다. 그리뇨프는 벨로고르스크 요새에 도착한 이튿날 아침에 시바브린과 점심을 먹으러 사령관의 집으로 출발하면서, "기다란 머리채와 삼각모를 쓴 20여 명의 늙은 장애인들이 공터에서" 훈련받는 모습을 보게 된다. 이 "작은 광장"(площадка, 쁠로샤뜨까)은 벨로고르스크 요새가 함락된 이후에는 "반도들"에 대한 자칭 "군주"인 참칭 황제 푸가초프가 행한 재판 장소, 즉 역사적 사건의 수행 공간인 "광장"(площадь, 쁠로샤찌)으로 변하게 된다. 이 행위의 원이 하나의 테두리 속에서 두 채의 집(즉, 사령관의 집과 그리뇨프가 사는 오두막과 같은 집)이 뚜렷이 구분되고 있다. 이외에도 슈제트의 발전 과정에서도 바로 이 두 지점이 중요하다. 왜냐하면, 이 두 지점이 벨로고르스크 요새와 그 주변을 둘러싸고 있는 지역 사이에 놓인 바로 그 경계선 위에서 발생하는 사건(그리뇨프와 시바브린이 벌인 두 번의 결투)과 연관되기 때문이다. 첫 번째의 결투는 "요새 근처에 위치해 있던" 건초더미들 뒤에서 발생했고, 두 번째의 결투는 다음과 같이 강가에서 벌어진다. "우리는 말없이 떠났다. 험한 오솔길을 따라 내려가,

강가 바로 옆에서 멈춰, 칼을 뽑았다…"

하사가 그리뇨프를 데리고 갔던 오두막이 "요새의 가장 변두리인 강변의 가장 높은 곳"에 있었다. 벨로고르스크 요새와 그 주변의 공간과의 경계 위에서 세 번째의 사건인 푸가초프 반란군의 강습이 발생하며, 행위 장소는 이 요새의 성벽이다. 이 벨로고르스크 요새라는 "한정된" 장소는 사건이 가장 많이 일어나는 공간이다. 바로 이러한 특징으로 인해 이 요새가 장편 〈대위의 딸〉의 전체 공간의 내부에서 특별히 구분되는 것이다. 이 요새의 공간 구조는 이 소설의 발단 부분의 공간 구조보다 더 복잡한 형태다. 벨로고르스크 요새의 내부의 첫 번째의 공간은 일련의 부분으로 나뉜다. 바로 이 공간이 처음에 전체적으로 묘사되는 행위 장소의 유일한 장소다.(즉, 우리가 이미 살펴본 바와 같이 이 작품 속에는 오렌부르크, 심비르스크, 그리뇨프의 집이 위치한 마을의 전제적인 모습의 묘사가 없음.)

이러한 차이는 무엇을 말해주는 것인가? 그것은 벨로고르스크 요새에 도착하기 전까지 있었던 모든 것이 단지 준비에 불과하며, 도입에 필요한 사건들, 즉 '도입적인 사건들'이라는 것을 말한다. 중요한 사건들이 바로 이 벨로고르스크 요새와 연관되기 때문에 바로 이 요새의 공간이 매우 상세히 묘사될 뿐 아니라, 다른 공간들에 비해서 훨씬 더 구별되게 묘사되는 것이다.

푸가초프 반란군의 강습 시 벨로고르스크 요새 부근의 지역이 이미 언급된 바와 같이 다소 상세히 묘사되고 있다. 푸가초프 반란군의 강습이 끝난 후 행위 장소는 바뀌지 않는다. 즉, 바로 이 공간에서 러시아 황제 정부 군대의 장교들이 불시 출격을 감행하려고 시도한다. "사령관과 이그나치이치, 그리고 나는 순식간에 요새의 성벽 밖에 나와 있었다. 그러나 수비대는 꿈쩍도 하지 않았다." 이어서 부대가 떠난 뒤에 남아 있던 장교들이 어쩔 수 없이 요새로 돌아온다. "이 순간 반도들이 우리에게 갑자기 달려들더니, 요새 안으로 불시에 쳐들어왔다. (중략) 그러나 나는 일어나서, 반도들과 함께 요새 안으로 들어왔다." 벨로고르스크 요새에서 초원으로 나가려는 시도가 있었으나, 이 시도가 결국 실패로 끝나고 있음을 알 수 있다. 이처럼 사건들의 그러한 과정이 벨로고르스크 요새를 주변의 세계와 구분하는 경계인 이 요새의 성벽이 지닌 의미를 강조하고 있다. 푸가초프 반란군의 강습을 격퇴하는 데 그리뇨프의 실질적인 참여가 없었다는 사실을 알 수 있다.

벨로고르스크 요새와 외부 사이의 경계 위에서 발생하는 모든 사건이 서로 유사하다. 이 모든 사건이 주인공 그리뇨프에게 있어서 비참한 방식으로 끝나고 있다. 첫 번째의 결투가 끝난 뒤에 그리뇨프는 체포되었고, 두 번째의 결투 후에는 중상을 입었으며, 푸가초프 반란군의 강습이 끝난 후에는 거의 죽을뻔한 위기에 처하기도 했다. 벨로고르스크 요새를 외부 세계와 구분하는 경계는 이처럼 삶과 죽음 사이의 경계를 생각나게 하는 역할을 한다고 볼 수 있다.

바로 이 경계와 나란히 인접한 요새와 초원의 공간은 이 작품에서 무엇보다도 더 자세히 묘사되어 있다. 그러나 전혀 아무것도 묘사되지 않는 벨로고르스크 요새의 장소들도 존재한다. 최초에 일어난 사건들 가운데 하나는 그리뇨프가 사령관의 집에서 한 식사다. 그리고 그가 그곳에서 식사한 후 시바브린의 집을 방문한 사실이 언급되고 있는데도, 시바브린의 집이나 방에 대한 묘사가 없다는 점이 특이하다. "우리는 식탁에서 일어났다. (중략) 나는 그와 함께 저녁 내내 시간을 보냈던 시바브린의 집으로 갔다." 여기서 작가 푸시킨은 시바브린의 집과 가정생활을 묘사하려는 시도조차 하지 않고 있음에 주목할 필요가 있다. 시바브린은 프랑스어로 쓴 책 몇 권을 가지고 있었고, 그리뇨프가 그 책들을 빌려 갔다는 사실만 간단히 언급되어 있을 뿐이다. 그러나 그리뇨프가 시바브린의 집에서 어떤 기분을 느꼈는지는 나타나 있지 않다.

이처럼 두 집(사령관의 집과 그리뇨프의 초라한 오두막)이 중요한 행위 장소를 구성하고 있다는 결론을 내릴 수 있다. 앞으로 러시아 정교회 신부의 집도 역시 언급될 것이다.

벨로고르스크 요새는 "공식적인 공간"으로서 국가 시스템의 일부에 해당한다. 모든 결투가 이 요새의 경계 너머에서 발생하는데, 그 이유는 결투가 공식적으로 금지되어 있기 때문이다. 이와 마찬가지로 푸가초프 반란군의 군대도 이 벨로고르스크 요새의 경계 너머에 주둔하고 있다. 사건들이 발전하는 데 있어서 주인공의 행위와 연관되어 형성되는 원은 몇 가지 세부 묘사로 강조되고 있다.

그리뇨프가 벨로고르스크 요새에 도착했다는 보고를 사령관에게 하려고 사령관의 집을 방문했을 때, 하사가 그리뇨프의 숙소를 오두막으로 정해준 것에 관해서는 이미 앞에서 언급했었다. 이는 발단의 중요한 부분의 뒤를 연결하는 부차적인 소규모의 발단과 유사한 어떤 역할을 한다. 벨로고르스크 요새의 광장에서 소름을 느낄 정도로 굉장히 무서운 사건들이 끝난 뒤에 그리뇨프가 다시 사령관의 집에 들어가게 된다. 그런데 그리뇨프가 사령관의 집을 다시 방문했을 때의 집안 내부의 묘사와 첫 번째의 방문 시 집안 내부의 묘사 간에 어떤 차이가 있을까. 집안의 모든 것이 파괴돼 있다. "(전략) 의자들, 탁자들, 트렁크들이 망가져 있었고, 식기들도 깨져 있었다. 모든 것이 도난당해 있었다." 이어서 처음으로 마리야 이바노브나의 방이 특별히 묘사되고 있다. "(전략) 나는 강도들에 의해 전부 파헤쳐진 그녀의 침대를 보았다. 장롱은 부서져서 강탈당해 있었다. 성상 앞 현수등은 아직도 텅 빈 성상갑 앞에서 희미한 빛을 내며 켜져 있었다. 벽에 걸려 있던 조그마한 거울은 무사히 살아남아 있었다. (중략) 잠시 마음이 진정된 나는 내 방으로 떠났다…" 이처럼 그리뇨프는 처음에는 사령관의 집으로, 다음에는 역시 강탈당한 자신의 오두막으로 가고 있다. 벨로고르스크 요새 사령관의 집과 그리뇨프가 사는 오두막은 이 요새와 연관된 일련의 사건의 맨 처음에서도, 그리고 맨 마지막에서도 이처럼 대조되고 있다. 발단의 커다란 부분이 끝나고, 그 위에 발단의 매우 작은 부분이 행해졌을 때부터, 즉 주인공 그리뇨프가 벨로고르스크 요새로 어떻게 들어가고, 그가 어떻게 군대 복무지 도착 신고를 하는가에 대한 이야기가 그 순간부터 진짜 사건들이 시작된다. 이 점을 고려해볼 때, 이후에 발생한 모든 사건이 원을 따라 일어나고 있다는 결론을 내릴 수 있다.

만약 벨로고르스크 요새가 행위의 중심 단계이거나 제2단계라면, 그리뇨프가 그곳에 도착하기 전까지 발생한 사건들은 발단(제1단계)에 해당하며, 그가 오렌부르크로 떠난 후에 발생한 사건들은 제3단계에 해당한다. 슈제트 발전의 이 제3단계는 그리뇨프가 푸가초프와 단둘이 대화함으로써 시작된다.

이어서 인물의 행위와 연관된 장소들이 다음과 같은 순서(오렌부르크 → 길 → 베르다 마을 → (그리뇨프가 마샤(마리야 이바노브나) 때문에 돌아오게 되는) 벨로고르스크 요새로 가는 길)로 교체된다. 이동의 출발 지점과 종작 지점은 벨로고르스크 요새다. 아마 바로 이러한 이유로 인해 가장 중요한 행위의 공간이 오렌부르크와 베르다 마을일 수도 있다. 그 이전까지는 우리가 살펴본 바와 같이 벨로고르스크 요새만이 중요한 행위의 공간이었다.

이제는 행위의 새로운 원 위에서 오렌부르크와 베르다 마을을 구분해 보자. 왜 바로 이 두 공간이 중요한 공간이고, 이 공간들이 서로 어떻게 연관돼 있는지 생각해볼 필요가 있다. 물론 무엇보다도 이 두 장소는 마샤를 어떻게 구출할 것인가? 라는 질문과 관련해서 비교되고 있다. 에르 장군과 푸가초프의 동료들이 보이는 마샤의 운명에 대한 무관심한 입장과 최선을 다해 그녀를 구하려 노력하는 그리뇨프가 보이는 마샤의 운명에 대한 적극적인 관심과 호소는 커다란 대조를 이룬다. 여기서 푸가초프는 에르 장군과 푸가초프의 동료들과 달리 예외적인 태도와 입장을 취한다. 즉, 푸가초프와 달리 에르 장군도 자신의 논리를 가지고 있을 뿐 아니라, 푸가초프의 동료들도 역시 자신의 논리를 가지고 있다.[7]

다시 말해서, 그리뇨프가 자신이 사랑하는 여인인 마샤를 구출하는 데 있어서, 푸가초프의 동료들이 어떤 결정을 내리느냐에 따라 자신의 행운과 불행이 달려있다고 그들에게 호소한다. 하지만 양측(즉, 에르 장군 측과 푸가초프 동료들 측)은 그리뇨프의 운명과 그의 애인 마샤의 구출에 참여하길 원치 않는다. 즉, 어느 누구도 그리뇨프의 개인적인 삶의 행복에는 무관심한 입장을 취하고 있다.

사건들의 전개에서 원(사이클)은 오렌부르크와 반란군 소굴인 베르다 마을을 대비함과 동시에 여러 대화를 대비하고 있다. 그렇게 함으로써 작가 푸시킨은 이 일련의 사건 속에서 푸가초프의 역할을 구분하고 있다. 이처럼 처음부터 그리뇨프가 마샤와 함께 벨로고르스크 요새를 "영원히" 떠나기 전까지 사건들이 3개의 원을 구성하며 전개된다. 그러나 그리뇨프와 마샤가 벨로고르스크 요새를 떠난 뒤에 발생하는 일련의 사건은 어떤 원도 구성하지 않는다.

즉, 이 작품의 "체포"장과 "재판"장에서 발생하는 사건들은 원형이 아닌 선형을 이루며 전개되고 있다. 처음에는 그리뇨프와 주린이 만나는 소도시가 언급되어 있고, 그다음에는 주린이 상부로부터 그리뇨프를 체포하라는 명령서를 받은 아무런 이름도 없는 장소가 언급되어 있다. 그리고 그다음에는 카잔이 언급되고, 이어서 그리뇨프의 고향 마을이 언급되고 있다. 그럼에도 불구하고 이 소설 전체에서 볼 때, 사건 전개의 외형적인 "큰" 원이 그려진다. 즉, 모든 것이 주인공 그리뇨프

---

7 Лотман Ю.М. Идейная структура 《Капитанской дочки》. Таллин, 1992, С. 424.

의 고향 집 묘사에서 시작되며, 사건이 종결되기 전에 다시 이 집이 제시됨으로써 원형 구성의 형태를 띤다.[8]

그러나 일련의 마지막 사건의 경우는 이미 언급한 바와 같이 원운동이 아니라 지방에서 수도를 향한 "역"선형 운동이라는 점이 특징이다. 실제로 이 작품의 시작 부분에서는 슈제트가 심비르스크에서 오렌부르크로, 마침내는 이보다 더 멀고 오지에 해당하는 벨로고르스크 요새로 독자를 안내했었다. 그런데 작품의 끝부분에서는 이와는 정반대로 이 오지에서 원상복귀(카잔으로, 그다음에는 수도인 페테르부르크로 이동)가 행해지고 있다.[9]

그러면 어떤 결론을 내릴 수 있을까? 첫째, 수도와 지방 간 대조를 강조하도록 공간묘사가 되어 있다. 이처럼 공간적 대조 기법이 이 작품 전체에서 일관되게 사용되고 있다. 다시 말해서, 이 공간 대조 기법이 이 소설의 처음에도 사용되고 있고, 중간에도 그러하며, 마지막에도 사용되고 있다. 지방 출신 귀족 장교인 그리뇨프가 자신의 의도와는 전혀 달리 러시아의 오지인 벨로고르스크 요새로 가서 수도 출신 귀족 장교인 시바브린과 함께 같은 공간에서 군대 생활을 하게 됨으로써 두 가지 유형의 대조가 발생하고 있다. 그런데 이 작품의 시작 부분과 끝부분에서 수도와 지방 간 대조가 발생한다. 그리뇨프의 아버지가 아들을 오렌부르크로 군대를 보낼 때, 그는 오렌부르크를 수도 페테르부르크의 대척지로서 간주했기 때문이다. 그런데 오렌부르크의 에르 장군

---

8 Благой Д.Д. Мастерства Пушкина. М., 1995. С. 258. В начале романа птенец вылетел из своего дворянского гнезда; в конце романа, после ряда волнующих событий и происшествий, выпавших на его долю, он снова него возвращается).

9 Обратную симметрию в соотношении двух путешествий – "Гринева к мужицкому царю для спасения (…) Маши" и "Маши к дворянской царице для спасения Гринева" – отмечает Ю.М. Лотман. См., Лотман. Ю.М. Избранные статьи в трех томах Т.3. Таллин, 1992. С. 23.

은 바로 그러한 생각 때문에(즉, 자신의 근무지에는 너무 많은 유해 놀이가 있어서 그리뇨프가 성실히 군 복무하기에는 해롭다고 판단했기 때문에) 자신의 근무지보다 더 멀리 떨어진 벨로고르스크 요새로 그리뇨프를 보내 버린다. 수도에서 굉장히 멀리에 위치한 오렌부르크도 오지인데, 벨로고르스크 요새는 그보다 더 훨씬 더 멀고 깊숙이 들어간 오지다. 오렌부르크와 페테르부르크의 공간처럼 거리 차이가 그들 사이에는 없지만, 그런 이유로 대조는 점점 줄어들게 된다. 그리고 이 소설의 중간에서 대조가 점점 완화되고 있다. 그리뇨프보다 더 많이 교육받은 시바브린은 그리뇨프가 쓴 습작시를 읽은 다음에 그에게 조소를 보내면서 이 습작시를 트레티아콥스키의 비르시(서툰 시)와 비교한다. 그 당시에는 사람들이 트레티아콥스키의 시를 상당히 비하하며 조롱하는 분위기였다. 그럼에도 불구하고 그리뇨프는 알렉산드르 페트로비치 수마로코프가 자신의 시를 매우 칭찬했다고 자신의 수기에서 증명하고 있다. 그런데 그 당시 수마로코프는 매우 존경을 받는 시인이자 시 분야의 권위자였다. 바로 이러한 관계에서 볼 때, 중심이 되는 장들에서는 수도와 지방 간 현격한 대조가 없다는 결론을 내릴 수 있다.

우리는 중요한 사건들이 발생하는 곳과 슈제트가 시작되는 곳에서 사건이 원을 따라 진행되고 있음을 살펴보았다. 그리고 그리뇨프와 마샤가 벨로고르스크 요새를 "영원히" 떠나기 전까지의 사건들을 총 3개의 원으로 구분해 보았다.

비록 재판과 마샤의 페테르부르크 여행이 아직 남아 있다고 할지라도, 그리뇨프와 마샤가 벨로고르스크 요새를 떠났을 때, 주요한 사건들은 이미 끝났다고 말할 수 있다. 바꿔 말하자면, 두 번째로 공간묘사는 고찰한 바와 같이 3개의 원을 구성한 마지막 사건들을 이전의 사건들과 대조하고 있다.

바로 이 마지막 사건들에서 이전에 행해진 주인공의 결정적인 행위들의 결과가 나타나고 있다. 그리뇨프는 자신이 행한 것에 대가를 치르지 않으면 안 된다. 그러나 그는 자신의 운명을 결정지을 수 있는 어떤 새로운 행위들을 더 이상 행하지 않는다. 그리뇨프가 푸가초프 난이 평정된 뒤에 체포당한 후 재판받은 것은 그 자신이 한때 푸가초프와의 친밀한 관계로 인해 야기된 결과다. 마샤는 그리뇨프의 그러한 행위의 결과로 인한 처벌로부터 그를 구원하기 위해 예카테리나 여제를 만나 탄원을 호소한다. 이 소설의 마지막 사건들은 이미 그리뇨프와는 아무런 관계가 없으며, 그는 더 이상 주도적인 입장에 있지도 않다. 그러나 이 순간까지는 많은 점이 그리뇨프에게 달려있다.

중요한 사건들이 전개되는 과정에서 그리뇨프는 푸가초프 밑에서 복무를 해야 할 것인가, 아니면 그러지 말아야 할 것인가와 같은 선택의 문제에 부딪혀 여러 번 결정을 내려야만 했었다. 그가 마샤의 편지를 받은 후 그는 어떻게 해야 할지를 몰라 깊이 고민하게 된다. 그러다가 그리뇨프에게 푸가초프에게 도움을 요청해야겠다는 전혀 뜻밖의 생각이 갑자기 떠오르게 된다. 그러자 그는 이를 과감히 행동에 옮기게 되는데, 바로 이 일로 그는 나중에 대가를 치르게 된다. 벨로고르스크 요새에서 오렌부르크로 떠남으로써 끝나게 되는 푸가초프와의 첫 번째 접촉의 결과가 그들에게 매우 확실하게 해명된다는 점이 흥미롭다. 장교 신분인 주인공 그리뇨프가 푸가초프 반란군에게 포위당한 오렌부르크에서 근무지를 이탈한 행위, 그리고 푸가초프에게 고아가 된 마샤를 보호해야만 한다는 이유를 들어 요청한 데 연이어서 이루어진 반란군 두목인 푸가초프와 친하게 교제한 자신의 비논리적인 행위를 논리적으로 설명하고 정당화하기란 매우 어려운 일이다. 이 두 번째 상황에서 주인공은 자신의 선택에 대한 대가를 치르게 된다. 즉, 그리뇨프의 선택과 연관된 사건들이 무엇보다도 원을 따라 진행되고 있음을 볼 수 있다. 그런데 그가 이전에 행한 행위들에 대해 단지 책임을 지는 행위들은 선형 구조를 이루고 있다.

이제 사건의 한 측면에 대해 주목해 보지. 원을 따라 사건들이 진행되는 곳에는 두 가지의 공간적 유형의 대조가 있다. 앞에서 살펴본 바와 같이 발단에서 전체 사건이 그리뇨프의 집에서 시작되어 사령관의 집에서 끝나고 있다. 그런데 이 두 지점 사이에 그리뇨프에게는 낯설고 위험한 미지의 공간이 자리를 잡고 있었다. 그리뇨프가 처음으로 푸가초프와 만나게 되는 제2장은 "미지의 방황"에 대해 말하는 에피그라프('제사'를 뜻하는 이 용어는 작품의 맨 앞이나 각 장의 초두(즉, 맨 처음의 위)에 실리는 작은 시, 민요, 인용구, 속담 등으로 작품 전체나 그 장의 내용을 암시하거나 상징하는 기능을 함)를 지니고 있다.

물론 사건의 두 번째 원에서는 벨로고르스크 요새가 폐쇄되어 있다. 그런데 이 작고 원시적인 평화로운 세계의 내부로 갑자기 굉장히 무서운 위험이 침투한다. 이 요새와 그 주위의 세계(즉, 성벽) 사이에 놓인 경계가 매우 중요하다. 이 요새의 "내부 세계"는 모든 것이 순조롭고 안전하며, 가정적이고, 평화스럽고, 매우 차분하고 안정된 공간이다. 그런데 이와 굉장히 대비되는 정반대의 세계인 외부 세계는 항상 위험하고 위협적이며, 불안하고 계속 변동하는 공간이다. 이처럼 사건들의 첫 번째 두 사이클(즉, 이 작품의 발단 단계와 가운데 부분)은 주인공 그리뇨프에게 있어서 "자신의" 공간인 경계의 내부 공간과 "타자의" 공간인 경계의 외부 공간 간 대조를 유지하고 있다. 그래서 두 번째 사이클의 모든 사건이 사령관의 집과 그리뇨프가 사는 오두막에서 시작되어 전개되다가 역시 이 장소들에서 끝나고 있다. 이와 마찬가지로 사건의 세 번째 사이클에서도 이와 똑같은 패턴의 대조를 발견할 수 있다. 그리뇨프에게 있어서 "자신의" 공간은 여기에서는 오렌부르크이며, 사건의 전개도 그가 이 장소를 떠나는 것과 연관돼 있다. 중요한 사건들도 길이나 베르다 마을과 같은 다른 공간에서 다시 발생하고 있다. 죽음이 세

번, 세 공간 1) 매서운 눈보라가 몰아치는 초원, 2) 푸가초프 반란군에게 점령된 요새, 3) 베르다 마을에서 그리뇨프를 위협하고 있다.

이처럼 세 번째로 사건이 서클을 형성하며 전개되는 공간에서는 어디에서나 주인공 자신의 세계와 타자의 세계가 서로 대립하고 있으며, 게다가 그들 간에 놓인 경계로의 이동은 그리뇨프를 파멸시킬 수 있는 위협과 연관돼 있다.

푸시킨의 장편 〈대위의 딸〉의 맨 처음에 회고록 작가-그리뇨프(즉, 주인공-그리뇨프가 푸가초프 난이 끝난 후 오랜 세월이 지나서 과거를 회상하며 자신의 전기를 쓰는 자서전 작가-그리뇨프)는 묘사되는 사건들의 발생 일자(또는 연대)를 다음과 같이 쓰고 있다. "나의 아버지 안드레이 페트로비치 그리뇨프는 젊은 시절에는 미니흐 백작 소속으로 군대 복무하다가 1700 몇 년(즉, 푸가초프의 난이 발생한 1773년보다 약 20여 년 전으로 추정할 수 있음)에 중령으로 정년퇴직을 했다."

이처럼 여러 사건이 이 작품의 맨 처음부터 역사적 사건과 긴밀히 상호 연관된다는 점이 중요하다. 그런데 여기서 최초의 역사적인 연대가 정확히 언급되지 않고 있음을 발견할 수 있다. 그러나 두 번째 연대는 정확히 언급되어 있다. 즉, 이 두 번째 연대는 다음과 같이 이 작품의 제5장 "푸가초프의 난"의 맨 처음에 언급되어 있다. "무엇보다도 먼저 내가 목격했던 이상한 사건들의 묘사를 시작했다. 나는 1773년 말에 오렌부르크 현이 처했던 상황에 대해 몇 마디 말을 해야만 한다." 만약 사건이 맨 처음부터 역사와 상호 연관되어 있지 않았다면, 작가는 연대가 정확하든지 부정확하든지를 떠나서 언급할 필요가 없었을 것이다. 즉, 회고록 작가-그리뇨프는 앞으로 발생하게 될 사건들이 역사와 긴밀히 상호 연관되어 있다는 사실을 독자에게 알려줄 필요가 있었기 때문에 "1773년 말"이라고 정확히 쓴 것이다. 이처럼 회고록 작가인 그리뇨프가 정확한 연대를 의도적으로 사용하고 있다는 것은 언급된 두 지점 사이에서 역사적 시간과 전기적 시간이 평행을 이루고 있음을 의미한다. 전기적 시간은 이 작품의 주인공의 연령 기간의 교체에 관한 지시들로 이루어진다. 즉, 이 연령 기간의 교체는 유년기, 소년기, 청년기와 유사한 시기의 경계인 5세, 10세, 16세 때에 이루어진다. 이외에도 이 작품의 "푸가초프의 난" 장에서 역사적 시간의 열(라인)과 전기적 시간의 열이 다음과 같이 다시 교체되고 있다. "어느 날 저녁(1773년 초의 사건이었다) 나는 집에서 가을바람이 울부짖는 소리를 들으며 창밖을 바라보며 앉아 있었다. (중략) 사령관 명의의 명령으로 나를 부르러 왔다…"

바로 이때 어떤 정치적 사건들이 일어날 수 있다고 할지라도 어느 해에 안드레이 페트로비치 그리뇨프가 아들(즉, 이 작품의 주인공 그리뇨프)에게 프랑스인 가정교사인 보프레를 고용했는지는 불투명한 부분으로 남는다. 주인공 그리뇨프의 유년기와 소년기의 묘사 시 서술은 역사와 정치로부터는 멀리 떨어진 채 그 간격을 유지하고 있다. 전기적 삶이 마치 역사의 외부에서 진행되고 있는 듯하다. 슈제트 발전의 출발점은 "그러는 사이에 나는 만 16살이 되었다. 이때 내 운명이 바뀌어버렸다."라는 구절이다. 여기에서도 역시 역사적 열이 없다. 화자(서술자)는 푸가초프의 난이 일어나기 전까지는 역사에 관해서 전혀 회상하지(즉, 역사에 대한 기억을 소환하지) 않고 있다.

이처럼 두 개의 시간적 열(역사적 열과 전기적 열)이 있다는 것을 이 작품의 텍스트에서 볼 수 있다. 그러면 이 두 종류의 열이 어떻게 상호작용하는지 살펴보자.

어떤 역사적인 날짜들이 중요하다는 사실임에도 불구하고, "나는 가족 수기가 아닌 역사에 속하는 오렌부르크의 포위를 묘사하지 않겠다."라는 구절에서처럼 그 역사적인 날짜들이 언급되지 않는다는 사실을 엿볼 수 있다. 물론 그 역사적인 날짜들도 여러 위대한 역사 중 하나인 푸가초프의 난의 역사와 연관되어 있다고 할지라도 독자의 눈앞에는 회고록 작자-그리뇨프의 "가족 수기"(또는 한 집안의 역사)가 존재하는 것이다.

오렌부르크의 포위에 대한 언급과 연관하여 자서전적 열과 역사적 열이 정면으로 대립하고 있다. 왜냐하면, 이 포위는 위대한 역사에 포함되므로 작가-화자는 그것을 묘사하고 싶지 않기 때문이다.

앞에서 자서전적 열과 역사적 열의 시간이 교차하는 두 가지 경우만 약간 언급했다. 1773년 10월은 푸가초프의 난이란 관점에서 볼 경우, 매우 중요한 시간에 해당한다. 왜냐하면, 바로 이때, 즉 그리뇨프가 "집에 홀로 있을 때", 푸가초프에 관한 소식을 듣게 된다. 이는 두 개의 시간의 열이 교차하고 있음을 의미한다. 이 소설의 제13장인 "체포"장에서 이에 관해 언급되고 있다. "2월 말이었다. 군대 운영을 어렵게 했던 겨울이 지나가고 있었다 (중략) 푸가초프는 계속 오렌부르크 아래에 (머무르고) 있었다…" 여기에는 정확한 날짜가 언급되어 있지 않다고 할지라도 1774년 초라는 사실이 분명히 고려되어 있다. 이어서 "(전략) 곧 갈리츠인 공작이 타치세프 요새 부근에서 푸가초프 (군대)를 격파했다…"라고 언급된 인용문에는 사건이 정확한 날짜가 나타나 있어야 하는데도, 그렇지 않음을 볼 수 있다.(그런데 이 작품이 실린 작품집의 주해서에는 이 사건의 발생일이 1774년 7월 12일로 되어 있음.) 이를 오렌부르크 포위의 경우처럼 만드는 것이 어렵지 않음에도 불구하고, 텍스트 자체에 정확한 날짜들이 언급되어 있지 않다는 점이 흥미롭다.

푸시킨의 장편 〈대위의 딸〉의 마지막 장인 "재판" 장의 오렌부르크의 에르 장군의 편지에는 다음과 같이 언급되어 있다. "(전략) 상술한 그리뇨프 소위보는 오렌부르크에서 작년 1773년 10월 초부터 금년 2월 24일까지 복무했습니다. (후략)" 여기서 그리뇨프의 운명이 작품의 처음에서도 공식적인 역사와 연관될 뿐만 아니라, 중간에서도 일정한 날짜가 있는 푸가초프의 난의 시작에 연관해 언급되어 있다는 결론을 내릴 수 있다. 이러한 점들에서만 두 개의 시간의 열이 교차가 되고 있다. 이 소설의 맨 마지막 부분에 "가문의 전설에 의하면, 그가 특사로 1774년 말에 석방되었다."는 어구가 쓰여 있다. 주인공의 전기와 역사 간의 관계는 마치 그리뇨프의 아버지의 퇴역이 언급되는 이 작품의 맨 처음 부분에서처럼 여기서도 똑같다. 즉, 이와 같은 관계는 이 작품의 처음, 중간, 끝에 존재할 뿐 아니라, 주인공의 전기에 나타난 과거의 사건들조차 공식적인 역사적 열 속으로 이동하는 "체포" 장에서도 존재하기 때문에 그것들의 연대가 더 정확해지는 것이다. 그러면 어떤 결론을 내릴 수 있을까? 그리뇨프의 개인적인 운명은 국가의 운명과 연관된 역사적 시간의 요소가 존재하는 곳에만 언급되어 있음을 분명히 알 수 있다. 바로 이러한 이유로 인해 자서전적 연대가 역사보다 더 정확히 표현되고 있다. 독자는 그리뇨프가 벨로고르스크 요새를 떠난 뒤에, 언제 오렌부르크에 도착했는지를 이전에는 모르고 있었다. 단지 그가 마샤를 구출하려고 출발했다는 것만 알고 있었을 뿐이다. 그리고 그날이 며칠이었는지도 모르고 있었다. 이제는 재판(심문)에서 비로소 그날이 2월 24일이었음을 정확히 알게 된다.

이처럼 두 개의 서로 다른 관점이 여기서 가능하다는 점으로 모든 것이 설명된다. 공식적인 관점인 국가적 관점은 정확한 날짜를 요구할 뿐만 아니라, 이 날짜들과 역사적인 사건들과의 상호 연관 관계를 요구하고 있다. 반면에 여기서 자전적인 시간이 역사적인 시간에서 멀어지는 것으로 볼 수 있다.

이제 전기적 시간이 어떤 시간의 단위로 측정되는지 살펴보기로 하지. 국가적 삶의 어떤 여러 변화를 의미하는 사건들이 역사적 시간의 범주 안으로 들어온다. 미니흐 백작의 통치 기간의 끝이나 카자크족의 동요가 시작되는 것이 국가적 관점에서 볼 경우, 이는 중요한 요소에 해당한다. 그러한 이유로 인해 그것들이 카잔의 함락이나 타치세프 요새의 함락도 이와 똑같이 언급된다. 모든 사건의 날짜가 기록될 수 있지만, 이 날짜들은 작품이 텍스트에 항상 나와 있지 않다. 사생활의 시간인 그리뇨프의 전기의 시간이 묘사되는 곳에서도 날짜가 전혀 적혀 있지 않다. 여기서는 단지 "나는 내가 5살 되던 해에 마부인 사벨리치의 손에 넘겨졌다. (중략) 나는 그의 감독하에 12살 되던 해에 러시아어 읽기와 쓰기를 습득했다. (중략) 이때 아버지가 나를 위해 마시에 보프레라는 프랑스인을 고용하셨다."라고 언급되어 있을 뿐이다. 여기서 묘사의 논리는 나이의 변화다. 그리뇨프가 12살 때 공부가 시작되고 있다. 가정 교육이 부족해서 벌써 외국인 가정교사가 필요한 것이다. 이어서 "나는 비둘기를 쫓아다니기도 하고, 치하르다(뛰어넘는 말타기 놀이-역자 주)를 하면서 철부지처럼 지내고 있었다. (중략) 그러는 사이에 나는 만 16살이 되었다. 이때 내 운명이 바뀌어버렸다."라는 말로 청소년기의 시작이 언급되고 있다. 12살부터 16살까지는 어떤 날짜도 언급되어 있지 않다. 단지 시간이 매우 큰 단위로 계산되고 있을 뿐이다.

그다음에는 여행이 이어지고 있다. 그리뇨프의 이 여행 과정에서 시간이 어떻게 계산되고 있는지 알아보자. "나는 사벨리치와 함께 마차를 타고 눈물을 흘리며 여행길을 떠났다. 그날 밤에야 나는 24시간을 머물러야 했던 심비르스크에 도착했다."라는 대목에서 우리는 그리뇨프가 아침에 출발해서 밤에 심비르스크에 도착한 뒤 하루가 지나서 그곳을 떠났음을 알 수 있다. 그런데 여기서는 이미 다른 시간 측정 단위가 사용되고 있다. 그 이전까지는 몇 년이, 심지어 여러 해 단위로 시간이 측정되었는데, 여기서는 하루 단위로 시간이 측정되고 있다. 예를 들면, "나는 여인숙에 머무르고 있었다. (중략) 나는 하루의 시작과 마찬가지로 하루의 끝을 방탕하게 마쳤다. (중략) 이튿날 나는 두통을 느끼며 잠에서 깨어났다. (중략) 나는 나의 선생에게는 작별 인사도 하지 않은 채 심비르스크를 떠났다.…" 이 사건이 아침에 또는 이미 낮쯤에 발생하고 있음이 분명하다.

눈보라와 연관된 사건이 시간 속에서 어떻게 제한을 받고 있는지 살펴보자. 예를 들어, "나는 마차에서 나왔다. 눈보라는 아직도 계속되고 있었다. (중략) 눈알을 뽑아가도 모를 정도로 캄캄했다. 주인이 팔의 소매 밑에 등불을 받쳐 든 채 대문 옆에서 우리를 맞아주었다."라는 부분에서처럼 낮인지 밤인지 도저히 분간할 수 없다.

주막집 주인과 "길잡이"와의 대화에서 나타난 역사적 시간에 대한 암시가 "그때 나는 그들이 봉기 후에 즉시 진압된 1772년의 야이크 군대 이야기를 하고 있었다는 것을 나중에야 알게 되었다."라고 말하는 부분에 나타나 있다. 우리가 역사적 사건의 날짜를 정확히 알게 된다고 할지라도, 등장인물들 사이의 대화에서 시간의 어느 부분을 떼어놓았는지를 정확히 알 수는 없다. 그런데 우리는 나중에서야 언제 대화가 발생하고 있으며, 언제 그리뇨프가 벨로고르스크 요새에 이미 도착해 있으며, 언제 푸가초프가 그곳을 향해 접근하고 있는지를 알게 된다. 동시에 우리는 이때가 바로 1773년 가을임을 알게 된다. 이처럼 역사적 사건이 그리뇨프의 전기의 시간과 어떤 연관이 있는가를 항상 알 수는 없다. 2개의 시간의 열이 개별적으로 나란히 가다가 나중에 잠시 만나게 되는 것이다.

이처럼 우리는 전기적 시간과 역사적 시간이 평행이동을 할 때, 전기적 시간은 때로는 1년 단위로, 때로는 하루 단위로 측정될 수 있음을 확인해 보았다. 주인공 그리뇨프는 주막집 주인에게 계산한 뒤 다시 길을 떠난다. 바로 그날 그는 오렌부르크에 도착해, 에르 장군에게로 가서 그의 집에서 식사한다. 제2장 "길잡이"의 맨 마지막에서 "이튿날 나는 장군과 직별 인사를 하고 내 임지로 출발했다."라고 언급되어 있다. 그리뇨프가 고향의 아버지 집을 떠나는 데서 시작하여, 마지막으로 벨로고르스크 요새를 떠날 때까지 모든 사건에 걸린 시간을 계산해

보자. 그가 아침에 집을 나선 후 밤에 심비르스크에 도착해, 그곳에서 하루를 보낸다. 따라서 벌써 2일이 지나갔다. 셋째 날에는 그가 심비르스크에서 길을 떠나 이튿날 아침까지 길에서 시간을 보낸다. 그리고 바로 그날 그는 오렌부르크로 길을 떠나, 거기서 에르 장군을 만나게 되는데, 이때가 벌써 4일째다. 이튿날 그는 에르 장군과 작별 인사를 나누고 임지로 떠나는데, 이날은 5일째에 해당한다. 그리뇨프가 길에서 보낸 시간은 매우 정확히 언급되고 있다. 예를 들면, "그사이에 어두워지기 시작했다. (중략) 나는 사령관에게로 가지고 지시했는데, 1분이 지나서 마차가 작은 목조가옥 앞에 멈췄다." 5일째가 되는 날 그리뇨프는 바실리사 예고로브나를 만나며, 자신이 묵게 될 "강변의 높은 곳에 있는 오두막으로 가서" "저녁밥도 먹지 않고 잠이 든다.", "이튿날 내가 아침에 옷을 막 갈아입기 시작했을 때, 문이 열리더니 젊은 장교가 들어와 내게 다가왔다."라는 언급은 6일째 되는 날에 일어난 사건이다. 이처럼 바로 이 6일째 되는 날에 그리뇨프와 시바브린이 사령관의 집에서 식사하게 되며, 그곳에서 그리뇨프가 마샤를 처음으로 만나 알게 된다. 이처럼 제4장 "결투"의 시작까지는 하루 시간의 매우 정확한 계산—아침, 낮, 밤—이 이루어진다. 그래서 우리는 묘사된 사건들이 6일이 걸린다는 것을 정확하게 알고 있다. 이제 이 소설의 제4장의 맨 처음 부분을 읽어보도록 하자. "몇 주일이 지나갔다. 벨로고르스크에서 내 생활은 그럭저럭 지낼만할 뿐 아니라, 심지어 유쾌하다." 이처럼 시간 계산이 변함으로써 지금까지 전개되었던 발단 단계에서는 행위의 장소가 매우 급속히 변화될 뿐 아니라, 시간도 급히 변하고 있음을 볼 수 있다. 발단의 끝부분은 그리뇨프의 운명에서 첫 번째 단계가 끝났다는 것과 연관된다.

이제 벨로고르스크에서 그리뇨프의 삶이 익숙하고 평범한 모습을 띠게 되었을 때, 시간이 하루 단위가 아닌 주 단위로 계산된다. 예를 들어, "아침마다 나는 독서를 하고, 번역 연습을 했으며, 가끔 시를 써 보기도 했다. 보통 하루의 나머지 시간을 보냈던 사령관의 집에서 거의 매일 식사했다. 물론 시바브린과는 매일 만났다. 그와의 대화가 내게 점점 덜 유쾌해져 갔다. 사령관 가족에 대한 시바브린의 일상적인 농담은 정말로 마음에 들지 않았다." 여기에는 어떤 시간 계산도 없다. 그 대신 "아침마다", "거의 항상", "점점"과 같이 끊임없이 규칙적으로 발생하는 시간의 언어적 의미들이 반복되고 있다. 또한, 이처럼 그러한 시간의 언어적 의미들의 반복이 이후의 예기치 않은 사건이 일어나기 전까지 지속한다. 바로 이 예기치 못했던 사건은 그리뇨프와 시바브린 간의 언쟁인데, 이 언쟁은 마치 작은 전쟁과 비슷한 성격을 띤다. 이에 관한 이야기는 다음과 같은 말로 시작된다. "어느 날 내가 만족스러운 시를 짓는 데 성공했다." 그러나 언제 이 사건이 발생했고, 그리뇨프가 벨로고르스크 요새에 도착한 이후 몇 시간이 지난 후에 사건이 일어났는가에 대해서는 언급되어 있지 않다. 그리뇨프와 시바브린 간의 결투 사건과 연관된 시간에 대한 언급들이 다음과 같이 계속 이어지고 있다. "이 순간 나는 시바브린을 갈기갈기 찢어 죽일 준비가 돼 있었다. (중략) 나는 즉시 이반 이바느이치를 만나러 떠났다. (중략) 나는 사령관의 집에서 평소대로 저녁을 보냈다. (중략) 이튿날 아침 7시에… (중략) 나는 이튿날 예정된 시간에 이미 서 있었다. (중략) 곧 그가 나타났다. (중략) 서둘러야만 한다. (중략) 그 순간 건초더미 뒤에서 갑자기 이반 이그나치이치가 나타났다." 이처럼 사건 진행의 신속한 템포에 대한 묘사에 비해 체포는 시간적인 속도상 습관적인 지체를 재개하는 것 같다. "사령관의 집으로 되돌아와서, 나는 평소와 다름없이 마리야 이바노브나 옆에 앉았다."

이와 더불어 우리는 그리뇨프가 벨로고르스크 요새에 도착한 뒤 몇 시간이 지나서 이 결투가 일어나고 있다는 사실을 모르고 있다. 이는 어떤 변화도 발생하지 않고, 어떤 중요한 사건들도 발생하지 않는 동안에는 그 시간의 경과에 관해서 단지 언급되지 않고 있음을 의미한다. 그리뇨프의 삶이 매우 평화롭고 고요히 진행될 때는 주인공으로서 그리뇨프는 이처럼 시간에 대해 굉장히 무관심하다. 그런데 결투가 이러한 상황을 반전시켜 버린다.

그리뇨프는 마리야 이바노브나(마샤)와의 대화에서 시바브린이 그리뇨프가 오기 전에, 즉 "약 두 달 전인 작년"에 그녀에게 청혼했다는 사실을 알게 된다. 그래서 설이 지난 뒤 봄에 다툼이 일어난 것이었다. 이렇게 몇 개월이 흘러간 것 같다. 다시 말해서 그리뇨프가 벨로고르스크 요새에 도착한 날짜와 두 번째 결투가 벌어지기 전날, 즉 시바브린과 대화한 날짜 사이에는 적어도 온 겨울이란 시간의 흐름이 존재한다.

시간의 경과가 그리뇨프와 마샤의 의논이 시작되면서 다시 정확성을 상실하기 시작한다. 그러한 현상은 그리뇨프가 시바브린과 결투해 부상당한 뒤 5일째 되는 날에 발생했다. "그때부터 나는 차츰 더 나아지기 시작했다. (중략) 결국, 어느 날 아침 사벨리치가 양손에 편지를 쥐고 내 방에 들어왔다. 사벨리치와 그리뇨프의 아버지 간의 서신 교환과 그 이후 그리뇨프와 마샤와의 이 새로운 의논은 그것들이 중요성을 지니고 있다. 그럼에도 불구하고, 그것들은 시간 계산의 변화와 연관되지 않은 사건들이다. 이 시간의 속도는 다음과 같이 부정확한 상태가 된다. "그때부터 내 입장이 바뀌었다. (중략) 내 방에 앉아 있는 일에 조금씩 익숙해졌다… (중략) 내 삶이 도저히 참을 수 없는 지경이 되었다."

이처럼 두 번의 결투가 행해질 때만 시간이 정확히 언급된다. 우리는 중요한 사건들이 어떻게 구분되느냐에 따라 이 작품의 작가인 푸시킨이 시간을 묘사하고 있음을 잠시 살펴보고 있다. 전환적인 사건이 발생하는 곳에서는 다른 성격의 사건이 묘사되는 곳보다도 시간이 더 정확히 측정되고 있을 뿐 아니라, 더 정확히 표현되고 있으며, 사건의 템포도 훨씬 더 빨라지고 있다.

우리가 이미 언급한 바와 같이 푸가초프의 난이 슈제트에 도입되는 순간이 1773년 10월 초로 기록되어 있다. 즉, 이는 그리뇨프가 벨로고르스크 요새에 도착한 시간부터 약 1년이 흘렀음을 의미한다. 이 농민 반란에 연관된 사건들이 시작되자마자 이미 하루의 시간이 기록되고 있다. "어느 날 저녁에(이는 1773년 10월 초의 일이었다) 나는 홀로 집에 있었다." 잠시 후 사령관은 푸가초프가 출현했으며, 반란군의 수괴인 그가 자신을 표트르 3세로 참칭을 하고 있다는 사실을 알리는 공문서를 읽는다.

"이튿날" 반란군과의 전쟁 준비가 시작된다는 언급으로 하루의 시간이 언급되고 있다. 그러나 이후에 "곧 모두가 푸가초프에 대해 말하기 시작했다."는 부정확한 시간의 중지가 나타나 있다. 그다음에는 시간의 속도에 대한 더 새롭고 정확한 언급이 나타난다. "이틀이 지나서 하사가 돌아와 요새에서 60베르스타(베르스타는 미터법 시행 전 러시아의 거리 단위로 1.067km-역자 주) 떨어진 초원에서 빛나는 많은 불빛을 보았고, 바시키르인들로부터 정체불명의 세력이 다가오고 있다고 들었다는 사실을 말했다." 이어지는 사건(바시키르인을 심문한 사건)의 시간은 정확히 언급되지 않고 있다. 즉, 푸가초프에 관한 첫 번째 보고가 접수된 순간부터 며칠이 지났는지가 언급되어 있지 않다. 그 대신 바로 이 사건의 시간이 기록되고 있다. "몇 분이 지난 후 죄수를 처형대로 끌고 왔다." 이처럼 분 단위의 시간 계산은 주인공 그리뇨프의 운명에 있어서 중요한 변화를 묘사하기 위해 특별히 사용된다.

이어서 니지니오지르 요새의 함락 소식과 이 소식과 연관된 토론이 뒤따른다. 그리고 다시 하루의 시간이 언급된다. "우리는 말 없이 저녁을 먹었다. (중략) 우리는 각자 집으로 떠났다."

다음에 이어지는 모든 것은 마치 시간이 많은 사건을 주인공 그리뇨프에게 연루시키면서 늘어날 정도로 매우 중요하다. "이날 밤에 나는 잠을 자지도 않았고, 옷도 벗지 않았다. (중략) 나는 동이 트면 요새 정문으로 갈 계획이었다. (중략) 밤이 나도 모르게 빨리 지나갔다. (중략) 우리 카자크인들이 밤에 요새를 빠져나갔다. (중략) 나는 급히 하사에게 몇 가지를 주의시킨 후, 즉시 사령관에게 달려갔다. (중략) 나는 거리를 쏜살같이 달렸다. (중략) 곧 초원이 많은 사람으로 가득 차버렸다. (중략) 네 명이 떨어져나오더니 요새 바로 밑에까지 말을 타고 전속력으로 달려왔다. 곧 총알이 우리들의 귓전을 스치기 시작했다. (중략) 그 순간에 무서운 함성과 고함을 지르는 소리가 울렸다. 반도들이 요새 쪽을 향해 전속력으로 달려갔다. (중략) 잠시 그쳤던 고함소리와 함성이 즉시 재개되었다. (중략) 사령관과 이반 이그나치이치, 그리고 나는 순식간에 요새의 보루 밖으로 뛰쳐나왔다. (중략) 그 순간 폭도들이 우리에게 확 달려들더니, 요새 안으로 밀고 들어갔다. (중략) 1분이 지나 나는 허공에 매달린 불쌍한 이반 쿠즈미치를 보았다… (중략) 푸가초프가 신호를 보내자, 즉시 나를 풀어주었다. (중략) 그 순간 나는 자신이 구제된 것이 기뻤었다고 말할 수 없다. (중략) 이 모든 일이 3시경까지 계속되었다. 마침내 푸가초프가 안락의자에서 일어났다. 그 순간 여인이 비명을 지르는 소리가 울렸다. (중략) 바실리사 에고로브나를 끌고 나왔다. (중략) 그때 젊은 카자크인이 군도로 그녀의 머리를 내리쳤다. (중략) 푸가초프가 떠나자, 민중이 그의 뒤를 따라서 달려갔다."

푸가초프 반란군의 급습, 벨로고르스크 요새 함락, 재판과 사형, 그리뇨프가 구원받은 일, 바실리사 에고로브나가 살해된 일 같은 날에 몇 시간에 걸쳐 연이어 진행된 사건에 해당한다.

바로 그날 푸가초프는 신부의 집을 방문하며, 그리뇨프는 자기 집에 가서 머무르고 있다. 그다음에는 밤에 끝났던 그리뇨프와 푸가초프의 대화가 진행된다. 그런 다음에 그리뇨프는 대화를 마치고 거리로 나온다. "나는 푸가초프를 남겨두고 거리로 나왔다. 밤은 고요하고 추웠다." 이어서 제8장 "불청객"의 끝부분에서는 그리뇨프가 자기 방으로 돌아가 잠자리에 든다고 언급되어 있다. 그런데 제9장 "이별"의 처음 부분에서 우리는 하루 시간에 대한 새로운 언급을 발견하게 된다. "아침 일찍 나는 북소리에 잠을 깼다. 나는 집회 장소로 갔다." 그리뇨프는 마리야 이바노브나와 작별 인사를 나누고, 오렌부르크로 방향을 정한 다음에 이른 아침에 벨로고르스크 요새를 떠난다. 그다음에 그는 에르 장군을 만나고, 군사 회의에도 참석한다. 그 이후의 시간은 다시 제10장 "도시의 포위"의 중간 부분에서 더 큰 단위로 측정된다. "이 중대한 회의가 끝난 후 며칠 지나서 우리는 푸가초프가 자신이 한 약속을 성실히 잘 지켜서 오렌부르크로 접근해 온 것을 알게 되었다." 이처럼 푸가초프의 오렌부르크로의 접근에 관해서 언급되고 있음에도 불구하고, 포위 시간에 관해서는 아무런 언급이 없다. "나는 지루해서 견딜 수 없었다. 시간은 흐르고 있었다."라는 언급은 시간의 지속성과 느린 시간의 과정에 대한 표현이다.

이제 여러 사건으로 가득 찬 시간에 관한 새로운 단서가 어디에서 시작되는지 살펴보자. "우리가 대형 밀집부대를 분산시키고 추격하는 데 성공을 거두었던 어느 날 나는 미처 도망가지 못하고 뒤처진 카자크인을 만났다." 그리뇨프는 예전에 벨로고르스크 요새에서 황제 정부군 하사로 근무한 적이 있던 막시므이치로부터 마샤의 편지를 전달받고, 마샤를 구출하려고 에르 장군에게로 곧장 달려간다. 그러나 그는 에르 장군으로부터 병력지원 요청을 거부당한다. 그래서 그리뇨프는 절망한 상태로 급히 에르 장군의 집을 물러나 숙소로 돌아오게 된다. 그 후 그는 충복 사벨리치와 함께 바로 그날 저녁에 "30분" 후에 길을 떠난다. "푸가초프의 은신처"인 베르다 마을 보초들과의 충돌은 시간에 대한 더 정확한 언급과 연관된다. 즉, 그리뇨프가 이 보초들로부터 도망간 순간부터 그들에게 붙잡힌 사벨리치를 구출하려고 다시 그곳으로 돌아오기 전까지 "몇 분"이 흘러갔다. 주인공 그리뇨프는 이 베르다 마을에서 밤을 보낸 후 아침에 푸가초프와 함께 그곳을 떠나게 된다.

제11장 "반도들의 소굴"의 맨 끝부분의 묘사는 그리뇨프가 벨로고르스크 요새로 처음에 들어온 때를 생각나게 한다. "문득 아이크 강의 가파른 절벽 위에 있는 통나무 울타리와 종루가 있는 작은 마을을 보았다. 그리고 15분이 지나서 우리는 벨로고르스크 요새 안으로 들어갔다." 그리뇨프가 이 요새에서 밖으로 나오는 때는 바로 그날(제12장 "고아"의 끝부분)이며, 그날 저녁에 그는 심비르스크 주막에서 만났던 주린과 재회하게 된다.(제13장 "체포")

주인공 그리뇨프의 운명에 있어서 가장 중요한 사건들로 가득 찬 날의 시간 계산이 처음에는 분 단위로 흐르다가, 그다음에는 이 시간 단위들이 점점 커지게 된다. "몇 분이 지나자 마샤는 말없이 눈물을 흘리면서 돌아왔다."(제12장 끝부분) 그다음의 장 제13장 '체포'의 처음 부분에서 우리는 "어느새 2시간 정도 지나서 푸가초프 세력의 휘하에 있는 가까운 요새에 와 있었다." 그리뇨프는 오렌부르크를 떠난 뒤 하루가 지나서 주린을 만난다. 이처럼 우리는 사건이 전개되는 이 모든 단계에서 시간이 정확히 계산되고 있으며, 매우 많은 사건이 각각 24시간이라는 하루라는 시간 속에 개입되고 있음을 보고 있다. 또한, 우리는 이처럼 정확한 시간 계산과 사건들로 가득 찬 시간을 4가지 경우에서 발견할 수 있다. 즉, 첫 번째는 그리뇨프의 군대 복무지로의 여행 묘사, 두 번째는 시바브린과의 다툼과 결투 묘사, 세 번째는 반도들에 의한 벨로고르스크 요새가 함락되는 순간의 묘사, 네 번째는 마샤의 구출과 연관된 사건들의 묘사에서다.

그리뇨프의 애인 마샤가 그의 부모, 즉 그녀의 미래의 시부모에게로 떠나는 순간부터 시간의 속도 묘사 방법이 바뀐다.(제13장 중간 부분)

"이때가 2월 말이었다. 군사 작전을 어렵게 만들었던 겨울이 지나자, 우리 편 장군들은 합동작전을 하려고 준비를 했다. (중략) 곧 갈르츠인 공작이 타치세프 요새 부근에서 푸가초프 군대를 격파하고, 반도들을 분산시킨 다음에 오렌부르크를 포위로부터 해방했다." 그리뇨프가 자신의 동시대인들(또한, 푸시킨 시대의 독자들)에게도 잘 알려진 역사적인 날짜를 언급하지 않는다는 사실은 시간이 사생활 영역에서는 특별한 방법들을 통해 측정됨을 의미한다. 따라서 이 경우에는 그러한 정확성과 구체성이 화자에게는 불필요하다고 본다. 그리뇨프의 관점에서 가장 중요한 사건은 마리야 이바노브나(마샤)가 그리뇨프의 부모에게로 간 것이다. 즉, 이 사건은 예전에 이미 발생한 일에 해당한다.

제13장 끝부분에서 그리뇨프는 군사적인 사건이면서 역사적인 사건으로부터 점점 멀어지고 있다. "주린이 나에게 휴가를 내주었다. 며칠이 지나자 나는 가족들과 다시 한자리에 있어야만 했고, 다시 마리야 이바노브나(마샤)도 볼 수 있어야만 했다… 갑자기 예기치 않은 위협이 나를 깜짝 놀라게 만들어버렸다." 이는 그리뇨프가 사생활로 복귀하기에는 아직 이르다는 것을 말하며, 공식적인 역사가 그를 놓아주지 않고 있음을 의미한다. "출발이 예정된 날, 길을 떠나려는 준비가 다 되었을 바로 그 순간에 주린이 손에 공문서를 쥔 채 잔뜩 근심스러운 얼굴로 내 오두막 안으로 들어왔다."라는 표현은 한순간에 극도의 긴장감을 준다.

이어서 연대를 더 정확히 표현하는 재판이 있는데, 이를 통해 우리는 어느 때부터 어느 때까지 그리뇨프가 군 복무를 했는지 알게 될 것이다. 시간의 다른 묘사는 마샤와 그리뇨프의 부모와 연관된다. "나의 체포에 대한 소문이 나의 온 가족들을 깜짝 놀라게 했다. 마리야 이바노브나(마샤)는 푸가초프와 나 사이의 이상한 친분의 관계에 대해서 나의 부모님께 아주 솔직하게 말씀드렸다. (중략) 몇 주일이 지났다. 어느 날 저녁에 아버님이 페테르부르크에 사시는 모 공작으로부터 편지를 받으셨다. (중략) 역시 그때 뜨개질하던 마리야 이바노브나가 아무래도 자기가 직접 페테르부르크로 가야 하는데 방도를 마련해 주셨으면 좋겠다는 말을 갑자기 꺼냈다. (중략) 마리야 이바노브나는 자신의 장래 운명이 이번 여행에 달려있다는 것, 그리고 자신이 가려는 목적은 고귀한 신념을 지키다 희생당한 사람(그녀의 아버지인 벨로고르스크 요새 사령관인 미로노프 대위-역자 주)의 딸로서 높은 분들의 보호와 조력을 구해보려는 데 있다고 대답했다. (중략) 마리야 이바노브나는 곧 여행 준비를 마쳤다. 며칠 후 그녀는 충실한 몸종인 팔라샤와 충직한 사벨리치를 데리고 길을 떠났다.”

마샤가 예카테리나 여제의 궁전이 있는 수도 페테르부르크에 도착한 이후에 그리뇨프의 인생에서 중요하고도 결정적인 사건들에 관해서 알려졌던 곳에서 행해진 동일한 방식의 시간 묘사가 다시 지속하고 있다는 점이 흥미롭다. “이튿날 이른 아침에 마리야 이바노브나는 잠에서 깨어나 옷을 갈아입고 공원으로 갔다. 정말 아름다운 아침이었다. (중략) 안주인이 초가을에 산책했다고 그녀를 나무랐다.” 여기서 1774년 가을에 이 사건이 일어나고 있음을 추측할 수 있다.

그동안 시간이 얼마나 흘렀을까? 1774년 2월 말에 그리뇨프가 체포되었고, 그해 가을에 마리야 이바노브나(마샤)는 “중년 부인”과 함께 만나, 바로 그날 궁전에 들어간다. “몇 분이 지나서 카리에타(용수철이 달린 사륜마차-역자 주)가 궁전에서 멈췄다. (중략) 잠시 후 문이 열리자 그녀는 여제의 방으로 안내받았다.” 이 경우, 시간 계산은 분 단위로 이루어진 것이다.

이상과 같은 고찰을 통해 우리는 다음과 같이 크게 2가지 결론을 내릴 수 있다.

첫째, 푸시킨의 장편소설 〈대위의 딸〉에서 두 가지 시간 묘사 방법이 부단히 교체되고 있다. 그중에 첫 번째 방법은 시간의 과정이 매우 큰 측정 단위들(몇 년, 봄, 여름, 가을, 겨울이라는 사계절의 변화 등)로 언급되거나, 이 시간의 과정이 기록되지 않은 시간의 간격들이 나타남으로써 부정확한 상태로 남는다는 데 있다. 두 번째 방법은 시간이 대단히 정확히(아침, 점심, 저녁, 밤, 시간, 분 단위로) 기록되고, 중간에서 끊어지는 일이 없이 연이어 진행된다는 데 있다. 첫 번째 방법은 주인공 그리뇨프의 삶에서 푸가초프의 난처럼 예기치 않은 사건들이나 중대한 변화가 없을 때 사용된다. 그런데 두 번째 방법은 그와는 반대로 주인공의 운명에 결정적인 변화와 중대한 사건들이 발생할 때 사용된다.[10]

둘째, 시간 묘사 방법들에 있어서 그와 같은 차이를 소위 "사생활"과 "역사적인 삶" 간의 구분으로 설명해서는 안 된다는 점이다. 여러 가지 변화들과 그것들의 중요한 의의는 그리뇨프의 운명에 의해서 여러 곳에서 규정되고 있다. 그에게 있어서 다소 중요한 사건들은 그것들이 "역사적인 것"인가, 아니면 "개인적인 것"인가에 관계없이 바로 그러한 관점에서 묘사된다. 이 사건들 가운데 첫 번째도, 그리고 마지막 것도 역사적인 것으로 규정할 수 없다 할지라도, 시간의 정확한 계산과 연속적인 계산은 그리뇨프와 시바브린과의 결투 묘사에서만 아니라, 벨로고르스크 요새 공습 묘사에서도, 그리고 마샤와 예카테리나 여제의 만남에 대한 묘사에서도 특징적이다. 따라서 그것들 모두가 삶의 일상적인 과정과 세태적인 과정의 파괴를 의미한다.

작품 〈대위의 딸〉에서 벨로고르스크 요새는 중심적인 사건들이 발생할 뿐만 아니라, 다른 공간들에 비해 훨씬 더 많은 사건이 일어나는

---

10 Ср. наблюдения Д.Д. Благого: "В первых трех белогорских главах описывается то, что происходило в течение почти целого года (сначала зимы 1772 года до октября 1773 года). В трех последних – то, что произошло на протяжении всего около суток" (Благой Д.Д. Роман о вожде народного восстания (《Капитанская дочка》) А.С. Пушкина // А.С. Пушкин. Капитанская дочка. П., 1984. С. 267.

중요한 공간이다. 바로 여기서 주인공 그리뇨프가 군대 생활을 하게 되며, 그가 마샤(마리야 미로노바)를 만나 사랑하게 된다. 또한, 그가 악한인 시바브린과 두 번이나 결투하게 되는 공간도 이곳이며, 그가 푸가초프 반란군의 습격을 받게 되고, 푸가초프와 두 번째로 만난 곳도 바로 이곳이다. 또한, 벨로고르스크 요새는 그리뇨프가 바로 여기서 오렌부르크로 떠나서, 나중에 자신이 사랑하는 여인인 마샤를 구출하러 반란군의 소굴인 베르다 마을에서 푸가초프와 함께 이곳으로 돌아오게 되는 공간이다.

3. 푸시킨의 비극 〈보리스 고두노프〉에 나타난 행위와 사건의 통일

희곡 이론에 있어서 문학의 한 양식인 희곡(드라마) 속에 사건의 통일성이 반드시 있어야 한다는 주장이 보편적으로 수용이 되어 왔다. 그런데 고전주의 시대에는 앞에서 언급한 것과는 다른 관점에서 바라보는 주장이 강했다. 특히 고전주의 희곡 이론가 부알로는 "시적 예술"이라는 논문에서 바로 이 사건의 통일성에 관해 언급하고 있다. 그가 주장하는 사건의 통일성이란 시간과 공간의 통일을 의미한다. 이 시공간의 통일성에 대한 이론이 항상 지지를 받지 못하고 있음에도 불구하고, 대부분이 생각하는 바와 같이 사건의 통일성은 드라마에 항상 존재하고 있다.

이 희곡에 관한 보편적 해석에 따를 경우, 푸시킨의 비극 〈보리스 고두노프〉는 상당히 놀라운 예외에 해당한다. 바로 이 예외가 이 작품과 연관된 행위의 통일(единство действия)을 허용하지 않는 경우가 많지만, 불충분한 해석을 허용할 때도 가끔 있다. 문제는 〈보리스 고두노프〉에서 행위의 통일(또는 일치)이 어떤 연구자들에게는 불충분하게나마 이해될 만한 해석이 허용되지만, 다른 연구자들에게는 그렇지 않다는 데 있다.

따라서 왜 이러한 현상이 발생하고 있으며, 이 두 가지 문제에 관한 해결 방법이 어떻게 다르게 나타나는지 비교 연구해볼 필요가 있다. 또한, 그 해결 방법에 따라 연구자들을 그룹별로 분류할 필요가 있다. 예를 들어, 이 비극적 장면들에 관한 연구자들의 견해가 어떻게 나타나는가에 따라 그룹을 지을 수 있을 것이다. 이러한 토대 위에서 우리는 〈보리스 고두노프〉에 나타난 행위의 통일에 대한 문제를 새롭게 제기하고자 한다. 따라서 이 글에서는 앞에서 언급한 두 가지 문제에 관한 해결 방법을 비교 분석함으로써 〈보리스 고두노프〉에 나타난 행위의 통일에 대한 이해를 더 새롭게 접근하고자 한다.

우선 〈보리스 고두노프〉에 관한 러시아 연구자들의 연구를 이 글의 연구 목적에 맞추어 분석해보도록 하자. 왜냐하면, 그들의 연구를 바탕으로 외국 학자들의 연구를 했기 때문이다. 다시 말해서 외국 연구자들은 〈보리스 고두노프〉를 연구할 때 러시아 연구자들의 연구를 인용하고 있기 때문이다. 물론, 외국 연구자들의 연구 단계는 러시아 연구자들의 연구에 의존하고 있는 양상이다. 그러면 러시아 연구자들의 연구를 먼저 살펴본 후 외국 연구자들의 연구에 관해 살펴보도록 하자.

먼저 〈보리스 고두노프〉의 연구자 비노쿠르(Г.О. Винокур)가 행한 연구에서 시작하도록 하자. 비노쿠르는 '민중의 문제'가 아니라, '권력 찬탈'이란 주제를 가지고 분석을 시작하고 있다. 따라서 우리는 범죄에 관한 문제에 관심을 집중할 필요가 있다. "(전략) 푸시킨 비극의 토대 위에는 범죄의 도움을 받아 권력을 획득한 찬탈자-황제의 형상이 놓여 있다."[11]

앞으로 〈보리스 고두노프〉의 연구자들이 민중의 문제를 가장 중요하게 생각할 경우, 우리는 이러한 문제 해결 방법이 윤리 문제로부터 멀어지게 된다는 것을 확신하게 될 것이다. 왜냐하면, 민중이 범죄에 관해 어떤 태도를 보이며, 민중의 관점에서 어떤 군주는 범죄를 저지른 죄인에 해당하지만, 다른 군주는 범죄인에 해당하지 않는다는 사실이 중요하기 때문이다. "민중은 보리스를 '사랑할'" 모든 토대를 갖고 있다. 민중에게는 농노제조차 은혜였다. 이것이 단지 오해 또는 우둔함으로 인해 모두 이해되지 못했다. 그러나, 민중은 보리스에게서 하나님으로부터 거부당한 황제 살해자를 보았기 때문에, 그를 사랑하지 않는다는 것을 확실히 알고 있다."(Винокур, 309)고 비노쿠르는 주장하고 있다. 게다가 비노쿠르는 푸시킨의 윤리 문제와 연관된 종교적 특성에 관해 다음과 같이 언급하고 있다. "푸시킨의 비극에서 그가 묘사한 시대정신에 따라, 황제에 대한 민중의 심판은 종교적이고 윤리적인 심판 형식이었다. "헤롯왕(царь Ирода)을 위해 기도해선 안 돼."라고 유로지브이(Юродивый)가 말하고 있다."(Винокур, 310)

이처럼 러시아 역사에서 민중의 역할에 대한 중요한 사상을 나타내는 간단명료한 표현들이 비노쿠르의 연구에서는 아직 나타나 있지 않다. 그는 다음 장소에서 푸시킨의 비극에 나타난 행위의 통일에 대한 문제에 관해 언급하고 있다. "푸시킨의 동시대인들이 푸시킨이 그의 비극에서 파괴한 모든 전통적 통일 중 〈보리스 고두노프〉에 나타난 "행위의 통일"의 부재와 타협하기가 가장 힘들었다는 것은 놀라운 일이 아니다."(Винокур, 321) 비노쿠르는 이 특성을 작품의 두 주인공-보리스와 참칭자-의 권리의 평등과 연관시키고 있다. 보리스와 참칭자는 각자 자기의 슈제트 라인을 지니고 있다. "(전략) 두 주인공이 참여한

---

11   Г.О. Винокур, *Комментарии к 『Борису Годунову』 А.С. Пушкина* (М., 1999), С. 308. 이하 이 작품의 인용 시 이 판본에 따라, 본문에 (Винокур, 쪽수) 형식으로 표기하겠음.

그 자체보다는 참칭자가 보리스를 방해한다는 점이 푸시킨의 동시대인들을 당혹하게 했음이 명백하다."(Винокур, 321)

또한, 비노쿠르는 푸시킨의 동시대인들이 행한 고찰에 1) 보리스의 형상에서는 고전주의 희곡의 원칙을 결합하고, 2) 참칭자의 형상에서는 셰익스피어의 희곡 원칙을 결합한 (더 정확히 말해, 종합한) 것에 대한 중요한 생각을 덧붙이고 있다. "바튜시코프(К.Н. Батюшков)는 〈보리스 고두노프〉에서 프랑스 극작가 라신(Расин)의 비극 〈고폴리야(Гофолия)〉와 구체적으로 비교하는 방법으로 자기의 생각을 증명하려고 노력했다. 라신의 여주인공은 푸시킨의 보리스 고두노프와 같은 찬탈자-황제에 관한 전통적 연극의 한 유형이다. (중략) 그러함에도 불구하고 푸시킨의 비극에 있어서 고전주의 시학의 흔적에 관한 생각 자체는 그 의미를 상실하지 않는다."(Винокур, 320) "그러나 보리스의 모든 연기는 완전히 고전주의적 단순함과 심리적 관심의 집중으로 일관하고 있다."(Винокур, 321) "이와 반대로 참칭자에게서는 커다란 정신력과 연결되는 무사태평, 경솔함, 피상적인 젊은 혈기. 그리고 푸시킨이 뉘앙스를 부여하기 위해 자기의 비극에 과거에는 없었던 연모의 주제를 도입한 뜨거운 정열과 진지한 역사적 사명을 결합한 그것들은 푸시킨의 동시대인들이 이해하는 셰익스피어의 주인공들이 지닌 고유한 특징에 해당한다."(Винокур, 322)

끝으로, 비노쿠르는 드라마 원칙의 이중성에 관해 언급하고, "러시아와 폴란드 사회의"(Винокур, 322) 대립, 그리고 "러시아와 폴란드 문화의"(Винокур, 323) 대립에 관해 지적했다. 그의 이러한 생각들이 나중에 구콥스키(Г.А. Гуковский)에 의해 계승 발전되었다.

이처럼 비노쿠르가 〈보리스 고두노프〉의 슈제트 문제를 전문적으로 고찰하지도 않고, 비극 장면의 그룹화를 거의 다루지 않는다고 할지라도 (Винокур, 330) 비노쿠르의 견해는 문제 해결에 매우 중요한 역할을 한다.

이제 아르덴스(H.H. Арденс)의 저서 『푸시킨의 드라마투르기와 극장』에서 이 문제가 어떻게 제기되는지 살펴보자. 그리고 푸시킨의 비극 〈보리스 고두노프〉에 나타난 행위의 통일에 관한 문제와 직접 연관되는 것을 아르덴스의 텍스트 속에서 구분해보도록 하자. 다음은 아르덴스의 첫 번째 생각에 해당한다. "(전략) 민중의 문제는 푸시킨의 모든 작품에서 근본적으로 나타나는 결정적인 문제이자 가장 중요한 문제다."[12] 저자 아르덴스의 주장에 따르면, 각 장면과 에피소드는 민중 문제의 해결과 연관된다. 그리고 비극의 과정은 민중 문제에 관한 연속적인 조명과 해결에 해당한다. 다음은 아르덴스의 두 번째 생각이다. "(전략) 민중은 푸시킨의 희곡에서 주요한 형상으로 등장하고 있다. 저자는 이 형상의 억눌린 의지를 보리스 고두노프, 드미트리, 그리고 다른 등장인물들이 지닌 개인적 비극의 세계에서 묘사하고 있다."[13] 우리는 여기서 푸시킨 비극(трагедия)의 슈제트를 직접 분석하려는 아르덴스의 시도를 발견할 수 없다. 왜냐하면, 그가 하나의 에피소드와 하나의 사건이 다른 에피소드 및 다른 사건과 어떻게 연관되는지를 보여 주지 않기 때문이다.

그러면 두르일린(С.Н. Дурылин)의 책 『보리스 고두노프』로 우리의 논의를 돌려보도록 하자. 두르일린은 비극에 나타난 슈제트의 토대를 '역사의 자동이동'으로 보고 있다. 이와 더불어 그는 장면(сцена)들이 어떻게 서로 연관되어 있으며, 또한 장면들이 어떻게 그룹을 형성하는 지를 보여주고 있다. "비극에 나타난 최초의 네 장면이 거짓으로 선출된 황제와 역시 허위적으로 황제를 선출한 민중 간의 비극적 갈등, 그리고 귀족 계층에게 의존하는 보리스 고두노프와 대귀족 계층 간의 갈등이 시작되는 프롤로그에서 역사적 시간(1598년)과 공간(모스크바), 행

---

12 H.H Арден, *Драматургия и театр А.С. Пушкина* (М., 1939), С. 123.
13 Там же. 125.

위(보리스 고두노프의 즉위)의 일치를 통해 통일되고 있다."[14]

바로 이것이 매우 중요하다고 생각한다. 다른 많은 연구와 마찬가지로 두르일린은 푸시킨의 비극에는 행위의 연속 장면이 없다고 생각한다. 그러나 이 문제에 관한 두르일린의 입장은 다음과 같은 모순을 보인다. "푸시킨은 많은 장면으로 구성된 셰익스피어의 비극들과 연대기들 중 어느 것에나 들어있는 연속 장면의 행위가 없는 비극을 만들고 있다. 〈보리스 고두노프〉의 24개 장면 중 어느 것이나 그 장면 속에서는 행위의 발전이 없지만, 각 장면이 전체적으로 이 비극의 행위를 발진시키고 있다. 〈보리스 고두노프〉의 각 장면은 무대 뒤에서, 즉 삶 속에서 격동하는 행위 전체 발전의 역동적 결과."[15] 통일된 행위의 부재는 각 장면에서 무슨 일이 발생하고 있으며, 무엇이 그 자체로 존재하는가를 의미한다. 이와 동시에 각 장면이 행위를 앞으로 나아가게 한다고 두르일린은 확신하고 있다. 그런 경우, 행위의 통일이 이루어진다고 볼 수 있다.

두르일린은 자신의 저서 『보리스 고두노프』에서 비극의 행위가 역사 과정을 재현한다고 주장하고 있다. 따라서 그는 푸시킨의 작품 〈보리스 고두노프〉의 구상과 연관된 뱌젬스키(П.А. Вяземский)의 편지와 카람진(Н.М. Карамзин)의 역사책 『러시아 국가의 역사』 속에 이 구상에 관한 내용이 들어있다는 푸시킨의 말을 인용하고 있다. 두르일린은 비극의 행위가 역사적 사건들의 연대기적 연속성 위에서 만들어진다고 생각한다. 그러나 푸시킨은 연대기적 연속성 위에서 모든 사건을 발생시키지 않는다. 따라서 우리는 두르일린의 그와 같은 주장은 설득력이 없다고 본다. 두르일린은 사건들 중에서 몇 개를 선택하고 있다. 이

---

14   С.Н. Дурылин, *Пушкин на сцене* (М., 1951), С. 69.

15   Там же. С. 71.

희곡 〈보리스 고두노프〉의 처음 해는 1598년으로 나와 있는데, 그다음 해는 벌써 1603년으로 나타나 있다. 만약 그러한 선택이 있을 경우, 비극의 행위는 해가 지나감에 따르는 역사 과정인 역사 자체의 연속성을 재현한다고 말할 수 없다. 그밖에도 1년이란 시간적 틀 안에서 어떻게 해서 행위가 앞으로 발전하는지 이해하기가 어렵다.

아르덴스와 두르일린의 연구를 비교하면서, 우리는 역사적 사건들에 있어서 민중의 결정적인 역할에 관한 푸시킨의 묘사와 민중이 "주인공"이라는 것에 관한 공통된 사상적 주장을 그들에게서 발견할 수 있다. 이 사상적 주장은 텍스트 속에 잠겨 있는 것이 아니라 그 표면에 나타나 있음을 볼 수 있다. 이와 동시에 두르일린은 텍스트에 관해서도 언급하고 있다. 그는 장면과 등장인물의 수에 관해 관심이 있을 뿐만 아니라, 장면들의 상호 연관에 관해서도 관심이 있음을 볼 수 있다. 그러나 두르일린은 행위의 통일에 관한 문제에 있어서 초지일관 숙고하는 태도를 보이지 않는다.

이어서 고로데츠키(Б.П. Городецкий)의 책 『푸시킨의 희곡론』에 관해서 살펴보도록 하자. 이 책 제3장에서 저자는 푸시킨의 비극 〈보리스 고두노프〉를 18세기 후반의 러시아 극작가인 폰비진의 희곡 〈지혜의 슬픔(Горе от ума)〉과 비교하면서, 〈보리스 고두노프〉에는 행위, 에피소드의 연속성이 비조직적이라고 언급하고 있다. 근본적으로 이 언급은 희곡 이론가들이 보통 구분하는 두 가지 구조의 전형—즉 논리적으로 상호 연관된 행위들에 관한 구분과 논리적으로 직접 상호 연관이 없는 장면들에 관한 구분—에 관한 것이다. "푸시킨은 자신의 비극에서 대부분의 주요한 사건들이 관객의 눈앞에서 발생할 때 사건의 발전 원리를 약간 다르게 적용했다. 희곡에서 그러한 유형의 긴장은 점점 강화되다가 결국은 대단원에서 해소된다. (후략)"[16]

위에서 언급한 희곡 구조의 두 가지 유형과 연관하여 할리제프(В.Е.

Хализев)의 다음과 같은 견해를 살펴보도록 하자. "희곡은 사건의 다양한 분리 원칙을 알고 있다. 예를 들어, 고전적인 동양의 희곡론과 중세 유럽의 희곡론에서 (중략) 다양한 시간과 서로 다른 공간들에서 전개되는 많은 짧은 장면 에피소드의 행위에 관한 세분이 특징적이다. (중략) 그러한 종류의 행위의 "분산"은 마치 현실 수용의 서사시적 자유를 부여하듯이 폭넓은 삶의 수용 가능성을 희곡 작가에게 부여한다. 이와 함께 시공간의 빈번한 이동은 묘사 대상의 신빙성에 관한 환상을 무너뜨린다. 장면 에피소드들의 간결성은 그것들이 현실이 아닌 허구, 장난, 가장을 지닌 사건(дело)이라는 것을 독자들에게, 특히 관객들에게 회상시키는 것 같다. (중략) 묘사되는 대상의 신빙성과 그것의 현실 모사에 관한 지향이 시공간에서 상호 유사해진, 많지는 않지만, 상당히 커다란 에피소드들에서 행위의 집중을 수반하는 것은 당연하다. 바로 이 점이 최근 수백 년 동안 러시아를 포함한 유럽 드라마-극장 예술의 보편적 형태에 고유하게 나타나고 있다. (중략) 고전주의 시대부터 거의 19세기에 이르기까지 대부분 드라마를 장면과 연관된 에피소드들로 구분한 것은 연극을 행위와 구분시키는 것과 일치한다. 그 행위 사이에는 휴식 시간이 있다. 그러한 사정은 바로 사실주의 희곡론(그리보예도프, 고골, 오스트롭스키, 체호프, 고리키)에 있다. (중략) 등장인물들의 생각과 감정은 상세한 장면 에피소들 속에서 나타나 있다. 이때 시공간에 있어서 행위의 개념은 연극 관객에게 주요 묘사 대상의 현실성에 관한 환상을 불러일으킨다."[17]

바로 여기서 푸시킨의 비극 〈보리스 고두노프〉에 있어서 행위의 통일이 부재하다는 것에 관한 고르데츠키의 다음과 같은 생각이 나온다.

---

16   Б.П. Городецкий, *Драматургия Пушкина* (М.:Л.), С. 119.

17   В.Е. Хализев, *Драма как род литературы* (М,. 1986), СС. 162-164.

"(전략) 희곡의 한 슈제트 축을 둘러싸고 행위의 발전을 규정하는 행위의 통일은 희곡의 한 주인공과 함께, 푸시킨의 표현에 의하면, "단지 보존될 뿐이다."[18] 다른 곳에서 고르데츠키는 "꾸며낸 슈제트(надуманный сюжет)"에 대한 푸시킨의 거부에 관해서 말하고 있다. 또한. 그는 비극의 "슈제트 라인"이 "재현된 역사적 사건들의 연대적 일관성"에 종속되어 있다는 점을 언급하고 있다.[19] 행위의 통일이 역사적 사건들이 발생한 연대의 재현 위에서 이루어지고 있다는 견해는 다른 많은 연구에서도 반복되고 있다.

바로 이 문제가 텍스트와 연관되어 있어서 행위의 통일이 어떤 의구심을 불러일으키게 된다고 생각한다. 따라서 비극에서 중요한 것이 '민중', '민중의 운명'이라는 주장은 어떤 의구심도 불러일으키지 않는다고 본다. 행위의 통일에 관한 문제가 해결되지 않은 채 남아 있음에도 불구하고 두르일린과 고르데츠키는 비극에 일정한 장면 그룹이 있다고 본다. 즉, 처음 네 장면은 프롤로그에 해당한다. 이어서 참칭 황제(Самозванец)의 출현과 함께 "새로운 매듭이 묶이게 되고" 두 개의 슈제트 라인이 대비되기 시작한다.[20] 장면들이 그룹을 형성한다면, 그것들이 어떤 유일한 행위와 연관되어 있다는 것을 의미할 것이다. 모든 장면이 서로 계속 나온다고 말할 수 없다면, 동일한 장면 그룹에서만 다른 장면 그룹이 나오는 셈이 된다. 즉, 논리적 관계를 연속 장면들 사이가 아닌, 장면 그룹들 사이에서 찾아야만 할 것이다. 따라서 두르일린과 고르데츠키는 장면들을 그룹으로 만들면서 문제의 해결 방법을 탐색했다고 볼 수 있다. 이것이 바로 텍스트 고찰 방법이다.

두르일린과 고르데츠키는은 여기서 이론적으로는 어떤 행위의 통

---

18 Городецкий. Указ. соч. СС. 119-120.

19 Там же. С. 120.

20 См.: Там же. С. 127.

일도 보지 않고 있다. 그러나 이 고찰을 통해서 우리는 그들이 이 비극 텍스트에 나타나는 장면들이 그룹을 형성하고 있다고 판단하고 있음을 알 수 있다. 예를 들어, 고르데츠키는 이 비극 〈보리스 고두노프〉에 나타나 있는 "폴란드 장면 시리즈"[21]에 관해 말하고 있다.

이제 블라고이(Д.Д. Благой)의 책 『푸시킨의 훌륭한 테크닉(Мастерство Пушкина)』을 살펴보도록 하자. 〈보리스 고두노프〉의 연구자 블라고이는 자신의 첫 주장에서 "역사적 사건 그 자체의 연속적 이동과 발전의"[22] 재현을 위해 구성된 슈제트에 관한 평범한 생각을 반복해서 언급하고 있다. 이와 동시에 블라고이는 다른 연구자들과 마찬가지로 "푸시킨의 공간과 시간뿐만 아니라 행위의 전통적 통일"이 파괴되어 있다고 생각한다. 즉, 최소한 "필요로 하는 '행위의 통일'이 고두노프 라인과 자칭 황제 라인으로 양분되어 있다"[23]. 그러나 블라고이는 이와 더불어 정반대의 주장을 하고 있다. 한편으로는 행위의 통일이 없다. 그런데 다른 한편으로는 "〈보리스 고두노프〉의 각 장면은 규칙적 고리임과 동시에 비극 발전의 역사적 행위와 예술적 행위의 공통 사슬 속에 들어있는 필수적 연결고리다."[24] 따라서 역사적 사건의 움직임은 단순한 것이 아니라, 비극 속에 들어있는 예술적 슈제트의 움직임에 해당한다. 블라고이는 조금 더 나아가 다음과 같이 강조한다. "게다가 이 모든 23개 장면-고리는 외적인 연대적 일관성의 질서 속에서 서로가 꼬리를 물고 연결되어 있을 뿐만 아니라, 내적 친화력(сродство), 유기적이고 예술적인 상호 연관 관계를 통해 서로 긴밀히 연결되어 있다."[25]

---

21 Там же. С. 130.

22 Д.Д. Благой, *Мастерство Пушкина* (М., 1955), С. 116.

23 Там же. С. 118.

24 Там же. С. 119.

25 Там же.

우리는 푸시킨 자신이 사실주의자이기 때문에 역사의 필연적 과정의 이해를 추구했다고 생각한다. 그는 아무것도 고안해낼 필요가 없었다. 즉, 어떤 줄거리나 예술적 슈제트를 생각해낼 필요가 없었던 것이다. 푸시킨은 역사의 움직임을 단순히 재현했을 뿐이다. 그런데 민중은 역사에서 일정한 역할을 하고 있다. 따라서 개별적인 주인공의 운명이 아닌 민중의 운명이 중심에 놓이게 되는 것이다. 이처럼 두르일린, 고르데츠키, 블라고이는 텍스트 고찰을 통해 장면의 그룹화에 관해 논하고 있음을 볼 수 있다.

블라고이는 첫 장면들과 마지막 장면들이 유사하며, 상호 공통적인 연관 관계가 있다고 본다. 두 가지 경우 세 장면씩 서로 연관되어 있다. 물론 장면들이 그룹을 형성하고 있다면, 이 그룹화에는 어떤 논리가 들어있을 것이다. 그런데 바로 여기에 모순이 있다. 왜냐하면, 한편으로는, 평범한 예술적 행위의 통일이 없어 보이는 것 같고, 예술적 일관성도 없어 보이는 것 같은데, 다른 한편으로는, 생생한 역사적 일관성과 예술적 일관성이 나타나 있기 때문이다. 그래서 더 훌륭하게 보이는 것이다. 왜냐하면, 민중이 역사의 주인공이라는 사실이 더 잘 나타나 보이기 때문이다.

우리는 푸시킨의 비극 〈보리스 고두노프〉에 나타난 장면의 그룹화에 관해 연구한 세 학자의 고찰과 결론을 다른 장소에서 더 상세히 살펴보도록 하자. 그러면 이제 다음 질문에 답해보도록 하자. 왜 소비에트 시기 러시아 문학 연구가들의 의식 속에서 비극의 문제와 그것의 형식 간에 불일치가 불가피하게 일어났을까?

문제는 그들이 푸시킨의 비극 〈보리스 고두노프〉의 사상적 개념 속에 윤리적 측면이 들어있다는 것을 느꼈다 할지라도, 국가-정치적 의미만을 특별히 보고 싶어 했는지도 모른다는 데 있다. 그러나 푸시킨의 비극(трагедия)의 윤리는 종교적 비극이라고 본다. 바로 여기서 어려운 문제들이 발생하고 있다. 그 뚜렷한 예가 고르데츠키가 다음과 같이 피력한 견해다. 그는 "소년 지미뜨리 숭배"를 "심오한 정치적 의미가 녹아 있는 전설"이라고 주장한다. 이와 동시에 고르데츠키는 "소년-수난자의 형상 속에" 나타나 있는 "최고의 도덕적 순수성의 이상"[26]이 민중의 순수함을 통해 구현되어 있다고 주장한다.

우리는 비노쿠르(Г.О. Винокур)가 푸시킨의 비극 〈보리스 고두노프〉에 나타나 있는 윤리 문제의 진정한 의미를 잘 이해하고 있다고 생각한다. 또한, 우리는 구콥스키(Г.А. Гуковский)의 책에서 이 푸시킨의 비극의 해석에 관한 반복적 강조가 있음을 볼 수 있다. 여기서도 민중의 역할에 관한 전통적 사상에 관한 주장이 다음과 같이 언급되어 있다. "(전략) 그의 이해에 있어서 비극은 민중을 제1순위에 오른 그 문제에 주로 바쳐져 있었다."[27] "〈보리스 고두노프〉에는 역사적 사건들이 바로 민중에 의해 창조되었다."(Гуковский, 16) "민중은 (중략) 비극의 맨 처음부터 끝까지 행위의 토대이자 소유자다."(Гуковский, 17) 이 모든 것은 우리에게 잘 알려진 주장들이다. 그러나 구콥스키에게는 행위의 심리적 측면이 매우 중요하다. 바로 이 점이 새롭고 신선하다. 푸시킨의 비극 〈보리스 고두노프〉 속에는 심리적인 문제가 나타나 있으며, 복수의 비극, 양심의 비극이 들어있다는 생각이 처음으로 나타나 있다. 보리스 고두노프는 황제로서도 출현하고, 복수의 문제를 지닌 양심의 고통을 지닌 인간으로서도 나타나 있다.[28]

구콥스키는 국가-역사의 문제 및 정치의 문제뿐만 아니라, 윤리의 문제를 자신의 고찰 대상에 포함하고 있다. 그의 중심 사상은 비극의

---

26   Там же. С. 133.

27   Г.А. Гуковский, *Пушкин и проблемы реалистического стиля* (М., 1957), С. 15. 이하 이 작품의 인용 시 이 판본에 따라 본문에 (Гуковский, 쪽수) 형식으로 표기하겠음.

28   См.: Там же. С. 18.

국가— 역사적 문제–"민중과 권력의 문제"–가 윤리의 문제로 동시에 나타나며, 범죄, 양심, 권력 모티프와 필연적으로 긴밀히 연관되어 있다. 즉, "〈보리스 고두노프〉의 토대는 권력, 독재, 그리고 민중의 상호 연관 관계이다. (중략) 비극의 심리적 라이트모티프를 고려치 않은 채 비극을 이해하거나, 복수, 양심의 비극을 이해하기란 불가능하다."(Гуковский, 18)

구콥스키의 선배 연구자들은 역사에서 민중의 역할을 말할 경우, 이편이나 저편, 이 권력이나 다른 권력을 지지하면서 민중이 어느 소속의 생각이나 규범으로부터 기원하는가에 관한 문제를 다루지 않았다. 그런데 우리는 바로 이것이 푸시킨에게서는 매우 중요하다고 본다. 민중의 묘사에 있어서 어떤 윤리적 문제도 보지 못한다면, 이는 푸시킨으로부터 매우 멀리 벗어나 있음을 의미하기 때문이다. 구콥스키가 초음으로 시도한 참신한 해석, 즉 푸시킨의 비극 〈보리스 고두노프〉에 관한 최초의 새로운 해석에는 중요한 특징이 있다. 구콥스키는 다음과 같이 언급한다. "민중이 세력이라는 사실 뿐만 아니다. 푸시킨은 민중에게 높은 도덕적 순수함이 근본적으로 고유하게 주어져 있음을 보여준다."(Гуковский, 30) 민중은 권력에 대한 윤리적 요구를 소유하고 있기 때문이다. 즉, "민중의 도덕적 감정의 순수성에 관한 문제는 유로지브이가 나타나는 장면에서 특히 두드러지게 제기되어 있다. (모스크바 사원 앞 광장)"(Гуковский, 32)

두 번째는 구콥스키 연구의 근본적 참신성이 어디에 있는가이다. 그것은 그가 두 가지 문화 유형에 관한 대조를 비극 〈보리스 고두노프〉에서 보았다는 점에 있다. 이 대조는 몇 가지 모티프(그리고 유형), 즉, **사랑, 문학적 창조, 그리고 두 가지 종교**의 대조로서 전개되고 있다. 왜 이것이 중요한가? 왜냐하면, 장면의 그룹화 속에서 시작(몇 개의 장면)과 끝(역시 일련의 장면)의 대조를 강조하기 때문이다. 그러함에도 불구하고 구콥스키는 중심에 두 문화의 대조가 있음을 보여주고 있다.

이처럼 우리는 구콥스키의 책에서 푸시킨의 비극 〈보리스 고두노프〉에 나타난 행위의 통일에 관한 문제(즉 슈제트의 국가-역사적 측면과 윤리적 측면의 근본적인 상호 연관 관계의 문제)가 처음으로 정확히 고찰되었다고 말할 수 있다. 그러나 우리는 구콥스키가 그러한 관점에서 비극 〈보리스 고두노프〉의 슈제트를 일관적으로 분석하지 않았다는 데서 그의 연구의 미흡한 점을 발견할 수 있다.

우리는 보츠카료프(В.А. Бочкарев)의 논문에서 심한 사상적 주장의 회피와 더불어 〈보리스 고두노프〉에 나타난 도덕적 문제의 전통성에 관한 강조를 볼 수 있다. 저자는 피멘의 말-"우리는 황제 살해자를 / 군주라고 불렀다(Владыкою себе цареубийцу / Мы нарекли)"-과 유로지브이의 말-"헤롯왕을 위해 기도해선 안 돼.(нельзя молиться за царя Ирода)"-에 가까운 혼란기(Смутное время) 사건들에 관한 종교-도덕적 평가가 연대기들에서뿐만 아니라, 황태자 지미트리의 전기에도 포함되어 있다. 또한. 여기서 보츠카료프는 완치에 관한 총대주교의 이야기를 푸시킨이 차용한 것 같다는 것을 보여주고 있다. 그의 전기에서도 역시 "민중의 여론"이란 주제가 나타나 있다.[29]

푸시킨 연구가 네폼냐쉬이(В.С. Непомнящий)는 그의 많은 선배 연구자들과 마찬가지로 푸시킨의 비극 〈보리스 고두노프〉에 나타난 에피소드들의 구분을 언급함과 동시에 행위의 통일과 유사한 점에 관해서 다음과 같이 언급하고 있다. "(전략) 첫눈에 보기에, 〈보리스 고두노프〉의 구성은 무질서한 것처럼 보이며, 단지 실제적인 역사적 사건들의 연속성과 일치한 것처럼 보인다."[30] 사실 비극 〈보리스 고두노프〉에는

---

29 В.А. Бочкарев, "Трагедия А.С. Пушкина 『Борис Годунов』 и отечественная литературная традиция", *Болдинские чтения* (Горький, 1988), СС. 6-8.

30 В.С. Непомнящий, *Пушкин. Избранные работы 1960-х - 1990-х гг.*, Книга 1 (М., 2001), С. 324.

행위의 내적 통일이 있다. 그것의 주요한 두 가지 특징은 원운동과 사건의 주요 참여자들에게 공통적인 결과이다: "(전략) 그러나 전체적으로 행위는 하나의 과정을 형성하며, (중략) 행위 '주체들' 중 누구도 자신이 노력한 결과를 얻지 못했다. 그 결과들은 노력에 직접 대비된다. 보리스는 사실상 이미 패배한 채 죽어가며, 참칭 황제는 정체를 드러내기 직전에 있다. 민중은 심하게 기만당하는데, 이는 바로 그 자신의 힘을 통해서 행해진다. (중략)"[31], "(전략) 비극의 슈제트는 원을 그린다. 행위는 소년 살해에 관한 두 대귀족의 대화를 통해 시작된다. (중략) 행위는 소년이 살해됨으로써 끝난다. (중략) 종결된 결과는 완벽한 방법으로 원인을 반영한다. 즉, 다음과 같이 거울처럼 거꾸로 반영한다. 어떤 "인물들"이 다른 인물들에 대항해서 취한 행위는 부메랑처럼 그들 자신에게로 집중된다."[32]

행위의 통일에 관한 문제가 그와 같은 인물들에게 정당히 제기되고 있다. 이와 동시에 이 비극의 구성이 지닌 대칭성의 의미가 드러나고 있다. "거울과 같은" 구조는 바로 이 슈제트의 원운동에 의해 조건이 지워져 있다. 여기서 장면들의 교체에 관한 일련의 고찰이 나온다. 이 관계에서 네폼냐쉬이는 블라고이가 언급한 몇 가지를 부분적으로 반복하고 있다. 또한, 전자는 후자의 생각에 자신의 더 새롭고 흥미로운 생각을 부분적으로 첨가하고 있다. 특히 블라고이는 이 작품에서 황제와 유로지브이가 만나는 장면의 의미에 관해서, 그리고 이 장면과 "밤, 추도프 수도원의 방"이란 장면 간의 공통점에 관해서 그렇게 하고 있

---

31 Там же.

32 Там же. С. 325. Ср.: "Все в трагедии обманывают и обманываются и Борис, и народ, и Борису, и народу не дано "царствовать", управлять ходом истории и действием пьесы. И Борис, и народ, и Самозванец предстают как подданной истории…" М. Л. Нольман, "Система пушкинских образов", Автореф. докт. фил. наук (Л,. 1973), С. 10.

다. 이와 동시에 〈보리스 고두노프〉의 슈제트에 관한 문제는 갈등 문제의 결정이란 토대 위에서 해결되어야만 한다고 본다. 왜냐하면, 바로 이 갈등이 어떤 드라마 속에서 나타나는 행위의 발전 원칙이자 행위의 통일 원칙이기 때문이다.

네폼냐쉬이는 바로 이 입장에서 자기의 중요한 생각을 말한다. 그는 〈보리스 고두노프〉의 슈제트에서 신의 섭리(Провидение)의 역할에 관해 다음과 같이 처음으로 말하고 있다. "인간이 자기 긍정과 독백 방법이 아닌 의문법과 대화법으로 교제할 수 있는 등장인물로서 행위의 보기 드문 인물이 푸시킨 앞에 나타났다."[33] 그리고 다른 곳에는 다음과 같이 씌어 있다. "두 장면의 주요 등장인물들-피멘과 유로지브이-은 모든 인물 중에서 특별한 위치를 차지하고 있다. (중략) 그들에게 적법하고 섭리가 있는 복수의 특징이 있다."[34] 그러나 네폼냐쉬이는 비극 〈보리스 고두노프〉에서 "세속적" 재판과 "신적" 심판의 대립을 정확히 구분하면서, 세속적 **권력**과 신적 **권력**의 대립에 의미를 부여하지 않는다. 그는 비극 분석의 맨 처음에서 이 비극에 나타나 있는 "권력과 민중'의 문제"를 보기를 솔직히 거부한다. [35]. 그러함에도 불구하고 실제로 각 장면이 두 권력의 대립을 증명하고 있다. 특히 황제와 유로지브이의 대화 장면이 그렇다. 헤롯왕과 성모 마리아에 관한 말이 이에 관해 언급하고 있다.[36]

---

33 Там же. С. 315.

34 Там же. С. 327. Ср.: Н.Д. Тамарченко, "Провидение в пушкинских сюжетах (К постановке проблемы)", *А.С. Пушкин: филологические и культурологические проблемы изучения* (Донецк, 1998), СС. 13-16.

35 Непомнящий, Указ. соч. С. 310.

36 О противопоставлении двух начал – "богова" и "кесарева" – в трагедии см.: В.С. Листов, "К истолкованию символики 『Бориса Годунова』 и 『Медного всадника』", *Болд инские чтения* (Нижний Новгород, 1997), СС. 50-55.

이처럼, 네폼냐쉬이는 비노쿠르와 구콥스키의 뒤를 이어 비극 〈보리스 고두노프〉에 나타난 윤리 문제를 가장 중요시하여 이 문제를 행위의 통일과 연관시키고 있다. 게다가 20세기 러시아 푸시킨 연구에서 처음으로 윤리의 문제가 종교-철학의 문제로 해석되고 있다. 그러나 네폼냐쉬이는 범죄를 권력의 문제와는 전혀 연관시키지 않고 있다. 푸시킨에게 있어서 권력은 범죄를 발생시킨다. 네폼냐쉬이는 이 범죄를 국가-역사 문제의 콘텍스트 밖의 "일반 범죄"로서 고찰하고 있다. "권력의 부재"라는 독특한 역사적 상황은 그의 관점 밖에 남아 있다.

네폼냐쉬이는 보리스 고두노프의 범죄가 어떤 방향으로 바뀌고 있는지 다음과 같이 그 예를 들고 있다. "보리스의 범죄는 세계의 질서를 위반했다는 점이다. 따라서 벌은 보리스의 개인적 운명의 영역에 의해 제한을 받지 않는다. 그 자신이 죽었으나, 그의 죄는 땅을 더럽히고 있다."[37] 그의 이러한 의견은 비극 〈보리스 고두노프〉에서 언급된 인간에 관해서가 아니라, 성경에서 자신의 동생 아벨을 살해한 카인과 연관된 언급이라고 볼 수 있다. "물론 죄 없는 어린아이의 피는 / 그가 범죄를 행하는 데 방해하지 않는다." 그밖에도 네폼냐쉬이는 보리스 고두노프가 아들의 죽음에 관해서도 죄를 지은 것으로 간주한다. 이에 비해 푸시킨은 이와는 다르게 본다. 즉, 대귀족들은 참칭 황제가 되기 위한 길을 계속 걸어갈 목적으로 황태자 표도르를 죽였다고 본다. 따라서 참칭 황제는 보리스 고두노프와 마찬가지로 (비록 고의적이지는 않지만) 바로 그러한 범죄에 책임이 있다. 비극 〈보리스 고두노프〉에서 범죄는 권력과 불가분의 관계에 있으나, 결코 개인에 의해서는 범죄가 발생하지 않는다.

문제의 다른 측면은 민중의 권력에 관한 관계의 문제이다. 푸시킨

---

37 Непомнящий, Указ. соч. С. 329.

의 견해에 따르면, 권력이 범죄와 불가피하게 연관될 경우, 민중의 잘못은 민중이 마지막에 가서야 이 관계를 인식하고 침묵한다는 점에 있다. 네폼냐쉬이의 견해에 의하면, 민중은 "보리스가 황제가 되도록 간원했으며", 유로지브이는 그에 대해 "헤롯왕을 위해 기도해선 안 돼."[38]라고 비난하고 있다. 이 두 가지 경우에서 "간원했다(молил)"와 "기도하다(молиться)"라는 단어는 매우 서로 다른 의미를 지니고 있다. 끝으로, 네폼냐쉬이의 해석에 있어서 비극 〈보리스 고두노프〉의 결말에 나오는 참칭 황제는 사실상 등장인물로서 고려되지 않고 있다.

푸시킨의 종교-윤리 문제는 역사와 연관되어 있다고 말할 수 있다. 〈보리스 고두노프〉에서 역사의 과정은 신의 뜻, 신의 섭리를 향하고 있다. 즉, 개인과 그와 가까운 사람들뿐만 아니라, 민중, 국가도 신의 섭리를 지니는 문제를 소유하고 있다. 신의 뜻을 지닌 관계의 문제는 단지 개인적 양심의 문제가 아니라, 국가와 민족의 생존에 관한 문제이자 운명의 문제라고 말할 수 있다. 비극 〈보리스 고두노프〉는 권력과 역사의 윤리적 평가에 관한 비극이자, 역사에서 실현될 수 없는 경건한 이상-표도르 이오아노비치(Феодор Иоаннович) 황제에 관한 피멘의 판단이 매우 중요하다고 본다-에 관한 비극이다.

따라서 역사적 사건들의 과정에 민중의 목표가 있으며, 민중은 누구를 왜 지지하게 되는가의 문제에 관한 답이 들어있다. 이처럼 슈제트 발전의 원천-비극의 갈등-이 네폼냐쉬이의 연구에는 나타나 있지 않다. 그의 확신에 의하면, "자기의 주요한 존재 속의 갈등은, 반복해서 말하자면, "수평적으로"("하부의", "자연적인" 슈제트의 요소들 사이에서)가 아니라, "수직적으로"(인간의 행위와 양심 사이에서, 인간의 실제 경험과 정신적 가치 사이에서) 일어난다는 것은 우연이 아니다. 비극의 움직임, 행위

---

38 Там же. С. 331.

의 모든 반복, 그리고 모든 구조가 이를 증명한다."[39] 그러나, 모든 작품의 슈제트는 시작에서 결말을 향해, 즉 "수평적으로" 발전한다. 따라서 이 비극의 갈등은 바로 이 관점 속에 있다. 〈보리스 고두노프〉에는 역사를 향한 윤리적 요구(민중은 근본적으로 지상에서 신의 진리의 확립을 원한다)와 역사의 현실적 과정 간에 그러한 모순이 있다고 확신한다. 네폼냐쉬이는 권력의 문제, 즉 역사 속의 국가의 운명의 문제를 고찰하기를 거부하기 때문에 비극의 갈등과 연관된 문제의 적절한 해석을 거부하며, 또한, 슈제트의 논리 속으로 들어가 통찰하길 거부한다.

이처럼 네폼냐쉬이는 비극 〈보리스 고두노프〉 문제의 국가적-역사적 측면을 고려하지 않기 때문에 추상적인 윤리 문제와 범주를 불가피하게 강조하게 된다. 만약 인간의 실제 경험이 "진실, 사랑, 순수한 양심과"[40] 양립할 수 없다는 문제가 생긴다면, 왜 푸시킨이 자신의 비극을 창조하기 위해 바로 이 혼란기를 선택했을까? 그러함에도 불구하고, 위기의 시대에 권력의 본질이 드러나며, 권력의 기반이자 뿌리가 나타나는 법이다. 즉, 권력의 근원과 역할에 관한 문제가 발생하는 것이다. 소비에트 러시아 시기의 푸시킨 연구는 윤리의 문제들을 희생시켜 정치적인 문제들을 자주 제기한다. 이와 반면에 최근에 나온 네폼냐쉬이의 책에서는 이와는 정반대로 정치적인 문제들이 배제되고 윤리적인 문제들이 다루어지고 있다.[41]

포포바(И.Л. Попова)의 논문 "〈보리스 고두노프〉: 민중 드라마의 신비극적인 뿌리"는 다른 연구의 가능성을 보여 준다. 작품의 시학과 작

---

39 Там же. С. 342.

40 Там же. С. 347.

41 Такой акцент характерен для эмигрантской русской критики. См., например: К. В. Мочульский, "Пушкин (1789~1837)", *Центральный Пушкинский Комитет в Париже* (1935~1937), Книга 2 (М., 2000), СС. 194-196.

품에 들어있는 윤리적 가치들 간의 상호 연관 관계를 밝히려는 노력이 이 논문에 있어서 특징적이다. 예를 들어, 저자는 비극 〈보리스 고두노프〉의 "세 부분의" 구성을 "신비스럽고 시대에 뒤떨어져 새로운 것이 없는 이야기가 **양심과 공포** 모티브에 특별한 울림을 부여한다."[42]는 것과 연관시키고 있다.

이제 외국 푸시킨 연구자들이 쓴 푸시킨의 비극 〈보리스 고두노프〉에 관한 연구의 고찰로 넘어가도록 하자. 물론, 이 주제에 관한 연구에 관해 모두 다루지 않고, 우리에게 훨씬 덜 알려진 것들에 관해서만 살펴보도록 하자.

무엇보다도 먼저 산들레르(С. Сандлер)의 책에 들어있는 푸시킨의 비극 〈보리스 고두노프〉에 관해 고찰하도록 하자. 산들레르는 비극 〈보리스 고두노프〉를 러시아 연구자들과 비슷하게 희곡 구조의 단편성과 희곡의 "비 상연적 특성 несценичность"으로 보고 있지만, 이를 다음과 같이 달리 해석하고 있다. "푸시킨은 〈보리스 고두노프〉와 대중의 만남을 극적 재료로 바꾸고 있다. 그러함에도 불구하고 희곡에서 만족 찾기를 배우기가 쉽지 않다. 왜냐하면, 희곡의 목적이 즐거움을 주려는 데 있는 것이 아니라, 기대를 속이는 데 있기 때문이다."[43] 만약 희곡이 독자의 "기대를 속이기 위해" 쓰인다면, 그 속에서 어떤 심각한 문제도 찾을 필요가 없게 된다. 연구자가 생각하는 바와 같이 이 작품은 독자가 무언가를 찾을 수 있도록 쓰인 것이지만, 찾고자 한 것을 찾지 못하고 있다.

---

42 И.Л. Попова, "『Борис Годунов』: мистерийные корни народной драмы. Предварительные замечания к теме", В.А. Кожевников, ред., *Московский пушкинист*, том 7 (М., 2000), С. 71.

43 С. Сандлер, *Далекие радости. Пушкин и творчество изгнания* (СПб., 1999), С. 72. 이하 이 작품의 인용 시 이 판본에 따라 본문에 (Сандлер, 쪽수) 형식으로 표기하겠음.

그러면 산들레르는 이 과제("독자의 기대 속이기")를 공식화하는 것 외에 "그것(희곡-이영범 역주)의 훌륭한 구성에 관한 새로운 해석"을 어디서 보는 것일까? "비극에서 사건의 연속성은 원인을 보여주는 데 그 목적을 두지 않는다."(Сандлер, 98) 산들레르의 생각에 의하면, 그 목적은 역사를 다양하게 이야기하는, 심지어 자신의 말로 역사를 창조하는 등장인물들을 보여주는 데 있다.(Сандлер, 98, 121, 122, 126) 따라서 "극적 움직임이 서술 속으로 이동할 때, 행위의 장면을 반복해야 할 절박한 필요성이 희곡에서 느껴진다."(Сандлер, 99, 100)

이처럼 행위의 통일에 관한 문제가 간단히 해결되고 있다. 희곡 대신에 역사 이야기 시리즈가 있으며, 역사에 관해 이야기할 필요가 있는가, 아니면 없는가? 라는 문제가 해결되고 있다. 〈보리스 고두노프〉에 나타난 역사의 개념은 역사에 관한 소문이 그다음에 오는 사건들의 원인이라는 데 있다. 말, 대화는 가장 자연 발생적이자 독특한 방식으로 영향을 미치고 있다. 즉, 소문 그 자체는 황제가 죽을 정도로 그의 양심에 강한 충격을 준다. 또한, 이 소문은 가짜 드미트리의 패배가 불가피해 보이는 바로 그 순간 그로 하여금 권력을 잡게 만들고 있다. 그러나 가장 중요한 것은, 본인이 위에서 이미 말한 바와 같이, 피살된 황태자에 관한 이야기들이 그 속에 진실이 담겨 있느냐의 여부와는 전혀 무관한 힘을 지니고 있다는 점이다."(Сандлер, 116) 어린 황태자의 피살 여부와는 아무런 상관없이 그 이야기들이 역사를 결정하는 힘이 되고 있다면, 이는 중요한 윤리의 문제가 될 수도 있다. 그런데 진실에 관한 문제가 이처럼 간단히 해결되고 있다. 산들레르의 견해에 따르면, 푸시킨의 비극 〈보리스 고두노프〉는 사람들이 다양한 역사를 서로에게 어떻게 이야기하며, 여러 가지 소문을 서로에게 어떻게 전달하는가에 관한 묘사에 불과하다. 이 소문이 역사의 과정을 창조하고 있는 셈이다.

따라서 산들레르의 견해를 따를 경우, 소비에트 러시아 연구자들이 장면의 그룹화에 관해 연구했다면, 희곡 속에 몽타주 기법의 사용과 연관된 구성의 해석이 나오게 된다.(Сандлер, 98) 여기서는 정치적이거나 도덕적인 문제점이 심각할 정도로 자연스레 배제되고 있다. 산들레르는 이를 다음과 같이 공식화하고 있다. "따라서 본인은 푸시킨이 희곡에서 사건에 관한 추론(дискурс)은 사건의 고유한 의미를 형성하게 된다는 생각을 집요하게 반복하기 때문에 〈보리스 고두노프〉에 관한 틀에 박힌 해석에 의혹을 제기한다. (후략)"(Сандлер, 116) 산들레르의 역사에 관한 그러한 태도와 중요한 구성 기법으로서의 몽타주 등이 푸시킨을 포스트모더니즘의 선구자로 바꿔 놓은 것 같다는 생각이 든다.

에머슨(К. Эмерсон)은 푸시킨의 비극 〈보리스 고두노프〉에 장면들 간에 논리적 연결이 부재할 뿐만 아니라, "시간의 연속성"[44]이 부재한다고 주장하고 있다. 그런데 작품 속에 장면들의 날짜가 기록되어 있는 점으로 미루어볼 때, 그의 주장을 이해하기가 어려울 뿐만 아니라 수용하기도 어렵다. 그의 견해에 따르면, "장면들이 전체와 통일되도록 쓰여 있지 않다."(Эмерсон, 121) 여기에 덧붙여 다음과 같은 주석이 달려 있다. "(전략) 그 시기의 희곡들 속에 이것이 어떻게 수용되었을까 (후략)"(Эмерсон, 121) 에머슨에 의하면, 장면들 간의 전체 연결에 관한 거부는 "등장인물들의 내적 통일"(Эмерсон, 122)의 해결에 돌려져야만 한다. 푸시킨의 비극 〈보리스 고두노프〉에 등장하는 인물 명단이 없다는 흥미로운 관찰은 이 주장과 연관되어 있다.

이어서 에머슨은 자신의 연구에서 푸시킨의 작품 속에는 일반에게 통용되는 가치가 전혀 없다고 확신하고 있다. 즉, 그는 이 작품은 "윤리

---

44 К. Эмерсон, "『Борис Годунов』 А.С. Пушкина", *Современное американское пушкинове дение* (СПб., 1999), C. 121. 이하 이 작품의 인용 시 이 판본에 따라 본문에 (Эмерсон, 쪽수) 형식으로 표기하겠음.

의 부재 этическая пустота"(Эмерсон, 122)가 특징적이라고 확신한다. 따라서 "슈제트의 일관된 발전이 불가능한 것으로 밝혀지고 있다."(Эмерсон, 123) 에머슨의 이러한 판단은 푸시킨 연구자들에게는 매우 의아하게 수용되리라 생각한다. 그러함에도 불구하고 긍정적인 측면이 있다. 작품의 윤리 문제를 경시할 경우, 〈보리스 고두노프〉에서 슈제트의 통일을 밝힐 수 없다는 것이 명확해진다. 에머슨은 자신의 견해의 논거를 뒷받침하기 위해 맹세와 맹세의 위반에 관해서, 그리고 역사가 "사건들의 상호 연관"을 절대로 의미하지 않는다는 것에 관해서도 장황하게 설명하고 있다.

그 외에도 우리는 에머슨에게서 산들레르가 연구한 주제의 발전을 발견할 수 있다. 애머슨 역시 푸시킨의 등장인물들이 사건에 관한 이야기를 함으로써 역사를 창조하고 있으며,[45] 〈보리스 고두노프〉에는 인물의 통일이 파괴되어 있다[46]고 생각한다. 또한, 그는 "희곡은 장면들 간의 익숙한 연결을 끊어버리기 위해 창조되었다."(Эмерсон, 129)고 주장한다.

페트로프(П. Петров)의 특별 논문은 푸시킨의 비극 〈보리스 고두노프〉가 지닌 장면의 특성에 관한 문제를 다루고 있다. 그의 견해에 따르면, 어떤 연구자들은 "고전주의 법칙이 지배했던 19세기 초의 연극 장면에 〈보리스 고두노프〉를 공공연히 연관시킨다," 다른 연구자들은 비극 〈보리스 고두노프〉에 "미래의 어떤 장면에 장소(место на некоторой сцене будущего)"[47]를 분배한다. 페트로프는 이 차이가 바로 이 "장면의 특성에서 읽히는 것"으로 난 길 위에서 발견되는 푸시킨 드라마의 객관

---

45 См.: Там же. СС. 125, 131, 137, 138.

46 См.: Там же. СС. 126, 127.

47 П. Петров, "Зимняя спячка драмы: Снова о проблеме сценичности пушкинского 『Бориса Годунова』", *Graduate Essays on Slavic Languages and Literatures*, Vol. 11-12 (1999), С. 85.

적인 중간 상황을 반영한다고 말한다. 비극의 구조에서 "극적 행위 원칙은 이야기하기 원칙에 의해 배제되었다."[48] 페트로프는 자신의 논문에서 샨들레르와 에머슨이 제기한 푸시킨의 비극 〈보리스 고두노프〉에의 해석을 지지하여 발전시키고 있다.

우리는 그들이 행한 푸시킨의 비극 〈보리스 고두노프〉의 해석에 있어서 중요한 경향이 무엇인지에 관해 고찰해 보았다. 이러한 경향의 더 "적합한" 형태는 시트리드테르(Ю. Штридлер)의 논문 "푸시킨에게 있어서 시 장르와 역사 감각"이다. 저자는 푸시킨이 "카람진에게서 역사적 슈제트뿐만 아니라, 그의 도덕을 차용했다"고 확신하면서, 푸시킨의 비극 속에 윤리 문제가 존재한다는 것을 부정하지 않는다. 이와 동시에, 시트리드테르의 견해에 따르면, 보리스 고두노프는 자신이 행한 죄악 행위 때문이라기보다는 비합리적 요인들과 감정적 저항(대부분의 대귀족들과 민중의 저항)이 역사적 일치(가짜 드미트리의 출현)와 연결될 때 발생하는 위험성을 지나치게 과소평가했기 때문에 희생물이 되어 간다. 참칭 황제에 관한 민중의 지지를 비합리적인 요인들에 의해 야기된 감정적 저항으로 간주하는 것이 과연 정당한 일일까? 시트리드테르는 참칭 황제의 출현은 "역사의 강력한 무기 중 하나로서의 우연성에 관한 역할"[49]을 증명한다고 생각한다. 그는 푸시킨에게 있어서 우연은 강력한 "신의 무기(орудие Провидения)"라고 표현하고 있다.

이 연구에서 우리의 흥미를 끄는 푸시킨의 비극 〈보리스 고두노프〉에 나타난 행위의 통일에 관한 문제가 직접 고찰되고 있지 않다는 점이다. 프로호로바(Е. Прохорова)는 자신의 논문 "푸시킨의 〈보리스 고두노프〉와 당시 비밀경찰에 고용되어 푸시킨을 공격한 '비열한' 저널리스

---

48 Там же. С. 86.

49 J. Striedter, "Poetic Genre and the Sense of History in Pushkin" in *New Literary History*, Vol. VIII, No. 2 (1997), pp. 297-298.

트인 불가린의 〈참칭자 지미트리〉에 나타나 있는 참칭자"에 관해서도 그렇게 말할 수 있다. 그러나 여기서 우리는 비극 〈보리스 고두노프〉에 나타나 있는 "예언적인 꿈들"[50]의 역할에 관해 언급되어 있음을 볼 수 있다. 이 꿈들이 주인공들의 운명과 보리스 고두노프와 참칭자의 운명을 예언해주기 때문에 비극 〈보리스 고두노프〉에 나타난 행위의 통일에 관한 독자의 인상이 그 꿈들의 도움으로 유지되는 것이다.

이처럼, 우리가 살펴본 마지막 두 연구, 즉 시트리드테르와 프로호로바의 연구는 푸시킨의 비극 〈보리스 고두노프〉에 나타난 윤리의 문제에 관한 진지한 관심이 이 작품 속에 나타난 슈제트의 일치에 관한 민감한 문제를 많이 해결해주고 있다.

이상에서 살펴본 바와 같이 우리는 푸시킨의 비극 〈보리스 고두노프〉에 나타난 행위의 통일이라는 주제를 가지고 연구할 결과 이 작품의 연구자들 간에 존재하는 다양한 관점과 해석의 차이를 발견할 수 있었다. 다시 말해서 이 비극 〈보리스 고두노프〉에 나타난 행위의 통일에 관한 문제의 연구에 있어서 러시아 학자들과 외국 학자들 간의 다양한 해석들이 존재하고 있음을 살펴보았다. 비록 이 해석들 간에 나타나는 명확한 차이에도 불구하고 이 해석들 하나의 논점에서 일치하고 있음을 볼 수 있었다.

1930년대에서 1950년대 사이에 소비에트-러시아 문학 시기의 푸시킨 연구자들과 마찬가지로 외국의 푸시킨 연구자들 역시 푸시킨의 비극 〈보리스 고두노프〉의 중요한 문제 중 하나인 윤리의 문제를 잘 보지 못하고 있다. 물론 여기에는 그러한 원인에 있어서 상당한 차이가 존재하고 있기 때문이라고 여겨진다. 그러나 그러한 접근 방법에도 불구하

---

50 Е. Прохорова, "Самозванец в 『Борисе Годунове』 Пушкина и 『Димитрии Самозванце』 Булгарина: к вопросу об историзме и художественности", *Graduate Essays on Slavic Languages and Literatures*, Vol. 11-12 (1999), С. 93.

고 푸시킨의 비극 〈보리스 고두노프〉에 나타나 있는 행위의 통일에 관한 문제를 명확히 밝히고 설명하는 것은 상당히 어려운 작업에 해당한다고 본다.

우리는 푸시킨이 사실주의자이기 때문에 역사의 필연적 과정의 이해를 추구했다고 생각한다. 푸시킨은 어떤 줄거리나 예술적 슈제트를 고안할 필요가 없이 역사의 움직임을 단순히 재현했을 뿐이다. 그런데 민중은 역사에서 일정한 역할을 하므로 개별적인 주인공의 운명이 아닌 민중의 운명이 중심에 놓이게 된다. 이처럼 두르일린, 고르데츠키, 블라고이는 텍스트 고찰을 통해 장면의 그룹화에 관해 논하고 있음을 볼 수 있었다.

이와는 반대로 우리는 비노쿠르, 구콥스키, 네폼냐쉬이 등의 연구에서 발견하는 작품에 나타난 종교-윤리적 문제들에 관한 강조는 푸시킨의 비극 〈보리스 고두노프〉의 슈제트와 갈등에 관한 연구에 밝은 전망을 열어 주고 있다.

일례로, 네폼냐쉬이는 비노쿠르와 구콥스키의 뒤를 이어 비극 〈보리스 고두노프〉의 윤리의 문제를 행위의 통일과 연관시키는 한편, 이 문제를 종교-철학의 문제로 해석하고 있다. 그러나 네폼냐쉬이는 권력이 범죄를 발생시킨다는 푸시킨과는 달리 범죄를 권력의 문제와 연관시키지 않는다. 그런데 푸시킨의 비극 〈보리스 고두노프〉에 나타난 종교-윤리 문제는 역사와 긴밀히 연관되어 있다.

4. 푸시킨의 포에마 〈청동 기마상〉에 나타난 '작은 인간' 과 표트르 대제의 이미지

러시아 역사에 관한 푸시킨의 관심이 고조되던 시기인 1833년 10월에 볼디노에서 쓴 포에마 〈청동 기마상(Медный всадник)〉(1833)은 그의 포에마(поэма, 장편서사시) 작품 중에서 최고의 예술적 완성도를 지니고 있다. 푸시킨은 〈청동 기마상〉을 쓰기 위해 정부의 허락을 받아 국립 고문서 보관국과 에르미타주에 보관되어 있던 여러 가지 사료와 문헌들을 연구하고 조사하였다. 그와 같은 철저한 준비 작업을 통해 푸시킨은 러시아 역사의 이중적 평가를 받는 표트르 대제에 관한 자기의 역사적 평가[51]와 연관된 역사의식을 이 작품 속에 강하게 반영시켰다.

푸시킨이 이 작품의 제목 밑에 "페테르부르크 이야기"(ПЕТЕРБУРГСКАЯ ПОВЕСТЬ)란 부제를 붙인 것은 많은 것을 의미한다고 볼 수 있다. 그는 이처럼 부제를 붙이는 방법을 통해 독자에게 이 작품이 '페테르부르크'라는 (도시) 공간과 연관된 이야기라는 것과 이 도시가 "청동 기마상"이란 제목에 나타난 페테르부르크의 창건자이자 역사적 인물인 표트르 대제의 상징, 즉 사물화가 된 인간의 생생한 역사적 유물인 '청동 기마상과 긴밀히 연관되어 있음을 강조하고 있다. 한편, 네폼냐쉬이(В.

---

51 그에 관한 긍정적인 평가와 부정적인 평가를 러시아 역사에서 살펴보면 다음과 같다. "(전략) 표트르 1세는 자기의 일에 반대하는 자들과 적들에게는 가혹하고 무자비하게 대했다. (중략) 러시아는 최초의 '임페라토르'(император) 표트르 1세의 강력한 정규군 양성, 함대 건설, 발트 해변으로 나가는 출구 확보, 예로부터 내려온 고대 러시아 땅들의 회복 등으로 인해 러시아가 강력한 국가로 성장하는 기반을 마련하게 된다. 중앙과 지방의 행정 개혁, 성직자 계급의 권력을 지나치게 제한한 교회 개혁, 산업 발전 및 수공업과 무역 발전을 촉진했던 도시 개혁은 표트르 1세의 명예와 연관된다. (중략) 표트르 1세 치세 때 그에 의해 건설된 유럽적인 수도 상트-페테르부르크 Санкт-Петербург, 즉 서구 세계의 고전주의 모델에 뒤지지 않는 건축술과 정확한 설계로 건설된 도시가 아시아적인 모스크바를 대체하였다. (중략) 그에 의해 실시된 근대화의 중요한 잘못이나 모순은 그가 러시아를 서구에 접근시키길 원했고, 자신의 나라를 서유럽 국가들처럼 만들고 싶어 했지만, 황제가 마치 전형적인 동방의 군주처럼 힘과 강압으로 통치했다는 데 있다. (중략) 표트르 대제의 개혁은 긍정적인 측면이 많았음에도 불구하고 일방적인 지시와 행정적인 방법으로 이루어졌으며, 과거부터 계승된 농노제 시스템의 틀을 벗어나지 못함으로써 부정적인 평가를 받게 된다." См. : Соловьев В.М. Слово о России. Книга для по русской истории. М., 1999. СС. 78–81.

C. Непомнящий)는 이 작품의 "페테르부르크 이야기"라는 부제는 마치 어린아이가 던지는 질문처럼 끝없이 계속되는 질문이자, 영원한 비극이 해결될 수 없는 무한한 논쟁의 존재론이 무서운 네 가지의 상충적 요소-도시, 강, 예브게니, 표트르- 속에서 이해된다."[52] 고 주장한다.

이 글의 목표는 푸시킨의 포에마 〈청동 기마상〉에 나타난 작품의 주인공이자 '작은 인간'(маленький человек, little man)에 해당하는 예브게니(Евгений)와 역사적 인물인 표트르 대제의 이미지가 어떻게 나타나 있는지 고찰하는 데 있다.

먼저 이 글의 주제에 나타난 '작은 인간'이란 용어는 무엇을 의미하며, 푸시킨의 어떤 작품들 속에서 어떤 의미를 지니는지 살펴보도록 하자. 러시아 문학사에서 '작은 인간'이란 용어는 사회적 신분 체계에서 낮은 위치를 차지하고 있으며, 이러한 상황으로 인해 특이한 심리 구조를 지니게 되며, 그에 따른 다양한 반응과 행동(부당한 취급을 당한 데 관한 반항적인 행동과 위축되고 손상당한 자존심을 느끼는 것과 연관된 비천한 행동)을 하게 되는 다양한 유형의 인물을 뜻한다. 따라서 이러한 유형의 인물은 높은 지위를 지닌 인물에 대립하며, 슈제트는 주로 모욕, 치욕, 불행을 체험한 이야기로 이루어진다. 러시아 문학에서 '작은 인간'의 주제가 극히 첨예하고 철저히 전개된 것은 푸시킨의 〈역참 지기(Станционный смотритель)〉 이후부터이다.[53] 이 개념이 처음 사용된 것은

---

52 Непомнящий В.С. Пушкин. Избранные работы 1960-х-1990-х гг. Книга I. Поэзия и судьба. М., 2001, С. 90.

53 이 작품에 나오는 '작은 인간' 예브게니에 관한 이해를 위해 푸시킨의 〈역참 지기〉에 나오는 '작은 인간' 삼손 브이린(Самсон Вырин)에 관해 살펴보자. 〈역참 지기〉의 주인공은 이 작품의 핵심어 역할을 하는 에피그라프(題詞) "14등관 관리, 역참의 독재자."라는 말 속에 잘 나타나 있다. 이어서 푸시킨은 자기 화자의 입을 통해 자기의 계급보다 더 높은 계급에 속한 사람들에게 "독재자"의 역할을 하면서도 천대를 받는 하층 계급에 속하는 '작은 인간' 역참 지기의 근무 상황을 사실적으로 소개하고 있다. 그는 '작은 인간'에 관해 그동안 취해왔던 감상적이고 추상적인 글쓰기

벨린스키의 논문 「지혜의 슬픔(Горе от ума)」에서다. '작은 인간'이 등장하는 다른 작품들로는 당시의 수도 페테르부르크의 가난한 하급관리 바시마츠킨이 근검절약해서 모은 돈으로 새로 맞춘 외투를 빼앗겨 상심해서 죽은 이야기인 고골의 단편 〈외투(Шинель)〉와 역시 수도 페테르부르크의 하급관리 마카르 데부시킨과 불행한 소녀 바르바라 간 비극적 사랑의 이야기인 도스토옙스키의 편지 형식의 서간체 소설 〈가난한 사람들(Бедные люди)〉 등이 있다. 푸시킨의 포에마 〈청동 기마상〉에 등장하는 예브게니 역시 그러한 '작은 인간'의 부류에 속한다.[54]

러시아 역사에서 표트르 대제는 서구화 정책[55]을 실시하기 위해 스웨덴과의 전쟁에서 승리해 탈환한 발트해에 연한 핀란드만과 네바강 강변의 늪지에 대규모의 신도시를 건설해 이곳으로 수도를 옮겼다. 그리하여 그는 서구화 정책을 강력히 실시하여 러시아를 부국강병으로 이끈 절대군주로 평가되고 있다. 전제군주 표트르 대제의 절대 권력에 의해 건설된 페테르부르크는 그에 의해 많은 "작은 인간"들이 희생된 비극적인 공간이었다. 다른 한편으로는 과거의 전통과 인습, 후진적인 과학 등과 단절하고 서구의 과학과 기술 및 문화를 수용하여 변화하는 이미지를 지닌 도시이다.

표트르 대제가 건설한 페테르부르크란 공간의 양면성은 푸시킨 이

방식을 지양하고 사실적이고 구체적인 태도를 보임으로써 당시 러시아 말단 관리의 삶을 진실하게 다루고 있음을 작품의 서두에서 강하게 나타내고 있다. 이영범, 「푸쉬킨의 『역참지기』 연구」, 『국제문화연구』 제17집, 청주대학교 국제문제연구원, 1999, pp.271-272 참조.

54 푸시킨은 1830년대의 다른 작품 속에서도 예브게니와 같은 주인공들-브이린, 실비오, 두브롭스키-에게 극도로 첨예화된 슈제트 상황을 사실주의적으로 동기화하여 창조한다.

55 표트르 대제의 서구화 정책에 관해서는 다음을 참조하라. 기연수, 「표트르大帝의 改革에 관한 考察」, 『슬라브 연구』 제19권, 한국외국어대학교 외국학종합연구센터 러시아연구소, 2003, pp.1-22.

전의 작품 속에서도 언급되었으나, 서구화(유럽화)가 이루어진 화려한 무대와 같은 공간과 바로 이 무대 뒤의 음울하고 비참한 공간(즉 예브게니나 그의 애인이 사는 가난한 지역)의 대조가 뚜렷이 나타난 것은 푸시킨의 장편서사시 〈청동 기마상〉에서였다. 그러면 구체적인 텍스트 분석을 통해 표트르 대제와 페테르부르크의 양면성에 관해서 살펴보도록 하자.

먼저 이 서사시의 '도입(BCTУПЛЕНИЕ)'은 다음과 같은 자연 묘사로 시작되고 있다. "고요한 파도의 강변 위에/ 그것에 관한 생각들로 가득 찬 그가 선 채,/ 먼 곳을 바라보고 있었다. 그 앞에는 넓은/ 강이 달려가고 있었다. 허름한 통나무배가/ 그것을 따라 쓸쓸히 급진하고 있었다./ 이끼가 끼고, 질퍽거리는 강변들을 따라/ 가난한 핀란드인의 집,/ 오두막집들이 여기저기에서 거무스레하게 보였다./ 그리고 안개 속에 숨은/ 태양 광선으로 불가사의해진 숲이/ 무서운 소리를 내며 울고 있었다."[56] 인용문에 나타난 바와 같이 이 자연 묘사는 "그"라는 3인칭 단수로 표현되는 인물이 살던 시절의 네바강 강변의 모습이다. 즉, 이 공간에 페테르부르크라는 인공의 도시가 건설되기 전의 가난하고 초라한 어촌의 쓸쓸한 정경이다. 작품 속에 "그"로 나타나는 등장인물은 이 도시를 세운 표트르 대제라고 추정할 수 있다. 이어서 "그"는 여기에 도시를 건설한 목적과 러시아 민족의 운명에 관해서 말하며, 미래의 발전과 영광을 예상하고 있다. 즉, 표트르 대제는 스웨덴 군대의 위협 및 이민족의 침략 방어, "유럽을 향한 창문"을 내서 "한 발로 굳건히 서야 할" 러시아의 "운명", 그리고 각국의 선박들이 드나들게 될 "북방

---

56 Пушкин А.С. Полн. собр. соч. в десяти томах, том. IV (Москва: А.Н. СССР, 1957), С. 380. 앞으로 〈청동 기마상〉에 관한 인용 표시는 앞의 원본에 따른 필자의 번역 텍스트 끝의 괄호 안에 작품의 제목과 쪽수를 표시할 것이며, 인용문에 들어있는 사선은 행을 구분하는 표시로서 필자의 것임.

의 베니스"와 같은 훌륭한 항구도시로의 발전에 관해 생각하고 있다.

이어서 "그"가 앞에서 예상한 바와 같이 100년이 지난 후에 "이끼가 끼고, 질퍽거리는 강변들"과 "숲"이 있던 곳에 화려한 대도시가 건설되었음을 시인-화자는 독자에게 알리고 있다. 시인-화자는 네바강의 강변에 세워진 페테르부르크를 "북극의 미와 기적인 젊은 도시"라고 찬양하면서, 이 도시가 "화려하고, 당당하게 일어섰다."[57]는 표현을 사용해 엄청나게 변화된 모습을 선명히 묘사하고 있다. 로트만(Ю.М. Лотман)은 〈폴타바(Полтав)〉에서보다 〈청동 기마상〉 속에 "인간과 자연의 충돌"이 현저히 더 복잡한 형태로 드러나 있다고 언급하면서, 〈청동 기마상〉에서 "100년이 흘렀다"는 말은 "역사적 매듭과 현대적 매듭 간의 끈이 된다"[58]고 말한다.

이 작품의 '도입'에서 푸시킨은 시인-화자의 입을 통해 표트르 대제의 개혁과 그가 창건한 페테르부르크의 화려함과 강대함을 찬양함과 동시에 영원히 건재할 것을 염원하고 있다. 그러나 이 서사시의 슈제트(플롯)가 발전됨에 따라 그의 찬양에 관한 입장은 점점 바뀌어, 결국에는 비판과 저항의 자세를 취하게 됨을 볼 수 있다.[59] 이 장편서사시에서

---

57 로트만은 "페테르부르크의 사상적 존재와 3개의 시간 모델과의 관계"에 관해 차례로 논한 후 다음과 같이 "세 개의 관점이 페테르부르크의 다음의 문화 모델 속에 반영되었다. 첫 번째 관점은 부분적으로 〈청동 기마상〉의 도입에 반영되었다."라고 언급을 한 후 "100년이 흘렀다. 젊은 도시가… 일어섰다."라는 부분을 그 예로 인용하고 있다. Лотман Ю.М. Успенский Б.А. Отзвуки концепции "Москва – третий Рим" в идеологии Петра Первого (К проблеме средневековой традиции в культуре барокко). // Лотман Ю.М. Избранные статьи в 3-х томах. Т. 3. Таллинн, 1993, С. 212.

58 См.: Лотман Ю.М. Посвящение 『Полтавы』(адресат, текст, функция). // Ю.М. Лотман Избранные статьи в 3-х томах. Т. 2., Таллинн, 1992, С. 375.

59 마이민은 푸시킨의 〈청동 기마상〉에는 우선 슈제트가 하나의 선을 이루지 않고 있음을 강조하고 있다. См.: Маймин Е.А. Вторая болдинская осень. 《Анджело》. 《Медный всадник》. // Е. А. Маймин Пушкин. Жизнь и творчество. М., 1981, С. 182.

한 가지 흥미로운 점은 표트르 대제가 역사적 인물로서만 등장하지 않는다는 점이다. 즉 그는 이 작품의 '도입'에서만 사람으로서 직접 등장하고 나머지 부분에서는 "청동 기마상"이 그의 역할을 대신하게 된다.[60] 시인-화자는 이 수도를 구성하고 있는 유무형의 많은 대상을 열거하면서, "사랑하노라"라는 말을 5번이나 반복해서 사용하고 있다. 이처럼 푸시킨은 반복법을 사용해 시인-화자의 입을 통해 페테르부르크와 이 도시의 건설자-황제인 표트르 대제를 열렬히 찬미하고 있음을 의도적으로 강조하고 있다. 이와 더불어 시인-화자는 표트르 대제가 자연을 정복하고 인공적으로 건설한 도시 페테르부르크를 잘 대비(對備)한다면, 홍수의 재난을 당하지 않을 것이라고 보고 있다. 또한, 시인-화자는 페트로파블롭스크 요새 안에 안장이 돼 있는 표트르 대제의 "영원한 잠"이 깨워지지 않기를 바란다. 그러나 뒤에서 독자는 시인-화자의 기대가 무참히 깨지게 됨과 그가 표트르 대제를 찬양했음이 잘못되었다는 것을 알게 된다. 즉 독자는 표트르 대제가 인위적으로 건설한 이 페테르부르크에 내린 홍수에 의해 그의 잠이 깨워짐을 보게 된다. 또한, 독자는 그것으로 인해 피해당한 '작은 인간' 예브게니가 청동 기마상에게 취한 오만불손한 행위로 인해 분노한 그것이 마침내 그를 파멸시키는 모습을 보게 된다.

시인-화자의 이러한 찬양과 염원, 판단과는 달리 "적의"를 품은 "핀란드의 파도들"이 노하여 커다란 슬픈 사건(즉 대홍수 사건)이 발생했음을 암시하는 서술이 주어진다. 이와 함께 그는 이 작품의 '도입'의 맨 마지막 부분에서 독자에게 다음과 같은 말로 〈제1부〉의 이야기를 안내한다. "무서운 때였다. / 그것에 관한 기억이 생생하다… (중략) 내 이야

---

60 См.: Там же. C. 185. 이 작품의 '도입'을 제외한 대부분에서 표트르 대제 대신 그의 동상, 즉 청동 기마상이 나타나고 있다. 이 "청동 기마상"이란 말의 완전한 의미 속에 이 포에마의 등장인물이 있다.

기는 슬플 것이다."(청동 기마상, 383). 〈제1부〉는 페테르부르크의 이칭인 "페트로그라드"(Петроград)의 자연 묘사로부터 시작된다. 여기서 묘사된 페트로그라드의 "침울한" 모습과 파도가 심한 네바강, 창문을 화풀이라도 하듯 때리는 빗방울, 그리고 서럽게 울부짖는 바람 등이 의인화되어 있는 자연은 앞으로 슬픈 일이 일어나리라는 것을 암시하는 복선의 역할을 한다. 자연 묘사가 끝나자마자 시인-화자는 주인공 예브게니의 이름과 그가 사는 장소, 그의 신분을 소개한다. 이어서 그는 "여러 가지 생각"을 하는 예브게니의 모습을 묘사함과 동시에 그가 파라샤와 잠시 이별해야 하는 상황 때문에 한숨짓고 공상에 잠기는 모습을 묘사한다.

러시아 제국의 수도 페테르부르크의 "무대 뒤의 세계"에 해당하는 콜롬나(Коломна)에 사는 주인공 예브게니는 가난한 하급관리이다. 그는 자기의 신세를 한탄하면서, 쉽고 편하게 살아가는 "태만한 행운아들"과 "어리석은 게으름뱅이들"의 편안한 삶에 관한 생각 등 여러 가지 생각하고 있다. 또한, 그는 장차 파라샤와 결혼해 행복한 삶을 살아갈 공상을 하면서, 한편으로는, 홍수로 인해 불안한 마음과 서글픈 감정을 느낀다. 그는 날씨가 더 사나워지지 않기를 바라며 잠을 청하지만, 그의 바람과는 정반대로 "끔찍한 날"을 맞게 된다.

> 범람한 네바가
> 역류하면서, 성이나 사납게 날뛰며,
> 섬들을 침몰시키고 있었다.
> (중략)
> 운하들이 담을 향해 밀어닥치자,
> 페트로폴(Петрополь)은 트리톤(тритон)[61]처럼 떠올라,
> 허리까지 차는 물속에 가라앉았다.   (청동 기마상, 386-387)

---

61 그리스 신화에 나오는 상반신은 사람이고, 하반신은 물고기 모양인 해신임.

인용문에 나타난 바와 같이 네바강은 "의인화되어" 묘사되어 있다. 이는 인간이 건설한 도시가 자연력에 의해 파괴되고 있음을 보여 준다. 앞에서 시인-화자는 표트르 대제가 건설한 이 도시의 화려함과 튼튼함을 찬미하면서 그것이 자연력에 맞서 승리함으로써 고인이 된 표트르가 영원히 평안히 잠들 것이라고 선언했었다. 그러나 그는 여기서 바로 이 장면을 독자가 기억하게 함으로써 자연력(또는 신)에 대항해 인공의 도시를 건설한 표트르 대제의 오만한 이미지를 훼손시키고 있다. 다시 말해서 작가는 시인-화자의 서술을 통해 영광스러운 과거의 기억과 비참한 현실을 선명히 대조시키고 있다. 푸시킨은 이처럼 과거와 현실의 강력한 대조를 통해 표트르 대제가 건설한 인공의 도시인 페테르부르크가 처음부터 자연(또는 신)에 관한 인간의 오만한 도전이 한계가 있음을 보여주고 있다. 절대 권력을 지닌 개혁가 황제 표트르가 자연을 개조하고 정복해서 돌로 세운 튼튼한 도시가 자연력에 의해 무력하게 파괴된 것이다.

푸시킨은 홍수로 인해 파괴된 도시의 모든 것들-행상인의 판자, 오두막집 널빤지와 지붕, 잡화, 가재도구, 다리의 잔해, 묘지에서 나온 관 등-이 페테르부르크 거리를 떠다니고 있는 모습을 독자에게 보여준다. 여기서 그는 민중에게 이 대홍수 사태를 하나님이 분노한 것으로 수용하게 만들고 있다. "민중은/ 하나님의 분노를 보며 죽음을 기다리고 있다. (중략) 무서운 해에/ 죽은 황제가 아직 러시아를/ 명예롭게 통치하고 있었다. (중략) 궁전은 슬픈 섬 같았다."(청동 기마상, 387) 여기서 푸시킨은 시인-화자의 입을 통해 오만한 지도자가 시도하는 인공적인 도시의 건설이 힘없는 '작은 인간'들에게 엄청난 인명 및 재산 피해를 초래했음을 날카롭게 비판하고 있다.

이처럼 민중은 "홍수"로 인한 "화강암 옷을 입은 네바강"의 범람 사태를 "하나님의 분노"와 "그의 징벌"로서 해석하고 있다. 여기서 "하나님의 분노"는 자기의 불굴의 의지로 발트해와 연결된 네바강의 강변에 도시를 세운 표트르 대제에 관한 자연력의 준엄한 심판을 의미한다. 여기서 우리는 그가 건설한 석조 건축물들과 그 안에 거주하는 사람들은 안전을 보장받는 데 비해 예브게니와 같이 가난하고 힘없는 '작은 인간'들은 아무런 보호도 받지 못한 채 희생당하는 비극적인 존재로 나타나 있음을 볼 수 있다.

푸시킨의 〈청동 기마상〉의 제1부의 마지막에 나타나는 두 마리의 돌사자의 모습, 예브게니의 모습, 파라샤의 오두막집 모습, 그리고 청동 기마상의 모습이 어떻게 묘사되어 있는지 살펴보자.

> 그때, 표트르 광장 위에,
> (중략)
> 대리석 짐승 위에,
> (중략)
> 매우 창백한 예브게니가
> 미동도 하지 않은 채 앉아 있었다.
> (중략)
> 그런데 그를 등지고
> 견고한 높은 곳에
> 격앙된 네바강 위에
> 청동의 말을 탄 우상이
> 한쪽 팔을 쭉 뻗친 채
> 서 있다.
> (청동 기마상. 388-389)

이 앞 연에 묘사된 대리석 사자 두 마리와 튼튼히 지은 신축 건물은 홍수의 공격을 받고도 살아남아 웅장한 자태를 뽐내며 있는 반면에, 파라샤의 오두막집은 쓰러져가고 있다. 또한, 청동 기마상("오만한 우상")은 예브게니에게 등을 돌린 채 튼튼한 암벽 위에서 네바강을 굽어보고 있다. 이 "우상"을 비롯한 힘 있는 자들은 홍수 피해당하지 않았으나, 힘없는 민중만 피해와 희생을 당하고 있다. 그러면 이제 이 작품의 제2부의 시작 부분에서 홍수로 인해 파괴된 "화려한 무대" 뒤의 "무서운 광경"을 살펴보자.

> (전략) 무서운 광경이다!
> 그 앞의 모든 것이 무너져 있다.
>   (중략) 예브게니는
> 아무것도 기억하지 못한 채,
> 미지의 소식을 가진 운명이
> 그를 기다리고 있는 곳으로
> 쏜살같이 달려간다.
>   (중략)
> 집은 대체 어디에 있지?
>   (중략)
> 그는 갑자기 한 손으로 이마를 때리면서,
> 큰 소리로 웃어대기 시작했다.
>   (후략)
>   (청동 기마상, 391-392)

예브게니가 파라샤를 구하기 위해 그녀가 사는 콜롬나에 도착해서 목격한 광경은 인용문에 묘사된 바와 같이 처참한 광경이었다. 얼마 전까지만 해도 존재했던 모든 것이 완전히 사라지거나 흉측하고 참혹한 모습으로 바뀌어버린 것이다. 마치 전쟁터를 연상시킬 정도로 수마에 의해 희생당한 시체들은 "화려한 무대" 뒤에 살았던 사람들이었다. 이처럼 민중은 국가의 보호도 받지 못한 채 무방비 상태에서 홍수 피해당한 것이다.

그러나 이튿날 이 도시의 모습은 완전히 바뀌어 있다. 모든 것이 파괴되어 카오스와 같았던 도시가 신속히 질서를 회복하여 일상의 삶을 되찾은 모습이다. 여기서 처음으로 러시아의 "수도"란 말이 사용되고 있다. 이는 푸시킨이 표트르 대제가 네바강 강변에 인공의 도시를 세워

수도를 모스크바에서 이곳으로 옮김으로써 주인공의 애인과 많은 사람이 희생을 당했음을 보여주려는 의도로 보인다. 사랑하는 애인을 잃은 예브게니는 커다란 심적 충격을 이기지 못하고 결국 미치게 된다.

예브게니는 '작은 인간'들이 사는 지역은 홍수 피해를 당해 황폐화가 되었지만, 대리석 건물들이 서 있는 특별한 지역은 아무런 피해당하지 않았음을 깨닫는다. 이처럼 엄청난 지역적 차별을 일으킨 장본인인 표트르 대제 때문에 피해당했다는 것을 깨달은 그는 극도로 분노한 상태에서 청동 기마에 올라탄 표트르 대제 동상을 향해 신랄한 질문을 퍼붓는다. "오만한 말이여, 너는 어디로 질주하는가,/ (중략) 오, 운명의 위대한 지배자여!/ 그대가 바로 심연 위/ 높은 곳에서, 강철 고삐를 당겨/ 러시아를 뒷발로 일으켜 세우지 않았던가?"(청동 기마상, 395). 이러한 질문을 던진 후 예브게니는 이 "오만한 우상" 앞으로 다가가 이를 악물고 주먹을 불끈 쥔 모습으로, 적의에 가득 차 전율하면서 "기적의 건설자"에게 항의를 표시한다. 그는 청동 기마상에게 대담하게 오만불손한 행위를 한다. 즉 그가 표트르 대제의 청동 기마상에게 "두고 보자"(Ужо тебе)라고 한 말은 어리석은 행위의 목소리가 아니라, 인간적 권리의 목소리이자, 인간의 정당한 행위의 목소리이다. 이 도전적인 말이 독자의 마음속에 매우 강한 반향을 일으키는 것은 바로 그러한 의미를 지니고 있기 때문이다.[62]

그런데 이 작품의 절정 장면, 즉 "청동의 말을 탄 우상"에게 항의를 표시하는 '작은 인간'의 반항 장면에서 우리는 바로 이 순간 그가 이처럼 '작은 인간'이기를 멈추고, 표트르 대제와 대등한 위대한 인간의 위치에 오르게 됨을 볼 수 있다. 예브게니와 표트르 대제는 성격과 사회 계급 같은 환경 등에 있어서 극히 대립적인 위치에 있는 대척자(антипо

---

62 См.: Маймин Е.А. Там же. СС. 183-184.

刑)들임에도 불구하고 예술적 의미와 사상적 의미에서 동일한 위치에 있다. 또한, 그들은 작품 속에서 역사적 삶의 다양한 영역을 구현하고 있으며, 존재에 관한 권리를 동일하게 지니고 있다. 작은 주인공은 '작은 인간'이 아니라 동일하게 위대하며, 심지어는 전통적으로 불려온 것보다 훨씬 더 위대할 수도 있다고 본다.[63]

그런데 예브게니는 청동 기마상에게 반항적인 태도[64]를 취한 후 이상한 현상을 보게 된다. 즉 무서운 형상을 한 표트르 대제의 청동 얼굴이 갑자기 분노한 표정을 지으면서 그에게로 얼굴을 돌리는 것처럼 보였기 때문이다. 깜짝 놀란 예브게니는 잔인하고 무서운 황제가 자신에게 분노를 표시한다고 느끼자 그로부터 무서운 벌을 받을까 두려워 신속히 도망친다. '작은 인간' 예브게니는 자신을 끝까지 추격하는 청동 기마상의 말발굽 소리의 환청과 환상에 시달리다 파멸하게 된다.

지금까지 우리는 작품 속에 나타난 작은 인간과 표트르의 이미지가 어떻게 나타나 있는지 분석해보았다. 이제 이와 연관하여 로트만과 이에주이토프의 주장을 살펴보기로 하자. 자연력과 동상에 희생당한 민중에 관한 로트만의 주장을 들어보자. "〈청동 기마상〉에서 자연력은 기념비를 진동시키기에는 무력하며, 동상은 움직일(행동할) 고유한 능력을 타고났으며, 민중(인간)은 미친 듯이 날뛰는 자연력과 동상의 희생자이다. '달려간다(бежит)'는 동사는 예브게니와 네바(강)의 충돌(коллизия) 속에서도 그와 청동 기마상의 충돌(столкновение) 시에도 집요하게

63　См.: Там же. С. 182.

64　여기서 우리는 왜 예브게니가 표트르 대제의 동상에 반항적인 태도를 보이는지 생각해 볼 필요가 있다. 앞에서 살펴본 바와 같이 페테르부르크는 자연 현상들에 관한 도전 행위로 만들어졌기 때문에 자연력의 피해를 보게 된 것은 당연한 일이다. 말단 관리 예브게니의 무례한 태도에 분노하여 무서운 표정을 짓고 있는 표트르 대제의 청동 동상은 자연의 순리를 거부하고 국가 발전의 논리에 따라 인공의 도시를 건설했던 표트르 대제의 분신에 해당한다. 그래서 예브게니가 "기적의 창조자"인 표트르 대제의 청동 기마상에게 항의를 표시한 것이다.

강조되고 있다. (중략) 그러나 〈청동 기마상〉에서 '우상'(кумир)의 더 커다란 적극성은 '인간'의 행위의 첨예화(активизация), 항의하려는 예브게니의 시도와 연관된다."[65] 이어서 로트만은 이 작품 속에서 "상징-형상들의 충돌은 어떤 단 한 가지의 뜻을 지닌 의미의 알레고리가 결코 아니라, 패러다임의 구조적 입장들의 상호 연관 관계가 보존되어있는 모든 역사적이고 의미적인 치환(교체)을 가정하는 어떤 문화적이고 역사적인 등식(культурно-историческое уравнение)을 의미한다."[66]고 반복해서 강조하고 있다. 계속해서 그는 "푸시킨은 그의 역사의 패러다임을 형성하는 비극적인 모순적 요소들 속에 은폐되어 있을 가능성을 연구하는 것이지, 우리의 '형상들 속에서' 그가 이미 이해한 어떤 최후의 의미, 그리고 하나도 남김이 없는 완전한 공식에 양보하는 의미를 해석하려 하지 않는다."[67]고 말한다.

다른 책에서 로트만은 푸시킨이 다음과 같이 두 개의 사상을 충돌시키고 있다고 주장한다. "시인은 두 개의 사상-국가 기구의 권력(мощь государственности)과 역사의 진보 속에 구현된 위대한 역사의 사상(идея исторического величия)과 전혀 눈에 띄지 않고 가장 작은 사람에게 행복권을 부여하는 박애 사상(идея человечности)-을 충돌시키고 있다. 논쟁은 미해결 상태로 남아 있다. 갈등에 참여한 자들 중 각자가 자기의 진실을 지니고 있다. 그들을 화해시키는 것은 불가능하며, 한 사람이 타자를 희생하여 승리를 정당화하는 것도 불가능하다."[68] 우리는 여기서 아무런 힘도 없고 가난한 하급관리 예브게니도 행복하게 살 수 있는

---

65   Лотман Ю.М. Замысел стихотворения о последнем дне Помпеи. // Избранные статьи в 3-х томах, Т. 2., Таллинн, 1992. С. 448.

66   См.: Там же. С. 449.

67   Там же.

68   Лотман Ю.М. Учебник по русской литературе для средней школы. М., 2001, С. 118.

권리를 소유하고 있음에도 불구하고, 표트르 대제의 황제 정부가 서구화 정책을 실시하기 위해 도시를 인위적으로 건설하는 역사의 진보(?)적 과정에서 비극적으로 희생당할 수밖에 없음을 볼 수 있다. 여기서 우리는 푸시킨이 자기의 작품 속에서 표트르 대제의 위대한 업적들은 찬양함과 동시에 그의 독재와 전횡 및 폭압, 오만 등 부정적인 측면들을 비판하면서, '작은 인간'의 행복 추구권에 관한 강한 지지와 약자에 관한 휴머니즘을 보여주는 등 균형적인 글쓰기 자세를 취하고 있음을 볼 수 있다.

이에주이토프(А. Н. Иезуитов)는 푸시킨의 작품에 나타난 "상호 작용의 철학"이란 용어를 통해 화해하기 어려운 두 대상의 문제를 철학적이고 방법론적 탐색의 자세를 취하고 있다. 그는 푸시킨의 포에마 〈청동 기마상〉의 기본적인 의미의 해석을 둘러싸고 지금까지 다양한 논쟁들이 멈추지 않고 있음을 언급한 뒤, 크게 두 부류로 분류하여 정의하고 있다. 즉 "어떤 사람들은 작가의 모든 호감(симпатия)이 러시아의 국가성(государственность)의 상징인 강력한 표트르의 편에 있으며, 예브게니의 비극은 불행하지만, 높은 국가적 이익을 그가 인정하지 못한 데 대한 불가피한 대가라고 생각한다. 다른 사람들은 작가의 모든 동정(симпатия)은 "작은 인간" 예브게니의 편에 있으며, 그의 현실적인 인간적 이익들이 전제적인 국가에 의해 거칠고 부조리하게 침해당하고 있다고 간주한다. (중략) '상호 작용의 철학'은 푸시킨의 포에마에서 권리임과 동시에 무권리(права и не права)이며, 한 측면과 다른 측면(표트르와 예브게니)이라는 데 입각하고 있다. 두 측면은 서로가 없이 존재할 수 없으며, 그것들 중 하나가 다른 것에 관한 완전한 승리는 양측의 상호 비극이 된다. (중략) 그러한 상호 작용의 붕괴는 불가피하게 국가 권력을 '오만한 우상'으로 변화시키고, (중략) 작은 '불쌍한 예브게니'를 (중략) 결국 파멸로 이끌게 된다."[69] 이에주이토프가 말한 바와 같이, 푸시킨은 자기의 작품을 통해 "오만한 우상"으로 표현된 표트르 대제의 인위적인 도시 건설로 인해 희생당한 '작은 인간' 예브게니의 행복 추구권의 상실과 비극적 파멸의 모습을 독자에게 보여주고 있다. 그는 이를 통해 개인과 국가, 국민과 국가의 상호관계, 즉 양자의 조화와 균형, 상생의 관계, 즉 "상호 작용의 철학"이 필요하다는 메시지를 자기의 독자에게 전하고 있다.

푸시킨의 작품 속에 묘사된 표트르 대제는 러시아의 수도를 건설해 "유럽으로 난 창"을 낸 건설자 황제이자 개혁가 황제라는 긍정적인 이미지와 함께 자신에게 반항하는 불쌍하고 힘없는 '작은 인간'을 위협하여 그에게 심적 고통을 안겨주어 결국 그를 죽게 만든 박해자[70]이자 악마적 군주의 부정적인 이미지를 지니고 있다. 다시 말해서 그는 위대한 사업을 이루었지만, 자연의 뜻(또는 신의 뜻)을 거스른 데 대한 죄의 대가로 자기의 후손들(그들 중에는 '작은 인간'을 대표하는 예브게니와 같은 대다수의 가난하고 힘없는 인간들)을 희생시킨 인물이었다. 푸시킨은 자기의 작품 속에서 부국강병의 기반을 마련한 서구화의 기수로서의 표트르 대제의 위대한 업적을 찬양하는 한편, 그 화려한 치적의 이면에 은폐된 부정적인 측면들, 국가 발전이라는 이름 아래 국민을 박해하고 희생시킨 잔인한 독재자 스탈린과 비견되는 폭군의 부정적인 측면을 신랄히 비판하고 풍자하고 있다.

---

69 Иезуитов А.Н. Пушкин и "философия взаимодействия". // Пушкин и современная культура. М., 1996, С. 101.

70 이와 관련하여 안드레이 발리츠키는 통치자가 전횡적 통치를 해서는 안 된다는 생각을 카람진이 했음을 언급하면서 다음과 같이 주장했다. "카람진은 (중략) 귀족계층의 희망과 이익에 역행했던 짜리들의 정책까지도 통렬히 비난하였다. (중략) 표트르 大帝 역시 카람진에게는 독재통치자로 보였다. 그는 표트르의 러시아 근대화를 긍정적으로 평가하기는 하였지만, 그 방법은 잔인한 민족전통의 말살이며 개인의 사생활에 관한 정치권력의 불법적 개입이라고 보았던 것이다." 안드레이 발리쯔끼 저, 장실 역, 『계몽사조에서 마르크스주의까지』, 슬라브研究社, 1988, p.73.

끝으로 우리는 역사가-작가 푸시킨이 〈청동 기마상〉에서 표트르 대제의 위대한 업적 및 그 뒤에 은폐된 부정적인 측면들의 역사적 진실을 실제로 발생한 대홍수 사건이라는 역사적 배경 속에서 희생당한 '작은 인간', 예브게니의 비극적 운명을 통해 객관적이고 공정한 입장과 태도를 견지하면서 규명하고 있음을 볼 수 있다.

이상과 같이 우리는 푸시킨의 포에마 〈청동 기마상〉에 나타난 표트르 대제와 그가 창건한 수도 페테르부르크가 푸시킨에 의해 어떻게 묘사되고 있으며, '작은 인간' 예브게니의 운명이 역사적 인물인 표트르 대제와 페테르부르크가 어떤 연관 관계가 있는지 작품 분석을 통해 살펴보았다.

우리는 이 연구를 통해서 진정한 역사가-작가, 창조자- 푸시킨이 이 작품에서 '작은 인간', 예브게니와 표트르 대제를 상호 연관해 민중과 절대군주(폭군)에 관한 역사의식을 반영하고 있음을 볼 수 있다.

이 작품의 절정 장면, 즉 "청동 기마를 탄 우상"인 표트르 대제의 동상을 향해 항의를 표시하는 '작은 인간' 예브게니의 반항 장면의 묘사를 통해 푸시킨은 주인공 예브게니가 '작은 인간'이기를 멈추고, 표트르 대제와 대등한 위대한 인간의 위치에 오르게 만듦으로써 그를 정신적으로 비약적 발전(푸시킨이 자기의 주인공을 지나칠 정도로 정신적 성숙을 시켜 변화시키는 기법의 특징)시켜 완전히 다른 사람으로 바꿔 놓고 있다.

푸시킨의 장편서사시 〈청동 기마상〉에서 묘사된 표트르 대제의 이미지는 양면성을 지니고 있다. 즉 그의 이미지는 러시아의 수도를 건설해 "유럽으로 난 창"을 낸 건설자 황제이자 개혁가 황제라는 긍정적인 이미지와 함께 '작은 인간' 예브게니를 파멸케 한 폭군이라는 부정적인 이미지를 갖고 있다. 또한, 표트르 대제의 이미지는 역사적 인물로서뿐만 아니라, 구체적인 개성으로서 등장하고 있으며, 이 작품의 대부분에서 그의 기념비적인 역사적 표현인 "청동 기마상"으로서 나타나 있다.

동서고금을 막론하고 연구 대상으로서 인류 역사는 항상 주체적인 문제와 객체적인 문제를 동시에 지니고 있다. 대체로 역사에서 국가(집단 또는 전체)와 개인의 관계는 항상 갈등하고 대립하는 관계를 형성해 왔으며, 이로 인해 힘없는 '작은 인간'(민중이나 개인)은 자주 희생당해 왔다. 또한, 국가나 전체주의 사회가 추구하는 목표(또는 이익)와 개인의 욕망이 상충이 될 때, 항상 후자에게 엄청난 희생이 강요되었다.

5. 푸시킨의 희곡 〈보리스 고두노프〉에 나타난 작가의 역사관과 등장인물의 형상

시인이자 소설가인 푸시킨은 역사학자는 아니지만, 역사에 관한 해박한 지식과 훌륭한 역사의식을 지닌 위대한 역사가로 평가할 수 있다.[71] 그는 1825년에 완성하여 1831년에 출판한 비극 〈보리스 고두노프(Борис Годунов)〉를 통해서 자기의 역사관을 표출하고 있다. 그는 이반 뇌제 사후 러시아 역사의 '대혼란기'에 왕위 쟁탈전이 벌어졌던 역사적 사실을 자료로 이 작품을 썼다.

이 작품에서 민중의 보리스 고두노프 황제에 관한 민중의 불신과 증오는 점점 커질수록 기적에 관한 민중의 기대는 "'돌아온 황제-해방자'의 전설"이나, 또는 죽음에서 부활한 예수에 해당하는 '부활한 해방자 황제'인 참칭 황제-가짜 드미트리에게로 향한다는 내용이 들어있

71　"뿌쉬낀은 물론 전문적인 역사가는 아니며, (중략) 빠끄롭스끼(М.Н. Покровский)가 '뿌쉬낀은 歷史家다'라고 단언했듯이, 그는 이미 오랫동안 문서 보관소에서 자료를 다루며 역사연구를 했고, 19세기초의 국내.외 학자들과도 깊은 학문적 교류를 갖고 있었다. 그는 당대의 저명한 역사학자들을 능가하는 뛰어난 역사적 통찰력을 지니고 있었다." 오두영, 「역사가로서의 뿌쉬낀」, 『슬라브 학보』 제15권 1호, 한국슬라브학회, 2000, p.304.

다. "민중의 신화적 관념이 투영된 '돌아온 황제-해방자'의 전설은 16세기 후반에서 17세기 초의 특별한 사회적 토양 위에서 발생하였다. 그 당시에 농노들에 대한 착취가 극에 달했고, 농노제가 최종적으로 확립되었다."[72] '대혼란'의 시기 민중은 강력한 황제가 그들을 해방해 주기를 바랐다. 민중은 〈보리스 고두노프〉의 처음 부분에서 권력의 공백 상태에 빠진 러시아를 구하기 위해 보리스 고두노프에게 황제가 되어 달라고 간청한다. "그러나 보리스는 그들의 희망을 충족시켜주지 못했고, 황제에 관한 민중의 불만이 쌓인 상태에, 기적을 바라는 민중 특유의 성격이 합해져서 '돌아온 황제-해방자'의 대중적인 전설이 생기게 된다. 민중 사이에 널리 퍼진 이 전설은 나라 전체를 뒤흔드는 강력한 힘으로 등장하고, 결국 보리스를 폐위시키고, 참칭자를 왕좌로 올리는 직접적인 동인으로 작용한다. (중략) 그러나 그들은 이상화된 주인공이 아니라, 이성적인 사유보다는 비논리적이고 미신적인 믿음에 끌리는 경향이 있는, 때로는 무지몽매하고 어리석은 성격으로 묘사된다. 이것이 바로 푸시킨이 발견한 민중의 한계다."[73]

푸시킨의 희곡 〈보리스 고두노프〉는 카람진(Н.М. Карамзин)[74]의 역

---

72 정지윤, 「『보리스 고두노프』에 나타나는 기적에 관한 민중의 믿음」, 『노어노문학』 제19권 제1호, 한국노어노문학회, 2007, p.306. "16세기 말에서 17세기 초에 모스크바의 권좌에 앉았던 황제들(표도르 이바노비치, 보리스 고두노프, 바실리 슈이스끼)은 다양한 정치적인 지향에도 불구하고 한 가지 공통점을 가지고 있었다. 그들은 점점 강해지는 농노 예속 관계로부터 벗어나고자 하는 민중의 바람을 정당화시켜 주지 못했다. 그러한 사실은, 진정한 황제의 선한 의지에 관한 믿음이 보존된 상태에서, 통치하고 있는 황제가 진정한 황제가 아니라는 확신을 낳게 했고, '황제는 원하지만 대귀족들이 막고 있다'는 공식을 무효화시키도록 했다. 이러한 토양 위에, 한편으로는 바뀐 황제에 관한(예를 들어, 뾰뜨르 1세 등에 관한) 전설들, 다른 한편으로는 우리가 흥미를 가지고 있는 "돌아온 황제-해방자"에 관한 전설들이 형성되었다." 같은 논문, pp.301-302.

73 위의 논문, p.307.

74 "니꼴라이 까람진(1766~1826)은 알렉산드르의 통치기에 러시아 정부의 역사가로 일하였다. 문학 활동에서 그는 라지쉐프도 관여하였던 러시아 감상주의를 대표하는

사책 『러시아 국가의 역사(История государства Российского)』에서 소재를 취해 16세기 말-17세기 초의 "혼란기(Смутное время)"의 시대적 배경하에서 역사적 주제를 다룬 작품으로서 1825년에 발생한 데카브리스트 반란의 시대적 상황과 긴밀히 연관되어 있다.[75] 푸시킨은 〈보리스 고두노프〉에서 19세기 초 러시아 사회에 팽배한 첨예한 사회적 갈등과 문제를 다루기 위해 날카롭고 객관적인 시대 인식으로 자기의 역사관을 제시하고 있다.[76]

이 글에서 우리는 푸시킨이 비극 〈보리스 고두노프〉에서 보여 준 역사관이 어떻게 나타나 있는지 살펴볼 것이며, 이와 연관하여 등장인물들 중 특히 보리스 고두노프와 대조적인 신분의 유로지브이, 그리고 연대기 작가-피멘과 그리고리- 가짜 드미트리, 대귀족 푸시킨과 민중 등을 중심으로 고찰할 것이다.

데카브리스트 반란이 일어났을 때 푸시킨은 그의 유형지인 미하일롭스코예에 있었다. 그는 이 역사적인 반란의 현장에 참여하지는 못했다. 하지만, 심정적으로 이 혁명적 반란을 지지했던 푸시킨은 러시아

인물이었다. (중략) 그는 자기의 감상주의적이고도 다소 관념적인 인도주의 정신을 포기하고 유일하고도 영원한 舊질서의 보루로서의 독재정치를 지지하였다. 이제 그는 자신이 과거에 신뢰하였던 유럽을 가리켜 혁명, 분열, 그리고 혼란의 온상이라고 비난하면서 정착된 사회질서와 계몽 절대정부, 그리고 흔들리지 않는 기독교적 신앙을 간직한 나라인 러시아를 바로 그 안티테제로 칭송하게 되었다." 안드레이 발리쯔끼 저, 장실 역, 『계몽사조에서 마르크스주의까지』, 슬라브硏究社, 1988, pp.73-75.

75 "1817년에서 1822년에 이르는 시기에 푸시킨의 역사관은 전반적으로 제까브리스뜨들의 역사관과 긴밀한 관계에 있었다. 제까브리스뜨들의 역사에 관한 독특한 이해는 무엇보다도 조국 러시아의 역사에 관한 관심이었다. 1818년 니키타 무라비요프가 출간한 『까람진의 러시아 역사에 관한 비평』, 릐일레예프의 『사상』, 그리고 꼬르닐로비취가 1822~1825년 사이에 출간한 『러시아 17~18세기 역사』 등은 제까브리스뜨들의 역사관을 대변하고 있다." 오두영, op. cit., pp.316-317.

76 이영범, 「『보리스 고두노프』에 나타난 푸시킨의 역사관」, 『슬라브 연구』 제19-1권, 한국외국어대학교 외국학종합연구센터 러시아연구소, 2003, pp.268-269 참조.

역사에서 커다란 한 획을 그은 이 대반란의 의미를 높이 평가하고, 후세에 이를 전하기 위해 데카브리스트 반란과 긴밀한 연관성이 있는 〈보리스 고두노프〉를 집필한 것으로 보인다. 이는 푸시킨이 러시아 역사에 있어서 혼란기인 이반 뇌제와 보리스 고두노프의 시대에 관심을 보이게 된 것과 긴밀한 연관이 있다. 푸시킨은 러시아 사회와 국가의 토대를 이루고 있던 전통적 가부장적 체제의 위기가 이미 16세기에서 17세기 사이에 드러나기 시작했다고 보았다. 그런데 이때까지 알려지지 않은 새로운 역사적 세력들이 정쟁에 나서게 된 것이다. 고대 황족의 후손으로서 왕위를 상속받지는 못했지만, 교활하게 부정한 방법으로 권력을 획득한 보리스 고두노프 황제의 형상은 푸시킨의 시대에 시작된 여러 가지 변화와 깊은 연관이 있다. 바로 이 점이 푸시킨이 비극 〈보리스 고두노프〉의 중심인물로 보리스 고두노프를 정한 것으로 보인다.[77] 앞에서 언급한 바와 같이 푸시킨은 카람진의 역사책 『러시아 국가의 역사』에서 소재를 취하고, 셰익스피어의 사극을 패러디하여 비극 〈보리스 고두노프〉를 썼다.

　푸시킨은 19세기 초 최고의 역사가인 카람진에게서 커다란 영향을 받았다. 그러나 그는 카람진과 그의 책에 관한 깊은 연구를 통해서 그의 역사적 해석에 관해 부정적인 입장을 취하게 된다. 다시 말해서 푸시킨은 민중을 정치의 주체세력으로 간주하고, 민중의 힘에 신뢰를 보인 반면, 카람진처럼 궁정이나 귀족지배계층 중심의 역사를 해석하는 데 대해 강한 반대 입장을 취하였다.[78] 그 일환으로 푸시킨은 1825년에 발생한 데카브리스트 반란의 역사적, 시대적, 정신적 분위기에 어울리는 비극 장르인 〈보리스 고두노프〉를 구상하게 된 것으로 보인다.[79]

77　См.: Г.М. Фридлендер, *Пушкин. Достоевский. 《Серебряный век》*. Санкт-Петербург, НАУКА, 1995, С. 79.

78　오두영, op. cit., pp.305-311 참조.

또한, 푸시킨은 이 작품에서 역사주의, 리얼리스트 작가로서의 과제, 인간의 운명적 파멸과 연관된 비극의 갈등 문제를 다루게 되었다.[80]

먼저 〈보리스 고두노프〉의 "밤. 추도프 수도원의 방"(1603) 장면에서 연대기 작가 피멘 신부와 그리고리가 나누는 대화를 살펴보자. 이 장면은 이 작품을 해석하는 데 중요한 단서를 제공하고 있다. 푸시킨은 우글리치에서 살해당한 드미트리 황태자에 관한 사건의 진상을 독자에게 보여주기 위해 두 등장인물의 대화를 비교적 길게 묘사하고 있다.

> 피멘 (현수등 앞에서 글을 쓰고 있다).
>
> 이제 마지막 이야기만 쓰면,
> 내 연대기가 완성되겠군.   (231)
>   (중략)
> 우린 시역자(弒逆者)를
> 군주라고 부르지 않았던가.   (236)
>
> 그리고리.
> 정직하신 신부님, 오래전부터
> 신부님께 드미트리 황태자님이 돌아가신 것에 관해
> 여쭤보고 싶었습니다.
> 그때 신부님은
> 우글리치에 계셨다고 하던데요.
>
> 피멘.
>   (중략)
> 내가 보았지. 참살을 당하신 황태자께서 누워 계시는 걸 말이야.   (236)
>   (중략)

79   См.: Г.О. Винокур, *Собрание трудов: Статьи о Пушкине*, Москва, Лабиринт, 1999, С. 112.

80   См.: Г.П. Макогоненко, *Творчество А.С. Пушкина в 1830-е годы (1830-1833)*, Ленинград, Худож. Лит-ра, 1974, СС. 158-159.

도끼 밑에서 공포에 질린 악당들이
참회하고, 보리스의 이름을 대더군.

그리고리.
시해당하신 황태자님이 몇 살이었지요?

피멘.
일곱 살쯤이었네. 지금 (살아) 계신다면
(벌써 10년이 지났지… 아니야, 더 지났어.) 자네와 동갑이셔서,
황제로서 통치하실 텐데. 하지만 하나님의 뜻은 다르셨어.   (237)[81]

이처럼 늙은 수도사 피멘이 그리고리와 나누고 있는 대화 속에는
피멘의 진실하고 중대한 역사적 증언이 들어있다. 여기서 피멘은 그리고
리에게 보리스 고두노프가 어린 황태자 드미트리를 살해한 시역자라는
엄청남 비밀을 누설하고 있다. 이는 나중에 이 정보를 듣고 러시아 역사
를 바꿀 야망을 갖게 되어 이를 실행에 옮겨 자기의 꿈을 실현하게 된다.
즉 그리고리[82]는 피멘으로부터 보리스 고두노프가 드미트리 황태자의
살해범이며, 황태자가 자신과 동갑이라는 말을 듣고서 추도프 수도원으

---

81 А.С. Пушкин, Полн. собр. соч. в десяти томах, Москва, А.Н. СССР, 1957, том.
    V, СС. 231-237. 앞으로 푸시킨의 원문 인용 시 이 판본에 따라 쪽수만 표시하겠음.
    이번 인용에서는 긴 인용문을 축소했기 때문에 편의상 특별히 쪽수 표시를 4번
    하였음.

82 그리고리가 도망한 후 추도프 수도원장이 그에 관해 말한 바에 의하면, 그는 갈리치
    야 귀족 후예인 오트레피예프 가문 태생으로, 젊어서 삭발한 후 수즈달의 예피미예
    프 수도원에서 지내다, 그곳을 떠나 방랑하다 추도프 수도원에서 교육을 받다가
    도망한 자이다. 나중에 환속한 그리고리가 리투아니아 국경의 한 술집에서 순찰하는
    사람들에게 읽어준 칙령에는 "추도프 수도원의 부도덕한 수도승 그리고리는 오트레
    피예프 가문 출신으로서 악마에게 가르침을 받고 이단에 빠져서 온갖 유혹과 불법행
    위로 거룩한 승단에 감히 소요를 일으켰음. 정보에 의하면, 저주받을 그리시카는
    리투아니아 국경으로 도망간 것으로 밝혀졌음… (Чудова монастыря недостойный
    чернец Григорий, из роду Отрепьевых, впал в ересь и дерзнул, наученный диаволом,
    возмущать святую братию всякими соблазнами и беззакониями. А по справкам оказало
    сь, отбежал он, окаянный Гришка, к границе литовской…) (251-252)"

로부터 도망친다. 그는 리투아니아를 거쳐 폴란드로 건너가 자신이 죽지 않고 살아남은 드미트리 황태자라고 선언하고, 폴란드 왕의 지원을 받아 러시아를 침공하여 가짜 드미트리-참칭자 황제가 된다. 여기서 우리는 〈보리스 고두노프〉의 작가 푸시킨이 연대기 작가-피멘을 드미트리 황태자 시해 사건의 목격자로 창조해 역사의 증인으로 삼고 있음을 볼 수 있다. 또한, 피멘이 목격한 이 사건의 기적은 창조자 푸시킨이 고안한 것이며, 카람진의 역사책 『러시아 국가의 역사』에는 이에 관한 내용이 전혀 없고, 푸시킨의 다른 자료에도 없다고 한다.[83] 즉 푸시킨은 자기의 〈보리스 고두노프〉에서 독자에게 역사의 진리를 생생히 전달하기 카람진의 역사서에 나오는 피멘과는 전혀 다른 등장인물을 창조한 것이다. 다시 말해서 푸시킨은 이 작품에서 역사적 인물인 피멘을 역사의 진실한 증인이자 전달자의 임무를 책임감 있게 수행하는 등장인물로 설정해 자기의 역사관을 표현하고 있다.[84]

푸시킨은 〈보리스 고두노프〉에서 민중이 역사를 변화시키는 결정적인 세력 중 하나라는 역사의식을 보여주고 있다. 한편으로는, 푸시킨은 민중이 역사의 객체이지만, 다른 한편으로는 역사의 주체로서 역사의 주도권을 행사하는 역동적인 힘의 주요한 원천이라고 보았다. 그러나 우리는 푸시킨이 민중에 관해 긍정적으로 평가함과 동시에 부정적인 평가를 하고 있음을 볼 수 있다. 그 예로, 푸시킨은 민중이 어리석고 오판을 하는 우매한 계층으로 묘사하고 있다. 이처럼 그는 민중의 이중성을 보여주기 위해 객관적인 글쓰기를 하고 있다. 앞에서 살펴본 바와 같이 황제가 될 자격이 없는 보리스 고두노프는 황제에 오를 정통성을 소유한 드미트리 황태자를 비밀리에 자객을 보내 살해하고 민중

---

83 См.: И.З. Серман, *Пушкин и новая школа французских историков(Пушкин и П. де Барант)*, *Русская литература*, Санкт-Петербург, НАУКА, 1993, No. 2, C. 136.
84 이영범, op. cit., p.276 참조.

을 기만했다. 그러함에도 불구하고, 민중은 이런 사실을 모른 채, 그에게 황제가 되어 달라고 울부짖으면서 간청하고, 보리스 고두노프가 마지 못하는 척하면서 승낙하자, 그를 정식 황제로 인정하고 만세를 부르며 열렬히 축하한다.[85] 이는 민중의 우매한 측면을 보여주는 장면 중 하나다.

> 민중(무릎을 꿇은 채 크게 소리를 지르며 울고 있다).
> 아, 우리의 아버지시여, 통촉하시옵소서. 우리를 다스려주시옵소서!
> 부디 우리의 아버지, 우리의 황제가 되어 주소서!
> (중략)

> 민중.
> 왕관은 그분 것이다! 그분이 황제이시다! 그분이 승낙하셨다!
> 보리스는 우리의 황제이시다! 보리스 만세!　　　　　　　(227-228)
> Народ(на коленах. Вой и плач).
> Ах, смилуйся, отец наш! властвуй нами!
> Будь наш отец, наш царь!
> 　　　　　(…)

> Народ.
> Венец за ним! он царь! он согласился!
> Борис наш царь! да здравствует Борис!　　　　　　　(227-228)

　이와 연관하여 푸시킨은 보리스 고두노프가 정권 획득의 정당성을 확보하기 위해 연극을 하여 민중을 기만했듯이 가짜 드미트리, 즉 참칭자-지미트리 역시 전자와 마찬가지로 민중을 속여 보리스 고두노프를 타도하고 권력을 획득하려고 획책하는 모습을 보여 준다. 다음은 보리스 고두노프 황제가 사망한 후 참칭자 지미트리는 이 작품의 등장인물

85　Ibid., p.281 참조.

인 대귀족 푸시킨을 시켜 민중에게 보리스 고두노프 가문을 파멸하도
록 선동하고 있다.

> 푸시킨 *(연단 위에서)*.
> （중략）
> 여러분은 하나님의 섭리가 살인자의 손에서
> 황태자님을 구했다는 걸 알고 있습니다.
> 황태자님은 악당을 사형하시려고 오고 계셨는데,
> 하나님의 심판이 이미 보리스를 격파하셨습니다.
> 러시아는 지미트리님께 복종하였습니다.
> （중략）
> 그런데 여러분은 고두노프 일가의 비위를 맞추려고
> 모노마흐의 후예이신 정식 황제께
> 저항하겠습니까?
> （중략）
> 푸시킨.
> （중략）
> 지미트리께서 여러분을 어여삐 여기실 것입니다.
> （중략）
> 하지만 그분은 무서운 호위를 받으시며
> 선조들의 옥좌를 향해 오고 계십니다.
> 황제께 노하게 하지 말고, 하나님을 두려워하십시오.
> 정식 군주의 십자가에 키스하시기 바랍니다.
> （중략）
> 민중.
> 무슨 말이 필요하지? 대귀족 나리께서 진실을 말씀하셨어.
> 우리의 아버지, 지미트리 만세!
> （중략）
>
> 민중 *(떼거리로 몰려간다)*.
> 붙잡아라! 파멸시키자! 지미트리 만세!
> 보리스 고두노프 가문은 패망할 거야!   (319-320)

인용문에 나타난 바와 같이 이미 우글리치에서 죽은 드미트리 황태자를 참칭한 황태자 지미트리는 대귀족 푸시킨을 파견해 민중을 속여 그들로 하여금 "우리의 아버지, 지미트리 만세!"를 외치도록 만드는 데 성공한다. 이처럼 가짜 드미트리 황태자의 교활한 계책에 넘어간 민중은 "보리스 고두노프의 가족을 파멸시키려" 크렘린의 보리스 고두노프의 집으로 몰려가고 있다. 앞에서 언급한 바와 같이 우리는 비극 〈보리스 고두노프〉에서 푸시킨은 민중의 이중적인 모습 –역사의 주체세력이라는 위대한 힘을 가진 계층이지만 무력한 집단, 그리고 현명하지만 잘 속아 넘어가는 어리석은 계층–을 객관적으로 독자에게 보여주고 있음을 볼 수 있다.[86]

다음은 이중성을 지닌 민중의 군주에 관한 반응, 즉 "민중의 여론"에 관한 주장이다. "참칭자가 모스크바로 진군하고 보리스 고두노프가 파멸하는 과정을 그린 제2장에서 고두노프의 운명을 결정한 것은 모스크바 궁정이 아니며, 더구나 들판에서의 전투도 아니었다. 그것은 도시. 농촌의 일반 민중의 '여론'에 있었다. (중략) 마지막 장면에서 참칭자가 고두노프의 아들을 죽였을 때 민중의 반응이 나타난다. '군중은 침묵한다'. 푸시킨은 또한, 민중의 의견이란 현명한 것이기도 하지만 쉽게 변화한다는 것도 잘 알고 있었다. "권력을 장악하려는 세력은 민의를 유리한 방향으로 이끌려 하지만, 최종 판단은 민중에게 있다."[87]

이처럼 우리는 푸시킨의 〈보리스 고두노프〉에서 러시아 역사의 주체세력은 보리스 고두노프와 같은 황제를 비롯한 귀족지배계층이 아니라, 민중이라는 사실을 알 수 있다. 푸시킨은 이 작품에 등장하는 보리스 고두노프도, 대귀족들도, 참칭자–가짜 드미트리도 러시아 역

---

86   이영범, op. cit., p.284 참조.
87   오두영, op. cit., p.311.

사의 주체세력으로서 역할을 하는 민중의 위대한 힘을 잘 알고 있어서 민중의 여론에 항상 귀를 기울이는 모습을 독자에게 보여주고 있다. 결국, 보리스 고두노프나 가짜 드미트리-참칭자처럼 부정한 방법으로 권력을 획득한 군주는 민중의 여론에 의한 심판을 받게 되고, 비극적인 종말을 맞이하게 된다.

한편 석영중은 「푸시킨의 '해체적' 역사관과 재코드화의 문제」라는 논문의 "역사적 코드와 문학적 코드의 관계"라는 장에서 다음과 같이 "포스트모던"적 견해를 밝히고 있다. "대혼란기를 배경으로 하는 이 드라마에서 푸시킨이 제시하는 것은 역사가의 예리한 시각에 포착된 한 시기의 '진실'이 아니라 역사적 사건을 바라보는 각기 다른 시각, 그리고 그것을 전달하는 각기 다른 목소리들이다. (중략) 어떤 의미에서 이 드라마에 등장하는 모든 인물은 거짓말쟁이들이다. 그들은 위장, 혹은 거짓말에 의해 하나로 묶여진다. 사건에 관한 그들의 해석은 사리사욕, 어리석음, 무관심 등에 의해 왜곡된다."[88] "푸시킨이 제시하는 것은 역사가의 예리한 시각에 포착된 한 시기의 '진실'이 아니"란 말은 러시아 역사에의 특정한 시기인 "대혼란기"의 정치적 상황에서 권력을 획득하기 위해 수단 방법을 가리지 않은 위정자들의 거짓된 모습을 보여주려는 푸시킨의 진정성을 왜곡하는 것으로 보인다. 또한, "어떤 의미에서 이 드라마에 등장하는 모든 인물은 거짓말쟁이들이다."란 언급 역시 일부분의 등장인물에 해당하는데, 지나치게 확대해석한 것이라고 본다. 예를 들어, 피멘이나 유로지브이 등은 진실을 말하는 등장인물들에 해당하기 때문이다.

푸시킨은 비극 〈보리스 고두노프〉에서 역사적 사건에 직접 참여하

---

88 석영중, 「뿌쉬낀의 '해체적' 역사관과 재코드화의 문제」, 『슬라브 학보』 제15권 2호, 한국슬라브학회, 2000, pp.128-129.

여 그 역사적 행위에 적극적인 심리적 반응을 보이는 민중의 모습을 보여주고 있다. 이와 동시에 그는 그 시대의 민중이 지닌 다양한 의식을 나타내고 있는 피멘이나 유로지브이와 같은 등장인물들의 모습을 보여주고 있다. 이제부터 우리는 민중의 의식을 잘 대변해주고 있는 유로지브에 관해서 비교적 자세히 살펴볼 것이다.

먼저 유로지브이에 관한 기존의 연구를 살펴보도록 하자. "러시아 유로지브이들은 교회가 아닌 세속에서 종교적 이상을 실현하려고 했던 특이한 존재들이다. 그들은 12세기경부터 나타나기 시작했으며 14세기에는 4명, 15세기에는 11명, 16세기에는 124명 순으로 성자가 될 정도로[89] 점차 러시아의 보편적 종교 현상의 한 부분을 형성하게 되었다. (중략) 대부분의 유로지브이들은 거의 옷을 입지 않은 채로, 또 어떤 이들은 일부러 쇠사슬과 같은 것들을 걸치고 다녔다. 이렇게 인간적 이해를 억압한 대가로 영적인 눈이, 그리고 한층 높은 감각과 통찰력이 주어지며, 한편 자기의 육신을 제어할 수 있는 금욕주의는 타인을 치료할 수 있는 능력과 결합된다.[90]" 또한, '유로지브이'란 용어는 '백치'란 말과 긴밀한 연관이 있다. "블라지미르 달리의 사전에서 '백치'는 '마음이 나약하거나' 유로지브이(юродивый)를 지닌 사람을 뜻한다. 이 유로지브이라는 용어 역시 '백치'와 더불어 갈등으로 점철된 역사를 지니고 있다. 달리는 유로지브이를 '하나님의 사람'으로 존경하는 대중적 분위기가 있었다는 점을 주장하는 한편, 이 단어를 уродища, 즉 '타고난 기형 인간 혹은 불구자', '몸이 뒤틀린 사람' 그리고 '도덕적 기형아'로

89　George Fedotov, The Russian Religious Mind (II) (Massachusetts; Nordland Publishing Company, 1975), p.316 / 백준현, 「도스또예프스키의 〈백치〉에 나타난 므이쉬낀의 悲劇性 硏究」, 『슬라브 학보』 제7권, 한국슬라브학회, 1992, p.24에서 재인용.

90　George Fedotov, p.323 / 같은 곳에서 재인용.

정의한다. урод와 юрод는 같은 어원에서 나온 말로서 육체적, 정신적 결함을 연결시킨다."[91] 이 '유로지브이'란 용어는 도스토옙스키의 작품들 속에 등장하는 인물들은 '성스러운 바보'의 전통과 연관된 형상에 해당한다. 즉 "〈카라마조프가의 형제들〉의 스메르자스치야, 〈악령〉의 마리야 레뱌드키나, 〈죄와 벌〉의 리자베타와 소냐 등과 같이 완전하지 않은 인성의 구현체임에도 불구하고, 므이쉬킨처럼 그리스도의 성스러움과 겸허를 표상하는 인물들이 등장하는데, 이러한 전형화된 성스러운 인물은 13~14세기 이래 종교적 현상으로 인식되는 '성스러운 바보'의 전통과 관련을 맺는다. 이러한 성스러운 바보들은 사실상 근대인에 의해 다소 과장된 매력을 발산하게 되었던 것도 사실이지만, 푸시킨의 〈보리스 고두노프〉 및 톨스토이의 3부작 등에도 등장하여, 러시아 정교의 영성 전통의 대중화에도 기여하고 있다."[92]

다음은 황제가 된 보리스 고두노프가 "모스크바 대성당 앞 광장"의 장면에서 유로지브이로부터 자신이 드미트리 황태자 살해자이며 "헤롯왕"이라는 말을 듣는 장면이다. 〈보리스 고두노프〉에서 유로지브이에 관한 지면의 할애는 2쪽에 불과하지만, 핵심적인 내용이 들어있다고 생각한다. 왜냐하면, 보리스 고두노프의 정체성이 드러나는 부분이기 때문이다.

(쇠로 된 모자를 쓴 유로지브이가 쇠사슬을 걸치고
남자아이들에게 둘러싸여 들어오고 있다.)
(중략)

---

91 H. Murav, Holy Foolishness: Dostoevsky's Novel and The Poetics of Cultural Critique, (Stanford, 1992), pp.75-78 / 권철근, 「〈백치〉에 나타난 므이쉬킨의 사랑과 겸허: 도스토예프스키의 그리스도론」, 『슬라브 학보』 제18권, 한국슬라브학회, 2003, pp.100-101에서 재인용.

92 앞의 논문, p.101.

노파.
개구쟁이 녀석들아, 성자님을 놓아드려라. –
니콜카, 죄 많은 날 위해서 기도해 줘요.
                    (중략)
민중.
황제, 황제가 가시고 있다.
                    (중략)
유로지브이.
보리스, 보리스! 애들이 니콜카를 놀려대고 있어.

황제.
저이에게 금품을 주도록 하라. 무엇 때문에 저이가 울고 있는가?

유로지브이.
어린애들이 니콜카를 놀려대고 있어… 네가 어린 황태자를
참살한 것처럼 이놈들을 참살하라고 명령해.

대귀족들.
바보야, 썩 물러가라! 바보를 붙잡아라!

황제.
이 자를 놔둬라. 불쌍한 니콜카여, 날 위해 기도해 주게나.
(떠난다.)

유로지브이 *(그의 뒤를 따라가며).*
안 돼, 안된단 말이야! 헤롯왕을 위해 기도를 해선 안 돼.
성모께서 금하셔. (299-300)

푸시킨은 자기의 작품 〈보리스 고두노프〉에 등장하는 유로지브이
를 통해 보리스 고두노프 황제의 정체성을 폭로하고 있다. 유로지브이
는 보리스 고두노프의 정치적 아킬레스건에 해당하는 "어린이 살해"
죄, 즉 그가 저지른 드미트리 황태자 살해죄를 대귀족들과 민중이 보는
앞에서 가차 없이 폭로하고 있다. 세상에서 가장 비천한 바보 유로지브

이가 "네가 어린 황태자를 참살한 것처럼 저놈들을 참살하라고 명령해"라고 하는 말은 이 작품에서 이처럼 커다란 의미를 함축하고 있다. 여기서 우리는 작가—푸시킨이 유로지브이를 통해 보리스 고두노프 황제가 드미트리 황태자를 살해하도록 지시한 교사범이라는 특급 비밀을 폭로하는 방법을 사용하고 있음을 볼 수 있다. 왜 보리스 고두노프는 자기의 최대의 약점이자 치부를 직설적으로 비난한 유로지브이의 모욕적인 말을 듣고도 모른 척하면서 그를 처벌하지 않았을까? 왜 그는 자기의 죄를 씻어달라고 유로지브이에게 기도를 부탁했을까? 그는 자기의 불법행위에 관해 잘 알고 있기 때문이다. 또한, 보리스 고두노프 황제는 "신들린 바보, 또는 성스러운 바보"인 유로지브이가 하나님으로부터 치유와 예언의 능력을 부여받았다는 것도 알고 있기 때문이다.

그런데 유로지브이가 "안 돼, 안 된단 말이야! 헤롯왕을 위해 기도를 해선 안 돼. 성모께서 금하셔."라고 한 말은 중대한 의미를 지니고 있다. 왜냐하면, 푸시킨이 유로지브이의 입을 통해 보리스 고두노프 황제에게 인류 역사상 "유아 살해자"로 유명한 헤롯왕이라는 낙인을 찍으면서 그를 신랄히 비난하고 있기 때문이다. "푸시킨의 비극에서 유로지브이는 어떤 타산적인 생각도 갖고 있지 않다. 그에게는 (중략) 아무것도 필요하지 않다… 그의 역할은 예언적이다."[93] 또한, 유로지브이는 "진실을 말하고 있는데, 이는 그의 임무이다. (중략) 하나님 안에 구현된 세상의 진실은 황제보다 더 높다. 그리고 예언자는 황제보다 더 높다!"[94]

이처럼 보리스 고두노프 황제는 역사의 죄인으로서 영원히 러시아

93 В.А. Кожевников, *О "ПРЕЛЕСТЯХ КНУТА" И "ПОДВИГЕ ЧЕСТНОГО ЧЕЛОВЕКА"* Пушкин и Карамзин // Московскийпушкинист. Ежегодний сборник I. М., 1995. С. 173.

94 Там же.

역사에 기록되는 불쌍한 인간이다. 그런데 이게 비해 유로지브이는 성모의 말씀에 순종하는 진정한 신도의 길을 걷는 인물로 묘사되고 있다. 다시 말해서 세상에서 가장 지위와 신분이 높음에도 불구하고 자기의 죄를 사하기 위해 유로지브이에게 기도를 부탁하는 보리스 황제의 형상과 이와는 정반대로 세상에서 가장 천한 신분임에도 불구하고 영원한 진리와 생명의 길을 걷는 진실한 정교회 신자 유로지브이의 형상이 선명히 대조되고 있다.[95] 이 작품에서 푸시킨은 진실을 말하는 임무를 지닌 유로지브이를 '러시아의 헤롯왕'인 보리스 고두노프 황제보다 도덕적으로나 신앙적으로 더 높은 위치에 있는 형상으로 묘사하고 있다.

한편 우리는 〈보리스 고두노프〉에서 보리스 고두노프 황제에 관한 민중이 보여주는 부정적 반응을 나타내는 두 개의 서로 다른 모티브가 강조되어 있음을 볼 수 있다. 그중 하나는 보리스 고두노프 황제의 형상과 행위에 관한 민중적 이상의 불일치와 더불어 진실과 진리에 관한 민중적 이상의 불일치이다. 보리스 고두노프는 권력을 획득하기 위해 '어린이 살해'라는 아주 부정한 방법을 사용하였다. 그래서 유로지브이가 그를 "헤롯 황제"라고 말한 것이다. 보리스 고두노프는 어린 황태자 드미트리를 살해한 교사범에 해당한다. 그가 저지른 범죄는 그가 자기의 개인적인 야심과 욕망을 실현하기 위해서였다. 따라서 범죄를 저지르고 황제의 자리에 오른 보리스 고두노프는 민중이 바라는 아버지-황제의 형상에 전혀 부합하지 않는 인물이다. 그는 사법적 관점뿐만 아니라 윤리적 관점에서도 죄인에 해당한다. 그래서 보리스 고두노프 황제는 민중에게 선정을 베풀어 민중으로부터 사랑과 지지를 얻으려 노심초사하며 노력해 보았다. 그러나 그의 그러한 최선의 노력에도 불구하고 민중의 여론은 점점 악화해 결국에는 적대적으로 변하게 된

---

95 이영범, op. cit., p.282 참조.

다.[96] 물론 이 "민중의 여론"은 (중략) 속기 쉬운 대중의 난폭함 속이나, "연단 위의 농부"의 강렬한 절규 속에서가 아니라, (중략) 연대기 작가 피멘의 판단과 보리스의 아내와 아들의 살해 후 그의 집 앞에 모인 대중의 대단원의 "침묵"이나 유로지브이의 말과 같은 현상들 속에 나나 있다."[97]

위에서 우리는 푸시킨의 〈보리스 고두노프〉에 나타난 작가의 역사관과 등장인물들이 어떻게 연관되어 있는지 고찰해 보았다. 우리는 이 연구를 통해 푸시킨이 역사적 사실을 자료로 삼아 예술적으로 창조한 이 작품 속에서 독자에게 어떤 메시지를 전달하려고 했는지를 알 수 있었다. 작가는 보리스 고두노프가 권력 획득 과정에서 보여 준 비윤리적이고 범죄적인 모습을 역사의 목격자이자 연대기 작가—피멘과 유로지브이 등을 통해 보리스 고두노프 황제의 정체성을 폭로하고 있다.

또한, 우리는 이 연구를 통해 보리스 고두노프는 범죄적 수단과 국민을 속여서 황제의 자리에 오르지만, 민중의 기대를 만족시켜주지 못하고, 민중에게 불신과 증오감을 키운 결과 민중으로부터 폐위를 당하고, "돌아온 황제—해방자", 또는 "부활한 해방자 황제"에게 권좌를 넘겨주었음을 알 수 있었다. 푸시킨은 보리스 고두노프 황제가 폐위되는 과정에서 민중이 보여 준 행동을 크게 두 가지로 나누어 독자에게 제시하고 있다.

첫째, 푸시킨은 〈보리스 고두노프〉에서 전 국민적 문제의 제기를 통해 민중이 역사를 변화시키는 결정적인 세력 중 하나라는 것을 보여주고 있다. 다시 말해서 푸시킨은 민중이 한편으로는 역사의 객체이지만, 다른 한편으로는 역사의 주체로서 역사의 주도권을 행사하는 역동

---

96 이영범, Ibid., p.281 참조.

97 А. Слонимский, *Мастерство Пушкина*, Москва. Гос. изд. Худож. Лит-ры. 1963, С. 483.

적인 세력임을 보여준다.

둘째, 푸시킨은 역사의 주체세력인 이 민중이 이성적으로 사유하고 판단하는 것보다는 비논리적이고 미신적인 믿음에 따라 행동하고 결정하며, 권력자의 정략에 잘 속아 넘어가는 우매하고 무력한 집단이라는 점을 보여주고 있다. 그 예로, 정통성이 부족한 보리스 고두노프의 계책에 속아 넘어간 민중이 그를 정통성을 지닌 "법적인 군주"로 인정해, 그를 열렬히 환영하는 장면이다

특히 중요한 점은 보리스 고두노프가 파멸하는 과정에서 후자의 운명을 결정한 것은 민중의 '여론'이라는 점이다. 이러한 민중의 '여론'이란 현명하기도 하지만 쉽게 변한다. 이처럼 민중의 진정한 '여론'은 연대기 작가 피멘의 판단과 민중의 "침묵"이나 유로지브이의 말과 같은 현상 속에 나타나 있다. 유로지브이는 대귀족들과 민중이 보는 앞에서 보리스 고두노프 황제가 드미트리 황태자 살해자이며 "헤롯왕"이라는 진실을 밝히고 있다. 세상에서 가장 지위와 신분이 높은 전자와 가장 비천한 신분인 후자의 형상이 전도되어 선명히 대조되고 있음도 살펴보았다.

끝으로 푸시킨이 역사가로서 제시하는 것이 한 시기의 진실이 아니며, 이 작품에 등장하는 모든 인물이 거짓말쟁이들이란 견해에는 동의하기 어렵다. 왜냐하면, 피멘이나 유로지브이 등은 진실을 기록하고 말하는 등장인물들이기 때문이다.

제2장

고골의 작품 세계와 사상

1. 고골의 생애와 작품 세계

고골은 산문 분야에서 푸시킨의 직접적 후계자다. 그는 이 시인에 대한 회상록에서 "푸시킨의 조언이 없었더라면, 난 무엇 하나 고찰해낼 수도 없었고, 쓸 수도 없었을 것이다"라고 말하고, 희곡 〈검찰관〉과 장편 〈죽은 혼〉의 주제도 푸시킨으로부터 얻은 것이라 말했다. 그렇다고 고골이 푸시킨의 모방자는 아니었다.

고골 스스로 '눈물 속의 미소'라고 이름을 붙인 풍자는 숭고한 이상에 대한 직접적인 호소가 아니라, 추악한 것에 대해 무감각해지려는 독자의 마음에 경종 올리는 것이었다. 푸시킨이 아름답고 시적인 면에 더 많은 주의를 기울인 데 비해, 고골은 생활 속에서 추악하고, 천박하며, 우스꽝스러운 것들을 예리하게 주목해, 이를 확대해서 묘사했다. 고골 작품의 의의는 국민의 이익에 반대되는 모든 것을 부정의 색채로 묘사해, 아름다움에 대한 긍정과 이상을 향한 동경을 불러일으킨 것이다. 그는 1840년대 '자연(학)파 시대' 또는 '고골 시대'를 연 작가다.

고골은 우크라이나의 카자크 지주 귀족 가문에서 출생했다. 그의 아버지는 신학교를 졸업했으나, 아버지로부터 상속받은 영지 관리, 연극 등 예술에 재능이 있었다. 그의 어머니는 매우 감상적이고 신앙심이 돈독했지만, 지나친 미신적 믿음을 지닌 여인이었다. 그는 그러한 어머니로부터 종교적 영향을 많이 받았다. 그는 어머니로부터 죄를 범하면 반드시 사후 심판받게 되며, 죄인은 영원한 고통을 받게 된다는 등의 이야기를 자주 들었다.

고골은 고향 네진에서 김나지움을 졸업한 후 관리가 되기 위해 그 당시 러시아의 수도 페테르부르크로 이주해, 3년간 내무성 관리로 근무했다. 그는 관리로 근무하면서 당대의 유명한 시인인 주콥스키 및 푸시킨과 친교를 맺었다. 이는 그가 작가로서 성장하는 데 커다란 도움 주었다. 푸시킨은 고골의 문학적 재능과 작가로서의 발전 가능성을 발견하고, 그를 격려해 주었고, 〈검찰관〉과 〈죽은 혼〉을 비롯한 많은 작품에 대한 모티프를 제공하고 조언을 해 주었다.

고골은 1836년 상연된 〈검찰관〉에 대한 관객들의 차가운 반응에 실망해, 3년간 유럽 여행을 했다, 그는 1837년부터 1839년까지 로마에 체류하는 등, 1939년부터 약 9년 동안 유럽과 러시아를 여행했다.

1848년 그는 무신론자 비평가인 벨린스키에게서 "종교와 윤리만을 추구하는 보수적 광신자"로 매도를 당한 후 팔레스타인으로 성지순례를 떠났다가 러시아로 돌아와 정착했다.

이처럼 고골은 종교적 이상과 문학적 현실 사이에서 심한 괴리를 느끼며 괴로워하다가 1852년 2월 자신이 심혈을 기울여 쓴 장편 〈죽은 혼〉 제2부를 불태워버린 후 심한 우울증에 걸려 단식하다 43세의 나이로 모스크바에서 사망했다. 그의 유해는 다닐롭스키 수도원에 매장되었다가, 그의 탄생 100주년인 1909년, 모스크바의 노보데비치 수도원 공동묘지로 이장되었다.

고골은 러시아 현실의 삶 속에서 일어나는 추악하고 천박하며 우스꽝스러운 것들에 관심을 가지고, 이를 확대 재생산해 그가 '눈물 속의 미소'라고 말한 당대의 사회 현실에 대한 신랄하고 씁쓸한 미소가 깃든 유머러스한 작품을 창조했다. 또한, 어둡고 비극적 색채를 띠는 그의 작품들은 가혹한 현실 속에서 살아가는 주인공들의 쓴웃음을 반영한다.

1829년 소러시아(현 우크라이나) 농촌의 삶을 묘사한 연작 소설집 『디칸카 근교의 야화(야회)』를 발표해, 문단 데뷔했다. 이후에 발표된 연작 단편집 『미르고로드』에는 낭만주의적 색채를 띤 작품들─〈옛날 기질의 지주들〉, 〈타라스 불리바〉, 〈비이〉, 〈이반 이바노비치와 이반 니키포로비치가 싸운 이야기〉 등─이 실려 있다. 이후에 펴낸 수도 페테르부르크를 배경으로 한 작품집 『아라베스키』에는 〈초상화〉, 〈넵스키 대로〉, 〈광인일기〉 같은 소설들과 함께 논문들도 실려 있다.

그의 대표작은 『디칸카 근교의 야화』, 〈옛날 기질의 지주들〉, 〈타라스 불리바〉, 〈비이〉, 〈이반 이바노비치와 이반 니키포로비치가 싸운 이야기〉, 〈초상화〉, 〈넵스키 대로〉, 〈광인일기〉, 〈외투〉, 장편 〈죽은 혼〉, 희곡 〈검찰관〉 등이다.

2. 고골의 중편 〈크리스마스이브〉에 나타난 민속적 모티프와 기독교적 모티프

고골(Н.В. Гоголь)(1809~1852)은 현재 우크라이나(당시에는 '소러시아'였음) 출신의 러시아 작가다. 그는 우크라이나의 폴타바 주 미르고로드 군 벨리키 소로친츠이에서 태어났다. 이 글의 연구 대상 작품의 제목도 바로 이 '소로친츠이'란 지명에서 따온 것으로 보인다. 우크라이나 카자크 지주 귀족이었던 그의 아버지 바실리이는 아마추어 극작가였다. 그리고 그는 원래 신학교에서 교육을 받았지만, 군인과 관리로 근무하

다가 퇴직한 후에는 영지 관리에 전념했다고 한다. 그의 어머니 마리야
는 독실한 기독교 신자이면서도 미신을 믿는 감상적인 여성이었다고
한다. 그의 어머니는 사람이 죄를 범하면 반드시 사후 심판을 받게 되
고, 영원한 고통을 받게 된다는 이야기를 고골에게 자주 했다고 한다.

　고골의 첫 작품집『디칸카 근교의 야화(Вечера на хуторе близ Диканьки)』
는 작가가 문단에 데뷔해서 처음으로 성공을 거두게 된 낭만주의적 경향
의 작품에 해당한다. 구콥스키(Г.А. Гуковский)는 이 작품집을 "사실주의
를 예견한 낭만주의 작품"이라고 주장한다.[1]

　1831년 고골은『디칸카 근교의 야화』제1부를 출판해 러시아 작가로
서의 명성을 얻게 된다. 특히 이 작품은 당시 러시아 최고의 시인이자
산문작가인 푸시킨(А.С. Пушкин)으로부터 대호평을 받았다. "낭만적 사
이클 구조"로 구성한『디칸카 근교의 야화』의 총 8편의 이야기 중 〈무서
운 복수〉와 〈이반 표도로비치 시폰카와 그의 이모〉를 제외한 나머지
작품에는 고골의 초기 작품의 주요한 특징인 "가극 풍의 낭만적 분위기",
"유쾌하고 명랑한 악마의 행위", "우크라이나 지방의 환상적 모사", "낭
만적이고 익살스러운 희극적 묘사" 등이 나타나 있다.[2] 고골의 낭만주의
적 색채를 띤 이 작품집『디칸카 근교의 야화』는 8편의 중편 소설(повесть)
로 구성되어 있다. 'повесть'란 낱말은 '이야기' 또는 '중편 소설'이란
뜻이며, 이를 한국어로 표기 시 영어식 발음표기는 '포베스티', 러시아식

1　См.: Гуковский Г.А. Реализм Гоголя. Гос. Изд. Художественной Литературы. Москв
　а-Ленинград, 1959. СС. 5-61.

2　이영범,『「이반 표도로비치 쉬폰까와 그의 이모」에 나타난 여성의 형상 연구』,『어문논
　총』제22집, 동서어문학회, 2008, p.115. 이와 연관하여 모출스키는 다음과 같이
　말하고 있다. "고골은 햇살 가득한 고향 우크라이나의 매력적인 생활상, 즐거운
　놀이, 민중들이 입고 다니는 다양한 의상, 요란한 축제, 시장, 성탄절 전야의 축가
　등을 떠올린다. 30년대 초반 러시아 낭만주의 사조는 민중성을 지향하며, 구비문학,
　영웅서사시, 동화, 민요와 민간 신앙 등을 발굴하였다." K. B. 모출스키 지음, 이규환,
　이기주 옮김,『러시아의 위대한 작가들』, 도서출판 씨네스트, 2008, p.104.

발음표기는 '뽀베스찌'다. 『디칸카 근교의 야화』는 러시아어로 『Вечера на хуторе близ Диканьки』다. 이 작품집 이름의 첫 글자인 Вечера는 직역하면, '밤들'이며, '밤'이란 вечер의 복수 형태다. 즉, 이 '밤들'이란 낱말을 의역하면, '야화'(즉, '밤에 하는 이야기')다. 그리고 『디칸카 근교의 야화』는 『디칸카 근처 마을에 관한 야화』나 『디칸카 근처 마을의 야화』, 『지깐까 근교의 야화』 등으로 번역될 수 있다. 우크라이나 '마을'은 '후또르(хутор)'이며, 러시아 '마을'은 '지례브냐(деревня)'다. 『디칸카 근교의 야화』에 대해 조금 더 알아보자. 다음 설명은 필자의 석사학위 논문의 결론 부분을 수정 보완한 내용이다. 이 작품집 속에는 민속적 요소들이 공간과 시간의 통일성 속에서 환상적으로 구성되고 사실적으로 묘사되어 있을 뿐 아니라, 우크라이나 민중의 현실 세계와 유기적으로 결합해, 다양한 특성 (낭만성, 진실성, 민중성, 역사성, 종교성, 전통성, 희극성, 모호성, 환상성, 민족성 등)이 나타나 있다. 즉, 고골은 과거 우크라이나 민속자료 (특히 민담)를 소재로 삼아 그 당시 농노제 하의 비참한 우크라이나 민중의 현실 세계를 전 러시아 민중의 비참한 삶의 세계로 확대 묘사하여, 이를 희극적으로 풍자하고 있다. 또한, 고골은 우크라이나 민중이 지닌 순박하고, 선량하며, 신앙심이 강한 선한 세계와 비겁하고, 잔인하며, 비굴하고, 탐욕스럽고, 권위주의적이며, 이교도적인 악한 세계를 묘사하고 있다. 다시 말해서 고골은 이 작품집에서 민중의 행복을 파괴하는 부정적 세력(러시아 민담에 등장하는 마녀의 원조인 바바 야가와 같은 악의 세력)의 힘과 다양한 악의 요소들(돈, 탐욕, 전횡, 압제, 부정, 거짓, 사기, 유혹, 배신, 살인, 근친상간, 복수, 불신 등)을 부정의 색채로 묘사하고 있다. 이 작품집의 표제에 나타난 '디칸카(Диканька)'와 '밤(вечер)'이라는 구체적인 공간적 배경과 시간적 배경의 통일, 그리고 이 작품집에 수록된 8편의 이야기(즉, 중편 소설) 주제의 공통적 통일성은 구성의 통일과 유기적으로 연관되어 있다. 이 작품의 줄거리는 이 책의 발행인이자 화자인 루드이 판코(Рудый Панько)의 서술로 전개되고 있는데, 민중 출신인 그는 고인이 된 자신의 할아버지가 한 이야기와 성당 보제인 포마 그리고리예비치(Фома Григорьевич) 등 여러 사람의 이야기를 통해 우크라이나의 과거와 현재의 민중의 삶을 대비해 묘사하고 있다. 이 작품에 나타난 대립적 요소들(샤머니즘과 러시아 정교, 폴란드의 가톨릭교회와 러시아정교회, 기타 이교와 러시아 정교 간의 반목과 적대, 구세대와 신세대 간의 갈등, 벽지와 대도시 간의 차이, 지방 화자와 도시 화자, 구어와 문어, 과거의 자치제도와 현재의 농노제도, 자유와 예속, 선과 악, 질서와 혼란, 전통 보존과 전통 파괴, 빛과 어둠, 소리와 색, 생과 사 등)이 한편으로는 작품에 긴장을 불러일으키는 역할을 하지만, 다른 한편으로는 서로 연관성을 지니면서 조화를 이루는 역할을 하고 있다. 또한, 민속적 요소인 토테미즘과 애니미즘 요소가 샤머니즘적 요소와 결부되어 악의 세력인 마법사나 마녀의 주술 세계를 나타내고 있으며, 식물과 동물, 그들의 변이체들의 활물화가 등장인물들의 행위나 사건과 연관되어 선과 악의 세계를 상징화하고 있을 뿐 아니라, 이야기에 환상성과 낭만성을 부여하는 역할을 하고 있다.[3]

이 글에서는 고골의 중편 〈크리스마스이브〉에 나타나는 민속적 모티프와 기독교적 모티프, 사실성과 환상성, 그리고 주인공의 형상을 연구함으로써 고골의 미학 세계를 탐구하고자 한다.

우리의 작품 분석 대상인 〈크리스마스이브〉는 우크라이나 민속 축제 중 하나인 하지 축제인 '성 요한제'를 다룬 〈이반 쿠팔라 전야〉와 긴밀히 연관된 작품이다. 왜냐하면, 동지 축제(冬至祝祭)를 다룬 작품인 〈크리스마스이브〉는 바로 앞에서 언급한 바처럼 하지 축제(夏至祝祭)를 다룬 작품인 〈이반 쿠팔라 전야〉에 대비되는 작품이기 때문이다.

---

3 이영범, 「Н.В. Гоголь의 「Вечера на хуторе близ Диканьки」研究 -민속적 특성을 중심으로-」, 한국외국어대학교 석사학위논문, 1991, pp.55-56.

그러면, 이 작품의 이해를 위해 전체 줄거리의 대강을 알아보도록 하자.

크리스마스이브의 고요한 밤에 달이 빛나고 있는데, 빗자루를 탄 마녀가 하늘에 올라가 별들을 소매에 쓸어 담는다. 다른 쪽에서는 악마가 출현해 달을 훔쳐 옥사나의 아버지 추브(Чуб)가 오늘 밤 보제(補祭)네 집에서 열리는 야회에 참석하지 못하게 방해한다. 한편, 추브는 캄캄한 밤에 옥사나(Оксана)를 집에 혼자 놔둔 채 밤길을 떠난다. 이어서 바쿨라(Вакула)가 옥사나에게 사랑을 고백한다. 추브는 캄캄한 눈보라 속에서 길을 잃고 자기 집으로 돌아가지만, 바쿨라가 그를 다른 청년으로 오인해 쫓아버린다. 그래서 추브는 솔로하(Солоха)의 집으로 가게 된다. 그런데 악마의 주머니에서 빠져나온 달이 하늘에 오르자 눈보라가 그친다. 한편 바쿨라는 옥사나로부터 조건부 결혼 약속을 받는다. 악마는 솔로하와 사랑을 나누려다 촌장이 들어오자 자루에 숨게 되고, 이어서 보제, 추브, 바쿨라도 차례로 자루에 숨게 된다. 바쿨라는 옥사나가 다른 청년들에게도 자신에게 한 약속을 반복하는 모습에 절망해 자살하려다가 마음을 바꾼다. 한편, 파나스(Панас)가 바쿨라가 버린 자루 두 개를 집으로 가지고 가는데, 거기서 추브와 보제가 나오고, 아가씨들이 가져간 자루에서는 촌장이 나온다. 악마의 목에 올라타 페테르부르크에 도착한 바쿨라는 예카테리나 여제를 만난다. 그는 여제로부터 선물 받은 신발을 가지고 돌아와 추브로부터 결혼 허락을 받는다. 그리고 그는 자신의 죄를 회개하고, 1년간 참회의 기도를 드리기로 하고, 교회 왼쪽 벽 위에다 지옥에 떨어진 악마의 그림을 그려 넣는다.

우크라이나 농촌의 크리스마스이브에 벌어지는 꼴랴트카 축제와 연관된 이 작품의 서두 부분에서 작가-고골은 '벌치기의 언급'이라는 각주 장치를 통해 꼴랴트카와 연관된 정보를 독자에게 다음과 같이 제공하고 있다.

우리에게는 크리스마스이브에 각각의 집들의 창문 밑에서 '콜랴트카'라고 불리는 찬송가들을 부르는 풍습이 있다. 처녀와 총각들이 노래를 부르며 방문하면, 그 집 안주인이나 바깥주인, 또는 그 외에 누구든지 집에 남아 있는 사람이 소시지나, 빵, 또는 동전을 자루 속에 던져 넣어 준다. 사람들이 말하기를, 언젠가 콜랴다라는 우상이 있었는데, 사람들이 그것을 신으로 간주했다고 한다. 그래서 '콜랴트카'란 말이 유래했다고 한다. 누가 이것을 알겠는가? 우리와 같이 평범한 사람들은 이것에 대해 말할 주제가 못 된다. 작년에 오시프 신부는 이 행사가 결국 사탄의 비위를 맞추는 것이라고 하면서, 이 콜랴트카를 금지하려고 했었다. 그러나 사실대로 말하자면, 콜랴트카 속에는 그 콜랴다에 대한 말이 한마디도 없다. (예수) 그리스도의 탄생에 관한 찬송을 자주 부른다. 끝부분에서 (그 집의) 바깥주인, 안주인, 그리고 자녀들, 집 전체에 건강을 기원한다.   벌치기의 언급(N. 고골의 각주)

Колядовать у нас называется петь под окнами накануне рождества песни, которые называются колядками. Тому, кто колядует, всегда кинет в мешок хозяйка, или хозяин, или кто остается дома колбасу, или хлеб, или медный грош, чем кто богат. Говорят, что был когда-то болван Коляда, которого принимали за бога, и что будто оттого пошли и колядки. Кто его знает? Не нам, простым людям, об этом толковать. Прошлый год отец Осип запретил было колядовать по хуторам, говоря, что будто, сим народ угождает сатане. Однако ж если сказать правду, то в колядках и слова нет про Коляду. Поют часто про рождество Христа; а при конце желают здоровья хозяину, хозяйке, детям всему дому. Замечание пасечника. (прим. Н. В. Гоголя)[4]

왜 고골은 이 작품 〈크리스마스이브〉의 서두에서 이처럼 각주를 달아 가면서 콜랴트카와 연관된 정보를 독자에게 제공하는 것일까? 이는 창조자-고골의 글쓰기 전략의 한 부분에 해당한다. 고골은 독자에게 작품에 관한 관심을 끌게 하고, 작품의 이해를 돕기 위해 이러한 글쓰

---

4 Н.В. Гоголь, *Полн. собр. соч. в восьми томах*, издательство Правда, Москва, 1984, том. 1, С. 153. 앞으로 고골의 원문 인용 시 이 판본에 의거해 텍스트의 끝에 쪽수만 표시하겠음.

기 기법을 사용하고 있는 것 같다. 위 인용문에 나타난 바와 같이 민속적 요소가 혼합된 기독교적 행사인 콜랴트카의 유래는 콜랴다란 우상, 즉 이교 신과 연관되어 있다. 그래서 오시프 신부가 크리스마스이브의 콜랴트카 행사를 금지하려 한 것이다. 또한, 이 인용문에는 "벌치기의 언급"이라는 장치를 통해 인간이 자신의 욕망을 달성하기 위해 사탄이나 악마의 유혹에 넘어가 죄를 범할 수 있음을 보여주고 있다. 이는 실제로 텍스트에서 주인공 바쿨라가 악마에게 자신의 영혼을 팔려고 했던 것과 긴밀히 연관되고 있다. 이는 또한 악마, 마녀, 마법사 등이 인간을 유혹해 파멸시키려는 시도와 역시 긴밀히 연관된다.

콜랴트카란 세시풍습 행사 기간에 벌어지는 우스꽝스럽고 신비한 사건이 묘사되는 이 작품에는 마녀, 악마, 마법사, 지옥 등의 모티프와 더불어 예카테리나 2세를 의미하는 여제와 같은 역사적인 인물이 등장하고 있다.

이 작품에서 나타난 환상적 모티프가 사실적 모티프를 알아보기 위해 그것들이 결합해서 어떻게 환상적 사실성이나 사실적 환상성을 창조하는지 작품 분석을 통해 고찰해 보도록 하자. 그러면 〈크리스마스이브〉의 시작 부분에 묘사된 마녀와 악마에 대해 살펴보자. 하늘에 마녀가 나타난 다음에 악마가 나타나고 있다.

> 크리스마스이브의 해가 저물었다. 맑은 겨울밤이 왔다. (중략) 달 혼자만 옷치장을 하는 처녀들을 가능한 한 빨리 뽀드득거리는 눈 위로 뛰어나오게 하려고 유혹하기라도 하듯이 창문들을 살짝 들여다보고 있었다. 이때 한 농가의 굴뚝에서 연기가 뭉게뭉게 솟아오르더니, 하늘에 먹구름처럼 퍼졌다. 그리고 이 연기와 함께 빗자루를 탄 마녀가 하늘로 올라갔다. (중략) 그런 사이에 마녀는 너무 높이 올라가, 단지 하나의 작은 반점처럼 위에서 아른거리고 있었다. 그런데 반점이 어느 곳에서든지 나타날 때마다 거기에 있던 별들이 하늘에서 잇달아 사라지고 있었다. 곧 마녀는 별들을 옷소매 가득히 모았다. 서너 개의 별이 아직도 빛나고 있었다. 갑자기 맞은편에서 다른 반점이 나타나,

커지고, 늘어나더니, 벌써 반점이 아니었다. (중략) 그런데 그 턱 밑의 염소수염이나 머리에 돌출한 작은 뿔들을 제외하고는 전신이 굴뚝 청소부보다 더 검었다. 그것이 독일인도 아니고, 현(縣)의 배심원도 아니고, 마지막 밤에 지상을 떠돌아다니면서 착한 사람들을 죄짓게 하려고 남아 있는 악마라는 것을 추측할 수 있었다. 이 악마가 바로 내일 새벽예배 첫 종소리가 울리면, 꼬리를 만 채 자기 집으로 쏜살같이 도망칠 것이다. 그 사이에 악마가 달 쪽으로 살며시 다가가더니, 그것을 잡으려고 한 손을 뻗치더니, 갑자기 손을 움츠렸다. 그리고 마치 화상을 입기라도 한 듯이 손가락들을 빨면서 한 다리를 흔들어댔다. 그리고 다른 쪽에서 접근하더니, 다시 껑충 뛰어 비켜서더니, 한 손을 움츠렸다. 그러나 모든 실패에도 불구하고, 교활한 악마는 못된 장난을 그만두지 않았다. 그러다 그는 갑자기 달려가 양손으로 달을 잡았다. 그리고 그는 인상을 찡그린 채 담배를 피우려고 맨손으로 불을 쥔 농부처럼 후후 불면서 달을 이 손에서 저 손으로 던지고 있었다. 그러다 결국 그는 급히 호주머니에 집어넣더니, 아무 일도 없었다는 듯이 더 멀리 달아나버렸다. 디칸카에서는 악마가 달을 훔쳤다는 사실을 아무도 듣지 못했다. 사실, 군서기가 술집에서 네 발로 걸어 나오다, 달이 하늘에서 아무 이유 없이 춤추고 있는 것을 보았다. 그는 이 사실을 온 동네 사람들에게 신에 맹세하며 말했으나, 사람들은 고개를 저으며 그를 비웃기조차 했다.

(154-155)

이처럼 마녀와 악마가 별과 달을 훔치는 장면을 마치 눈앞에서 보듯이 매우 생생히 사실적으로 묘사하고 있다. 즉 고골은 환상적인 모티프와 사실적인 모티프를 결합해 환상적 사실성 또는 사실적 환상성을 창조하고 있다. 이처럼 창조자-고골은 일상적 삶의 사실적 요소와 동화적 삶의 환상적 요소를 교묘히 직조하여 작품을 구성함으로써 환상 세계와 현실 세계의 경계선을 넘나들고 있다. 이러한 구성 방법을 통해 고골은 자신의 독자에게 다이내믹한 긴장감과 흥미를 유발하고 있다.

이 작품에서 흥미로운 부분은 악마가 마녀와 하늘에서 나누는 사랑의 장면이 인간들의 사랑처럼 리얼하게 그려져 있다는 점이다. 즉 사람들이 연애하는 것처럼 악마가 마녀에게 연애하는 장면이 다음과 같이 사실적으로 묘사되고 있다.

이처럼 악마가 자신의 호주머니 속에 달을 숨기자마자 아무도 보제 **집으**로 가는 길뿐만 아니라 주막에 가는 길도 찾을 수 없을 정도로 온 세상이 갑자기 캄캄해졌다. 마녀는 갑자기 캄캄해지자 비명을 질렀다. 이때 악마가 알랑거리듯이 (마녀에게) 접근해, 그녀의 한쪽 팔을 끼더니, 그녀의 귀에 대고 사람들이 모든 여성에게 흔히 속삭이는 내용을 속삭이기 시작했다. (중략) 정말 꼴불견은 사실 (악마는) 쳐다보기가 민망할 정도로 흉측한 꼴을 하고 있으면서도 자신을 미남으로 생각하고 있는 게 분명하다는 점이다. 포마 그리고리예비치가 말하듯이, 비위를 상하게 할 정도로 흉측한 낯짝을 한 녀석이 사랑스러운 표정을 짓고 있다! 그러나 악마와 마녀 사이에 무슨 일이 생겼는지 아무것도 볼 수 없을 정도로 하늘 위와 밑이 캄캄해졌다.

다음은 옥사나가 대장장이 바쿨라에게 그의 어머니의 정체에 관해 묻는 장면이다.

"당신 어머니가 마녀라는 게 사실인가요?" 하고 옥사나가 묻더니 웃기 시작했다. (중략) "어머니에 대해 내가 알 바가 아닙니다. (중략) 옥사나는 간사하게 웃고 나서 다음과 같이 말했다. "하지만 우리 아버지도 빈틈이 없는 분이시거든요. 아버지가 언제 당신 어머니와 결혼하지 않으실 건지 알게 될 거예요."

(161)

여기서 우리는 현실 세계에서 있을 수 없는 사실이 마치 있는 것처럼 여주인공의 입을 통해서 언급되고 있음을 볼 수 있다. 다음은 악마와 마녀가 현실 세계에서 어떤 행위를 하고 있는지에 대한 자세한 서술 부분이다.

강추위가 더 심해졌다. 악마가 발굽을 번갈아 들썩거리면서, 자신의 주먹에 입김을 불 정도로 하늘이 추워졌다. 하지만 우리 겨울처럼 춥지 않은 지옥에서 (중략) 큰 죄를 지은 망자들을 희열을 느끼며 구웠던 악마가 이렇게 추위를 느끼는 것은 당연하다. 마녀도 따뜻하게 옷을 입었음에도 춥다는 것을 느꼈다. 그래서 마녀는 (중략) 말을 타고 나는 사람처럼 (중략) 마치 경사진

빙산을 따라 내려가듯이 공중에서 굴뚝으로 똑바로 내려갔다. 악마도 역시 그러한 방법으로 그녀의 뒤를 따라 출발했다. 하지만 이 동물은 긴 양말을 신은 어느 멋쟁이보다 더 민첩해서 그 굴뚝 입구 바로 옆에서 자신의 정부(情婦)의 목덜미 위에서 만난 것은 당연하다. 그래서 둘은 항아리들 사이의 넓은 벽난로 속에서 만났다. 여성 여행자는 그녀의 아들 바쿨라가 손님들을 집에 초대하지 않았나 보려고 벽난로 아궁이 뚜껑을 살며시 움직였다. (중략) 그녀가 벽난로 속에서 기어 나와 따뜻한 모피 외투를 벗고, 옷매무새를 고치니, 바로 전에 빗자루를 타고 돌아다녔다는 사실을 아무도 모를 것이다. (162)

이어서 마녀의 나이와 용모 등이 소개된다. 그리고 그녀가 재산을 빼앗기지 않기 위해 아들과 추브가 서로 싸우게 만드는 등 인간처럼 탐욕적인 행위를 하는 모습이 묘사된다.

대장장이 바쿨라의 어머니는 태어나서 마흔 살이 넘지 않았다. 그녀는 아름답지도 않고, 추하지도 않았다. (중략) 그런데 그녀의 아들인 바쿨라가 어떤 방법인가를 써서 추브의 딸에게 접근해 전 재산을 자기 것으로 만들지 않으려고, (중략) 그녀는 모든 40대 여인들의 상투적인 수단을 써서 추브와 대장장이가 가능한 한 더 자주 다투도록 만들었다. (163)

이어서 마녀−솔로하의 엉덩이에 꼬리가 달렸고, 그녀가 검은 고양이로 둔갑하기도 하고, 돼지로 변신해 암탉 우는 소리를 냈다는 등의 소문이 나돌고 있다고 소개된다. 그리고 어느 젖소 키우는 자가 성 베드로 축제(구력 6월 29일) 전에 어느 마녀가 우유 짜는 모습을 목격했는데, 주술에 걸려 움직일 수 없었다는 이야기 등이 소개된다.

아마, 그녀의 바로 이 교활함과 영리함 때문에 사람들이 어디선가 즐거운 모임에서 솔로하가 꼭 마녀와 같으며, 키자콜루펜코라는 청년이 솔로하의 엉덩이에서 물레가락만한 꼬리를 보았으며, 또 지난주 목요일에 그녀가 검은 고양이처럼 길을 가로질러 갔으며, 한 번은 돼지가 사제의 아내에게 달려가서 수탉처럼 소리치기 시작했으며, 콘드라트 신부의 모자를 머리에 쓰고 도망쳤다고 쓸데없이 특별히 말했을 때, 노파들이 여기저기서 말하기 시작했던 것 같다. 그리고 암소를 키우는 사람이 (중략) 여름에, 즉 성 베드로 축제 전에 (중략) 길게 머리를 풀어헤치고 내의 하나만 입은 마녀가 젖소들의 우유를 짜기 시작하는 것을 자신의 눈으로 직접 보았는데, 몸을 조금도 움직일 수 없었다고 말하는 것을 잊지 않았다. 말하자면 주술(呪術)에 걸렸다.

다음은 마녀가 현실에서 인간처럼 행동하는 장면 묘사이다. 이어서 이어지는 장면은 악마가 바쿨라로 하여금 그림을 그릴 수 없게 만들기 위해 눈보라를 만드는 장면이다. 이는 악마가 추브로 하여금 대장장이 바쿨라를 때려서 자신을 모욕하는 풍자화를 그리지 못하도록 눈보라를 일으킨 것이다.

솔로하는 벽난로에서 기어 나와 옷매무새를 고친 후, 훌륭한 주부처럼 청소하고, 모든 것을 제자리에 정리하기 시작했다. (중략) 한편, 그 악마는 굴뚝 속으로 날아 들어오기 전에 집에서 멀리 떨어진 곳에서 교부와 팔짱을 끼고 가는 추브를 (중략) 보았다. 악마는 벽난로에서 순식간에 날아서 빠져나와 그들을 앞질러 가서, 사방에다 언 눈덩이들을 뿌리기 시작했다. 눈보라가 일어났다. 공중이 하얗게 되었다. (중략) 악마는 이렇게 해 놓으면, 추브가 교부와 함께 돌아올 것이며, 대장장이를 만나 그를 혼내 줄 것이며, 그러면 바쿨라가 오랫동안 붓을 들고 모욕적인 풍자화들을 그릴 수 없을 것이라는 굳게 확신하며 다시 굴뚝으로 날아갔다.   (164-165)

악마의 예상과는 달리 추브는 자신의 신분을 밝히지 않기 위해 변성(變聲)하여 대장장이 바쿨라에게 얻어맞게 된다. 이어서 "긴 꼬리와 염소수염"의 형상을 한 악마의 실수로 달이 자루에서 빠져나와 세상이 갑자기 밝아지고, 처녀와 총각들의 노랫소리가 울려 퍼진다. 여기서 독자는 다시 한번 기적과 같은 사건이 발생하는 것을 보게 된다.

꼬리와 염소수염을 가진 민첩한 악마가 굴뚝에서 나와 날아다니다 다시 돌아왔을 때, 그가 훔친 달이 들어있는 허리띠에 달려 있던 자루가 웬일인지 우연히 벽난로 속에서 걸려 있었다. 달이 이 기회를 이용해 솔로하 집의 굴뚝을 빠져 날아 나와 유유히 하늘로 올라갔다. 그러자 모든 것이 밝아졌다. 눈보라가 치지 않았던 것처럼 그쳤다. 눈은 넓은 은빛 들판처럼 빛나기 시작했다. (중략) 청년들과 처녀들이 자루를 가지고 나타났다. 그리고 노랫소리가 나기 시작했다. (후략)   (167)

다음은 마법사 푸자트이 파주크에 관한 주인공의 생각과 이 생각을 알아낸 악마에 대해 살펴보자.

바쿨라는 (중략) 다음과 같이 생각했다. '(중략) 자포로지에 사람 푸자트이 파추크한테 가야겠어. 사람들이 말하길, 그 사람은 모든 악마를 알고 있어서 그가 하고 싶은 건 다 할 수 있다고 해. 가보자, 어차피 (내) 영혼은 파멸하게 될 테니까!' 이때 오랫동안 아무런 동작 없이 웅크리고 있던 악마가 기뻐서 자루 속에서 팔딱팔딱 뛰기 시작했다.   (174)

자신의 영혼이 파멸하리라고 생각한 바쿨라가 마법사 파추크의 집에서 뛰쳐나온다. 바쿨라의 영혼이 파멸한다는 것을 안 악마는 이 호기를 놓치지 않기 위해 자루에서 뛰어나와 그의 목에 목말을 탄다. 악마는 바쿨라가 자신의 유혹에 넘어가자 손뼉을 치며, 그의 머리에서 춤을 추며 다음과 같이 생각한다.

'이제야 대장장이가 걸려들었군!' 하고 악마가 속으로 생각했다. '이제야 내가 네놈에게 복수하겠다! (중략) 이제 이 동네에서 가장 신앙이 깊은 사람이 내 손아귀 있다는 것을 내 동료들이 알게 된다면, 뭐라고 말할까?' 여기서 악마는 지옥의 꼬리 달린 모든 종족이 얼마나 흥분할 것인가 생각을 하니 저절로 기뻐서 웃기 시작했다.   (178)

위 인용문에 나타난 바와 같이 지옥에 사는 악마는 디칸카 마을에 사는 가장 신앙심이 깊은 바쿨라에게 통쾌하게 복수하려 생각하고 있다. 그러나 바쿨라의 꾀에 넘어간 악마는 전자가 성호를 긋는 바람에 양처럼 순해진다. 이번에는 거꾸로 바쿨라가 악마의 등에 올라탄 후 그에게 여제가 사는 페테르부르크로 가자고 명령한다.

"페테르부르크로. 여제 폐하께로 가자." 대장장이는 자기 몸이 공중으로 올라가는 것을 느꼈으나, 공포로 인해 망연자실했다. (중략) 처음에는 아래서 이미 아무것도 볼 수 없을 정도로 땅에서 높은 곳으로 올라갔을 때, 그리고 파리처럼 달 바로 밑을 날아갔을 때 바쿨라는 무서움을 느꼈다. (중략) 모든 것이 보였다. 심지어 마법사가 항아리 속에 앉아서 그들 곁을 신속히 지나가는 것을 볼 수 있었다. 그리고 한 무더기로 모인 별들이 숨바꼭질하는 모습, 한쪽에서 정령(精靈)들의 무리가 선회하는 모습, 달 옆에서 춤을 추던 악마가 질주하고 있는 대장장이를 보고 모자를 벗는 모습, 어딘가 볼일을 보러 갔다가 방금 되돌아왔음이 분명한 마녀가 빗자루를 타고 날아가는 모습도 볼 수 있었다. (중략) 악마는 관목을 넘자마자 말로 변신했다. 그리고 대장장이는 거리 한가운데서 준마(駿馬)에 앉아 있는 자신을 보았다. (중략)"야, 사탄아, 내 호주머니 속으로 들어가서, 자포로지에인들에게 안내해라!" 그러자 악마의 몸이 금방 줄어들더니, 힘들이지 않고 그의 호주머니 속으로 들어갈 정도로 작아졌다. (178-186)

위의 인용문에 나타난 바와 같이 환상적인 장면이 묘사되어 있다. 즉, 바쿨라가 악마의 등을 타고 가면서 환상적인 장면들-바쿨라가 악마를 타고 달 밑을 통과, 마법사가 항아리 속에 앉아 지나가기, 별들의 숨바꼭질, 정령들의 선회, 달 옆에서 춤추던 악마가 대장장이에게 인사하기, 마녀가 빗자루 타고 비행-을 본 것이다.

다음은 환상적 장면과 사실적인 장면이 혼합된 묘사이다. 즉 바쿨라는 악마를 타고 당시 러시아의 수도 페테르부르크에 가서 역사적 인물인 예카테리나 여제로부터 구두를 하사받아 악마를 타고 집으로 되돌아온 것이다. 이어서 수탉이 울고 악마는 도망간다.

> 여기서 대장장이는 감히 고개를 들어 자신 앞에 서 있는 키가 작고, 약간 뚱뚱하고, 분을 바르고, 파란 눈을 하고, 당당하게 미소를 짓고 있는 표정을 한 여성을 보았다. 그 시선에는 어딘가 남을 복종시키는 위엄을 갖추고 있어서 그야말로 제위(帝位)에 있는 여성에게서만 볼 수 있는 특유한 것이었다. (중략) "그대가 그렇게 그러한 구두들 갖고 싶다면, 그렇게 해 주겠노라. 여봐라, 지금 당장 이 사람에게 금이 박힌 가장 비싼 구두를 갖다 주거라! (후략)" (중략) 대장장이를 태운 악마는 남은 밤의 시간에 더 빠른 속도로 날아갔다. 순식간에 바쿨라는 자기 집 근처에 나타났다. 이때 수탉이 울었다. (중략) 그러자 불쌍한 악마가 대관(大官)에게 호되게 맞은 농부 같은 꼴로 재빨리 도망쳐버렸다. 결국, 인류의 적은 다른 사람들을 속이고, 유혹하고, 우롱하는 대신 자신이 망신을 당했다.
>
> (189-195)

위에서 살펴본 바와 같이 고골은 동지 축제와 콜랴다 풍습과 연관된 민담이나 요정 이야기와 연관된 모티프들을 기독교적 모티프들과 긴밀히 연관해 작품을 창조하고 있다. 다시 말해서 고골은 〈크리스마스이브〉에서 민속적이고 이교도적인 형태의 축제와 기독교적인 축제가 혼합된 다양한 모티프들을 이용해 참신하고 흥미로운 작품을 창조하고 있다.

앞에서 언급한 모티프들과 연관된 주요한 등장인물인 대장장이 바쿨라의 형상에 대해서 알아보자. 고골의 〈크리스마스이브〉의 앞부분에는 마녀가 별들을 훔치는 장면이 먼저 묘사되고, 이어서 악마가 달을 훔쳐 세상을 갑자기 캄캄하게 만들어 버리는 장면이 묘사된다. 이어서 화자는 악마가 이러한 행위를 한 이유는 대체 무엇 때문일까? 하고 자문한 뒤 이에 대해 답한다. 즉 악마가 그렇게 한 목적은 옥사나의 아버지 추브가 잔치에 초대를 받아, 그의 딸이 집에 혼자 남게 되면, 악마가 가장 싫어하는 대장장이 바쿨라가 그녀를 찾아갈 것을 알고 이를 방해하기 위해서이다. 이어서 화자는 대장장이를 소개한 다음, 악마가 그를 미워하게 된 이유를 서술한다. 즉 그는 T**교회의 출입문 벽에 걸린 그림과 연관된 사건을 둘러싼 악마의 바쿨라에 대한 복수에 대한 맹세에 관해 서술한다.

그런데 온 마을의 미녀인 그의 딸이 집에 홀로 남게 될 것이다. 그러면 악마에게는 콘트라트 신부의 설교보다 더 싫은 힘이 장사요 사나이 대장부인 대장장이가 미녀에게 올 것이다. 대장장이는 일이 한가한 때에는 칠하는 일도 해서 이 부근의 훌륭한 화공(畵工)으로 알려져 있었다. (중략) 디칸카 카자크들이 보르시를 떠먹었던 모든 그릇도 대장장이가 칠한 것이었다. 대장장이는 하나님을 공경하는 사람이어서, 성자들의 성상(聖像)을 자주 그렸다. 그래서 지금도 T** 교회에서 그가 그린 복음서의 저자인 사도 누가(Лука)를 발견할 수 있다. 그런데 교회의 오른쪽 출입문 벽 위에 그려진 한 폭의 그림은 그의 예술의 승리였다. 그는 이 그림에다 양손에 열쇠들을 든 채, 유형을 당한 악령을 지옥에서 내쫓고 있는 최후 심판일의 성 베드로를 그려놓았다. 깜짝 놀란 악마가 자신의 파멸을 예감하고, 이리저리 사방으로 달려가고 있었고, 예전에 감금된 대죄를 지은 망자들은 채찍과 장작개비, 그밖에 닥치는 대로 휘두르면서 악마를 쫓아가고 있었다. 화공이 이 그림을 그리기 위해 고심을 하며, 큰 목판 위에 그림을 그리고 있을 때, 악마가 온 힘을 다해 그를 방해하려고 노력했다. (중략) 작업이 끝나자, 목판이 교회 안으로 옮겨져, 출입문의 벽 위에 걸렸다. 그 이후 악마는 대장장이에게 복수하겠다고 맹세했다.

А между тем его дочка, красавица на всем селе, останется дома, а к дочке, наверное, придет кузнец, силач и детина хоть куда, который черту был против нее проповедей отца Кондрата. В досужее от дел время кузнец занимался моле беном и слыл лучшим живописцем во всем околотке. (…) Все миски, из котор ых диканьские казаки хлебали борщ были размалеваны кузнецом. Кузнец был богобоязливый человек и писал часто образа святых: и теперь еще можно найти в Т… церкви его евангелиста Луку. Но торжеством его искусства была одна картина, намалеванная на стене церковной в правом притворе, в которой изобр азил он святого Петра в день Страшного суда, с ключами в руках, изгонявшего из ада злого духа; испуганный черт метался во все стороны, предчувствуя свою

погибель, а заключенные прежде грешники были и гоняли его кнутами, полена
ми и всем чем ни попало. В то время, когда живописец трудился над этою
картиною и писал ее на большой деревянной доске, черт всеми силами старался
мешать ему: (…) работа была кончена, доска внесена в церковь и вделана в
стену притвора, и с той поры черт поклялся мстить кузнецу.　　(155-156)

　　인용문에 나타난 바와 같이 바쿨라는 장사 청년이며, 대장장이이자
화공이며, 하나님을 섬기는 신앙심이 강한 인물의 형상이다. 그리고
그는 누가복음의 저자 누가와 성 베드로와 같은 성자들의 성상을 그리
는 성상 화가이기도 하다. 또한, 바쿨라는 디칸카 마을에 사는 다른
청년들에 비해 콧대가 높고, 변덕이 심한 미인 옥사나에게서 사랑을
얻기 위해서 끝까지 포기하지 않는 집념과 인내력이 강한 청년이다.

　　대장장이와 같은 젊은이는 아마 다른 곳에서는 도저히 찾지 못할 것이다!
　　그야말로 그는 그녀를 그처럼 사랑했었다! 그는 누구보다도 오래 그녀의 변
　　덕을 참아왔다!　　　　　　　　　　　　　　　　　　　　　　　　(193)

　　신앙심이 깊은 바쿨라는 다음과 같이 교회에서 성가대 대원, 교회
안내 등 봉사활동을 하고 있다.

　　대장장이는 (중략) 성가대석에 올라가 폴타바에서 부르는 가락으로 노래
　　했었다. 그 외에도 그는 홀로 교회 집사의 임무를 대행하고 있었다.
　　　　　　　　　　　　　　　　　　　　　　　　　　　　　(194-195)

　　끝으로 바쿨라는 예의가 바르고 겸손한 청년이다. 그는 옥사나의
아버지 추브에게 선물을 정중히 바치며, 자신의 잘못을 뉘우치며 벌을
받으려 하고 있다.

독실한 신자인 대장장이는 이것이 자신의 영혼을 파멸하려 한 그의 나쁜 생각에 대한 벌로 신이 고의로 이 장엄한 축일에 교회 예배에 참석하지 못하게 잠자게 한 것이 분명하다고 생각하자 우울해졌다. 그러나 그 대신 다음 주에 이 사제에게 참회할 것이며, 바로 오늘부터 1년에 50번씩 정중히 절하는 것을 시작하기로 함으로써 마음을 진정시킨 후, 집을 잠깐 들렀다. (중략) 동전이나 말굽 쇠를 한 손으로 메밀로 만든 블린(일종의 펜 케이크: 역주)처럼 구부렸던 바로 그 대장장이가 자기 발아래 엎드려 있는 모습을 흡족한 마음으로 바라보았다.

(195-196)

또한, 바쿨라는 인간의 영혼을 훔쳐서 그를 불행하게 만드는 세력인 마녀나 악마와 같은 어둠의 세력을 물리친 인물이기도 하다. 그리고 그는 마녀의 소매 속으로 들어간 별들처럼 죄를 범한 인간들의 영혼을 구원한 등장인물이다. 또한, 바쿨라는 지옥에서 유형을 당한 악마를 쫓아내는 사도 베드로를 상징하는 존재로서 기독교적 모티프와 긴밀히 연관된 인물이다. 즉 바쿨라는 자신의 교회 오른쪽 벽에 그린 '최후의 심판의 날의 성 베드로'를 상징하는 인물이다. 성경에서 사도 베드로는 예수를 믿는다고 하면서도 세 번이나 부인하고 배반한 인물이다. 바쿨라 역시 베드로처럼 세 번이나 정교 신앙에 어긋나는 죄를 범한다. 첫 번째는 바쿨라가 옥사나에게 사랑을 고백한 후 그녀로부터 마음의 상처를 크게 입고 자살하려고 결심했을 때이다. 두 번째의 배신은 악마 일당인 파주크를 찾아가 악마로부터 도움을 받으려고 했을 때이다. 그리고 세 번째는 악마가 바쿨라에게 만약 그가 자기편이 되어 주면, 세상의 모든 것과 옥사나가 우리 것이 될 것이라고 유혹하며 제의를 했을 때 그의 말에 동의한 것이다. 그리고 그가 페테르부르크에서 디칸카의 집으로 돌아왔을 때, 첫닭이 울었던 것도 성경에 나오는 베드로의 배신과 연관된 모티프이다.[5]

5　엄충섭, 「고골의 「지깐까 근교의 야화」 연구 – 화자의 서술양식과 폐쇄된 서술구조

이상과 같이 우리는 고골의 첫 작품집 『디칸카 근교의 야화』 제1부에 수록된 이야기 〈크리스마스이브〉에 나타난 이교도적 요소와 기독교적 요소, 환상성과 현실성 등에 대해서 살펴보았다.

이 작품에는 환상적인 공간이 중심적인 위치를 차지하지만, 서술의 사실성과 모티프의 상징성 등이 강하게 나타나 있다. 우크라이나 농촌의 크리스마스이브의 모습을 담은 이 작품은 민속 축제의 하나인 동지제(冬至祭)를 주요 모티프로 한 세태 이야기로서 콜랴다 풍습이 사실적으로 묘사되어 있다. 또한, 이 작품에는 마녀, 악마, 지옥, 마법사 등의 모티프가 기독교적 모티프와 혼합되어 있고, 기독교적 모티프와 이교도적 모티프가 혼합되어 있으며, 인간 세태의 일상과 악마적 환상이 교묘히 얽혀 있다. 또한, 이 작품에는 예카테리나 여제 치하의 페테르부르크라는 구체적인 역사적 시공간과 인물이 함께 등장하고 있다. 또한, 동지제와 콜랴다 풍습의 상징성과 더불어 작품에 성적 긴장이 넘치고 있다는 점도 특징적이다.[6]

우리는 이 연구를 통해서 기독교 축제와 연관되는 '크리스마스이브'라는 제목은 고골이 이 작품이 기독교적 요소를 강하게 지닌 작품이라는 것을 강조하기 위해서 붙인 것으로 보인다. 이 작품은 기독교적 요소와 이교도적 또는 민속적 요소가 혼합된 작품이지만, 이교도적 요소보다는 기독교적 요소가 훨씬 더 많이 반영되어 있다.

－」, 한국외국어대학교 박사학위논문, 1994, p.99.

6   엄충섭, op. cit., pp.94-95 참조.

3. 고골의 중편 〈이반 쿠팔라 전야〉에 나타난 민속적 모티프와 기독교적 모티프

주지하다시피 우크라이나 출신의 러시아 작가[7] 고골(Н.В. Гоголь)은 카자흐 지주 귀족 가문에서 태어났다. 신학교를 졸업한 그의 아버지는 아마추어 극작가였다. 그런데 고골의 어머니는 독실한 신자였음에도 불구하고 지나치게 미신을 믿는 감상적인 여성이었다. 고골의 어머니는 그에게 인간이 죄를 범하면 반드시 사후 심판을 받게 되고, 죄인은 영원한 고통을 받게 된다는 이야기를 자주 했다. 따라서 우리는 고골의 부모가, 특히 그의 어머니가 그에게 미친 종교적 영향이 그의 문학작품 창작에 많은 영향을 끼쳤다고 추정할 수 있다.

고골은 1828년 12월 말 작가의 꿈을 안고 조국 우크라이나를 떠나 페테르부르크로 가서, 이미 네진에서 쓴 서사시 〈간츠 큐헬가르텐(Ганц Кюхельгартен)〉을 출판한다. 하지만, 그는 이 작품이 혹평을 받자 그것을 모두 회수해 소각하고 독일로 떠나버린다. 그 후 고골은 다시 페테르부르크로 돌아와 내무성 관리로 근무하면서 작품 활동에 몰두한다. 이어서 그는 우크라이나 자료를 이용해 작품을 쓰기 위해 어머니, 친척과 지인들에게 우크라이나 인의 풍습을 편지로 알려 줄 것과 우크라이나 민속 및 역사 등과 연관된 서적과 자료 등을 보내 달라고 부탁한다. 이렇게 해서 그가 쓴 작품이 〈바사브류크, 또는 이반 쿠팔라 전야(Басаврюк или вечер накануне Ивана Купала)〉이다.

1830년에 『조국 잡기(Отечественные записки)』에 실린 〈바사브류크〉, 또는 〈이반 쿠팔라 전야〉가 호평을 받자 고골은 주콥스키 및 푸시킨과

7　소련 붕괴 후 우크라이나는 고골을 우크라이나 작가라고 주장한다. 고골이 우크라이나에서 태어나, 김나지움 교육까지 받았다 할지라도, 그가 러시아에서 작가로 데뷔해 계속 러시아어로 작품 활동을 했기 때문에 고골은 러시아 작가다.

교제할 기회를 얻게 된다. 이 작품이 호평을 받은 이유는 당시 우크라이나 민속이 러시아에서 유행한 것과 연관이 있다. 고골은 이 작품을 1831년에 〈이반 쿠팔라 전야(Вечер накануне Ивана Купала)〉[8]라는 이름으로 작품집 『디칸카 근교의 야화(Вечера на хуторе близ Диканьки)』 제1부에 싣는다. 이어서 그는 그 이듬해에 발표된 이 작품집(또는 연작 소설집)의 제2부로 커다란 성공을 거둔다. 이 걸작은 당대 러시아 최고 시인이자 산문작가인 푸시킨으로부터 대호평을 받는다.[9] 구콥스키(Г.А. Гуковский)는 이 작품집을 "사실주의를 예견한 낭만주의 작품"이라고 정의했다.[10] 작품집 〈디칸카 근교의 야화〉에 포함된 고골의 두 중편-〈이반 쿠팔라 전야〉와 〈크리스마스이브(Ночь перед рождеством)〉-의 제목은 기독교 축일의 명칭과 긴밀히 연관되어 있다. 고골은 자신의 작품에서 이 기독교 축일이란 개념을 좁은 의미의 축일, 즉 어떤 화려한 행사로서의 축일로 도입하고 있는 것이 아니라, 넓은 의미의 축일, 즉 "세계의 일정한 상황"으로서 도입하고 있다. 또한, 이 개념은 기독교 축일에서 삶의 평범한 과정을 벗어난 특정한 시간으로 나타나며, 공간과 함께 흐로노토프(хронотоп)를 형성하는 주요한 요소로 등장하는 예술적 시간과 긴밀히 연관되어 있다. 잘 알다시피 『디칸카 근교의 야화』의 예술적 사실성은 매우 정확한 민속적 세부묘사들이 옛날이야기처럼 명백히 믿기 어려운 요소들과 융합되어 있으며, 정확한 역사적 세부묘사들은 19세기 초와는 시대가 전혀 맞지 않는 것들과 혼합해 있다. 바로 여기

---

8 〈이반 쿠팔라 전야(Eve of Ivan Kupala)〉를 〈성 요한제 전야〉나 〈성 요한의 이브(St John's Eve)〉로 번역할 수 있음.

9 푸시킨은 "이 작품 속에는 자연스러운 진정한 즐거움이 가득 차 있고, 격식에 얽매이는 고리타분함은 전혀 보이지 않는다. 곳곳에 시와 감성이 속속들이 배어 있다."라고 평가했다. K. B. 모출스끼 지음, 이규환, 이기주 옮김, 『러시아의 위대한 작가들』, 도서출판 씨네스트, 2008, pp.103-104.

10 См.: Гуковский Г.А. Реализм Гоголя. Гос. Изд. Художественной Литературы. Москва -Ленинград, 1959. СС. 5-61.

에 『디칸카 근교의 야화』의 낭만주의적 특징이 강하게 나타나고 있음을 볼 수 있다. 또한, 우리는 여기서 기독교적 요소나 기독교적 견해를 가진 이교도적 사유나 고찰의 격세유전 현상들이 나타나 있음을 알 수 있다. 다시 말해서 기독교적 요소와 이교도적 요소가 혼합되어서 어느 한 시대나 여러 시대를 거른 다음에 다시 나타나는 현상들이 나타나 있음을 볼 수 있다. 예를 들어, 고골의 작품에 들어있는 기독교 축일의 흐로노토프인 이반의 날(Иванов день)은 두 가지 요소, 즉 이교도적 요소와 기독교적 요소-성자 세례 요한(Рождество св. Иоанна Предтеча)의 탄생과 그리스도의 탄생(Рождество Христово)-가 상호 연관되어 있음을 분명히 밝히고 있다.[11]

이 작품에는 이교도적 요소나 신화적 요소와 연관된 마술적이고 환상적인 요소가 역사적이고 기독교적인 요소나 사실주의적 요소와 혼합되어 있다. 앙헬 플로렌스(Angel Flores)는 1954년에 'Modern Language Association of America' 학회에서 발표한 논문 '이스파노아메리카 소설에 나타난 마술적 사실주의(원제는 'Magical Realism in Spanish Fiction')에서 카프카 등이 자신의 작품에 나타난 상징주의와 마술적 사실주의를 고골 등이 사용한 문체와 표현을 재발견해 사용했다고 언급하고 있다. "1차 대전 시기의 수많은 유명 작가들은 상징주의와 마술적 사실주의를 재발견하게 되었다. 그들 가운데는 프루스트, 카프카, 키리코-회화에서 카프카- 같은 걸출한 존재들이 있었다. 이들의 작품은 상당 부분 재발견이었다. 왜냐하면, 가령 카프카가 사용한 문체와 표현 가운데는 19세기 작가들이 즐겨 사용한 것이 많기 때문이다. 예컨대 러시아 작가(특히 고골의 〈코〉, 〈시폰카와 숙모〉 등과 같은 그의 단편들, 물론 도스토옙스키도

---

11 См.: Шульц С.А. Хронотоп религиозного праздника в творчестве Н.В. Гоголя // Русская литература XIX века и христианство, Изд. МГУ, 1997. С. 229.

포함됨.) 독일 낭만주의자(호프만, 아르님, 그림 형제), (중략) 포우와 멜빌까지 포함된다. 카프카는 (중략) 적확한 문체를 사용하여 단조로운 현실과 악몽의 환상 세계를 혼합하는 어려운 기법에 통달했다. (중략) 따라서 참신성은 사실주의와 환상의 혼합에 있었다."[12]

이와 연관하여 마술적 사실주의의 특징에 대한 웬디 B. 패리스 (Wendy B. Faris)의 주장을 살펴보자. "(1) 텍스트에는 일반적 우주의 법칙으로는 설명할 수 없는 최소한의 마술이 반드시 있다. (중략) 마술적 사실주의 텍스트에서 마술과 사실주의는 동화되지 않는다. (중략) (2) 마술적 사실주의는 현상 세계가 강력하게 대두되도록 묘사한다. 이 점이 현상 문학 및 알레고리와 마술적 사실주의를 구별 짓는 사실주의적 요소이다. 구현 방법은 다양하다. 주로 대단히 세세한 사실적 묘사를 통해 현실과 유사한 허구 세계를 창조한다. (중략) 많은 마술적 사실주의 소설에서 우리는 역사적 사건의 색다른 재창조를 목격한다. 그러나 역사적 사실에 견고하게 바탕을 둔-비록 공식적으로 용인된 역사를 종종 뒤엎기는 하지만- 사건들이다. (중략) 마술적 사실주의의 초현실주의적 부분과 그 텍스트 시학은 메타포의 마술을 최대한 이용

---

12 앙헬 플로렌스(Angel Flores), 이스파노아메리카 소설에 나타난 마술적 사실주의 // Lois Parkinson Zamora and Wendy B. Faris 편저, 우석균, 박병규 외 공역, 『마술적 사실주의』, 한국문화사, 2001, 서울, p.81. 이 논문에서 앙헬 플로렌스는 마술적 사실주의 환상 문학 간의 차이, 동화와 마술적 사실주의 차이에 대해 다음과 같이 주장하고 있다. "플로레스가 마술적 사실주의 양식으로 간주한 『변신』에서 그레고리 잠자가 벌레로 변하는 것이나, 인용한 몇몇 라틴아메리카 작품의 플롯이 확실히 초자연적이라는 점을 고려하면 말이다. 이와 같이 마술적 사실주의와 환상 문학을 '혼동'하는 견해는 끊임없는 비판의 대상이었다. 그러나 더 큰 문제는, "사실주의와 환상의 혼합"이 마술적 사실주의라는 정의(따라서 『변신』이 포함된다)와 "마술적 사실주의를 천착하는 작가들은 현실에 집착한다"라는 전제조건 사이의 명백한 모순이다. (중략) 동화는 마술적 사실주의로 간주할 수 없다. 블라디미르 프로프가 1928년에 밝혔듯이, 비교적 균일한 플롯 구조를 가지기 때문이다." 앞의 책, p.103.

한다. (중략) 마술적 사실주의는 초현실주의의 적자이다. (중략) (3) 독자는 상반된 사건 앞에서 인식론적 망설임을 경험하며, 풀리지 않는 의문에 사로잡힌다. 그래서 환상 문학에 대한 토도로프의 유명한 공식은 마술적 사실주의에도 무리 없이 적용할 수 있다. 토도로프는, 이야기가 진행되는 동안 독자가 우주의 자연법칙에 따라 설명 가능한 괴이한(uncanny) 것과 자연법칙에 혼선이 일어나는 경이로운(marvelous) 것 사이에서 망설이는 것을 환상이라고 정의했다. (중략) 대부분의 독자는 사건이 등장인물의 환각이냐, 아니면 기적이냐를 놓고 근본적 갈등을 겪는다. (중략) (4) 두 영역, 두 세계가 근접하거나 거의 혼합되는 현상을 경험한다. (중략) 마술적 사실주의는 두 세계 간의 교차점, 즉 양방향을 비추는 양면 거울 내부에 위치한 상상의 지점에 존재한다. (중략) 사실과 허구의 경계 역시 모호해진다. (중략) (5) 마술적 사실주의 소설은 시간, 공간, 정체성 등에 대한 기존 관념에 의문을 던진다. (중략) 마술적 사실주의 텍스트를 읽을 때, 마술은 어느새 현실에서 벗어나 증폭되어, 루시디의 말처럼 "비현실과 현실이" 긴밀하게 "혼합"된다."[13]

이 글의 목표는 쿠팔라 축제와 고사리 꽃의 전설을 중심으로 전개되는 플롯을 지닌 고골의 소설 〈이반 쿠팔라 전야〉에 나타난 대립적인 이중적 모티프, 즉 민속적 모티프와 기독교적 모티프를 고찰하는 데 있다.

작품 분석의 이해를 돕기 위해 먼저 〈이반 쿠팔라 전야〉에 대한 대강의 이야기를 살펴보도록 하자. 이 작품의 주인공 페트로(Петро)는 코르지(Корж)의 가난한 머슴 청년으로, 주인의 딸 피도르카(Пидорка)와 몰래 사랑을 나누다 주인에게 들켜 쫓겨난다. 페트로가 술을 마시고 있을

---

13 웬디 B. 패리스(Wendy B. Faris), 세헤라자데의 아이들: 마술적 사실주의와 포스트모더니즘 소설 // Lois Parkinson Zamora and Wendy B. Faris 편저, 우석균, 박병규 외 공역, 『마술적 사실주의』, 한국문화사, 2001, pp.154-162.

때, 악마 바사브류크가 나타나, 페트로가 이반 쿠팔라 전야에 피는 고사리 꽃을 꺾으면 땅속의 보물을 캐 피도르카와 결혼할 수 있다고 유혹한다. 황금과 사랑에 눈이 먼 페트로는 악마와 마녀의 유혹에 넘어가 소년 이바시를 살해하고, 그 대가로 받은 돈으로 피도르카와 결혼하지만 미쳐간다. 그러자 그의 아내는 남편의 병을 고치기 위해 여러 수단 방법을 써보다, 바바 야가를 찾아간다. 그리고 페트로는 이바시 살인 후 1년째 된 날 자신의 집 안에 들어온 바바 야가에게 도끼를 던지지만, 마녀는 사라지고 그 대신 머리 없는 이바시가 피투성이의 몸으로 나타난다. 이 모습에 깜짝 놀란 피도르카가 도망갔다가 사람들과 함께 돌아와서, 남편이 사라진 자리에 재와 깨진 그릇 조각만 남아 있는 장면을 발견한다. 그 후 그녀는 수녀로 변신한다. 악마가 페트로를 데려간 날에 바사브류크가 땅에 묻힌 보물을 파내기 위해 인간의 모습으로 변장해 다시 나타난다. 사람들은 악마가 불결한 손으로 보물을 만질 수 없어서 청년들을 이용한다는 것을 알고 이사하지만, 그곳에도 악마가 출현한다는 내용의 이야기이다.

이 작품의 제목에는 "○○○ 교회 보제(補祭)가 들려준 실화 Быль, рассказанная дьячком ***ской церкви"란 부제가 붙어 있다. 부제에 나타난 바와 같이 고골의 작품집 『디칸카 근교의 야화』의 제1부에 속한 중편 〈이반 쿠팔라 전야〉는 실화(быль, real happening)이다. 실화(實話)란 꾸며낸 이야기가 아니라, 실제로 있었던 사실(fact)을 바탕으로 써진 허구적인 이야기이다. 왜 고골은 이 부제를 붙였을까? 즉 어떤 목적을 달성하려고 일부러 부제를 달았을까? 우선 익명의 교회 보제가 화자로 나온다는 점이 흥미롭다. 또한, 이 작품의 제목과 관련지어 볼 때 이 부제는 더욱 독자의 관심을 끌게 만든다. 왜냐하면, '이반 쿠팔라 전야'라는 제목은 동슬라브 민속, 즉 이교도적 축제와 연관되는 데 비해, 부제는 기독교와 연관되기 때문이다. 여기서 우리는 고골이 민속적 모티프와 기독교적 모티프를 혼합해 작품을 썼다는 것을 독자에게 알리기 위해 그렇게 했다고 볼 수 있다. 또한, 작가가 이런 방법을 통해 독자의 흥미를 끌려는 계산과 의도를 지녔다고 볼 수 있다. 그리고 이 부제는 실제로 일어난 사건을 소재로 써진 작품이며, 이는 허구가 아닌 사실, 즉 사실성을 바탕으로 써진 작품이라는 것을 넌지시 암시하는 역할을 하고 있다.

이 작품의 부제에 사용된 러시아어 단어 '브일'(быль)은 '실화'라는 뜻 외에 '과거의 사건', '옛날 일', '사담(史譚)'이란 뜻이 있다. 즉 '브일'이라는 단어는 이 작품이 과거에 일어난 일이나 사건에 관한 이야기나, 또는 역사적인 사건과 연관된 이야기를 바탕으로 써진 것이라는 것을 강조하는 역할도 한다. 물론 이는 글쓰기 전략의 하나인 일종의 장치일 수도 있다. 고골이 이 작품을 쓸 때는 낭만주의 사조가 지배한 시기였다. 치젭스키에 따르면, 낭만주의 작품 속에는 한 민족의 역사적 운명과 사명을 숙고하게 만드는 역사철학이 내재해 있다. 다시 말해서 '브일'이라는 단어는 민속과 기독교(러시아 정교)의 상호 연관된 문제에 있어서 역사성을 강조하기 위한 것이라고 볼 수 있다. 역사를 바탕으로 써진 신성한 책, 성경 속에도 신화나 기적과 연관된 사건들이 기술되어 있다. 고골의 〈이반 쿠팔라 전야〉에서 우리는 이와 연관된 유사점들을 발견할 수 있다. 역사적 사건이나 인물이 많은 세월이 흐름에 따라 신화가 되기도 하지만, 거꾸로 신화가 역사로 바뀌기도 한다. 이 작품 속에는 신화나 전설과 연관된 민속적 모티프가 기독교적 모티프와 상호 연관을 이루며 긴밀히 구성되어 있다.

고골의 『디칸카 근교의 야화』의 제1부에 속한 〈이반 쿠팔라 전야〉는 제2부에 속한 〈크리스마스이브〉에 비해 이교도적 요소와 기독교적 요소의 뒤얽힘이 훨씬 더 복잡한 경우이다. 이교도적 패러다임이나 이교도적 모델에 있어서 이반 쿠팔라(Иван Купала)는 불(огонь), 장작더미 또는 모닥불(костер), 죽음의 주물(фетиш; 呪物: 영험이 있다고 해서 숭배되는 사물-필자), 즉 우상시 되는 사물들의 소각(сожжение фетишейсмерти)을 통해 수반하는 하지 축일(праздник летнего солнцестояния)이다. 그러나 기독교적 전통에서 이 하지 축일의 날짜가 우연히도 이반의 날, 즉 세례 요한의 탄생과 일치한다. 따라서 이 하지 축일의 시간은 필연적으로 다양한 요소들과 연관되어 있다.[14]

고골의 〈이반 쿠팔라 전야〉에는 불(огонь)에 관한 이교의 상징적 표현이 계속 이어진다. 즉 고아 페트루시(Петрусь)가 강렬한 불길로 활활 타오르는 고사리 꽃 한 송이를 찾는 장면에서 시작해 결혼 에피소드까지 상징적으로 묘사되고 있다. 예를 들어, 이 결혼 에피소드에서 사람들이 고모할머니의 옷에 보드카를 끼얹은 다음 불을 붙이는 장면이 나온다.[15] 이어서 페트루시가 불에 태워지는 장면이 이어진다.[16]

이 외에 보물의 주제, 죽음 모티브에 특히 중심을 두는 것은 모두

---

14 См.: Шульц С.А. Указ, соч. СС. 229-230.

15 "이 결혼식에 참석한 돌아가신 고모할머니에게 우스운 사건이 일어났지요. (중략) 바로 이때 교활한 녀석이 뒤에서 그녀에게 보드카를 끼얹으라고 한 사람에게 말했어요. 다른 녀석 역시 빈틈이 없어 보이는 놈인데, 바로 그 순간 불을 켜, 불을 붙이자… 불꽃이 확 일어났지요. 불쌍한 고모할머니는 몹시 놀라셔서 모든 사람이 있는 데서 옷을 벗어 던져버렸지요. 장터에서처럼 소동이 일어나고, 떠들썩한 웃음소리가 들리고, 소란이 일어났어요. 한마디로 말해서, 노인네들이 그처럼 즐거운 결혼식을 아직 기억하지 못했던 거죠.(С теткой покойного деда, которая сама была на этой свадьбе, случилась забавная история: (…) Вот одного дернул лукавый окатить ее сзади водкою; другой, тоже, видно, не промах, высек в ту же минуту огня, да и поджег… пламя вспыхнуло; бедная тетка, перепугавшись; давай сбрасывать с себя, при всех, платье… Шум, хохот, ералаш поднялся, как на ярмарке. Словом, старики не запомнили никогда еще такой вешелой свадьбы.)" Гоголь. Н.В. *Полн. собр. соч. в восьми томах*, издательство Правда, Москва, 1984, том. 1. СС. 103-104. 앞으로 이 작품의 인용은 러시아어 인용문의 끝 괄호 안에 쪽수만 표시하기로 한다. 위 인용문에서 '불'(огонь)은 관례상 '보드카'란 '물'과 대조적으로 연관된다. См.: Там же. С. 230.

16 Там же.

이반 쿠팔라 축일의 이교에 기반을 두고 있다. 바로 앞에서 언급한 이 두 요소(보물의 주제, 죽음 모티브)는 더 상세히 설명할 필요가 있다. 사실 보물의 추구는 지하 세계와 연관되어 있다.[17] 다음은 마녀와 바사브류크가 보여주는 금화와 보석들의 유혹에 넘어간 페트로가 아무 죄 없는 어린아이를 죽이는 장면이다.

"여기야!" 하고 노파가 쉰 목소리로 공허하게 말하자, 바사브류크가 그에게 삽을 건네며 덧붙여 말했지요. "여길 파라, 페트로. 넌 여기서 너와 코르지도 꿈에도 본 적이 없는 금들을 보게 될 거야." (전략) 이때 그의 두 눈은 철로 덮인 작은 트렁크를 똑똑히 알아보기 시작했지요. 벌써 그는 그것을 한 손으로 꺼내고 싶었지만, 트렁크가 땅속으로 들어가기 시작하더니, 점점 더 멀리, 더 깊이, 더 깊이 들어가기 시작했어요. 그의 뒤에서 "쉬, 쉬"하는 뱀 소리를 더 닮은 커다란 웃음소리가 들려왔지요. "안 돼! 네가 인간의 피를 구하기 전까진 넌 금을 볼 수 없어!"라고 마녀가 말하더니, 그에게 아이의 목을 베라는 신호를 하면서, 흰 시트에 싸인 여섯 살쯤 된 어린애를 그에게 데려왔어요. (중략) 그 앞에 이바시가 서 있었어요. (중략) 칼을 든 페트로가 미친 사람처럼 마녀에게로 달려가더니, 한 손을 치켜들었죠…

"네가 처녀를 얻는 대가로 뭘 약속했었지?" 하고 바사브류크가 큰 소리로 말했죠. (중략) 마녀가 한 발로 땅을 구르자 땅속에서 파란 불길이 확 솟아나왔어요. 땅 한가운데가 온통 밝아졌는데, 마치 수정으로 만들어진 것 같았어요. (중략) 금화들과 보석들이 그들이 서 있던 자리 바로 밑의 트렁크들과 솥들 속에 무더기로 쌓여 있는 겁니다. 페트로의 눈이 빛나기 시작하고… 머리가 흐릿해졌죠. 그는 미친 사람처럼 칼을 잡았는데, 아무 죄 없는 아이의 피가 그의 두 눈에 튀겼지요… 마녀의 커다란 웃음소리가 사방에서 울리기 시작했어요. 보기 흉한 괴물들이 무리를 지어 그 앞에서 뛰고 있었죠. 마녀는 두 손으로 참수된 시체를 붙든 채, 늑대처럼 그 시체에서 나온 피를 마시고 있었어요…

"Здесь!" – глухо прохрипела старуха; а Басаврюк, подавая ему заступ, примолвил: "Копай здесь, Петро. Тут увидишь ты столько золота, сколько ни тебе,

---

17 Там же.

ни Коржу не снилось." (⋯) Тут глаза его ясно начали различать небольшой, окованный железом сундук. Уже хотел он было достать его рукою, но сундук стал уходить в землю, и все, чем далее, глубже, глубже; а позади его слышалс я хохот, более схожий с змеиным шипеньем. "Нет, не видать тебе золота, пока мест не достанешь крови человеческой!" – сказала ведьма и подвела к нему дитя лет шести, накрытое белою простынею, показывая знаком, чтобы он отсе к ему голову. (⋯) Перед ним стоял Ивась. (⋯) Как бешеный подскочил с ножо м к ведьме. Петро и уже занес было руку⋯

– А что ты обещал за девушку?⋯ – грянул Басаврюк (⋯) Ведьма топнула ногою: синее пламя выхватилось из земли; середина ее вся осветилась и стала как будто из хрусталя вылита; (⋯) Червонцы, дорогие камни, в сундуках, в котлах, грудами были навалены под тем самым местом, где они стояли. Глаза его загорелись⋯ ум помутился⋯ Как безумный, ухватился он за нож, и безвин ная кровь брызнула ему в очи⋯ Дьявольский хохот загремел со всех сторон. Безобразные чудища стаями скакали перед ним. Ведьма, вцепившись руками в обезглавленный труп, как волк, пила из него кровь⋯[18]

　인용문에서 살펴본 바와 같이 고골의 〈이반 쿠팔라 전야〉에서 보물의 주제는 죽음의 주제와 긴밀히 상호 연관되어 있다. 페트로는 보물이란 물질의 획득을 위해 아무 죄가 없는 어린 이바시를 죽인 것이다. 그는 악마 바사브류크와 마녀의 유혹에 빠져 순간적으로 이성을 상실해 미친 사람처럼 행동한 것이다. 이처럼 고골은 인간의 일상적 삶에 침투해 인간의 운명을 파멸의 구렁텅이로 빠뜨리는 악마의 힘이 실제로 존재한다고 믿었다. 따라서 고골은 해피엔딩으로 끝나는 민간 설화의 플롯을 의도적으로 거부하며, 몇 작품들에서는 주인공의 운명을 비극적으로 끝나게 했다. 고골은 우리의 일상생활에서 발생하는 악마와의 싸움에서 인간이 져 파멸할 수 있다는 가능성이 있음을 두려워했다고 한다. 이 작품에 나타난 악마적 형상은 고골에 의해 창조된 것도

18　Гоголь. Н.В. Указ. соч. СС. 101-102.

있지만, 동슬라브 민속에서 차용이 된 것이다. 이교도적인 악마의 형상은 기독교가 유입되기 이전부터 다양한 형태로 존재했었다. 동슬라브인들의 관념 속에 들어있는 악마, 또는 정령으로는 집 귀신, 물귀신, 숲 귀신, 도깨비, 흡혈귀 등이 있다. 러시아 민간 설화에 자주 등장하는 이 더러운 영은 하나님을 섬기는 데 싫증이 생겨서 타락한 천사가 악마가 되었다는 기독교적 관념이 투영되어 있다.[19]

페트로가 이바시를 죽이자 마녀가 시체에서 피를 마시는 장면이 있다. 즉 "마녀는 두 손으로 참수된 시체를 붙든 채, 늑대처럼 그 시체에서 나온 피를 마시고 있었어요." 이 장면은 흡혈귀에 관한 우크라이나 전설과 긴밀히 연관된다. 동슬라브 민간 신앙에서 악마는 인간의 일상 생활에 간섭해 나쁜 일이나 문제를 일으키기도 하고, 인간의 영혼을 유혹해 범죄를 일으키거나 자살이나 타살을 하게 만든다. 또한, 마법사나 마녀는 악마에게 영혼을 판 자들이라는 이유로 많은 핍박과 박해를 받았다. 악마가 가장 활발하게 활동하는 때는 자정부터 첫닭이 울기 전까지 시간이며, 일 년 중에는 동슬라브인들의 크리스마스 주간에 해당하는 스뱌트키 주간[20]−성탄절(구력 12월 25일)부터 주현절(구력 1월 6

---

19 조준래, 악마와 카자크: 작가 고골과 그의 환상적 주인공들 // 니콜라이 바실리예비치 고골 지음, 조준래 옮김, 『오월의 밤』, 생각의 나무, 2007, pp.370−371 참조.

20 러시아의 민속 축제 중 예수의 탄생과 세례를 기념하는 스뱌트키는 1월 7일(구력, 음력, 즉 율리우스력으로는 12월 25일) 크리스마스에서 시작해 1월 19일(구력 1월 6일) 주현절(예수가 세례 요한으로부터 세례를 받은 뒤 공생애를 시작한 것을 기념하는 축일)까지 2주일 동안 지속한다. 다시 말해서 1월 7일은 러시아의 크리스마스 날이면서 러시아의 겨울 민속 축제인 '스뱌트키' 주간, 즉 '크리스마스 주간'이 시작되는 날이기도 하다. 기독교적 축제 행사와 함께 민속적 행사가 어우러져 치러지는 이 민속 축제 기간에 다채로운 러시아 전통문화 행사−굴렁쇠 굴리기, 합창과 원무, 콜랴다 페스티벌, 가면 놀이, 얼음물 속에서 세례 하기 등−가 열리기도 한다. 첫 번째 일주일 저녁들을 '성스러운 저녁'이라고 하고, 두 번째 일주일 저녁들을 '무서운 저녁'이라고 한다. 러시아인들은 이 축제 기간에 악령과 같은 불순한 세력의 도움을 받아 자신의 운명을 알아맞히기 위해 다양한 점을 치기도 하고, 술을 진탕 마시며 방탕한 생활을 하기도 한다.

일)까지- 동슬라브인들의 고대 하지 축일인 이반 쿠팔라(즉, 태양제, 구력 6월 24일)라고 한다.[21] 그 이유는 이 시기에 저승세계나 악령과의 소통이 가능하기 때문이다. 동슬라브 문학에서 흡혈귀는 산 사람의 피를 빨아먹고 사는 산 시체로 묘사된다. 흡혈귀에 관한 전설은 동슬라브 민족 중 우크라이나 민족에게서 가장 많이 나타난다. 흡혈귀는 희생자의 마음을 유혹해 성욕이나 물욕을 일으켜 그를 파멸시킨다고 한다.[22]

한편, 밀리돈(В.И. Миллидон)은 악마인 바사브류크가 "자신의 생명력이 없는 본질을 활동성으로 위장한 불순한 세력의 표명이 아닐까? 하는 생각을 불러일으킨다."[23]고 주장한다. 즉, 다음에 인용한 것처럼 "손가락 하나 까딱하지 않"고 "시체처럼 파란 바사브류크"의 부동성(нед вижность)의 모습은 불순한 세력(нечистая сила)인 악마 바사브류크의 형상에 해당한다. 이는 러시아 민담에 자주 등장하는 바바 야가와 같은 형상의 마녀의 등장과 긴밀히 연관된다.

> 시체처럼 파란 바사브류크가 그루터기 위에 걸터앉은 채 나타났어요. 그는 손가락 하나 까딱하지 않았지요. 녀석의 눈은 오직 그 자신밖에 볼 수 없는 무언가에 붙들려 있고, 반쯤 벌린 입은 한마디도 하지 않았지요. 그는 주위의 어느 것 하나도 건드리지 않았어요. 아아, 얼마나 기이한 광경이었는지! 하지만 마침내 페트로의 온몸을 오싹하게 만드는 휘파람 소리가 울렸지요. 페트로에게는 마치 풀이 웅성거리고, 꽃들이 작은 은종이처럼 가느다란 목소리로 자기들끼리 속삭이는 것처럼 느껴졌지요. 빗발치는 욕설이 나무들 사이를 가득 채웠어요… 바사브류크의 얼굴에 갑자기 화색이 돌고 그의 눈에서 불꽃이 튀었죠. (중략) 그러고 나서 그는 옹이가 많은 지팡이로 가시덤불을 갈랐지요. 그러자 정말 동화에서처럼 수탉의 다리 위에 세워져 있는 작은

---

21 이반 쿠팔라는 슬라브 민간에서 통용되는 세례 요한의 애칭으로 기독교 수용 이후 수확과 건강, 무사 등을 기원하는 민간의 농경의례와 기독교의 세례 요한에 관한 전설이 혼합된 일종의 태양제다. Ibid. p.372 참조.

22 Ibid. pp.371-373 참조.

23 Миллидон В.И. Эстетика Гоголя. М., ВГИК, 1998. С. 32.

오두막집 하나가 그들 앞에 나타났어요. (중략) 시커먼 털로 덮인 커다란 사냥개가 그들을 향해 달려 나오더니, 그들의 눈앞에서 이내 깩깩거리면서 고양이로 변해버렸어요. "성내지 마. 제발 진정해. 이 할망구 마녀야!" (중략) 어느새 고양이가 있던 자리에는 군 사과처럼 쭈글쭈글하고 활처럼 구부정하며, 마치 호두 까기 집게처럼 코와 턱이 맞닿은 정말 못생긴 노파가 서 있었어요.

(100-101)

На пне показался сидящим Басаврюк, весь синий, как мертвец. Хоть бы пошевелился одним пальцем. Очи недвижно уставлены на что—то, видимое ему одному только; рот вполовину разинут, и ни ответа. Вокруг не шелохнет. Ух, страшно!.. Но вот послышался свист, от которого захолонуло у Петра внутри, и почудилось ему, будто трава зашумела, цветы начали между собою разговаривать голоском тоненьким, будто серебряные колокольчики; деревья загремели сыпучею бранью… Лицо Басаврюка вдруг ожило; очи сверкнули. (…) Тут разделил он суковатою палкою куст терновника, и перед ними показалась избушка, как говорится, на курьих ножках. (…) Большая черная собака выбежала навстречу и с визгом, оборотившись в кошку, кинулась в глаза им. "Не бойся, не бойся, старая чертовка!" (…) Глядь, вместо кошки старуха, с лицом, сморщившимся, как печеное яблоко, вся согнутая в дугу; нос с подбородком словно щипцы, которыми щелкают, орехи.

앞에서 언급한 바와 같이 〈이반 쿠팔라 전야〉에서 보물의 주제는 죽음의 주제와 긴밀히 연관되어 있다. "벌써 그는 그것을 한 손으로 꺼내고 싶었지만, 트렁크가 땅속으로 들어가기 시작하더니, 점점 더 멀리, 더 깊이, 더 깊이 들어가기 시작했어요."(102) 슐츠(С.А. Шульц)는 이 장면에서 페트로의 "보물의 추구"는 그를 "지하 세계", "즉 죽은 자들의 왕국"으로 인도하며, "잊힌 조상들의 망령"으로 인도한다고 주장한다. 또한, 그는 악마와 계약을 맺고 "자신의 영혼을 판 페트루시(Петрусь)에게 있어서 조상들과 맺은 이 계약은 속화(俗化)된 것으로 밝혀진다."고 언급하면서, "바사브류크에게 속은 고아 페트루시(고골이 아무도 그의 아버지와 어머니를 기억하지 못했다고 쓰는 것은 이유가 있음)는 그 세계로부터 아주 좋은 선물이 아닌, 기괴한 "선물"을 받는다."[24] 왜냐하면, 페트로가 받은 선물이 깨진 질그릇 조각으로 변해버렸기 때문이다. 이와 연관하여 슐츠가 "그 (선물) 자체가 재로 변하기 때문"이라는 언급은 정확한 지적이 아니다. 온몸에 피범벅이 된 유령이 오두막에 붉은빛을 내뿜어 집안에 연기가 가득 차 있을 때 이웃 사람들이 달려와 자루 안에서 "금 대신에 깨진 질그릇 조각들만 가득 들어 있었다"는 것을 발견했다. 즉 인용문에 나타난 바와 같이 슐츠가 실수로 언급한 "재"는 "깨진 질그릇 조각"이다.

슐츠가 앞에서 언급한 이교도적 모티프들, 즉 이반 쿠팔라 축일의 예술적 시간을 형성하는 이 모티프들은 "어두운, 악마적 근원(темное, инфернальное начало)"과 연관되어 있다. 여기서 우리는 바사브류크가 모든 "정세를 좌우하는 자(хозяин положения)"로 등장하고 있음을 볼 수 있다. 〈이반 쿠팔라 전야〉의 창조자-고골은 월터 스콧과 주콥스키와 유사하게(즉, 영어 원문과 발라드 격조 시의 러시아어 번역인 '성 요한의 이브 The Eve of St. John'와 '스말리골르임 성 또는 이반의 저녁 Замок Смальголым или Иванов вечер')인간의 영혼 구원과 연관된 "그리스도 구세론(救世論)적 문제(сотериологический вопрос)를 제기하기 위해 이 반(反) 이교도적인 축일의 흐로노토프", 즉 "허위의 흐로노토프"를 이용하고 있다. 이 작품에서 바사브류크는 허위의 (또는 가상의) 시공간을 창조하고 있기 때문이다. 그리스도 구세론(救世論)적 문제는 〈디칸카 근교의 야화〉 제2부의 작품인 〈무서운 복수〉와 〈크리스마스이브〉에서 중요한 문제들 중 하나로 다루어진다. 예를 들어, 〈무서운 복수〉는 카인의 동생 살인 행위를 반복하는 마법사의 이야기에 해당한다.[25]

---

24   Шульц С.А. Указ, соч. С. 230.

25   Там же.

페트루시가 죄 없는 이바시의 목을 베는 행위는 굽은 거울, 즉 왜곡된 거울 속에서 반복된 이교 방식의 기독교적 축일의 수행(исполнение христианского праздника на язычческийлад)을 속화하는(즉, 모독하는) 세례 요한의 참수(усекновение)를 반복하는 행위와 유사하다. 이와 연관하여 우리는 바로 어린이 살해가 예수 탄생을 두려워해 베들레헴 일대의 두 살 이하의 어린애들을 모조리 죽인 폭군 헤롯(Herod)왕의 유아(幼兒) 살해와 유사하다는 것을 알 수 있다. 작품에서 주인공 페트루시는 피도르카와 결혼해 살면서 무언가를 기억하기 위해 깊은 시름에 잠기곤 한다. 그를 괴롭히는 이 기억의 소환 또는 상기(припоминание)의 문제는 성경에 나오는 사건들의 범죄 및 도덕적 현실과 연관된 상호연관성의 문제이며, 자신의 죄로 인해 발생하는 모든 공포의 인식에 관한 문제이다. 피도르카가 가져온 것으로 보이는 눈부시게 화려한 보석으로 장식된 성모 성화용 천개[26](оклад к иконе Богоматери)의 모습이 특징적이다. 여기서 광채는 "기독교의 이상적인 본질에 부합하는 비물질적이고, 비인공적인 어떤 것(нечто нематериальное нерукотворное соответствующее идеальной природе христианства)으로서 불(огонь)과 대조된다."[27] 다시 말해서 이 광채는 인간의 탐욕과 이로 인한 죄와 죽음의 문제와 연관된 물질적인 불과 정반대되는 기독교적 성스러운 본질을 상징한다고 볼 수 있다.

피도르카는 순례를 하겠다고 서약을 했다. (중략) 하지만 키예프에서 온 한 카자크인이 해골처럼 바짝 마른 수녀가 끊임없이 기도하는 모습을 대수도원에서 보곤 했는데, 동향 사람들이 모든 특징으로 보아 그녀가 피도르카라는 것을 알았다고 말했다. 하지만 그는 아직 아무도 그녀에게서 한마디도 듣지 못한 것 같다고 말했다. 또한, 카자크인은 그녀가 도보로 도착했으며,

---

26   천개(天蓋, оклад)란 비나 먼지를 가리기 위해 금속으로 조각해 만든 액자나 뚜껑을 말함.

27   Шульц С.А. Указ, соч. С. 230-231.

모두가 눈이 부셔서 실눈을 뜰 정도로 화려한 보석들로 장식된 성모 성화용 천개를 가져왔다고 말했다.

Пидорка дала обет идти на богомолье (⋯) но приехавший из Киева казак рассказал, что видел в лавре монахиню, всю высохшую, как скелет, и беспрест анно молящуюся, в которой земляки по всем приметам узнали Пидорку; что будто еще никто не слыхал от нее ни одного слова; что пришла она пешком и принесла оклад к иконе божьей матери, и с цвеченный такими яркими камня ми, что все зажмуривались, на него глядя. (106)

인용문에 나타난 바와 같이 우리는 수녀로 변신한 피도르카가 이 이상을 추구하기 위해 끊임없는 기도와 고행의 길을 걸었음을 알 수 있다. 또한, 우리는 이 작품의 창조자─고골이 이처럼 기독교적 요소의 성스러운 면을 강조하면서 작품을 마무리하고 있음을 볼 수 있다.

이상과 같이 우리는 고골의 첫 작품집 『디칸카 근교의 야화』 제1부에 수록된 이야기 〈이반 쿠팔라 전야〉에 나타난 대립적인 이중적 모티프, 즉 민속적 모티프와 기독교적 모티프를 중심으로 작품 분석을 해보았다.

우리는 이 연구를 통해서 동슬라브 민속, 즉 이교도적 축제와 연관되는 '이반 쿠팔라 전야'라는 제목이 기독교와 연관된 부제와 긴밀히 상호 연관되어 있음을 알 수 있었다. 즉 고골이 민속적 모티프와 기독교적 모티프를 혼합해 작품을 썼다는 것을 독자에게 강조하기 위해 이질적이고 상반된 요소들을 교묘히 혼합해 구성했다는 것을 알 수 있었다.

이 작품의 부제에 사용된 러시아어 단어 '브일'은 이 작품이 과거의 역사적인 사건과 연관된 이야기를 바탕으로 써진 것이라는 것을 의미한다. 다시 말해서 '브일'이란 단어는 민속과 종교(기독교)의 상호 연관된 문제에 있어서 역사성을 의미한다고 볼 수 있다. 역사를 바탕으로 써진 신성한 책인 성경 속에도 신화나 기적과 연관된 사건들이 기술되어 있다. 우리는 고골의 〈이반 쿠팔라 전야〉에서 이와 연관된 유사점들을 발견할 수 있다. 역사적 사건이나 인물이 많은 세월이 흐름에 따라 신화가 되기도 하지만, 거꾸로 신화가 역사가 되기도 한다.

고골의 〈이반 쿠팔라 전야〉에서 보물의 주제는 죄와 죽음의 주제와 긴밀히 상호 연관되어 있다. 페트로는 보물과 처녀를 얻기 위해 아무 죄가 없는 어린 이바시를 살해했다. 그는 악마 바사브류크와 마녀에 유혹에 빠져 순간적으로 이성을 상실해 미친 사람처럼 행동한 것이다. 이처럼 고골은 인간의 일상적 삶에 침투해 인간의 운명을 파멸의 구렁텅이로 빠뜨리는 악마의 힘이 실제로 존재한다고 믿었다.

슐츠에 따르면, 이교도적 모티프들, 즉 이반 쿠팔라 축일의 예술적 시간을 형성하는 이 모티프들은 "어두운, 악마적 근원"과 연관된다. 이반 쿠팔라 축일의 예술적 시간을 형성하는 이 이교도적 모티프들은 "어두운, 악마적 근원"과 연관된다. 고골은 인간의 영혼 구원과 관련된 "그리스도의 구원론적인 문제를 제기하기 위해 이 반(反) 이교도적 축일 흐로노토프"를 이용하고 있다.

4. 고골의 중편 〈타라스 불리바〉에 나타난 작가의 관점의 문제

우리가 어떤 작가의 관점을 정확히 이해하려 한다면, 그의 작품을 예술적 통일성을 지닌 작품으로 살펴볼 필요가 있다. 다시 말해서 바로 이 예술적 통일성을 지닌 작품이 그 작품을 쓴 작가의 관점을 표현한다고 볼 수 있다. 그런데 지금까지는 많은 연구자가 고골의 중편 〈타라스 불리바〉를 연구하면서 이 작품을 작가의 관점을 나타내는 하나의 예술적 체계로서 연구하지 않은 채 이 작품에 대한 성격을 규정지어왔던 것 같다.

그렇다면, 우리는 예술적 시스템의 어떤 기본적인 측면들을 구분할 수 있으며, 이 시스템에 관한 연구의 문제, 즉 이 시스템의 해석의 문제를 어떻게 간단명료하게 표현할 수 있을까. 물론 특별한 측면으로서 작품의 슈제트를 작가의 역사관을 표현한 것으로 살펴볼 수 있을 뿐 아니라, 슈제트를 이 작품의 3명의 주요한 등장인물들-타라스 불리바, 오스타프, 안드리이-이 수행하는 역할의 표현으로 볼 수 있다. 바로 이 문제-1) 슈제트 2) 슈제트에서 등장하는 인물들의 역할-는 매우 많이 연구되었다고 본다. 그러면 이 분야에서 무엇이 이미 행해졌는지를 알아볼 필요가 있다. 이를 위해 먼저 기본적인 방법을 3가지로 구분해 살펴보자.

첫째, 주요한 사건들과 등장인물들의 행위는 역사적 사실들과 연관돼 있다. 즉, 주요한 사건들과 등장인물들의 행위가 소위 "우니야"(Уния: 16세기 말에 우크라이나에서 행해진 정교와 가톨릭 간 정교 합동)를 위한 전쟁과 연관된 사건들과 연관돼 있었다는 사실이다. 이 과정에서 고골의 중편 〈타라스 불리바〉[28]는 슈제트는 엄격한 의미를 지닌 역사적 배경을 지니고 있지는 않지만, 3세기(15세기, 16세기, 17세기)의 역사적 사실과 연관돼 있다고 볼 수 있다.[29]

둘째, 고골의 역사주의는 개별적인 사실들 속에서보다는 오히려 인물들 속에서 존재한다는 견해가 더 많았다. 달리 말해서 등장인물들의 심리가 무엇보다도 역사상의 사실에 더 부합하다. 그런데 슈제트의 구

---

28 〈타라스 불리바〉를 〈타라스 불바〉 또는 〈대장 불리바〉 등으로 번역하기도 함.

29 См.: Машинский И.С. Историческая повесть Гоголя. М., 1940. СС. 45, 54, 63; Гиппиус В. Гоголь/ В. Гиппиус. Гоголь. В. Зеньковский Н.В. Гоголь. С.-Пб., 1994. С. 63; Гуковский Г.А. Реализм Гоголя. М., 1959. СС. 127, 128; Альтшуллер М., Эпоха Вальтера Скотта в России. С.-Пб. 1996. С.259.

조적인 측면에 관한 연구는 경시한 채 등장인물들의 성격과 행위 위주의 연구를 한 측면이 있으며, 주로 작품의 민속학적 원천들에 의존해 그것들을 분석해 왔다.[30]

셋째, 우리의 관찰의 중심에는 주요한 슈제트 상황이 나타나 있다. 그리고 여기서 중요한 과제는 이 상황의 역사적 의미를 밝히는 데 있다. 따라서 우리는 여기서 가장 먼저 표도로프와 슬류사리의 연구를 언급하지 않을 수 없다. 왜냐하면, 그들은 고골의 역사적 발전 단계를 어느 한 단계에서 다른 단계로의 이동을 묘사하고 있다고 주장하기 때문이다.[31]

이 3가지 경우 중에서 아직 어떤 경우에서도 슈제트 구조는 특별히 전문적으로 분석되지 않은 것 같다. 예를 들어, 슬류사리는 〈타라스 불리바〉의 끝부분에서 카자크 집단의 분열이 발생하고 있음을 보여주었다. 그러나 그는 이 마지막 상황을 이와 다른 사건-두브노 시의 요새 성벽 부근에서 카자크 군대의 분열-과 대조하지 않았다. 따라서 우리는 다른 순간들을 슈제트 구조의 순간들로 이해할 필요가 있다. 작품의 제5장에서 묘사된 첫 번째 원정(제4장에서 구상됨)과 제12장에서 보인 마지막 원정의 상호 연관 관계를 그 예로 들 수 있다. 여기서 두 원정이 작가에 의해서 명확히 대비되고 있다. 우리는 그와 같은 연관 관계를 단일한 슈제트 요소로 이해할 필요가 있다.

지금까지 고골의 중편 〈타라스 불리바〉에 관한 많은 연구에서 슈제트와 긴밀히 연관된 중요한 사건들이 무엇인지를 밝히려는 시도가 거

---

30 См.: Машинский С.И. Указ. соч. СС. 75, 77, 104, 141, и др.; Гиппиус В.В. От Пушкина до Блока. М.-Л., 1966. С. 94.

31 Федоров В. О природе поэтической реальности. М., 1984. СС. 125, 129-30.; Слюсарь А.А. Герои и ситуации в "Тарасе Бульбе" Н.В. Гоголя и "Ходжи-Мурате" Л.Н. Толстого / Вопросы литературы народов СССР, Киев-Одесса, 1981. вып. 7. СС. 67-68, 70. Ср. Есаулов И.А. Спектр адекватности в истолковании литературного произведения ("Миргород" Н.В. Гоголя). М., 1997. СС. 49-52; Шульцы С.А. Гоголь. Личность и художественный мир. М., 1994. СС. 58-61.

의 없었을 뿐 아니라, 의미심장하고 중요한 슈제트의 전환 장면을 설정하려는 시도도 역시 거의 없었던 것 같다. 물론 〈타라스 불리바〉에 그러한 장면이 존재하고 있음에도 불구하고 그런 것이다. 그렇다면 이 작품에서 슈제트 구조는 무엇이며, 이 슈제트 구조는 어떤 의미를 전달하는 역할을 하는가라는 질문에 답할 필요가 있는 것이다.

이어서 묘사 주체들의 시스템과 이 묘사 주체들의 관점 시스템에서 역사에 관한 작가의 관점이 어떻게 표현되고 있는가에 관한 질문에 답할 필요가 있다.

고골의 중편 〈타라스 불리바〉에서 묘사의 중요한 주체는 등장인물들과 화자다. 이 두 유형 또는 두 묘사 주체는 매우 상이하다. 말하자면, 등장인물들은 어느 일정한 역사적인 시대에 포함되지만, 화자는 그들, 즉 등장인물들이 살았던 시대와는 전혀 다른 시대에 포함될 정도로 이 두 묘사 주체는 크게 다르다. 따라서 그들에게는 다양한 평가 시스템들이 있을 수 있고, 선과 악에 관한 다양한 관념 등이 있을 수 있다는 사실이 분명하다. 그럼에도 불구하고 고골의 중편 〈타라스 불리바〉에 관한 많은 작품 분석에서 이러한 근본적인 차이가 고려되고 있지 않은 것 같다. 그리고 화자 자신의 견해 표명과 더불어 가끔 보이는 등장인물들의 견해 표명이 작가의 관점을 직접 표현하는 것처럼 간주되기도 한다. 보통 견해 표명의 감상성(патетика)을 작가의 관점에 가까운 유사한 특성으로 간주할 수 있다. 예를 들어, 제2장의 끝부분에서 시에치에 관한 화자의 말이 이에 해당한다.

바로 여기가 그 시에치란 곳이로구나! 여기가 사자처럼 강하고 위풍당당한 그 모든 사람이 튀어나오는 바로 그 보금자리로구나! 바로 여기서 자유와 카자크 정신이 온 우크라이나로 넘쳐흐르고 있구나!

이 말들이 등장인물들이 아닌 화자에게 속하고, 연설문체로 일관하고 있기 때문에 작가적 관점의 직접적인 표현으로 간주된다. 사실 하나의 장의 테두리(즉, 이전 문단의 시작 부분)에서는 바로 이 감상적인 생각의 토로가 자포로지에 사람들과 사자들을 비교하는 다른 감상적인 생각과 토로와 당연히 상호 연관된다.

> 정말 그것은 매우 대담한 광경이었다. 즉, 사자 같은 자포로지에 사람이 거리 위에서 사지를 쭉 편 채 누워 있었던 것이다.

자포로지에 사람들과 사자와의 두 비교 중에서 하나는 실제로 감상적이지만, 다른 하나는 문맥상 오히려 유머러스하고 희극적이다. 이처럼 그들이 상호 연관된 것은 작가의 관점이 다양한 의미를 지니고 있다는 점을 뜻한다. 우리가 잘 알고 있는 또 하나의 다른 예로서 등장인물들이 한 바로 그 감상적인 말을 작가적 관점의 직접적인 표현으로 볼 수 있다. 즉, 동지애에 관한 타라스 불리바의 유명한 연설이 바로 그와 같다고 할 수 있다. 일련의 연구에서 이 연설은 인간관계의 작가적 전형, 즉 작가적 개념의 표현으로서 인용되고 있으며, 이 표현으로 보아 동지애의 연결고리가 친족 관계의 연결고리보다 더 중요한 것으로 간주된다. 이런 경우, 작가적 관점은 다양한 의사 표명을 통해 표현될 뿐 아니라, 슈제트를 통해서도 표현된다는 사실을 고려할 필요가 있다. 여기서 작가 고골은 동지애보다 더 신성한 것은 없다는 타라스 불리바의 생각과 자기의 아들을 구출하기 위해서 위험을 무릅쓰고 적진인 폴란드의 수도 바르샤바로 떠나는 아버지-타라스 불리바의 여행을 긴밀히 연관시키고 있다. 이처럼 타라스 불리바의 동지에 관한 말과 행위들 사이의 연관 관계는 작가적 관점에 해당한다.

우리는 어떤 개별적인 말이라 할지라도 이를 일정한 관점 시스템과 연관해서 고찰할 필요가 있다. 그런데 고골이 폴란드인들과 카자크인들을 어떻게 대조시키는가에 관한 문제도 역시 바로 이 관점 시스템을 고려하지 않은 채 단지 개별적인 장소들만을 인용하거나 주석에 토대를 두어 해결하고 있음을 볼 수 있다. 그리고 폴란드인들에 대한 부정적인 견해들이 (화자나 등장인물들에 의해) 충분히 언급되는 개별적인 장소들도 있다. 우리는 이 견해들을 작가적 관점의 표현으로 간주할 수 있다고 본다. 그러나 고골에게 있어서 오스타프가 사형당할 때, 광장에 모인 수많은 폴란드인 인파는 풍자적으로 묘사되는 데 비해서 두브노 시 요새의 성벽 위의 폴란드 군인들은 이와 전혀 달리 묘사된다. 따라서 우리는 이 두 경우에서 왜 이처럼 동일한 대상에 대해 그처럼 다른 접근 방법을 취하는지에 대해 설명할 필요가 있다.

그리고 이러한 이유로 인해 화자와 등장인물들의 관점 시스템을 연구할 필요가 있고, 다양한 등장인물들과 화자가 여러 가지 사건들과 대상들에 대해 내리는 평가 간의 차이를 고려할 필요가 있다. 예를 들어, 알리트슐레르와 같은 학자들이 고골의 중편 〈타라스 불리바〉에 등장하는 카자크인들은 항상 옳고, 반면에 폴란드인들은 항상 옳지 않다고 주장하는 이유는 바로 이 문제를 간과하기 때문이라고 본다.[32]

이 작품에서 자연의 의미에 관한 문제는 특별한 문제를 제기한다. 왜냐하면, 여기서 자연 묘사는 매우 중요한 위치를 차지하기 때문이다. 어떤 작가라도 이 점을 고려한다는 것은 주지의 사실이다. 고골의 중편 〈타라스 불리바〉가 주인공인 타라스 불리바의 사형으로 끝나는 것이 아니라, 바로 이 자연 묘사로 끝난다는 점에 우리가 주목할 필요가 있다. 이 작품의 자연 묘사에 관해서는 많은 학자들이 대체로 언급했다고 본다. 예를 들어, 마신스키의 책과 다른 연구자들의 책에서 이

---

32 Альтшуллер М. Указ. соч. С. 259.

에 관해 언급하고 있음을 볼 수 있다.[33] 그런데 우리는 지금까지 이 작품을 연구한 학자들이 다음과 같은 점에는 거의 관심을 돌리지 않는 것으로 알고 있다. 즉, 액자가 그림에 테를 두르고 있듯이 고골의 중편 〈타라스 불리바〉에 묘사된 자연 묘사들도 마치 액자와 같은 기능을 하고 있다는 것, 즉 이 작품에서 자연 묘사가 된 부분들이 액자 속의 그림에 해당하는 역사적인 사건들이 묘사된 부분을 마치 액자처럼 테를 두르고 있다는 점에는 연구자들 중 거의 아무도 주의를 기울이지 않는 것 같다. 이 작품 속에서 행해지는 군사적 원정들과 전쟁들도 역시 그와 같다고 볼 수 있다. 역사 소설에서는 대체로 전쟁이 역사적 사건의 기본적인 전형의 역할을 한다. 고골의 중편 〈타라스 불리바〉에서 아버지인 타라스 불리바가 자기의 두 아들인 오스타프와 안드리이와 함께 시에치에 나타나기 이전에 이미 초원에 관한 상세한 묘사가 행해지고 있으며, 이 작품의 끝부분에서 행해지는 자연 묘사는 타라스 불리바의 사형에 관한 묘사가 이루어진 다음에 이어지고 있다. 이러한 사실을 이해하기 위해서, 그리고 이를 고골의 역사관과 연결하기 위해서는 이 작품에서 행해지는 다양한 자연 묘사의 구조를 분석할 필요가 있을 뿐 아니라, 제5장에서 행해진 밤의 묘사도 역시 고려할 필요가 있다고 본다.

이처럼 우리는 예술적 구조로서의 작품을 분석하는 방법을 통한 작가적 관점의 이해를 위해 반드시 해결할 필요가 있는 3가지 문제를 앞에서 간단히 알아보았다. 이 글에서는 슈제트 구조의 분석에 한정해서 고골의 중편 〈타라스 불리바〉에 나타난 작가의 관점이 무엇인지에 관해서 연구하고자 한다.

---

33 См.: Машинский И.С. Указ. соч. СС. 157-158.; Стеоанов Н.Л. Повесть Н.В. Гоголя "Тарас Бульба" Н.В. Гоголь Тарас Бульба. М., 1963, СС. 174-175.

그러면 우리가 이 연구를 시작하기 위해서 기본적인 슈제트의 이야기와 전사(предыстория 前史: 어떤 역사의 원인을 설명하기 위해 쓰는 그 이전의 역사)에 관해서, 즉 이 슈제트가 발생하기 이전에 일어난 이야기와의 연관 관계에 관해서 우선 주목할 필요가 있다. 기본적인 슈제트에 관한 이야기는 이 작품의 주인공–타라스 불리바의 두 아들인 오스타프와 안드리이가 키예프에 있는 신학교를 출발해서 고향의 아버지 집에 막 도착하는 장면에서 시작해 작품의 맨 마지막 장인 제12장에서 타라스 불리바가 사형당하는 장면으로 끝난다. 그리고 재2장에서 화자가 타라스 불리바의 두 아들의 과거에 관해 회상하는 부분이 나오는데, 이 부분이 바로 전사(前史)에 해당하다.

그러면 작가 고골이 어떤 목적을 달성하기 위해서 타라스 불리바의 두 아들과 함께 시에치로 떠나기 전에 이 전사를 소개하는 것일까? 여기에는 2가지 기능이 있다고 분명히 말할 수 있다.

그중 하나는 오스타프와 안드리이를 대조하는 기능이고, 다른 하나는 안드리이의 과거에 관한 이야기(즉, 안드리이가 폴란드 미녀와 만나서 교제하게 된 사실)가 슈제트와 연관된 예고나 전조의 성격을 지닌 기능이다. 우리는 사건들이 진행하는 과정에서 벗어나는 것들이 장래에 등장 인물들의 운명에 관한 전조 기능을 담당한다는 것을 그러한 역사 장르의 성격을 지닌 많은 작품에서 볼 수 있다. 예를 들어, 푸시킨의 장편 〈대위의 딸〉의 제2장에서 주인공 그리뇨프가 눈보라 속에서 길을 잃고 헤맬 때 만난 길 안내자(나중에 푸가초프 농민 반란의 주모자이자 지도자인 푸가초프로 밝혀짐)와 함께 눈보라가 치는 가운데 마차를 타고 가면서 꾸게 되는 꿈은 앞으로 그에게 일어날 사건들을 예고하는 역할을 한다는 것을 기억할 필요가 있다. 고골의 중편 〈타라스 불리바〉에서 우리의 흥미를 불러일으키는 과거의 안드리이에 관한 에피소드는 이와 유사한 기능을 수행한다. 이 에피소드는 주인공 안드리이가 나중에 자기의 조국을 배신하고 폴란드 진영으로 넘어가게 된다는 사실을 독자에게 미리 준비하도록 하는 역할을 한다. 과거에 안드리이가 키예프(키이우)에서 신학교를 다닐 때에도 다른 신학생들과 떨어져 살았었고, 폴란드 귀족들이 거주하고 있던 키예프의 어느 지역에 나타났던 것처럼 나중에도 역시 그는 카자크 진영을 버리고 적진의 도시에 있는 성벽 쪽에 나타나게 된다. 이처럼 오스타프와 이처럼 오스타프와 안드리이의 대조는 앞으로 그들 앞에 다른 운명이 나타나게 될 것이라는 점을 독자에게 미리 알려 주는 역할을 하고 있다. 앞에서 살펴본 바처럼 전사의 도입은 하나의 통일체로서의 슈제트를 독자가 수용하도록 고안한 이 작품의 창조자─작가인 고골의 장치다.

그러면 앞으로 〈타라스 불리바〉의 슈제트는 어떻게 구성될 것인지 살펴보자. 즉, 그 속에 들어있는 사건들이 어떻게 상호 연관 관계를 맺게 되는지 살펴보도록 하자. 우선 두 원정 사이에 놓인 수평적 대조를 살펴볼 필요가 있다. 어떤 사건들이 그들에게 원인이나 동기로 작용할까? 그리고 두 경우의 상황과 등장인물들의 주도권이 어떻게 상호 연관돼 있는지 알아보자.

처음에는 첫 번째 원정이 타라스 불리바의 책략에 의해 행해지며, 그 결과 '카세보이'('кошевой' : 자보로지에 카자크군의 단장)가 교체된다. 그러나 나중에는 타라스 불리바가 장악한 주도권이 객관적인 상황들과 완전히 부합하는 상태가 된다. 즉, 나룻배를 타고 도착한 카자크인들에 의해 보고된 정보들은 모든 카자크 군인들이 시에치 전체를 위한 원정이 그 자신들에게 꼭 필요하다는 사실을 인식하게 해서 이 원정을 수용하도록 만든다. 바로 여기서 사적인 관심과 공적인 관심이 우연히 동시에 일치하게 된다.

두 번째 경우에서도, 즉 제2차 원정의 경우에서도 이와 유사한 일치가 맨 처음부터 다음과 같이 일어난다.

타라스(타라스 불리바-역자 주)의 흔적이 발견되었다. 카자크 군인 12만 명이 우크라이나 국경선에 나타난 것이다. 이것은 어떤 작은 부대도 아니었고, 전리품을 획득하려 하거나 타타르 인들을 추격하려고 파견된 부대도 아니었다. 그것이 아니라 민족 전체가 일어난 것이다. 왜냐하면, 민중이 더 이상 참지 못했기 때문이다…

그러나 결과적으로 볼 때, 타라스 불리바의 의견이 전체 카자크인들의 의견과 일치하지 않고, 서로 엇갈리는 것으로 나타나 있다.

단지 한 대장만이 그와 같은 강화에 동의하지 않았다.

바로 여기서 카자크 군대의 분열 사건이 묘사되고 있다.

타라스 불리바는 깨끗한 검, 즉 값비싼 터키(튀르키예) 제 검을 뽑아 들고는 마치 갈대를 꺾듯 그것을 둘로 꺾어서 양 끝을 멀리 던져버렸다…

이미 언급한 바와 같이 이 사건은 두브노 시의 성벽 부근에서 발생한 카자크 군대의 분열 모습을 독자에게 선명히 상기시켜 주고 있다. 우리는 여기서 당시 카자크 군대의 분열(즉, 남아 있는 자들과 타타르 인들을 추격하러 떠난 자들로 분열)이 완전히 동일한 목적을 추구한 사실이라는 것을 알 수 있다.

그러나 〈타라스 불리바〉의 제12장에서 행해진 묘사는 이와 다르다는 점을 알 수 있다. 즉, 한쪽의 목적은 평화를 얻으려는 것이었다. 그리고 이 목적은 역사의 궁극적인 목적들과 분명히 일치하고 있다.(왜냐하면, 역사적 전망(историческая перспектива)은 바로 이와 같은 안정과 생존에서 결정되기 때문이다.) 이에 비해 다른 쪽의 목적은 이와는 정반대로 적에게 복수하고, 전쟁하는 것이다. 우리는 이 작품의 주인공 타라스 불리바의 주장에 동의하고 싶다. 왜냐하면, 그는 현재 확보된 평화가 완전하지도 못할 뿐 아니라, 상대편의 평화가 파괴되듯이 우리 편의 평화도 그처럼 똑같이 파괴될 수 있다는 관점을 가지고 있기 때문이다. 그러나 문제는 카자크인들이 정상적인 상황을 확보하기 위해서 그렇게 하는 것이지, 영원한 전쟁을 하고 싶지 않는다는 데 있다. 타라스 불리바가 아무런 일도 일어나지 않기를 바라는 생각을 하면서, 전쟁 반대 원칙을 고수하고 있음에도 불구하고, 대부분의 카자크인은 이와 다른 목적을 추구하고 있다.

이처럼 군대의 분열이라는 두 상황의 대립은 타라스 불리바의 운명에서 나타나는 어떤 합법칙성(закономерность)을 말하고 있다.

이 합법칙성이 〈타라스 불리바〉의 제5장 처음 부분에서 묘사되는 원정과 제12장 처음 부분에서 묘사되는 원정을 통해서 제시되고 있다. 제1차 원정의 묘사에서 우리는 다음과 같은 모티프들을 보게 된다. 첫 번째 모티프는 카자그인들 앞에서 느껴지는 공포 모티프와 저항을 시도조차 할 수 없는 절망 모티프다. 두 번째 모티프는 카자크 군대의 이동 장면 모티프다. 세 번째 모티프는 잔인성 모티프(즉, 살인과 사형 모티프)다. 제2차 원정의 묘사의 처음 부분에는 이 원정이 마치 역사적인 전쟁을 그린 그림(историческая батальная живопись)처럼 생생히 묘사되고 있다. 여기서 이 그림을 보는 관찰자는 카자크 군대의 대장들의 이름을 거명하기도 하고, 저명인사들을 소개하면서 슬로건 등에 관해 말하고 있다. 그리고 이 작품의 제5장에서 묘사되는 "카자크 군대의 잔인성"이 모든 카자크인들과 연관돼 있음에도 불구하고, 제12장에서 묘사되는 타라스 불리바가 보이는 대단히 엄청난 잔인성은 다른 모든 카자크인들이 보이는 잔인성에 비해 대조적으로 특별히 그를 뚜렷이 구분하는 기능을 하고 있다. 그에 비해서 이 제2차 원정의 묘사에는 평화 모티프가 없다(이를 제5장과 비교해 보자. "그들은 원정하는 것보다 더 많이 연회를 열었던 것 같다.") 이처럼 제5장에서 묘사되는 카자크인들은 파괴적이고 적극적인 세력으로 보인다. 반면에 제12장에서는 그들이 정교 신앙의 수호자로서 절벽과 비교되고 있으며, 적의 배는 파도에 의해 바로 이 절벽에 부딪혀서 부서지는 것으로 묘사되고 있다.

이 작품의 슈제트 구조에서 가장 중요한 대조는 안드리이의 폴란드 진영으로의 이동과 타라스 불리바의 바르샤바 여행이다. 이 두 가지의 유사점은 두 민족(카자크 민족과 폴란드 민족)의 세계를 구분하는 두 경계 쪽에 두 등장인물(아들인 안드리이와 그의 아버지인 타라스 불리바)이 서 있다는 것을 알게 된다는 데 있다. 이 두 경계에 있어서 이 경계는 동화에서 두 세계를 구분하는 역할을 하는 경계와 비슷하다. 안드리이가 지하 통로를 따라 여행하는 것은 마치 죽음을 향해 나 있는 길을 통과하는 것과 동일하다. 지하 동굴에서 안드리이가 관들과 뼈들을 보게 되는 장면을 기억해 보자. 그런데 타라스 불리바는 폴란드의 바르샤바로 출발할 때부터 거의 관 속에 들어있는 것 같은 상황에 처하게 된다. 왜냐하면, 약삭빠른 유대인 상인인 얀켈이 그를 짐 마차에 태울 때, 폴란드 국경에서 검문 시 타라스 불리바가 발각되지 않도록 하려고 벽돌로 그의 몸을 덮어서 위장한 채 떠났기 때문이다. 폴란드인들의 세계는 안드리이와 타라스 불리바에게는 다른 세계다. 여기서 두 여행 간의 대조는 안드리이도 타라스 불리바도 모두 폴란드인들과 카자크인들의 대립을 "이곳으로부터" 보아야 할 뿐 아니라, "저곳으로부터" 보아야만 한다는 것, 즉 양방향에서 보아야만 된다는 것을 말해줌과 동시에 다른 세계에 대한 관점과 대립에 대한 다른 관점을 수용해야만 한다는 것에 대해서도 말하고 있다. 물론 안드리이가 이 일을 상당히 잘하고 있다. 그러나 타라스 불리바도 최소한 그와 유사한 상황에 처해 있다는 점이 매우 중요하다고 본다.

이처럼 우리는 두 원정의 대조, 이 작품의 끝부분에서 카자크인들이 분열하는 사건들, 제8장에서 카자크 군대의 분열, 그리고 안드리이와 타라스 불리바의 "다른 세계"로의 여행의 대조에 관해서 알아보았다. 이 대조들의 존재 그 자체는 유사한 사건들이 포함되는 2개의 주요한 단계로 구분된다고 말할 수 있을까? 그리고 그들의 경계 역할을 하는 슈제트의 전환점이 어떤 것인지에 관해서 알아보자.

이와 연관해서 우리는 〈타라스 불리바〉의 제9장 맨 마지막 부분과 제10장 맨 첫 부분에 주목할 필요가 있다. 여기서 문제는 이 제9장의 맨 처음 부분에서 "내가 너무 오래 잤구나!"라고 말하면서, 타라스 불리바가 정신을 차렸을 때, 그 자신이 한 말들과 치명적인 부상에 관한 언급이다. 우리는 죽음의 꿈에서 깨어난다는 민속 모티프를 잘 알고 있다. 이런 경우, 문제는 꿈과 죽음의 유사성에 관한 것이다. 따라서 슈제트 발전의 첫 단계가 그의 실제적인 죽음으로 끝나게 된다는 점이 이제 분명해졌음을 알 수 있다. 만약 무엇 때문에 그러한 슈제트 구조(사건들의 전체 사슬이나 연결고리들을 두 부분으로 구분하는 짓)가 필요한가?라는 질문을 제기한다면, 타라스 불리바에게서 발생하는 변화를 보여주기 위해서 바로 그러한 슈제트 구조가 필요하다고 말할 수 있다.

타라스 불리바는 치명상을 당한 후 시에치에서의 삶을 그 이전에 이해했던 것과 완전히 달리 이해하게 된다. 그런데 여기서 문제는 시에치 자체가 바뀐 것이 아니라는 점이다. 이 작품의 제10장에서 마음이 침울해진 타라스 불리바가 자기의 주위를 둘러보고 난 후 다음과 같이 생각하고 있다.

'시에치의 모든 게 새롭군. 옛 동지들은 다 세상을 떠났어. 정의로운 일을 위해', 그리고 신앙과 '브라트스트보'(Братство : 15~17세기에 우크라이나와 벨라루스에서 폴란드의 가톨릭교회에 대항해서 일어난 정교도 단체−역자 주)를 위해서 일어났던 사람들 중 한 사람도 없어. 그리고 타타르 인들을 추격하러 카세보이와 함께 떠난 사람들도 벌써 오래전에 없어졌어. (중략)

그리고 최고참인 카세보이도 벌써 오래전에 이 세상에 없군, (중략) 언젠가 피가 펄펄 끓었던 카자크 세력도 이미 오래전에 잡초로 자라났어.'

이처럼 언급된 사건들이 그 시대로부터 여러 해가 경과했다고 볼 수 있다. 카자크 군대가 분열한 그 이튿날 아마 타라스 불리바가 부상당했고, 그 후 2주일이나 3주일 걸려서 토프카치가 그를 시에치로 신속히 이송했다. 그리고 거기서 타라스 불리바는 한 달 반이 지나서 일어났다. 달리 말해서 약 두 달 반이 지난 것이다. 이처럼 문제는 시에치에서가 아니라, 바로 타라스 불리바 자신이 변했다는 점이다. 여기서 그의 삶으로의 귀환은 마치 새로운 재탄생과 같다고 볼 수 있다.

바로 여기서 새롭게 변한 타라스 불리바는 옛날과 동일하지 않다는 사실이 나타나 있다. 물론 그 자기의 내부에는 무엇인가가 변치 않은 채 남아 있는 것이 있다. 예를 들어, 타라스 불리바가 감방에 있었을 때, 그는 자기의 정체를 드러냄으로써 자기의 변함없는 모습을 보여준다. 그리고 그는 자신이 떨어뜨린 담배 파이프를 폴란드인들의 손에 넘어가지 않도록 하려고 남겨두려 하지 않았는데, 이 점도 역시 예전의 타라스 불리바의 특징이다. 그리고 귀환 이후 그가 카자크인들의 통상적인 원정에 참여하지 않으려 한다는 점 등에서 그의 변화들이 즉시 눈에 띈다.

타라스 불리바의 삶에서 마지막 원정의 목적은 이전의 것들에 비해 완전히 다르다. 이러한 목적은 생명의 위험을 무릅쓴 채 한 번만이라도 자기 아들인 오스타프를 보려는 "새로운 타라스 불리바"에게 있어서 특징적이다.

이처럼 이 작품의 슈제트는 타라스 불리바에게 있어서 내적 변화를 보여주기 위해 두 부분으로 나뉜다. 이때 이 두 부분은 유사한 사건들에 의해서 끝나게 된다. 첫 부분은 안드리이가 살해되고, 오스타프가 체포되며, 그리고 타라스 불리바가 치명상을 입는 것으로 끝난다. 그리고 두 번째 부분은 오스타프가 사형당하고, 타라스 불리바도 사형당하는 것으로 끝난다. 즉, 두 등장인물의 파멸은 안드리이의 죽음과 대조를 이루는 동시에 그것과 가까워지게 된다.

이러한 슈제트 구조는 일정한 역사적 상황의 의미를 밝혀주며, 또한, 이 상황이 동일한 의미로 해석될 수 없다는 점을 보여준다. 민족과 민족성의 근원적인 통합이 무너지고, 세계관과 운명의 차이가 발생하게 된다. 그리고 "이제 벌써 먼 민족들과 가까운 민족들이 느끼고 있어. 즉, 러시아 출신 황제의 권위가 점점 높아지고 있다는 것과 그분에게 복종하지 않을 세력이 이 세상에서 사라지게 될 거라고 말이야! … "라고 타라스 불리바가 죽기 직전에 한 이 말은 예언적 특징을 지니고 있을 뿐 아니라, 고골의 역사관을 바르게 이해하는 데 매우 중요한 말이라고 생각할 수 있다. 또한, 이 말은 장차 민족의 이해관계를 확보하고 신앙을 수호할 세력이 카자크 집단이 아니라, 중앙집권화가 된 국가인 러시아가 그처럼 중대한 역할을 할 세력으로 등장할 것임을 뜻한다고 볼 수 있다. 그리고 주인공 타라스 불리바의 파멸은 카자크 도적단 시대의 종말을 의미한다고 볼 수 있다.

제3장
도스토옙스키의 작품 세계와 사상

1. 도스토옙스키의 생애와 작품 세계

도스토옙스키(1821~1881)는 '19세기 러시아 문학의 거장'으로 톨스토이와 함께 세계문학 사상 최고의 작가, 철학자, 심리학자 중 한 사람으로 평가를 받고 있다.

그는 모스크바의 마린스키 빈민 병원에서 출생했다. 그의 아버지는 이 병원의 의사였는데, 그리 넉넉한 생활을 하지 못했다. 그의 어머니는 상냥하고, 교양과 품위가 있으며, 러시아 정교 신도로서 신앙심이 두터웠고, 시와 소설을 즐겨 읽었다. 그녀는 도스토옙스키가 16살 때 사망했다. 그러자 그의 아버지는 아내가 죽은 지 약 2년 뒤에 은퇴한 후 툴라현에 내려가 영지를 경영하던 중 비명횡사를 당했다. 일설에 의하면, 농노들에게 원한을 사서 참살을 당했다고 한다. 이 비극적 사건은 그에게 강한 충격을 주어 평생 그의 뇌리에 남아 그의 마지막 장편 〈카라마조프 집안의 형제들〉을 집필하게 된 직접적인 동기가 되었다.

그는 공병학교를 졸업한 후 장교로 임관되었지만, 곧 퇴직하고, 창작에 열중하게 된다. 그 이듬해 그는 처녀작 〈가난한 사람들〉을 완성하여 문단에 화려하게 등단을 한다.

하지만, 그는 도박 빚 등으로 인한 가난한 삶과 간질과 신경증으로 인해 고통을 겪는다. 또한, 그는 공상적 사회주의 사상에 심취해 페트라솁스키 서클에 가입해서 활동하다 체포돼, 사형 집행 직전 알렉산드르 2세의 특사로 집행이 정지되어 시베리아 옴스크 감옥에서 4년간 유형 생활을 하게 된다. 이처럼 독특하고 비극적인 삶의 체험이 도스토옙스키의 작품 속에 많이 반영되어 있다.

시대에 따라 도스토옙스키에 대한 평가는 다음과 같이 다양하다. "휴머니즘의 설교자", "가난한 사람들과 학대받고 모욕당하는 사람을 노래하는 시인", "병적이고 잔인한 재능의 소유자", "비극 소설의 창조자", "영혼의 심연을 파헤친 잔인한 천재", "탁월한 정신병리학자", "위대한 종교 사상가" 등.

그는 1880년 마지막 장편 〈카라마조프 집안의 형제들〉을 완성한 후 그 이듬해에 60세의 일기로 세상을 떠났다.

도스토옙스키의 소설은 등장인물들의 다양한 운명을 통해 하나님과 인간의 문제, 종교, 자유, 사회, 민족 문제 등과 연관된 사상을 표현한 '사상소설'로 불리기도 한다. 또한, 인도주의적 성격, 극단적 성격, 비극적 대립, 죄의 문제, 궁극적 죄로서의 무신론 문제를 다룬 '비극 소설'로도 불리며, '형이상학 소설'로도 불린다.

도스토옙스키 작품의 미학적 특징은 작가 자신의 다양한 체험으로 인한 매우 복잡하고도 상징적인 철학 체계로 구축돼 있고, 각 등장인물의 사상이 '다성적(多聲的)' 체계로 구성돼 있다.

대표 작품은 〈가난한 사람들〉, 〈분신〉, 〈백야〉, 〈죽음의 집의 기록〉, 〈지하실의 수기〉, 〈도박〉, 〈죄와 벌〉, 〈백치〉, 〈악령들〉, 〈미성년〉, 〈카라마조프 집안의 형제들〉 등이다.

2. '폴리포니아'의 개념과 도스토옙스키의 장편 〈죄와 벌〉의 대화 구조

우리는 이 글에서 도스토옙스키의 장편 〈죄와 벌〉의 다성악적 서사 구조 특히 대화 부분을 실증적으로 검토함과 동시에 바흐친(М.М. Бахти н)의 이론적 분석의 타당성과 그에 관한 명확한 구분과 이해를 도모하는 데 중점을 두고자 한다.

바흐친에 의해 창조된 '폴리포니아'(полифония)란 개념의 특성 중 하나는 등장인물들 사이에 이루어지는 대화의 '미완성'과 슈제트적 완성 (즉, 일련의 외적 사건의 완성, 주인공의 외적 운명에 관한 의미의 해결)의 가능성을 선명히 대비하는 데 있다. 여기서 등장인물들 사이에 이루어지는 대화의 '미완성'이란 그들이 참여하는 대화 속에 포함된 문제들(즉, 그들이 고찰하는 문제들)은 의미를 지니고 있는데, (그들이 고찰한 결과) 이 문제들에 관한 그들의 입장이나 관점의 의미가 완전히 해명되거나 해결되지 못한 채 남아 있는 것을 말한다.

바흐친은 사회-심리 소설, 세태 소설, 사회 소설, 그리고 자전 소설에 관해 다음과 같이 말한다. "슈제트는 여기서 슈제트 외적인 의사소통의 단순한 재료가 절대로 될 수 없다. 왜냐하면, 주인공과 슈제트는 하나의 조각에서 만들어지기 때문이다."[1] 부정적인 비교 원칙에 따르면, 도스토옙스키의 폴리포니아적인 장편소설에서 슈제트는 그러한 의사소통의 '단순한 재료'가 될 수가 있는 셈이다.

이처럼 바흐친의 도스토옙스키에 관한 작품 속에는 '큰 대화'의 슈제트 외적 특성에 관한 생각이 언급되어 있다. 이 글의 목표는 '폴리포니아' 개념과 도스토옙스키의 장편 〈죄와 벌〉에 나타난 대화 구조를

---

1   М.М. Бахтин, *Собр. соч. в 7 тт.* М., 2002, т. 6, С. 118.

구체적인 작품 분석을 통해 고찰하는 데 있다.

먼저 이 글의 이해를 돕기 위해 바흐친의 '도스토옙스키의 〈죄와 벌〉의 대화 구조'의 분석과 연관된 '폴리포니아'[2]란 개념에 관해 잠시 살펴보기로 하자. 바흐친은 다양한 등장인물들의 목소리를 조화롭게 반영하고 그들과 소통하는 작가의 의지를 표현하기 위해, 즉 작가의 목소리뿐만 아니라 다른 등장인물들의 목소리가 다성악적으로 결합되어 있음을 표현하기 위해 '폴리포니아'란 개념을 도입하고 있다.

조준래에 의하면, 폴리포니아란 "다수의 주인공–인간들의 의지를 조합하려는 저자의 의지, 그들과 소통을 벌이려는 저자의 의지"[3]다. 이와 연관된 "대화의 세계는 '각기 완전한 가치를 띤', 그리고 '동등한 권리와 각자 자기의 세계를 가진' '다수의 목소리와 의식들'의 세계이다. 이 세계에는 하나의 목소리로 서로 다른 목소리가 지배되거나 배제되지 않는다. 다수의 목소리는 결코 하나의 목소리로 융합되지 않는다. 그렇다고 해서 그 목소리들은 서로 별개로 서로 아무런 관계없이 존재하는 것은 아니다. (중략) 바흐친은 하나의 문학작품에 작가의 목소리뿐만 아니라 다른 주인공들의 목소리가 다성적으로 결합되어 있다는 점을 말하기 위해 폴리포니아 개념을 도입하고 있다."[4]

바흐친은 이 폴리포니아의 개념과 연관된 대화를 크게 '큰 대화'(бол

2　'폴리포니'(polyphony)라고도 함. "다성부(多聲部) 음악. 두 개 이상의 독립한 성부(聲部)의 조합에 의하여 대위법(對位法)을 기초로 함. 10세기경에 시작, 15~17세기에 완성되었음." 신기철·신용철 편저, 『새 우리말 큰사전』, 삼성출판사, 1986, p.3560.

3　조준래, 「M.M. 바흐찐 시학의 통일성 연구 –텍스트 고찰을 중심으로–」, 한국외국어대학교 박사학위논문, 2001, p.225.

4　이강은, 『미하일 바흐친과 폴리포니아』, 도서출판 역락, 2011, p.46. "바흐친의 폴리포니아의 개념은 대화성, 상대성, 동시대성, 주체의 타자성, 타자의 주체성, 타자와 주체의 소통성 등과 같은 핵심어들을 포괄하면서 현대 철학과 현대 문화론의 깊숙한 문제의식을 선취하고 있다." 같은 책, p.49.

ьшой диалог)와 '극소 대화'(микродиалог)로 나누어 비교하고 있다. 즉, 그는 '큰 대화'를 '극소 대화'와 대조하여 비교하고 있다.[5] 이와 연관된 주장을 간단히 살펴보도록 하자.

게리 솔 모슨과 캐럴 에머슨에 따르면, "이미 말해진 것이라는 말의 자질에 의해, 그리고 청자의 능동적 이해에 의해 창조된 복잡성은 말의 **내적 대화주의**(internal dialogism)를 창조해낸다. 모든 언표는 이러한 (몇몇 타자적) 요인들에 의해 **내부에서부터** 대화성을 띠고 있다. 사실상 특정한 말조차도 그것이 속한 언표의 나머지 부분과 대화하는 방식과는 다른 방식으로 대화성을 띨 수 있다. 그런 경우, 우리는 그 말에서 느껴지는 어조에 따라 그 말이 또 다른 화자에게서 인용한 듯함을 감지하게 된다. 이 경우에 그 말 속에는 전체 언표의 내적 대화주의만 있는 것이 아니라 '**미세한 대화**(microdialogue)'도 있다."[6]

또한, 조준래에 의하면, "어떤 의미에서 모든 발화는 인용된 발화"다. "어떤 발화든지, 사회적 문맥 속에서 깊이 있게 분석될 때", "반쯤 은폐되거나 완전히 은폐된 타자의 말들(여러 깊이의 이질성을 갖춘)을 드러"낸다. "이미 발설되어진 말의 질감, 그리고 청자의 능동적 이해에 의해 창조된 복잡성은 말의 내부적 대화주의를 창조한다. 모든 발화는 이런저런 요인들에 의해서 그 내부로부터 대화화되어 있다. 우리는 말이, 그 내부로부터 느껴지는 톤의 소유자인 타 화자로부터 여차여차한 방식으로 인용되어져 왔다는 걸 감각한다. 즉 하나의 낱말에서조차 '소 대화(микродиалог)'가 존재한다."[7]

앞에서 언급한 바와 같이 바흐친은 '도스토옙스키의 〈죄와 벌〉의

---

5 См.: М.М. Бахтин, Указ. соч. С. 51.

6 게리 솔 모슨·캐럴 에머슨, 오문석·차승기·이진형 옮김, 『바흐친의 산문학』, 책세상, 2006, p.256.

7 조준래, 같은 논문, p.294.

대화 구조'의 분석에서 다양한 등장인물들의 목소리를 조화롭게 반영하고 그들과 소통하는 작가의 의지를 표현하기 위해, 즉 작가의 목소리뿐만 아니라 다른 등장인물들의 목소리가 다성악적으로 결합해 있음을 표현하기 위해 '폴리포니아'란 개념을 사용하고 있다. 또한, 그는 이 '폴리포니아' 개념과 연관된 대화를 크게 '큰 대화'와 '극소 대화'[8]로 나누어 비교하고 있다.

앞에서 살펴본 바흐친의 대화 개념을 토대로 도스토옙스키의 장편소설 〈죄와 벌〉의 대화-극소 대화와 큰 대화- 구조를 구체적으로 분석해보자. 바흐친은 '극소 대화'의 예, 즉 작품의 주인공 라스콜리니코프(Раскольников)가 어머니로부터 편지를 받은 후 다른 등장인물들과 가슴으로 나눈 심중 대화 형태인 내적 독백을 독특하게 분석하고 있다.[9] 이 분석에서 우리는 '극소 대화'란 한 등장인물의 의식이 지닌 내부의 다양한 '목소리'의 만남임을 알 수 있다. 이와 마찬가지로 '큰 대화' 역시 〈죄와 벌〉 전체의 주요한 등장인물들이 지닌 의식 간에 발생하는 다양한 '목소리'의 만남이나 교류다. 이는 '큰 대화'가 외적 교류의 토대 위에서 형성되며, 바흐친이 말하는 것처럼, 구조적으로 즉 교제에 참여하는 자들이 레플리카(реплика)[10]를 교환하는 형태로 표현된 대화 과정과 슈제트의 의미를 지닌 대화 과정에서 발생하는 것을 의미한다.

슈제트 의미를 지닌 대화란 행위를 앞으로 진행하는 대화인데, 이 대화를 형성하는 각각의 레플리카는 슈제트 기능을 지니고 있다.

---

8 이 글의 인용문에서 오문석 등은 'микродиалог'(극소 대화)를 '미세한 대화'로, 조준래는 '소대화'로 번역하고 있다.

9 М.М. Бахтин. Указ. соч. СС. 265-266.

10 러시아어 용어 'реплика'는 '반박', '말대꾸', '답변', '이의 제기', '항변' 등의 뜻이 있는데, '레플리카'란 말이 이러한 뜻을 표현하기에 더 적합하다고 판단하여 이를 사용하기로 한다. 참고로, '레플리카(replica)'란 복제, 복제품, 복사, 보급형 제품 등 다양하게 쓰인다.

고전주의 드라마에서 모든 대화는 슈제트적 특성을 지니고 있다. 즉, 등장인물의 말(독백, 레플리카)은 행위와 동등하다. 예를 들어, 오스트롭스키의 희곡 〈뇌우〉(Гроза)의 제2막 제4장에서 카바노프(Кабанов)는 자기 아내인 카테리나(Катерина)를 동반하지 않은 채 홀로 모스크바로 떠나면서, 그녀에게 다음과 같이 말한다. "뇌우가 나에게 2주일 정도 전혀 없을 것이고, 두 발에 이 족쇄가 채워지지 않을 거라는 걸 지금 내가 어떻게 알겠소. 그러니 내가 당신을 데려갈 수 있겠소?(Да как знаю я теперича, что недели две никакой грозы надо мной не будет, кандалов этих на ногах нет, так до жены ли мне?)"[11] 이 레플리카는 행위적 요소이자, 슈제트적 요소다. 왜냐하면, 이 대화를 나눈 결과 카바노프의 아내인 카테리나가 이 단서를 이용하겠다고 결심하게 되고, 보리스(Борис)와 만나겠다고 결심하기 때문이다. 즉, 대화가 행위를 진전시키는 셈이다. 그런데 바흐친에 따르면, 우리가 도스토옙스키의 장편소설들에서 만나는 대화, 즉 그의 주요한 등장인물들이 나누는 대화는 이와 다른 기능을 한다.

그런데 구조적으로 표현되는 평범한 형태의 대화를 의미상 슈제트 외적인 대화로 이해해야만 할까? 아니면 한 작품의 대화 중 일부만 그러한 것으로 간주해야만 할까? 두 가지 다 아니다. 우리는 동일한 대화에서 두 대립적 기능을 밝힐 수 있기 때문이다. 이러한 입장과 관점을 가지고 〈죄와 벌〉을 직접 분석하여 구체적인 예들을 밝혀 보도록 하자. 그런데 작품 분석에 들어가기 전에 바로 이 작품이 매우 훌륭한 분석 자료라는 것을 강조할 필요가 있다. 가장 중요한 점은 이 작품 속에 슈제트와 큰 대화 간에 **상호 연관된 관계**가 매우 선명히 표현되어 있을 뿐만 아니라, 슈제트와 큰 대화 간의 **차이가** 아주 명확히 표현되

---

11 А.Н. Островский, Гроза, М. : Дет. лит. 1974, С. 46.

어 있다는 것이다.

따라서 죄와 벌의 문제를 이 두 입장에서 동시에 해결할 수 있을 것이다. '새로운 말 новое слово'이란 용어를 사용해 이 두 입장을 구분하여 아주 쉽게 상호 연관시킬 수 있다. 첫째, 라스콜리니코프는 두 형태의 인간 카테고리를 대조할 때, 이 '새로운 말'에 관해서 말한다. 즉 '평범한 부류의 인간'과 '비범한 부류의 인간'으로 구분하는 카테고리다.[12] 전자, 즉 '평범한 부류의 인간'이란 그의 전문 용어로서 마치 '재료'와 같다. 이에 비해 '새로운 말'을 할 수 있는 능력을 지닌 자는 다음과 같이 후자에 해당한다.

> 저는 오직 저의 근본적인 사상만 믿습니다. 그건 바로 인류가 자연의 법칙에 따라 **대체로** 두 부류로 나뉜다는 겁니다. 말하자면, 낮은 부류(평범한 사람들), 즉 오직 자신과 유사한 부류를 번식시키는 데 필요한 재료와 같은 사람들과 본래 자기의 사회계층에서 **새로운 말**을 하는 능력이나 재능을 가진 사람들로 구분되는 겁니다.

---

12 이와 연관하여 홍대화는 '인간 본성의 이중성과 도덕적 니힐리즘'이란 주제의 역자 해설에서 다음과 같이 말하고 있다. "라스꼴리니꼬프는 사회 속에 내재하는 불의를 보고, 그 원인을 이해하고 분석하는 과정에서 세상 사람들을 두 부류로 나누는 독특한 이론을 만들어 낸다. 그 이론이란 세상 사람들을 두 부류, 즉 〈범인(凡人)과 비범인(非凡人)〉으로 분류할 수 있다는 것이다. 〈비범인〉은 역사상 위대한 공적을 이룰 수 있는 사람으로서 세계사적인 역할을 담당하기 위하여 무수한 인명을 살상해도 되는 특권을 지닌 자들이다. 라스꼴리니꼬프는 이러한 사람들의 대표적인 예로서 나폴레옹과 마호메트, 리쿠르고스를 들고 있다. 라스꼴리니꼬프는 이들이 인류의 진보를 위해 필요하다면 사회에서 인정되고 있는 도덕 기준을 과감하게 파괴하고, 폭력과 살인도 저지를 수 있는 권리와 더 나아가서는 의무를 지니고 있다고 생각한다. 반면 〈범인〉은 현존하는 질서에 복종하는 보수적인 사람들로서 이들에게는 어떠한 경우에도 도덕률을 초월할 능력이 없고, 이들이 하는 일은 세계를 보존하고 종족을 보존시키는 일뿐이다. 세계는 이렇게 두 부류의 인종으로 분류되고, 〈비범인〉들은 세계를 어떤 목적을 향해 이끌어 가기 위해서 어떠한 일이든 감행할 수 있고, 또 반드시 그래야만 한다고 라스꼴리니꼬프는 믿는다. 즉 이들에게는 〈모든 것이 허용되어 있는 것이다〉. 도스토예프스키, 홍대화 옮김, 『죄와 벌』(하), 열린책들, 2002, pp.814-815.

168

Я в главную мысль мою верю. Она именно состоит в том, что люди, по закону природы, разделяются *вообще* на два раздела: на низший (обыкновенны х), то есть, так сказать, на материал, служащий единственно для зарождения себе подобных, и собственно на людей, то есть имеющих дар или талант сказат ь в среде своей *новое слово*.[13]

이 인용문에는 창조 능력이 언급되어 있다. 그런데 라스콜리니코프는 왜 자기의 범죄 사상 속에서 바로 이 창조적인 것을 찾고 있는 것일까? 사실 이 사상 자체는 전혀 새롭지 않으며, 명확한 설명이 필요하다. 인류를 두 부류로 구분하는 것에서 우리는 어떠한 새로운 것도 찾을 수 없다. 그리고 〈죄와 벌〉의 다른 등장인물들도 자신을 나폴레옹과 비교하면서 여기에 아무런 창조적인 것이 없음을 느낀다. "자, 이젠 그만하게. 대체 누가 지금 우리 러시아에서 자기를 나폴레옹이라고 생각하지 않겠나?"라고 포르피리(Порфирий)가 갑자기 대단히 친밀한 목소리로 말했다."(276) 그런데 라주미힌(Разумихин)은 라스콜리니코프가 「범죄에 관하여」라는 논문에서 쓴 모든 것 속에 유일한 것이 있는데, 바로 이것이 "창조적인 것"이며, "양심에 관한 피"의 허용에 관한 생각이라고 말한다. "(전략) 하지만 이 모든 것 속에는 정말 **창조적인 것이 있어.** 그런데 그게 유감스럽게도 실제론 자네 한 사람에게만 속해 있다는 거야. 이건 어쨌든 자네가 **양심에 관한** 피를 허용한다는 거지. 그것도, 실례지만, 아주 광신적으로 말일세…"(273)

이처럼 라스콜리니코프의 사상은 서로 다른 측면들을 지니고 있다. 라주미힌의 견해에 따르면, 이 "양심에 관한 피"를 허용한다는 점이

---

13 Ф.М. Достоевский, *Собр. соч. в 10 тт.* М. : Гос. изд. худ. лит. 1957, т. 5, С. 270. 앞으로 이 판본의 쪽수들은 러시아어 인용문 다음과 본문의 한글 번역 인용문 다음의 괄호 속에 아라비아 숫자로만 표시될 것이다. 인용문 속의 이탤릭체는 모두 도스토옙스키의 것이다.

가장 중요한 논점이다. 라스콜리니코프의 이 이상한 표현에는 피를 흘리게 하는 인간의 능력에 관한 이야기가 진행되고 있다. 아마 이 행위를 윤리적 카테고리 너머로 끌어내기 때문에 "양심에 관한 피"를 허용하는 것을 범죄로 여기지 않는 것 같다. 따라서 '이 행위는 어떤 윤리적 의미도 갖지 않을 것'이라고 결론지을 수 있다. 라스콜리니코프의 생각에 따르면, 인간에게 예로부터 계승되어 온 보편적 규범인 선악을 거부할 수 있다면, 그다음에는 이 "양심에 관한 피"를 흘리게 하는 행위를 할 수 있는 것이다. 라스콜리니코프는 일정한 관념 시스템인 그리스도교 윤리가 선을 지니고 있음과 동시에 악도 지니고 있다고 말한다. 따라서 그의 사상은 명백히 적그리스도의 성격을 지닌 셈이다.

라스콜리니코프의 사상은, 더 분명히 말해서 그의 핵심적 사상은 개인이 자기의 규범을 가질 수 있다는 것이다. '새로운 말'을 한다는 것은 모든 사람에게 다음과 같은 사실을 설명할 수 있음을 의미한다. 즉, 어떤 사람들은 선과 악을 구분하는 기준을 전통이나 문화적 기억을 바탕으로 정하는 것이 아니라, 자신을 위해 자신이 직접 그 기준을 정할 수 있다는 것이다.

이 경우 '새로운 말'이란 자기의 의식으로 전통의 경계를 넘으려는 인간의 능력이며, 아직 아무도 말하지 않은 생각을 말하는 능력(즉 창조적 인간이 되는 능력)이다. 행위 영역에서 이 '새로운 말'을 한다는 것은 살인한다는 것, 즉 범죄를 저지른다는 것을 의미한다.

한편으로는, '새로운 말'의 동일한 문제는 라스콜리니코프와 포르피리가 처음으로 만났을 때, 그들이 나눈 대화 속에 나타나는 고찰의 대상이다(우리는 이 대화에서 나온 레플리카를 이미 인용했다). 다른 한편으로, 바로 이 문제는 행위로 해결되기 때문에 슈제트 범위 안에 존재한다.

동일한 사상을 검증하거나 테스트하기 위한 이 두 방법의 차이는 도스토옙스키에게 있어서 중요하다. 그의 장편 〈카라마조프 집안의 형제들〉의 조시마 장로(старец Зосима)의 견해가 이를 증명한다. 그는 이반(Иван)이 불필요한 백만 명 중 하나이며, "생각을 허용하는 것"이 필요하다고 말한다. 이 '생각을 허용하는 것'이란 말은 자신에 관한 생각을 의식함과 동시에 자신과 대화를 나누는 상대방에 관한 생각을 의식하는 것을 말한다. 그리고 이는 교제 자체에서 바로 이 생각을 확인하고 충분히 이해하는 것을 의미한다. 이 문제는 사건의 과정과는 연관되지 않는 듯이 보인다. 이와 반대로 행위로 해결되는 문제, 완전히 실제적인 문제는 바로 백만 명을 획득하는 것이다. 그리고 또 하나의 다음과 같은 동기도 있다. 도스토옙스키에 따르면, 모든 실제적인 목적들이 원칙적으로 달성되어 있음에도 불구하고, 최후로 "생각을 허락하는 것"은 원칙적으로 불가능하다. (이에 관해 조시마 장로가 말함)

그러면 이 두 측면을 구분하고, 〈죄와 벌〉의 대화 중 하나에서 대화의 상호 연관 관계를 밝혀 보자. 소냐(Соня)의 방에서 라스콜리니코프와 그녀가 만나는 행위는 우리의 흥미를 불러일으킨다. 왜냐하면, 전자가 후자에게 살인을 고백할 것을 결심하는 순간이기 때문이다. 그가 자기의 행위를 하도록 충동한 동기나 동인(動因)을 그녀에게 설명한다는 것은 자연스러운 일이다. 말하자면 이에 관한 논의가 그의 이론에 불가피하게 다다르게 되기 때문이다. 그러면 라스콜리니코프의 사상에 관한 고찰이 그의 사상의 위치를 실추하게 만들거나, 또는 삶의 다른 이해인 소냐의 "진리"로 라스콜리니코프의 "논리"를 바꾸게 만드는 것일까? 아니면, 작가—도스토옙스키가 삶에 관한 독자의 어떤 관점을 제삼자의 관점으로 유도하는 것은 아닐까?

텍스트 분석의 실제 적용에 있어서 이 마지막 문제들에 관해 답한다는 것은 등장인물들의 레플리카가 어떻게 상호 연관되어 있으며, 그들이 어떤 태도나 입장을 취하는지 고찰함을 의미한다. 등장인물들의 대화 중 발생하는 사상의 자기 결정이 슈제트적인 의미를 지니는지(즉,

이 자기 결정이 사건의 발전에 영향을 미치는지)를 확인하는 것도 중요하다. 우리는 대화와 연관된 작가와 독자의 태도가 무엇인지를 생각해보자. 독자는 작가가 그를 위해 "미리 준비한" 관점이나 입장을 지니게 마련이다. 따라서 우리는 독자의 입장을 분석하면서, 작가의 입장이나 태도에 관한 문제를 해결할 것이다. 또한, 우리는 대화에 참여한 등장인물들이 지닌 관점을 특별히 비교하는 방법을 통해서 작가의 입장이 전달될 수 있다는 점을 언급할 것이다. 그런 경우 독자는 자신을, 말하는 자들에게는 보이지 않는 '제3의 인물', 즉 '만들어진 관찰자'로 느끼게 될 것이다. 그러나 다음과 같은 다른 방법도 가능하다. 즉, 작가가 독자에게 등장인물들 중 한 사람의 입장에 동조하지 않도록 할 뿐만 아니라, 중간적인 입장을 취하지 않은 채, 책임 있는 제삼자의 입장을 취하도록 하고 싶은 경우다. 그런 경우, 작가는 이 제삼자의 입장이 독자의 의식 속에서 형성될 수 있도록 만들기 위해 등장인물들의 대화를 해석할 권리를 서술자에게 위임하지 않으면 안 된다.

이처럼 교제는 만들어진 의식에 적합한 결과에 도달하게 되는 것일까? 아니면, 이 결과는 단지 내부에서만, 또는 한 등장인물의 관점에서 다른 등장인물의 관점으로 이동할 때만 적합한 것일까? 바흐친에 의해 창조된 '폴리포니아'의 개념은 두 번째 질문의 대답 형태가 도스토옙스키의 장편소설에 적합하다는 것을 전제로 한다.("마지막 문제들"에 관한 대화는 진리의 문제에 관한 완전한 답이 없을 수도 있어서 '미완성'으로 남음.)

우리의 흥미를 끄는 라스콜리니코프와 소냐의 만남은 〈죄와 벌〉의 제5부 제4장에서 이루어진다. 우리는 이 제4장 텍스트의 어떤 부분들을 구분할 필요가 있다. 즉, 어떤 부분들이 해당하며, 그 부분들을 어떤 기준에 따라 어떻게 구분해야 하는지가 중요하다. 예를 들면, 행위 시간에 의해 서로 차이가 나는 장면이나 에피소드들이 될 수 있다. 만약 제4장의 틀 안에서 시간의 변화가 언급되고 있다면(예를 들어, 한 장소에서 "약 5분이 지났다"라고 언급되고 있다면), 그러한 지시에 특별히 주목할 필요가 있다.

텍스트 분석을 하기 위해, 이를 여러 부분으로 구분하기 위한 다른 기준도 있다. 즉, 말(발언이나 진술)의 형태가 이에 해당한다. 다음은 〈죄와 벌〉의 제5부 제4장의 맨 처음에 나타난 서술이다. "라스콜리니코프는 자신이 마음속에 그러한 내적 공포와 고통을 지니고 있었음에도 불구하고, 루진(Лужин)에 대항하는 소냐의 활동적이고 활기찬 변호인이었다."(423) 이는 서술자의 말이다. 그러나 조금 더 나아가 첫 번째 단락 후에 다음과 같은 대화가 시작된다. "그녀는 방 한가운데에서 그와 만나자, "당신이 안 계셨더라면 저에게 무슨 일이 일어났을 거예요!"라고 빨리 말했다."(424) 예시한 바와 같이 이처럼 말의 형태를 교체하는 것도 텍스트를 여러 부분으로 구분하는 기준이 된다. 만약 처음에 서술자의 말이 오고, 그다음에 대화가 이어지고, 또 그다음에 다시 서술자의 말이 이어진다면, 이는 등장인물들의 교제에 있어서 어떤 단계가 완료되었음을 나타내는 특징에 해당한다.

앞에서 언급한 것을 토대로 우리는 다음의 서술을 첫 번째와 두 번째 부분의 경계로 간주할 수 있다. "그녀는 참지 못하고 갑자기 슬프게 울기 시작했다. 그는 우울하고 애처로운 기분으로 그녀를 바라보았다. 5분쯤 지났다."(426) 두 번째와 세 번째 부분은 다음과 같은 말로 구분된다. "그는 그녀에게 고백하리라고는 전혀, 전혀 생각하지도 않았지만, 일이 **그와 같이** 벌어지고야 말았다."(429) 마지막으로, 결말 부분인 네 번째 부분은 다음과 같은 말로 시작된다. "그는 팔꿈치를 양 무릎 위에 괴더니, 마치 집게처럼, 손바닥으로 자기의 머리를 꽉 죄었다."(438)

이와 같은 구분에도 불구하고 주인공과 소냐의 만남이 이루어지는 첫 번째 부분에서는 이미 지나간 사건들(절도 사건에 관한 소냐의 비난과 그녀의 무죄 인정)과 이 사건들로부터 도출될 수 있는 결론이 고찰되고 있다. 여기서 "루진이 혐오스러움을 불러일으키며 살거나, 또는 카테리나 이바노브나를 죽게 만들 수 있을까?"라는 의문이 생긴다. 두 번째 부분은 주인공이 소냐에게 털어놓는 살인에 관한 고통스럽지만 불가피한 고백을 해야만 할 필요성 속에서 지나가고 있다. 주인공이 그녀에게 이 고백을 한 다음에 그들 간의 소통은 그가 살인한 이유에 집중된다. 라스콜리니코프는 그 이유를 설명하려는 일련의 시도를 해보지만, 결국 크게 실패하는 모습을 보인다. 그래서 "이제 무엇을 할 것인가?"라는 질문이 중요한 문제로 대두하기 시작한다. 이 질문의 고찰은 제4장의 마지막 부분인 네 번째 부분의 대화에 있어서 핵심에 해당한다.

그러면 이제 우리가 구분한 첫 번째 부분을 고찰해 보자. 우리는 라스콜리니코프와 소냐가 만난 목적이 맨 처음부터 다음과 같이 간단명료하게 표현되어 있음을 볼 수 있다. "그러나 그는 아침에 아주 괴로운 일을 겪었기 때문에, 소냐를 변호하려는 그의 갈망 속에 개인적이고 진심 어린 점이 얼마나 존재하고 있는지는 이미 말할 필요도 없이, 참을 수 없을 정도로 나빠진 자기의 기분을 바꿀 기회가 온 것이 정말 기뻤다. 그밖에도 그에게는 곧 있을 소녀와의 만남이 그를 몹시, 특히 끊임없이 흥분하게 했다. 그는 누가 리자베타를 죽였는지 그녀에게 **알려야만 했던 것이다**…"(423). 그러나 이 간단명료한 표현 자체가 모순적이다. 왜냐하면, 이는 주인공의 기분-"정말 기뻤"던 기분과 "몹시 흥분"된 기분-과도 연관돼 있을 뿐 아니라, 다음과 같은 그의 생각과도 연관돼 있기 때문이다. 즉, 한편으로는 그러한 교제가 그에게 필요한 것인지와 연관돼 있기 때문이고, 다른 한편으로는 그가 보통 "잠시 말하러" 오는 것이 아니라, 매우 특별한 목적을 지니고 오는 것과 연관돼 있기 때문이다.

앞 장, 즉 제3장 텍스트의 끝부분이 다음과 같은 주인공의 내적인 논쟁적 답변에 해당하는 그의 생각으로 끝나고 있음을 주목할 필요가 있다. '(전략) 그럼, 소피야 세묘노브나, 당신이 이제 뭐라고 말할지 두고 봅시다!'(423) 따라서 주인공이 살인자의 이름을 소녀에게 말하려고만 한 것은 아니었던 셈이다. 즉, 그에게는 그녀와의 논쟁이 필요했으며, 그는 자기의 정당한 행위나 사상을 그녀에게 증명하고 싶었다.

이처럼 많은 동기와 이유 및 내적 상태와 동시에 발생하는 모든 동요가 있음에도 불구하고 주인공은 불가피한 고백을 해야 할 필요성을 느낀다.

> 그는 '누가 리자베타를 죽였는지 말해야 할 필요가 있을까?'라는 이상한 의문을 품은 채, 생각에 잠겨 문 앞에서 멈춰 섰다. 이 의문은 이상한 것이었다. 왜냐하면, 그는 동시에 말하지 않으면 안 될 뿐 아니라, 잠시나마 이 순간을 미루는 것조차 불가능하다는 것을 갑자기 느꼈기 때문이다. 그는 왜 불가능한지를 아직 모르고 있었다. 그는 단지 그것을 *느꼈을* 뿐이다. 그리고 필연성 앞에서 자신이 무기력하다는 이 고통스러운 의식이 그를 거의 짓누르고 있었다.
>
> В раздумье остановился он перед дверью с странным вопросом: 《Надо ли сказывать, кто убил Лизавету?》 Вопрос был странный, потому что он вдруг, в то же время, почувствовал, что не только нельзя не сказать, но даже и отдалить эту минуту, хотя на время, невозможно. Он еще не знал, почему невозможно; он только *почувствовал* это, и это мучительное сознание своего бессилия перед необходимостью почти придавило его.   (423-424)

그러함에도 불구하고 그의 고백은 즉시 행해지지 않는다. 대화의 진행도 소녀에게 달려있다. 따라서 우리가 이미 언급한 바와 같이 예전의 사건들이 처음부터 고찰되고 있다. 그러나 더 중요한 주제와 이와 연관된 긴장이 이 대화 뒤에서 계속 느껴진다. 한편 라스콜리니코프는 이 대화를 자기의 삶의 태도로 끌어내서, 이 삶의 문제를 어떻게 이해하고 해결해야 할 것인가를 느낌과 동시에 소녀의 생각과 신앙 문제에 관한 논쟁에 대비할 필요성을 느낀다.

따라서 라스콜리니코프는 자신이 그녀를 비난한 것이 우연이 아니었음을 그녀에게 이해시키려고 시도한다. "사실 모든 게 "사회적 위치와 이와 연관된 습관"에 의존하고 있었던 겁니다."(424) 라스콜리니코프의 이 말 속에 들어있는 인용부호는 그의 말이 아니라, 그가 인용하고 있는 타인의 말에 해당한다. 소냐의 "사회적 위치"는 창녀의 위치이며, 여기서 "이와 연관된 습관"이 나온다. 즉, 모든 사람이 '그녀가 창녀이기 때문에 물건을 훔칠 수 있다'라고 생각한 것을 고려할 수 있다. 소냐는 자신을 방어하려고 노력하고 있을 뿐만 아니라("제발 어제같이 나와 말하지 마세요!"), 그를 모욕할까 봐 두려워한다. ("그녀는 비난이 그의 마음을 불편하게 만들까 봐 깜짝 놀라, 재빨리 미소를 지었다."(424) 여기서 우리는 대화 주제와 그의 정서적 긴장 간에 어떤 불일치가 존재하고 있음을 볼 수 있다.

대화의 발전에 있어서 일정한 휴지와 지체는 이 대화에 참여한 자들이 다른 대화나 더 실제적인 대화로 방향을 전환하는 것과 연관된다. 예를 들어, 라스콜리니코프는 여주인이 그들에게 방을 빼라고 독촉한다는 것과 자식들을 가진 카테리나 이바노브나가 '진실을 찾으러' 집을 뛰쳐나간 것을 소냐에게 이야기한다. 그 대신 대화는 새로운 단계로 이동하게 만든다. 라스콜리니코프는 소냐로 하여금 그녀가 무방비 상태에 있다거나, 또는 그녀가 매우 우연한 사건으로 무죄를 인정받는 데 성공했음을 이해하게 만든다. 그는 그녀에게 삶과 죽음에 관한 문제를 신속하게 해결하게 하고, 어떤 실제적인 행위를 할 가능성을 고의로 또는 비고의적으로 비교하게 만들면서, 그녀가 이러한 문제를 해결할 때 용감해지라고 말한다. 다른 말로 말해서, 라스콜리니코프는 철학적이고 심리적인 실험을 하면서, 소냐로 하여금 선택적 상황에 처하게 만든다.

이 순간에 대화는 완전히 다른 성격을 획득한다. 첫째, 소냐는 루진과 카테리나 이바노브나에 관한 문제를 예감하기 때문에, 적어도 다음과 같은 문제의 성격을 예감했음이 그녀의 말에서 드러난다. "난 당신이 뭔가 그런 걸 물어보실 거라고 이미 예감하고 있었어요."(425). 둘째, 소녀의 견해에 따르면, 삶의 자세의 차이는 문제가 다양하게 해결된다는 데 있는 것이 아니라, 인간은 대체로 유사한 문제의 해결을 자신이 수용해서는 안 된다는 데 있다. "신의 섭리(божий промысел)"에 관한 믿음과 삶과 죽음은 인간의 권한 밖에 있다고 확신하고 있는 소녀는 주인공이 자신에게 한 "용감성"의 요구에 대립해 다음과 같이 질문한다. "누가 여기서 저에게 '누군 살아야 하고, 누군 살아선 안 된다'라고 판단하는 재판관으로 세운 거죠?"(426)

이처럼 이 제4장 텍스트의 첫 번째 부분에서는 등장인물들의 대화가 두 문제 제기 사이에서 변동하고 있다. 즉, 1) 삶에 관한 평범하고 실제적인 의미와 가치가 분명한 고찰에 관한 문제 제기와 2) 실제적인 의미와 가치가 분명치 않은 문제 제기 사이에서 변동하고 있다. 서술자의 입장에 관해서 말하자면, 그의 입장 역시 내적 관점과 외적 관점 사이에서 변동하고 있다. 예를 들어, "그녀는 자기의 짧은 망토를 집어들었다."라는 해석은 객관적이고 중립적 관점에서 주어져 있다. 그러나 "소녀는 불안한 마음으로 그를 바라보았다. 이 뭔가를 향해 멀리서 접근하는 애매하고 모호한 말 속에서 그녀는 뭔가 독특한 소리를 들었다."(425)라는 묘사는 서술자와 등장인물이 지닌 관점의 결합을 나타낸다. 이 묘사는 소녀의 깊은 의식 속에서 행해지고 있다.

이제 제4장 텍스트의 두 번째 부분으로 이동하도록 하자. 이 부분은 라스콜리니코프의 어조와 기분이 갑자기 크게 변하는 데에서 시작된다. "그는 갑자기 변했다. 즉, 그의 당돌하고 뻔뻔스러우며, 약하면서도 도전적인 어조가 사라져버린 것이다. 심지어 목소리마저 갑자기 약해졌다."(426) 그러나 이 새로운 내적 상태는 이전의 상태보다 더 모순적이라는 것이 밝혀진다. 이는, 한편으로는, 주인공의 죄의식이자 용서해달라는 부탁이고, 다른 한편으로는, 그가 소냐에게 갑자기 느끼는 "예상치 못한 이상하고 강렬한 어떤 증오감"(426)이다.

우리는 여기서 이 소설 전체에서 가장 중요한 복잡한 감정—즉, 사람들과의 교제성과 비 교제성의 혼합—이 드러나고 있음을 볼 수 있다. 바로 이 복잡한 감정의 극단적이고 날카로운 모습 속에 다양한 측면이 혼합되어 있다. 이러한 종류의 반복적인 심적 체험은 작품에 나타난 작은 공간의 한 형태인 "문지방(порог)"의 커다란 특징이다. 주인공인 "나"에게 있어서 이 문지방은 전통적 도덕 관념의 붕괴와 함께 수반되는 "나"의 경계가 이동하는 공간이다. 다른 말로 말해서, 넘기(다른 사람들과의 내적 관계의 파괴)와 돌아오기(이 관계의 복원)가 반복되는 공간, 즉 반복적인 죄와 벌이 발생하는 상황의 공간이다. 이와 연관하여 주인공이 고백하는 순간과 살인하는 순간이 유사하다는 것도 대단히 의미심장하다. "그의 감각 속에서 이 순간은 그가 이미 도끼를 고리에서 벗긴 후 노파 뒤에 서 있을 때 이미 '한순간도 지체해선 안 된다' 라고 느꼈던 것과 너무 흡사했다."(427) 이밖에도 상황에 관한 묘사는 이 소설의 마지막 페이지들에서 발생하게 될 것이라는 점을 독자에게 미리 넌지시 보여주는 복선의 역할을 한다. 다음과 같이 라스콜리니코프는 아무런 말을 할 수가 없다. "(전략) 그의 입술은 무슨 말을 하려고 애를 쓰고 있었지만, 힘없이 일그러져 있었다."(427) "내가 알료나 이바노브나와 그녀의 여동생을 죽였다"란 말을 하려고 라스콜리니코프가 시도했을 때 역시 바로 그와 같다.

살인한다는 것은 자신을 딛고 넘어가는 것을 의미한다. 그리고 이 살인을 고백하는 것 역시 자신을 딛고 넘어가는 것을 의미한다. 라스콜리니코프는 "참을 수가 없었다. 그는 송장처럼 창백한 자기의 얼굴을 그녀를 향해 돌렸다."(427) 죽음 모티프나 죽음으로의 접근 모티프는 서로 다른 형태로 고백할 준비를 동시에 하는 것이다. 라스콜리니코프가 소냐에게 "알아맞혀 보라"고 부탁할 때, 즉 최후의 경계에서 그는 "이 것을 알고 있다"(즉, 그는 이 살인과 누가 살인자인지를 알고 있다). 바로 이 때 "그는 종루에서 뛰어내리는 듯한 기분"을 느낀다. 이처럼 그가 소냐에게 고백하는 행위는 자살 행위와 동일한데, 바로 다음과 같이 나타나 있다. "다시 예전에 알고 있던 어떤 느낌이 갑자기 그의 마음을 얼어붙도록 만들었다."(428) 이 "얼어붙도록 만들었다"라는 단어는 주제 상 역시 죽음과 가깝다. 그런데 도끼를 든 라스콜리니코프가 자신에게서 물러나 벽 쪽으로 가고 있는 리자베타를 죽이기 위해 다가가던 바로 그 순간에 관한 이야기가 다음과 같이 진행된다.

> (전략) 그녀(리자베타: 필자 주)는 한 손을 앞으로 뻗은 후, 어린아이들이 갑자기 뭔가에 놀라, 자신을 놀라게 하는 대상을 옴짝달싹도 못 하고 불안스레 쳐다보며 뒤로 물러서면서, 조그마한 손을 앞으로 뻗으며 울음을 터트리려 할 때, 얼굴에 엄청나게 놀란 표정을 지으며 그를 피해 벽 쪽으로 물러났다. 바로 거의 비슷한 일이 지금 소냐에게 발생한 것이다.
>
> … она отходила от него к стене, выставив вперед руку, с совершенно детским испугом в лице, точь-в-точь как маленькие дети, когда они вдруг начинают чего-нибудь пугаться, смотрят неподвижно и беспокойно на пугающий их предмет, отстраняются назад и, протягивая вперед ручонку, готовятся заплакать. Почти то же самое случилось теперь и с Соней. (428)

라스콜리니코프는 소냐에게서 리자베타의 얼굴에 나타난 표정과 제스처(손짓과 몸짓같은 보디랭귀지)를 본다. 이 대비는 고백이 살인의 반복임을 다시 말해준다. 그러나 여기서 그의 고백은 마치 소냐의 살인이 가능한 것처럼 변형되고 있다. 물론 소냐 역시 리자베타와 매우 유사하다. 왜냐하면, 그들은 마치 어린아이처럼 자신을 방어할 능력도 없으며, 매우 수줍음을 타고, 온순하고, 얌전하기 때문이다.

이 전체 장면은 그 자리에 참석한 사람들의 관점에서 보인다. 그리고 이 장면의 의미는 그들의 의식 속에서 지각되고 있다. 이처럼 한 측면에서 관찰이 가능한 내적 관점의 우월한 위치는 두 주인공이 현재의 사건을 **예감하곤 했었다**는 것으로 강조된다. 현재의 사건이 반드시 발생할 것이라고 라스콜리니코프가 "**예감하곤 했었다**"는 것은 예전에 언급되곤 했다. 이제 그가 소녀에게 고백한 후 바로 그녀에 관한 그 현재 사건이 다음과 같이 언급되고 있다.

> 심지어 나중에, 즉 그녀가 이 순간을 상기하고, 이미 아무런 의심의 여지가 없었을 때, 그녀는 왜 바로 그와 같이 *즉시* 깨달은 걸까? 하고 이상하게 생각했다. 예를 들어, 그녀는 자기가 이런 종류의 무엇인가를 예감하곤 했었나? 하고 말할 수는 없었다. 하지만 사실 이제 그가 그녀에게 *이 사실을* 이야기하자마자, 갑자기 그녀는 자기가 실제로 바로 이 사실을 예감하곤 한 것처럼 여겨졌다.
>
> Даже потом, впоследствии, когда она припоминала эту минуту, ей становилось и странно и чудно: почему именно она так *сразу* увидела тогда, что нет уже никаких сомнений? Ведь не могла же она сказать, например, что она что-нибудь в этом роде предчувствовала? А между тем теперь, только что он сказал ей это, ей вдруг и показалось, что и действительно она как будто *это* самое и предчувствовала.
>
> (429)

이는 무엇을 의미할까? 왜 예감이 거부되는 것처럼 보이고, 주장되는 것일까? 아마 인식되지 않은 예감에 관한 이야기가 언급되고 있기 때문인 것 같다. 사실 소녀는 이것을 기다리고 있었다. 그러나 그녀는 자신이 이것을 기다리고 있다는 사실을 의식하거나 이해하지도 못한 것이다. 이는 도스토옙스키에게서 대단히 중요하다. 자의식이 충만해 있음에도 불구하고 그것이 제한적으로 남아 존재한다는 사실이다.

자의식은 교제와 매우 밀접히 연관된다. 사실 자신을 의식한다는 것은 타인을 보듯 자신을 보는 것을 의미한다. 대화란 교제에 참여한 각자에게서 자신에 관한 자각이 발생하고 확립되는 의식의 상호 작용이다. 근본적으로 자의식은 자신과의 교제인데, 이를 위해서는 매개체가 필요하다.

이제 제4장의 세 번째 부분으로 이동하도록 하자. 이 부분의 처음에 모든 것이 고백이란 사실 그 자체와 그 의미에 집중되어 있다. 소냐의 제스처-"갑자기 그녀가 바늘에 찔리기라도 한 것처럼 움찔하더니, 비명을 지르며 달려들었다. 그리고 그녀는 무엇 때문에 자신이 그러는지도 모른 채 그 앞에서 무릎을 꿇었다."(429)-는 라스콜리니코프의 유사한 행위를 생각나게 한다. 그의 말에 따르면, 당시 그는 그녀에게 머리를 숙인 것이 아니라, "모든 인간적 고통에" 머리를 숙인 것이다. 그러나 소냐는 다음과 같이 말한다. "아니에요, 지금 온 세상에 당신보다 더 불행한 사람은 아무도 없어요!"(430) 우리 앞에는 두 개의 해석(가능한 해석과 불가능한 해석)이 있다. 즉, 살인은 고통이며, 살인자 자신이 희생자라는 것이다.

동정은 라스콜리니코프의 "기분을 부드럽게 만든다." 이 장편의 전체적 움직임은 극단 간의 변동으로 구성되고 있다. 그런데 바로 여기서 동정이 극단에 이르기 때문에, 주인공은 반드시 상대방에게로 방향을 바꿔야만 한다. 이때 소냐가 감방에 관해 상기하는 순간이 동인이 된다. 즉, "추상적인 질문"에서 실제적 삶과 운명의 문제로 이동하는 순간이 동인이 된다. 소냐가 "당신과 함께 감방에 갈 거예요"라고 말하자마자, 라스콜리니코프가 다음과 같은 반응을 보인다. "그가 갑자기 몸을 떠는 것 같더니, 예전의 증오스럽고 거의 거만해 보이는 웃음이 그의 입술에 나타났다. "소냐, 내가 감방에 갈 수도 있겠지만, 아직은 가고 싶지 않아."라고 그가 말했다."(430) 소냐의 내적 전환이 다음과 같이 언급되어 있다. "그의 변한 어조에서 갑자기 살인자라는 소리가 그녀에게 들렸다."(430) 이 대화 구절은 라스콜리니코프가 저지른 범죄의 원인에 관한 문제를 고찰하기 위한 준비에 해당한다. 여기서 우리는 중요한 특징을 언급할 수 있다. 라스콜리니코프는 다양한 설을 제기하면서, 분명한 모순들을 우연히 발견한다. 그는 그 이유를 소냐에게 반복적으로 설명하려 노력하지만, 매번 자기의 설명이 부적절함을 고통스레 인식한다. 그의 대화 상대자인 소냐도 이를 다음과 같이 이해한다. "아, 그렇지 않아요, 그렇지 않아요."라고 소냐가 답답한 상태에서 외쳤다. 그럴 리가 없어요… 아니에요, 그럴 리가 없어요, 그럴 리가 없다구요!"(434) 그러자 라스콜리니코프가 다음과 같이 대답한다. "이 모든 게 그렇지 않아. 당신 말이 맞아. 여기엔 전혀, 전혀, 전혀 다른 이유가 있어!…"(435)

도스토옙스키의 등장인물들에게 있어서 고백 행위 그 자체와 고백의 의미는 완전히 어떤 실제적인 예상이나 판단을 벗어난 것처럼 보인다. 우리는 그것들이 나중에 가서야 나타나게 됨을 볼 수 있다. 살인한 원인이 처음에는 실제적인 삶의 관점에서 탐구된다. 게다가 라스콜리니코프는 진지한 설명, 즉, 실제적이 아닌 설명을 피하는 것처럼 보인다. "아, 그래, 물건을 훔치려고 한 거야."(430) "난 그처럼 굶주리진 않았어… 난 사실 어머닐 도와드리고 싶었어. 하지만… 그게 전혀 믿을만한 건 아니야… 소냐, 날 괴롭히지 마!"(431) 왜 그것이 그를 괴롭히는 것일까? 왜냐하면, 대화가 그의 가장 심오한 심적 체험 및 확신과 반드시 관련되기 때문이다. 하지만 그는 자신이 살인하게 된 원인에 관해 말하기가 정말 힘들고 괴로워서 소냐에게 그렇게 말하고 있다.

서술자는 주인공이 살인하게 된 이유를 고찰함과 병행하도록 우리가 이미 언급한 감정 동요의 선을 이끌고 있다. 한편으로, 라스콜리니코프에게 "다시 똑같은 감정이 그의 마음에 물결처럼 밀려오자, 그의 마음이 다시 순식간에 부드러워"진다.(432) 다른 한편으로, 그는 소냐가 느끼는 것과 마찬가지로 "그의 신앙과 법이 되었던"(436) "음울한 신조"

를 설명하면서, "음울한 환희" 상태에 도달한다. 주인공이 중요한 지점을 향해 간신히 접근해서 그 지점을 찾는 순간들이 최고의 긴장 상태로 표현되어 있다. 그러나 라스콜리니코프는 자기의 "신앙과 법"에 관한 견해를 표출하는 순간 고무되기도 하고 괴로울 정도로 동요하기를 멈춘다. 다음은 여러 번 반복되는 그 순간 중 첫 순간에 관한 묘사다.

> "소냐는 알고 있어." 하고 그가 갑자기 어떤 영감을 느끼며 말했다. "내가 당신에게 뭘 말하려 하는지 알고 있어. 만약 단지 내가 배고파서 살인했더라면" 하고 그는 각각의 말에 힘을 줘 가며, 수수께끼 같지만 진지하게 그녀를 바라보면서 말을 이어갔다. "난 지금… 행복할 텐데! 이걸 알라고!"
> — Знаешь Соня, — сказал он вдруг с каким-то вдохновением, — знаешь, что я тебе скажу: если б только я зарезал из того, что голоден был, — продолжал он, упирая в каждое слово и загадочно, но искренно смотря на нее, — то я бы теперь… *счастлив* был! Знай ты это!   (431-432)

우리가 살펴보았듯이 주인공이 고백한 다음에 이어지는 대화는 바로 실제적 관점을 향해 점진적으로 행해진다. 라스콜리니코프가 살인을 저지른 여러 원인을 그의 삶과 습관, 그리고 경력 등으로부터 끌어낼 수 있을까에 관한 문제를 제기할 수 있다. 하지만 다음과 같은 이유로 그렇게 하는 것은 불가능하다. 사실 그가 살인을 저지른 원인들은 매우 심오하고 "수수께끼 같은" 것들이기 때문이다. 그것들은 특별한 설명과 다음과 같은 다른 대화가 필요하다. "내가 지금 말해야 하는데, 시작할 수가 없어…"(432)라고 라스콜리니코프가 말한다. 주인공이 소냐의 물음에 답한 이 대답은 매우 흥미롭다. 왜냐하면, 사실 그가 여기까지만 말했기 때문이다. 문제는 그가 "내가 죽였다"고 고백하는 것뿐만 아니라, 이 사실을 그녀에게 단순히 알려야만 하는 것이 아니다. 그는 살인하게 된 이유를 그녀에게 반드시 설명해야만 한다. 그는 자신이 왜 왔는지를 알지 못하지만, 이를 위해서 온 것이다.

라스콜리니코프는 자신이 원래는 실제적 관점에 놓여 있지 않았음을 다음과 같이 말하기 시작한다. "(전략) 난 나폴레옹이 되고 싶었어. 그래서 살인한 거야…"(433) 라스콜리니코프가 이처럼 말하고 있지만, 우리는 여기서 그가 진정으로 나폴레옹이 되고 싶어서 노파를 살인한 것이 아니라고 판단할 수 있다. 이 새로운 해석은 진리에 더 가깝지만, 결정적이지 못하다. 그래서 소냐가 그에게 "예를 들지 말고" "솔직히 말하는 게 더 좋겠어요."(433)라고 부탁한 것이다. 라스콜리니코프는 이 부탁에 답하기 위해 자기의 가족 상황으로 돌아와, 그에 관해 "마치 암송한 것처럼"(434) 말한다. 사실 이는 그가 무엇인가를 반드시 말해야만 한다는 것이 아니라, 그 자신이 이것을 느끼고 있음을 의미한다.

여기서 대화 과정은 사상(идея)과 진리 탐구 문제의 형성과 생생한 실천 문제의 형성 간에 발생하는 끊임없는 동요다. 그러나 이때 이러저러한 설명이 부적절해서 주인공은 "어떤 무기력함 속에서 이야기를 겨우 다 마치자 고개를 숙였"던(434) 것이다.

라스콜리니코프는 "갑작스러운 사고의 전환"이 일어난 후 살인하기 전에 발생한 자기의 정신 상태에 관해서, 그리고 왜 아무것도 하고 싶지 않았는지를 소냐에게 말한다. 그는 소냐의 눈앞에서, 그녀가 참여하고 있는 바로 지금 여기서 예전의 자신을 회상하기보다는 오히려 자신을 이해해 주기를 바란다. 바로 이 독백 속에서 우리는 라스콜리니코프가 어떻게 꿈을 꾸거나 생각했고, 이것이 그가 실제로 살아가는 데 있어서 어떻게 방해를 했는지를 이야기하는지 알아보자. 자기의 존재 의미를 진지하게 이해한다는 것은 실제적 삶에서 완전히 벗어나는 것을 의미하며, 전혀 아무것도 하지 않는 것이 아니라 오로지 생각을 하는 행위만 한다는 것을 의미한다. 라스콜리니코프는 자신에 관해서, 그리고 모든 사람에 관해서 생각했고, 대체로 인류는 어떻게 살고 있으며, 이 사람들의 공통적인 삶 속에서 자기의 위치와 역할은 무엇인가를 생각한다. 그리고 그는 권력에 관해서조차 생각하게 된다. "소냐, 난 이제 알고 있어. 두뇌와 정신이 튼튼하고 강한 자가 그들의 주권자라는 걸 말이야!"(436) 즉, 그는 사람을 두 부류로 나누는 데까지 도달하고, 자신을 특별한 부류 속에 어떻게 포함할 것인가에까지 이르게 된다.

이처럼 대화는 두 수준의 교제 사이에서 "지극히 거룩한 것"을 상대 방에게 보여주는 "신앙 고백"을 향해, 즉 정신적 접촉을 향해 계속 접근 하며 변동한다. 이처럼 대화가 변동하고 있을 때, 주인공이 노파를 살 인한 이유에 관한 해석 수준도 크게 변한다. 또한, 도덕적 선택에서도, 즉 하나님과 악마 간에 놓여 있는 인간의 정신적 목표 설정의 문제에 서도 그 점이 드러난다. 다음 표현은 "새로운 말"에 매우 적합한 최후의 간단명료한 표현이다. "그때 내 머리에 어떤 생각이 처음으로 떠올랐 던 거야. 나 이전엔 아무도 결코 생각하지 못한 생각인 거야! 아무도! 갑자기 나에게 태양처럼 선명히 나타난 거야. 지금까지 단 한 사람도 이 모든 불합리한 것을 지나치면서 잠시라도 감히 악마의 꼬리를 잡을 수도 없었고 잡지도 못한다는 걸 말이야."(436) 인용문에 나타난 바와 같이 라스콜리니코프는 '세계 질서'를 의미하는 "모든 것"은 "꼬리"를 소유하고 있다고 생각한다. 다른 말로 말해서, 그가 그것에 관해 말한 것을 인식하지 못한다고 하더라도, 그것은 악마의 흔적으로 언급되고 있다. 그런데 놀라운 사실은 바로 이때 소냐가 다음과 같이 요점을 파 악해서 이해한다는 점이다. "당신이 하나님을 떠나자, 하나님이 당신 을 쳐서, 악마에게 넘기신 거예요!…"(436). 그러나 라스콜리니코프는 소냐에게 대답하기 위해 야유를 시도하면서도 그녀의 말이 옳다는 것 을 안다. "말하지 마, 소냐. 난 절대로 농담하는 게 아니야. 사실 난 악마가 날 끌고 갔다는 걸 알고 있어."(436-437)

라스콜리니코프가 소냐에게 "악마가" 그를 "끌고 갔다"라고 한 말은 그가 살인 사건이 발생할 것이라고 느꼈을 때의 한 대목을 상기시킨다.

즉, 제1부 제6장의 중간에서 그는 다음과 같이 느낀다. "마치 누군가가 그의 한 손을 붙잡더니, 손을 뿌리치기도 어렵게, 눈이 멀 정도로 이상한 힘으로, 반항도 하지 못하게 뒤에서 자신을 끌어당기는 것 같았다."(77) 이제 우리는 그를 "끌어당기는 것 같"은 이 "누군가"가 악마임을 알 수 있다.

한편, 제5부 제4장의 인용문에서 우리는 주인공의 살인 목적이 그의 정체성에 관한 검증 및 확인과 긴밀히 연관되어 있음을 알 수 있다. "나는 다른 것을 알고 싶었어. (중략) 내가 모든 사람과 같은 이인가, 아니면 인간인가? 나는 선을 넘을 수 있는가, 아니면 넘지 못하는가? 나는 떨고 있는 인간인가, 아니면 **권리**를 가지고 있는가…"(437) 라스콜리니코프의 생각에 따르면, 살인의 목적은 "나는 누구인가?"라는 물음에 관한 답이다. 즉, 이 의문문 형태의 표현은 그의 생각에 상응한다. 다시 말해서 이 물음은 주인공이 자신을 생각하는 인간으로서 시험해 보고 체험해 보는 것이며, "나는 떨고 있는 인간인가"를 검증해 보고 확인해 보는 것이다.

주인공의 살인 행위는 그가 자기의 생각을 검증한 행위였다. 즉, 그는 권력을 소유하기 위해 "대담해질" 필요가 있었다. 그러나 그가 자기의 생각을 시험한 것은 실제적 목적이 아니다. 즉, "나는 누구인가?"라는 물음에 관한 답을 얻기 위해 주인공이 실험한 살인의 목적에 관한 고찰 역시 현재 실제적 삶의 영역을 향한 어떤 출구도 가지고 있지 않다.

대화가 때로는 한 수준에 놓여 있거나, 때로는 다른 수준에 놓여 있는 경우, 등장인물들에 관한 작가의 위치나 입장이 같은가? 라는 문제를 제기할 수 있다. 그들이 하나님과 악마에 관한, 인간에 관한 문제를 다루는 곳에는 그들의 의식 간에 장애물이 전혀 없으며, 자신과 대화 상대자를 깊이 이해하는 데 한계가 있다. 바로 그러한 순간들은 완전히 내적 관점에서 묘사된다.

작가의 위치는 의식들 **사이에** 존재함과 동시에 **각각의 의식의 내부에** 존재한다고 말할 수 있다. 대화는 시야를 초월한 "초시야 관점"에서는 보이지 않는 정신적 상호 작용이다. 즉, 작가는 등장인물들이 자신과 타자 속에서 보거나 이해할 수 없는 것을 그들 내부에서 볼 수 없다. 우리가 살펴본 제4장의 세 번째 부분 전체에 걸쳐 바로 이러한 일이 발생한다. 이 부분은 소냐의 레플리카 속에서 바로 그러한 영감을 받은 "신앙 고백"으로 끝난다.

> "어떻게 하겠어요!" 하고 그녀가 갑자기 자리에서 벌떡 일어나더니 소리 높여 말했다. 지금까지 눈물이 가득 고여 있던 그녀의 눈이 갑자기 빛나기 시작했다. "일어나세요. (그녀가 그의 한쪽 어깨를 붙잡자, 그가 거의 경악한 상태로 그녀를 바라보면서 일어났다.) 지금 당장 가셔서, 네거리에 서서, 절하시고, 먼저 당신이 더럽힌 대지에 키스하세요. 그다음엔 온 세상에, 온 사방에 절하세요. 그리고 모든 사람에게 들리도록 '제가 죽였습니다!'라고 말하세요. 그러면 하나님이 당신에게 다시 생명을 보내 주실 거예요. 가실 건가요? 가실 거예요?"라고 그녀는 그의 두 손을 붙잡은 다음, 자기의 양손으로 두 손을 꼭 쥐더니, 마치 발작이라도 난 듯이 온몸을 덜덜 떨며, 불타는 시선으로 그를 바라보며 물었다.
>
> — Что делать! — воскликнула она, вдруг вскочив с места, и глаза ее, доселе полные слез, вдруг засверкали. — Встань! (Она схватила его за плечо; он приподнялся, смотря на нее почти в изумлении). Поди сейчас, сию же минуту, стань на перекрестке, поклонись, поцелуй сначала землю, которую ты осквернил, а потом поклонись всему свету, на все четыре стороны, искажи всем, вслух:. 《Я убил!》 Тогда Бог опять тебе жизни пошлет. Пойдешь? Пойдешь? — спрашивала она его, вся дрожа, точно в припадке, схватив его за обе руки, крепко стиснув их в своих руках и смотря на него огневым взглядом. (438)

위 인용문에 나타난 바와 같이 소냐는 이제 라스콜리니코프의 말을 듣지도, 물어보지도 않은 채 자기의 진리를 그에게 표명하고 있다. 이 진리에 따르면, 인간에게 하나님이 없는 삶이란 없으며, 대지와 연관되지 않는 삶이란 없다. 따라서 그녀에게 이 두 가지(즉, 하나님과 대지)는 매우 상호의존적이다. 살인 사상의 동기에 관한 대화는 마치 끝난 것처럼 보인다. 앞에서 살펴본 바와 같이 이 대화의 목적이 전혀 실제적이 아니었음이 판명되었다. 라스콜리니코프는 "실험을 하러" 가서, 자신을 검증하고 자기의 사상을 검증했다. 그런데 소냐는 그에게 이 모든 것이 하나님에게서 떠났음을 의미하며, 그가 앞으로 살 수 있는 유일한 방법은 하나님에게 되돌아가는 것이라고 말한다. 이는 앞으로 특별한 의미 속에서 어떻게 살아갈 것인가라는 문제에 해당한다. 즉, 이는 (하나님이 그에게 "다시 생명을 보내 주"도록 하려는 문제) 어떻게 **살아 있는 사람이** 될 것인가라는 문제다. 말하자면, 재판이나 감방 등이 그를 기다리고 있을 것인가에 관한 이야기나, 또는 그가 실형을 얼마나 선고받을 것인가에 관한 이야기가 아니다.

이처럼 하나님에 관해서, 그리고 하나님에 관한 인간의 관계에 관해서 말하기 위해 등장인물들이 모인 것이다. 예전에는 일시적 교제에 관한 실제적 관점이 완전히 사라졌었다. 그런데 지금 그 사라졌던 실제적 관점으로 대화가 돌아오고 있다. "그는 깜짝 놀랐다. 그리고 그녀의 갑작스러운 환희에 충격을 받기조차 했다. "감방에 관해 말하고 있는 거야, 소냐? 내가 자수해야만 한다는 거야?"라고 그가 음울하게 물었다. "고통을 받아들이시고, 그걸로 속죄하세요. 그렇게 하셔야만 해요.""(438-439) 이 인용문에 나타난 바와 같이 소냐가 문제의 정신적 측면에 관해서 말하고 있는 반면에, 라스콜리니코프는 대화를 삶의 실제 영역으로 이동시키고 있다. 제4장 텍스트의 마지막 네 번째 부분의 이야기는 바로 마지막 관점—두 의미적 관점(즉, 정신적 관점과 실제적 관점)간에 변동이 있음에도 불구하고—에 관한 것이다. 즉, 바로 이 마지막 관점이란 그가 "그들에게" 갈 것인가, "그들은" 어떤 사람들인가에 관한 것이며, 라스콜리니코프를 "지금 찾고 있으며, 붙잡으러 다니고 있다…"(439)는 것이다. 또한, 이 마지막 관점이란 그를 "아마 투옥할 것이며", 그리고 소냐가 그를 "면회하러 감방에 다닐 것인가"(440)에 관한 것이다.

이 대화가 진행되는 순간 서술자의 다음과 같은 해석이 나타난다. 그런데 그 속에는 한 측면의 관점이 주어져 있을 뿐만 아니라, 두 등장인물의 시야의 한계 너머에 위치하는 외적 관점이 주어져 있다. "우울하고 비탄에 잠긴 두 사람은 마치 폭풍이 지난 후 텅 빈 해변에 버려진 사람들처럼 외로이 나란히 앉아 있었다."(440) 첫째, 여기서 두 등장인물이 함께 묘사되고 있다는 사실에 주목하자. 이런 일은 제4장의 텍스트에서 매우 드물게 발생한다. "우울하고 비탄에 잠긴 두 사람은 (중략) 나란히 앉아 있었다."란 말은 한쪽의 직접적인 평가다. "마치 폭풍이 지난 후 텅 빈 해변에 버려진 사람들처럼 외로이 나란히 앉아 있었다." 바로 이 비교는 서술자가 지닌 관점의 평가적 특징을 특별히 드러내는 역할을 한다. 즉, 이 비교는 이 주인공의 의식에도, 다른 주인공의 의식에도 독립적으로 해당하지 않지만, 제삼자에게는 해당한다. 그러나 제삼자의 입장과 서술자의 말에 있어서 평가적 특성은 등장인물들의 대화가 실제적 성격을 획득하며, 바로 그것에 의해 슈제트적 성격을 획득하는 '바로 그 순간'에 나타난다. 즉, '바로 그 순간'이란 라스콜리니코프가 어떻게 묘사되는가? 라는 "문제"에 관해서, 무슨 일이 앞으로 일어날 것인가에 관해서 그들이 말할 때나 '바로 그 순간'을 말한다. "폭풍이 불고 있을 때", 즉 대화가 진리에 관한 문제와 하나님에 관한 문제 주변에서 진행할 때에는 서술자가 그러한 입장을 표명할 수 없다.

이처럼 우리의 텍스트 분석은 도스토옙스키의 등장인물들의 대화가 마치 두 관점에서 진행되고 있는 것처럼 보여 준다. 한편, 도스토옙스키의 이러한 대화는 다른 모든 작가의 장편소설들에서와 마찬가지로 대단히 많다. 즉, 등장인물들이 그들의 삶의 과정에 관해 직접 관계가 있는 것들에 관해서, 그리고 사건들이나 그들의 운명의 전망에 관해 직접 관계가 있는 것들에 관해서 대화할 경우에 그렇다. 도스토옙스키의 등장인물들의 대화는 슈제트적 의미를 지닌 대화다. 가끔 이러한 대화는 등장인물들의 심리에 관한 정보를 독자에게 제공하며, 그들의 행위를 더 잘 이해하도록 돕는 역할을 한다. 또한, 가끔 이러한 대화는 그다음에 오는 사건들을 예언하는 역할을 한다. 즉, 이러한 슈제트 기능들은 변화될 수 있지만, 그것들이 모두 사건의 발전에 연관되기 때문에 슈제트적이다. 이미 살펴본 바와 같이 이 작품의 제5부 제4장에 걸쳐서 그러한 것들을 자주 볼 수 있다.

그러나 이와 함께 우리는 어떤 슈제트적 의미도 없는 대화의 단편들을 발견할 수도 있다. 등장인물들이 세상에서 자기의 위치를 어떻게 이해하며, 자신이 하나님과 맺고 있는 상관관계를 어떻게 이해하는지를 밝혔다는 점이 그들의 행위에 직접 영향을 미치지는 않는다. 심지어 여기 제4장의 구조상 이러한 점이 명백히 나타나 있다. 즉, 우리가 고찰한 바와 같이 비실제적 문제들이 실제적 문제들보다 더 많이 나타나기 시작해서 그렇게 끝나고 있다. 사실 완전히 끝나지도 않는다. 예를 들어, 라스콜리니코프가 십자가를 취할 것인가 아니면 취하지 못할 것인가라는 문제는 비실제적임을 시사한다. 만약 그가 십자가를 받아들이게 된다면, 그가 고통을 향해 걸어가는 데 동의함을 의미하며, 그가 하나님의 섭리를 믿음을 의미한다.

그러함에도 불구하고 라스콜리니코프는 악마가 그를 잡아당기고 있다는 것을 이해했기 때문에, 그리고 소냐가 하나님에게로 되돌아가야 한다고 그에게 말했기 때문에, 실천을 향한 직접 이동이, 즉 행위와 사건을 향한 직접 이동이 전혀 없는 것이다. 사실 대화는 두 관점에서 진행된다는 결론이 나온다. 더 실제적인 문제가 고찰되는 경우에는 외부 관찰자의 입장이 들어있다. 그러나 다른 경우에는 서술자의 말이 등장인물들의 관점을 전달하기 때문에 외적 관점이 전혀 있을 수 없다. 독자는 타자의 눈으로 한 등장인물을 보게 된다. 이런 경우, 제삼자의 입장은 전혀 필수적이지 않다. 모든 평가는 등장인물들에게 속하기 때문이다.

도스토옙스키에게 있어서 대화의 관찰자, 즉 제삼자의 "둘러싸는 объемлющий"(바흐친의 표현임) 시야의 부재는 상당히 풍부한 내용을 지닌다. 만약 교제에 참여한 자들이 가장 중요한 삶의 (정신적) 문제들에 관해 대립적 관점을 갖게 된다면, 이 제삼자의 "둘러싸는" 시야의 부재는 근거가 없어서 불가능하게 될지도 모른다. 그러나 문제는 소냐가 지닌 진리가 라스콜리니코프에게 적합하다는 데 있다. 그런데 그들은 두 개의 진리 중 하나를 선택해야 하는 상황에 놓여 있다. 대화 속에서 발생하는 사상의 실험은 주인공이 끝까지 소냐와 일치하지 않음을 증명한다. 따라서 독자인 우리도 소냐와 라스콜리니코프가 선택하기 전에 나타난 것처럼 진리를 탐구하는 상황에 처하게 된다. 즉, 도스토옙스키의 등장인물들에게서와 마찬가지로 우리에게서도 결정적 해결이 이루어지지 않는 상황에 처하게 된다.

슈제트의 발전은 실제적 문제를 해결하는 수단으로써 사용되는 라스콜리니코프의 이론이 위신을 실추하게 만드는 역할을 한다. 그 예로서 주인공이 살인한 순간을 기억해 보도록 하자. "피가 엎질러진 잔에서 나오듯 확 쏟아져 나왔고, 몸은 고개를 위쪽으로 한 채 뒤로 벌렁 나자빠졌다."(83) 바로 여기서 주인공이 피를 보고 있을 때, "양심에 따른 피의 해결"에 관해서 그가 한 모든 판단이 아무 가치가 없음이 판명된다. 왜냐하면, 그는 태연하고 냉정하게 피를 볼 수 없기 때문이다. (라스콜리니코프는 "몸이 아니라 청동 세공품이다"라고 생각함) 이는 논리의 문제가 아니라, 본성의 문제다. 또한, 주인공이 제3부 6장에서 다음과 같이 생각하는 장면을 기억해 보자. "그는 자신을 사로잡고 있는 정신 착란과 싸우기라도 하듯 애쓰면서, '**어머니도** 나와 똑같은 분이야.'라고 생각하며 덧붙인다. '아, 내가 지금 노파를 정말 증오하고 있구나!'"(286) 이처럼 주인공은 사람들은 모두 똑같다는 것을 그 논리가 아닌 본성으로써 느끼고 있다. 말하자면, 그는 사람들이 모두 똑같은 재료인 반죽으로 만들어졌다고 느끼고 있다. 즉, 재료가 모든 점에서 똑같으므로 비범한 사람들과의 재료 구분이 정당화되지 못하는 것이다.

이와는 반대로 이 작품의 제6부 제2장에 나타난 라스콜리니코프와 포르피리 페트로비치(Порфирий Петрович)[14] 간의 대화 속에서는 전자의 사상에 관한 신뢰가 전혀 상실되지 않는다. 즉, 라스콜리니코프의 사상은 자기의 무게를 잃지 않고 보존된다. 그의 주요한 반론자로 여겨지는 포르피리 페트로비치는 라스콜리니코프와 나눈 대화에서 후자가 끝까지 자기의 사상을 끌고 갔다는 이유 때문에 다음과 같이 칭찬한다. "적어도 오랫동안 자신을 속이지 못해서, 단번에 막다른 골목에 이르게 된 겁니다."(479) 즉, 그가 죄를 정당화하고 있는 것처럼 보인다. 바로 이에 관한 다른 의견도 있다. "하나님이 이 일을 위해 당신을 기다리신 것 같군요."(479) 서술자의 관점에서 볼 때, 라스콜리니코프의 죄는 최고 권세자인 하나님의 섭리에 도전하는 것처럼 보인다.

우리가 이 소설의 에필로그에서 라스콜리니코프가 꾼 꿈[15]에 주의

---

14 "예심 판사인 뽀르꼴리는 중요한 등장인물이다. 그 이유는 그가 라스꼴리니꼬프의 범죄 심리를 날카롭게 파악하고 그 본질을 파헤쳐 주는 인물이자 도스또예프스끼 자기의 중요한 사상을 대변하는 인물이기 때문이다. (중략) 라스꼴리니꼬프가 자기의 인생을 포기하고 이론의 노예가 되어 파멸해 가고 있을 때, 뽀르꼴리는 생명과 삶을 존중해야 한다고 권유한다. 뽀르꼴리는 도스또예프스끼의 사상을 전달하는 뛰어난 심리학자로 제시되고 있기는 하지만, 라스꼴리니꼬프를 갱생으로 인도하는 구원자 역할을 하지는 않는다. 뽀르꼴리는 라스꼴리니꼬프를 구원으로 이끌기에는 지나치게 분석적인 사람으로, 법률적이고 심리적인 관점에서만 그에게 관심을 가지기 때문이다." 같은 책, p.826.

를 기울이지 않는다면, 이 이상한 논리를 이해하지 못할 것이다. 그의 꿈속에서 인류가 어떤 특수한 질병에 걸렸음을 회상해보자. "선모충 трихин"('섬모충'이라고도 함)이라 불리는 미세한 존재들이 인간의 내부에 자리를 잡는다. 그것들이 인간의 내부로 들어가자, 즉 인간의 의식 속으로 들어가자, 인간은 자신에게 선악을 구별하는 규범이 있다고 생각하기 시작한다. 그래서 인간은 아무것도 약속할 수 없게 되고, 서로 멸망시키기 시작한다. 이윽고 선모충은 모든 군대와 민족들이 서로 멸망하게 만들기 시작하고, 심지어 서로 잡아먹도록 만들기 시작한다. 인류의 통합은 인간이 선과 악에 관한 보편적 관념을 지니고 있다는 데 토대를 두고 있음이 분명하다. 그런데 인류가 이 보편적 관념을 파괴할 필요를 느끼게 되자, 인류는 뿔뿔이 흩어지게 되고, 적의가 지배하기 시작한 것이다.

따라서 전 인류의 일인자 중 하나이거나, 또는 일인자인 라스콜리니코프가 이 병에 걸렸을지도 모른다는 결론이 도출된다. 즉, 제1부 제6장에는 라스콜리니코프가 술집에서 우연히 들은 어느 대학생과 장교 나눈 대화 장면이 묘사되고 있는데, 바로 이 대화가 그의 "이상한 생각"의 탄생과 긴밀히 연관되어 있다. "이상한 생각이 달걀에서 나오는 병아리처럼 그의 머릿속에서 콕콕 쪼면서 그의 마음을 매우, 매우 사로잡았다."(69) 또한, 에필로그 제2장에는 이 "이상한 생각"과 "생물"과의 연관성이 서술자에 의해 다음과 같이 언급되고 있다. 선모충과

---

15 "에필로그에서 우리는 궁극적으로 라스꼴리니꼬프의 갱생을 목격하게 된다. 에필로그의 시간이 부활절 기간인 봄이라는 것도 그의 부활을 암시해 준다. (중략) 라스꼴리니꼬프가 자기의 죄를 인식하는 과정은 꿈이라는 무의식적인 과정을 통해 이루어진다. 그는 독특한 바이러스에 감염된 모든 사람들이 이론과 사상의 노예가 되어 자신만이 유일한 진리의 답지자라고 확신하고 서로를 죽이면서 파멸해가는 꿈을 꾼다. 이 꿈을 통해서 그는 자신이 지녔던 이성주의의 허점을 발견하게 된다. 이렇게 무의식의 세계 속에서 자기의 사상의 허점을 발견한 그는 결국 소녀의 무한한 사랑을 받아들이면서 부활의 길에 들어서게 된다." 같은 책, pp.829-830.

같은 이 생각은 "두뇌와 의지를 풍부하게 소유한 정신"(570), 즉 살아 있는 존재다. 따라서 라스콜리니코프는 인류의 그러한 "실험"에 해당한다. 즉, 그는 인간 스스로 자신에게 피를 허용하게 되거나, 허용하지 않게 된다면, 그때 무슨 일이 일어날 것인지를 실험한 것이다. 그러나 만약 라스콜리니코프의 체험이 전 인류의 운명에 그처럼 중요하다면, 그에게 발생한 것은 이것으로 정당화된다고 볼 수 있다.

그래서 결국, '큰 대화'의 원칙적 비종결성에 관한 바흐친의 테제가 확인되는 것이다. 이 작품의 안타고니스트-주인공의 사상은 대립적 입장을 지닌 것처럼 보이는 등장인물들과 내적으로 더 가깝다. 그들 중 각자는 항상 진리의 선택과 진리에 관한 '최후의 말의 선택'이란 상황 속에 놓여 있다. 하지만 이 '최후의 말'은 절대 발화되지 않는다.

결론적으로 〈죄와 벌〉에 나타난 도스토옙스키의 대화는 두 관점에서 진행되는 것처럼 보인다. 즉, 이 작품에는 슈제트적 의미를 지니는 대화(제삼자적 작가의 관점이 가능한 대화)와 어떤 슈제트적 의미를 지니지 않는 대화(즉, 작가의 관점이 개입할 여지가 없으며, 등장인물들 상호 간의 관점이 교차하는 비종결적 대화)가 상호공존하고 있다.

이상과 같이 우리는 도스토옙스키의 장편 〈죄와 벌〉에 나타난 바흐친의 개념인 '폴리포니아'와 작품의 대화 구조를 고찰해 보았다.

'큰 대화'와 '극소 대화'는 교제의 사건이 발생하는 영역과 연관된다. '큰 대화'는 사이 간 주관적인 특징을 지니고 있으며, '극소 대화'는 개인적 의식의 경계 속에서 행해진다. 교제의 목적이 활발한 행위와 연관된 대화들(또는 그것들의 단편들)은 슈제트적 특징을 지니고 있다.

바흐친은 〈죄와 벌〉에 나타난 '큰 대화'를 '극소 대화'와 대조하여 비교하고 있다. 예를 들어, 바흐친은 '극소 대화'의 예, 즉 작품의 주인공인 라스콜리니코프가 어머니로부터 편지를 받은 후 다른 등장인물들과 가슴으로 나눈 심중 대화인 이 내적 독백을 독특하게 분석하고 있다. 이 분석에서 우리는 '극소 대화'란 한 등장인물의 의식이 지닌 내부의 다양한 '목소리'의 만남임을 알 수 있다. 이와 마찬가지로 '큰 대화' 역시 〈죄와 벌〉 전체의 주요한 등장인물들이 지닌 의식들 사이에서 발생하는 만남이나 교류다. 이는 '큰 대화'가 외적 교류의 토대 위에서 형성되며, 구조적으로, 즉 교제에 참여하는 자들이 레플리카를 교환하는 형태로 표현된 대화들과 슈제트적 의미를 지닌 대화 과정에서 발생하는 것을 의미한다. 슈제트적 의미를 지닌 대화란 행위를 앞으로 진행하는 대화다. 이 대화를 형성하는 각각의 레플리카는 슈제트 기능을 지니고 있다.

이와 같은 바흐친의 개념들에 관한 이해를 통해 우리는 〈죄와 벌〉의 대화를 분석하는 과정에서 이를 검증하였다. 이 작품의 등장인물들의 리얼한 대화는 두 개의 의미의 위치—즉, 실제적인 삶의 의미를 지닌 문제와 하나님과 진리에 관한 "최후의 문제"— 사이에서 변동하고 있다. 첫 번째의 경우에서 서술자는 객관적 관찰자의 입장을 지킬 수 있다. 두 번째의 경우에서 서술자는 자기의 관점을 등장인물들의 관점과 결합하고 있다. 즉, 서술자의 관점이 완전히 내적 관점으로 나타나고 있다. 그러나 서술자의 의식은 어떤 경우에도 "둘러싸는" 의식이 되지 않으며, 등장인물들과 세계에 관한 어떤 "제3의" 진리도 지니고 있지 않다.

그래서 결국, '큰 대화'의 원칙적 비종결성에 관한 바흐친의 테제가 확인되는 것이다. 이 작품의 안타고니스트-주인공의 사상은 대립적 입장을 지닌 것처럼 보이는 등장인물들과 내적으로 더 가깝다. 그들 중 각자는 항상 진리의 선택과 진리에 관한 '최후의 말의 선택'이란 상황 속에 놓여 있다. 하지만 이 '최후의 말'은 절대로 발화되지 않는다.

결론적으로 〈죄와 벌〉에 나타난 도스토옙스키의 대화는 두 관점에서 진행된다. 즉, 이 작품에는 슈제트적 의미를 지니는 대화(제삼자적 작가의 관점이 가능한 대화)와 어떤 슈제트적 의미를 지니지 않는 대화(즉, 작가의 관점이 개입할 여지가 없으며, 등장인물들 상호 간의 관점이 교차하는 비종결적 대화)가 상호 공존하고 있다.

3. 도스토옙스키의 장편 〈죄와 벌〉의 큰 대화와 슈제트 대화

이 글은 도스토옙스키의 장편 〈죄와 벌〉에 나타난 바흐친(М.М. Бахтин)의 서사 구조에 해당하는 '큰 대화'(большой диалог)와 '슈제트 대화'(сюжетный диалог) 부분의 실증적인 검토를 통해 그의 이론적 분석이 지닌 타당성과 이해를 도모하는 데 의미를 둔다.[16]

이 글에서 우리는 바흐친이 제시한 '큰 대화'와 '슈제트 대화'의 내용을 상호 연관 관계 속에 고찰해 볼 것이다. 〈죄와 벌〉에 나타난 등장인물들의 교제 목적이 활발한 행위나 경험과 연관된 대화 또는 이 대화의 단편들은 슈제트적인 특징을 지니고 있다. 우리는 이 작품에 나타난 대화를 분석하는 과정에서 바흐친의 이러한 개념에 관한 이해를 검증해 볼 것이다. 또한, 우리는 라스콜리니코프(Раскольников)와 포르피리 페트로비치(Порфирий Петрович)가 세 번째로 만났을 때, 그들이 나눈 대화에서 무엇이 옛 사건과 그 이후의 사건들이 어떻게 상호 연관 관계를 형성하게 되는지를 해명해 볼 것이다. 바로 앞 문장에서 언급한 대화를 '슈제트적인 대화'라고 하고, 이를 간단히 '슈제트 대화'라고 하겠다.

---

16 이와 연관된 내용은 다음 논문을 참고 바람. 이영범, 「폴리포니아'의 개념과 도스토옙스키의 장편『죄와 벌』의 대화 구조」, 『노어노문학』 제25권 제4호, 한국노어노문학회, 2013.; 김수환, 「러시아적 주체: 바흐친과 로트만의 자아 개념 비교」, 『노어노문학』 제22권 제4호, 한국노어노문학회, 2010.

바흐친에 의해 창조된 '폴리포니아'(полифония)[17] 개념의 특성 중 하나는 등장인물들 사이에 이루어지는 대화의 '비종결성'[18](또는 '미완결성')과 슈제트적 종결(즉, 일련의 외적인 사건들의 종결, 등장인물의 외적인 운명에 관한 의미의 해결)의 가능성을 선명히 대비하는 데 있다. 여기서 등장인물들 사이에 이루어지는 대화의 '비종결성'이란 다음과 같다.

〈죄와 벌〉에 나타난 등장인물들이 나누는 대화 속에는 그들이 각각 고찰하는 문제들이 들어있는데, 그것들은 각각 의미를 지니고 있다. 그런데 이 문제들에 관한 등장인물들의 입장이나 관점의 의미가 (그들이 고찰한 결과) 완전히 해명되지 못하거나 해결되지 못한 채 남은 경우가 있다. 그럴 경우, 이 대화는 '비종결' (또는 '미완결') 상태로 남아 있게 되는 것이다. "여기서 슈제트는 슈제트 외적인 의사소통의 단순한 재료가 절대로 될 수 없다. 왜냐하면, 주인공과 슈제트는 하나의 조각에서 만들어지기 때문이다."[19] 그런데 부정적인 비교 원칙에 따른다면,

---

17 "바흐친은 다양한 등장인물들의 목소리를 조화롭게 반영하고 그들과 소통하려는 작가의 의지를 표현하기 위해, 즉 작가의 목소리뿐만 아니라 다른 등장인물들의 목소리가 다성악적으로 결합해 있음을 표현하기 위해 '폴리포니아'란 개념을 도입하고 있다." 이영범, 앞의 논문, p.369. 조준래에 의하면, '폴리포니아'란 "다수의 주인공-인간들의 의지를 조합하려는 저자의 의지, 그들과 소통을 벌이려는 저자의 의지"다. 조준래, 「M. M. 바흐찐 시학의 통일성 연구 -텍스트 고찰을 중심으로-」, 한국외국어대학교 박사학위논문, 2001, p.225. 이강은에 의하면, "대화의 세계는 '각기 완전한 가치를 띤', 그리고 '동등한 권리와 각자 자기의 세계를 가진' '다수의 목소리와 의식들'의 세계이다. 이 세계에는 하나의 목소리로 서로 다른 목소리가 지배되거나 배제되지 않는다. 다수의 목소리들은 결코 하나의 목소리로 융합되지 않는다. 그렇다고 해서 그 목소리들은 서로 별개로 서로 아무 관계없이 존재하는 것은 아니다." 이강은, 『미하일 바흐친과 폴리포니아』, 도서출판 역락, 2011, p.46. "바흐친의 폴리포니아의 개념은 대화성, 상대성, 동시대성, 주체의 타자성, 타자의 주체성, 타자와 주체의 소통성 등과 같은 핵심어들을 포괄하면서 현대 철학과 현대 문화론의 깊숙한 문제의식을 선취하고 있다.", 같은 책, p.49.

18 대화의 "비종결성"과 연관된 '목소리-관념들'의 복수성에 관해서 살펴보자. 조준래에 따르면, "진실에 관한 바흐찐의 사고는 대화론적이다. 그것은 상호작용하는 복수 의식들의 문턱(порог) 위에서 현존, 융합되지 않는 "목소리-관념들"의 복수성을 통한 비종결성을 천명한다." 조준래, 앞의 논문, p.258.

폴리포니아적 특성이 지배적인, 즉 폴리포니아적인 장편소설 〈죄와 벌〉의 슈제트는 그러한 의사소통의 '단순한 재료'가 될 수 있다.

이처럼 바흐친의 도스토옙스키에 관한 작품 속에는 '큰 대화'의 슈제트 외적인 특성에 관한 생각이 언급되어 있다. 이 글의 목표는 도스토옙스키의 장편 〈죄와 벌〉에 나타난 '큰 대화'와 '슈제트 대화', 그리고 '슈제트 외적' 대화의 상호연관성을 이 작품의 두 등장인물-범죄 용의자인 라스콜리니코프와 예심 판사인 포르피리 페트로비치-의 대화 분석을 통해 고찰하는 데 있다.

바흐친은 폴리포니아의 개념과 연관된 대화를 크게 '극소 대화'(микродиалог)와 '큰 대화'(большой диалог)로 나누어 비교하고 있다. 다시 말해서, 그는 '큰 대화'를 '극소 대화'와 대조하여 비교하고 있다.[20]

바흐친의 대화 개념을 토대로 도스토옙스키의 장편소설 〈죄와 벌〉의 대화-'극소 대화'와 '큰 대화'- 구조를 분석할 수 있다. 우리가 이 글에서 주로 다루게 될 '큰 대화'의 개념을 살펴보기 전에, 이 개념의 이해를 돕기 위해 먼저 '극소 대화'의 개념에 관해 살펴보도록 하자. 바흐친의 '극소 대화'에 관한 간단한 예를 들어보기로 하자. 바흐친은 이 작품의 주인공 라스콜리니코프가 어머니로부터 편지를 받은 후 다른 등장인물들과 가슴으로 나눈 심중 대화의 형태인 내적 독백을 독특하게 분석하고 있다.[21] 즉, 이와 같은 내적 독백 형태의 '극소 대화'는 "등장인물의 의식이 지닌 내부의 다양한 '목소리'의 만남"이다.[22] 우리가 사용하는 바흐친의 용어인 '극소 대화'를 솔 모슨과 캐럴 에머슨은 '미세한 대화'라 부르고, 조준래는 '소대화'라고 표현하고 있다. 즉, 솔

---

19   M.M. Бахтин, *Собр. соч. в 7 тт.* М., 2002, *Т. 6.* С. 118.

20   Там же, С. 51.

21   Там же, СС. 265-266.

22   이영범, 앞의 논문, p.371.

모슨과 캐럴 에머슨에 따르면, "사실상 특정한 말조차도 그것이 속한 언표의 나머지 부분과 대화하는 방식과는 다른 방식으로 대화성을 띨 수 있다. 그런 경우, 우리는 그 말에서 느껴지는 어조에 따라 그 말이 또 다른 화자에게서 인용한 듯함을 감지하게 된다. 이 경우에 그 말 속에는 전체 언표의 내적 대화주의만 있는 것이 아니라 '미세한 대화(microdialogue)'도 있다."[23] 또한, 조준래는 '극소 대화'를 '소대화'라고 번역하고 있다. 그에 의하면, "어떤 의미에서 모든 발화는 인용된 발화"다. "어떤 발화든지, 사회적 문맥 속에서 깊이 있게 분석될 때", "반쯤 은폐되거나 완전히 은폐된 타자의 말들(여러 깊이의 이질성을 갖춘)을 드러"낸다. "이미 발설된 말의 질감, 그리고 청자의 능동적 이해에 의해 창조된 복잡성은 말의 내부적 대화주의를 창조한다. 모든 발화는 이런저런 요인들에 의해서 그 내부로부터 대화화되어 있다. 우리는 말이, 그 내부로부터 느껴지는 톤의 소유자인 타 화자로부터 여차여차한 방식으로 인용되어져 왔다는 걸 감각한다. 즉 하나의 낱말에서조차 '소대화(микродиалог)'가 존재한다."[24]

앞에서 우리는 이 글의 이해를 돕기 위해 바흐친의 '도스토옙스키의 〈죄와 벌〉의 대화 구조'의 분석과 연관된 '극소 대화'란 개념이 무엇인지 살펴보았다. 그럼 이번엔 이와 연관된 '큰 대화'의 개념에 관해 살펴보기로 하자. '큰 대화'란 "〈죄와 벌〉 전체의 주요한 등장인물들이 지닌 의식들 사이에 발생하는 다양한 '목소리'의 만남이나 교류다. 이 '큰 대화'는 외적 교류의 토대 위에서 형성된다. 또한, 이는 바흐친에 의하면, 구조적으로 즉 교제에 참여하는 자들이 레플리카를 교환하는 형태로 표현된 대화 과정과 슈제트의 의미를 지닌 대화 과정에서 발생하는

---

23   게리 솔 모슨·캐럴 에머슨, 오문석·차승기·이진형 옮김, 『바흐친의 산문학』, 책세상, 2006, p.256.

24   조준래, 같은 논문, p.294.

것을 의미한다."[25] 이처럼 "외적 교류의 토대 위에서 형성"하는 '큰 대화'란 "주요한 등장인물들이 지닌 의식들 사이에 발생하는 다양한 '목소리'의 만남이나 교류"이며, "교제에 참여하는 자들이 레플리카를 교환하는 형태로 표현된 대화 과정과 슈제트의 의미를 지닌 대화 과정에서 발생"한다. 이 '큰 대화'와 긴밀한 연관성을 지닌 대화가 바로 '슈제트 대화'(즉, "슈제트 의미를 지닌 대화"란 "행위를 앞으로 진행하는 대화")다. 그리고 "이 대화를 형성하는 각각의 레플리카는 슈제트 기능을 지니고 있다."[26]

그럼 이어서 이 글의 이해를 돕기 위해 '도스토엡스키의 〈죄와 벌〉의 대화 구조' 분석과 연관된 '슈제트 대화'와 '슈제트 외적 대화'란 개념이 무엇인지 살펴보기로 하자. 이를 위해 먼저 '슈제트 대화'에 관한 개념을 간단히 살펴보자. 앞에서 잠시 언급한 바와 같이, 이 작품에 나타난 등장인물들의 교제 목적은 그들의 활발한 행위나 경험과 연관된 대화는 슈제트적인 특징을 지니고 있으며, 이 대화의 단편들 역시 그러한 특징을 지니고 있다. 〈죄와 벌〉의 주인공인 라스콜리니코프와

---

25 이영범, 앞의 논문, 같은 곳.
26 같은 곳. "고전주의 드라마에서 모든 대화는 슈제트적인 특성을 지니고 있다. 즉, 등장인물의 말(독백, 레플리카)은 행위와 동등하다. 예를 들어, 오스트롭스키의 희곡 『뇌우』(Гроза)의 제2막 제4장에서 카바노프(Кабанов)는 자기 아내인 카테리나(Катерина)를 데려가지 않은 채 모스크바로 떠나면서, 그녀에게 다음과 같이 말한다." 같은 논문, pp.371-372. "뇌우가 2주일 정도는 나에게 절대로 없을 거라는 것과 두 발에 이 족쇄가 채워지지 않을 거라는 걸 지금 내가 어떻게 알겠소? 그러니 내가 당신을 데려갈 수 있겠소? Да как знаю я теперича, что недели две никакой грозы надо мной не будет, кандалов этих на ногах нет, так до жены ли мне?" А. Н. Островский, Гроза, Москва: Дет. лит. 1974, С. 46. "이 레플리카는 행위적 요소이자, 슈제트적 요소다. 왜냐하면, 이 대화를 나눈 결과 카테리나가 이 단서를 이용하겠다고 결심하게 되고, 보리스(Борис)와 만나겠다고 결심하기 때문이다. 즉, 대화가 행위를 진전시키는 셈이다. 그런데 바흐친에 따르면, 우리가 도스토엡스키의 장편소설들에서 만나는 대화, 즉 그의 주요한 등장인물들이 나누는 대화는 이와 다른 기능을 한다." 이영범, 앞의 논문, p.372.

예심 판사 포르피리 페트로비치가 세 번째로 만났을 때, 그들이 나눈 대화에는 무엇이 그 이전의 사건과 그다음에 이어지는 사건들 사이에 어떠한 상호 연관 관계가 있는지가 잘 나타나 있다. 이처럼 라스콜리니코프와 포르피리 페트로비치의 세 번째 만남의 대화와 같은 형태의 대화를 '슈제트 대화'라 한다. 즉, 등장인물들의 행위를 앞으로 진행하는 대화를 '슈제트 대화'라 한다.

앞에서 언급한 '슈제트 대화'에 대조되는 형태의 대화를 '슈제트 외적 대화'라고 할 수 있다. 다시 말해서, '슈제트 대화'의 다른 측면이나 요소들(즉, 발전하는 행위의 논리의 밖에 존재하는 그러한 측면이나 다른 요소들)은 대화가 지닌 '슈제트 밖의 기능'을 한다고 볼 수 있다. 이 작품의 등장인물들이 나누는 리얼한 대화는 두 의미상의 위치나 문제들(즉, 실제적인 삶의 의미를 지닌 문제들과 하나님이나 진리에 관한 '최후의 문제들') 사이에서 변동하고 있다.[27] 이는 등장인물들의 레플리카 속에 어떤 실제적인 의미가 아무것도 없다는 것을 의미하며, 등장인물들의 행위에 아무런 영향을 미칠 수 없을 뿐만 아니라, 그들의 삶의 외적인 상황에도 아무런 영향을 미칠 수 없다는 문제에 관해 우리가 자기의 확고한 태도나 입장을 표명할 수 있음을 의미한다. 이처럼 도스토옙스키의 장편들에 나타나는 등장인물들의 그러한 태도나 입장을 우리는 그들의 '사상'이라고 표현할 수 있다.

앞에서 말한 바와 같이 우리는 범죄 용의자인 라스콜리니코프와 예심 판사인 포르피리 페트로비치가 세 번째로 만났을 때 나눈 대화에서 무엇이 옛 사건 및 그다음에 이어지는 사건들과 어떤 연관 관계가 있는지 고찰할 것이다. 즉, 〈죄와 벌〉의 제6부 제1장 끝부분에서 포르피리 페트로비치가 라스콜리니코프의 집에 출현한 것 자체는 무엇보다도

---

27   같은 논문, p.395.

먼저 슈제트 대화의 다른 측면에 해당한다.

> 하지만 그는 현관문을 여는 순간 뜻밖에 포르피리와 부딪혔다. 포르피리
> 가 그의 방으로 들어오고 있었다. 라스콜리니코프는 1분간 옴짝달싹도 하지
> 못했다. 이상하게도 그는 포르피리에게 그리 놀라지도 않았고, 거의 겁도
> 나지 않았다. 그는 단지 온몸을 부르르 떨었지만, 재빨리 순간적으로 싸울
> 준비를 했다. '아마, 결말에 도달한 것 같은데!…'[28]
> Но только что он отворил дверь в сени, как вдруг столкнулся с самим Порфи
> рием. Тот входил к нему. Раскольников остолбенел на одну минуту. Странно,
> он не очень удивился Порфирию и почти его не испугался. Он только вздрогну
> л, но быстро, мгновенно приготовился. 'Может быть, развязка!…'

위 인용문에서 "라스콜리니코프는 1분간 옴짝달싹도 하지 못했다."
란 말은 예상치 못한 일을 갑자기 겪은 주인공의 상황을 잘 표현한 말이
다. 즉, 이 말은 이 사건이 지닌 매우 높은 의외성을 잘 표현한 것이
다. 이 사건에 나타난 이처럼 매우 높은 의외성은 라스콜리니코프와
포르피리 페트로비치가 전자의 집에서 처음으로 조우함으로써 해명된
다. 그런데 예전에 발생한 그들의 두 번의 만남은 다른 장소에서 일어
난 것이다. 즉, 다른 장면이 바로 이 장면과 연관되고 있는 것이다.
그래서 라스콜리니코프는 의외적인 일임에도 불구하고 "그리 놀라지
않았"던 것이다. 왜냐하면, 라스콜리니코프는 새로운 만남을 이미 예
상했었고, 이 새로운 만남이 결국 "결말"에 도달할 수 있을 거라고 생각
을 했었음이 분명하기 때문이다. 이 "결말"이라는 말은 체포 또는 이런
종류의 뭔가를 절대로 의미하지 않는다. 다시 말해서, 이 말은 예심

---

28 Ф.М. Достоевский *Собр. соч. в 10 т.* М.: Гос. изд. худ. лит. 1957, *Т. 5.* С. 467.
앞으로 이 판본의 쪽수들은 러시아어 인용문 다음과 본문의 한글 번역 인용문 다음
의 괄호 속에 아라비아 숫자로만 표시될 것이다. 인용문 속의 이탤릭체는 모두 도스
토옙스키의 것이다.

판사 포르피리 페트로비치와 범죄 용의자 라스콜리니코프 간에 보이는 대립의 어떤 실제적 "결말"을 절대로 의미하지 않는다. 왜냐하면, 주인공 라스콜리니코프는 이보다는 오히려 **사상적 대립이 초래할 결과**를 예상했었기 때문이다.

이처럼 두 측면이 결합하는 상황이 대화의 전개에 선행하여 발생하고 있다. 이 두 측면이란 '실제적 의미'와 '비실제적 의미'를 말한다. 삶과 연관된 '실제적 의미'가 바로 슈제트적인 의미다. 이 '실제적 의미'란 두 등장인물을 적으로 만드는 것을 말한다. 다시 말해서, 라스콜리니코프와 포르피리 페트로비치가 정기적으로 만나서 교제를 나누는 중요한 역할이 그들을 적으로 만드는 것을 말한다. 이에 비해 '비실제적 의미'란, 바흐친의 "마지막 문제들"에서 말한 바와 같이, 등장인물들이 고찰하기 위해서 만나는 것을 말한다.

그러함에도 불구하고, 등장인물들의 교제는 앞에서 강조된 바와 같이 일상생활의 주제로부터 시작되고 있다. 〈죄와 벌〉의 제6부 제2장의 첫 번째 말들−포르피리 페트로비치의 레플리카−은 그의 담배 습관에 관한 정보와 이 습관에 관한 그의 관계에 관한 정보를 독자에게 알려주는 역할을 하고 있다. 사실, 정보를 독자에게 제공하는 역할을 하는 이 레플리카 속에는 다음과 같은 어떤 "연극적인" 목소리가 울리고 있다. 즉, 포르피리 페트로비치는 회상함과 동시에 Б 의사(B 의사)[29]와 만나는 흉내를 내고 있다. 즉, 포르피리는 그의 레플리카들과 그의 말에 관한 자기의 반응을 표현하기도 하고, 흡연 습관을 음주 습관으로 바꾸기도 하며, "유감스럽게도" 그가 술을 마시지 않는데 관해 농담하기도 한다. 그러다 그는 다음과 같이 너무 일반적인 결론을 내린다. "사실 모든 게 상대적입니다. 로지온 로마노비치 씨, 모든 게 상대적이라니

---

29 아마 당시 유명한 러시아 의사인 보트킨(Боткин)으로 보임.

까요!(Всё ведь относительно, Родион Романыч, все относительно!)"(468)

라스콜리니코프는 포르피리 페트로비치가 보이는 이 연극성을 훌륭히 이해하고 있다. 그의 관점에서 볼 때, 담배에 관한 모든 대화는 범죄 용의자인 라스콜리니코프의 머리를 혼란하게 만들고, 그의 경계심을 완화하기 위한 연극적 행위(즉, 그에게 방심하게 하기 위한 연극적 행위)일 뿐이다. 그래서 라스콜리니코프는 다음과 같은 반응을 보인다. "라스콜리니코프는 혐오감을 느끼며, '대체 이놈은 뭐야. 예전에 했던 연극을 또 하겠다는 거야?'라고 생각했다. 얼마 전에 그들이 마지막으로 만났던 모든 장면이 그의 머리에 갑자기 떠오르자, 그때 그 감정이 가슴에 파도처럼 밀려왔다. "Что же это он, за свою прежнюю казенщину принимается, что ли?" — с отвращением подумалось Раскольникову. Вся недавняя сцена последнего их свидания внезапно ему припомнилась, итогдашнее чувство волною прихлынуло к его сердцу."(468)

예전에 만났을 때 형성된 상황은 라스콜리니코프와 포르피리 페트로비치가 보인 가장 강한 불화나 적의에 의해서 다음과 같이 악화가 되어 있었다. 즉, 두 대화자는 너무 지나치게 신경을 쓴 나머지 신경 손상을 입을 수도 있을 정도로 심각한 상황에 놓여 있었다. 물론, 라스콜리니코프는 자신을 괴롭히는 포르피리 페트로비치에게 심지어 물리적인 폭력을 행사하려는 마음조차 이미 먹고 있었다. 이처럼 악화가 된 두 사람의 관계 속에서, 우리는 등장인물들이 취하는 "역할 교제"(ро левое общение)가 불화 모티브와 계속 연관된다는 것을 언급할 것이다.

그런데 여기서 우리는 포르피리 페트로비치가 자기의 대화 상대자인 라스콜리니코프의 기분을 이해하고 있는지는 바로 알 수 없다. 하지만, 어쨌든 그는 바로 그러한 정신 상태에서 계속 말하고 있다. 즉, 포르피리 페트로비치는 "3일째 되는 날 저녁에" 들렀다고 말한다. "그 사람 집을 방문해볼까 하고 생각한 거죠.(—дай, думаю, визитик-то ему отдам.)"(468) 여기서 포르피리가 사용한 "방문하다(отдать визит)"란 표현은 사교계에서 교제 시 사용하는 전문 용어다. 그래서 이 용어는 대화에 참여하고 있는 두 등장인물 간의 진실한 관계에 전혀 어울리지 않는 표현이라고 말할 수 있다. 왜냐하면, 예심 판사 포르피리 페트로비치가 사용하는 어조가 라스콜리니코프에 대한 조롱이 아니라면 달리 어떻게 해석할 수 없기 때문이다. "라스콜리니코프의 얼굴이 점점 더 어두워졌다.(Лицо Раскольникова омрачалось более и более.)"(468)는 표현처럼 주인공의 얼굴 표정이 왜 그렇게 바뀌었는지 이해할 수 있다. 바로 여기서 우리는 포르피리 페트로비치가 자신이 하는 말들이 라스콜리니코프에 의해서 평가되고 있다는 사실을 아주 잘 이해하고 있음을 알 수 있다. "포르피리는 그의 생각을 정확히 알고 있었다.(Порфирий точно угадал его мысли.)"(468)

서술자–화자[30]가 바로 전에 언급한 말 속에 "포르피리"란 이름에 관

---

30 바흐친은 『1970~71년의 수기』에서 "'저자의 형상'을 2차적 저자로 구분하며", "2차적 저자는 '저자의 형상', 넓은 의미에서의 화자"라고 주장하였다. 조준래, 앞의 논문, p.327. 여기서 바흐친이 주장하는 "화자는 현대 내러티브 의미론에서 이야기하는 '주석적 서술자'에 해당한다. 서술 장르에 자기의 논문을 바친 저자들마다 논의상 가장 큰 이견 차를 보이는 부분은 과연 저자(автор)의 범위가 어디까지인가 하는 문제에서다. 바흐찐, 볼로쉬노프에게 있어 저자는 작품을 쓴 실제 작가인 1차적 저자와 2차적 저자인 저자의 형상(образ автора)을 합한 개념이고, (중략) 한편 E.A. 빠두체바는 현실 속에서 발화자에 해당하는 것이 텍스트에서는 저자의 형상으로 구현된다고 보면서, 이 저자의 형상을 서술자(повествователь)와 같은 개념으로 놓고, 저자를 텍스트 내 구현된 허구세계의 창조자로 봄으로써 저자를 추상적 작가로, 저자 상을 서술자와 동일시하고 있다. 그녀는 또한 서술자의 경우에도, 텍스트의 허구세계에 참여하느냐 참여하지 않느냐에 따라 자아를 드러내는 서술자(диегетический повествователь)와 주석적인 서술자(экзегетический повествователь)로 구분하면서 전자는 화자(рассказчик)와 동일하지만, 후자는 화자가 아니며 그보다 상위의 개념으로 생각하고 있다. 특히 빠두체바에게서 후자는 내포 작가(implied author)에 해당하며, 이 내포 작가는 실제 사건에 참여하지 않으며, 텍스트 언외의 가치평가, 논평, 서정적 이탈 속에서만 모습을 보인다고 한다. Падучева, 1994: 202-203). 그러나 이런 개념상의 혼돈을 피하여 중립적이고 보편 통용적인 관점에서 내러티브의 서술체계를 기본적으로 저자(실제 작가)–저자상/주석적 서술자(자아 'я 나'를

해 주인공 라스콜리니코프의 관점과 연관하여 살펴보자. 즉, "포르피리는 그의 생각을 정확히 알고 있었다."란 표현과 연관된 등장인물인 예심판사가 어떻게 불리고 있는지 주목해 보자. 이름과 부칭 형태인 "포르피리 페트로비치"는 서술자-화자의 관점에서 그렇게 불리고 있으며, "포르피리"란 이름은 라스콜리니코프의 관점에서 불리고 있음이 명백하다. 잘 알다시피 첫 번째 이름 부르기, 즉 이름과 부칭 형태로 이름을 부르는 것은 공식적인 형태에 해당한다. 서술자-화자의 관점, 즉 완전히 외적인 관점에서는 이 등장인물을 도저히 달리 부를 수 없다. 왜냐하면, 서술자-화자에게는 주인공과 어떤 관계를 절대로 나눌 수 없기 때문이다. 이름 사용은 비공식적이고 허물없는 관계나 교제의 특징이다. 우호적이거나 친밀한 교제와 마찬가지로 적대적인 교제에 서도 그러하다. 즉, 러시아에서는 싸우거나 욕하면서 소란을 피울 때는 허물없는 교제가 받아들여진다. 물론, 작품에서 라스콜리니코프는 포르피리 페트로비치가 들리도록 소리를 지르는 장면이 나오는데, 아마 그가 바로 이러한 교제의 형태를 사용했을지도 모른다. 이러한 대화적 교제 형태는 '내적 발화'(внутренняя речь)[31] 개념과 연관된다. 이 '내적 발화' 개념은

거론하지 않는 서술자/implied author-화자(자아 'я 나'를 거론하는 서술자-주인공)의 4가적 체계로 보아도 무리가 없을 것이라 생각한다. (중략) 다시 말해 저자의 형상, 화자, 주인공에게서 나오는 제각기 다양한 목소리는 이른바 말의 충돌 현상을 일으키며, 다음성적이고 입체적인 효과를 전달하되, 저자의 형상의 지배를 받아 전체적인 예술적 효과의 창출에 기여하게 됨은 바흐찐의 저자관으로부터 벗어난 것이라고 생각되지 않는다." 같은 논문, p.328.

31 즉, '내적 발화'는 '구두화'의 반대말이며, '내적 독백'이라고도 하며, '생각 속의 말, 홀로 하는 언어, 은폐된 구두화'다. '내적 발화법'이라고도 표현할 수 있는 이 '내적 발화'란 개념은 '직접 화법'과 '간접 화법' 사이에 존재하는 중간적인 형태의 발화법이라고 볼 수 있다. 전미라는 '내적 발화'를 '내적 말'이라고 표현하고 있다. 즉, "바흐친/볼로시노프(В.Н. Волошинов)의 『마르크스주의와 언어철학』에서 제시하고 있는 말의 중요한 특성 중 하나는 '개인의식의 기본적 매개체(medium индивидуального сознания)로서의 역할이다. 그에 따르면, 비록 말의 가장 중요한 역할이 인간과 인간 사이의 소통 수단이지만, 말이 인간을 통해 전달되는 바, 인간의 내면에

'혼자 하는 말이자 은폐된 구두화'나 또는 '내적 독백'이란 개념에 해당한다고 볼 수 있으며, '의사직접화법'에 해당한다. 언어학적으로는 '묘출화법'(несобственно-прямая речь)이라고 표현되기도 한다.[32]

결국, 마지막 구절은 라스콜리니코프가 자기의 대화 상대자인 포르피리가 "그의 생각을 알았다"는 사실을 알고 있음을 증명하고 있다. 따라서 두 등장인물 간에 "연극적인" 교제가 행해지고 있음에도 불구하고, 서로 깊이 이해할 **가능성**, 즉 깊은 상호이해의 가능성이 존재한다. 하지만 이 가능성은 당분간 실현되지 않은 채 남아 있다. 그러함에도 불구하고 이 상호이해의 가능성이 역시 존재하기 때문에 등장인물들이 외적으로 묘사되기보다는 오히려 내적으로 묘사되는 것이다. 즉, 다음과 같이 내적 관점이 지배하고 있기 때문이다. 한 대화 참여자는 다른 대화 참여자의 눈에 의해 묘사되고 있다. 이 내적 교제, 즉 말로 표현되지 않은 무언의 교제는 다음과 같이 대화의 대상과 그의 어조가

이미 말이 존재하고 있다는 것이다. 바흐친/볼로시노프는 이를 '내적 말'(внутренняя речь)이라고 명명한다. '내적 말'에 반대되는 개념으로, 외부로 드러나는 말은 '외적 말'(внешняя речь)이다. (중략) 말을 이데올로기의 기호로 상정하여 모든 언어학적 현상을 이데올로기적으로 해석하는 것은 마르크스주의에 편향된 시각이긴 하나, 내적 말과 외적 말은 앞서 살펴본 바흐친의 자아와 타자 관계, 외재성의 개념과 매우 긴밀하게 연결될 수 있다." 전미라, 「미하일 바흐친의 사유에서 몸의 문제: 사건-외재성-그로테스크한 몸을 중심으로」, 한국외국어대학교 석사학위논문, 2015, pp.53-54.

32 다음은 이와 연관된 용어 표현이다. "바흐친/볼로시노프는 『마르크스주의와 언어철학』에서 화자의 발화 형태를 '직접 화법', '간접 화법'으로 구분하고, 두 발화 형태의 중간 지대에 속하는 '의사직접화법'이라는 개념에 관해 언급한다. '의사직접화법'은 "타자의 말과 인용자의 말 사이의 전적으로 새로운 상호관계"라고 정의했다. 요컨대 '의사직접화법'은 발화자의 어조와 억양에 타자의 가치판단이 영향을 미친 화법을 말한다. '의사직접화법'에 관한 자세한 내용은 『마르크스주의와 언어철학(Марксизм и философия языка)』을 참고할 것. В.Н. Волошинов, Марксизм и философия языка, Москва: Лабиринт, 1993, CC. 120-174. (번역본, 니콜라이 볼로쉬노프, 송기한 옮김, 『마르크스주의와 언어철학』, 푸른사상, 2005, pp.187-280)" 전미라, 같은 논문, p.38.

교체되는 데 결정적인 역할을 하고 있다.

"해명하러 왔습니다, 사랑하는 로지온 로마노비치 씨, 해명하려고요! 당
신 앞에서 해명해야만 하고 그럴 의무가 있습니다."라고 그는 미소를 지으며
계속 말하며, 손바닥으로 라스콜리니코프의 무릎을 가볍게 치기조차 했다.
하지만 거의 바로 그 순간 그의 얼굴은 갑자기 심각하고 걱정스러운 표정이
되어 있었다. 그런데 그 얼굴이 살짝 슬퍼 보이기조차 해서, 라스콜리니코프
는 깜짝 놀랐다. 그는 단 한 번도 그의 얼굴에서 이러한 표정을 본 적도 없
고, 그런 표정이 나타나리라고는 결코 생각조차 한 적이 없었다. "로지온 로
마노비치 씨, 지난번에 우리 사이에 이상한 장면이 벌어졌었잖아요. 물론
처음 만났을 때도 우리 사이에 역시 이상한 장면이 벌어지곤 했지만 말입니
다. 하지만 그땐…

– Объясниться пришел, голубчик Родион Романыч, объясниться–с! Должен
и обязан пред вами объяснением–с, — продолжал он с улыбочкой и даже слегк
а стукнул ладонью по коленке Раскольникова, но почти в то же мгновение
лицо его вдруг приняло серьезную и озабоченную мину; даже как будто грусть
ю подернулось, к удивлению Раскольникова. Он никогда еще не видал и не
подозревал у него такого лица. – Странная сцена произошла в последний раз
между нами, Родион Романыч. Оно, пожалуй, и в первое наше свидание межд
у нами происходила тоже странная сцена; но тогда…

(468)

위 인용문에 나타나는 등장인물 포르피리 페트로비치가 라스콜리
니코프에게 짓고 있는 "미소"(улыбочка)는 "해명"의 필요성에(즉, 이 말에
의해 추정되는 주제의 진지함에) 명백히 모순된다. 바로 여기서 인물의 표
정 변화가 갑자기 발생하는 것이다. 그래서 라스콜리니코프의 눈에 비
친 포르피리 페트로비치가 완전히 다른 사람처럼 보인 것이고, 깜짝
놀라게 된 것이다. 〈죄와 벌〉의 연구자 중 한 사람인 카랴킨(Ю.Ф. Каряк
ин)은 이처럼 포르피리 페트로비치의 갑작스럽고 급격한 태도의 변화
를 "인간 속의 인간"(человек в человеке)[33]의 발견으로 이해하였다. 우리
는 대체로 카랴킨의 그러한 견해에 동의하면서, 도스토옙스키의 작품

에서 그러한 발견은 혼자 있을 때 일어나는 것이 아니라, 바로 대화하는 도중에 발생한다는 점에 주목하도록 하자. 또한 그렇기 때문에 바로 그러한 발견이 대화에 참가한 등장인물들이 행한 공동 작업의 결과인 것처럼 나타난다는 점에도 주목하도록 하자. 바흐친이 말하는 바로 이 "인간 속의 인간"이 절대로 변치 않는 확고부동한 인물인가, 아니면 변할 수도 있는 인물인가, 그리고 등장인물들의 깊은 교제가 "연극적인 것"으로 바뀔 것인가 아니면 그렇지 않을 것인가는 대화 상대자에게 달려 있다.

포르피리 페트로비치의 레플리카는 라스콜리니코프와 예전에 가졌던 여러 번의 만남에 관한 부정적 평가로 계속 이어진다. 즉, 그의 레플리카는 그와 함께한 만남 속에서 체험한 "이상한 장면"(странная сцена)들에 관한 부정적 평가로 계속 이어진다. 그래서 결국 포르피리 페트로비치는

---

33 "인간 속의 인간"(человек в человеке)란 표현은 바흐친의 것임. 이 표현과 관련하여, 조준래는 바흐친의 『도스토옙스키의 시학의 제 문제』의 일부분을 인용한 후, "При полном реализме найти человека в человеке… Меня зовут психологом: не правда, я лишь реалист в высшем смысле, т.е. изображаю все глубины души человеческой.(완전한 리얼리즘 아래서 인간 속의 인간(человек в человеке)을 찾는 건… 사람들은 나를 심리학자라고 부른다. 그것은 사실이 아니다. 나는 단지 고차원적인 의미에서의 리얼리스트일 뿐이다. 다시 말해서 나는 인간 영혼의 깊이 전부를 묘사한다.)"(ПТД, 75) 다음과 같이 주장하고 있다. "바흐찐은 "나는 심리학자가 아니다."라는 도스또예프스끼의 발언 속에서 심리학에 관한 혐오 정신을 읽어 내는 동시에, '인간으로서의 인간'을 창조하려는 작가의 예술적 의지를 본다. 이미 누차 논의한 대로, 바흐찐은 온존한 인간의 이미지를 예술적으로 표현할 방법은 없을까?에 관하여 고민하였고, 그에 관한 해답으로 발견하였던 것이 '정신'을 가진 주체로서 주인공을 묘사하는 것이었다. 4장 말미에서, 바흐찐은 모험 플롯에 관한 논의를 접어 둔 채, '인간 영혼의 깊이', '정신'에 관하여 언급한다. 주지하다시피, 낭만주의적 이상주의자들은 '영혼'과 구별하여, '인간 영혼의 깊이'를 '정신'이라고 불렀다. 그런데, 바흐찐에 따르면, 도스또예프스끼의 창작에서 그런 정신이 객관적-사실주의적인 묘사, 진지한 산문적 묘사가 되었다는 것이다. 바흐찐은 인식적 행동, 윤리적 행동, 그리고 종교적 행동을 통틀어, 한 인간이 발휘할 수 있는 지고의 이데올로기적인 행동으로서, 인간의 영혼적 깊이, 즉 정신을 정의한다.(ПТД, 79)" 조준래, 앞의 논문, pp.279-280.

이러한 종류의 만남을 결론짓고, 다른 형태나 종류의 교제를 새로 시작하고 싶어 하게 된 것이다. 즉, 그는 라스콜리니코프와 "신사적"인 방법으로 교제를 하고 싶은 것이다. 예전에 가졌던 교제와는 전혀 차원이 다른 색다른 종류의 교제, 즉 새로운 방법을 시도한 대화적 교제는 그의 대화 상대자인 라스콜리니코프에게 느끼는 죄에 관한 인식으로 시작된다. 즉, 예전에 한 교제와 차원이 전혀 다른 새로운 교제인 '대화적 교제'는 포르피리 페트로비치가 그에게 저지른 잘못에 관한 다음과 같은 인식으로 시작된다. "사실은 말입니다. 제가 당신에게 아주 큰 잘못을 저지른 것 같습니다. 제가 그걸 느끼고 있습니다.(Вот что-с: я, может быть, и очень виноват перед вами выхожу; я это чувствую-с.)"(468)

이처럼 예심 판사인 포르피리 페트로비치가 범죄 용의자인 라스콜리니코프에게 예전과 전혀 달리 갑자기 "신사적으로" 대하자, 이에 대해 반응하는 라스콜리니코프의 레플리카는 다음과 같이 이상하게 보일 수 있다. "'이놈은 대체 어떤 인간이고, 날 어떻게 보는 걸까?' 하고 라스콜리니코프는 깜짝 놀란 채, 머리를 살짝 들어 눈을 크게 뜨고 포르피리를 바라보면서 자문했다. "Что ж это он, за кого меня принимает?" — с изумлением спрашивал себя Раскольников, приподняв голову и во все глаза смотря на Порфирия."(468)

물론, 예심 판사인 포르피리 페트로비치가 부드러운 어조로 그러한 말을 하면서 범죄 용의자인 라스콜리니코프에게 말을 걸 수 없다는 사실은 분명하다. 하지만 라스콜리니코프는 그 속에서 자신에 관한 어떤 다른 관점도 생각하지 않고 있음을 볼 수 있다. 여기서 우리 앞에 다시 등장인물의 '내적 발화'(внутренняя речь)[34]가 발생하고 있음을 주목할 필

---

34 앞에서 언급한 바와 같이 이는 형식적 특성상 대화적 교제에 참여한 두 등장인물 중 하나인 라스콜리니코프의 '의사 직접 발화'(несобственно-прямая речь)에 해당한다.

요가 있다. 즉, 라스콜리니코프의 대화 상대자가 이름과 부칭의 형태인 포르피리 페트로비치로 불리지 않고, 다시 "포르피리"란 이름으로만 불리고 있다는 사실이다. 이는 "인간 속의 인간"이란 수준의 접촉이나 교제가 아직도 여전히 이루어질 수 없다는 사실을 의미한다. 즉, 아직도 등장인물들의 진정한 소통을 가로막고 있으며 그들을 분리하고 있는 기능을 하는 장애물들이 제거되지 않았다는 것을 말한다. 말하자면, 바로 이 장애물들이 기능하는 중요한 역할들이 아직도 남아 있으며, 두 등장인물 앞에 놓인 중요한 대립의 문제가 아직도 해결되지 않고 있다는 것을 의미한다. 그래서 예심 판사 포르피리 페트로비치는 이러한 국면을 타개하기 위해 예전에 사용했던 "테크닉과 트릭"과 같은 방법을 버리고, 새로운 방법을 사용하겠다고 결심한 것이다. 다음과 같은 그의 신사적인 행위는 예전과는 전혀 다른 교제의 수준을 설정하려는 새로운 시도라고 할 수 있다.

> "저는 우리가 이젠 솔직히 대하는 게 더 낫겠다고 생각했습니다."라고 포르피리 페트로비치는 자기 시선으로 옛 희생자를 더 당황하게 하고 싶지 않으려는 듯이, 그리고 예전의 테크닉과 트릭을 쓰지 않으려는 듯이 머리를 약간 숙이고 눈을 내리깔더니, 말을 이어나갔다. "그렇습니다. 그러한 의심과 그러한 장면들이 오랫동안 지속할 순 없습니다. 그때 미콜카가 우리 문제를 해결하지 않았더라면 우리가 어디까지 다다르게 되었을지 모르겠습니다. (후략)"
>
> ― Я рассудил, что нам по откровенности теперь действовать лучше, ― продолжал Порфирий Петрович, немного откинув голову и опустив глаза, как бы не желая более смущать своим взглядом свою прежнюю жертву и как бы пренебрегая своими прежними приемами и уловками, ― да-с, такие подозрения и такие сцены продолжаться долго не могут. Разрешил нас тогда Миколка, а то я и не знаю, до чего бы между нами дошло. (…)　　　　　　　　(468)

이처럼 포르피리 페트로비치는 예전과 전혀 다른 교제의 수준을 새롭게 설정하는 시도를 하고 있을 뿐만 아니라, 정확하고 확실하지 않은 심리, 즉 "분명치 않은"(палка о двух концах) 심리에 관해서 말하고 있으며, 아주 사소한 단서라도 발견하고 싶은 기대에 관해서도 말하고 있다. "아니야, '작은 단서라도 잡았으면 좋을 텐데!'라고 생각했습니다. '아주 작은 단서라도, 하나만이라도, 손으로 이렇게 잡을 수 있는 단서만이라도, 이러한 심리가 아니라 어떤 물증을 확보하면 좋을 텐데.' (Нет, думаю, мне бы хоть и черточку! хоть бы самую махочку черточку, только одну, но только такую, чтоб уж этак руками можно взять было, чтоб уж вещь была, а не то что одну эту психологию.)"(469) 달리 말해서, 포르피리 페트로비치는 예전에 자신이 했던 행위를 "물증"(вещь) 탐색에 있어서 예심 판사의 열정으로 설명하는 것이다. 왜냐하면, 바로 이 "물증"을 이용해서 범죄 용의자인 라스콜리니코프의 죄를 밝혀낼 수도 있을 뿐만 아니라, 그의 성격에 관한 짐작으로 그의 죄를 밝혀낼 수도 있기 때문이다. "그때 저는 당신의 성격에 기대를 걸고 있었습니다, 로지온 로마노비치 씨, 무엇보다도 성격에 말입니다!(На характер ваш я тогда рассчитывал, Родион Романыч, больше всего на характер-с!)"(469) 이것은 두 등장인물이 예전에 가졌던 교제에 관한 포르피리 페트로비치의 레플리카다. 다시 말해서 그의 바로 이 레플리카는 그것에 해당하는 대화들(즉, 예전에 그들이 나눈 대화들)이 지닌 숨겨진 의미나 개념을 의미하는 서브 텍스트의 발견이다. 바로 이 서브 텍스트의 발견이 현재 진행되는 교제의 준비된 "역할들"을 그 경계 너머로 끌어낸다고 볼 수 있다. 또한, 두 등장인물은 당분간은 도저히 달리 교제할 수 없는 상황에 있다. 다음은 이 작품에 나타난 가장 흥미로운 디테일들 중 하나다. 즉, 포르피리 페트로비치의 독백 속에 나타난 인간에 관한 깊은 상호이해에 관한 장애물들이 갑자기 악마의 형상과 연관된다는 사실이 매우 흥미롭다. "그때

제가 다음과 같이 생각한 겁니다. '일시적으로 한쪽은 놔주고, 그 대신 다른 쪽 꼬리를 붙잡는 거야'(Дай же, я думаю, хоть и упущу на время одно, зато другое схвачу за хвост.)"(469) 바로 이 포르피리 페트로비치의 독백과 연관하여 〈죄와 벌〉의 제6부 제4장에 나타난 라스콜리니코프와 소냐의 대화에 관해서 살펴보는 것이 필요하다.

> 그때 내 머리에 어떤 생각이 처음으로 떠올랐던 거야! 나 이전엔 아무도 결코 생각하지 못했던 생각이라고! 아무도 말이야! 지금까지 단 한 사람도 이 모든 불합리한 걸 지나치면서도 잠시라도 감히 악마의 꼬리를 잡을 수도 없었고 잡을 수도 없다는 생각이 나에게 마치 태양처럼 선명히 떠올랐던 거란 말이야!
>
> У меня тогда одна мысль выдумалась, в первый раз в жизни, которую никто и никогда еще до меня не выдумывал! Никто! Мне вдруг ясно, как солнце, представилось, что как же это ни единый до сих пор не посмел и не смеет, проходя мимо всей этой нелепости, взять просто-запросто все за хвост и стряхнуть к черту!
>
> (436)

라스콜리니코프와 소냐가 나눈 이 대화 속에서 전자는 아직 아무도 "감히 악마의 꼬리를 잡을 수도 없었고 잡지도 못한다는 걸" 생각하지 못했다는 사실에 깜짝 놀라고 있다. 또한, 라스콜리니코프는 악마가 자신을 살인하도록 이끌었다고 확신하고 있다. "말하지 마, 소냐. 난 절대로 농담하는 게 아니야. 사실 난 악마가 날 이끌었다는 걸 알고 있어.(Молчи, Соня, я совсем не смеюсь, я ведь и сам знаю, что меня черт тащил.)"(437)

바로 그러한 이유로 인해 라스콜리니코프는 포르피리 페트로비치에게 아무런 대답도 못 하면서, 무슨 일인지 알지도 못한 채 다음과 같이 분명치 않은 발음으로 말한다.

> "그런데 당신은… 그런데 당신은 대체 왜 이제야 그걸 다 그렇게 말하는 겁니까?"라고, 결국 라스콜리니코프는 질문을 잘 이해하지도 못한 채 중얼거

렸다. '이놈이 무슨 말을 하는 거지?' 그는 속으로 당황했다. '정말 내가 범죄를 저지르지 않았다고 생각하는 걸까?'

– Да вы… да что же вы теперь-то все так говорите, — пробормотал, наконец, Раскольников, даже не осмыслив хорошенько вопроса. "Об чем он говорит, — терялся он про себя, — неужели же в самом деле за невинного меня принимает?"

(470)

인용문에 나타난 것처럼 서술자-화자의 의식은 범죄 용의자와 예심 판사 간의 싸움에 관한 역할 관념의 포로 상태에서 절대로 빠져나올 수 없는 상황에 있다. 이상과 같이 우리는 텍스트 분석을 통해서 등장인물들이 나누는 교제의 이중적 성격이 바로 서술자-화자의 이중적인 태도와 긴밀히 연관되어 있다는 점을 주목해 보았다. 말하자면, 서술자-화자는 때로는 등장인물들의 견해를 자기의 견해와 완전히 결합하기도 하고, 때로는 제삼자의 입장에서 그들을 바라보기도 하는 이중적 태도를 견지한다. 하지만, 그는 심리적 통찰력을 상실한 견해를 가지고 그들을 바라보는 관점을 취하고 있다.

단지 라스콜리니코프와 포르피리 페트로비치가 대화 도중 잠시 멈춘 부분이 두 부분으로 구분된 커다란 독백만이 그러한 상황을 근본적으로 바꾸는 역할을 할 뿐이다. 즉, 두 등장인물이 대화하다 잠시 중단함으로써 두 부분으로 분리된 것 중에서 포르피리 페트로비치에 의해서 계속 이어지는 커다란 독백만이 그러한 상황을 근본적으로 변화시키는 기능을 한다. 서술자-화자는 포르피리 페트로비치가 라스콜리니코프에게 새로운 교제 방법인 신사적인 대화 태도를 견지하면서 행한 긴 독백 행위를 종결한 점을 다음과 같이 높이 평가한다. "포르피리 페트로비치는 품위 있게 말을 멈췄다.(Порфирий Петрович приостановился с достоинством.)"(470) 다시 한번 강조하지만, 이 서술자-화자의 언급이 있기 바로 전에 포르피리 페트로비치의 비교적 긴 독백이 행해지고 있

214

었다. 그런데 바로 이처럼 긴 독백이 다음과 같은 말로써 시작된다는 점이 특징적이다. "왜 그렇게 말하느냐고요? 전 해명하러 온 겁니다. 말하자면, 성스러운 의무를 수행하려고 하는 거죠.(Что так говорю? Я объясниться пришел-с, так сказать, долгом святым почитаю.)"(470)

우리가 앞에서 언급한 바와 같이 예심 판사 포르피리 페트로비치는 라스콜리니코프와 예전에 가졌던 여러 번의 만남 속에서 체험한 "이상한 장면"들에 대해 부정적으로 평가했다. 그리고 그는 결국 그러한 형태나 종류의 만남을 종결짓고, 이와 전혀 다른 형식이나 종류의 교제를 새로 시작하겠다고 결심한 것이다. 그래서 그는 그동안 자신이 사용했던 "테크닉과 트릭"을 과감히 버리고, 인간적인 냄새가 나는 새로운 방법을 사용함으로써 "인간 속의 인간"이란 수준의 교제가 가능하도록 만든 것이다. 다시 말해서 포르피리 페트로비치는 이러한 인간적인 교제를 통해서, 즉 범죄 용의자인 라스콜리니코프에게 신사적인 매너를 가지고 인간적으로 대해 줌으로써 그와 진정한 소통을 가로막고 분리하는 역할을 했던 장애물들을 모두 제거할 수 있었다. 따라서 그는 그들 앞에 놓인 중요한 대립의 문제를 해결함으로써 자기의 "신성한 의무"와 책임을 성공적으로 완수할 수 있게 되었을 뿐만 아니라, 범죄 용의자와의 치열한 싸움에서 승리할 수 있게 된 셈이다. 우리는 작품 분석을 통해 예심 판사인 포르피리 페트로비치가 라스콜리니코프의 "범죄 심리"의 "본질을 파헤"치며, 작가-도스토옙스키의 "사상을 대변하는" "중요한 등장인물"로서 역할을 하고 있음을 볼 수 있다."[35]

---

35 도스토예프스키, 홍대화 옮김, 『죄와 벌』(상, 하), 열린책들, 2002, pp.825-826.
포르피리 페트로비치는 "작품을 관통하고 있는 생명 존중 사상과 고난을 통해 정화되어야 한다는" 작가의 "사상을 대변"하는 "뛰어난 심리학자로 제시되"나, "라스콜리니코프를 갱생으로 인도하는 구원자 역할을 하"기에는 "지나치게 분석적"이며, "법률적이고 심리적인 관점에서만 그에게 관심을" 보인다. 라스콜리니코프는 "그의 불행을 순간적으로 깨닫고 그와 함께 십자가를 지려"는 소냐를 통해 구원과 부활의

이상과 같이 우리는 도스토옙스키의 장편 〈죄와 벌〉에 나타난 '큰 대화'와 '슈제트 대화'의 연관성을 이 작품의 두 등장인물-범죄 용의자인 라스콜리니코프와 예심 판사인 포르피리 페트로비치-의 대화 분석을 통해 살펴보았다.

우리는 작품 분석을 통해 등장인물들이 행하는 교제의 목적이 슈제트적인 특징을 지니고 있음을 알 수 있었다. 즉, 그들의 활발한 행위나 경험과 연관된 대화 또는 이 대화의 단편들은 슈제트적인 특징을 지니고 있다. 또한, 우리는 〈죄와 벌〉에 나타난 대화를 분석하는 과정에서 바흐친의 이러한 개념에 관한 이해를 검증하였다. 즉, 우리는 라스콜리니코프와 포르피리 페트로비치가 세 번째로 만났을 때, 그들이 나눈 '슈제트 대화'의 분석을 통해서 무엇이 옛 사건과 그 이후 사건들과 어떻게 상호 연관되는지를 구체적으로 살펴보았다. 그리고 이 작품의 등장인물들이 나누는 리얼한 대화는 두 의미상의 위치나 문제들(즉, 그들이 나누는 대화는 실제적인 삶의 의미를 지닌 문제들과 하나님이나 진리에 관한 "최후의 문제들") 사이에서 변동하고 있음을 알 수 있었다. 또한, 등장인물들의 레플리카에는 어떤 실제적 의미도 없으며, 그들의 행위와 삶의 외적 상황에 영향을 미칠 수도 없는 입장이 바로 그들의 "사상"에 해당한다는 사실도 알 수 있었다.

이어서 우리는 도스토옙스키의 〈죄와 벌〉 제6부 제2장에 나타난 레플리카를 구체적으로 분석해보았다. 즉, 포르피리 페트로비치의 레플리카에 관한 분석을 통해 그의 흡연 습관, 그리고 이 흡연 습관과 그의 관계를 알 수 있었다. 또한, 이를 통해 포르피리 페트로비치의 "연극적인" 목소리의 울림, 이러한 연극성에 대한 라스콜리니코프의 훌륭한 이해, 그리고 포르피리 페트로비치의 말에 대한 라스콜리니코프의 평

길을 걷게 된다. 같은 책, p.826.

가에 관한 전자의 훌륭한 이해 등에 관해서도 잘 알 수 있었다.

또한, 이 작품에서 등장인물의 소통을 가로막고 분리하는 기능을 하는 장애물들이 제거되지 않기 때문에, 즉 그들의 중요한 역할과 대립에 관한 문제가 해결되지 않기 때문에, 바흐친이 말하는 "인간 속의 인간" 수준의 접촉이나 교제는 이루어지기 힘들다는 점도 알 수 있었다. 예를 들어, 포르피리 페트로비치가 독백하고 있을 때, 등장인물들의 내적 교제와 긴밀히 연관된 장애물들(즉, 등장인물들 사이의 깊은 상호 이해관계와 연관된 장애물들)이 라스콜리니코프로 하여금 살인으로 이끌었다고 확신하게 만든 악마 형상과 연관되고 있다.

이와 더불어 우리는 서술자-화자의 의식과 이중적인 태도에 관해서도 살펴보았다. 그는 범죄 용의자와 예심 판사 간의 투쟁에 관한 "역할" 관념의 포로가 되어 있다. 그래서 그는 때로는 자기의 견해를 주인공들의 견해와 완전히 결합하기도 하고, 때로는 제삼자의 입장에서 바라보기도 하는 등 이중적 태도를 취한다. 하지만, 그는 심리적 통찰 능력을 상실한 견해를 가지고 바라보는 관점을 취하기도 한다.

결론적으로 우리는 라스콜리니코프의 범죄 심리의 본질을 파헤치면서 작가-도스토옙스키의 사상을 대변하는 중요한 등장인물인 포르피리 페트로비치가 라스콜리니코프와의 인간적인 교제를 통해서, 즉 범죄 용의자에게 신사적인 매너를 가지고 인간적으로 대해 줌으로써 그와의 진정한 대화와 소통을 가로막으며 분리하는 역할을 하였던 장애물들을 제거하는 과정을 통해 중요한 대립의 문제를 해결하는 것을 볼 수 있었다.

제4장

톨스토이의 작품 세계와 사상

1. 톨스토이의 생애와 작품 세계

톨스토이(1828~1910)는 모스크바의 남쪽 약 200km에 위치한 야스나야 폴랴나의 명문 백작 가문 출생이다. 그는 3살 때 어머니가, 10살 때 아버지가 사망했다.

17살 때인 1844년 카잔 대학 동양학부 아라비아 튀르크(터키)어 과에 입학했다가, 흥미가 없어 그 이듬해에 법학과로 전과했다. 그는 공부에 싫증을 느껴 필수 과목인 역사 강의에 자주 결석해서 근신 처분을 받아 징벌실에 감금되기도 했다.

톨스토이는 프랑스 계몽사상에 관심을 가졌는데, 특히 루소의 "자연으로 돌아가라"는 사상에 심취하기도 했다.

그는 25살 때 카프카스(코카서스) 포병연대 소위보로 입대해, 군 복무 중 자전적 3부작 소설-〈유년 시대〉, 〈소년 시대〉, 〈청년 시대〉-를 썼다. 그는 1855년 당시의 수도 페테르부르크에서 장교로 근무했고, 문단과 사교계로부터 환영을 받았다. 또한, 그는 거기서 술과 도박에 빠지기도 하고, 집시 여인들과 방탕하게 생활하기도 했다. 그러다가 그는 곧 도시 생활에 염증과 회의를 느껴, 제대한 뒤 고향의 영지인 야스나야 폴랴나로 갔다. 톨스토이는 1857년 1월 폴란드, 프랑스, 스위스 등을 여행하면서, 서구 자본주의 문명사회의 부패하고 타락한 모습을 체험했다.

그는 서구에서 귀국 후 학교 건립, 교과서 저술 등을 통해 농민 교육과 계몽 활동을 하면서 농민들과 함께 농사를 짓기도 했다.

톨스토이는 러시아 역사와 민족 문제에도 커다란 관심을 가졌으며, 이러한 관심을 소재로 삼아 장편 〈전쟁과 평화〉와 같은 작품을 썼다. 또한, 그는 장편 〈안나 카레니나〉에서 연애, 결혼, 종교, 그리고 가정 등에 관한 문제를 다루었다.

톨스토이는 1879년 러시아 정교회 탈퇴를 선언했으며, 자기의 과거와 삶, 그리고 문학을 부정하는 〈참회록〉을 썼다. 그는 무정부주의와 무저항 정신에 입각한 '톨스토이주의'를 몸소 실천했으며, 기독교적 계율에 따라 삶을 살아가는 성자의 길을 가려고 노력했다. 이로 인해 그는 결국, 1901년 2월 러시아 정교회로부터 파문을 당했다.

이러한 상황에서 톨스토이는 자기의 토지를 농민에게 분배하려 했으나, 아내의 반대로 뜻을 이루지 못하자 가출했다. 그는 1910년 11월 7일 아스타포보 역에서 82세의 나이로 객사하여, 고향 야스나야 폴랴나에 묻혔다.

그의 대표 작품은 자전적 소설 3부작 〈유년 시대〉, 〈소년 시대〉, 〈청년 시대〉, 장편 〈전쟁과 평화〉, 장편 〈안나 카레니나〉, 장편 〈부활〉, 단편 〈이반 일리치의 죽음〉, 중편 〈크로이처 소나타〉 등이다.

2. 톨스토이의 장편 〈안나 카레니나〉에 나타난 여주인공의 형상과 죽음

'러시아의 위대한 소설가', '위대한 기독교 사상가' 등으로 다양하게 불리는 톨스토이(Л.Н. Толстой)의 생애는 50세를 전후하여 둘로 나뉜다. 즉, 그는 창작에만 몰두했던 50세 이전에는 훌륭한 작가였으나, 50세 이후에는 훌륭한 종교적 사상가였다. 그는 49세에 장편 〈안나 카레니나〉(1877)를 발표하고, 54세에 『참회록』(Исповедь)을, 59세에는 『인생론』(О жизни)을 발표했다. 그는 〈안나 카레니나〉를 발표한 후, 날이 갈수록 유명해졌다. 그는 작가로서의 명성을 누리는 행복한 가장으로서 삶에 만족하는 사람처럼 보였으나, 이 작품을 구상할 때부터 정신적 위기를 겪었던 그는 자살을 결심한 적이 있다고 『참회록』에서 고백했다.[1] 이는 우리가 살펴볼 〈안나 카레니나〉의 여주인공의 정신적 위기 및 죽음의 문제와도 긴밀히 연관된다.

톨스토이는 〈안나 카레니나〉가 발표된 해부터 기독교 교리에 충실한 신자로 살기 위해 수도사가 되려 했다. 또한, 그는 러시아 정교회의 가르침이 성서의 진리에 어긋나 있음을 알고, "교회는 3세기 이후로 거짓과 잔인성과 속임수로 일관해 왔다"고 비판했다. 1878년 그는 삶의 위기가 절정에 달한 상태에서 인습에 젖은 러시아 정교회를 떠나,

---

1 "5년 전부터 무언가 아주 이상한 일이 나에게 발생하곤 했다. (중략) 죽음이라는 것을 눈 깜짝할 사이도 없이 자각하게 되는 법이다. (중략) 그리고 앞에 기만적인 삶과 행복, 그리고 진정한 고통과 진정한 죽음, 즉 완전한 파멸 이외에 아무것도 없다는 것을 보지 않기 위해 눈을 감을 수도 없었다. (중략) 나는 결국, 이 공포로부터 도망치기 위해 자살하고 싶었다. (중략) 바로 이런 감정이 나에게 무엇보다도 더 강하게 자살로 이끌고 갔다. (중략) 나에게 쉰 살에 자살에 관심을 갖게 한 나의 의문은 (중략) 가장 단순한 의문이었다. (중략) 모든 것은 헛되다. 태어나지 않는 자가 행복하고, 죽음이 삶보다 더 낫다. 따라서 삶으로부터 벗어나야만 한다." 레프 톨스토이 지음, 이영범 옮김, 『참회록』, 지식을만드는지식, 2010, pp.47-83.

복음서와 연관된 논문과 책을 냈다. 이듬해 그는 러시아 정교회 탈퇴를 선언하고 자기의 과거, 삶, 문학을 부정하는 『참회록』을 썼다. 그는 이 책에서 모든 인간은 하나님의 뜻에 따라 이 세상에 태어났으며, 하나님은 누구든지 스스로 자기의 영혼을 타락시킬 수도 있고, 구원할 수도 있게 창조했으며, 인간이 자기의 영혼을 구원하기 위해서는 하나님의 뜻에 따라 살아야 하며, 그러기 위해 삶의 모든 쾌락을 버리고 겸손한 자세로 일하고, 인내의 미덕을 키우고 자애심을 지녀야 한다고 주장했다. 그는 또한, 자기의 사상을 체계적으로 설명하기 위해 자기의 종교와 연관된 '철학 전문서'인 『인생론』을 집필했다. 그의 세계관의 철학적 기반을 이루는 이 책의 원제는 『삶과 죽음에 관해』인데, '죽음'이라는 단어를 제목에서 삭제하였다. 그는 이 책에서 이기적인 삶을 떠나 선을 추구하고 남을 사랑하는 삶, 즉 기독교적 진리에 바탕을 두고 사는 삶이 진정한 행복을 얻을 수 있다고 주장했다.[2]

러시아의 전통적 가치를 대상으로 하지 않는 새로운 의식은 계승된 지식이나 관념에서 나오지 않는다. 그러한 의식은 관습이 아닌 법이나 제도의 추상적 개념에 입각한다. 또한, 그러한 의식은 이기주의적 욕구의 이성적 일치에 관한 사상 등에 입각한 개성이 중심에 놓인 가치 체계에 근거한다. 러시아 문학에서 새로운 의식과 새로운 가치들이 존재했었다. 특히 이 문제는 '새로운 사람들'이란 용어가 1860년대 러시아 문학과 사상 및 혁명 운동에 커다란 영향을 미친 비평가이자 사상가 및 저널리스트로서 활동한 체르느이솁스키의 장편 〈무엇을 할 것인가?〉에 독특히 나타나 있으며, 문학 비평에서 활발히 토론되고 고찰되었다.[3]

2   이영범, 해설 // 레프 톨스토이 지음, 이영범 옮김, 『인생론』, 지식을만드는지식, 2010, pp.10-16.

3   이영범 외, 『한러 전환기 소설의 근대적 초상』, 한국학연구총서 11, 고려대학교

당시 러시아 사회에서 '전통적 의식'으로부터 '새로운 의식'으로의 전환은 다양한 삶의 사회 환경과 범위에서 나타났다. 그러나 러시아 문학에 있어서 가장 중요한 것은 여러 변화가 사상과 정치 분야가 아닌, 가족, 결혼, 사랑 등에서 발생했다는 점이다. 물론 그러한 전환은 가부장적인 가족제도의 붕괴 속에서 나타났다. 이 가부장 제도는 기독교 윤리에서 떠나지 않은 관습이나 규칙 속에서 유지되고 있었다. 이를 고려할 경우, 낡은 것으로부터 새로운 것으로의 전환을 표현한 가장 중요한 러시아 문학 작품 중 하나가 바로 〈안나 카레니나〉이다. 그 이유는 이 작품이 가정의 붕괴에 관한 소설이기 때문이다.[4]

이 소설의 새로운 의식의 소유자, 즉 자기의 독특한 개성을 소유한 열정적인 여성 안나는 전통적 가치와 인습, 낡은 규범 등에서 벗어나 자유로운 삶을 살려고 시도하지만, 많은 장애에 부딪히고 자기의 정신적 위기를 극복하지 못해 파멸한다. 우리는 남부러울 것이 없어 보이는 귀족 가정주부인 그녀가 왜 브론스키와 불륜을 저지르고 가정을 파탄시키는 무책임한 행위를 하며, 하나님에 관한 믿음의 상실과 인내 부족 등으로 인해 우울하고 고통스러운 삶을 살다, 좌절과 절망 속에서 인생을 포기하고 자살하는지 살펴볼 것이다.

이 글에서 우리는 톨스토이의 〈안나 카레니나〉에 나타난 여주인공 안나의 형상을 의식의 문제와 연관해서 살펴봄과 동시에, 그녀의 죽음의 문제를 사회적 책임과 개인적 책임 및 신앙의 문제 등과 상호 연관하여 고찰하고자 한다.

톨스토이의 〈안나 카레니나〉는 "모든 행복한 가정은 서로 비슷하지만, 불행한 가정은 각자 나름대로 불행을 안고 있다.(Все счастливые семь

한국학연구소, 2007, p.57.
4   Ibid. p.58.

и похожи друг на друга, каждая несчастливая семья несчастлива по-своему.)"5로
시작되며, 바로 다음에 이어지는 묘사는 이 작품의 여주인공의 오빠인
오블론스키(Облонский)가 가정교사와의 불륜으로 인해 발생한 가정의
혼란에 관한 상황이다.

> 오블론스키 집안은 모든 게 뒤죽박죽이었다. 아내는 남편이 전에 있던 프
> 랑스 가정교사와 관계가 있었다는 사실을 알고는 남편에게 더는 한 집에서
> 그와 살 수 없다고 선언했다. 이 상태가 벌써 사흘째 계속되었기 때문에 부부
> 도, 모든 식구도, 그리고 하인들도 몹시 괴로움을 느끼고 있었다. (중략) 요
> 리사는 이미 어제 저녁 식사 시간에 나가버렸고, 여자 요리사와 마부도 급료
> 를 계산해달라고 졸라대고 있었다.

> Все смешалось в доме Облонских. Жена узнала, что муж был в связи с
> бывшею в их доме француженкою-гувернанткой, и объявила мужу, что не мо
> жет жить с ним в одном доме. Положение это продолжалось уже третий день
> и мучительно чувствовалось и самими супругами, и всеми членами семьи, и
> домочадцами. (…) повар ушел еще вчера со двора, во время обеда; черная
> кухарка и кучер просили расчета.   (5)

이처럼 이 소설의 처음에 안나의 오빠 오블론스키 가정의 심각한
문제가 묘사되어 있다. 이는 안나와 카레닌의 가정의 문제, 그리고 키
티(Кити)와 레빈의 가정의 문제 등과 연관된다. 우리는 안나와 브론스
키에 관한 키티의 관찰을 통한 그들의 연애 사건의 시작에 관한 묘사
속에서 여주인공의 형상을 알 수 있다.

> 그녀는 이곳에 와서 안나와 만나지 않았었는데, 여기서 완전히 새롭고 의
> 외의 그녀를 갑자기 다시 보았다. (중략) 즉 그녀는 두 눈 속에서 떨며 불타오

---

5 Л.Н. Толстой. *Полн. собр. соч. в четырнадцати томах, 〈Анна Каренина〉, т. 8.*
   М.: Гос. Изд-ство Худ. Лит-ры, 1952, С. 5. 앞으로 이 텍스트의 인용 표시는
   인용문 다음의 괄호 안에 쪽수만 표시하겠음.

르는 광채, 자신도 모르게 입술을 움직이는 행복하고 흥분한 미소, 동작의 분명한 우아함, 정확함, 그리고 경쾌함을 보았다. (중략) 안나가 웃자, 그 미소가 그에게로 옮겨갔다. 안나가 생각에 잠기자, 그도 진지해졌다. 어떤 초자연적인 힘이 키티의 두 눈을 안나의 얼굴 쪽으로 끌어당기고 있었다. (중략) 그러나 그녀의 매력 속에는 뭔가 무섭고 잔인한 것이 있었다.

> Она не сходилась с Анной с самого приезда и тут вдруг увидала ее опять совершенно новою и неожиданною. (⋯) Она (⋯) видела дрожащий, вспыхивающий блеск в глазах и улыбку счастья и возбуждения, невольно изгибающую губы, и отчетливую грацию, верность и легкость движений. (⋯) Анна улыбалась, и улыбка передавалась ему. Она задумывалась, и он становился серьезен. Какая-то сверхъестественная сила притягивала глаза Кити к лицу Анны. (⋯) но было что-то ужасное и жестокое в ее прелести. (89-91)

이처럼 키티는 무도회에서 안나와 브론스키에 관한 관찰을 통해 그들이 연인 관계에 있다는 사실을 발견하고 있다. 또한, 안나의 형상은 모순 속에서 창조되고 있다. 예를 들어, 키티는 무도회 장면에서 안나의 모습을 관찰하면서 그녀가 매혹적으로 아름답지만, 그녀의 이 매혹 속에는 뭔가 잔인한 점이 있다고 생각한다. 톨스토이는 한 문장에서 여섯 번이나 반복해서 안나의 매력적인 형상을 강조하고 있다. 작가가 긴 문장 속에서 그녀의 매력에 관해서 의도적으로 강조하는 이유는 대체 무엇일까? 이 매력이라는 단어는 안나의 운명과 긴밀히 연관되는 아주 중요하고 복합적인 상징성을 지니고 있기 때문이다. 즉, 이 단어는 안나가 자신이 지닌 바로 이 미의 매혹적인 특성 때문에 죽게 될 거라는 것을 독자에게 암시하는 복선의 역할을 한다고 볼 수 있다. 이처럼 안나의 미와 그것의 매혹적인 특성, 그리고 그 속에 도사리고 있는 잔인성과 악마성은 그녀의 죽음과 매우 긴밀히 연관되어 있다.[6]

---

6 이영범 외, Op. cit., pp.93-94.

소박한 검은색 옷을 입은 안나는 매력적이었으며, 팔찌를 낀 그녀의 통통한 두 팔이 매력적이었으며, 진주 목걸이를 걸친 단단한 목이 매력적이며, 약간 흐트러진 머리 모양의 물결치는 듯한 머리칼들이 매력적이며, 조그마한 다리와 손의 우아하고 경쾌한 동작이 매력적이며, 생기가 넘치는 그 아름다운 얼굴이 매력적이지만, 그녀의 매력 속에는 무섭고 잔인한 무엇인가가 있었다.

Она была <u>прелестна</u> в своем простом черном платье, <u>прелестны</u> были ее полные руки с браслетами, <u>прелестна</u> твердая шея с ниткой жемчуга, прелестны вьющиеся волосы расстроившейся прически, <u>прелестны</u> грациозные легкие движения маленьких ног и рук, <u>прелестно</u> это красивое лицо в своем оживлении; но было что-то ужасное и жестокое в ее <u>прелести</u>." (91)

이처럼 키티의 눈에 비친 안나의 아름다움, 매혹, 악마적 본성, 낯선 것, 유혹성 등의 혼합은 눈보라로 표현되는 카오스 모티브와 연관이 있다. 안나는 눈보라가 치는 상황에서 브론스키와 만나고 있으며, 이 눈보라의 카오스는 정열의 세력과 가깝다. 또한, 악마적 본성을 연상시키는 이 눈보라 역시 안나의 그러한 본성과 긴밀히 연관된다. 결국, 톨스토이의 〈안나 카레니나〉에 나타나 있는 여주인공의 형상이 지닌 이중성[7]은 그녀가 지닌 삶의 여유와 죽음에 관한 예감의 결합에 의해 강조되고 있다.[8]

로맹 롤랑은 안나와 브론스키의 "사랑의 광기"에 관해 언급하면서, 그들의 "연애는 맹렬하고 관능적이며 절대적이었다."[9]고 말한다. 앞에

---

7 나보코프는 〈안나 카레니나〉에는 두 명의 안나-정숙한 아내이자 아들을 사랑하는 어머니로서의 안나와 부정하고 이기주의적이고 정열적인 여자로서의 안나-가 존재한다고 주장했다. V. Nabokov, Lectures on Russian Literature, New York and London 1981, p.144. 권철근, 「톨스토이의 이원성 연구: 선에서 지선으로」, 한국슬라브학회 편, 『19세기 러시아 소설의 이해』, 열린책들, 1995, p.268에서 재인용.

8 이영범 외, Op. cit., P. 94.

9 롤랑 지음, 서정철 옮김, 『톨스토이』, 세계의 인간상 제7권, 한국교육출판공사, 1986, p.82. 이어서 롤랑은 "사랑의 광기"에 관해 반복하여 강조하고 있다. 같은

서 우리는 무도회에서 브론스키와 안나가 서로 사랑에 빠져 있는 모습을 살펴보았다. 키티는 안나의 눈에서 불타오르는 기쁨의 빛과 기쁜 표정을 본 다음에 브론스키의 얼굴에서도 안나의 얼굴에서 본 것과 똑같은 모습을 발견하고 공포를 느낀다. 즉, 키티는 브론스키의 두 눈에 나타난 안나를 향한 "복종과 공포의 빛"을 본 후 "무서운 절망"에 빠진다.[10]

우리가 이 작품의 맨 처음 부분에서 돌리의 자기 자식들에 관한 태도를 볼 수 있었던 것과 마찬가지로 제1부의 끝부분에서도 카레닌의 가정, 안나와 남편의 관계, 안나의 아들에 관한 태도를 볼 수 있다. 〈안나 카레니나〉의 맨 처음에 쓰인 "모든 행복한 가정은 동일하게 행복하고, 불행한 각 가정은 나름대로 불행하다.(Все счастливые семьи похожи друг на друга, каждая несчастливая семья несчастлива по-своему.)"(5)는 말처럼 서로 다르지만, 이 두 가정이 불행하다는 점이 밝혀졌다. 이 두 가정의 경우, 부부 상호 간에 사랑이 존재하지 않기 때문이다. 물론, 돌리는 자기의 남편을 사랑하고 있으며, 이에 관해서 직접 언급되고 있다. 그녀는 그를 자기의 남편으로 여기는 것과 사랑하는 것을 중단할 수 없어서 그와 헤어지기란 대단히 어려웠다. 카레닌 가정의 상황도 많은 점에서 이와 유사하지만, 전도된 형태이다. 즉 스티바가 아내 돌리를 사랑할 수 없는 것과 비슷한 이유로 인해 안나도 카레닌을 사랑할 수 없다. 심지어 안나는 남편 카레닌의 어떤 정신적 가치들을 사랑하기조차 한다. 그러나 스티바에게는 자기의 아내에 대한 열정이 없다 즉, 스티바의 관점에서 볼 경우, 그는 활기로 가득 차 있지만, 돌리는 이미 늙어버렸기 때문에 그것이 있을 수 없는 것과 마찬가지로 안나에게도 자기의 남편 카레닌에 관한 열정이 없다.[11] 주인공 중 레빈은 과거에서 벗어나

책, pp.82-83.

10 이영범 외, Op. cit., p.95.

11 Ibid. pp.96-97.

제4장. 톨스토이의 작품 세계와 사상

227

더 나은 미래에 대한 희망과 기대, 하나님에 대한 믿음을 회복한다. 그런데 "정열 앞에서 정신적으로 타락"[12]한 안나는 마음의 안정과 하나님에 대한 믿음을 잃게 되어 자살하게 된다.

자기의 남편에 대한 사랑의 열정을 잃고, 브론스키에 대한 사랑의 "열정 앞에서 정신적으로 타락"한 안나가 마음의 안정과 신에 관한 믿음을 잃고, 결국, 자살에 이르게 된다. 이처럼 '열정'이라는 단어는 안나의 삶에 있어서, 더 나아가 그녀의 열정적인 사랑과 이로 인한 죽음에 있어서 커다란 영향을 미치는 중요한 요소이다. 이 소설의 여주인공 안나는 결국, 자기의 지나친 열정으로 인해 브론스키에 대한 사랑만 좇다가, 이를 이루지 못해 자살한다. 그녀가 자살한 이유는 무엇일까? 여기에는 여러 가지 이유가 있다. 가장 중요한 이유 중 하나는 그녀의 잘못된 사랑에 있다. 즉, 귀족 고관의 부인인 그녀가 가정을 버리고 총각인 브론스키만을 사랑했다는 데 있다. 그녀는 자기의 모든 것을 바쳐 그를 사랑했고, 그로부터 영원히 사랑받고 싶어 했다. 그러나 안나는 브론스키가 자신을 끝까지 사랑하지 않으리라는 것을 깨닫고, 절망한 나머지 자살한 것이다. 그녀가 자살할 수밖에 없었던 것은 자기의 모든 것-자기의 사회적 지위와 가정, 특히 사랑하는 아들 세료자 등-을 버리고 모든 희생-상류사회로부터의 비난 등-을 감수하면서까지 오직 브론스키의 사랑만을 바랐기 때문이다.

우선 우리는 안나 카레니나가 자살할 수밖에 없었던 이유를 이 소설의 에프그라프-"복수는 나의 것이니, 내가 보복하겠노라."-와 연관해 살펴볼 필요가 있다. 잘 알다시피 이 에피그라프는 톨스토이가 성경의

---

12 이와 연관하여 스트라호프는 안나가 브론스키와의 사랑과 정열을 위해 모든 것을 던짐으로써 그녀가 끝까지 불행해지며, 그의 열정이 식고 불성실해진 것을 참지 못하는 자기의 성격과 자신이 추구한 사랑 때문에 죽는다고 주장한다. N. N. Strakhov Levin and Social chaos. // *Anna Karenina: Essays in Criticism.* A Norton Critical Edition. Ed. George Gibian, New York 1970. pp.794-795.

로마서에서 인용한 것이다.[13] 이 에피그라프 속에 들어있는 "복수"라는 단어는 이 작품의 여주인공인 안나 카레니나와 긴밀히 연관된다. 이는 또한, 그녀의 비극적인 운명인 그녀의 자살과 연관된다. 이 작품에서 에피그라프와 연관된 '복수'란 누가 누구에게 하는 것일까? 우리는 이 '복수'를 다양하게 해석-1) 안나가 브론스키에게 한 복수 2) 하나님이 안나에게 한 복수, 3) 도덕주의적 창조자-톨스토이가 안나에게 한 벌, 4) 안나가 사회와 자신을 비난한 자들에게 한 복수 등- 할 수 있다.

우리는 안나의 브론스키에 대한 복수와 죽음에 관한 묘사를 〈안나 카레니나〉의 제7부 제31장의 마지막 부분에서 볼 수 있다.

> '저기야!' 안나는 기차의 그림자와 침목 위에 흩뿌려진 석탄 섞인 모래를 바라보며 중얼거렸다. '저기, 저 한가운데로 (뛰어들자.) 그러면, 난 그이를 벌하게 되는 거고, 모든 사람과 나에게서 벗어나게 되는 거야.' (중략) 바퀴와 바퀴 간의 한가운데가 그녀 앞에 정확히 다가온 순간, 그녀는 빨간 손가방을 내던지고, 양어깨 속에 머리를 틀어박은 뒤, 기차 밑으로 쓰러졌다. (중략) 그러나 무언가 알 수 없는 거대한 것이 인정사정없이 그녀의 머리를 떼밀고는 등을 질질 끌고 갔다. (중략) 촛불이 (중략) 영원히 꺼져버렸다.
>
> 《Туда! – говорила она себе, глядя в тень вагона, на смешанный с углем песок, которым были засыпанные шпалы, – туда, на самую середину, и я нака жу его и избавлюсь от всех и от себя》. (···) И ровно в ту минуту, как середина между колесами поравнялась с нею, она откинула красный мешочек и, вжав в плечи голову, упала под вагон (···) но что-то огромное, неумолимое толкнул о ее в голову и потащило за спину. (···) И свеча (···) навсегда потухла.
>
> (352-353)

이 인용문에 나타난 바와 같이 안나 카레니나는 브론스키에게 벌하

---

13 "내 사랑하는 자들아 너희가 친히 원수를 갚지 말고 진노하심에 맡기라 기록되었으되 원수를 갚는 것이 내게 있으니 내가 갚으리라고 주께서 말씀하시니라"(로마서 12장 19절)

기 위해, 즉 복수하기 위해 기차에 몸을 던져 자살했다. 왜 그녀가 브론스키에게 복수한 것일까? 잘 알다시피 브론스키가 안나의 인생을 망친 장본인이기 때문이다. 그리고 유부녀인 안나가 그와 불륜을 저지르고 그에게 모든 것을 바쳐 열정적으로 사랑했기 때문이다. 그리고 그녀가 남편 카레닌과 사랑이 없는 결혼을 했기 때문이다. 그래서 그녀는 사랑의 결핍을 느껴 브론스키의 유혹에 넘어가 탈선—금지된 사랑—하여 가정을 파탄시킨 것이다. 물론 이는 자기의 자유 의지에 의한 선택과 행위의 책임이란 문제와 연관되어 있다. 이와 관련하여 먼저 그로메카(M. S. Gromeka)의 주장을 들어보자. 그에 의하면, "인간 열정의 변덕스러운 순환의 미덕과 정신력에 관한 혼란스럽고 쓸데없는 믿음, 즉 이 유사—자유주의적인 믿음이 소설 〈안나 카레니나〉에서 죽을 수밖에 없는 운명의 불행을 초래한다. 작가는 이 영역 속에 무제한의 자유가 존재하지 않으며, 거기에는 법이 존재한다는 것을 우리에게 입증했다. 그것은 법을 지켜 행복해지거나, 법을 위반해 불행해지는 인간의 의지에 달려 있다. (중략) 이전의 거짓의 자연스러운 결과, 즉 계속해서 일어나는 열정에 관한 심취는 "복수는 나의 것이니, 내가 보복하겠노라"처럼, 무가치한 것을 향상하고, 최후의 파괴를 초래하는 열정을 파괴할 것이다."[14] 이처럼 그로메카는 안나가 자기의 자유 의지에 따라 법을 위반하고 열정에 심취함으로써 파멸했다고 본다.

그로메카의 이러한 주장과는 달리 브이코프(S. P. Bychkov)는 안나가 파멸한 것은 사회 때문이라고 본다. "그녀의 비극적 죽음은 난폭함과 허위로 가득 찬 이 세계의 준엄한 고발이다. 안나는 카레닌과 브론스키 때문만 아니라, 사회의 모든 것들에 의해 억압을 받는다. (중략) 이러한

---

14 Gromeka M. S. The Epigraph and the Meaning of the Novel // *Anna Karenina: Essays in Criticism*. A Norton Critical Edition. Ed. George Gibian, New York 1970. p.801.

사회에서 그녀는 자기의 인간적인 진정한 가치관을 발견할 수 없거나 진정한 행복을 위한 자기의 권리를 행사할 수 없다. 여기에 부르주아 사회의 조건에서는 해결할 수 없는 그녀의 비극이 있다. 그래서 톨스토이가 종교 용어와 윤리 용어로 설명하려 노력하며, 그는 그녀의 비극적 죽음에 깊은 사회적 토대를 제공한다. (중략) 작가는 그녀의 비극적 죽음이 사회적 원인에 있다는 데 관심을 집중시킨다.”[15] 이처럼 브이코프는 안나 카레니나가 자살한 것은 그녀의 잘못된 행위 때문이 아니라, 카레닌과 브론스키, 그리고 사회의 모든 것들—잘못된 법과 제도, 상류사회의 위선자들 등— 때문이라고 주장한다. 즉 그의 주장에 따르면, 안나 카레니나는 위선과 허위로 가득 찬 부르주아 사회에 복수한 셈이다. 여기서 우리는 한편으로는 브이코프의 주장에도 일리가 있다고 보지만, 다른 한편으로는, 더 중요한 문제—사회적 원인보다는 여주인공 자기의 잘못된 행동으로 인한 범죄, 즉 유혹에 넘어가 탈선하여 육체적 사랑을 지나치게 추구한 죄와 이로 인한 파멸 —를 간과한 것이라고 본다. 안나는 자기의 지나친 열정으로 인해 금지된 사랑을 했으며, 이로 인해 가정의 울타리를 용감히 넘는 행위를 스스로 선택했었다. 그렇게 함으로써 그녀는 자기의 불완전한 행복의 조건들—고관 귀족 가정의 부인이자 사랑하는 아들의 엄마라는 자격과 상류 사교계의 사회적 지위 등—을 모두 상실하고, 한순간의 불장난에 불과한 눈먼 사랑에 집착하다가 시기 질투로 인해 우울증에 시달리다 자살한 것이다.

우리는 앞에서 언급한 브이코프의 주장과 유사한 주장을 스턴(J.P. Stern)의 주장에서 발견할 수 있다. 그는 안나의 자살이 그녀의 심리적 상황과 사회적 상황에 의해 결정되었다고 주장하면서, 작가—톨스토이

---

15 Bychkov S. P. The Social Bases of 〈Anna Karenina〉 // *Anna Karenina: Essays in Criticism*. A Norton Critical Edition, Ed. George Gibian, New York 1970. pp.834-835.

의 도덕률을 비판한다. "세 여자 중 안나는 유일한 완전히 성숙한 인물이다. (중략) 안나의 죽음의 형식인 자살은 그녀의 심리적이고 사회적인 상황에 의해 결정된다. (중략) 그러나 안나의 자살이 어떻게 도덕적으로 동기화된 행위가 될 수 있는가? 이를 벌의 형태로 보는 것은 그녀에게 하나님이 선고한 형식이다. 그녀에게 선고된 벌에 있어서 톨스토이는 도덕적이고 정신적인 법의 인간적인 견해를 절대 넘지 않는다. 도덕성이 그의 좁은 방식이다."[16] 이처럼 스턴은 안나가 자기의 심리적 상황과 사회적인 상황 때문에 죽었는데 도덕주의자 톨스토이가 자기의 도덕적인 판단에 따라 하나님의 선고 형식을 빌려 그녀에게 복수한 것을 비판하고 있다.

우리는 안나가 기차에 투신해 죽기 전에 브론스키에게 벌(즉 복수)하기를 원하는 장면을 볼 수 있다. 이 장면은 그녀가 자살하기 전에 커다란 고통을 겪었던 것은 브론스키에게 굴복할 것인가, 아니면 카레닌에게 계속 질식될 것인가라는 가장 근본적인 딜레마와 연관된다. 결국, 이러한 딜레마로 인해 히스테리를 일으키고 모르핀 중독에 걸렸던 그녀가 고통에서 벗어나기 위해 찾은 유일한 탈출 방법은 죽음이라는 수단이었다.[17] 안나는 자살하기 전 브론스키와 "지겨워 견딜 수 없는 모스크바 생활"을 하면서 초조함을 느꼈다. 바로 이 초조함이 그들의 사이를 멀어지게 만들었다. 이 초조감이 든 것은 안나에게는 브론스키의 애정이 식어버렸기 때문이었고, 브론스키에게는 자기의 괴로운 처지에 관한 회한과 그렇게 만드는 그녀에 대한 불만 때문이었다. 안나는

---

16 Stern. J. P. The Social Code and the Moral Problem. // *Anna Karenina: Essays in Criticism*. A Norton Critical Edition. Ed. George Gibian, New York 1970. pp. 857-862.

17 Greenwood E. B. Tragedy, Contingency and the Meaning of Life in 〈Anna Karenina〉 // Tolstoy: E. B. Greenwood. The Comprehensive Vision. London, 1975. pp. 116-117.

자신에게만 쏟아야 할 애정을 다른 여자에게 쏟고 있으며, 그 여자 때문에 그의 애정이 식었다고 판단하고 그녀에 대한 질투로 괴로워했다. 특히 안나는 브론스키가 자기의 어머니가 소로킨 공작 영애와 결혼을 권한다는 말을 무심코 말했을 때, 그녀에 관한 질투와 그에 대한 분노를 표현했다. 그래서 그녀는 브론스키를 의심하게 되고, 자신을 파멸시킬 수 있는 언행을 해서는 안 된다는 것을 알면서도 이를 억제하지 못했다. 브론스키가 그녀의 그러한 행동을 참지 못하고, 눈에 "잔인하고 위협적인 증오의 빛"을 보이자, 안나는 "난 사랑을 원하는데, 그게 없어요. 그러니까 모든 게 끝났어요!(Я хочу любви, а ее нет. Стало быть, все кончено!)"(328)라고 말한다. 이어서 그녀는 '난 사랑을 원하는데, 그게 없어. 그러니까 모든 게 끝났어.(Я хочу любви, а ее нет. Стало быть, все кончено,)'(328)라고 생각한다. 그리고 결정을 내릴 것을 결심한다. 그리고 여러 가지 생각을 하다가, 갑자기 모든 것을 해결할 수 있는 한 가지 생각", 즉 죽음을 깨닫는다. 즉 그녀는 남편과 아들의 치욕과 불명예, 그리고 자기의 수치를 죽음에 의해 구원할 생각을 하는 것이다. 그리고 죽음을 통해 브론스키에게 후회와 고통을 안겨줌과 동시에 그로부터 동정과 사랑을 얻으려 하고 있다.

И она вдруг поняла то, что было в ее душе. Да, это была та мысль, которая одна разрешала все··· 《Да, умереть!··· И стыд и позор Алексея Александровича, и Сережи, и мой ужасный стыд – все спасается смертью. Умереть – и он будет раскаиваться, будет жалеть, будет любить, будет страдать за меня》. С остановившеюся улыбкой сострадания к себе она сидела на кресле, снимая и надевая кольца с левой руки, живо с разных сторон представляя себе его чувства после ее смерти.
(329)

안나는 갑자기 그녀의 마음속에 무엇이 있었는지를 깨달았다. 물론, 그것은 모든 것을 해결할 수 있는 생각이었다. '그렇다, 죽는 것이다!··· 알렉세이 알렉산드로비치와 세료자의 수치와 불명예도, 나의 지독한 수치도 다 죽음으로 구원되는 거야. 죽는다면, 그이도 후회할 거고, 날 동정할 거고, 사랑할 거고, 나 때문에 괴로워할 거야.' 그녀는 왼손에서 반지들을 뺐다 끼었다 하며, 그녀가 죽은 후 느낄 그의 심정을 다양한 측면에서 생생히 상상하면서, 자신을 동정하는 굳은 미소를 지은 채 안락의자에 앉아 있었다.

위 인용문에 나타난 바와 같이 안나의 죽음은 그녀의 갑작스러운 생각에서 비롯되었다. 브론스키로부터 사랑의 좌절과 배신을 당한 안나는 자기의 소중한 사랑을 다른 여자에게 빼앗겼다고 판단했다. 그래서 그녀는 모든 문제-그와 이별의 문제, 친지들과 카레닌에 관한 생각 등-의 해결 방법을 죽음에서 찾은 것이다. 즉, 그녀는 죽음을 통해 자기 가족의 수치와 불명예, 그리고 자기의 수치를 구원하고, 이 수치를 당하게 한 브론스키에게 고통이라는 벌을 줄 것을 결심한 것이다. 이 장면은 그녀가 죽으면서 "그이를 벌하게 되는 거고, 모든 사람과 나에게서 벗어나게 되는 거야"라고 중얼거리는 장면과 긴밀히 연관된다. 즉, 그녀는 여기서 자기 죽음을 통한 브론스키에 대한 복수를 결심한 것이다.

안나가 자살하게 된 이유는 또한, 그녀의 타고난 강한 사랑의 열정과 연관됨과 동시에 그녀의 자유 의지에 의한 그릇된 선택에 있다고 본다. 예를 들어, 브론스키의 첫눈에 비친 안나의 열정은 "그녀의 얼굴에 나타난 은근한 억제된 열정"이다. "잠재적 애인들"인 안나와 브론스키는 서로를 즉시 알아보고 직관적으로 이해하며, 결국, 간음하게 된다. 그녀는 자기의 육체적인 사랑을 통한 욕망의 실현이라는 낭만적 사랑을 통해 자신이 행복할 것이라고 오판한 것이다. 즉, 안나는 브론스키에 대한 육체적 욕망과 카레닌과 세료자 앞에서의 죄 사이에 끼어 선택해서는 안 될 것을 선택해 죄를 짓고 심한 고통을 겪게 되고, 결국, 이 극심한 고통에서 벗어나기 위해 자살을 선택하게 된 것이다. 그녀는 기차 바퀴 밑으로 투신하면서 자신에게 벌을 내릴 뿐만 아니라, 그녀를 비난한 상류사회의 위선적인 사람들과 브론스키에게 복수한다. 이처럼 톨스토이는 이 소설 전반에 걸쳐, 안나를 대단한 열정을 지닌 여성으로 묘사하고 있다.[18]

다시 말해서 열정이 대단히 강한 안나는 자기 아들과 브론스키 중에서 누구를 선택할 것인가, 즉 이성적 사랑의 대상인 브론스키와 모성적 사랑의 대상인 아들 세료자 중에서 누구를 선택할 것인가라는 갈등 상황, 즉 자기의 운명에 커다란 영향을 미치게 될 두 개의 커다란 "본능적이고 강력한 힘" 중에서 하나를 억누르고 다른 것을 선택해야만 상황에 처했었다.[19] 그러나 시간이 지남에 따라 그녀는 자신도 모르는 사이에 아들보다는 이성적 대상인 청년 브론스키에게 끌려가게 됨으로써 가정의 경계를 넘어 이성에 관한 정열적인 사랑의 길을 선택하게 된다. 그러나 그녀는 정열적인 사랑의 불길이 꺼져감에 따라 절망하게 되어 결국, 비극적인 죽음을 맞이하게 된 것이다.

이처럼 안나는 자기의 정상적인 삶의 길에서 이탈하게 되는 위기를 겪었을 때, 이 위기를 벗어나지 못해 탈선함으로써 길을 잃고 헤매다 죽음의 구렁텅이에 빠지게 된 것이다. 그녀가 위기에 빠진 것은 그녀의 결핍된 사랑으로 인한 육체적 사랑에 대한 강한 열정이 잠재되어 있었기 때문이다. 그래서 그녀는 브론스키가 그의 육체를 선택하도록 하는 유혹에 넘어가 버린다. 바로 이 유혹이 결국, 그녀를 자살로 이끄는 가장 근본적인 계기가 된다. 그녀는 브론스키의 육체를 소유함으로써 자기의 순수한 영혼을 타락하게 하여 죽음에 이르게 된다. 즉 안나가 육체의 치명적인 지배를 받게 됨으로써, 그녀의 정신적 죽음이 물리적인 죽음으로 연결되게 된 것이다. 안나는 자기의 정조를 잃은 후 "모든

---

18 Benson R. C. Anna Karenina: A Fragile Equilibrium. // R. C. Benson Women in Tolstoy. The Ideal and the Erotic. pp.77-107.

19 Cain T. G. S. Novelists and Their World. London, 1977. pp.111-112.

게 끝났어요"라고 말한 후, "전 당신밖에 없어요. 이걸 기억하세요."라고 말한다. 하지만, 자기의 영혼을 타락한 그녀가 브론스키만 사랑하지만, 그에게서 자신이 원하는 것들을 얻지 못하자 그에게 불만을 느끼고 그를 불신하게 된다. 그래서 결국, 그녀는 그에 대한 미움과 배신감으로 인해 커다란 고통을 느끼다가 절망 속에서 그에게 복수하겠다고 결심한 후 자살하게 된 것이다. 톨스토이는 이를 하나님에 의한 심판과 연관시키기 위해 성경의 로마서에서 인용한 에피그라프를 자기의 작품에 삽입하고 있다.[20]

　톨스토이의 소설 〈안나 카레니나〉의 여주인공의 간음 행위에 관한 이야기는 러시아의 동시대적 사회 상황을 반영함과 동시에 성경의 누가복음서에 나오는 간음한 여인에 관한 이야기와 상호 연관되어 있다. 이 소설의 에피그라프는 톨스토이의 독창적인 성경 해석과 연관되어 있다. 즉 이 작가-창조자는 여주인공의 형상을 창조하는 데 있어서 성경의 간음한 여인을 패러디해서 1870년대의 러시아 사회의 시대 상황에 맞게 재창조했다. 성경에서 예수 그리스도는 육체적 욕망에 이끌려 간음하다 붙잡혀 돌에 맞아 죽을 위기에 처한 여인을 용서해주었다. 즉 그는 그녀가 자기의 자유 의지에 따라 이 육체적 욕망에서 벗어날 가능성과 자유를 준 것이다.[21] 이에 비해 톨스토이에 의해 창조된 안나는

20　Orwin D. T. Tolstoy's art and thought, 1847~1880. Princeton University Press, 1993. pp.183-186.

21　예수 그리스도는 "오직 너희는 원수를 사랑하고 선대하며 (중략) 정죄하지 말라 그리하면 너희가 정죄를 받지 않을 것이요 용서하라 그리하면 너희가 용서를 받을 것이요"(누가복음 6장 35-37절)에서 사랑과 정죄, 용서에 관해 말하고 있다. 다음은 간음한 여인에 대한 서기관들과 바리새인들의 정죄, 예수 그리스도의 사랑과 용서에 관한 인용이다. "서기관들과 바리새인들이 음행 중에 잡힌 여자를 끌고 와서 가운데 세우고, 예수께 말하되 선생이여 이 여자가 간음하다가 현장에서 붙잡혔나이다 모세는 율법에 이러한 여자를 돌로 치라고 명하였거니와 선생은 어떻게 말하겠나이까 그들이 이렇게 말함은 고발할 조건을 얻고자 하여 예수를 시험함이러라 예수께서 (중략) 이르시되 너희 중에 죄 없는 자가 먼저 돌로 치라 하시고 다시 몸을 굽혀

바리새인처럼 위선적인 남편한테서 자유롭지 못했다. 그녀는 카레닌으로부터 이혼 허락을 받지 못해, 브론스키와 합법적인 재혼을 할 수 없었다. 그래서 그녀는 자기의 강한 열정에서 벗어나 자유를 누릴 수 없었다. 즉 그녀는 자기의 비합법적이고 비정상적인 결혼 생활로 인해 자기의 죄에서 벗어날 수 없는 고통을 견디지 못해 죽음의 길을 선택해야만 했다. 그런데 그녀가 성경의 누가복음에 나오는 간음한 여인 또는 톨스토이의 분신인 레빈처럼 자기의 죄를 회개하고 새롭게 태어났더라면, 그래서 자신이 직접 벌하려 하지 않고 이 벌의 문제를 하나님에게 맡겼더라면, 그녀는 구원을 받았을지도 모른다. 즉 그렇게 했다면, 그녀는 믿음의 힘을 통해 자신을 불행하게 만드는 자들과 환경을 미워하는 대신 그들을 사랑하고 용서함으로써 파멸의 길이 아닌 구원의 길을 선택했을지도 모른다. 그러나 톨스토이는 레빈이 "아주 멋지고, 사랑스러우며, 가련한 여인"[22]이라고 부른 안나를 자살하게 만든다. 즉, 안나가 자기의 힘으로는 도저히 해결할 수 없는 복잡한 상황들의 모순으로 인해 계속 윤리-도덕적인 궁지에 몰려 파멸하게 만든다.[23]

이와 연관하여 치젭스키의 주장을 살펴보자. 오랫동안 멋없고, 냉담하며, 재치가 없는 남편과의 결혼 생활로 진정한 사랑을 느끼지 못한 안나는 활기찬 브론스키의 유혹에 넘어가 그로부터 진정한 첫사랑을 경험한다. 그러나 안나는 남편의 이혼 허락의 거절로 인해 브론스키와

손가락으로 땅에 쓰시니 그들이 이 말씀을 듣고 양심에 가책을 느껴 어른으로 시작하여 젊은이까지 하나씩 하나씩 나가고 오직 예수와 그 가운데 서 있는 여자만 남았더라 (중략) 예수께서 이르시되 나도 너를 정죄하지 아니하노니 가서 다시는 죄를 범하지 말라 하시니라"(누가복음 8장 2-11절)

22 톨스토이는 안나가 사교계의 위선적이고 부정한 여자들에 비해 도덕적으로 우월하고 정직하다는 것들을 묘사함으로써 자신이 창조한 여주인공에 관한 연민을 보여주고 있다.

23 Недзвецкий В.А. Русский социально-универсальный роман 19 века. становление и жанрвая эволюция. М., 1997. СС. 237-238.

관습에 얽매이지 않은 "자유" 결혼을 한다. 하지만 그와 비정상적인 결혼 생활을 하던 중 그녀는 그의 행동을 오해해 절망한 나머지 자살함으로써 자신과 그의 삶을 파멸시킨다. 자기의 강한 정열을 절제할 수 없었던 그녀는 관습에 얽매이지 않고 자유롭게 행동하지만, 사교계의 여론을 두려워한다. 이 두려움도 그녀가 자살한 한 이유다. 톨스토이는 자기의 소설에서 여주인공의 죽음에 관한 구성을 다음과 같이 잘 예시하고 있다. 안나는 소설의 초반에서 철도 노동자가 기차에 치이는 사고를 목격하고, 나중에 한 노인이 쇠를 두드리는 악몽에 시달리며, 자살하기 직전 다시 철도 노동자가 기차 바퀴를 두드리는 것을 본 후 자기의 꿈을 회상한다. 이처럼 매우 우연히 발생하는 사건들의 연결이 그녀의 행위 과정을 결정한다. 바로 이러한 전조들은 죽음의 예고를 상징하는 눈보라와 (꺼져 가는) 촛불처럼 그녀의 죽음을 예고하는 상징적 기능을 한다. 또한, 이 소설의 에피그라프는 여주인공의 간음이 어떤 방법으로든 그녀가 벌 받게 될 것을 독자에게 암시하는 역할을 한다고 볼 수 있다. 또한, 앞에서 언급한 바와 같이 안나가 죽은 이유 중 하나는 카레닌이 이혼을 허락하지 않았기 때문이다. 만약 그녀가 이혼 허락을 받아 브론스키와 정식으로 재혼할 수 있었다면 그녀는 자살하지 않았을 것이며, 그녀의 죽음은 단지 일련의 사건들의 결과에 불과할 수도 있다.[24]

끝으로 톨스토이는 여주인공 안나의 죄와 벌의 문제를 죽음의 문제와 연관해 작품을 구성하고 있다. 그는 이를 통해 성경의 가르침대로 사는 것, 즉 하나님의 말씀과 뜻대로 사는 것이 죄를 짓지 않고 행복하게 사는 길이며, 설령 죄를 지었다 하더라도 철저히 회개하면 하나님으

---

24 Chizhevsky. D. History of nineteenth-century Russian literature. Vol. II. The Age of Realism. pp.186-188.

로부터 용서받을 수 있다는 메시지를 독자에게 전하고 있다. 또한, 그는 인간이 인간을 정죄하거나 복수할 수 없으며, 오직 하나님만이 그렇게 할 수 있으며 오직 용서와 사랑만이 인간의 구원과 마음의 평안, 자유, 행복한 삶, 그리고 죽음으로부터 해방과 생명을 얻을 수 있다고 역설하고 있다.

이처럼 우리는 톨스토이의 〈안나 카레니나〉에 나타난 여주인공의 형상과 그녀의 죽음에 관해서 고찰해 보았다.

안나의 형상은 모순적이고 이중적이다. 예를 들어, 무도회에서 그녀의 매혹적인 아름다움 속에는 뭔가 잔인한 점이 있다. 그녀가 지닌 미의 매혹은 그녀의 비극적인 죽음의 운명과 긴밀히 연관된다. 그리고 그녀가 지닌 강한 열정은 그녀의 열정적인 육체적 사랑과 이로 인해 가정을 파탄시키고, 자신과 많은 사람을 불행하게 만들고, 결국, 그녀를 자살하게 만든 요소 중 하나다.

또한, 안나가 자살한 이유 중 하나는 자기의 모든 것을 포기하고 희생을 감수하면서 사랑한 브론스키로부터 배신당한 데 대한 분노와 절망, 고통을 인내하지 못하고 포기했다는 데 있다. 또한, 다른 이유는 그녀가 자기의 육체적 욕망을 자제하지 못했고, 책임 있는 행동을 하지 못했으며, 남편을 진정으로 사랑하고 소통하려는 노력을 다하지 않았다는 데 있다. 그리고 그녀가 하나님의 말씀에 따라 살지 않음으로써, 자신에게 닥친 유혹과 어려움, 고통 등 많은 문제를 극복하지 못했으며, 하나님의 도움이 아닌 죽음을 통해 모든 문제를 해결하려고 생각했기 때문이다.

그녀의 자유 의지와 행위의 결과인 죄와 비극적 죽음은 이 소설의 에피그라프-"복수는 나의 것이니, 내가 보복하겠노라"- 속의 "복수"란 단어와 연관된다. 안나는 1870년대 러시아 사회를 반영함과 동시에 성경의 복음서에 나오는 간음한 여인에 관한 고대적 의미의 비극과 연관된다. 이 소설의 에피그라프는 톨스토이의 독창적인 성경 해석과 연관된다. 즉 그는 성경의 간음한 여인을 패러디해 시대 상황에 맞게 여주인공의 형상을 창조했다. 바리새인처럼 위선적인 남편인 카레닌으로부터 사랑받지 못한 안나는 애인인 브론스키로부터 사랑을 받으려 했으나 배신당하자 그를 복수하기 위해 자살을 선택했다. 그런데 그녀가 성경의 간음한 여인이나 톨스토이의 분신인 레빈처럼 자기의 죄를 회개하고 거듭났더라면, 그리고 그에 대한 벌이나 복수의 문제를 하나님에게 맡기고 인내했더라면, 그녀는 사랑과 용서를 통해 죽음으로부터 구원받았을 것이다.

결론적으로 우리는 〈안나 카레니나〉에 나타난 안나의 죽음과 관련된 연구를 통해 하나님에 대한 믿음을 잃지 않고 하나님의 말씀과 뜻에 따라 사는 것이 죄를 짓지 않고 행복하게 사는 길이라는 것, 즉 인내와 용서 그리고 사랑이 인간의 삶을 행복하게 하는 필수요소라는 것을 알 수 있다.

3. 톨스토이의 중편 〈크로이처 소나타〉에 나타난 사랑과 죽음, 그리고 용서

이 글에서 우리는 톨스토이(Л.Н. Толстой)의 작품에 나타난 인간의 사랑과 죽음이 무엇인지 살펴보기 위해 중편 〈크로이처 소나타〉의 주인공과 그의 아내 간의 사랑과 갈등, 그리고 후자의 죽음을 중심으로 고찰하고자 한다. 블룸(Harold Bloom)의 다음과 같은 언급은 이 작품을 이해하는 데 커다란 도움을 줄 수 있다. "〈크로이처 소나타〉에서 톨스토이는 적어도 반쯤 미쳐 있고, 혼인 여부와 무관하게 일반적인 성행위를 일절 금지하는 금욕을 통해 구원과 치유를 기대한다. 그런 가정하에 쓴 이야기가 보통 이상으로 읽을 가치가 있고 뛰어나다는 사실은 톨스토이의 천재성이 다른 사람과 비길 데 없다는 당혹스러운 증거다."[25]

톨스토이는 러시아의 '위대한 소설가'이자 '기독교 사상가' 등으로 불린다. 그는 창작에만 몰두했던 50세 이전에는 훌륭한 작가로서 평가를 받는다. 이와 반면, 50세 이후에는 훌륭한 종교 사상가로서 평가를 받았다고 볼 수 있다. 그는 49세에 장편 〈안나 카레니나〉(Анна Каренина, 1877)를 완성하고, 52세에는 『참회록』(Исповедь, 1880)을 완성하였으며, 59세에는 『인생론』(О жизни, 1887)을 발표했고, 61세에는 〈크로이처 소나타〉[26](Крейцерова соната, 1889)를 발표했다. 그는 〈안나 카레니나〉를 발표한 후, 날이 갈수록 유명해져 작가로서의 명성을 누리는 한편 행복한 가장으로서 삶에 만족하는 사람처럼 보였다. 그러나 이 작품을 구상할 때부터 이미 정신적 위기를 겪었던 그는 쉰 살 때 자살에 관한 관심을 크게 가진 적이 있다고 『참회록』에서 고백하고 있다.[27] 〈안나 카레니나〉는 "〈전쟁과 평화〉보다 훨씬 더 아름다운 소설이라고 할 만하지만, 동시에 톨스토이가 예술을 부정하게 되는 모든 단서를 담고 있다. 이 작품의 집필을 마칠 무렵 톨스토이는 정서적 위기를 겪었다. 그리고 곧이어 안나가 철로 위에서 자살로 최후를 마감하는 것처럼, 모든 점에서 그와 유사하게 일종의 예술적 자살을 시도했다."[28]

---

25 헤럴드 블룸 지음, 손태수 옮김, 『사람이 알아야 할 모든 것 세계문학의 천재들』, 들녘, 2008, pp.94~95.

26 〈크로이체르 소나타〉라고 번역되기도 한다.

27 "그리고 앞에 기만적인 삶과 행복, 그리고 진정한 고통과 진정한 죽음, 즉 완전한 파멸 이외에 아무것도 없다는 것을 보지 않기 위해 눈을 감을 수도 없었다. (중략) 나는 결국, 이 공포로부터 도망치기 위해 자살하고 싶었던 것이다. (중략) 나로 하여금 쉰 살에 자살에 관심을 갖게 한 나의 의문은 (중략) 가장 단순한 의문이었다. (중략) 모든 것은 헛되다. 태어나지 않는 자가 행복하고, 죽음이 삶보다 더 낫다. 따라서 삶으로부터 벗어나야만 한다." 레프 톨스토이 지음, 이영범 옮김, 『참회록』, 지식을만드는지식, 2010, pp.51~83.

28 앤드류 노먼 윌슨 지음, 이상룡 옮김, 『톨스토이. 삶의 숭고한 의미를 향해 가는

조지 스타이너는 톨스토이 신학의 네 가지 중요한 주제를 죽음, 하나님의 왕국, 예수 그리스도의 인성, 하나님과 작가의 만남이라고 규정하며, 앤드류 왓첼은 톨스토이가 선호하는 주제가 죽음과 부활이라고 주장하며, 톨스토이가 자기의 작품에서 가장 많은 관심을 기울인 문제가 인간의 근본적인 문제인 성, 죽음, 종교의 문제라고 주장한다.[29] 이처럼 톨스토이에게서 죽음의 주제는 그의 종교와 작품 등에서 중요한 자리를 차지한다고 볼 수 있다.[30]

톨스토이는 1879년 러시아 정교회 탈퇴를 선언하고 자기의 과거와 삶, 문학을 부정하는 『참회록』을 썼다. 그는 이 책에서 (중략) 인간이 자기의 영혼을 구원하기 위해서는 하나님의 뜻에 따라 살아야 하며, 그러기 위해 삶의 모든 쾌락을 버리고 겸손한 자세로 일하고, 인내의 미덕을 키우고 자애심을 지녀야 한다고 주장했다. 그는 또한 자기의 사상을 체계적으로 설명하기 위해 자기의 종교와 연관된 철학 전문서적 성격을 띤 『인생론』을 집필했다. (중략) 그는 이 책에서 이기적인 삶을 떠나 선을 추구하고 남을 사랑하는 삶, 즉 기독교적 진리에 바탕을 두고 사는 삶이 진정한 행복을 얻을 수 있다고 말한다.[31]

구도자』, 책세상, 2010, p.380.

29 김원한, 「레프 톨스또이 작품에서의 죽음의 주제: 소멸에서 영원으로」, 『노어노문학』 제14권 제2호, 한국노어노문학회, 2002, p.139 참조.

30 김원한은 톨스토이의 작품에 나타난 죽음의 주제와 관련하여 다음과 같이 말하고 있다. "1852년과 1859년에 각각 발표된 〈유년 시절〉과 〈세 죽음〉에서 드러나는 죽음에 관한 공포는 〈안나 까레니나〉(1878)와 〈이반 일리이치의 죽음〉(1886)에서 니꼴라이 레빈과 이반 일리이치의 처절한 죽음 과정에 비하자면 아직까지는 미약한 시작 단계에 불과하다. 이 또한 작가의 전기적 사실과 깊은 관련을 가진다. 1870년대 후반기의 정신적 위기와 중첩되는 집필시기(1873~1877) 작품인 〈안나 까레니나〉와 죽음의 고통에서 해방될 수 있는 통로를 모색한 〈참회록〉(1884) 이후의 작품인 〈이반 일리이치의 죽음〉에서는 작가의 죽음관이 이전 시기에 비하여 한층 심층적으로 체계화되었기 때문이다." Ibid. p.147 참조.

31 이영범, 해설 // 레프 톨스토이 지음, 이영범 옮김, 『인생론』, 지식을만드는지식, 2010, pp.11-16. 김원한에 의하면, 톨스토이의 소설에서 물론이거니와 『참회록』과

톨스토이의 중편 〈크로이처 소나타〉에는 이기적인 삶을 추구하는 가부장적 주인공 포즈드느이세프의 삶의 불행한 결혼 생활이 그의 고백 형식으로 이야기되고 있다. 이 작품에서 청교도적이고 금욕주의적인 설교자인 그는 자기의 아주 긴장되고 고통스러운 결혼 생활을 통해 체험한 것들을 바탕으로 당대의 섹스, 사랑, 결혼, 사회의 예술의 문제 등에 관한 문제들을 독자가 이해하기 힘들 정도로 극한적인 단계로 이끌고 있다. 정신이 조금 이상한 성도착증자-화자 주인공은 아내의 열정과 억눌린 욕망을 자극하는 무서운 힘을 가진 음악 때문에, 즉 베토벤의 소나타곡 때문에 불륜에 빠진 그녀를 죽인다. 이 작품은 검열에 걸려 출판금지처분을 받기 이전에 이미 필사본으로 시중에 유통되었다고 한다. 이 작품은 한쪽으로부터는 커다란 관심과 호응을 얻었지만, 반면에 다른 쪽으로부터는 강한 비판을 받은, 즉 치열한 논란을 불러일으킨 작품이다.

그러면 이 작품에 나타난 주인공의 사랑과 죽음의 주제를 톨스토이가 독자에게 주고자 하는 메시지가 무엇인지 구체적인 작품 분석을 통해 살펴보기로 하자.

톨스토이는 '죄와 죽음의 구렁텅이에 빠진 인간을 구원할 수 있는 길은 용서와 사랑'이라고 주장한다. 그의 이 메시지가 〈크로이처 소나타〉에서도 그렇게 나타나고 있는지 구체적인 작품을 통해서 살펴보자. 문석우는 톨스토이의 작품에 나타난 미학적 특정을 논하면서, 톨스토이의 "'정신의 변증법'은 사실주의의 새로운 단계를 열었으며", "이미 준비된

『인생론』과 같은 그의 철학적인 에세이에서도 인간이 죽음을 마주 대하고 수용하는 시점(時點)까지만을 서술 대상으로 삼을 뿐, 기독교에서 주된 관심이 되는 죽음 이후 부활의 세계는 서술 대상도 관심의 대상도 되지 않는다. 그가 죽음을 되풀이하는 방법은 철저하게 이성적이자 논리적이며, 그의 죽음의 공포를 극복하고 『참회록』을 집필하게 되는 힘도 신비주의적인 요소가 제거된 이성적인 논리로 무장된 이교도적 기독교에 근거한 것이다. 김원한, Op. cit., p.154 참조.

도덕적 결심과 절대적인 가치로 수용되는 그리스도의 윤리 규범을 자기의
현대성의 척도로 삼았"고, "그의 후기 문학은 순박한 농민에 대한 관심과
분위기들로 채워져 있다."고 주장한다.[32] 〈크로이처 소나타〉에는 주인공
포즈드느이세프가 음울하게 내뱉는 "예언과도 같은 이야기들, 자살,
살해, 평범한 인간들 사이의 단절 등"이 묘사되어 있다."[33] 조혜경은
톨스토이의 〈크로이처 소나타〉에 나타난 "사랑과 결혼과 성, 여성에
관한 담론 이전에 감추어진 주요한 템포와 상상에 의한 판단, 혹은 시각의
로고스에 주목하고" 있다.[34] 이 작품은 "빠른 템포의 상징이자 근대화의

---

32 문석우, 「체홉과 톨스토이: 미학적 특징을 중심으로」, 『노어노문학』 제11권 제2호,
    한국노어노문학회, 1999, p.487. 19세기 러시아 비판적 사실주의 작가들의 전통에
    관한 그의 주장을 살펴보자. "오랫동안 러시아 사실주의는 인간본성과 사회 환경을
    관련시키는 결정론적인 해석이 팽배해 있었다. 러시아에서 인간은 사회 환경의 희생
    자였다는 해석이 일반적인 공식이 되다시피 했는데, 자연주의의 대가인 고골리는
    인간들을 하찮고 사소한 존재로 만드는 억압적인 환경을 독자들에게 적나라하게
    보여주었다. 이미 자연주의파 작가들은 사회적 불평등을 지적하며 목소리를 높였
    고, 뚜르게네프는 사회계층의 영향 아래서 인간의 복잡한 정신 체계의 몰락을 묘사
    했었다. 도스또예프스끼도 처음엔 환경 속에서 생활하는 인간성에 관한 이야기를
    전달했으나, 점차 환경 앞에서의 화해와 그것에 맞선 대항이라는 인간 내부의 다양
    한 법칙들이 투쟁하는 것을 보여주기 시작했다. 특히 그의 '대지주의'와 한없이 관대
    한 그리스도의 사랑이라는 복합원리에서 화해가 두드러져 보인다. 사실주의는 새로
    운 단계에서 도스또예프스끼에 의해 수용되었고, 어느 정도 인간성에 관한 관념이
    복잡해졌으며, 다른 체계로서 톨스토이의 '정신의 변증법'은 사실주의의 새로운 단
    계를 열게 되었다. 여기에서 또한 톨스토이의 창작이 보여주는 민주적인 요소로서
    그의 농민 입장으로의 전환이 가장 중요한 역할을 했다. 체홉 역시 (중략) 톨스토이
    의 전통을 계승했으며, 여기에서 톨스토이와 체홉의 작품에 관한 견해가 아주 합치
    되고 있는데, 그것은 환경과 인간의 관계가 구체화되어 있는 것처럼 보인다." Ibid.
    pp.486-487.

33 Ibid. pp.494. "한 여인과 거짓된 생활을 하면서 절망에 빠져 있는 평범한 인간인"
    체홉의 중편 〈결투〉의 주인공 "라예프스끼의 이야기는" 〈크로이체르 소나타〉에서
    "톨스토이가 서술한 그 시대의 각 가정이 마침내 도달하게 되는 그런 무서운 결말을
    향해 치닫는다." Ibid. pp.493.

34 조혜경, 「템포, 상상, 시각의 로고스: 톨스토이의 〈크로이체르 소나타〉 연구」, 『노
    어노문학』 제23권 제2호, 한국노어노문학회, 2011, p.235. "눈에 보이는 것(분명한
    것)에 근거하여 판단하는 경향을 보임으로써 시각 중심주의의 틀을 벗어나지 못
    하"는 포즈드느이세프는 "자기의 도덕적인 결함을 보충해 줄 수 있는 도덕으로

산물인 기차" 안에서 주인공인 포즈드느이세프가 화자에게 자기의 아내 살해와 연관된 이야기를 들려주는 형식으로 진행된다. 여기서 "기차는 톨스토이 시학에서 현대성(modernity)과 기술(technology)을 상징하는 부정적인 매체로서 거역할 수 없는 파괴력과 광기, 인위성(artificiality)을 지닌다. 예를 들어, 소설 〈안나 카레니나〉에서 두 주인공 안나와 브론스끼의 '잘못된' 첫 만남이 이뤄지는 공간도 기차역이고 안나가 자살하는 공간 또한 기차역이다."[35] 이처럼 톨스토이의 작품에서 기차는 주인공의 운명에 있어서 죽음과 긴밀히 연관되어 있다. 왜 기차가 주인공의 죽음과 연관되어 있을까? 이는 기차가 새로운 문명의 상징이기 때문이다. 잘 알다시피 톨스토이는 자연을 선으로 보고, 이와 대립되는 문명을 악으로 본다. 톨스토이는 자기의 작품 〈크로이처 소나타〉를 기차 안에서 만난 주인공과 화자의 대화를 중심으로 구성하고 있다. 즉, 이 작품은 주인공인 포즈드느이세프가 일인칭 화자인 '나'를 기차 안에서 만나 자기의 과거, 즉 자기의 아내를 살해한 사건에 관해 이야기를 들려주고 작별하는 것으

결함이 없는 여성을 아내로 맞이하고자 미가 선이라는 기준 하에 어느 순간 '아름다워 보였던, 그래서 선한' 여인을 아내로 선택하였다. 뿐만 아니라 그는 베토벤의 〈크로이체르 소나타〉를 듣고 나서 어느 정도 시간이 흐른 뒤에 아내와 뜨루하쳅스끼의 연주 장면을 상상하며 그것을 시각화하고 그들의 관계에 관해 확신을 한 뒤 살인을 결심한다. 이는 주인공의 살인이 '봄'에 입각한 피상적이고 부분적인 인지작용의 결과를 확대해석한 결과 발생한 사건이다. 이처럼 톨스토이는 소설 〈크로이체르 소나타〉에서 주인공의 결혼과 살인의 배경과 그 과정을 보여줌으로써 인간의 시각 중심주의가 선입견과 독단에 빠질 수 있으며 한계를 지니고 있음을 역설하고 있다." (중략) "출판 당시부터 사회의 많은 관심과 이슈를 불러일으켰으며, 오늘날까지도 작가의 예술관과 도덕관을 언급할 때 빠지지 않고 거론되는 소설 중 하나다. 이러한 소설의 탄생 배경과 작가의 사상을 고려하여 지금까지 국내, 외의 여러 연구자들은 결혼과 사랑, 성의 문제 등에 방점을 두어 소설의 주제론적인 측면만을 부각시켜 연구하여 왔다." Ibid. pp.233-235. 〈크로이처 소나타〉에 관한 연구에 관해서는 앞에서 인용한 조혜경의 논문 각주 2를 참조하라.

35 Ibid. p.236. 예를 들어, 소설 〈안나 카레니나〉에서 두 주인공 안나와 브론스키의 '잘못된' 첫 만남이 이뤄지는 공간도 기차역이고 안나가 자살하는 공간 또한 기차역이다."

로 구성되어 있다. 그럼 먼저 이 작품에 나타난 사랑과 죽음의 주제를 살펴보면서, 주인공들의 사랑과 죽음이 어떤 상호연관성을 지녔는지 살펴보도록 하자.

우선 주인공이 결혼하기 전에 어떠한 사랑을 했으며, 그가 자기의 아내와 어떻게 결혼을 하게 되었으며, 그 결혼 생활 중 부부관계는 어떠했으며, 그들의 육체적 사랑과 정신적인 사랑은 어떠했는지 고찰해 보자. 이어서 그가 자기의 부부생활에 개입한 트루하쳅스키라는 청년 음악가와 자기의 아내에 대한 관계를 어떤 시각으로 보고, 어떻게 수용하며, 왜 자기의 아내를 살해하는지 구체적인 작품 분석을 통해 고찰해 보도록 하자.

작품의 제2장의 처음에서 우리는 주인공 포즈드느이세프의 사랑, 결혼관, 그리고 여성관 등에 관해서 알 수 있다. 즉, 여기서 작가는 주인공과 나이든 부인 및 변호사 등과의 대화를 통해 그의 그러한 생각들을 드러내고 있다. 기차를 타고 가면서 나누는 대화 중 나이든 부인은 사랑 없는 결혼은 결혼이 아니며, 오직 사랑만이 결혼을 성스럽게 하고, 진정한 결혼은 오직 사랑에 의해 성스러워진다고 말한다. 그러자 이에 흥분한 주인공은 그러한 사랑이 무엇인지 모른다고 하면서, 그것에 관한 정의를 해달라고 부탁한다. 그러자 그녀는 그것은 남자나 여자가 누군가를 다른 사람들보다 특별히 더 좋아하는 것이며, 오랫동안 지속하거나 때로는 평생 지속하는 것이라 대답한다. 그러자 주인공 포즈드느이세프는 그러한 사랑은 소설에나 있는 일이며. 1년간 지속하는 것은 극히 드물고, 보통 몇 달이나, 몇 주, 또는 며칠, 심지어 몇 시간밖에 걸리지 않는 경우가 있다고 말하면서 반론을 제기한다. 이어서 그는 남자란 예쁜 여자에게서만 사랑을 느끼는 법이라고 말한다. 또한, 그는 어떤 남자가 어떤 미녀를 평생 다른 여자들보다 더 좋아한다 해도 그녀가 반드시 다른 남자를 더 좋아하게 마련이라고 주장한다.

이처럼 주인공과 다른 사람들과 나눈 대화 속에서 우리는 포즈드느이세프의 사랑관, 결혼관, 그리고 여성관을 알 수 있다. 앞에서 살펴본 바와 같이 나이든 부인과 변호사는 진정한 사랑의 영원성에 관해 말하고 있다. 즉, 그들은 진정한 사랑은 신성한 결혼의 필수 요건이며, 이러한 사랑에 바탕을 두고 결혼한 부부나 남녀의 사랑은 영원히 지속할 수 있다고 주장한다. 이에 반해 포즈드느이세프는 남자란 내적인 정신적 사랑보다는 외적인 미인 여성의 미를 추구하며, 부부간의 사랑은 짧게 끝나거나, 여성의 배신으로 인해 부부생활이 파탄이 나는 경우도 있다면서, 그들의 주장에 대립적인 입장을 표한다. 여기서 우리는 주인공이 사랑을 오로지 남성적 관점에서 바라보며, 정신적인 사랑의 미를 부정하고 육체적 사랑을 추구하며, 부부생활에서 아내의 행위에 대해 매우 부정적인 관점을 가지고 있음을 볼 수 있다. 이 작품의 제14장 처음에서 그는 자신이 잘못된 삶을 살아왔다고 고백한다. 그는 자신을 "도덕적으로 깨끗하고 결함이 없는 사람이라고 생각"해서 아내와 언쟁을 하게 될 경우, 그 책임이 아내에게 있다고, 즉 "아내의 성격에 있다"고 생각한다.[36]

또한, 포즈드느이세프는 결혼을 "사기극"이라 규정하며, 혼외정사나 강간이 발생하는 것은 성관계 이상의 의미를 두지 않고 결혼하기 때문이라고 주장한다. 이어서 그는 사람들이 일부일처제를 지키고 있지만, 실제로는 일부다처제나 일처다부제의 형태로 살아간다고 말한다. 그리고 결혼한 지 얼마 되지 않은 부부가 서로 미워하거나, 이혼하고 싶어도 그러지 못한 채 살아가기 때문에 알코올중독이나 자살 또는

36　Л.Н. Толстой Собрание сочинений в четырнадцати томах, ПОВЕСТИ И РАССКАЗЫ (1889~1904), том двенадцатый, государственное издательство Художественной литературы, Москва, 1953. 레프 니콜라예비치 톨스토이, 고일·함영준 역, 『중단편선 III』, 작가정신, 2010, p.295. 향후 동일 작품은 모두 여기서 인용하지만 필요한 경우 필자가 수정 보완하였으며, 정확한 출처는 괄호 안에 쪽수만 표시한다.

독살이 발생한다고 주장한다. 또한, 그는 진정한 정신적 사랑이 결여된 육체적 사랑에 의미를 두고 결혼하기 때문에 가정 파탄과 자살, 배우자 살해와 같은 비극이 발생한다고 주장한다. 바로 이러한 그의 주장은 그 자신이 직접 체험하여 느끼고 깨달은 것에서 나온다. 우리는 아내 살해자-주인공이 화자에게 고백한 이야기의 맨 마지막 부분에서 전자의 잘못된 행위에 대한 깨달음과 용서 행위의 상호 연관 관계에 관해 알 수 있다. 즉, 작품의 끝부분에서 자기의 아내를 살해한 주인공은 자기의 잘못을 뒤늦게 깨닫고 죽어가는 아내에게 용서해달라고 말한다. 그리고 그는 화자와 작별을 고하면서 그에게도 용서를 빈다. 우리는 이 작품에서 톨스토이가 이 용서란 말을 사용해 인간의 삶에서 사랑과 질투, 그리고 오해와 잘못 등으로 인해 인간이 겪는 커다란 고통과 죽음 등으로부터의 진정한 해방과 자유, 그리고 화해의 메시지를 전하고 있음을 볼 수 있다.

이처럼 이 작품은 이미 아내를 살해한 포즈드느이세프가 징역을 살고 나와 자기의 고향행 기차를 타고 가면서 주변 승객들과 나눈 대화로써 시작하고 있다. 특히 주인공과 화자가 기차 여행 중 만남과 작별의 장면 구성은 전자의 아내 살해에 관한 이야기에 테를 두르는 액자식 구성이다.

포즈드느이세프는 변호사와 헤어지기 전에 자기의 이름을 밝히면서 자신이 "아내를 살해한 에피소드의 주인공"이라고 밝힌다.(255) 바로 여기서 독자는 왜 주인공이 사랑과 결혼, 그리고 여성에 관해 그처럼 부정적으로 언급하였는지 알게 된다. 이 작품의 제2장의 끝부분에서 주인공은 화자와 단둘이 이야기를 할 수 있는 상태가 된다. 여기서 그는 기차를 타고 오면서 대화를 나눈 사람들-나이든 부인, 변호사, 노인 등-의 사랑에 대한 말이 다 거짓이라고 말한다. 그러면서 자신이 어떻게 해서 사랑과 연관된 아내 살인 사건에 연루되게 되었는지를 고백하기 시작한다. 즉, 그는 자신이 어떻게, 그리고 왜 자신이 살해한 아내와 결혼했으며, 결혼 전에는 어떻게 살았는지 화자에게 이야기하기 시작한다. 그는 대학을 졸업한 지주이며, 귀족단장을 지냈고, 결혼 전에는 방탕한 생활을 했다.[37] 포즈드느이세프는 자기의 방탕한 생활을 "지극히 자연스러운 일"이라고 확신했고, 자신을 "도덕적으로 흠잡을 데 없는 사람"이라고 여겼으며, "건강을 위해 단계적으로 적당히 놀았"으며(257), 육체적인 사랑을 한 후 여자에게 돈을 주는 방법을 통해 그녀에 대한 도의적 의무에서 해방감을 느끼곤 했다. 제13장 처음에서 그는 사랑을 "불결하다"라고 말한 후 "더럽고" "추악하며 낯 뜨거운 것"이라고 말하면서도, 자신은 "육체적으로 마음껏 성욕을 발산할 수 있다는 것을 왠지 자랑스럽게 여겼다"라고 말한다.(290) 이처럼 "방탕한 생활"을 하고 "여자들과의 관계의 늪"에 빠져 살았던 그는 사람들과 대화 도중 차분히 말하지 못하는 모습을 보인다. 그 이유는 아내 살해 사건 이후 그가 "모든 걸 다른 시각에서 보게 되었기 때문"이다.(259) 즉, 그가 자기의 잘못된 생각과 행동을 아내 살해 후 뒤늦게 깨달았기 때문이다.

포즈드느이세프는 "사람은 오직 내 경우처럼 심한 고통을 겪은 뒤에야 문제의 근원이 어디에 있으며, 왜 그렇게 되었는지 알게 되는 법"이라고 말한다.(259-260) 그는 어렸을 때-열다섯 살 때- 형 친구의 꾐에 넘어가 동정을 잃었다. 그때 어른들이나 친구들은 그 일에 관해 잘했다

---

[37] 이는 이 작품의 창조자인 톨스토이의 형상과 비슷하다. 그 역시 주인공과 마찬가지로 젊어서 방탕한 생활을 했다. "사실 포즈드느이세프의 대부분의 자기 환멸과 첫 경험에 관한 죄의식, 그리고 그런 행위를 벌인 것에 관해 자책감을 가지면서 성적 경험에 더 매달리는 그의 집착, 또 아내에 대한 그의 미움은 바로 톨스토이 자기의 경험과 비슷하다. 그러나 포즈드느이세프가 바로 톨스토이라고 생각하면 문제를 지나치게 단순화하게 된다. 오히려 포즈드느이세프는 톨스토이가 여성과 남성에 관해 가진 견해를 강하게 비판하는 사람이다." 앤드류 노먼 윌슨 지음, 이상룡 옮김, Op. cit., p.560.

고 칭찬하거나 그것이 건강에 좋다고 말했다. "주변 환경이 온통 타락으로 가득 차" 있어서 그는 그러한 행위가 타락이라고 인식하지 못했다. 그리고 그는 그 후 여성에 관한 환상과 자연스러운 태도를 상실했으며, 여성을 더 이상 순수하게 대하지 못하는 "바람둥이"가 되었다. 그는 서른 살까지 방탕하게 살면서, 결혼도 하지 않은 채 많은 아가씨에게 퇴짜를 놓곤 했는데, 그 이유는 자기의 눈에 그들이 순결하게 보이지 않았기 때문이다. 그는 마침내 어떤 아가씨를 자기의 결혼상대자로 선택할 것을 결심한다. 그런데 그가 그러한 선택과 결심에 중요한 동기로 작용한 것은 그녀의 정신적인 미나 사랑이 아닌, 외모와 패션이었다. 그는 "달빛 아래 스웨터가 꽉 낀" 아가씨의 "날씬한 몸매와 단정히 머리를 딴 머리에 반하고 말았"다. 또한, 그는 "스웨터가 그녀의 얼굴에 특별히 잘 어울렸다"는 것 때문에 그녀에게 매력을 느껴, 바로 그 이튿날 청혼했다.(265) 그런데 그는 자기의 경솔한 행동으로 인해 자기의 결혼 생활, 즉 가정을 파탄으로 이끌게 되는 단초를 제공한다. 즉, 그가 다른 여성들과 사랑을 나눈 내용을 적은 일기를 아내에게 보여주어 그녀에게 경악과 절망, 당혹스러움을 안겨준다. 남편에 대한 신뢰와 사랑을 잃은 아내는 그와 이혼하려 했으나, 그러지 못하고 살던 중, 한 음악가의 출현과 그와의 삼각관계에 빠진다. 결국, 그녀는 자신을 의심하고 질투를 느낀 남편에 의해 살해당한다. 제15장 처음에서 포즈드느이세프는 "결혼 생활 내내 질투의 괴로움에 시달렸다"고 말한다.(300) 그의 "질투의 괴로움"은 그가 아내를 살해한 주요 동기 중 하나다. 제16장 마지막에서 그는 아이들을 부부싸움의 무기로 이용하기도 했다"라고 말한다.(309) 이처럼 심각한 부부관계는 점차 적대적인 관계로 발전하게 된다. 그래서 그들은 "하나의 쇠사슬에 묶여 상대방을 서로 미워하고, 상대방의 삶에 서로 독을 쏟아부으면서도 이를 외면하려고 애쓰는 죄수"처럼 산다.(312) "세상에서 관심을 가질 가치가 있는 것은 오로지 사랑밖에 없다고 교육을 받은" 그의 아내는 그로부터 "실망과 고통"만 받게 되자(317), "뭔가 다른 순수하고 새로운 사랑을 꿈꾸기 시작했다." 즉, 그녀는 "예전에 그만두었던 피아노에 다시 빠져 들었"고, "모든 것은 이로부터 시작"된다. 바로 그때 두 부부의 비극적 운명에 커다란 영향을 끼친 바이올리니스트가 나타났기 때문이다. 그는 제19장 끝에서 자기의 아내를 살해한 사건의 원인과 그 사건이 발생하기 불과 며칠 전의 상황을 다음과 같이 말하고 있다.

> 바로 그 사람이 음악을 한다는 게 모든 사건의 원인이었습니다. 사실 모든 일이 질투로 인해 발생했다는 문제가 법정에서 제기되었습니다. 하지만 전혀 그렇지 않습니다. (중략) 모든 일은 제가 선생님께 말씀드린 무서운 구렁텅이가, 즉, 위기가 만들어지기 위해서 일차적인 원인이 되기에 충분했던 서로에 대한 증오로 인한 무서운 긴장이 우리 부부 사이에 존재했다는 것 때문에 발생한 겁니다. 우리 사이에 벌어진 언쟁들이 마지막엔 뭔가 무서운 것으로 변해갔으며, 긴장된 동물적 열정처럼 바뀌면서 아주 놀라운 일로 변했던 겁니다. 그놈이 나타나지 않았더라도, 다른 사람이 나타났을 겁니다. (중략) 저는 제가 살았던 것처럼 살아 있는 모든 남편은 반드시 종국에는 방탕한 생활을 하거나, 이혼하거나, 자살하거나, 제가 했던 것처럼 자기 아내를 죽이게 될 거라고 주장합니다. (중략) 사실 저도 아내를 죽이기 전에 몇 번이나 자살의 벼랑 끝에 몰리기도 했었고, 아내도 음독자살을 시도했었습니다."
>
> (320-321)

바로 이 인용문에서 우리는 이 작품의 주인공 포즈드느이세프가 자기의 아내를 죽인 이유를 알 수 있다. 심지어 주인공은 수차례나 자살하려고 결심했었고, 그의 아내 역시 자살을 시도한 적이 있을 정도로 그들의 관계는 최고로 악화해 있었다. 포즈드느이세프 부부가 서로 자기의 감정을 자제하거나 통제하지 못할 정도로 심각한 위기 상황에 처해 있을 때, 앞에서 언급한 트루하쳅스키란 음악가가 그의 집을 방문한다. 그는 포즈드느이세프의 아내의 반주에 맞춰 바이올린 연주를 하겠노라고 제의해, 부부의 사이를 더욱더 악화시킨다. 포즈드느이세프는 트루하쳅스키를 아내에게 소개할 때, "첫눈에 반"한 것 같은 아내의 "눈빛이 예사롭지 않다는 걸 눈치" 챈다. 그는 자기의 "아내가 얼굴을 붉히면 그도 얼굴을 붉혔고, 아내가 미소를 지으면, 그도 미소를"(329)짓는 모습을 통해 그들이 "은밀한 성적 관계를 도모한다는 것을 확신하게 된다."[38]

그러던 중 포즈드느이세프는 지방 관청 출장 중에 아내가 보낸 편지를 통해 트루하쳅스키가 자기의 집을 다시 방문했다는 사실을 알고, 커다란 질투심을 느끼게 된다. 또한, 그는 트루하쳅스키가 자기의 아내와 밀애를 나누게 될 것이라는 추측을 하기도 한다. 그리고 그는 그녀를 "동물"이라고 규정한 다음에 그들의 관계에는 매우 "음탕한 감정"이 개입되어 있다고 확신한다. 그가 그렇게 확신하는 이유는 트루하쳅스키가 프랑스 파리 시민들이 입는 값비싼 외제 의상을 입고 있으며, 육감적인 커다란 엉덩이와 감각적인 입술과 구레나룻을 지니고 있기 때문이다. 그래서 그는 밤새 한숨도 자지 못한 채 번민하다 새벽에 집으로 돌아가겠다고 결심한다. 포즈드느이세프는 기차를 타고 모스크바로 돌아오면서, 자기 아내의 육체를 소유할 수도 없고, 아내가 그가 원하는 대로 순순히 행동하지 않게 될 것이라는 생각을 하자마자 공포를 느끼게 된다. 하지만 그는 집에 돌아와 트루하쳅스키의 외투를 발견하고 "통곡할 뻔"한 감정을 느낀다. 그는 바로 이 순간 악마의 속삭임으로 인해 아내에게 벌을 줄 수 있다는 이상한 "기쁨의 감정"을 느끼자마자 잔인하고 악한 감정을 지닌 짐승으로 변한다.

> 그러자 즉시 자신에 대한 감상적인 감정이 사라지고, 이상한 감정이 나타났습니다. 못 믿으시겠지만, 그 감정이란 기쁨의 감정이었습니다. 이제 제 고통이 끝날 것이며, 이젠 그녀를 벌할 수 있고, 저 자신의 악의에 자유를

---

38 Ibid. p.553.

줄 수 있다는 기쁨의 감정이었습니다. 그래서 저는 저의 악의에 자유를 주어서, 짐승이 되었습니다. 잔인하고 교활한 짐승이 되었던 겁니다." (361)

제26장 끝에서 그는 아내를 죽이겠다고 결심한다. 다음은 그가 아내를 죽이러 가기 직전의 상황에 대한 묘사다.

> 네, 저는 심장의 강한 충격으로 인해 괴로워 죽을 지경이었습니다. (중략) 일주일 전에 그녀를 서재에서 밀어내면서 물건을 부수던 순간이 생각났습니다. '대체 왜 그때 내가 그년을 목 졸라 죽이지 않았지?' 하고 저는 생각했습니다. (중략) 생각이 났을 뿐만 아니라, 당시 느꼈던 바로 그 욕구, 때려 부수고 파괴하고 싶은 욕구를 느꼈습니다. (중략) 그리고 위험에 처해 있을 때 나타나는 성적 흥분 상태에 빠진 인간이나 짐승과 같은 상태에 빠져버린 겁니다.
> (364)

다음은 그가 자기의 아내를 살해하는 끔찍한 장면 묘사다.

> 그래서 저는 단검을 떨어드리지 않은 채, 왼손으로 그녀의 목을 붙잡아, 고개를 뒤로 젖히게 하고 벌렁 나자빠지게 한 다음에 목을 조르기 시작했습니다. (중략) 저는 마치 그걸 기다려왔기라도 한 듯이, 단검으로 늑골(肋骨) 아래 왼쪽 옆구리를 온 힘을 다해 찔렀습니다. (중략) 저는 제가 늑골들보다 더 아래쪽을 찌를 것이고, 단검이 속으로 뚫고 들어갈 거라는 걸 알고 있었습니다. (중략) 제가 기억하기로는, 코르셋과 뭔가가 순간적으로 반작용하여 생긴 소리와 칼이 부드러운 것 속으로 깊숙이 파고드는 소리가 들렸습니다. 그녀는 양 손으로 단검을 붙잡는 바람에 두 손을 베었지만, 막진 못 했습니다.
> (368-369)

이번에는 주인공의 여성관에 관해서 살펴보자. 제6장에서 포즈드느이세프는 여성, 특히 상류층의 여성에 대한 부정적인 시각을 드러내고 있다. 즉, "상류사회의 삶"은 "완전히 창녀 집"과 같으며, "천대받는 불쌍한 여자들과 고상한 상류사회의 요조숙녀들"은 "사람을 유혹하는

데 수단과 방법을 가리지 않는 점도 똑같으며", "잠깐 데리고 놀 창녀는 보통 천대받는 여자들이고, 오랫동안 데리고 놀 창녀는 요조숙녀"(269) 이며, "여자들이 설쳐대니까 세상이 요 모양 요 꼴"이다.(274) 제14장에서 "정신이 약간 이상한 성도착증자"[39]인 포즈드느이세프는 "여자는 쾌락의 도구다"란 말을 약 2쪽 분량의 말에서 6번이나 반복하면서도 "남자와 동등한 권리를 부여한" 여성을 "쾌락의 도구"로 보는 인식에서 벗어나 "노예 상태"에 빠진 여성을 해방해야 한다고 주장한다. 그는 "결혼은 일종의 계약"이며, "매매행위"에 불과하다고 주장하면서 결혼에 관해 매우 부정적인 시각을 가지고 강하게 비판한다.(278) 제12장에서 포즈드느이세프는 허니문 후 사나흘 만에 시작한 부부싸움을 육체적 사랑 때문이라고 보며, "결혼은 행복과 거리가 먼 힘든 그 무엇이라"고 말한다.(289) 그리고 그는 "욕정", 특히 "성욕"을 "절제와 순결"을 통해 도달하려고 노력해야 한다고 주장한다.(283) 제11장 끝부분에서 포즈드느이세프는 성욕은 "아주 무서운 악"이자 "투쟁의 대상"이라고 말하면서, "여자를 보고 음란한 마음을 품는 사람은 벌써 마음으로 그 여자를 범했다는 복음서의 말은 남의 아내에게만 적용되는 게 아"니라, "주로 자기 아내에게 적용되는 말"이라고 주장한다.[40](285)

이 작품의 마지막 장에서 그의 아내는 극도의 육체적 고통과 임박한 죽음 앞에서도 "차가운 동물적 증오심"을 나타내며, 아이들은 절대로 남편에게 줄 수 없다고 말한다. 그는 아이들과 파랗게 멍든 아내의 얼

---

39 앤드류 노먼 윌슨은 포즈드느이세프가 기차에서 화자를 비롯한 승객들과의 대화에서 섹스와 사랑 및 결혼에 관해 밝힌 그의 말 속에서 그를 "정신이 약간 이상한 성도착증자"라고 규정한 후 다음과 같이 주장한다. "젊은 시절에 성을 알게 된 그는 죄의식에 시달리며, 모든 성적 교접은 순수성을 '잃은' 추악한 것으로 간주되고, 성적 행위는 원숭이나 바리새인들에게나 관계된 변태적인 것으로 묘사된다." Ibid. p.552.
40 마태복음 5장 28절을 인용한 것임.

굴을 보고서야 처음으로 자기의 존재, 권리, 자존심을 잊고 그녀에게서 "짐승"이 아닌 "인간의 모습"을 발견하게 된다. 그래서 그는 자신을 모욕한 모든 것과 자기의 "유별난 질투심"이 부질없는 짓이며, 자신이 엄청난 잘못을 저지른 것이라는 것을 깨닫고, 절망적인 상황에서 아내에게 용서를 빌게 된다.

> "날 용서해줘" 하고 제가 말했습니다. (중략) 바로 그날 정오경에 그녀는 죽었습니다. (중략) "저는 관 속에 누운 그녀를 보았을 때 가서야 깨닫기 시작했습니다." 그는 한 번 흐느껴 울고는, 서둘러 이야기를 계속했다. "저는 그녀의 죽은 얼굴을 보고서야, 제가 저지른 모든 일을 깨달았습니다. (중략) 저 때문에 생생하고, 움직이고, 따뜻했던 그녀가 이젠 움직이지도 못하고, 밀랍으로 만든 사람처럼 차가운 사람이 되어버렸습니다. 그리고 저는 그 무엇으로도 이걸 절대로 바로잡을 수 없다는 것도 깨달았습니다. (375-376)

그리고 아내를 죽인 죄로 영원히 죄의식과 비애를 느끼며 살아야 할 불행한 주인공은 화자에게 용서를 빈 후 그와 작별한다.

> "그럼, 용서하십시오…" (중략) "안녕히 가십시오."라고 나는 그에게 한 손을 뻗으며 말했다. (중략) "네, 용서하십시오." 하고 그는 자기의 이야기를 끝맺은 그 말을 되풀이했다. (377)

이 작품의 끝에서 톨스토이는 "용서"란 말의 반복적 사용을 통해 자신의 메시지를 독자에게 강조해서 전달하고 있다. 또한 그는 이 "용서"란 말을 사용해 사랑과 질투, 그리고 오해와 잘못으로 인한 고통과 죽음 등으로부터 진정한 해방과 화해의 길이라는 것을 독자에게 말하고 있다.

이처럼 우리는 톨스토이의 중편 〈크로이처 소나타〉에 나타난 작가의 사랑과 죽음에 관해서 고찰해 보았다.

우리는 톨스토이의 〈크로이처 소나타〉에 나타난 사랑과 죽음의 주제를 살펴보면서, 주인공들의 사랑과 죽음이 어떤 상호연관성을 지닌

지 살펴보았다. 이 작품은 주인공 포즈드느이세프가 일인칭 화자를 새로운 문명의 상징인 기차 안에서 만나 자기의 아내 살해 사건에 대한 이야기를 들려주고 작별하는 것으로 구성되어 있다. 주인공은 사랑을 오로지 남성의 관점에서 바라보며, 정신적인 사랑을 부정하고 육체적인 사랑을 추구하며, 부부관계에서 아내의 행위를 부정적으로 바라보는 인물이다. 또한, 그는 결혼은 일종의 사기극에 지나지 않으며, 혼외정사나 강간이 발생하는 이유가 결혼에 성관계 이상의 의미를 두지 않고 결혼하기 때문이며, 그래서 가정 파탄, 자살, 배우자 살해의 문제가 발생한다고 주장한다.

이 작품에는 주인공의 결혼 전후의 탐닉적인 육체적 사랑, 내적인 진정한 사랑이 아닌 외적 아름다운 매력에 이끌려 한 결혼, 사랑 없는 부부생활, 아내와의 최악의 관계, 이때 개입한 트로하쳅스키로 인한 아내에 대한 오해와 의심, 그리고 질투로 인한 아내 살해, 자기의 커다란 실수에 대한 "뒤늦은" 깨달음, 그리고 죽어가는 아내에게 "용서"를 구하는 모습이 묘사되고 있다.[41] 톨스토이는 작품의 끝에서 "용서"란 말의 반복적 사용을 통해 용서와 사랑의 메시지를 독자에게 전달하고 있다.

4. 톨스토이의 『참회록』에 나타난 작가의 철학적 사유와 기독교 사상

이 글의 목표는 톨스토이(Л. Н. Толстой, 1828~1910)의 철학적 사유와

---

41 "시간이나 기쁨을 인식하는 감정의 대부분(안나에게서조차)과 '나는 나'라는 의식의 원천은 포즈드니세프(포즈니는 러시아어로 '늦었다'는 뜻이며, 그는 자신을 창작한 불행한 작가의 상상력의 역사에서 후기에 태어났다)에게는 영원한 고통의 원천이 된다. 그는 지옥에 떨어진 영혼인 것이다." 앤드류 노먼 윌슨 지음, 이상룡 옮김, Ibid. p.564.

기독교 사상이 톨스토이의 『참회록』에 구체적으로 어떻게 나타나고 있는지 작품 분석을 통해 살펴보는 데 있다.

톨스토이는 평생 인간의 삶의 본질적 의미와 보편적 윤리를 탐구하기 위해 고뇌하면서 이를 자기의 작품과 책 속에서 다양하게 묘사한 작가, 철학가, 그리고 사상가였다. 그리고리예프는 톨스토이에게 내재된 이원론적 세계관을 토대로 작품 분석을 했다. 그에 따르면, 톨스토이는 자신이 탐구하는 이상적 세계와 이와 상반된 세계를 대비함으로써 태생적으로 허무주의적 성격을 지닌 자기의 한계를 구원했다고 보았다.[42] 이와 연관하여 메레지콥스키는 톨스토이의 내부에 두 개의 인간형─삶을 자유롭게 즐기고자 하는 욕망을 지닌 쾌락주의자와 모든 인류의 행복을 위해 새로운 진리를 발견하고자 하는 도덕주의자─이 혼재한다고 주장한다.[43] 그러나 조지 스타이너(George Steiner)와 오윈

---

[42] Andrew D. Kaufman, "Microcosm and Macrocosm in War and Peace: The Interrelationship of Poetics and Metaphysic," *Slavic and East European Journal*, Vol. 43, No. 3 (Autumn, 1999), p.495 참조.

[43] 메레지코프스키 지음, 이보영 옮김, 『톨스토이와 도스토예프스키─인간과 예술─』, 도서출판 금문, 1996, pp.13-14 참조. 메레지콥스키는 쾌락주의자의 유형이 『참회록』 이전의 톨스토이를 대변하고, 도덕주의자의 유형의 인간이 『참회록』 이후의 톨스토이를 규정한다고 주장한다. 또한, 이사야 벌린(Isaiah Berlin) 역시 개인의 삶이 지닌 특징들만을 진실임을 믿는 톨스토이와 이 모든 것을 포괄하는 하나의 시각이 존재한다고 믿는 톨스토이 간의 내적 투쟁이 그의 예술성의 근간을 이룬다는 톨스토이의 이원론을 주장한다. 이사야 벌린 지음, 강주헌 옮김, 『고슴도치와 여우』, 애플북스, 2010, pp.91-93 참조. 이사야 벌린이 톨스토이를 "고슴도치가 되고자 하는 여우"로 정의한 바와 같이 모슨(Gary Saul Morson) 역시 톨스토이를 여우의 유형으로 규정한다. 왜냐하면, 톨스토이가 삶의 객관적 원리보다는 일상성 속에 내재된 개체들의 자유와 그 내부의 보편적 원리를 강조한다고 보기 때문이다. 그래서 그는 톨스토이를 여우의 유형으로 분석한다. Gary Saul Morson, *Hidden in Plain: Narrative and Creative Potentials in "War and Peace"* (Stanford: Stanford University Press), p.5 참조. 이에 반해, 와시올렉(Edward Wasiolek), 구스탑슨(Richard F. Gustafson) 등은 톨스토이를 고슴도치의 유형으로 분석한다. 자세한 것은 최인선, 「톨스토이 서사의 다층적 심미성」, 연세대학교 박사학위논문, 2012, pp.2-4 참조. 오윈에 따르면, 1870년대 이전에 톨스토이는 자연을 이상적인 도덕적 공간으로 묘사했지만,

(Donna Tussing Orwin) 등은 톨스토이를 이원론적 관점에서 분석하는 그들과 관점을 달리한다. 즉, 조지 스타이너는 톨스토이의 형상을 "철학자와 소설가"로 규정하면서, "삶의 보편적 원리를 찾으려는 톨스토이의 철학적 사유와 개체의 자율성을 담아내려는 그의 예술적 창조성을 단일체의 양면성으로 조화롭게 인식해야 한다"고 주장한다. 또한, 오윈 역시 그를 "통합을 추구하는 분석가"와 "이상을 추구하는 현실주의자"로 분석한 후 그가 어떻게 전자에서 후자로 나아가며, 이 두 가지 특성을 어떻게 통합해나가는지를 당대의 철학 사조를 바탕으로 분석한다. 한편 러시아 형식주의자 에이헨바움(Б.М. Эйхенбаум)은 이원론적 관점을 토대로 톨스토이의 사상에 맞춰 작품을 분석하는 것에 반대하고 그것의 형식적 특성에 중점을 두어 고찰한다.[44]

톨스토이는 부유한 지주이자 행복한 가장이었으며, 러시아 최고의 인기 작가이로 활동했다. 그런데 톨스토이는 갑자기 자살을 생각하게 된다. 그럼 먼저 왜 부유한 유명 작가로서 행복한 생활을 영위했던 톨스토이가 갑자기 자살을 시도하려고 생각하게 되었는가에 관한 내용을 『참회록』에서 살펴보도록 하자.

> (전략) 그러나 나는 숲에서 길을 잃은 사람 같았으며, 그가 길을 잃어버려 공포에 사로잡힌 것처럼 나도 공포에 사로잡혀 있는 것이다. 그는 길로 나오기를 바라며 헤매고 있다. 그리고 모든 걸음이 그를 더욱더 혼란스럽게 만들고 있다는 것을 알면서 헤매지 않을 수 없다.

그 이후부터는 자연을 혼돈과 무질서로 형상화했다. 그리고 이때부터 그는 존재의 이기적 본능에서 벗어나 보편적 법칙으로 인도하는 '이성'에 주목한다. 이러한 비평적 가설하에 오윈은 자연이라는 보편적 세계로의 통합이라는 꿈을 꾸었던 톨스토이를 "통합을 추구하는 분석가"로 분석하고, 개체의 자율적 의지에서 비롯된 이성으로 세계를 분석하고자 했던 그를 "이상을 추구하는 현실주의자"로 분석하였다. Donna Tussing Orwin, Tolstoy's Art and Thought, 1847-1880(Princeton, Princeton of University Press, 1993), pp.143-157. // 앞의 논문 p.4 참조.

44 최인선, 위의 논문, p.4 참조.

바로 이것이 무서웠었다. 나는 결국, 이 공포로부터 도망치기 위해 자살하고 싶었었다. 나는 나를 기다리고 있다는 것 앞에서 공포를 느끼고 있었으며, 이 공포가 상황 그 자체보다 더 무섭다는 것을 알고 있었다. 그러나 나는 그것을 잊을 수가 없었고, 인내심을 가지고 끝을 기다릴 수 없었다. 어둠에 관한 공포가 지나치게 컸다. 그래서 나는 가는 밧줄이나 탄환 때문에 오는 공포에서 가능한 한 즉시, 가능한 한 즉시 벗어나고 싶었다. 바로 이런 감정이 나로 하여금 무엇보다도 더 강하게 자살로 이끌고 갔다.[45]

··· Но я не мог успокоиться на этом. Если б я был как человек, живущий в лесу, из которого он знает, что нет выхода, я бы мог жить; но я был как человек, заблудившийся в лесу, на которого нашел ужас оттого, что он заблудился, и он мечется, желая выбраться на дорогу, знает, что всякий шаг еще больше путает его, и не может не метаться,

Вот это было ужасно. И чтоб избавиться от этого ужаса, я хотел убить себя, Я испытывал ужас перед тем, что ожидает меня, – знал, что этот ужас ужаснее самого положения, но не мог отогнать его и не мог терпеливо ожидать конца. Как ни убедительно было рассуждение о том, что все равно разорвется сосуд в сердце или лопнет что-нибудь, и все кончится, я не мог терпеливо ожидать конца. Ужас тьмы был слишком велик, и я хотел поскорее, поскорее избавиться от него петлей или пулей. И вот это-то чувство сильнее всего влекло меня к самоубийству.[46]

인용문에 나타난 바와 같이 인생길에서 벗어나 헤매는 톨스토이는 마치 숲에서 길을 잃어버려 공포를 느끼는 것과 같은 그러한 어두움의 공포에서 벗어나기 위해 자살을 시도하고 있다. 이어서 그가 다양한 학문 탐구를 통해 답을 찾으려는 시도와 실패, 그리고 인생의 목적에 대한 철학적 질문과 연구에 관한 불만족스러움 등에 관해 다음과 같이

---

45 레프 톨스토이 지음, 이영범 옮김, 『참회록』, 지식을만드는지식, 2010, p.34-35.

46 Л.Н. Толстой Собрание сочинений в двадцати двух томах, Публицистические произведения(1855~1886), том шестнадцатый, Художественная литература, М., 1983, С. 120-121. 이하 톨스토이의 〈참회록〉의 인용문은 모두 이 판에 의거해 인용할 것이며, 인용문의 쪽수만 괄호 속에 표기할 것임.

언급하고 있다.

(전략) 그래서 나는 나의 의문들에 관한 설명을 사람들이 이미 얻었던 모든 지식 속에서 찾아보았다. 막연한 호기심 때문에 찾은 것이 아니라 고통스럽게 오랫동안 찾아보았다. 파멸하고 있는 사람이 구원을 찾듯이 찾았으며, 밤낮으로 열심히 찾았다. 그러나 아무것도 찾지 못했다. 나는 모든 지식에서 찾아보았다. 그러나 나는 찾을 수 없었을 뿐만 아니라 지식에서 바로 나처럼 모든 사람이 찾았으나 역시 아무것도 찾지 못했다는 것을 확신했다. (중략) 나로 하여금 쉰 살에 자살에 관심을 갖게 한 의문은 철없는 어린아이로부터 가장 지혜로운 할아버지에 이르기까지 각 인간의 정신 속에 놓여 있는 가장 단순한 의문이었다. 내가 실제로 경험한 바로는, 이 의문은 이것 없이는 삶이 불가능하다는 것이었다. (중략) 나는 동일한 의문이자 상이하게 표현되는 이 의문에 관한 답을 인간의 지식 속에서 찾고 있었던 것이다. 그래서 나는 이 의문과 연관된 모든 지식이 마치 두 개의 정반대되는 반구(半球)처럼 나뉘어 있는 것 같은데, 그것들의 양 끝에 두 개의 극이 위치한다는 것을 발견했다. 한 극은 부정적이고, 다른 극은 긍정적이다. 그러나 이 극에도, 그리고 다른 극에도 삶의 의문들에 관한 답이 없다.[47]

… И я искал объяснения на мои вопросы во всех тех знаниях, которые приобрели люди. И я мучительно, упорно, дни и ночи, – искал, как ищет погибающий человек спасенья, – и ничего не нашел. Я искал во всех знаниях и не только не нашел, но убедился, что все те, которые так же, как и я, искали в знании. (…) Вопрос мой – тот, который в пятьдесят лет привел меня к самоубийству, был самый простой вопрос, лежащий в душе каждого человека, от глупого ребенка до мудрейшего старца, – тот вопрос, без которого жизнь. (…) На этот —то, один и тот же, различно выраженный вопрос я искал ответа в человеческом знании. И я нашел, что по отношению к этому вопросу все человеческие знания разделяются как бы на две противоположные полусферы, на двух противоположных концах которых находятся два полюса: один – отрицательный, другой – противоположный; но что ни на том, ни на другом полюсе нет ответов на вопросы жизни.   (121-122)

---

47 앞의 책, pp.35-38.

이 인용문에서 우리는 톨스토이가 인생길에서 벗어나 길을 잃고 커다란 공포에 사로잡힌 채 방황하는 모습, 이 공포에서 벗어나려는 방법으로 생각해 낸 자살 시도, 다양한 학문 탐구를 통한 해답 찾기의 시도와 실패, 그리고 "왜 사는가?"라는 철학적 물음과 연구에 대한 불만족스러운 답 등에 관해서 언급하고 있음을 볼 수 있다. 그는 "나는 왜 사는가? 무엇을 구하는가?"라는 인생의 의미에 관한 철학적 물음의 답을 찾지 못해 절망과 심적 고통을 체험하고 있었다. 바로 이때 그를 구원한 것은 자신을 위한 삶을 사는 것이 아니라 하나님을 위해 살아야 한다는 신앙, 즉 소박한 민중적 신앙이었다.[48]

그는 죽음이라는 공포 앞에서 느끼는 절망감과 삶의 무의미함, 그리고 심한 우울증으로 인해 가끔 자살하려는 충동을 느끼기까지 하지만, 자살을 실행하지는 못한다.

> (전략) 자살에 관한 생각이 내가 예전에 삶을 향상해야겠다고 생각했던 것처럼 자연스레 일어났다. 내가 지나치게 서둘러 이 생각을 실행에 옮기지 않도록 하려고 자신의 의사에 반하는 교활한 수단을 사용해야만 했을 정도로 이 생각은 유혹적이었다. 나는 자유로워지기 위해 단지 전력을 기울이고 싶었기 때문에 자살을 서두르지 않았던 것이다. 만약 자유로워지지 않는다면, 언제든지 자살할 수 있다고 나는 자신에게 말했다. (중략) 나에게는 착하고, 사랑스러운 아내와 귀여운 아이들이 있었고, 힘들이지 않고도 불어가는 커다란 재산이 있었다. 나는 가까운 사람들과 지인들로부터 존경을 받고 있었고, 내가 모르는 사람들로부터도 예전보다 더 많은 칭찬을 받고 있었다. 그리고 나는 특별한 자아도취에 빠질 필요가 없을 정도로 유명하다고 생각했다. 게다가 나는 육체적으로나 정신적으로 건강했을 뿐만 아니라 오히려 자신의 동년배들에게서 좀처럼 볼 수 없는 정신적 힘과 육체적 힘을 지니고 있었다. (중략) 하지만 나는 그러한 상황에서 살 수 없다는 데 도달했다. 그러나 나는 죽음이 두려워 생명을 잃지 않기 위해 자신에 반하는 교활한 수단을 사용하

---

48 앞의 책, p.136, p.139 참조.

지 않으면 안 되었다.(27-29)

> … Мысль о самоубийстве пришла мне так же естественно, как прежде приходили мысли об улучшении жизни. Мысль эта была так соблазнительна, что я должен был употреблять против себя хитрости, чтобы не привести ее слишком поспешно в использование. Я не хотел торопиться только потому, что хотелось употребить все усилия, чтобы распутаться! (···) У меня была добрая, любящая жена, хорошие дети, большое имение, которое без труда с моей стороны росло и увеличивалось. Я был уважаем близкими и знакомыми, больше чем когда—нибудь прежде был восхваляем чужими и мог считать, что я имею известность, без особенного самообольщения. При этом я не только не был телесно или духовно нездоров, но, напротив, пользовался силой и духовной и телесной, какую я редко встречал в своих сверстниках: (···) И в таком положении я пришел к тому, что не мог жить и, боясь смерти, должен был употреблять хитрости против себя, чтобы не лишить себя жизни. (117-118)

인용문에 나타난 것처럼 톨스토이는 인생에서 피할 수 없는 죽음이라는 공포 앞에서 느끼는 절망과 불안, 심한 우울증을 앓고 있는 상태에서 자살하려는 유혹을 느낄 때마다 자살하지 않기 위해 자기의 삶에서 벗어나려는 최선의 노력을 기울였다. 그런데 왜 그는 외적으로 행복한 조건을 지니고 있음에도 불구하고 이처럼 자살의 유혹을 느끼며 자기의 삶에서 탈피하려고 노력했을까? 즉, 그에게는 좋은 아내와 귀여운 아이들이 있었고 많은 재산이 있었고, 최고의 인기 작가로서 누리는 명예를 지니고 있었을 뿐만 아니라 건강도 양호했다. 그러나 그는 이처럼 행복한 삶을 누리기에 충분한 조건을 가지고 있었으면서도, 그러한 삶을 살기가 싫어서 탈피하려는 노력을 기울이고 있다. 과거에 그의 삶은 출세, 즉 세상적인 성공에 관한 강한 욕망과 집념을 가지고 최선의 노력을 해서 자기의 꿈을 이루는 것이었다. 그런데 그러한 꿈을 성취해 행복한 삶을 살 수 있는 그러한 상태에서 전혀 다른 삶의 방향을 추구하는 것이다. 그가 이처럼 삶의 방식에 관한 일대 전환을 하게 된 이유는 무엇일까? 지금 그는 그러한 삶이 자신을 파멸의 구렁텅이로 내모는 처지에 놓여 있기 때문이다.

이는 앞에서 언급한 바와 같이 톨스토이는 숲에서 길을 잃어 공포에 사로잡힌 것처럼 자기 삶의 길에서 길을 잃고 사로잡힌 공포에서 벗어나기 위해 행한 여러 가지 행동-자살 시도와 학문 탐구를 통한 해답 찾기의 시도와 실패[49], 그리고 "왜 사는가?"라는 인생의 의미에 관한 철학적 물음에 대한 대답 찾기의 실패로 인한 절망과 심적 고통을 체험 등-과 연관된다. 그래서 그는 그처럼 자기의 삶을 파멸로 내모는 상황에서 탈피하여 자기의 새로운 삶의 방향을 모색하게 된 것이다. 그가 모색한 새로운 삶의 방식은 지금까지와는 전혀 다른 방식, 즉 자기 삶의 행복만을 추구하기 위한 자기중심적이고 이기주의적인 삶의 방식에서 벗어나 이타주의적인 삶과 하나님 중심적인 삶을 살아야 한다는 방식이었다.

1879년 톨스토이는 러시아 정교회의 탈퇴를 선언하고 자기의 과거, 삶, 문학을 부정하는 『참회록』을 썼다. 그는 철학이나 과학 등에는 인류를 구원하고 이끌어갈 능력이 없다고 판단했다. 그래서 그는 온 인

---

49 이와 연관된 부분은 다음과 같다. "나는 모든 지식에서 찾았다. 그러나 나는 찾을 수 없었을 뿐만 아니라 지식에서 바로 나처럼 모든 사람이 찾았으나 역시 아무것도 찾지 못했다는 것을 확신했다. 그들은 아무것도 찾지 못했을 뿐만 아니라 나를 절망으로 이끌고 있던 것 자체가 삶의 무의미이며, 인간에게 허용된 유일하고도 명백한 지식이란 것을 확실히 알았다. 나는 모든 곳에서 찾았으며, 학문에서 실현된 삶 덕분에, 또한, 자기의 세계와 학자 세계에서 교류를 통해, 책 속에서뿐 아니라 담화에서 자기의 모든 지식을 나에게 공개하기를 거절하지 않은 온갖 지식의 다양한 분야의 학자들이 제공한 덕분에 나는 지식이 삶의 문제에 답하고 있다는 것을 알았다. 지식이 답하고 있는 것처럼, 지식이 삶의 문제들에 관해 아무런 답도 주지 못하고 있다는 것을 나는 오랫동안 전혀 믿을 수가 없었다. 나는 인생의 문제들에 관해 보편적인 것을 아무것도 가지고 있지 않은 자신의 상황을 확립한 학문의 엄숙하고도 위엄스러운 태도에 익숙해져 있어서 내가 무엇인가를 이해하지 못한다는 것을 오랫동안 느꼈다." 앞의 책, p.36.

류가 이해할 수 없는 존재인 하나님을 위해 살아야 한다는 결론을 내린 것이다. '위대한 기독교 사상가'로 불리는 톨스토이의 다음과 같은 말은 이 책의 핵심적 내용 중 하나다. "모든 인간은 신의 뜻에 따라 이 세상에 태어났다. 그리고 신은 어떤 사람이든지 스스로 자신의 영혼을 타락시킬 수도 있고, 구원할 수도 있게 창조했다. 인간이 삶에서 갖는 사명이란 자신의 영혼을 구원하는 것이다. 자신의 영혼을 구원하려면 신의 뜻에 따라 살아야 한다. 신의 뜻에 따라 살려면, 삶의 모든 쾌락을 버리고 겸손한 자세로 일하며, 인내의 미덕을 키우고 자애심을 지녀야 한다."[50]

한편, 톨스토이는 죽음을 준비하면서 이를 두려워하지 않은 채 오히려 기뻐하는 철학자 소크라테스의 말을 삽입텍스트로 사용하여 죽음에 관해 논하고 있다. 이어서 그는 쇼펜하우어의 말, 즉 우리에게는 "의지도 없고, 관념도 없고, 이 세계도 없다. 물론 우리 앞에는 무(無)만 남아 있다."[51]는 말을 인용하고 있다. 이어서 그는 성경에서 솔로몬의 말을 인용하고 있다.

> 솔로몬은 다음과 같이 말했다. "헛되고 헛되도다. (중략) 헛되고 헛되니, 모든 것이 헛되도다! (중략) 나 전도자는 예루살렘에서 이스라엘의 왕이 되어 마음을 다해 지혜를 써서 하늘 아래에서 행하는 모든 일을 궁구(窮究)하며 살핀즉 이는 괴로운 것이니 하나님이 인생들에게 주어 수고하게 하신 것이다. (중략) 이것도 헛되도다. 사람이 먹고 마시며 수고하는 가운데 심령으로 낙을 누리게 하는 것보다 나은 것이 없나니, 내가 이것도 본즉 하나님의 손에서 나는 것이라…
>
> (52-55)
>
> 《Суета сует, - говорит Соломон, - суета сует - все суета! (⋯) Я, Екклезиаст, был царем над Израилем в Иерусалиме, И предал я сердце мое тому, чтоб исследовать и испытать мудростью все, что делается под небом: это тяжелое

---

50 앞의 책, pp.142-143.

51 앞의 책, pp.52-55.

занятие дал Бог сынам человеческим, чтоб они упражнялись в нем, (⋯) И это
– суета, Не во власти человека и то благо, чтоб есть и пить и услаждать душу
свою от труда своего⋯
(129-130)

톨스토이는 인생의 허무함에 관해 말하기 위해 솔로몬의 말을 인용
하고 있다. 즉 인용문에서 '지혜의 왕'이라 불리는 솔로몬은 인생의 헛
됨과 허무에 관해 반복해서 강조하고 있으며, 인생이 누리는 심령의
즐거움도 다 하나님의 손에서 난다고 말하고 있다.

이어서 톨스토이는 석가모니(Сака-Муни)의 말을 인용하면서, 행복
하게 살고 있던 청년 왕자 석가모니가 세 번의 산책을 통해 깨달은 늙
음과 병, 죽음에 관해서 말한다. 또한, 톨스토이는 성경에서 솔로몬이
말한 '심령의 낙'과 연관된 '마음의 평안'의 문제를 석가모니의 깨달음
과 행위에 관해 말하고 있다.

> 석가모니는 이 삶에서 평안을 찾을 수 없었다. 그래서 그는 삶은 최대의
> 악이라고 단정하고, 삶으로부터 해탈하고, 다른 사람들을 해탈시키기 위해
> 전심전력을 기울였다. 그리고 죽은 뒤에 생명이 어떻게 해서든지 되살아나는
> 일이 없도록 하려고, 즉 삶을 철저히 단절하기 위해 해탈에 온 힘을 쏟았다.
> (58)
> И Сака-Муни не мог найти утешения в жизни, и он решил, что жизнь –
> величайшее зло, и все силы души употребил на то, чтоб освободиться от нее
> и освободить других. И освободить так, чтоб уничтожить жизнь совсем, в корне.
> (131)

인용문에 나타난 바와 같이 톨스토이는 인간이 이 세상의 삶에서
마음의 평안을 구할 수 없다는 것, 즉 늙음과 병, 죽음의 공포로 인한
불안과 심적 고통에서 벗어날 수 없다는 것을 깨달은 석가모니의 행위에
관해서 말하고 있다. 즉, 톨스토이는 석가모니가 마음의 평안을 얻을
수 없는 인생을 가장 커다란 악이라고 보고, 자신과 많은 사람을 이러한

악에서 벗어나려고, 즉 인생으로부터 완전히 단절하기 위해 해탈에 전력을 기울인 것에 관해 언급하고 있다.[52] 이와 연관하여 최인선은 부처, 즉 석가모니의 형상에 관해 다음과 같이 말한다. "톨스토이가 『참회록』에서 사문유관(四門遊觀) 이야기를 통해 죽음의 공포에 절규하는 싯다르타의 모습을 그려냈다는 점과 미완성작인 〈부처, 즉 성인이라고 불린 싯다르타 -그의 생애와 가르침〉에서는 부처를 역사, 문화, 종교적 맥락에서 구체적으로 형상화하려 했다는 점을 지적하며 부처의 형상이 톨스토이 작품에 어떻게 구현되고 있는지 설명하고 있다."[53]

이어서 톨스토이는 하나님의 말씀이 아닌 위대한 현자들-소크라테스와 쇼펜하우어, 솔로몬, 그리고 부처(Будда)[54]-의 말을 인용해 삶과

---

52 톨스토이는 석가모니가 "삶은 최대의 악"이라고 단정한 것과 연관해 다음과 같이 주장한다. "나는 이성적 지식의 길에서 삶의 부정 외에 아무것도 발견할 수 없다는 것을 알고 있었다. 그러나 삶의 부정보다 더 불가능한 이성의 부정 외에 그곳의 신앙에서 아무것도 발견할 수 없다는 것을 알고 있었다. 이성적 지식에 따르면, 삶은 악이라는 결론이 나왔다." 앞의 책, pp.73-74. 앞에서 석가모니와 같은 위대한 현자들이 인간의 삶에 관한 의문에 관해 직설적으로 답한 것처럼 소크라테스(Сократ)와 쇼펜하우어(Шопенгауэр) 역시 이에 관해 명쾌하게 주장한다. 즉 전자는 "육체의 삶은 악이자 거짓이다. 따라서 이 육체의 삶을 소멸시키는 것이 선이다."라고 주장하고, 후자는 "삶이란 반드시 존재해야만 하는 것이 아니라 악이다. 따라서 무(無)로의 전환은 삶의 유일한 선이다."라고 주장한다. 앞의 책, p.58.

53 최인선, 「톨스토이 서사의 다층적 심미성」, 연세대학교 박사학위논문, 2012, pp.11-12. 최인선은 톨스토이의 기독교 사상과 불교 사상 및 노자와 공자의 사상과의 연관성에 관한 박혜경의 주장을 다음과 같이 언급하고 있다. "톨스토이의 작품에 나타난 동양의 세계관"은 사상가, 종교 지도자로서의 톨스토이 사상을 불교, 노자, 공자의 사상에서 비롯됨을 지적하고 있다. 특히, 『참회록』에서 러시아 정교에 관한 대안으로 제시한 민중의 신앙은 노자와 공자의 사상에 그 뿌리를 두고 있으며, 〈인생독본〉에서 삶의 고통에서 벗어나 죽음을 삶의 대안적 방안으로 모색하고자 한 것은 불교에서 설명하고 있다." 박혜경, 「톨스토이의 작품에 나타난 동양의 세계관」, 『인문학연구』 제17권, 한림대학교 인문학연구소, 2000, pp.97-144. 최인선, 앞의 논문 p.12에서 재인용.

54 잘 알다시피 부처(buddha, 佛陀)는 '깨달은 자(賢者)'에 속한다. 부처란 B.C. 6세기경 인도의 카필라 국의 태자란 지위를 버리고 출가한 뒤 6년 동안 수행한 후 일체의 번뇌를 끊고 무상(無上)의 진리를 깨달아 중생을 교화한 '석가모니'의 존칭이다.

죽음 하고 있다.

소크라테스(Сократ)는 다음과 같이 말했다. "육체의 삶은 악이자 거짓이다. 따라서 이 육체의 삶을 소멸시키는 것이 선이다. 그래서 우리는 그것을 갈망해야만 한다."

쇼펜하우어(Шопенгауэр)는 다음과 같이 말했다. "삶이란 반드시 존재해야만 하는 것이 아니라 악이다. 따라서 무(無)로의 전환은 삶의 유일한 선이다."

솔로몬(Соломон)은 다음과 같이 말했다. "세상의 모든 것인 어리석음도, 지혜도, 부유함도, 가난도, 기쁨도, 슬픔도 모두 헛되고 하찮은 것들이다. 사람이 죽으면, 아무것도 남기지 않을 것이다. 이것도 어리석은 일이로다."

부처(Будда)는 다음과 같이 말했다. "고통, 연약함, 노쇠, 그리고 죽음의 필연성을 의식하면서 살아갈 수는 없도다. 우리는 자신을 삶에서, 삶의 온갖 가능성에서 해탈시켜야만 한다." (58-59)

《Жизнь тела есть зло и ложь. И потому уничтожение это жизни тела есть благо, и мы должны желать его》, – говорит Сократ.

《Жизнь тела есть то, чего не должно бы быть, – зло, и переход в ничто есть единственное благо жизни》, – говорит Шопенгауэр.

《Все в мире – и глупость и мудрость, и богатство и нищета, и веселье и горе – все суета и пустяки. Человек умрет, и ничего не останется. И это глупо》, – говорит Соломон.

《Жизнь с сознанием неизбежности страданий, ослабления, старости и смерти и нельзя – надо освободить себя от жизни, от всякой возможности жизни》, – говорит Будда. (132)

톨스토이는 "이 위대한 현자들이 한 말은 그들과 비슷한 무수히 많은 사람이 말하고, 생각하고, 느꼈던 것"이라고 하면서, 자신도 "그렇게 생각하고 느낀다"(59)면서 공감을 표시한다. 그래서 그는 인간의 지식과 지혜로부터 자신을 절망으로부터 구원하려고 방황했던 그의 지적 탐구가 그를 구원하기는커녕 오히려 절망을 더 크게 만들었다. 이러한 지적 탐구와 방황에서 깨달은 것은 "모든 것은 헛되다"라는 생각과

"죽음이 삶보다 더 낫다"는 결론을 내리고, "삶에서 벗어나야만 한다."(59)고 결심한 것이다.

한편, 그는 제7장의 맨 처음에서 이러한 삶의 위기에서 벗어나기 위한 해결 방법을 다른 방향에서 찾기 시작한다. 그가 새롭게 시도한 방법은 자기의 주변인들의 삶을 관찰하는 것이었다. 즉, 그는 자기의 절망으로 이끈 문제를 그들이 어떻게 대하고 어떤 방법으로 해결하는지 관찰하는 것이었다. 그래서 그는 자신과 동일한 교육을 받고 동일한 상황에 처해 있는 동일한 계급의 사람들이 이 문제를 어떻게 해결하는 방법이 4가지가 있음을 알게 된다. 그 4가지 방법이란 1) 무지의 방법, 2) 쾌락주의적 방법, 3) 힘과 정열의 방법, 4) 나약함의 방법이다. 이를 더 자세히 알아보면 다음과 같다. 즉, 첫 번째 방법은 "삶이 악이자 무의미한 것임을 알지도 못하고, 이해하지도 못하는 것이다."(60) 두 번째 방법은 "삶이 절망적이라는 것을 알면서 잠시 행복을 누리고, 용도 쳐다보지 않고, 쥐들도 쳐다보지 않는 데 있는데, 가장 좋은 방법은 특히 관목 줄기에 꿀이 많이 있을 때 핥는 것이다."(61) 세 번째 방법은 "삶이 악이자 무의미한 것이라고 깨달은 후 삶을 소멸하기 위한 방법이다."(63)⁵⁵ 마지막으로 네 번째 방법은 "삶의 악과 삶의 무의미함을 깨달으면서, 삶에서 아무것도 나올 수 없다는 것을 미리 알면서 삶을 계속 끌어가는 방법이다."(63)⁵⁶

톨스토이는 자신과 같은 부류의 사람들이 이 "네 가지 방법을 통해 무서운 모순으로부터 구원받고 있다."고 말하면서, 이 방법들에 관해

---

55 톨스토이는 이 세 번째 방법을 "가장 가치가 있는 방법으로 보고, 그렇게 행동하고 싶었다"고 고백한다. 레프 톨스토이 지음, 이영범 옮김, p.63.

56 이와 연관하여 톨스토이는 자신이 속한 부류의 사람들이 "죽음이 삶보다 낫다는 것을 알고 있지만, 합리적으로 행동할 힘이 없으며, 즉시 기만을 끝내버리고 자살할 만한 힘이 없어 무엇인가를 기다리고 있는 것 같다."고 말한다. 앞의 책, pp.63-64.

서 반복해서 말한다. 즉, 첫 번째 방법은 "삶이 무의미한 것이고, 헛되고, 악이라는 것을 이해하지 못하는 것이며," 차라리 그러한 삶을 "살지 않는 것이 더 낫다는 것을 이해하지 못하는 것이다."(64) 그리고 두 번째 방법이란 "미래에 관해 생각하지 않은 채 있는 그대로의 삶을 누리는 것이다." 즉, "석가모니처럼 노화, 고통, 죽음이 있다는 것을" 안다면, 예를 들어, 사냥이라는 쾌락을 누리지 않는 것이다.(64) 세 번째 방법이란 "삶이 악이자 어리석음이라는 것을 깨달은 후"에 자살하는 것이 마땅하다는 것이다. 끝으로 네 번째 방법은 "솔로몬이나 쇼펜하우어의 입장에서 사는 것이다."(65)

그러나 그는 자기의 생각이 잘못되었다는 것을 깨닫게 된다. 그는 자신과 솔로몬 및 쇼펜하우어와 같은 철학자나 현인들의 삶을 진실하고 정상적이라고 보았다. 이와 반면, 그 외의 모든 사람의 삶은 가축의 삶처럼 비정상적이라고 생각했다는 것을 뒤늦게 깨달은 것이다. 다시 말해서 그는 자기의 지적 오만의 오해에 사로잡혀 삶에 관해 확실하고 진정한 의문을 제기했기 때문에 자기를 특별한 사람으로 간주한 정신 착란 상태에서 오랫동안 살아왔다는 것을 깨달은 것이다. 그가 그들이 비이성적이며 무의미한 삶을 사는 자들이 아니라는 것을 어떻게 깨달았을까? 그는 『참회록』 제8장에서 자신처럼 박식하지도 않고 부유하지도 않은 평범한 사람들인 농민과 노동자들이 자기와 달리 삶에 의문을 제기하여 그것에 명쾌하게 답하고 있다는 것을 보고, 깨달았다고 고백했다.

톨스토이는 그러한 깨달음을 통해 "학자들과 현자들로 대표되는 이성적 지식은 삶의 의미를 부정하고 있다"(73)고 말한다. 따라서 이 이성적 지식의 길에서 벗어나야 한다고 주장한다. 이어서 그는 "엄청난 수의 대중들, 즉 전 인류는 비이성적 지식의 상태에서 이 의미를 인정하고 있다. 바로 이 비이성적 지식은 신앙이며, 그것은 삼위일체의 하나님이며, 그것은 6일 동안에 창조된 피조물, 악마들, 천사들이며, 내가 미치지 않는 한 수용할 수 없는 모든 것이다."(73)라고 주장한다. 『참회록』 제8장 끝에서 그는 신앙을 따라 자기 삶의 의미를 깨닫기 위해서는 이성을 거부해야 한다고 결론을 짓는다.

톨스토이는 『참회록』 제9장에서 '엄격한 이성적 지식'에 관해 다음과 같이 말한다. "실제로 엄격한 이성적 지식이란, 데카르트가 한 것처럼 모든 것의 완전한 회의로부터 시작하는 지식이다. 이 엄격한 이성적 지식은 신앙에 입각한 모든 지식을 버리고, 이성과 경험의 법칙 위에서 모든 것을 다시 정초하는 것이며, 내가 얻었던 바로 그 답이 모호한 것처럼 삶의 의문에 대한 어떤 답도 줄 수 없는 지식이다. 처음에는 지식이 정답, "삶은 의미가 없고, 그것은 악이다"라는 쇼펜하우어의 답을 줄 것 같은 생각만 들었다. 그러나 나는 문제를 검토하고 난 후, 해답이 결정적인 것이 아니라는 것과 나의 감정이 그것을 그처럼 표현했을 뿐이라는 것을 깨달았다."(76-77). 이어서 톨스토이는 엄격히 표현된 이성적 지식에 해당하는 철학적 지식은 "바라문교, 솔로몬, 쇼펜하우어에게서 표현된 것과 마찬가지로 엄격히 표현된 해답은 항등식인 0=0이라든가 나에게 무엇으로도 그려지지 않는 삶이 아무것도 아니라고 하는 모호한 답일 뿐이다. 따라서 이 철학적 지식은 아무것도 부정하지 않으며, 이 의문은 철학적 지식에 의해 해결될 수 없으며, 이 의문의 해결은 모호한 채로 남게 된다고 답할 뿐이다."(77) 그래서 톨스토이는 신앙이 주는 답이 비록 불합리하다 할지라도, 죽음에 의해서도 소멸하지 않는 진정한 삶의 의미란 무한한 하나님과의 합일인 천국이라고 확고한 결론을 내린다. 즉 그는 "'나는 어떻게 살아야 하는가? 라는 의문을 내가 제기한다고 할지라도, 항상 '하나님의 법칙에 따라서'라는 답을 얻게 될 것이다. '나의 삶에서 어떤 진실한 것이 생길까?' 영원한 고통이 아니면, 영원한 행복이다. '죽음에 의해서도 사라지지 않는 의

미란 어떤 것일까?' 무한한 하나님과의 합일, 즉 천국이 바로 그것이다."(77-78)라고 결론을 내린다. 그래서 그는 과거에는 이성적 지식만이 '유일한 것'이라고 생각했지만, 이제는 "이성적 지식 외에 살아 있는 전 인류에게는 비이성적인 또 하나의 다른 지식, 즉 삶의 가능성을 부여해 주는 신앙이라는 것이 간직되어 있다는 사실을 인정하지 않을 수 없게 되었다."고 고백한다. 그래서 톨스토이는 "신앙만이 인류에게 삶의 의문들에 대한 해답을 주고, 그 결과 살아갈 가능성을 준다는 것을 인정하지 않을 수 없었다."(78)고 고백한다. 이어서 그는 "오직 신앙 속에서만 삶의 의미와 삶의 가능성을 발견할 수 있는 것이다"라고 주장하면서, "신앙이란 그 본질적인 의미에 있어서 단지 '보이지 않는 것들을 입증해 보여주는 것'이 아니며, (중략) 인생의 의미에 대한 지식이다. (중략) 신앙은 삶의 힘이다. (중략) 신앙 없이는 살 수 없는 것이다."(79-80)라고 주장한다. 이처럼 톨스토이는 신앙을 삶의 의미와 가능성을 발견한 데 가장 중요한 것이자 힘이라고 봄으로써 인간이 살아가는 데 있어서 필수요소로 인식하고 있다.

톨스토이는 『참회록』 제10장의 처음에서 기독교 신앙뿐만 아니라 불교와 이슬람교도 연구하고 있음을 밝히고 있다.

> 이제 나는 온갖 신앙이 거짓일 수도 있다는 이성의 직접적인 부정을 요구하지 않는 한 어떤 신앙이든지 수용할 준비가 되어 있었다. 그래서 책으로 불교도 연구하고, 이슬람교도 연구했다. 무엇보다도 기독교는 책으로도 연구했고, 내 주변 사람들을 통해서도 연구했다.   (84)
>
> Я готов был принять теперь всякую веру, только бы она не требовала от меня прямого отрицания размера, которое было бы ложью. И я изучал и будизм, и магометанство по книгам, и более всего христианство и по книгам, и по живым людям, окружавшим меня.   (143)

이어서 톨스토이는 자신의 부류의 신앙인들의 삶을 관찰한 결과 그들이 쾌락주의적 위안을 얻기 위해 신앙생활을 한다는 사실에 실망하고 그들의 신앙을 수용할 수 없었다고 밝히고 있다. 또한, 그는 자신을 비롯해 솔로몬이나 쇼펜하우어도 그와 같은 삶을 살았다고 말한다.(143-145)[57] 그래서 톨스토이는 자신과 같은 부류의 신자들과 같은 삶에서 벗어나, 가난하고 교육을 받지 못한 신자들과 가까운 교제를 하게 되며, 순례자나 수도승, 분리파 교도, 그리고 노동자들과도 가깝게 지내기 시작한다. 그는 이처럼 다른 부류의 사람들과의 교제를 통해서 민중이 지닌 신앙의 교의가 자신과 같은 부류의 거짓 신자들이 지닌 동일한 교의인 기독교 교의라는 것을 깨닫게 된다. 또한, 그는 아주 많은 미신이 기독교의 진리와 혼동되고 있음도 발견하게 된다. 그는 그들의 삶과 신앙을 관찰함으로써 그들이 진정한 신앙인이라는 것을 확신하게 된다. 그리고 그는 자기의 내부에서 대전환이 일어남을 체험하게 된다. 즉, 그는 자신이 그동안 해왔던 모든 행위와 토론, 학문, 예술 등이 마치 "어린애의 장난처럼" 여겨졌고, 그 속에서 아무런 의미도 발견할 수 없다는 것을 깨닫게 된다. 또한, 그는 노동하는 민중의

---

57 나는 자연히 무엇보다도 먼저 나와 같은 부류의 신자들에게 눈을 돌렸으며, 박식한 사람들, 정교 신학자들, 심지어 속죄 신앙에 의해 구원을 믿는 소위 새로운 기독교도들에게까지 눈을 돌렸다. 그리고 나는 이 신자들을 붙잡고, 그들이 어떻게 믿고 있으며, 어디서 삶의 의미를 발견하는가에 관해 끈질기게 캐묻곤 했다. 내가 가능한 한 양보를 하고, 온갖 논쟁을 피했음에도 불구하고 이 사람들의 신앙을 수용할 수 없었다. 왜냐하면, 나는 그들이 신앙이라고 제시한 것이 삶의 의미에 관한 해명이 아니라 애매하게 하는 것이라는 것을 보곤 했기 때문이다. 또한, 그들이 나를 신앙으로 이끌었던 삶의 의문에 답하기 위해서가 아니라 나에게 다른 어떤 목적들을 위해, 나에게 낯선 목적들을 위해 자기의 신앙을 주장하는 것을 보곤 했기 때문이다. (중략) 그래서 나는 이 사람들의 신앙이 내가 구했던 그 신앙이 아니라는 것을 깨달았다. 그리고 나는 그들의 신앙은 신앙이 아니라 단지 삶에 있어서 쾌락주의적 위안 중 하나일 뿐이라는 것을 깨달았다. (중략) 나에게 진실한 신앙의 존재를 믿게 한 것은 나나 솔로몬이나 쇼펜하우어가 자살하지 않았다는 것이 아니라 이 수십억 명의 사람들이 계속 살고 있으며, 나와 솔로몬도 그들과 같은 삶의 파도에 휘둘려 살아왔다는 사실이었다.(84-87)

삶이 자신에게 유일하고 진정한 의미와 가치를 지닌 일이라는 것을 깨달았으며, "이런 삶에서 주어지는 의미가 진실이라는 것을 깨달았으며, 그래서 나는 이 의미를 수용했다."(90-91)라고 말한다.

톨스토이는 『참회록』 제11장에서 자기의 삶이 육체적 탐욕에 젖어 있었는데, 바로 이러한 삶이 무의미하고 악한 것이며, 이를 이해하기 위해서는 이성이 필요하다는 것을 깨달았다고 말한다. 이어서 그는 이 책 제12장의 처음에서 이성적 지식이 빠지기 쉬운 착오에 관한 자각이 헛된 지적 고찰의 유혹에서 벗어나도록 자신을 도와주었으며, 진리 탐구에 대한 지식은 실생활을 통해서만 얻을 수 있다는 신념이 자기의 삶이 바른지를 의심하도록 만들었지만, 단순한 노동자들의 진정한 삶만이 참된 삶이라는 것을 깨달음으로써 구원을 받았다고 말한다. 또한, 그는 "가끔 머릿속으로는 하나님의 존재를 입증하기가 불가능하다는 칸트나 쇼펜하우어의 논증을 검토하고 반박하곤 했으며"(98), 하나님의 존재에 대한 자기의 관념에 관한 의문으로 인해 다시 자살하고 싶었다고 말했다. 그러나 그는 자기의 하나님의 존재에 대한 믿음을 잃지 않고, 항상 하나님을 느끼고 하나님을 구할 때만 자신이 진정한 삶을 살 수 있다는 것을 깨달았으며, "그래서 나는 자살에서 구원받은 것이다"(102)라고 고백했다.

『참회록』 제13장에서 기독교적 도덕주의 작가이자 사상가였던 톨스토이는 기독교 신자의 사명과 올바른 신앙생활과 올바른 삶의 자세에 관해서 말한다. 즉 그는 인간의 사명이란 자기의 영혼 구원이며, 이를 위해서는 하나님의 뜻에 따라 살아야 하고, 그러기 위해서는 모든 쾌락을 버리고 겸손한 자세로 인내하며 자애심을 지녀야 한다고 말한다.

우리는 톨스토이의 철학적 사유와 기독교 사상이 톨스토이의 『참회록』에 구체적으로 어떻게 나타나고 있는지 작품 분석을 통해 살펴보았다.

부유한 지주이자 행복한 가장이었으며, 러시아 최고의 인기 작가로 활동했던 톨스토이는 세 아이와 두 부인을 잃은 뒤 인간의 삶과 죽음의 문제에 관한 답을 예술 대신 철학적 사고와 과학 등 다양한 학문에서 찾으려고 심혈을 기울였지만, 만족할 만한 답을 찾지 못했다.[58]

그래서 그는 인생의 이상과 예수 그리스도의 가르침 속에서 발견한 행위로의 '개종'을 통해 새로운 구원의 힘을 발견하였다. 『참회록』에서 그는 이 위기의 시기와 자기의 개종에 관해 밝히고 있다. 그는 이 책을 죽음의 힘의 위협에서 벗어나 새로운 삶의 길을 찾아 나서는 첫걸음이라고 간주했다. 톨스토이에게 있어서 이러한 위기와 개종은 그의 과거, 특히 자기의 문학적 행위와의 단절을 의미했다. 그는 몇 권의 미완성 종교철학 작품들에서 자기의 삶의 의미에 대한 진지한 탐구와 세계관의 변화, 신앙에 대한 태도 등에 관해 언급했다. 이러한 철학적 문제의 측면들 중 한 부분을 예술적으로 구현하고자 한 시도가 이미 장편 『전쟁과 평화』에 나타나 있지만, 보다 구체적으로 나타난 것은 바로 이 『참회록』에서였다. 『러시아 사상』 5월호에 실린 『참회록』은 1882년 종교 검열에 걸려 삭제 및 폐기처분이 되었다. 이 책은 1880년대와 그 이후의 러시아 사회와 독자층에 커다란 영향을 끼쳤을 뿐만 아니라 곧 전 세계적으로 유명해졌다.[59]

---

58 앞의 책, pp.135-136 참조. 1878년 삶의 위기가 절정에 달한 톨스토이는 시인인 페트에게 쓴 편지에서 다음과 같이 말하고 있다. "저는 두 달 동안 펜을 들지 않았고, 생각으로 마음을 더럽히지 않았습니다. 올해 저에게 주어진 신의 세계에 기쁨을 느낀 지가 두 달이 됩니다. 저는 그 모든 것을 잃을까 두려워 몸을 움직이지 않고 있습니다." 이 해에 톨스토이는 『참회록』을 쓸 계획을 세웠다. 결국, 톨스토이는 인습에 젖은 러시아 정교회를 떠나 복음서 관련 연구에 열중하게 된다. 이 연구의 성과가 종교적 논문 형태의 책인 『교의 신학 비판』, 『4복음서 요약 색인과 번역』, 『그러면 대체 우리는 무엇을 해야 할 것인가』, 『요약 복음서』 등이다. 그리고 이 연구를 집대성한 것이 바로 『나의 신앙』이며, 여기에 이르는 영혼의 고뇌를 기록한 책이 바로. 『참회록』이다. 앞의 책, pp.141-142.

59 앞의 책, pp.143-144 참조. 투르게네프는 톨스토이의 관점을 대부분 수용할 수

톨스토이는 모든 것을 완전히 회의하는 데서 시작하는 지식, 즉 엄격한 이성적 지식은 신앙이 아닌 이성과 경험을 바탕으로 한 지식이며, 자신이 그동안 열심히 추구했지만 어떠한 명쾌한 답을 얻을 수 없는 지식이라는 것을 깨달았다. 또한, 그는 엄격히 표현된 이성적 지식에 해당하는 철학적 지식은 바라문교, 솔로몬, 쇼펜하우어에게서 표현된 것처럼 모호한 답을 얻을 수밖에 없음을 깨달았다. 그래서 그는 신앙이 주는 답이 비록 불합리하고 이상할지라도, 하나님의 뜻, 즉 하나님의 법칙에 따라 살아야 함을 깨달았다.

톨스토이는 이러한 깨달음을 얻기 전에는 이성적 지식만이 유일한 것이라고 생각을 했지만, 깨달음을 얻고 난 후 비이성적인 지식, 즉 또 하나의 다른 지식인 신앙만이 삶의 의문에 대한 해답과 삶의 가능성을 준다고 보았다. 또한, 그는 바로 이 신앙이 삶의 의미와 가능성을 발견하는 데 있어서 가장 중요한 것이자 힘이며, 인간이 살아가는 데 있어서 필수 요소라고 인식했다.

끝으로 톨스토이는 『참회록』에서 기독교 신앙뿐만 아니라 불교와 이슬람교도 연구하고 있음을 밝히면서, 자기의 부류에 해당하는 신앙인들의 태도-쾌락주의적 위안을 얻기 위한 신앙생활-를 비판했다.

없었지만 『참회록』만큼은 "그 진실함과 설득력에 있어서 놀라운 작품"이라고 평가했다. 그는 그리고로비치에게 보낸 편지에서, 『참회록』에 관해 다음과 같이 언급했다. "아주 재미있게 이 책을 읽었습니다. 이 작품은 그 진실과 성의, 그리고 신념의 힘에 있어서 주목할 만합니다. 그러나 이 작품은 전체적으로 바르지 못한 주석 위에 세워져 있어서 모든 인생의 가장 음울한 부정에 이르렀습니다. 이는 일종의 니힐리즘이기도 합니다. 그래도 톨스토이는 역시 동시대 러시아의 가장 주목할 만한 사람입니다." 앞의 책, p.114.

5. 톨스토이의 장편 〈안나 카레니나〉에 나타난 사고의 문제

러시아의 전통적 가치나 관습 등에 입각하지 않는 새로운 사고방식, 또는 새로운 가치는 과거로부터 계승되는 지식이나 관념으로부터 나오지 않는 법이다. 그러한 새로운 인식나 사고방식 등은 전통적 관습이 아닌 법이나 제도의 추상적 개념에 입각해 있다.[60] 또한 그러한 새로운 사고방식 등은 러시아의 전통적 윤리인 기독교 윤리와 가부장적 윤리가 아니라, 이기주의적인 욕망이나 욕구와 연관된 이성적 일치에 관한 사상, 즉 합리주의 사상 등에 입각한 개성중심의 가치 체계에 근거하고 있다. 러시아 문학에서 이 새로운 인식과 새로운 가치에 관한 추구는 꾸준히 진행돼 왔다. 이 새로운 사고 및 가치에 관한 추구와 연관된 문제는 "새로운 인간"이란 용어와 긴밀히 연관된다. 1860년대 비평가이자 사상가이며 저널리스트로 활발히 활동한 체르느이솁스키(Н. Г. Чернышевский)는 자기의 장편 〈무엇을 할 것인가?〉(1863)에서 이 '새로운 인간'이란 용어를 사용하며 새로운 인식의 탐구와 연관된 문제를 다루었다. 바로 이 새로운 인식과 연관된 문제는 러시아 문학과 사상 및 혁명 운동에 커다란 영향을 미친 그에게 커다란 관심사였다. 이처럼 1860년대 러시아 사회의 특징적인 현상들과 연관될 뿐만 아니라 새로

---

60 서종택·이영범 외, 『한러 전환기 소설의 근대적 초상』, 고려대학교 한국학연구소, 2007, p.57 참조. 러시아 철학자 로스키(Н.О. Лоский)에 따르면, "의지적 과정은 욕구, 희망, 애착과 같은 뭔가 우리들에게 가치 있는 것에 관한 추구로부터 시작된다. 우리들은 이미 존재하는 긍정적 가치를 자기 것으로 만들기를 원하거나 아니면 긍정적 가치가 있는 것을 창조하려고 하거나 아니면 어떤 것이든 부정적 가치를 지닌 것을 제거해 버리려고 하거나 또는 그것으로부터 벗어나고자 한다. 여기에서 우리들의 태도만이 아니라 존재의 가치에 관한 우리들의 태도도 관련이 된다는 사실이 명확해진다." 로스끼 저, 임홍수 역, 『러시아인의 민족성』, 조선대학교출판부, 2004, p.39.

운 가치 및 인식과와 연관된 문제는 러시아 문학 비평에서 활발히 토론되고 고찰되었다.[61]

1877년 발표된 톨스토이의 장편 〈안나 카레니나〉(Анна Каренина)에 나타난 등장인물들의 사고에 대한 문제를 고찰하기 위해서 먼저 이 작품에 영향을 준 푸시킨의 작품에 나타난 등장인물들의 사고의 문제에 관해서 간단히 살펴볼 필요가 있다. 왜냐하면, 우리가 살펴볼 〈안나 카레니나〉에 나타난 등장인물들이 지닌 사고의 문제는 푸시킨의 두 편의 단편 및 1830년 완성된 운문 형식의 장편 〈예브게니 오네긴〉(Евгений Онегин)에 나타난 등장인물들의 사고에 대한 문제와 비교해 볼 때, 차이가 있을 뿐만 아니라 전자와 후자 간 영향 관계가 존재하기 때문이다. 이처럼 푸시킨의 작품과 톨스토이의 작품에 나타난 등장인물들이 지닌 사고의 차이, 즉 서로 다른 타이프의 사고(즉, 기존의 전통적 사고와 새로운 사고)의 차이는 서로 다른 시대에 일어난 역사적 사건과 이로 인해 발생하는 사회적 격변(예를 들어, 1861년 농노제 폐지와 같은 대개혁)과 같은 변화와 긴밀히 연관된다. 푸시킨과 톨스토이의 작품에 등장하는 인물들 간에 나타나는 전통적 인식과 새로운 인식 간의 차이와 대조는

---

61 서종택, 이영범 외. 앞의 책, p.57 참조. 우리가 이 글에서 다루게 될 '전통적 사고'와 '새로운 사고'란 용어는 러시아 사회의 대변혁기인 1860년대 시대상을 반영한 문학 작품 속에 나타난 "새로운 사람들"이란 말과의 연관 속에서 한정된다. 크림전쟁(1854~1856) 패배 후 알렉산드르 2세는 1861년 농노 해방령을 공포하여 농노제를 폐지한다. 자유주의적 귀족이나 부르주아는 농노 해방령을 환영하지만, 황제 정부가 농노에게 토지를 유상으로 분배하자 서구파의 급진파인 혁명적 민주의자들은 이에 항의하며 철저한 개혁을 요구한다. 급진파의 지도자인 체르느이셉스키는 농민 봉기를 준비하다 체포된 후, 옥중에서 교훈적 사상소설 〈무엇을 할 것인가?〉를 쓴다. 그는 이 소설에서 합리주의와 미래 유토피아 사회 건설 등에 관한 메시지를 설파한다. 이 소설은 농촌 귀족사회를 사실적으로 묘사한 투르게네프나 톨스토이 같은 귀족 출신 작가들이나, 또는 농촌이나 도시의 기록 문학에 가깝게 사실적으로 묘사한 우스펜스키 같은 잡계급 출신 작가들의 소설과는 다른 독특한 성격을 지닌 작품이다.

1812년 프랑스 나폴레옹 황제 군대가 러시아를 침입함으로써 발생한 다양한 변화들과 연관되고 있다. 이러한 사고의 대조는 슬라브주의자들과 서구주의자들이 30여 년 동안 펼친 열렬한 논쟁 속에서도 명확히 드러나 있다. 그러한 두 가지 유형의 사고 간에 발생하는 갈등은 새롭게 변화하는 제2단계의 변화와 연관된다. 즉, 1853년 발발하여 1856년에 끝난 크림전쟁은 이 제2단계 변화에 기폭제 역할을 하게 된다. 크림전쟁의 실패로 인한 알렉산드르 2세의 농노제도 폐지, 그리고 일련의 다양한 개혁이 이루어지며, 이와 동시에 사회적 변화가 발생하게 된다. 또한 이러한 커다란 역사적 사건과 연관된 제2단계 사고의 변화는 1860년대부터 1870년대에 행해진 다양한 사상의 탐구와 혁명 운동과 연관되며, 여러 개혁의 시기와 연관된다고 볼 수 있다.

앞에서 언급한 러시아 전통에 입각한 사고(즉, 전통적 사고)로부터 새로운 사고로의 전환은 러시아인의 삶에 있어서 매우 다양한 사회 환경과 범위에서 나타난다. 1870년대 러시아인이 지닌 사고의 가장 중요한 변화는 사상과 정치 분야에서 발생하는 것이 아니라, 사회 환경과 밀접한 가정과 결혼 및 사랑의 분야에서 일어난다. 이러한 사고의 전환은 기독교 윤리로부터 사라지지 않은 채 관습이나 규범 속에서 계속 유지되어 온 가부장적 가족제도가 붕괴하는 과정에서 나타난다.[62] 위선적인 러시아 페테르부르크 상류사회의 귀족계층 가정이 붕괴되는 것을 묘사한 소설[63] 〈안나 카레니나〉는 1860년대 러시아인의 낡은 사고와

---

62 같은 책, p.58 참조.

63 정창범은 이 소설을 "단순한 연애소설이 아니라 일종의 본격적인 사회사상 소설"이라고 주장하면서, 페테르부르크 사교계를 세 그룹으로 구분해 설명하고 있다. 제1그룹: 안나의 남편 카레닌이 속한 관료 그룹, 제2그룹: 리디야 이바노브나를 중심으로 한 신앙과 학문과 문예를 중시하는 자들의 그룹, 제3그룹: 춤과 잔치와 화려한 옷차림을 즐기는 그룹. 안나는 처음에는 제1그룹에 관심을 보이다가, 얼마 지나지 않아 제2그룹에 더 적극적으로 참여하며, 모스크바 여행 후 제3그룹에 자주 참여한다. 정창범 저, 『톨스토이. 부유한 삶을 거부한 작가』, 건국대학교 출판부, 1996,

1870년대 러시아인의 새로운 사고가 상호 충돌하고 전환되는 문제를 훌륭히 다룬 작품이다.

19세기 초기에 활동한 작가─푸시킨의 운문 형식의 장편 〈예브게니 오네긴〉(1823~1830)의 주인공 오네긴은 비전통인 사고방식을 지닌 인간의 전형에 해당한다. 이 작품의 슈제트 속에 나타난 사랑과 가족의 문제는 우리가 작품 분석의 대상으로 삼고 있는 톨스토이의 장편 〈안나 카레니나〉에 반영된 다양한 문제들과 긴밀히 연관되고 있다. 다시 말해서, 푸시킨이 살았던 시대의 가정과 결혼 및 사랑과 연관된 문제들은 톨스토이가 살았던 1860~70년대의 시사적인 문제들과 긴밀히 연관된다. 푸시킨에게 있어서 전통적인 관심사는 인간 존재의 완전함과 조화를 전제로 한다. 예를 들어, 어떤 사람이 전통적 가치에 목표를 설정한 뒤 이 목표를 실현하기 위한 삶을 살고 있다면, 그는 자기 자신과 조화를 이루며 살 수 있다. 하지만 이와 반대로 다른 사람이 그러한 전통적 가치를 거부하고 새로운 가치를 추구하게 된다면, 그의 내면에서 분열이 일어날 수밖에 없는 것이다. 즉, 그의 마음속에서 내적인 양분성과 불완전함, 자신과의 부조화 등이 불가피하게 나타날 수밖에 없는 것이다. 예를 들어, 푸시킨의 〈예브게니 오네긴〉의 주인공─오네긴은 활동적이지만 불완전한 인물에 해당한다. 하지만, 이 작품의 여주인공─타티야나는 비활동적이지만 완전한 인물에 해당한다. 왜냐하면, 타티야나는 미지의 것을 탐구하거나 추구하지도 않으며, 기존의 준비된 이상(즉, 전통적인 도덕성과 가부장적인 민중의 도덕성, 그리고 어느 정도의 기독교적인 품행과 도덕성 등)을 자기의 것으로 만들어 가기 때문이다. 이와 달리 톨스토이의 〈안나 카레니나〉의 여주인공─안나 카레니나는 새로운 사고와 세계관을 지닌 '새로운 인간'에 해당한다. 〈안나

---

pp.102, 106 참조.

카레니나〉의 작가-톨스토이는 전통적 사고의 전형(즉, 푸시킨이 창조한 여주인공인 타티야나)과 대비되는 새로운 사고의 전형인 안나 카레니나를 창조하여 그 시대정신의 문제를 다룬다.[64] 우리는 이 두 작품에 나타난 주인공들의 대조적인 삶의 모습을 통해, 즉 서로 다른 시대를 살아가는 전형적인 인물들의 대조적인 삶의 모습을 통해서 그들이 지닌 사고의 차이를 엿볼 수 있다. 두 작가가 우리에게 자기의 주인공들을 통해 보여주는 이러한 사고(또는 인식)와 갈등의 문제에 관한 차이는 역사적인 차이(즉, 시대의 차이)에 의해서 발생한 것이다. 이처럼 톨스토이의 〈안나 카레니나〉의 여주인공-안나 카레니나는 새로운 사고를 지닌 여성의 전형으로서 푸시킨의 〈예브게니 오네긴〉의 여주인공-타티야나 (즉, 전통적 사고의 전형)와 대조되는 인물이다.

톨스토이의 〈안나 카레니나〉는 푸시킨의 두 작품(〈손님들이 별장에 모였다〉와 〈작은 광장 구석에서〉)의 영향을 받았다. 즉, 톨스토이의 작품은 문체상으로나 슈제트 상으로도 푸시킨의 이 작품들과 연관된다. 에

---

64 안나는 자기의 사랑을 배신한 브론스키를 비롯한 주변 인물들의 행위와 페테르부르크 사교계의 비난과 공격을 견디지 못하고 절망하다 결국 자살한다. 그녀가 죽음을 택한 것은 그녀가 사회의 도덕률을 파괴한 것이기도 하지만, 자신이 속한 상류사회의 불문율을 파기했기 때문이다. 즉, 위선적인 행위를 싫어했던 그녀는 진정성 있는 사랑을 위해 공개적으로 불륜적인 사랑을 했기 때문이다. 이처럼 그녀는 새로운 사고와 세계관을 지닌 '새로운 인간'에 해당하는 캐릭터다. 그녀의 성격은 새로운 사고와 새로운 시대정신에 부합한다. 또한 안나의 죽음과 연관된 그녀의 성격과 전형의 문제는 이 소설의 에피그라프와 연관이 있다. "원수 갚는 것", 즉 복수 행위는 등장인물들 간 상호 이해 부족, 상호 소통 부족, 상호 용서하지 못함 등과 긴밀히 연관된다. 이 에피그라프 및 안나의 죽음과 관련하여 조주관은 다음과 같이 주장한다. "성경의 로마서 12장 19절에서 나온 작품의 에피그램(題詞)은 전체 줄거리의 라이트 모티프이기도 하다. 안나를 죽음으로 몰아가는 것은 그녀가 도덕률을 깨뜨렸다기보다 그녀가 속한 위선적인 상류사회가 불륜의 관계에서 지켜야 할 관습화된 예절을 거부했기 때문이다. 브론스끼에 관한 안나의 사랑은 깊고 인간적인 열정이다. 안나는 위선을 싫어했기에 과감하게 진실한 사랑으로 상류사회에 맞서보지만 상류사회의 비난을 견디지 못하고 비극적인 자살을 감행한다." 조주관 지음, 『러시아 문학의 하이퍼텍스트. 주제로 읽는 러시아 문학』, 평민사, 2005, p.199.

이헨바움이 주장한 바와 같이, 톨스토이는 안나 카레니나와 유사한 형상을 창조하기 위해 푸시킨의 〈예브게니 오네긴〉의 여주인공-타티야나의 형상을 패러디했다고 볼 수 있다. 다시 말해서, 톨스토이는 푸시킨의 단편 〈손님들이 별장에 모였다〉의 여주인공인 지나이다 볼스카야(Зинаида Вольская)뿐만 아니라, 안나 카레니나에 대립되는 사고의 전형인 타티야나를 패러디의 대상으로 삼았다고 볼 수 있다.[65]

이와 연관하여 로자노바(С. Розанова)는 타티야나와 안나 카레니나, 그리고 지나이다 볼스카야를 열정의 문제와 연관해 다음과 같이 언급하고 있다. "톨스토이가 〈예브게니 오네긴〉의 작가보다 다른 발전 단계에서 러시아 사회를 묘사하고 있으며, 안나의 삶과 죽음에 관한 서술 속으로 파멸적이며, 운명을 망가뜨리는 "열정" 모티브를 도입하고 있으므로 사싱이 매우 새롭다. (중략) 〈안나 카레니나〉는 종말 소설, 즉 옛 제도(관습)의 파괴에 관한 소설이며, 안나의 드라마는 (중략) 역사의 본원적인 움직임을 설명하고 있다. (중략) 하지만 그(푸시킨-필자 주)에 의해 구상된 이야기는, 즉 안나와 브론스키가 처한 한계에 이른 페테르부르크 상류사회의 미녀인 지나이다 볼스카야의 드라마에 대한 이야기는 미완성으로 끝나고야 말았다. 이와 유사한 슈제트를 지닌 러시아 소설은 러시아에서 거의 반세기가 지나서 "모든 것이 반전되고" 모든 낡은 관계가 파괴되었을 때, 즉 이미 다른 역사의 시대가 도래했을 때 씌어졌던 것이다. 그 작품의 작가가 바로 자기의 작품을 남자의 이름이 아니라 여자의 이름을 붙인 톨스토이였던 것이다."[66] 이처럼 우리는 톨스토이의 장편 〈안나 카레니나〉가 푸시킨의 산문 작품과 어떤 연관성을 지니고 있으며, 어떤 영향을 받았는지 잠시 살펴보았다.[67]

---

65 Б.М. Эйхенбаум, *Лев Толстой. Семидесятые годы*. Л., 1962, СС. 176-177.

66 С. Розанова *Лев Толстой и Пушкинская Россия*. (М.: Наука, Флинта, 2000), С. 29.

67 톨스토이의 장편 〈안나 카레니나〉에 나타난 푸시킨의 전통에 관해서는 В. Горная,

한편 푸시킨의 〈예브게니 오네긴〉의 여주인공—타티야나가 관습이 지배하는 사회와 시대의 벽을 넘지 못하고, 즉 관습의 테두리를 용감히 벗어나지 못하고, 그 관습의 틀 안에 안주해 버렸다. 이와 반면에 톨스토이의 〈안나 카레니나〉의 여주인공—안나 카레니나는 자기의 정열적 사랑을 선택하고 이를 용감하게 행동에 옮김으로써 관습의 벽을 무너뜨린다. 이처럼 새로운 사고의 소유자인 안나 카레니나는 전통적 사고의 소유자인 타티야나와 대조적인 삶의 모습을 보이며 살아간다. 또한 전통적 사고의 소유자인 타티야나가 가정의 행복을 지키는 반면, 새로운 사고를 지닌 자유로운 영혼의 소유자인 안나 카레니나는 자기의 소중한 가정의 행복을 잃을 뿐만 아니라, 결국 당시 문명의 총아인 기차에 몸을 던져 죽게 된다.[68]

이 글의 제2장에서 우리는 톨스토이의 장편 〈안나 카레니나〉에 나타난 등장인물들의 사고와 이 작품에 영향을 준 푸시킨의 작품에 나타난 등장인물들의 사고의 차이와 상호 연관성에 관해서 간단히 고찰해 보았다. 이제부터는 톨스토이의 장편 〈안나 카레니나〉에 등장인물들 사이의 상호 연관 관계와 그들의 사고 및 상호이해에 관한 문제가 어떻게 나타나 있는지 구체적인 작품 분석을 통해 고찰해 보도록 하자.

톨스토이는 〈안나 카레니나〉에서 크게 세 가지의 사랑에 대한 문제를 취급하고 있다. 즉, 작가는 안나 카레니나와 알렉세이 브론스키의 사랑, 콘스탄틴 레빈(Константин Левин)과 키티(Кити)의 사랑, 스티바 오블론스키(Стива Облонский)[69]와 돌리(Долли)의 사랑을 다루고 있다. 이 세

Из наблюдений над стилем романа. 《Анна Каренина》. // *Толстой-художник. Сборник статей.* М.: Изд-во Академии Наук СССР, 1961, CC. 161-206을 참조할 것.

68 서종택·이영범 외, 앞의 책, p.65 참조.

69 스티바는 스테판의 애칭이다. 그의 정식 이름은 스테판 아르카디치 오블론스키다. "스테판 아르카디치 오블론스키 공작을 사교계에서는 스티바라고 부르고 있었다. князь Степан Аркадьич Облонский – Стива, как его звали в свете" Л.Н. Толстой,

가지 사랑 중에서 가장 핵심적인 문제는 안나 카레니나와 브론스키 간의 관계를 다루는 사랑의 문제다. 이와 대비되는 사랑의 문제가 콘스탄틴 레빈과 키티 간의 관계를 다루는 사랑에 대한 문제다. 이 두 유형의 사랑(즉, 안나 카레니나와 알렉세이 브론스키 간의 사랑과 콘스탄틴 레빈과 키티 간의 사랑)의 문제와 구별되는 사랑의 문제는 스티바 오블론스키와 돌리 간의 관계를 다루는 사랑의 문제다. 왜냐하면, 바로 이 오블론스키와 돌리 간의 사랑의 문제는 너무 평범하고 보편적인 사랑에 해당하기 때문이다. 지나치게 강한 열정을 소유한 젊은 귀족 부인 안나와 귀족 청년 장교 브론스키 간의 정열적이고 관능적인 사랑은 허위와 기만, 그리고 위선으로 가득 찬 페테르부르크 사교계 및 상류사회의 비난과 공격을 받아 결국 파국으로 내몰리게 된다. 이처럼 그들의 사랑이 실패하게 된 가장 큰 이유들 중 하나는 새로운 사고와 가치관을 소유한 안나의 내면에 내재한 강한 열정이 솔직하고 용감한 성격과 결합되어 있기 때문이라고 볼 수 있다.

〈안나 카레니나〉의 작품 분석에서 중요한 점은 등장인물들이 서로 어떻게 관계를 맺고 있으며 어떻게 교제하고 있는가에 관한 문제와 연관된 것이다. 왜냐하면, 그들은 친구 관계처럼 다양한 외적인 연관 관계에 의해 서로 연결되어 있기 때문이다. 그런데 문제는 바로 이 연관 관계들이 중요한 것이 아니라, 사람들이 서로 상대방을 어떻게 이해하고 있는가가 더 중요하다는 점이다.[70] 따라서 서술자-화자의 역할은 사건의 진행 과정에 대한 설명이나 서술 속에서가 아니라, 교제 구조

Полн. собр. соч. в четырнадцати томах, 「*Анна Каренина*」, *Т. VIII.* М.: Изд-ство Худ. Лит-ры, 1952, С. 5.

70 인생의 다양한 측면과 연관된 문제들, 즉 복잡한 내적 사고와 갈등을 지닌 등장인물들 사이에 발생하는 문제들, 그리고 등장인물들 사이의 상호 연관 관계를 등장인물 시스템을 통해서 창조자-톨스토이의 입장, 즉 그의 세상과 인간에 대한 평가가 어떻게 표현되고 있는지 알아볼 수 있다.

속에서 중요하다. 여기에는 중요한 두 가지의 상호 연관적인 특성이 있다. 첫 번째의 상호 연관적 특성은 등장인물이 지닌 매우 비범하고 민감한 이해력과 통찰력 속에 나타나 있다. 예를 들어, 스티바 오블론스키의 처제인 키티가 안나 카레니나와 브론스키 간에 벌어지는 연애 사건이 어떻게 시작되는지 알아보기 위해 그들을 열심히 관찰하고 있는 모습이다. 바로 그러한 예들이 매우 많이 묘사되고 있다. 또한, 안나 카레니나는 모스크바에서 페테르부르크로 돌아가는 도중에 브론스키가 왜 그녀가 타고 가는 기차를 탔는지 잘 알고 있을 뿐만 아니라, 브론스키가 이것을 자신에게 이미 말하기라도 한 것처럼 정확히 알고 있는 점이다. 바로 여기에서 우리는 이 두 등장인물이 서로 잘 이해하고 있음을 엿볼 수 있다. 즉, 그들은 충분한 상호 이해상태에 있다. 이에 비해 두 번째의 상호 연관적인 특성은 등장인물들이 불충분한 상호이해 상태에 있다는 점이다. 앞에서 언급한 안나 카레니나와 브론스키와 달리 다른 등장인물들은 끝까지 서로 이해할 수 없는 상황에 처해 있으며, 무엇인가 중요한 점이 진술되지도 않은 상태로 남아 있는 것이다. 이처럼 톨스토이는 이 작품에서 사람들이 끝까지 이해되지 않은 채 남아 있다는 점을 계속 강조하고 있다.[71]

바로 이 두 가지 상호 연관적인 특성에 주의를 기울임으로써 우리는 〈안나 카레니나〉의 창조자-톨스토이가 중요시하는 등장인물들 사이에 발생하는 소통의 문제를 명확히 엿볼 수 있다. 여기서 중요한 것은 이 작품에서 발생하고 있는 사건들이 작가-톨스토이의 직접적인 묘사 대상이 되는 것이 아니라, 등장인물들이 발생하는 사건들을 어떻게 보고 있는지가 작가의 직접적인 묘사 대상이 된다는 점이다. 왜냐하면, 작가가 보이는 그러한 관심이 등장인물들의 사고에 주어질 때, 그들의

---

71 서종택·이영범 외, 앞의 책, pp.81-82 참조.

사고가 어떻게 상호작용하는가에 관한 문제(즉, 외적인 사건 자체가 아니라, 등장인물들 사이의 교제와 소통의 특성에 관한 문제)가 가장 중요시되기 때문이다. 이처럼 이 작품에는 다음 4가지가 강조되고 있다. 1) 주체로서의 등장인물들에 관한 강조, 2) 등장인물들 사이의 교제와 소통의 문제에 관한 강조, 3) 등장인물들 사이의 완전한 상호이해 불가능성에 관한 강조, 4) 타자의 정신 속으로 침투 불가능함의 문제에 관한 강조. 이처럼 상호 연관된 이 네 가지의 사고는 등장인물들 사이에 발생하는 소통과 교제의 문제와 긴밀히 상호 연관되어 있다.[72]

그러면 이제부터 등장인물들의 사고와 연관된 그들의 세계관에 관해서 고찰해 보자. 브론스키와 콘스탄틴 레빈은 사랑의 문제와 결혼의 문제에서도 상호 대조적인 생각과 세계관을 지니고 있다. 그들의 세계에 대한 관계(즉, 그들의 세계관)의 문제는 사랑과 결혼이라는 측면과 연관된 행위에서도 명확히 해결되지 않고 있다. 왜냐하면, 브론스키와 레빈이 지닌 세계관은 다른 인물들과는 달리 어떠한 한계를 지니고 있기 때문이다. 이러한 점을 고려해 볼 경우, 그들이 지닌 세계관이 전통적인 가치에 대해 서로 다른 다양한 관계나 태도를 보여주고 있음을 명확히 알 수 있다. 조건적으로 말해서, 전통적인 사고(또는 관습적인 사고)와 비전통적인 사고(또는 비관습적인 사고) 간 선명한 대조가 여기서 핵심을 이루고 있다. 또한, 브론스키와 콘스탄틴 레빈뿐만 아니라 다른 등장인물들 역시 이러한 점과 연관되고 있다.[73] 예를 들어, 콘스탄틴 레빈의 친형이자 세르게이 코즈느이셰프(Сергей Кознышев)의 이부동생인 니콜라이 레빈(Николай Левин)은 매우 독특한 세계관을 지닌 인물에 해당한다. 즉, 니콜라이 레빈은 다른 사회계층과의 관계에 있어서

---

72 같은 책, p.82 참조.
73 같은 책, p.84 참조.

나 교제에 있어서 특별히 구별되는 인물일 뿐만 아니라, 경제적 관점이나 정치적 관점에서도 완전히 다른 관점을 가지고 있는 독특한 인물이다. 이처럼 니콜라이 레빈이 소유하고 있는 매우 독특한 사고와 관점들은 콘스탄틴 레빈과 브론스키가 지닌 사고 및 관점들과 대조함에서 아주 중요한 측면들을 지니고 있다. 예를 들어, 니콜라이 레빈은 다른 사회계층과 특별히 구별되고 있으며, 완전히 다른 정치 경제적인 관점을 소유하고 있을 뿐만 아니라, 직업여성인 마샤(Маша)라는 여자 친구와 함께 사는 인물이다. 또한, 여기서 니콜라이 레빈이라는 인물과 그의 독특한 삶, 그리고 다른 등장인물들 사이의 관계가 중요한 것은 그가 콘스탄틴 레빈의 형이며, 세르게이 이바느이치 코즈느이셰프의 동생이라는 데 있는 것이 아니다. 이보다 더 중요한 점은 중심인물들의 삶 속에 존재하는 것과 유사한 문제와 상황이 니콜라이 레빈의 삶 속에도 역시 존재한다는 점이다. 바로 이러한 점이 그와 같이 유사한 문제를 해결하는 다른 방법에 해당한다. 또한, 다른 등장인물들에 해당하는 키티의 부모들을 예로 들어보자. 그들이 자기의 딸 키티를 시집보내는 문제를 놓고 어떻게 상의하고 있는지가 언급되고 있다. 이와 더불어 그들의 관점과 이해가 어떻게 서로 충돌하고 있는지도 언급되고 있다. 또한, 등장인물들 사이의 대조뿐만 아니라, 그들이 살아가고 있는 삶의 상황도 상호 대조되고 있다. 특히 이러한 삶의 상황에 대한 대조는 〈안나 카레니나〉 제1부의 끝부분에서 명확히 나타나 있다. 만약 브론스키와 콘스탄틴 레빈, 그리고 안나 카레니나가 각자 자기 집으로 돌아오는 상황이 선명하게 묘사되어 있지 않다면, 독자는 이러한 삶의 상황에 대한 대조에 관해서 알 수 없을지도 모른다. 이러한 상황 대조로 판단해 볼 때, 브론스키와 콘스탄틴 레빈은 정반대적 인물인 대척자에 해당하며, 안나 카레니나는 그들 사이에 존재하는 인물에 해당한다.[74]

작가-톨스토이는 콘스탄틴 레빈이 어떤 새로운 사회 현상도 수용할 수 없다는 점을 독자에게 보여주고 있다. 다음은 스티바 오블론스키가 자기의 동료들에게 레빈을 젬스트보(군이나 현의 지방자치회) 활동가로 소개하자, 레빈이 보인 반응이다. "아닙니다. 전 이미 젬스트보 활동가가 아닙니다. 저는 모든 의원들과 사이가 나빠져서 더 이상 회의에 나가지 않고 있습니다.(Нет, я уже не земский деятель. Я со всеми разбранился и не езжу больше на собранья.)"(T. 8, 23-24) 레빈이 새로운 것과 낡은 것 사이에는 본질상 유사한 점이 존재한다고 생각하고 있다. 과거에 존재했던 대부분의 감독 기관과 사법 기관들은 관리들이 부정 축재를 하기위한 일종의 수단에 불과했던 곳이다. 그러나 이제는 예전과 다른 명칭을 가진 관리들이 "뇌물의 형태가 아닌, 부당한 봉급의 형태로(не в виде взяток, а в виде незаслуженного жалованья)"(T. 8, 24) 그와 유사한 부정 축재를 하는 것이다. 여기서 우리는 레빈이 지닌 사고가 전통을 고수하려는 입장과는 다른 입장을 취하고 있다고 생각할 수 있다. 물론, 비록 레빈은 사법 기관과 젬스트보 중 전자가 더 낫다고 평가하지만, 외형적인 제도를 존중하지 않고 있다.[75] 피상적인 관점에서 볼 경우, 레빈은 독특한 전통이나 구습을 고수하는 인물에 해당한다. 하지만 우리가 레빈에게 아주 가까이 접근할 경우, 그가 새로운 것을 추구하고 있음을 비

---

74   서종택·이영범 외, 위의 책, pp.84-85 참조.

75   같은 책, p.85. 로스키(Н.О. Лоский)에 따르면, "소설 〈안나 까레니나〉에서 똘스또이는 (콘스탄틴-필자 주) 레빈이 젬스뜨보의 활동에서 결점을 알아내고 그것들에 대항하여 투쟁하기보다는 젬스뜨보의 직책을 완전히 포기하는 이야기를 썼다. 작가 코즈느쉐프는 레빈을 다음과 같이 비난하였다. '우리 러시아인들은 언제나 이런 식이다. 아마도 자기의 결점을 바라볼 수 있는 능력은 우리들의 장점일지도 모른다. (중략) 알렉산드르 2세의 위대한 개혁에 나타난 사법제도의 결점과 행정의 뇌물수수를 알아차린 러시아 사회는 그것들과 격렬히 투쟁하였고, 개혁 후의 사법제도는 서구와 유럽의 문화를 알고 있었던 사람들의 증언에 의하면 서유럽에서보다 더 훌륭한 것이었다고 한다." 로스끼 저, 앞의 책, pp.58-60.

로소 알게 된다.[76] 왜냐하면, 바로 이 경우에서 레빈의 그와 같은 새로운 측면을 발견할 수 있기 때문이다. 바로 이 새로운 측면이란 등장인물에 의해 새롭게 이해된 중요한 삶의 가치를 뜻한다.[77]

한편 콘스탄틴 레빈은 자신이 키티와 잘 어울리지 않는다는 점을 잘 알고 있었다. 그러함에도 불구하고 레빈은 자신에게 있어서 사랑은 완전무결에 대한 추구를 의미한다고 보았기 때문에 키티에게 청혼하지 않았다. 레빈이 키티에게 자신이 부적합한 존재라고 여겼던 것은 자기의 과거 속에 "저속하고 더러운 정열"이 있다고 생각했기 때문이다. 이처럼 사랑에 관한 레빈의 관점은 일정한 전통이나 관습의 소유와 연관되고 있다. 한편, 지나치게 예민하지 않은 사람처럼 보이는 스티바 오블론스키는 진정한 사랑과 가족(결혼)이 일치하는 것이 아니라, 분리되어야 한다고 생각한다. 사랑은 사랑이고 가족(결혼)은 가족(결혼)이라는 생각이다. 이에 반해 콘스탄틴 레빈은 진정한 사랑이란 깊은 정신적 교제나 강한 열정과 일치되어야 한다고 생각한다.[78]

사교계 인물인 브론스키는 결혼과 가정에 대해 독특한 태도를 취하거나 일정한 관계를 갖고 있다. 브론스키는 키티와 관계에 있어서 모든 것이 정직하지 않다는 것을 느끼지만, 이를 완전히 의식하지는 못한다. "그는 무엇이 그처럼 좋고 커다란 만족을 자신에게 주었는지 믿을

---

76 "톨스토이는 (중략) 귀족 남녀의 간음 행위와 그들의 내적, 외적인 갈등에 초점을 맞추면서도 이 작품을 통해 그 밖에 많은 것을 이야기하려고 하였다. 『전쟁과 평화』가 지나간 역사에서 소재를 찾은 것이라면 『안나 카레니나』는 톨스토이가 살고 있던 시대의 여러 가지 문제를 다룬 작품이다. 작가는 또 다른 작중인물 레빈으로 하여금 그 여러 문제를 비판하게 하고 있는데 바로 그는 톨스토이가 자기의 사상을 대변하고 있다. 작품의 배경이 된 시대는 농노가 해방된 지 얼마 안 된 무렵으로 작품에서 작가는 농노 해방의 결과 빚어진 새로운 사회적 상황의 양상과 사법제도의 개혁, 슬라브 민족의 해방 운동을 비롯해 그 당시 경제 문제, 교육, 예술 전반에 관해서 레빈을 통해 깊이 성찰하고 있다." 정창범 저, 앞의 책, pp.101-102.

77 서종택·이영범 외, 앞의 책, p.86 참조.

78 같은 책, pp.87-88 참조.

수 없었다. (중략) 그에게 있어서 결혼은 절대로 불가능한 것으로 생각되었다."(T. 8, 65) 이처럼 브론스키는 사랑과 가정생활에 대해 사교계 사람들이 지닌 스테레오 타입의 사고를 지닌 인물이다. 이것은 푸시킨에서부터 톨스토이까지 완전히 유지되어 온 사교계의 시대에 뒤떨어져 새로운 것이 없는 복합 관념이다. 여기에는 아무런 변화가 없다. 브론스키가 지닌 사교계의 관념에 비추어 볼 경우, 그는 모든 것을 잘하고 있다. 바로 이 사교계 관념이 브론스키로 하여금 자신이 잘못된 행동을 하고 있다는 것을 깨닫지 못하게 만들고 있는 것이다. 아마 작가-톨스토이는 어떤 사람이 상대방의 요구나 욕구를 얼마나 배려하는지를 대단히 중요시하는 것 같다. 콘스탄틴 레빈은 키티가 너무 순결한데 자신은 그렇지 않다는 점 때문에 고통을 겪기도 한다. 이에 비해 브론스키는 자기만족을 위해서 키티와 교제한다. 이처럼 브론스키는 레빈과 달리 자기의 사교계 관념에 따라 모든 일을 하며, 바로 이러한 사교계 관념이 그로 하여금 자기의 잘못을 깨닫지 못하게 만든다.[79]

제1부 제34장에 브론스키에 대한 서술자의 심사숙고와 여성에 관한 브론스키의 태도가 다음과 같이 나타나 있다.

그의 페테르부르크 세계에서는 모든 사람이 두 개의 완전히 대립적인 부류로 나뉘어 있었다. 즉, 한 부류는 하급에 해당하는 저속하고 우둔한 사람들인데, 중요한 것은 그들이 우스꽝스러운 신자들이라는 점이다. 즉, 그들은 남편은 결혼한 한 아내와만 살아야 한다고 믿고 있으며, 처녀는 순결해야만

---

79 같은 책, pp.90~91 참조. 명예를 존중하며 부유하고 미남 청년 장교인 브론스키는 교양도 부족하고, 이기적이며, 냉혹하며, 육감적인 인물로서 페테르부르크 상류사회의 사교계 관습에 따라 행동하는 자다. 그런 그도 자기의 잘못을 깨닫는 때가 있는데, 다음의 경우다. 안나가 브론스키에게 자기의 남편에게 모든 것을 고백했다고 말하면서, 지금 그녀에게는 브론스키의 사랑만이 유일한 희망이며, 브론스키만 사랑하고 싶다고 말한다. 그러자 그는 "안나를 불행하게 한 장본인이 바로 자기라는 것, 자기가 분명히 옳지 못한 짓을 저질렀다는 사실을 깨달았다." 정창범 저, 앞의 책, pp.101, 110~111.

하고, 여자는 부끄러워할 줄 알아야만 하며, 남자는 남자다워야 하고, 절제할 줄 알아야 하며, 굳은 의지를 지녀야 한다고 믿고 있다. 또한, 그들은 남자는 자식들을 양육하고, 자기의 빵을 얻기 위해 돈을 벌어야 하며, 빚이나 이와 비슷한 여러 어리석은 행위들을 청산해야만 한다고 믿고 있다.

В его петербургском мире все люди разделялись на два совершенно противоположные сорта. Один низший сорт: пошлые, глупые и, главное, смешные люди, которые веруют в то, что одному мужу надо жить с одною женой, с которою он обвенчан, что девушке надо быть невинною, женщине стыдливою, мужчине мужественным, воздержным и твердым, что надо воспитывать детей, зарабатывать свой хлеб, платить долги, – и разные тому подобные глупости.

(Т. 8, 124)

브론스키는 페테르부르크 시민을 두 부류로 구분한 뒤, 레빈을 유행에 뒤진 우스운 존재, 즉 "하급 부류"에 속하는 존재로 인식하고 있다. 브론스키 같은 사람들은 다음과 같이 생각한다. "중요한 점은 그 속에서는 우미하고, 아름답고, 관대하고, 용감하고, 쾌활해야만 하고, 부끄러움도 모른 채 온갖 정열을 쏟아야만 하며, 나머지 모든 것들을 무시해야만 한다.(в котором надо быть, главное, элегантным, красивым, великодушным, смелым, веселым, отдаваться всякой страсти не краснея и над всем остальным смеяться.)"(Т. 8, 124) 이러한 행위는 미적 형식만을 중시하는 약간 부도덕한 행위이다. 이때 자유는 도덕과 모순되고 있으며, 모든 도덕적 관습이 행동을 제한하고 있다. 그런데 브론스키는 "부끄러움도 모른 채 온갖 정열을 쏟"으려 하고 있다. 그는 다른 사람들에게 관심을 보여주는 척 행동해야만 하고, 그들도 자신에게 중요하게 보이는 척 행동해야만 한다. 스티바 오블론스키는 이러한 행동을 매우 잘할 수 있는 인물이다. 그러나 안나 카레니나에게 보이는 브론스키의 태도는 사교계 사람들이 마땅히 지녀야 할 바로 이 행위 규범과 전혀 일치하지 않는다. 그녀에 대한 브론스키의 열정은 사교계 사람으로서 그가 지닌 모든 확신과 모순된다. 또한,

브론스키에게 있어서 사랑과 결혼은 별개의 문제다. 한편 이 소설 속에는 안나의 이중성이 나타나 있는데, 바로 이 이중성이 그녀를 브론스키와 구별시키고 있을 뿐만 아니라, 콘스탄틴 레빈과도 구별시키고 있다. 브론스키와 레빈은 결코 결합할 수 없는 인물이다. 그런데 스티바 오블론스키는 그들의 중간에 위치한 인물로서 안나와 마찬가지로 삶을 상당히 즐기는 인물이다. 키티는 무도회에서 브론스키가 안나에게 사랑에 빠져 있는 모습을 목격한다. 그녀는 브론스키의 두 눈에 나타난 안나를 향한 "복종과 공포의 빛"을 발견한 뒤 "무서운 절망"에 빠지게 되지만, 키티만이 상황을 알고 있을 뿐, 아무도 모르고 있다.[80] "아무도 그녀 자신 외에는 그녀의 처지를 이해하지 못하고 있었고, 아마 그녀가 사랑했던 사람을 어제 그녀가 거부했다는 것을 아무도 모르고 있었으며, 그녀가 다른 사람을 믿었기 때문에 거부했다는 것을 아무도 모르고 있었던 것이다.(Н икто, кроме ее самой, не понимал ее положения, никто не знал того, что она вчера отказала человеку, которого она, может быть, любила, и отказала потому, что верила в другого.)"(Т. 8, 91)

키티는 브론스키란 사람 자체보다는 그와 함께 살 수 있는 삶을 사랑하지만, 콘스탄틴 레빈의 경우에는 레빈이란 사람 그 자체를 좋아한다. 여기에는 키티의 이중성이 존재한다. 그런데 이 경우 그녀의 이중성은 안나 카레니나가 지닌 이중성과는 다르다. 우리는 등장인물 시스템을 사용하여 〈안나 카레니나〉를 분석함으로써 왜 톨스토이가 스티바 오블론스키의 가정과 카레닌의 가정을 대조하여 묘사하는지를 이해할 수 있다. 이 작품의 맨 처음 부분에서 오블론스키의 아내인 돌리가 자기 자식들에게 대하는 태도를 볼 수 있었던 것과 마찬가지로 제1부의 끝부분에서도 카레닌의 가정, 안나 카레니나와 남편 간의 관계,

---

80   서종택·이영범 외, 앞의 책, pp.92-95 참조.

그리고 안나 카레니나가 아들 세료자에게 보이는 태도를 볼 수 있다. 〈안나 카레니나〉의 맨 처음에 쓰인 "모든 행복한 가정은 동일하게 행복하고, 불행한 각 가정은 나름대로 불행하다.(Все счастливые семьи похожи друг на друга, каждая несчастливая семья несчастлива по-своему.)"(T. 8, 5)란 문장에 나타난 바와 같이, 오블론스키의 가정도 불행하고 카레닌의 가정도 불행하다. 이 두 가정이 불행한 것은 부부 상호 간에 사랑이 존재하지 않기 때문이다. 물론, 돌리는 자기의 남편인 오블론스키를 사랑하고 있다. 그녀는 남편이 가정교사와 바람을 피웠지만, 여전히 그를 자기의 남편으로 여기며, 남편과 이혼할 수 없는 상황이다. 카레닌 가정의 상황도 많은 점에서 이와 유사하지만, 전도된 형태를 띠고 있다. 즉, 오블론스키가 자기의 아내인 돌리를 사랑할 수 없는 것과 유사한 이유 때문에 안나 카레니나도 자기의 남편인 카레닌을 사랑할 수 없는 상황에 처해 있다. 사실 그녀는 "귀족적인 것과 저속한 것의 혼합물"[81]에 해당하는 남편을 사랑하는 대신 존경하는 태도를 보인다. 또한 그녀는 남편이 지닌 어떤 정신적 가치를 사랑하기도 한다. 그러나 안나 카레니나는 그녀의 오빠가 자기의 아내에 대한 사랑의 열정을 상실한 것과 마찬가지로 자기의 남편에 대한 열정을 상실하게 된다. 물론, 안나가 카레닌을 사랑해서 결혼한 것도 아니고, 결혼한 뒤에도 그를 열렬히 사랑하지도 않았었다. 가정주부로서 남편과 평화로운 가정을 유지하면서 살아왔던 안나가 브론스키를 사랑하게 된 이후 남편에게서 멀어지게 된 것이다. 이와 마찬가지로 활기로 가득 차 있는 오블론스키 역시 그가 보기에 이미 늙어버린 자기 아내에 대해 무관심해지게 된다.[82]

이처럼 톨스토이의 장편소설 〈안나 카레니나〉에는 다양한 가정에

---

81 롤랑 지음, 서정철 옮김, 『『톨스토이』 세계의 인간상』 제7권, 한국교육출판공사, 1986, p.84.

82 서종택·이영범 외, 앞의 책, pp.96-97 참조.

내재한 다채로운 삶의 모습과 문제들이 등장인물들 사이의 관계와 교제, 그리고 소통의 문제와 상호 연관되고 있을 뿐만 아니라, 그들이 지닌 사고의 문제와도 긴밀히 상호 연관되고 있는 모습이 나타나 있다. 끝으로 이 작품에 나타나 있는 대립적 사고를 소유한 전형들 사이에 이루어지는 관계와 교제는 결국 그들을 파멸로 이끈다.

러시아 귀족 가정의 붕괴에 관한 톨스토이의 장편 〈안나 카레니나〉에는 1860년대 러시아인의 낡은 사고가 1870년대 러시아인의 새로운 사고로 어떻게 변화되고 전환되는지에 연관된 문제가 잘 나타나 있다.

이 작품에 나타난 1870년대 러시아인이 지닌 인식의 변화에 관한 문제(즉, 동시대인의 새로운 사고와 연관된 문제)는 안나와 브론스키 간의 사랑, 레빈과 키티 간의 사랑, 그리고 오블론스키와 돌리 간의 사랑을 비롯한 여러 등장인물의 다양한 사랑의 변주와도 긴밀히 상호 연관되고 있다. 또한, 이 새로운 사고는 러시아의 관습이 아닌 법이나 제도에 입각해 있을 뿐만 아니라, 전통 윤리에 해당하는 기독교 윤리나 가부장적 윤리가 아닌 이기주의적 합리주의 사상 등에 입각한 가치 체계에 근거를 두고 있다.

전통적인 사고로부터 새로운 사고로의 전환은 러시아인의 삶에 있어서 매우 다양한 사회 환경과 범위에서 나타나 있다. 1870년대 러시아인이 지닌 사고의 가장 중요한 변화는 사상과 정치 분야에서 발생하는 것이 아니라, 사회 환경과 밀접한 가정, 결혼, 그리고 사랑에서 일어나고 있다. 이러한 사고의 변화는 기독교 윤리로부터 사라지지 않고 관습이나 규범 속에서 계속 유지되어 온 가부장적인 가족제도의 붕괴 현상 속에서 나타나 있다.

톨스토이의 장편 〈안나 카레니나〉에 나타난 다양한 가정에 내재된 다채로운 삶의 모습과 문제들은 등장인물들 사이의 관계와 교제, 그리고 소통의 문제와 상호 연관될 뿐만 아니라, 그들이 지닌 사고의 문제와도 긴밀히 연관된다. 또한, 이 작품에 나타나 있는 대립적 사고를 소유한 등장인물들 사이에 이루어지는 관계(상호이해와 소통 부재의 관계 및 서로 용서하지 못하는 관계 등)와 교제는 결국 그들을 파멸하게 만든다.

이처럼 우리는 인생의 다양한 측면과 연관된 문제들, 즉 복잡한 내적 사고와 갈등을 지닌 등장인물들 사이에 발생하는 문제들과 상호 연관 관계를 등장인물 시스템을 통해 고찰해 봄으로써 〈안나 카레니나〉에 나타난 톨스토이 시학의 특징을 엿볼 수 있었다.

제5장

체호프의 작품 세계와 사상

1. 체호프의 생애와 작품 세계

체호프(1860~1904)는 남러시아의 항구 도시 타간로그에서 출생했다. 그의 아버지는 농노 출신의 보수적인 성격의 아버지로서 자식들을 가혹하게 길렀고, 식료잡화점을 경영하다가 파산해서, 모스크바로 야반도주했다.

그는 유머 잡지에 투고해서 돈을 벌어 모스크바대 의학부를 1884년 졸업한 후 모스크바 근교에서 의료 활동을 하며 얻은 체험을 소재로 작품을 썼다. 1880년대 초는 러시아 문학의 전환기로서 도스토옙스키, 투르게네프, 톨스토이를 계승할 우수한 신진작가를 기대하던 시기였다. 인생을 자연과학적이고 의학적인 방법론을 사용해서 이를 유물론적이고 무신론적으로 이해했다. 그는 의사가 환자를 진찰하듯이 주변의 현실과 인생을 다양한 관점에서 철저히 관찰하고 조사 분석해서 모순으로 가득 찬 러시아 현실을 묘사했다. 또한, 그는 기존의 전통적장르들을 패러디해서 작품을 썼다.

그는 시베리아를 거쳐 1890년 사할린에 도착해서 사할린섬의 강제 수용소 상황을 조사한 자료를 바탕으로 『사할린섬』을 썼다. 체호프는 1880년대에 톨스토이로부터 철학적 영향을 받았지만, 사할린 여행 이후부터 톨스토이주의와 그의 사상에서 벗어나 이를 비판했다.

그는 그 이듬해인 1891년에 발생한 기아로 고통당하는 농민들을 구제하는 대규모 사회운동에 적극적으로 참여했고, 1892년에는 콜레라가 창궐하자 무료 진료 활동을 했다.

그는 폐결핵 병을 치료하기 위해 1899년 멜리호보에서 얄타로 이사했고, 1904년에 건강이 악화하자 아내와 함께 독일로 가서 요양 치료를 하다가 사망했다. 그의 시신은 모스크바의 노보데비치 수도원 공동 묘지에 묻혔다.

그의 대표 작품은 〈뚱보와 홀쭉이〉, 〈카멜레온〉, 〈말단 관리의 죽음〉, 〈슬픔〉, 〈등불〉, 〈지루한 이야기〉, 〈시베리아 여행〉, 『사할린섬』, 〈6호실〉, 〈다락방이 있는 집〉, 〈귀여운 여인〉, 〈개를 데리고 다니는 부인〉, 〈초원〉, 〈말의 성〉, 〈골짜기에서〉, 〈약혼녀〉, 그리고 4대 희곡인 〈갈매기〉, 〈벚꽃 동산〉, 〈바냐 외삼촌〉, 〈세 자매〉 등이다.

2. 체호프의 단편 〈말(馬)의 성(姓)〉에 나타난 작가의 유머

체호프(А.П. Чехов)(1860~1904)는 '러시아 단편의 대가, '위대한 소설가', '최고의 극작가'로 평가를 받는다. 그는 모스크바 의학부 재학 중(1879~1884) 자연과학과 철학에 관심이 많아, 의학 분야 외에 작품 활동에 열정을 쏟는다. 가족의 생계비와 학비를 벌며 고학을 해야만 했던 그는 '안토샤 체혼테', '내 형의 동생', '쓸개 빠진 놈'과 같은 필명으로 『자명종』을 비롯한 유머 잡지에 단편을 쓰기 시작한다. 이 시기에 그는 신문이나 잡지에 러시아 사회의 문제를 흥미롭게 풍자하는 소품 형식의 작품을 쓴다. 이 초기 작품은 그의 후기 작품에 비해 가볍고 작품성이 떨어지지만, 그의 미래 문학의 자양분이 된다. 이처럼 그는 모스크바에서 벌어지는 다양한 사건들을 소재로 삼아 짧고 우스꽝스럽고 재미있게 글을 쓰는 훈련 과정을 거쳐 나중에는 매우 치밀하고 간결한 작품을 쓰게 된다.[1]

〈말(馬)의 성(姓)〉(Лошадиная фамилия, 1885)은 체호프의 초기 단편 작품에 해당한다. 이 작품은 체호프 초기의 가벼운 유머 작품이다. 체호프의 유머는 그의 패러디나 간결한 문체 등과 밀접히 연관되어 있다. 체호프의 유머가 "말(馬)의 성(姓)"이란 흥미로운 명칭을 가진 이 단편 작품에서 어떻게 나타나 있으며, 말(馬)의 성에서 유래한 주술사의 성을 알아내려는 과정에서 벌어진 온갖 해프닝[2]과 유머 작가 체호프가

---

1 안톤 체호프 지음, 이영범 옮김, 『체호프 유머 단편집』, 지만지, 2011, pp.21-22 참고. 앞으로 체호프의 번역문 인용 시 이 판본에 따라 텍스트의 끝의 괄호 안에 쪽수만 표시하겠음.

2 김현정은 "체호프와 도블라토프는 특정 사건(событие)이 아닌 평범한 일상생활(случай)에서 포착된 우스운 것을 글로 옮긴다."고 주장하면서, 'случай'란 용어를 두 가지 -일상생활, 해프닝-로 사용하고 있다. 그러면서 오중우의 개념을 인용하고 있다. "오종우는 『체호프 드라마의 웃음 세계』에서 사건(событие)과 해프닝(случай)의 개념을 시간성의 척도로 구별하고 있는데, "규범과 상식의 파괴이고 어떠한 경계를 넘어가는 것이어서 그 과정이 흐르는 사건으로 지각되는 "사건"과는 달리 "해프닝"은 우연히 일어나는 어떤 일이라 그 과정이 중요하지 않아 흐르는 시간을 지각할 수 없다"고 하면서, 아무 일도 어떤 변화도 일어나지 않는 체호프 작품을 하나의 해프닝으로 정의하고 있다.(p.98)" 김현정, ""짧은 이야기(рассказ)"의 미학으로 본 러시아 문학 (제정러시아의 체호프와 소비예트러시아의 도블라토프)", 「노어노문학」, 한국노어노문학회, 제25권 제1호, 2013, p.44에서 재인용. 한편 김세일은 'случай'를 다음과 같이 '우연한 일'로 번역한다. 즉, "한 에피소드 속에 발생하는 '우연한 일(случай)'"은 파불라에서 "핵심적인 역할을 한다." 즉, '우연한 일'은 "주인공의 은밀한 내면의 모습을 드러내" 주도록 돕는 역할을 한다. 바로 여기서 '희극성'이 발생한다. Б.И. Александров, Семинарий по Чехову, М.: Гос. усебно-пед. изд., 1957 С. 115. // 김세일, 「체홉의 희극성 연구 -1890년대 풍자 단편들을 중심으로-」, 『노어노문학』 제13권 제1호, 한국노어노문학회, 2001, p.80에서 재인용.

사용한 "환칭기법"이 어떻게 나타나 있는지 등에 관해서 구체적인 작품 분석을 해보는 것은 유의미한 작업이다. 아직 이에 대한 자세한 작품 분석이 없기 때문이다.

이 글의 목표는 체호프의 작품에 나타난 작가의 유머가 어떤 특징을 지니고 있는지 살펴보고, 그러한 특징이 〈말(馬)의 성(姓)〉에서 어떻게 나타나고 있는지 구체적인 작품 분석을 통해 고찰하는 데 있다.

우리가 이 글에서 살펴볼 체호프의 유머는 그의 패러디 및 문체 등에 관한 문제와도 밀접히 연관된다. 하지만 이 글에서는 체호프의 유머에 초점을 맞추어 연구하고자 한다. 그러면 먼저 체호프의 유머의 특성에 관해 살펴보도록 하자.

오원교는 체호프의 주관적 서술과 유머의 연관성에 관해 다음과 같이 언급한다. 그는 체호프의 서술의 제1기, 즉 대학 시절의 유머러스한 가벼운 소품으로 시작해 초기 단편이 발표되는 1887년까지를 서술 기법상 '주관적 서술'이 지배하는 시기로 본다. 전지적 화자는 시공간의 제한을 받는 인물의 시점에서 벗어나 자기의 관점으로 주변의 세계를 자유롭게 묘사하는 주관성을 가지게 되며,[3] 이 전지적 화자의 주관성은 발화의 주관성과 긴밀히 관련된다. 이는 정서적 어휘나 감탄문, 정서적 간투사와 소사, 그리고 유머러스한 어투의 자유로운 구사 등을 허용함으로써 서술의 자연스러운 진행을 방해하게 된다. 따라서 결국 담화는 화자의 임의성에 종속되게 된다.[4]

앞에서 살펴본 체호프의 주관적 서술과 유머의 연관성은 김세일의 다음과 같은 주장과 연관된다. 즉, '체혼테(Чехонте)' 시기의 체호프의 작품에는 기쁨, 장난기 섞인 유쾌함, 인간의 약점에 관한 악의 없는

---

3 오원교, 「체홉의 시학 : 〈문제의 올바른 제기〉로서의 문학 −서술 방법과 양식을 중심으로−」, 『슬라브학보』 제11권 2호, 한국슬라브학회, 1996, pp.11-12 참조.
4 같은 논문, p.12 참조.

야유가 지배적이다.[5] 하지만 1890년대에 체호프는 자기의 단편 작품에 "사회적, 전형적" 색채가 드러나는 글쓰기 전략의 도입을 통해 외적 익살에서 벗어나기 시작한다.[6] 따라서 그가 작품에서 보여주는 "웃음은 인간적인 특성을 지닌" 내적 익살로 바뀌기 시작한다. 다시 말해서 가벼운 "유머가 풍자로" 바뀌기 시작한다. 그런데 〈말(馬)의 성(姓)〉이 발표된 1880년대에도 풍자적 색채를 띤 작품이 많이 발표된다. 당시 발표된 풍자 작품은 "유머와 풍자가 혼합된 형태"를 띠고 있으며, "재미있는 파불라와 몇몇 등장인물들, 독자가 예상치 못한 예상외의 결말을 지닌 유쾌하고 "날카로운 서술이 특징"적이다. 그리고 어떤 에피소드 속에 일어나는 '우연한 일(случай)'이 중요한 역할을 한다. 즉, 이 '우연한 일'은 "주인공의 은밀한 내면의 모습을" 폭로하도록 도와주는 역할을 한다. 바로 여기서 '희극성'이 발생한다. 즉, 이 '우연한 일'과 바로 이 우연한 일이 가져다준 진실한 의미 간의 분명한 "불일치가 발생"하지만 "등장인물들이 이 우연한 일에 의미를 부여"함으로써 희극성이 발생하는 것이다.[7]

체호프 학자 알렉산드로프(Б.И. Александров)가 언급한 바와 같이 이 '우연한 일'은 "그것이 가져다준 진실한 의미"와 일치하지 않는다. 그러함에도 불구하고 작중 인물들이 바로 이 "우연한 일에" 특별한 의미를 부여함으로써 희극성이 발생한다. 이처럼 이 작품의 파불라에서 중요

---

5 김세일, 같은 논문, p.79 참조. "사실 이 문제는 체혼떼 시기의 수백 편에 이르는 작품들을 통한 웃음의 성격을 규명하는 것뿐만 아니라 장르 형식, 서술 특징, 텍스트 구조 연구 등과 더불어 전반적인 접근이 필요한 연구과제이다. (…) 이 문제와 관련해서는 С.Д. Балухатый, Ранний Чехов/ А.П. Чехов : сборник статей и материалов, ростовское к-ниж. изд., Ростов-на-Дону, 1959, СС. 7-94에서 다양한 견해를 살펴볼 수 있다." 김세일, 같은 논문, pp.79-80.

6 Б.И. Александров, Семинарий по Чехову, М.: Гос. усебно-пед. изд., 1957, С. 115. 김세일, 같은 논문 p.80에서 재인용.

7 김세일, 같은 논문 p.80 참조.

한 역할을 하는 이 '우연한 일'은 주인공의 은밀한 내면을 폭로하게 하는 역할을 할 뿐만 아니라, 독자에게 예상치 못한 결말을 지니게 만드는 역할을 한다.

앞에서 언급한 바와 같이 우리는 1880년대의 체호프의 단편 작품에서 보이는 유머와 풍자가 융합된 희극적 특징이 1890년대 들어서면서 유머에서 풍자로 바뀌기 시작한다. 여기서 우리는 체혼테 시기와 그 이후의 시기를 분명히 구분하기는 쉽지 않다. 왜냐하면, 풍자와 유머는 희극 작품에서 상호 긴밀한 연관 관계에 있기 때문이다.[8] 결론적으로 체호프의 짧고 가벼운 유머가 심오한 유머로 바뀌면서 그가 묘사하는 현실, 즉 현실 세계의 내면과 외면, 위선과 진실이 더 심오하게 표현된다.[9]

다른 연구자들과 마찬가지로 문석우 역시 체호프의 유머러스한 초기 단편에는 속물들의 천박함, 소시민 계급에 관한 작가의 배타적인 태도가 나타난다고 말한다.[10] 이미 1880년대 후반 시기의 체호프의 작품에는 '안토샤 체혼테' 시기의 가벼운 유머 작품에서, 즉 초기 단편의 순진한 웃음에서 점점 탈피하게 된다. 이어서 "모든 웃음은 훨씬 비극적" 웃음으로 바뀌게 되며, 이러한 웃음은 "풍자적인 성격"을 띠는 유머가 되게 한다.[11] 한편 1860~70년대에 장편 장르가 중요한 역할[12]을 했지만, 1880년대부터는 "위기의 조짐"을 보이면서 단편 장르가 출현

---

8 앞의 논문, pp.80-81 참조.

9 같은 논문, p.89 참조.

10 문석우 저, 『안똔 체홉. 새로운 형식을 위하여』, 건국대학교출판부, 1995, p.20 참조.

11 같은 책, p.23 참조.

12 즉, 장편은 "광범위하고 서사적인 자연 묘사, 풍속들의 묘사, 사회생활, 복잡한 도덕적. 사회적 문제를 해결하는 주인공들, 이 모든 것은 개혁 시기에 사회운동의 발전에서 가능성을" 제공했는데, 우리가 잘 아는 바와 같이 당대에 투르게네프, 곤차로프, 도스토옙스키, 톨스토이 등과 같은 장편의 대가들이 활동했었다. 같은 책, p.49.

하기 시작하며, 체호프는 단편 장르를 개척하기 시작하면서 이 장르의 낡은 기법과 주제 등에서 벗어나 간결한 글을 쓴다. 체호프는 "우스꽝스러운 일화적 사건"을 "단순히 알려주는 것"을 지양하고 "세태 풍속적 주제를 지닌 서술적" 성격의 단편을 쓰게 되며, 그 이후에는 사회의 "본질적이고 전형적인" 측면을 폭로하는 글을 쓰게 된다. 이러한 과정에서 체호프의 유머는 가장 인간다운 냄새를 풍기는 "내면적 익살"을 반영하며, 심오한 사회 풍자적 색채를 띠게 된다.[13] 끝으로 그는 패러디화가 된 체호프의 유머는 그의 언어 사용 영역의 확대와 말장난을 통해 발생한다고 말한다.[14]

우리는 앞에서 살펴본 체호프의 유머에 관한 기존의 연구를 바탕으로 구체적인 작품 분석을 할 것이다. 이 작품에 나타난 유머를 이해하기 위해서는 "말에서 유래한 성" 찾기와 연관된 등장인물들의 우스꽝스러운 언행이 묘사된 장면들을 분석해 볼 필요가 있다.

치통을 심하게 앓고 있는 주인공 불데예프(Булдеев) 장군은 이를 빼지 않고 치통을 치료할 수 있는 수단 방법을 다 동원해보지만 뜻을 이루지 못한다. 그러던 중 그는 어느 날 자기의 영지 관리인인 이반 옙세이치(Иван Евсеич)로부터 주문으로 고쳐보라는 말을 듣게 된다.

> "각하, 저기, 저희 군에" 하고 그가 말을 꺼냈다. "한 10년 전쯤 관리로 근무했던 야코프 바실리예비치라는 사람이 있습니다. 그 사람은 치통을 주문으로 고쳤는데 천하제일이었지요. 창문 쪽을 향해 잠시 몇 마디 중얼대고 침을 뱉고 하는 것인데, 그러고 나면 마치 씻은 듯이 낫곤 했습니다! 그 사람은 이런 능력을 타고났지요…"   (159)
>
> – Тут, в нашем уезде, ваше превосходительство, – сказал он, – лет десять назад служил акцизный Яков Васильевич. Заговаривал зубы – первый сорт.

---

13 같은 곳 참조.
14 앞의 책, p.53 참조.

Бывало, отвернется к окошку, пошепчет, поплюет – и как рукой! Сила ему такая дадена···[15]

　즉, 그가 주인공에게 약 10년 전에 관리로 근무했던 야코프 바실리예비치(Яков Васильевич)라는 사람이 치통을 주문으로 고치는 명의였다고 말한 것이다. 또한 그는 주문을 외워 치통 환자를 완치하는 능력을 소유한 이 주술사는 관리직에서 면직된 후 현재 사라토프라는 지방도시에서 주문으로 치통을 치료하여 돈을 벌고 있으며, 타지 환자들에게는 전신(電信)으로 치료하므로 지급전보를 치라고 불데예프에게 조언한다. 그리고 아내의 간청에 못 이겨 결국 불데예프는 주술사에게 전보를 치겠다고 결심하고 펜을 든다. 그러자 이반 엡세이치가 수신인의 주소와 성명을 가르쳐준다. 그런데 문제는 이 주술사에게 전보를 치려면 그의 이름과 부칭, 그리고 성(姓)을 알아야 하는데, 아는 것이라고는 그의 이름과 부칭-야코프 바실리예비치-만 알고 있다는 사실이다. 재미있는 사실은 그가 바로 전에 오는 도중에도 주술사의 이름과 부칭이 생각났었는데, 지금은 그것들을 깜박 잊어버리고, 그가 말(馬)에서 유래한 성을 가지고 있다는 것만을 기억한다고 말한다.

　　"사라토프에서는 개들도 모두 그를 알고 있지요" 하고 영지관리인이 말했다. "따라서 각하, 사라토프 시로 쓰십시오··· 야코프 바실리예비치··· 귀하라고···"
　　"그래?"
　　"바실리예비치에게··· 야코프 바실리예비치에게라고··· 그런데 성은··· 성은 그만 잊어버렸습니다··· 바실리예비치··· 제기랄··· 그 사람의 성이 뭐였더라? 바로 조금 전, 이리 오면서까지도 생각이 났었는데··· 용서하십시오···"
　　(중략) 불데예프와 장군 부인은 조바심을 내며 기다렸다.

15　Чехов А.П. Собр. соч. в двенадцати томах, РАССКАЗЫ(1885~1886), Гос. изд. Худ. лит, М,, 1961, т. 3. С. 159. 앞으로 체호프의 원문 인용 시 이 판본에 의거해 텍스트의 끝의 괄호 안에 권수와 쪽수만 표시하겠음.

"아니, 어떻게 된 일이야? 어서 생각해내게!"

"잠시만 기다리십시오… 바실리예비치에게… 야코프 바실리예비치에게… 잊어버렸습니다! 그저 흔한 성이었는데요… 마치 무슨 말(馬)에서 따온 것 같았는데요… 코빌린이었든가? 아니, 코빌린은 아니었어요. 잠깐 기다려 보세요. 제렙초프였던가? 아니 제렙초프도 아니었어요. 말에서 유래한 성이라는 건 생각이 납니다만, 뭐였는지는 잊어버렸습니다…"

"제레뱌트니코프인가?"

"천만에요, 그렇지는 않습니다. 잠깐 기다려 보세요… 코빌리친… 코빌랴트니코프… 코빌레예프…"

"그건 개에서 따온 것이지, 말에서 따온 건 아닌데, 제렙치코프인가?"

"아닙니다. 제렙치코프도 아닙니다… 로샤디니… 로샤코프… 제렙킨… 다 아닙니다."

"글쎄, 그렇다면 어떻게 내가 그 사람한테 전보를 써서 보낸단 말인가? 자네가 생각해내게!"

"잠깐만요. 로샤킨… 코발킨… 코렌노이…"

"코렌니코프인가" 하고 장군 부인이 물었다.

"천만에요, 아닙니다. 프리스탸스킨… 아닙니다, 그것도 아닙니다. 잊어버렸습니다."

"빌어먹을, 성도 까먹은 주제에 뭣 때문에 이러쿵저러쿵했단 말인가? 하고 장군은 화를 냈다. 어서 물러가게!"

바로 이 인용문에 나타난 바와 같이 이반 엡세이치가 주술사의 성을 깜박 잊어버린 "우연한 일" 때문에, 그리고 바로 그 성이 "말의 성에서 유래한 성"이라는 것이라는 것만 기억하고 있다는 점이 "말의 성에서 유래한 성"을 찾으려는 등장인물들의 온갖 우스꽝스러운 장면들을 연출하게 만든다. 하지만 독자는 작품의 끝부분에 가서야 전혀 예상치 못한 해결 방법을 통한 문제 해결의 결과─진짜 의사를 통해 불데예프가 치통을 완치─를 보게 된다. 이처럼 이 '우연한 일'은 "주인공의 은밀한 내면의 모습을 드러내" 줄 뿐만 아니라, 독자에게 예상치 못한 결말을 보게 만든다.

이처럼 영지 관리인인 이반 옙세이치는 "말에서 유래한" "아주 흔한 성"을 기억해 내기 위해 다양한 성을 떠올려보려고 애쓰지만 실패하여 결국 불데예프를 화나게 만들어 그의 방에서 쫓겨나기까지 한다. 후자는 치통으로 고통스러워하며 이 방 저 방을 들락거리면서 소리를 지르기까지 한다. 그러자 이반 옙세이치는 다시 그 주술사의 성을 생각해내려고 애쓴다. "제렙치코프… 제렙콥스키… 제레벤코… 아니, 그게 아니야! 로샤진스키… 로샤제비치… 제렙코비치… 코빌랸스키…(Жеребчиков… Жеребковский… Жеребенко… Нет, не то! Лошадинский… Лошадевич… Жеребкович… Ковылянский… (3, 161))"(163) 얼마 후에 다시 장군이 그에게 "생각이 났나?" 하고 묻는다. 그러자 후자가 전혀 생각이 나지 않는다고 대답하자, 장군은 다시 "혹시, 코냡스키? 로샤드니코프는 아닌가?(Может быть, Конявский? Лошадников? Нет? (3, 161))"(163) 하고 묻는다. 이어서 나중에는 집 안 사람 모두가 나서서 "말에서 유래한 성"을 찾아내기 위해 온갖 방법을 다 동원하여 "전전긍긍"해 하는 모습이다.

> "그들은 말들의 연령, 성별, 혈통을 차례차례로 끄집어내 보거나, 갈기, 발굽, 마구 같은 것들을 생각해보았다. 사람들은 집 안, 마당, 하인 방, 부엌할 것 없이 어디서나 연신 이마를 긁적이며 이 구석 저 구석 왔다 갔다 하며 그 성을 찾아내려고 전전긍긍했다…"
>
> (163-164)
>
> Перебрали все возрасты, полы и породы лошадей, вспомнили гриву, копыта, сбрую… В доме, в саду, в людской и кухне люди ходили из угла в угол и, почесывая лбы, искали фамилию…
>
> (3, 161)

결국, 치통에 시달리던 불데예프가 더 이상 참지 못하고, 주술사의 성을 생각해내는 자에게 5루블을 주겠다고 약속한다. 그러자, 집안사람들이 영지 관리인에게 성과 연관된 온갖 말을 해 보려고 노력하지만, 저녁까지 생각해내지 못하고 잠이 든다. 그래서 불데예프는 밤새 한숨도 못 자고 너무 고통스러운 나머지 신음하기에 이른다. 그래서 불데에 프는 이반 옙세이치에게 다음과 같이 말한다. "지금 내게는 이 성이 세상의 그 무엇보다도 귀한 것 같아. 고통이 이만저만해야지!"(165) 주인공의 이 말에서 우리는 극심한 고통을 겪는 그를 구원해 줄 수 있는 유일하고 고귀한 해결책이 바로 '말에서 유래한 성'이라는 것을 알 수 있다. 즉 그의 현재의 진실로 원하는 내면의 모습이다.

그런데 그의 바로 이러한 심적 상태는 결말에서 완전히 뒤바뀌게 된다. 왜냐하면, 이튿날 아침에 의사가 그의 앓는 이를 뽑자마자 극심한 통증이 사라져버렸기 때문이다. 이 사실을 모르는 이반 옙세이치는 말에서 유래한 성을 기억해 내기 위해 "긴장되고 고통스러운 생각"이 들 정도로 애를 쓰다가, 장군을 완치시킨 의사와 나눈 대화를 통해서 그 관리직에서 퇴직해 주술사로 돈을 벌고 있는 사람의 성이 "옵소프"라는 것을 기억해 내는 데 성공하여 지급전보를 보내라고 외친다.

> "온통 주름투성이인 그의 이마와 눈의 모양으로 보아 그는 긴장되고 고통스러운 생각에 빠져 있었다. "불라노프, 체레세델리니코프" 하고 영지 관리인은 중얼거렸다. "자수포닌… 로샷스키…" "이반 옙세이치!" 하고 의사가 그에게 말을 꺼냈다. "당신은 하나님한테서 귀리 5 쳇베르티 정도를 살 수 없을까요? 우리 농사꾼들이 귀리를 파는데, 글쎄 그게 어찌나 나쁜지 말입니다…(중략) "생각해냈습니다, 각하!" 하고 그는 장군의 서재로 나는 듯이 달려 들어가며 너무 기쁜 나머지 자기 목소리가 아닌 목소리로 외쳐댔다. "생각해냈습니다. 의사에게 신세를 어떻게 갚아야 할지! 옵소프입니다! 그 관리의 성이 옵소프입니다! 각하, 옵소프입니다! 옵소프한테 지급전보를 보내십시오!"
>
> (166-167)

이처럼 언어유희의 대가인 체호프는 〈말(馬)의 성(姓)〉의 약 4분의 3(약 3쪽 분량)에 걸쳐 이반 옙세이치가 성을 알아내기까지 40개 이상의

성을 제시하는 "환칭 기법"을 사용한다.[16] 김현정은 "말과 관련된 의원 **의 성을** 결국 알아낸 이는 처음 말을 꺼낸 하인이었다."고 말한다. 하지만 여기서 김현정이 '주술사'를 '의원'이라고 표현하고 있는데, 이는 틀린 말이다.[17] 한편 이반 옙세이치가 '말의 성'을 기억해 낸 일이 "사건 전개 과정에서 결정적인 역할을 하지 못한다. 장군이 극심한 고통을 참지 못하고 발치를 감행한 뒤였기 때문이다.(이는 체호프가 사건보다는 언어유희(다양한 이름 파생)를 통해 웃음을 유발하고 있음을 알 수 있다.) 하지만 사건이 이미 종료되었음에도 이야기는 한 문장 더 남아 있다. (…) "이거나 먹어라(Ha-кося!)"[18]

한편 이 작품의 결말 부분에서 이반 옙세이치가 '말의 성'을 기억해 낸 후 장군에게 달려가 기쁨에 넘치는 목소리로 지급전보를 치라고 외

---

16 문석우는 "환칭 анатономасия, 즉 러시아 문학에서 의미 있는 이름들의 문체적 사용은 특히 풍자적이고 유머스러운 경향을 지닌 작품들에서 예술적인 형상을 창조하는 가장 중요한 수단들 중의 하나이다."라고 개념을 정의한다. 문석우, 「체홉단편의 문체연구」, 『노어노문학』 제5권, 한국노어노문학회, 1993, p.53. '환칭' 기법과 연관된 '말의 성'의 뜻과 파생어에 관해서는 본인의 역서, 안톤 체호프 지음 // 이영범 옮김, 같은 책 pp.161-167의 각주와 김현정의 다음 글을 참조하라. 김현정, 「"짧은 이야기(рассказ)"의 미학으로 본 러시아 문학 (제정러시아의 체호프와 소비예트러시아의 도블라토프)」, 『노어노문학』 제25권 제1호, 한국노어노문학회, 2013, p.33. "체호프는 (중략 일상생활에서도 지인들에게 재미난 별명을 붙여주며 친밀하고 화**기**애애한 분위기를 조성했다고 한다. "안토샤 체혼떼"를 비롯한 50여 개에 달하는 **필명** 또한 간과할 수 없다. 이러한 체호프의 이름만들기 기법의 정수를 보여주는 **작품**이 바로 『말의 성(Лошадиная фамилия)』(1885)이다." 김현정, 같은 논문, pp.32-33. 또한, 같은 논문 33쪽에서 "3페이지 남짓한 작품 속에서 언급된 성만 **해도** 마흔 개가 넘는다."라고 말하면서 '말의 성'을 '말, 암말, 수말, 송아지, 말의 털 색, 말 관련 장비, 기타'로 분류해서 표를 정리했다.

17 앞의 본문에서 인용한 바와 같이 "야코프 바실리예비치라는 (…) 사람은 치통을 주문으로 고"치는 유명한 주술사였다. 이 주문이란 "창문 쪽을 향해 잠시 몇 마디 중얼대고 침을 뱉고 하는 것인데, 그러고 나면 마치 씻은 듯이 낫곤 했습니다!"(158)

18 이와 연관하여 김현정은 다음과 같이 주장한다. "이때 체호프는 의도적으로 "Ha"와 "кося" 사이에 붙임표를 첨가(여기서 "кося"는 말떼라는 뜻의 "косяк"에서 나온 파생어)하면서, 본문 내내 남발하던 파생어에 또 하나의 파생어를 추가, 마지막까지 웃음의 끈을 놓지 않고 있다." 김현정, 같은 논문, pp.33-34.

친 후에 그는 화가 난 장군으로부터 심한 모욕을 당한다. 즉, 장군은 그에게 다음과 같이 경멸적으로 말하며 그의 얼굴에 모욕을 가한 것이다. "이제 나한테 자네의 그 말에서 유래한 성은 필요 없어!"(167)라고 말한다. 독자가 예상치 못한 이 급격한 대조적 상황은 독자로 하여금 웃음을 짓게 만든다. 주인공이 의사로부터 치료를 받기 직전에는 "말에서 유래한 성"이 그를 극심한 고통으로부터 구원해 줄 수 있는 유일하고 고귀한 대상이었지만, 치료를 받은 후에는 아무 필요가 없는 것으로 바뀌어 버린 것이다. 이처럼 체호프는 주인공이 "말에서 유래한 성", 즉 "말의 성"의 의미와 가치를 치료를 받기 직전과 직후에 완전히 달리 해석하는 모습을 독자에게 제시해줌으로써 희극성을 창조한다. 다시 말해서 체호프는 우연히 발생한 사건과 그 사건이 가져다준 진실한 의미 간에 불일치가 발생함을 선명히 대조시키는 방법을 통해 독자에게 순수한 웃음을 짓게 만듦과 동시에 가벼운 유머의 카타르시스를 느끼게 만든다.

이상과 같이 우리는 체호프의 단편 〈말(馬)의 성(姓)〉의 분석을 통해 이 작품에 나타난 그의 유머의 특징이 무엇인지 살펴보았다.

극심한 치통을 앓고 있는 주인공 불데예프(Булдеев) 장군은 이를 빼지 않고 다양한 치료 방법을 동원하지만 실패한다. 그런데 그의 영지 관리인인 이반 엡세이치로부터 유명한 주술사가 주문을 외워 많은 치통 환자를 치료한다는 말을 듣고 그에게 전보를 치려고 하는 데서 해프닝이 발생한다. 하지만 이반 엡세이치가 주술사의 성을 잊어버려 전보를 칠 수 없게 되자 '말의 성에서 유래한' 성을 찾기 위해 온 집안사람들이 나서서 '말의 성'과 연관된 주술사의 성을 찾기 위해 애를 써보지만 성공하지 못한다. 그러자 극심한 치통을 참지 못한 장군은 진짜 의사를 불러 이를 빼게 된다. 그런데 문제는 이처럼 장군이 이를 빼고 나서야 영지 관리인이 그 성을 기억해 낸다는 점이다.

한편, 체호프는 주인공이 이반 옙세이치에게 말한 "말에서 유래한 성", 즉 "말의 성"의 가치와 의미를 전자가 의사에게서 치료를 받기 직전과 직후에 완전히 달리 해석하는 모습을 독자에게 제시해줌으로써 작품에 희극성을 창조한다. 즉, 그는 해프닝, 즉 우연한 일과 그것이 가져다준 진실한 의미 간에 분명한 불일치가 발생함을 선명히 대조시키는 방법을 통해 독자에게 쓴웃음을 짓게 만든다.

이처럼 언어유희의 대가인 유머작가—체호프는 〈말(馬)의 성(姓)〉의 약 4분의 3에 걸쳐 이반 옙세이치가 성을 알아내기까지 40개 이상의 성을 제시하는 "환칭기법"이라는 언어유희를 통한 유머를 창조함으로써 독자의 관심을 유발하고 있음을 알 수 있다.

3. 체호프의 중편 〈지루한 이야기〉에 나타난 주인공의 형상과 내면세계

모스크바대학 의학부 재학 시절(1879~1884)부터 자연과학의 철학적인 문제에 관심이 있던 체호프(А.П. Чехов)(1860~1904)는 1884년 의학부를 졸업하던 시기에 이미 유명한 단편 작가가 되었다. 1887년부터 예전보다 훨씬 더 객관적인 문학적 사상과 도덕성을 지닌 작가의 모습을 갖추기 시작한 그는 그리고로비치의 조언을 받아들여 의사의 길을 그만두고, 전업 작가로서의 길을 걷게 된다. 1880년대 후반에 쓴 체호프의 작품들은 예전에 썼던 가벼운 유머 작품들과 초기 단편들의 순수한 웃음에서 점점 멀어지는 경향을 보이기 시작한다. 즉, 유머가 풍자적인 성격을 띠게 되고, 웃음이 비극적인 색채를 띠게 된다. 체호프는 자기의 작품 속에서 평범한 사람들의 일상적인 삶의 모습을 묘사하면서, 인간의 우스꽝스럽고 비극적인 모습을 독자에게 보여주는 글쓰기

방법을 통해 독자의 관심을 끌게 된다.[19]

또한, 체호프는 러시아 현실을 예리한 눈으로 관찰하면서 사회에서 지식인들의 위치와 역할에 관심을 보이며, 그들의 보편적인 사상과 자각적인 목표가 절실히 필요하다는 확신을 한다. 즉 그는 그들을 전체적으로 고무하는 핵심 사상이 필요하며, 그러한 사상이 결여한 삶은 의미를 상실할 뿐만 아니라 진정한 삶이 아닌 그저 존재하는 것만으로 끝나버릴 것이라는 생각을 1889년에 발표한 중편 〈지루한 이야기〉에서 구현하게 된다.[20]

이 글의 목표는 '의사-체호프'이자 '소설가-체호프'[21]의 중편 〈지루한 이야기〉(Скучная история)의 주인공, 즉 죽음을 앞둔 노년의 유명한 학자이자 의대 교수인 니콜라이 스테파노비치(Николай Степанович)의 형상과 그의 내면세계가 이 작품에 어떻게 나타나 있는지 살펴보는 것이다.

먼저 이 작품을 더 정확히 이해하기 위해서는 이 작품의 제목으로 사용된 형용사 '지루한'이란 뜻의 러시아어 형용사 '스꾸츠나야(Скучная)'란 단어에 관해 알아볼 필요가 있다.[22] 이와 연관하여 체호프의 작품에 특징적으로 사용되는 명사인 '스꾸까(скука)'란 단어는 '불투명하고

---

19 안톤 체호프 지음, 이영범 옮김, 『체호프 유머 단편집』, 지만지, 2011. pp.21-23 참조.

20 문석우 저, 『체홉의 소설과 문학세계』, 한국학술정보, 2003, p.13 참조.

21 체호프는 위대한 작가이자, 의사로 기억된다. 그는 1884년 의대를 졸업한 후 군 자치회 병원 의사로 시작한 후 1885년부터 1887년까지 개업의로서 활동했다. 그는 의사라는 직업에 자부심을 지니고 있었고, 작가로서 성공한 후에도 의술 활동을 포기하지 않으려 했고, 의학 관련 학문 연구에도 열정을 보였다. 박현섭, 「체호프의 의사들」, 『러시아 연구』 제21권 제1호, 서울대학교 러시아연구소, 2011. pp.31-32, pp.49-50 참조.

22 『지루한 이야기』(Скучная история)의 제목에 사용된 형용사 '지루한Скучная'은 '지루한'이란 뜻 외에도 '우울한', '울적한', '적적한', '무료한', 권태의', '재미없는', '따분한'이란 뜻이 있다. 『지루한 이야기』의 영어 번역은 "A Boring Story"나 "A Dreary Story" 등이다.

무의미한 삶', '평범함', '단조로움', 그리고 '인간의 삶의 정신적 수준의 저급함'을 뜻하는 어휘와 연관된다. 이러한 상호연관성 때문에 이 '스꾸까'라는 단어의 뜻은 작품 속에서 러시아 민중이 이해하는 '무정신성(бездуховность)'이라는 뜻의 본질과는 다른 새로운 특성을 지니게 된다.[23] 이 단어 속에는 체호프의 작품과 관련된 언어 단위의 일반적이고 미학적인 의미가 드러나 있는데, 그것이 매우 빈번히 사용됨으로써 작가 고유의 문체적 특성을 만들어 낸다. 지루하게 느끼는 현상, 즉 등장인물들의 내면세계에서 '무정신성'은 체호프의 작품에서 꽤 자주, 그리고 계속해서 묘사되는 생활의 단조로움이다.[24]

먼저 주인공의 단조로운 삶의 내면에 깃든 무정신성을 그의 소외의 문제와 연관된 이름과 관련하여 살펴보도록 하자. 흥미로운 점은 이 작품의 맨 처음에 1쪽 분량 이상의 두 문단이 주인공을 소개한, 즉 그의 유명한 '이름'과 연관된 서술로 구성되어 있다는 점이다. 그럼 먼저 이 작품의 맨 첫 문단부터 살펴보자.

러시아에 3등관이자 훈장 소유자인 공로 교수 니콜라이 스테파노비치가 있다. 그는 많은 러시아 훈장과 외국 훈장을 지니고 있다. 그가 그것들을 달고 있으면 학생들이 그를 우러러보며 '이코노스타스'라고 부른다. 그의 교제는 가장 귀족적이다. 적어도 최근 25년-30년 동안 러시아에서 그와 친하게 지내지 않는 훌륭한 학자는 없었다. 이제 그는 누구와도 친교가 없다. 하지만 과거에 관해서 말하자면, 그의 훌륭한 친구들의 이름이 적힌 긴 명부는 그에게 가장 진실하고 따뜻한 우정을 보냈던 피로고프, 카벨린, 시인 네크

23 В.Н. Манакин, О некоторых особенностях индивидуального стиля А.П. Чехова, Киро воградческий государственный педагогический институт им. А.С. Пушкина, Кировог рад, 1982, С. 9. 문석우 저, p.50에서 재인용.

24 Н.М. Шанский, "О языке и слоге рассказов А.П. Чехова", *Русский язык в школе*, Учпедгиз, Орган министерства просвещения РССР., 1954, С. 9. // 위의 책, 같은 곳에서 재인용.

라소프와 같은 이름들로 끝난다. (중략) 이 모든 것과 더 언급할 수 있는 모든 것이 나의 이름으로 불리는 것이다.

Есть в России заслуженный профессор Николай Степанович какой-то, тайн ый советник и кавалер; у него так много русских и иностранных орденов, что когда ему приходится надевать их, то студенты величают его иконостасом. Зна комство у него самое аристократическое; по крайней мере за последние двадцат ь пять - тридцать лет в России нет и не было такого знаменитого ученого, с которым он не был бы коротко знаком. Теперь дружить ему не с кем, но если говорить о прошлом, то длинный список его славных друзей заканчиваетс я такими именами, как Пирогов, Кавелин и поет Некрасов, дарившие его само й искренней и теплой дружбой. (…) Все это и многое, что еще можно было бы сказать, составляет то, что называется моим именем.[25]

인용문으로 사용된 첫 문장에는 주인공의 직업과 이름이 제일 먼저 소개되고 있다. 이 작품의 창조자-체호프는 주인공의 사회적 위치와 직업을 독자에게 강조해서 소개하고 있다. 또한, 작가는 화자의 입을 통해 3등관 소유자이자 훈장 소유자인 공로 교수 니콜라이 스테파노비치가 러시아에 아직 실존하고 있음을 강조하고 있다. 이처럼 작가는 1880년대 말 러시아 지식인에 해당하는 이 노교수에 관한 소개를 통해 독자의 관심을 끄는 글쓰기 전략을 사용하고 있다. 이어서 화자는 죽음을 몇 달 앞둔 62세의 주인공이 적어도 최근 25년-30년 동안 러시아에서는 그와 친하지 않은 훌륭한 학자가 없을 정도로 진실하고 따뜻한 우정을 나누는 친구가 많았음을 강조하고 있다.

그런데 문제는 주인공은 지금 어떤 사람과도 친교를 맺고 있지 않을 정도로 소외되어 외로운 상태에 빠져 있다는 사실이다. 여기서 흥미로

---

25 Чехов А.П. Собр. соч. в двенадцати томах, ПОВЕСТИ И РАССКАЗЫ(1888~1891), Гос. изд. Худ. лит, М., 1962, т. 6. С. 271. 앞으로 체호프의 원문 인용 시 이 판본에 의거해 텍스트 끝의 괄호 안에 권수와 쪽수만 표시하겠음.

운 사실은 중편 〈지루한 이야기〉의 등장인물들이 서로를 소외시키고 있다는 점이다. 즉, 주인공인 니콜라이 스테파노비치가 자기의 아내와 딸, 그리고 사위를 소외시키고 있을 뿐만 아니라, 그의 아내와 딸이 그와 카탸를 소외하는 것이다. 여기서 가장 깊은 인간 소외의 수준은 삶에서 죽음으로의 커다란 변화에 직면한 주인공의 삶에 대한 무관심을 통해 주어지고 있다.[26] 그런데 이보다 더 중요한 사실은 그의 유명한 이름이 그를 속이고 있으며, 그의 노년의 삶에서 그를 소외시키고 있다는 점이다.

주인공을 기만하고 소외시키게 만드는 장본인에 해당하는 바로 그의 유명한 이름이 두 번째 문단의 "이 나의 이름은 유명하다"는 문장으로 시작된다.

> 이 나의 이름은 유명하다. 러시아에서는 그것이 모든 교육받은 자에게 유명하며, 해외에서는 유명하고 존경할 만한 사람이라는 말이 덧붙여져 강단에서 언급되고 있다. 내 이름은 약간의 행운의 이름들에 포함된다. 사회와 신문에서 이 이름들을 욕하거나 공연히 언급한다는 것은 추한 태도의 전조로 간주된다. (중략) 훌륭하고, 재능이 풍부한 사람, 그리고 확실히 유익한 사람에 관한 개념은 사실 내 이름과 연관된다. 나는 근면하고 낙타처럼 인내력이 강한데, 이 점이 중요하다. 그리고 나는 천부적인 재능이 있는데, 이 점이 훨씬 더 중요하다. 게다가 말하는 김에 덧붙이자면, 나는 훌륭한 교육을 받았고, 겸손하고, 정직한 인간이다. (중략) 나의 학문적 이름은 행운이다.
>
> Это мое имя популярно. В России оно известно каждому грамотному человеку, а за границею оно упоминается с кафедр с прибавкою известный и почтенный. Принадлежит оно к числу тех немногих счастливых имен, бранить которые или упоминать их всуе в публике и в печати считается признаком дурного тона.

---

26 "··· the deepest level of human isolation is that imposed by indifference (*ravnodushie*) to life in the face of change···" Daria A. Kirjanov, *Chekhov and the poetics of memory*, Studies on Themes and Motifs in the Literature; PETER LANG, New York, 2000, Vol. 52, p.118 참조.

(…) Ведь с моим именем тесно связано понятие о человеке знаменитом, богато одаренном и, несоменно, полезном. Я трудолюбив и вынослив, как верблюд, а это важно, и талантлив, а это еще важнее. У тому же, к слову сказать, я воспитанный, скромный и честный малый. (…) Оно счастливо. (6, 271-272)

'내면적 독백형식'인 이 인용문에서 '나의 이름(мое имя)', 즉 3인칭 단수 형태의 대명사(оно)가 1인칭 단수 대명사인 '나(Я)', 즉 1인칭 주인공-화자 '나'로 바뀌고 있다.[27] 러시아와 해외에서도 명성이 자자한 "나"는 훌륭하고, 재능이 풍부하고, 유익한 사람에 해당하며, 근면하고 인내력이 강한 인물이다. 여기서 화자는 인생에서 근면과 강한 인내라는 요소보다는 재능이란 요소가 훨씬 더 중요하다고 주장한다. 주인공은 훌륭한 교육을 받았고, 겸손하고, 정직한 인간이다. 게다가 그는 문학과 정치에 주제넘게 참견한 적이 결코 없고, 무식한 자들과의 논쟁에서 인기를 구한 적이 없으며, 만찬 연설과 동료들의 추도사를 한 적도 없으며, 자기의 학문적 이름에 결코 오점을 남긴 적도 없다. 이처럼 주인공은 학문적으로나 인격적인 면에서 아무런 흠이 없고 재능이 뛰어난 대학자다.

이어지는 문단에서는 이처럼 훌륭한 학자인 주인공이 곧 죽게 될 것이라는 암시가 넌지시 주어지고 있다.

즉, 이 이름을 지닌 나는 대머리에다 의치와 고치기 어려운 틱(tic) 장애가 있는 16살 먹은 사람을 상상하곤 한다. 내 이름이 빛나고 아름다운 만큼이나

---

27 "〈지루한 이야기〉에서 체호프의 인물(주인공인 1인칭 화자)은 내면적 독백형식으로서 자기의 모든 것을 드러내지만, 독자가 그 인물의 내면세계로 바로 들어가기가 쉽지 않고, 공명하는 데 시간을 필요로 한다. 언제나 주인공과 일정한 거리 혹은 간격이 존재한다. 그리고 애초부터 체호프는 주인공인 늙은 교수를 그의 주변의 평범한 인물들보다 훨씬 더 고상하게 만들어 놓았다. 체호프의 주인공은 개별적이고 개성화된 인물이고, 체호프는 그 인물에게 보편적인 것, 일반적인 것을 부여하려는 노력을 애써 하지 않는다." 강명수 저, p.188.

나 자신이 흐릿하고 추하다. 내 머리와 양팔은 쇠약해서 떨리고 있다. 목은 (중략) 콘트라베이스의 손잡이와 흡사하고, 가슴은 움푹 들어갔고, 등은 좁다. 내가 말하거나 읽을 때, 내 입은 한쪽으로 틀어지곤 한다. 내가 웃을 때는 온 얼굴이 노인의 죽은 주름투성이가 된다.

Носящий это имя, то есть я, изображаю из себя человека шестидесяти двух лет, с лысой головой, с вставными зубами и с неизлечимыми tic'ом. Насколько блестяще и красиво мое имя, настолько тускл и безобразен я сам. Голова и руки у меня трясутся от слабости; шея (⋯) похожа на ручку контрабаса, грудь впалая, спина узкая. Когда я говорю или читаю, рот у меня кривится в сторону; когда я улыбаюсь – все лицо покрывается старчески-мертвенными морщинами.

(6, 272)

인용문에서 주인공-화자인 "나"는 틱 장애라는 불치병을 앓고 있는 아주 허약한 병자의 추한 모습—대머리, 의치, 흔들리는 머리와 팔, 아주 가는 목과 빈약한 가슴, 그리고 좁은 등—을 묘사하고 있다. 또한, 그는 현재 자기의 빛나고 화려한 명성에 비해 삶의 열정과 활력을 잃어버린 인간의 모습을 하고 있다. 또한, 그는 말하거나 읽을 때 그의 입이 한쪽으로 틀어지고, 웃을 때는 얼굴 전체가 생기를 잃은 주름살투성이가 된다. 이처럼 몸이 허약하고 틱 장애를 지닌 그의 고통스러운 모습은 주변 사람들에게 그가 곧 죽을지도 모른다는 생각을 불러일으키게 한다.

앞에서 살펴본 바와 같이 명성을 날리는 대학교수이자 고관인 1인칭 주인공-화자인 "나"는 자신에 관한 인물묘사를 통해 매우 건강하지 못한 육체와 추한 모습을 가지고 있음에도 불구하고 반년도 채 남지 않은 자기의 죽음 앞에서 20~30년 전과 마찬가지로 자기의 유일한 관심이 학문임을 밝히고 있다. 제1장의 끝부분에서 1인칭 화자 주인공인 "나"는 자신이 철학자도 아니고 신학자도 아니라는 것이 불행하다고 밝힌다. 이제 3개월 정도밖에 살지 못한다는 점을 분명히 알고 있는 그는 "무덤 저 너머의 내세에 대한 문제"와 "무덤에 관한 공상이 엄습하는 환영들에 관한 문제"가 무엇보다도 그의 마음을 차지할 것 같다고 여긴다. 하지만 웬일인지 그의 생각이나 이성(ум)은 이 문제들의 모든 중요성을 인식하고 있다고 할지라도 그의 마음이나 영혼(душа)은 그것 들에 관해서 알고 싶어 하지 않는다. 우리는 여기서 그의 이성과 감정 이 갈등하고 충돌하고 있음을 볼 수 있다. 곧 이 세상과 이별하고 저세 상에서 살아야 할 운명에 놓인 주인공 니콜라이 스테파노비치에게 있 어서 중요한 것은 철학적이고 신학적인 문제에 관해 사유하는 것일 것 이다. 그러함에도 불구하고 그는 20~30년 동안이나 변함없이 보이는 유일한 관심 분야인 학문에서 벗어나지 못하고 있으므로 스스로 자신 이 불행하다고 여기는 것이다. 이는 작가 체호프가 중시하는 문제인 구습을 버리고 새로운 영역으로 변화하는 것이 인간에게 필요하다는 메시지와 깊이 연관된다고 본다.

체호프의 중편 〈지루한 이야기〉의 주인공 니콜라이 스테파노비치 는 '허위관념에 사로잡힌 자'다.[28] 불면증[29]에 걸려 고통을 당하고 있던 그는 이 작품의 제3장의 거의 처음 부분에서, 따뜻하고 편안한 상태에 서 자기의 고통을 완화하고 싶은 강렬한 충동을 느낀다. 그래서 그는 자신을 존경하고 아버지처럼 사랑하고 따르는 그의 피후견인인 카탸(К атя)에게 자기의 생각을 푸념하듯이 털어놓기 시작한다.

"(전략) 왕들의 가장 훌륭하고 가장 성스러운 권리는 특사권이야. 난 이 권리를 무한히 이용했기 때문에 항상 왕처럼 느끼곤 했지. 난 결코 심판한

---

28 같은 책, p.45.

29 "체호프는 자기의 후기 작품들에서 시대의 첨예한 문제와 그 징후를 드러내는 한 방법으로 '병의 증상(발작, 강박관념, 신경쇠약, 과대망상증, 피해망상증)'과 닫힌 공간을 주로 이용한다. (중략) 체호프는 이미 〈지루한 이야기Скучная история〉(1889) 에서 노교수 니콜라이 스테파노비치의 불면증을 통하여, 당대 지식인의 내면세계의 풍경과 시대적 징후들을 드러낸 바 있다." 같은 책, p.157.

적이 없었고, 관대하게 대했고, 모든 사람을 좌로나 우로 치우치지 않고 기꺼이 용서해 주었지. (중략) 그러나 이젠 벌써 난 왕이 아니야. 내 마음속엔 노예들에게나 있을법한 무언가가 생기고 있어. 내 머릿속엔 악한 생각들이 밤이나 낮이나 떠돌아다니고 있는 거야. 그리고 내가 과거엔 몰랐던 감정들이 내 영혼 속에서 둥지를 틀어버린 거야. 난 증오하기도 하고, 경멸하기도 하고, 분노하기도 하고, 격앙하기도 하고, 두려워하기도 해. 난 필요할 만큼 엄격하지 않게 되었어. 그리고 난 까다롭고, 곧잘 흥분하고, 무뚝뚝하고, 남을 의심하는 사람이 되어 버린 거야. (중략) 내 마음속의 내 논리가 변해버린 거지. 예전엔 난 단지 돈만 증오했는데, 이젠 돈에 관한 나쁜 감정이 아니라, 부자들에 대한 나쁜 감정을 지닌 거야. 마치 그들이 잘못한 것처럼 말이야. 난 과거엔 폭력과 전횡을 증오했는데, 이젠 폭력을 사용하는 자들을 증오해. 마치 서로를 교육할 능력이 없는 우리 모두가 아니라, 그들 중 어떤 자들이 잘못한 것처럼 말이야. 이건 뭘 의미하는 걸까? 만약 새로운 생각들과 새로운 감정들이 신념의 변화로 인해 발생했다면, 이 변화는 도대체 어디서 생긴 것일까? 세상이 더 나빠지지 않았다면, 내가 더 잘 또는 너무 일찍 눈이 멀고 무관심해진 건 아닐까? (중략) 만약 바로 이 변화가 육체적 힘과 지적 힘의 공통적인 쇠퇴로 인해 발생한 것이라면, 내 상황이 형편없는 거야. 사실 난 아파서 매일 체중이 줄고 있어. 말하자면 내 새로운 생각들은 비정상적이고, 건강하지 못한 거지. 난 그것들을 부끄럽게 여겨야만 하고, 하찮은 것들로 여겨야만 해…"

"… Самое лучшее и самое святое право королей — это право помилования. И я всегда чувствовал себя королем, так как безгранично пользовался этим правом. Я никогда не судил, был снисходителен, охотно прощал всех направо и налево. (…) Но теперь уж я не король. Во мне происходит нечто такое, что прилично только рабам: в голове моей день и ночь бродят злые мысли, а в душе свили себе гнездо чувства, каких я не знал раньше. Я и ненавижу, и презираю, и негодую, и возмущаюсь, и боюсь. Я стал не в меру строг, требователен, раздражителен, нелюбезен, подозрителен. (…) Изменилась во мне и моя логика: прежде я презирал только деньги, теперь же питаю злое чувство не к деньгам, а к богачам, точно они виноваты; прежде ненавидел насилие и произвол, а теперь ненавижу людей, употребляющих насилие, точно виноваты они одни, а не все мы, которые не умеем воспитывать друг друга. Что это значит? Если новые мысли и новые чувства произошли от перемены убеждений, то откуда могла взяться эта перемена? (···) значит, мои новые мысли ненормальны, нездоровы, я должен стыдиться их и считать ничтожными···."

(6, 302-303)

　인용문에서 주인공은 카탸에게 과거에 비해 크게 변한 자기의 위치와 상황을 다음과 같이 솔직히 털어놓고 있다. 위 인용문에 나타난 바와 같이 주인공은 과거에 자신이 왕처럼 무한히 누렸던 특권 남용을 부끄럽게 생각하고 있다. 자신이 갖고 있었던 허위의식에 대해 일종의 자기 고백을 하고 있는 셈이다. 하지만 그는 자신을 스스로 항상 왕처럼 느끼곤 했지만, 결코 남을 함부로 심판한 적도 없었고, 만사를 관대하게 처리했고, 모든 사람을 공평하게 관해주고 용서해주었지만, 지금은 그처럼 관대하고 공평한 왕의 위치에서 전락해 이성이 아닌 감정의 지배를 받는 추한 인간이 되었음을 부끄럽게 여기는 것이다. 그는 이렇게 된 이유를 자기의 정력과 기력이 쇠퇴했기 때문만 아니라, 지력도 쇠퇴했기 때문이라고 말한다. 또한, 그는 불면증과 틱 장애, 그리고 가족을 비롯한 주변 사람들의 소외로 인해 새롭게 생긴 비정상적이고 부정적인 다양한 감정들-우울, 고독, 증오, 경멸, 분노, 두려움, 흥분, 의심 등-에 의해 지배를 받고 있다.

　이러한 그의 심리 상태의 변화는 그의 마음속에 있는 논리의 변화와 직접적인 연관이 있다. 체호프는 자기의 심리 변화에 있어서 과거와 현재의 대조 방법을 통해 이를 독자에게 잘 보여주고 있다. 주인공은 과거에는 단지 돈이나 폭력 및 전횡이란 대상만을 증오했지만, 현재는 그것들을 많이 소유하고 있거나 사용하는 자들을 증오하고 있다는 것이다. 그는 자기의 새로운 감정의 발현과 논리의 변화를 자기 신념의 변화로 인해서 발생했다고 보면서, 이를 자기 기력의 쇠퇴 탓으로 돌리고 있다. 또한, 그는 자기의 급격한 시력 약화를 정신력의 약화 현상 중 하나인 무관심과 연관을 짓고 있다. 결론적으로 그는 자기 신념의 변화로 인해 발생한 새로운 부정적인 감정들의 발생을 그의 육체적 힘과 정신적 힘의 공통적인 쇠퇴로 인해 발생한 것이라고 본다. 그래서 그는 그의 유명한 이름과 명예와 지위 등과 같은 화려한 외적인 것들과 자기의 형편없는 상황들-육체적으로나 정신적으로 황폐한 상태- 사이의 커다란 부조화로 인해 고통을 당하고 있다. 그래서 그는 자기의 유명한 이름과 연관된 것들을 "부끄럽게 여겨야만 하고, 하찮은 것들로 여겨야만 해"라고 말한 것이다.

이 작품에서 체호프는 자기의 주인공이 과거에 지니고 있던 지식인의 허위의식과 연관된 문제와 그의 보편적 관념의 결여와 일정한 세계관의 결여에 관한 문제를 자기 삶의 의미와 가치의 혼란이란 문제와 긴밀히 연관시키고 있다. 이 작품의 제6장에서 주인공 니콜라이 스테파노비치는 얼마 남지 않은 자기의 죽음을 몇 차례 반복해서 언급하고 있다. 그는 자기의 죽음을 기다리고 있는 짧은 기간이 그의 전 생애보다 훨씬 길다고 여긴다. 또한, 조국의 영웅이자 유명인사인 자신이 하리코프(Харьков, 우크라이나어로는 하르키우)라는 타향 땅에서 우울함과 완전히 고독한 상태에 빠져 있음을 통해 그동안 자기의 유명세에 속아서 소중한 것들을 간과하고 살아온 삶을 뒤늦게 깨닫고 후회하는 모습을 보인다. 1인칭 주인공 화자는 자기의 유명한 이름에 속아 살아온 주인공이 결국, 곧 허무한 삶을 마치고 황금빛 글자로 새겨진 묘비 위에 새겨진 그 유명한 이름만이 태양처럼 찬란히 빛날 것이며, 이끼로 덮이게 될 것이라고 말한다.

> (전략). 내가 죽음을 기다리고 있는 동안 내 삶의 마지막 달들이 내 모든 삶보다 훨씬 더 길게 여겨진다. 난 예전에는 지금처럼 시간이 느리게 흐르는 것을 참고 견딜 수 없었다. (중략) 하지만 이 모든 것이 남의 침대 위에서, 우울함과 완전한 고독 속에서 내가 죽어가는 것을 방해하지는 못한다…. 물론 여기에는 아무도 죄가 없지만, 나는 자기의 유명한 이름을 좋아하지 않는

다. 그것이 날 속인 것 같다. (중략) 지금 내 이름은 하리코프(하르키우)를 평온하게 산책하고 있다. 석 달쯤 지나면 묘비 위에 황금빛 글자로 새겨진 그것이 태양처럼 빛날 것이다. 이는 내가 이미 이끼로 덮여 있을 때이다….

… Последние месяцы моей жизни, пока я жду смерти, кажутся мне гораздо длиннее всей моей жизни. И никогда раньше я не умел так мириться с медленн остию времени, как теперь. (…) но все это не помешает мне умереть на чужой кровати, в тоске, в совершенном одиночестве… В этом, конечно, никто не виноват, но, грешный человек, не люблю я своего популярного имени. Мне кажется, как будто оно меня обмануло. (…) Теперь мое имя безмятежно гуляет по Харькову; месяца через три оно, изображенное золотыми буквами на могиль ном памятнике, будет блестеть, как самое солнце, – и это в то время, когда я буду уж покрыт мохом….

(6, 327-331)

또한, 그는 자기의 인생에서 아무런 의미와 가치를 찾지 못하는 형상일 뿐만 아니라, 자기의 조카딸인 카탸의 정신적 방황과 물음에도 아무런 도움과 해답을 제공하지 못하는 자신에게 좌절하는 모습을 보여주는 회의적인 인물의 형상이다.[30]

앞에서 살펴본 바와 같이 체호프는 이 작품의 주인공이자 일인칭

---

[30] 이와 연관하여 박현섭은 '체호프의 의사들'이라는 주제의 논문에서 다음과 같이 말하고 있다. 『지루한 이야기』의 주인공이 "그토록 열심히 살았던 지난 삶에도 불구하고 자기 인생에서 의미를 찾지 못할뿐더러 조카딸의 정신적 방황에 아무런 도움도 주지 못하는 자신에게 좌절한다. 어느 경우에든 의술 자체는 항상 작품의 중심에서 밀려나 있고, 의사들은 환자보다는 자기 자신의 문제에 몰두해 있으며, 그들의 형상은 병적이거나 어딘가 일그러져 있다." 박현섭, 「체호프의 의사들」, 『러시아 연구』 제21권 제1호, 서울대학교 러시아연구소, 2011, p.43. "질병과 조락과 죽음의 그림자 속에서 병원 밖을 배회하는 체호프의 이상한 의사들은 작가 자신의 위와 같은 딜레마가 예술적인 변형을 거치면서 묘한 방식으로 형상화된 결과라고 볼 수 있다. 체호프의 의사 주인공들에게는 육체적인 증상의 근원에 자리 잡은 내면의 병, 개인의 차원을 넘어서 세계의 질병을 응시하는 '작가'의 시선이 담겨 있다. 삶이 궁극적으로 죽음에 이르는 질병이라면, 그 병을 완전히 치료하겠다는 건 망상에 다름이 아니다. 그렇기에 체호프의 의사는 다만 진단을 내릴 뿐 처방해 줄 수 없는 것이다." 같은 논문, p.50.

화자인 니콜라이 스테파노비치가 불과 3개월 정도밖에 남지 않은 삶을 앞두고 자기의 죽음과 연관된 생각과 심리를 묘사하고 있다. 추다코프 (А.П. Чудаков)는 체호프의 "심리주의"[31]적 내면 묘사 방법을 톨스토이의 "내면적 독백" 형식이라는 심리주의 묘사 방법의 영향을 크게 받았다고 주장하고 있다. 즉, 추다코프는 체호프가 자기의 중편 〈지루한 이야기〉에서 주인공 니콜라이 스테파노비치의 심리 상태, 즉 내면의 상태를 밖으로 드러내기 위해 사용한 기법이 톨스토이가 중편 〈이반 일리치의 죽음〉에서 사용한 기법의 절대적인 영향을 받았다고 주장한다.

이상과 같이 우리는 체호프의 중편 〈지루한 이야기〉에 나타난 주인공의 형상과 내면세계에 관해서 살펴보았다.

이 작품의 주인공 니콜라이 스테파노비치는 죽음을 불과 몇 달 앞둔 62세의 노교수다. 1880년대 말 러시아 지식인의 형상인 그는 아이러니하게도 자신이 쌓은 화려한 경력과 업적, 그리고 이로 인해 얻은 유명한 이름으로 인해 기만과 소외를 당해 매우 고독한 상황에 처해 있다.

또한, 주인공은 과거에 자신이 왕처럼 무한히 누렸던 특권 남용을

---

31 추다코프(А.П. Чудаков)는 체호프의 확인하고 검증하는 심리주의와 톨스토이의 설명적 심리주의를 비교하여 설명하고 있다. "톨스토이의 심리 분석의 주요한 특질 중의 하나는 정신적인 삶을 극도로 배분하려는 열망뿐만 아니라, "정신적 삶의 전일성과 결합성에 대한 불신"이다. (중략) 반대로, 체호프에게 어떤 통일성 같은 인간 감정의 본래적 지각, 그것은 심리적인 것의 물화와 함께 예술가인 그에게 타고난 것이었다." (중략) 체호프의 심리주의는 확인, 검증하는 심리주의다. 정신적인 삶은 전체의 부분을 드러내는 형태로 그려진다. 그들 사이에서 공간은 가득 차지 않는다. 인과적인 관계는 설명되는 것으로 나타나지 않는다.(8절 참조) (중략) 여기서 내면세계의 묘사는 자신의 의미 있는 부분에서 '체호프적이지 않고', 대신에 톨스또이의 설명하는 심리주의에 가깝다." 추다꼬프(A. P. Chudakov) // 강명수 옮김, 『체호프와 그의 시대』, 소명출판, 2004, pp.345-346. 한편 비노그라도프에 따르면, 체호프는 언어를 통한 개인의 사고에서 심리학적인 분석보다는 '암시'와 '말을 다하지 않기' 수법을 사용하기를 더 좋아한 것 같다. Виноградов в., "О языке Толстого", *Литературное наследство*, No. 35-36, // Л.Н. Толстой, т. 1, М., 1999, С. 197. // 문석우 저, p.213에서 재인용.

부끄럽게 생각하면서, 자신이 지니고 있던 허위의식에 관한 자기 고백을 하고 있다. 현재 그는 과거에 관대하고 공평하고 관용적인 왕과 같은 위치에서 벗어나 있다는 것과 이성이 아닌 감정의 지배를 받는 추한 인간으로 전락한 것을 수치스럽게 여기고 있다. 그가 이렇게 된 주요한 이유는 그의 기력 및 지력의 쇠퇴, 불면증과 틱 장애, 그리고 소외감 때문이다. 그래서 그는 자기의 마음속에 새롭게 생긴 비정상적이고 부정적인 복합적인 감정들-우울, 고독, 증오, 경멸, 분노, 두려움, 흥분, 의심 등-의 지배를 받고 있다.

체호프는 주인공의 마음속에 발생하는 심리적 변화를 그의 논리적 변화와 직접 연관하면서, 그의 과거의 삶과 현재의 삶 간의 대조를 통한 변화된 그의 형상과 내면의 풍경을 독자에게 생생히 보여주고 있다. 다시 말해서 주인공이 지닌 신념의 변화로 인해 발생한 새로운 부정적인 감정들은 그의 육체적 힘과 정신적 힘의 공통적인 쇠퇴 및 소외와 같은 외부 환경의 영향과 긴밀히 연관된다. 주인공의 외적인 화려한 것들-유명한 이름과 명예와 지위 등-과 그의 형편없는 상황들-육체적으로나 정신적으로 황폐한 상태- 간의 커다란 부조화는 추하고 허약한 노인으로 전락한 그의 심적 고통 및 육체적 고통과 연관된다.

우리는 체호프가 주인공이 과거에 지니고 있던 지식인의 허위의식과 연관된 문제와 그의 보편적 관념 및 일정한 세계관의 결여에 관한 문제를 그의 삶의 의미와 가치의 혼란이란 문제와 긴밀히 연관시키고 있음을 볼 수 있다. 작품의 마지막 장에서 주인공은 얼마 남지 않은 자기의 죽음에 관해 몇 차례 반복해서 언급하면서, 우울하고 고독한 상황을 토로하고 있다.

이처럼 주인공은 자기의 유명한 이름에 속아 자기의 소중한 것들을 상실한 사실을 뒤늦게 깨닫고 후회하는 인간의 형상을 하고 있다. 또한, 그는 자기의 죽음 앞에서 인생의 의미와 가치를 찾지 못할 뿐만 아니라, 카탸의 정신적 방황과 물음에 아무런 도움이나 해답도 주지 못해 좌절하는 모습을 보여주는 회의적인 인간의 형상이다.[32]

4. 체호프의 중편 〈골짜기에서〉에 나타난 여주인공의 이미지와 성격 및 사랑

체호프는 중편 〈골짜기에서(В овраге)〉(1900)에서 1890년대 말 러시아 농촌 사람들의 삶의 문제, 선과 악의 문제, 탐욕과 잔혹함과 부도덕함과 연관된 문제, 우울하고 고통스러운 상황에 처한 여성의 문제 등을 다루고 있다. 이와 연관된 여주인공 리파(Липа)는 가난 때문에 사랑하지도 않는 사람과 결혼해 신산한 삶을 살아가는 여성이다. 이처럼 가난하고 억눌린 농민 여성의 삶을 주제로 삼은 이 작품은 작가가 1897년에 쓴 중편 〈농부들〉 등과 함께 그의 창작 활동의 후기에 해당하는 작품이다.

체호프가 이 작품을 발표하기 훨씬 전부터 여성 문제에 관한 토론과 글이 발표되었다. 특히 1870년대에 여성 문제에 대한 활발한 토론이 벌어졌으며, 여류작가들에 의해 다양한 여성 문학의 형상들이 창작되었다.[33] 이어서 1880년대에도 여성 문제에 대한 뜨거운 논쟁이 지속했

---

32 카탸는 자신의 패배와 환멸 속에서도 유의미하고 유용한 삶을 살려고 노력하는 여주인공이다. 그녀는 집을 떠나 배우가 되어 고상한 수준의 예술에 봉사하려는 꿈을 꾸지만, 자신의 재능이 부족하다는 사실에 절망한다. 그녀는 정부와의 불륜적인 사랑으로 낳은 아이가 죽자, 세상을 불신하면서도 미래에 밝은 희망이 있다고 보고, 분열 상태에 빠진 자신을 구하기 위해, 즉 새로운 삶의 방향을 찾기 위해 주인공에게 고민을 털어놓으며 도움을 청한다. 그러나 그녀는 그로부터 자신의 원하는 명확한 대답을 듣지 못하자 그에게 무관심하고 냉소적인 태도를 보이면서 그의 곁을 떠난다. 이 작품에서 그녀는 삶에 저항하며 몸부림치는 실패자의 형상이다. 문석우 저, pp.159, 180 참조.

33 1870~80년대 러시아에서는 영국의 여성 해방론자들의 글—D.S. 밀러의 〈여성의 종속상태〉, G.T. 보클러의 〈지식의 성과에서 본 여성의 영향〉, T. 스펜서의 〈지적,

으며, 여성 교육의 문제를 다룬 「여성 교육」과 「여성들의 친구」라는 특별 간행물도 나왔다.[34]

1890년대에도 여성 문제가 러시아 사회와 문학계에서 중요한 자리를 계속 차지했다. 이는 여성 범죄, 심리학, 교양과 교육 문제가 계속 논의되었기 때문이다. 그러나 여성 문제에 관한 전통적인 시각에서 사회적 흥미를 끈 러시아 농촌 등과 같은 지방에 관한 문제로 관심이 돌려졌는데, 그 핵심에는 결혼, 사랑, 남녀 관계에 대한 문제들이었다.[35] 이처럼 체호프는 자기의 창작 후기에 남녀 관계에 있어서 여성 문제에 관심을 돌리면서, 여성의 행위 모티프를 계속 탐구함과 동시에 상세한 여성의 성격들을 창조했다. 그는 당시 러시아 여성이 처한 입장을 성적인 차이뿐만 아니라, 사회적 불평등에서 기인한 남녀 불평등의 문제를 다루었다.[36]

도덕적, 육체적 교육〉 등-이 여러 번 발표되었다. 그리고 영국, 프랑스, 독일의 여성해방 옹호론자들인 쥐드랭이나 리쉐르 등의 사상이 러시아에서 격렬한 반응과 논쟁을 야기했다. 이 시기에 여성 문제에 대한 논쟁은 학술서적과 출판물, 문학과 비평논문, 평론들에서뿐만 아니라 통속소설과 문학작품에서도 반영되었다. 예를 들어, 살트이코프 쉐드린은 오체르크 〈여성문제에 대해서〉(1873), 〈무례한 코로나트〉(1875) 등에서 여성문제를 근본적인 사회 문제로 다루었고, 도스토예프스키도 〈명백한 민주주의자〉, 〈여성들〉, 〈다시 여성들에 대하여〉를, 레스코프는 〈원수지간〉을, 톨스토이는 〈안나 카레니나〉를 발표하면서 이 논쟁에 참여했다. 또한 여성문제에 관한 자연과학적인 글들도 발표되기 시작했다. Лукьянова Л.В. Проблема женских характеров в рассказах А.П. Чехова, Автореферат, М., 1996, С. 3. // 문석우 저, 위의 책, pp.149-150 참조.

34 Лукьянова Л.В. там же, С. 5. // 문석우 저, p.150 참조.

35 Лукьянова Л.В. там же, С. 4. // 문석우 저, 같은 곳.

36 Carolina De Maegd-Soep, *Chekhov and Women: Women in the Life and Work of Chekhov* (Ohio: Slavica Publishers, Inc., 1987), p.212. // 문석우 저, p.151 참조. 체호프가 여성문제를 다룬 이 작품보다 불과 1년 전에 발표한 단편 〈귀여운 여인〉은 발표된 후 러시아 사회에 커다란 사회적 물의를 일으켰다. 왜냐하면, 여주인공의 희생적인 사랑에 대한 문제를 다룬 이 작품을 두고 당대 러시아 여성해방운동자들과 그 반대자들 간에 격렬한 찬반 논쟁이 벌어졌기 때문이다. 예를 들어, 톨스토이(Л.Н. Толстой)와 부닌(И.А. Бунин) 등은 이 작품의 여주인공-올렌가가

이 작품에서 하나님의 말씀에 순종하는 순진하고 착한 마음씨를 소유한 여주인공 리파는 선의 세계를 대표하는 이상적이고 긍정적인 이미지를 지닌 여성에 해당한다. 이에 반해 뱀의 형상을 한 탐욕스럽고 교활한 독부인 아크시니야(Аксинья)는 악의 세계를 대표하는 부정적인 이미지를 지닌 여성이다. 이처럼 체호프는 민속학적 요소와 모티브를 작품에 도입해서 두 여성의 형상을 선과 악의 의인화라는 독특한 대조 기법을 통해 선명히 묘사하고 있다.

이 글의 목표는 체호프의 중편 〈골짜기에서〉에 나타난 여주인공 리파와 아크시니야의 이미지와 성격 및 사랑에 대한 문제를 작품 분석을 통해 고찰해 보는 데 있다.

체호프는 〈골짜기에서〉란 중편에서 하나님의 말씀에 순종하는 순진하고 착한 마음씨를 소유한 여주인공 리파와 뱀의 형상을 한 탐욕스럽고 교활한 독부인 아크시니야를 대조해 묘사하고 있다. 전자는 선의 세계를 대표하는 이상적이고 긍정적인 이미지를 지닌 여성이다. 이와 반면에 후자는 악의 세계를 대표하는 부정적인 이미지를 지닌 여성이다. 이처럼 작가는 민속학적 요소와 모티브를 작품에 도입해서 두 여성의 형상을 선과 악의 의인화라는 독특한 대조 기법을 통해 선명히 묘사하고 있다.

체호프의 후기 작품 세계는 주인공이 지닌 '자아 양상'에 따라 4개의 그룹으로 세분된다. 네 번째 작품 그룹에 속한 이 작품 〈골짜기에

보여주는 희생적인 사랑을 극찬한 반면에 고리키(А.М Горький)는 그녀의 의존적이고 순종적인 사랑에 분노를 표시했다. 이 작품은 올렌카라는 한 여성의 사랑과 연관된 그녀의 희생적인 측면과 수동적인 측면을 다루고 있다. 이 여성은 자신이 사랑하는 사람들을 위해 살아가는 여성의 이미지를 지니고 있다. (중략) 그녀는 자신이 사랑하는 대상을 상실할 때마다 공허와 고독에 빠지게 된다. 하지만, 그녀는 자신 앞에 새로운 사랑의 대상이 나타나게 되면, 현재의 감정에 충실하게 되어 삶의 기쁨을 느끼며 살아가는 이미지를 소유한 여성이다. A.P. 체홉 지음, 김임숙 옮김, 『귀여운 여인』, 혜원출판사, 1992, pp.382-384 참조.

서)는 여주인공-리파의 자아가 일상 세계와 맺는 상호 연관성 속에서 나타나 있다.[37]

체호프의 〈골짜기에서〉에 나타난 여주인공-리파의 이미지는 다른 농촌 여성과는 구별되는 이미지를 지니고 있다. 즉, 그녀는 "주변의 추악한 조건들에 의해 변화되거나 손상되지 않은 채 남아 있"는 여성의 이미지를 소유하고 있다. 체호프 연구가 비칠리(П.М. Бицилли)는 리파가 러시아의 "'영원한 여성'의 이상을 대표"한다고 주장하면서, 그 이유를 리파의 "본성"이 "부패한" 츠이부킨 집안의 사람들이 지닌 세계와 전혀 부합하지 않아서 "이방인"이 될 수밖에 없었던 데서 들고 있다. 또한 비찔리는 그녀가 이 집안이 지닌 "악의 세계와 연결고리였던 아이가 살해되자마자", 마치 "순례여행길에 오른 순례자처럼" 이 집안을 떠나게 됨으로써 그녀가 지닌 "천진난만하고 신뢰가 가는 본성"을 "탐욕스런 악의 세계"로부터 물들지 않고 잘 유지했다고 본다.[38]

그러면 먼저 9개의 장으로 구성된 이 작품의 제2장에서 소개되는 여주인공 리파에 대해서 살펴보도록 하자. 그녀는 토르구예보(Торгуев

---

37 일상적 삶의 세계와 주인공의 자아가 어떤 관계로 존재하는가를 천착한 체호프의 후기 작품 세계의 구분에 대한 더 자세한 설명은 강명수, 「체호프의 주인공의 (내면) 세계에 나타난 '자아의 양상' -후기 작품세계를 중심으로-」, 『노어노문학』 제17권 제2호, 한국노어노문학회, 2005를 참조할 것.

38 Бицилли П.М. Творчество Чехова: Опыт стилистического анализа, София, Университетская печатница, С. 74, // 문석우 저, p.167 재인용. 문석우는 중편 〈골짜기에서〉에 나타난 여주인공-리파의 이미지와 성격에 관한 연구를 러시아 여성의 문제로 확대하여 이를 유형별로 고찰하고 있다. 문석우 저, 『체홉의 소설과 문학세계』, 한국학술정보, 2003, pp.154-168 참조. 체호프의 작품 세계에는 많은 여성의 형상들이 진퇴양난의 절망적인 상태에 빠져 있으며, 특히 나약한 모습을 보이고 있다. 이는 그들이 가정과 사회에서 종속적인 위치에 있기 때문이다. 그래서 그들은 상대적으로 수동적인 삶의 모습을 보임과 동시에 가혹한 현실에 수동적으로 대처하는 나약한 모습을 보일 수밖에 없다. 그럼에도 불구하고 체호프는 이 작품에서 인간이 삶을 수동적으로 수용하거나 반응하며 살아가는 것에서 벗어날 뿐만 아니라, 희망이 부재한 절망적인 상황에 익숙해지는 것에서 벗어나려는 생각과 시도가 필요하다는 메시지를 독자에게 제시하고 있다. 같은 책, p.181 참조.

o)란 작은 마을의 과부 이모네 집에서 매우 가난한 날품팔이 어머니와 함께 역시 날품팔이를 하며 사는 매우 아름다운 처녀다. 이미 오래전부터 그녀는 미녀임에도 불구하고 너무 가난해서 중년 남성이나 홀아비에게 시집을 가거나 아니면 그냥 맡겨지게 되면, 딸 덕분에 그녀의 어머니의 형편이 좋아질 거라고 마을 사람들은 말해왔었다. 그러던 중 이 작품의 제목과 같은 공간 명칭인 '골짜기'에 위치한 우클레예보(Укле ево) 마을의 츠이부킨(Цыбукин)이란 56세의 부자 상인이 그의 후처와 함께 장남인 아니심(Анисим)을 결혼시키기 위해 리파의 이모네 집을 방문해 리파와 선을 본다. 바로 여기서 리파의 용모와 성격에 대한 간단한 묘사와 서술이 진행된다.

그녀는 여위고, 몸이 약하고, 활기가 부족하며, 얼굴은 이목구비가 뚜렷하고 부드러우며, 바깥일 때문에 거무스름했다. 그녀의 얼굴은 쓸쓸하고 겁먹은 듯한 미소를 띠고 있었고, 두 눈은 어린애처럼 남을 쉽게 믿으며 호기심을 가지고 바라보고 있었다. 그녀는 어렸고, 젖가슴이 겨우 눈에 띌 정도로 아직 어린 소녀였지만, 나이가 먹어서 이미(교회 의식에 따라) 결혼할 수 있었다. 그녀는 정말 아름다웠으나, 그녀에게서 단 한 가지 마음에 들지 않는 것이 있다면, 그것은 그녀의 손이 남자처럼 크다는 것이다. 그녀의 두 손은 지금 마치 집게발처럼 쓸데없이 늘어져 있었다.[39]

Она была худенькая, слабая, бледная, с тонкими, нежными чертами, смуглая от работы на воздухе ; грустная, робкая улыбка не сходила у нее с лица, и глаза смотрели по-детски — доверчиво и с любопытством.

Она была молода, еще девочка, с едва заметной грудью, но венчать было уже можно, так как года вышли. В самом деле она была красива, и одно только могло в ней не нравиться, это ее большие мужские руки, которые теперь праздно висели, как две большие клешни.[40]

---

39 A.P. 체홉 지음 // 김임숙 옮김, 위의 책, pp.30-31. 이 논문에 인용된 번역 텍스트는 이 번역서를 참고했지만, 모두 필자가 번역해 사용했으며, 이 번역서에 의거해 텍스트의 끝의 괄호 안에 쪽수만 표시하겠음.

여기서 서술자-화자는 그녀의 얼굴 등이 야외 노동으로 검게 그을려 있고, 남자 손처럼 큰 두 손을 가지고 있지만, 미소를 띤 얼굴 표정과 어린애 같은 선한 눈을 지닌 리파의 외모 묘사와 서술을 통해 그녀의 정신적인 측면을 독자에게 미리 간접적으로 알려주고 있다. 아니심의 아버지인 츠이부킨은 리파의 이모에게 리파가 지참금이 없음에도 불구하고 그녀를 며느리로 맞아 주겠다고 말한다. 그러면서 차남 스테판의 색시도 가난한 집안에서 맞이했는데, 지금 집안일이나 장사도 아주 잘한다고 덧붙인다. 이는 나중에 살펴볼 아크시니야를 두고 한 말이다. 즉, 츠이부킨 집안의 두 며느리인 리파와 아크시니야 모두 얼굴이 매우 아름답고 가난한 집안에서 시집을 왔다는 공통점을 가지고 있다.

다음은 이 작품의 제3장 중반부에서 신부 리파와 신랑 아니심이 교회에서 결혼식을 올릴 때, 1인칭 전지적 시점의 화자가 그들의 내면 심리와 행위의 모습을 묘사한 장면이다.

(전략) 리파는 눈이 부신 등불과 화려한 옷에 눈이 부셨고, 성가대의 커다란 소리들이 마치 작은 망치로 그녀의 머리를 두드리는 것처럼 느껴졌다. 그녀가 난생 처음 입은 코르셋과 구두가 그녀를 괴롭혔다. 그리고 그녀의 표정은 마치 방금 실신 상태에서 깨어난 듯했다. 그녀는 보고는 있지만 이해하지는 못 하는 것이다. 검은 프록코트를 입고 넥타이 대신에 빨간 끈을 맨 아니심은 한 지점을 쳐다보면서 생각에 잠겨 있었다. 그리고 성가대가 크게 소리를 지를 때 빨리 성호를 그었다. 그는 마음이 감동되어 울고 싶었다.(중략) 교회 결혼식이 진행되고 있고, 관습에 따라 그는 아내를 맞이해야 한다. 그러나 그는 그것에 대해서 아예 생각하지도 않았고, 어째서인지 이해하지도 못했으며, 결혼에 대해서 완전히 잊고 있었다. 눈물이 성화들을 보는 것을 방해해서, 가슴이 메었다. 그는 기도를 하며 조만간 그에게 일어나도록 이미

40 Чехов А.П. Собр. соч. в двенадцати томах, ПОВЕСТИ И РАССКАЗЫ(1895~1903), Гос. изд. Худ. лит, М., 1962, т. 8. С. 417. 앞으로 체호프의 원문 인용 시 이 판본에 의거해 텍스트의 끝의 괄호 안에 쪽수만 표시하겠음.

준비된 피할 수 없는 불행이 마치 가뭄 때 먹구름이 단 한 방울의 비도 주지 않고 마을을 지나가듯이 어떻게든지 그를 피해 가도록 해달라고 하나님에게 빌었다. 그만큼 과거에 지은 죄가 이미 많이 쌓여 있었고, 그 많은 죄 때문에 어쩐지 용서를 빈다는 것조차 무의미할 정도로 모든 게 피할 수도 없고 돌이킬 수도 없다. 그러나 그는 용서도 빌고 심지어 크게 흐느껴 울기조차 했지만, 사람들은 그가 술을 마셔서 그런 거라고 생각해서 아무도 이 일에 주목하지 않았다.

불안한 아기 울음소리가 들려왔다.

"(사랑하는) 엄마, 여기서 날 데려가, 엄마[41]!"

"거기 조용히 하세요!" 하고 사제가 소리를 크게 질렀다.   (35-36)

(…) Блеск огней и яркие платья ослепили Липу, ей казалось, что певчие своими громкими голосами стучат по ее голове, как молотками ; корсет, который она надела первый раз в жизни, и ботинки давили ее, и выражение у нее было такое как будто она только что очнулась от обморока, – лядит и не понимает Анисим, в черном сюртуке, с красным шнурком вместо галстука, задумался, глядя в одну точку, и когда певчие громко вскрикивали, быстро крестился. На душе у него было умиление, хотелось плакать. (…) Его вот венчают, его нужно женить для порядка, но он уж не думал об этом, как-то не понимал, забыл совсем о свадьбе. Слезы мешали глядеть на иконы, давило под сердцем ; он молился и просил у Бога, чтобы несчастья, неминуемые, которые готовы уже разразиться над ним не сегодня-завтра, обошли бы его как-нибудь, как грозовые тучи в засуху обходят деревню, не дав ни одной капли дождя. И столько грехов уже наворочено в прошлом, столь ко грехов, так все невылазно, непоправимо, что как-то даже несообразно просить о прощении. Но он просил и о прощении и даже всхлипнул гром ко, но никто не обратил на это внимания, так как подумали, что он выпивши.

Послышался тревожный детский плач :

– Милая мамка, унеси меня отсюда, касатка!

– Тише там! – крикнул священник.   (420-421)

---

41 "엄마"라고 번역한 "касатка"란 단어는 '제비'를 뜻하거나 '여자, 처녀 등'의 애칭인 'ласаточка'의 방언임.

이 교회 결혼식 장면에는 인생에 있어서 가장 기쁨에 가득 차고 행복감을 느껴야 할 신랑과 신부가 이처럼 불행하게 묘사되어 있다. 신부 리파는 사람들로 가득 찬 교회 내부의 화려한 등불과 의상에 눈이 부시고, 성가대의 커다란 목소리에 고통을 느끼고, 꽉 조이는 코르셋과 목이 긴 구두로 인해 고통을 받아, 도저히 견디기 어려운 상태에 처해 있다. 화자는 그러한 그녀의 심적인 고통을 "실신 상태에서 깨어난 듯한" 얼굴 표정이라고 서술하고 있다. 바로 이어서 화자는 신부−리파가 "보고는 있지만, 이해하지 못하고 있다"는 간단한 부연 설명으로 이를 강조하고 있다. 결국 이러한 상태에서 그녀는 어머니에게 "불안한 아기"가 우는 목소리로 자신을 교회 결혼식장에서 친가로 데려가 달라고 애원하고 있다.

이러한 리파의 모습에 비해 그녀의 신랑인 아니심의 모습은 상당히 대조적이다. 그는 성가대의 커다란 목소리를 들을 때, 성호를 그으며, 감동을 느끼는 모습을 보이고 있다. 그리고 그는 아내를 맞이해야 하는데도 불구하고 그것을 생각하지도 않고, 심지어 이해하지도 못하며, 지금 결혼식이 진행되고 있다는 사실을 완전히 잊고 있을 정도로 다른 생각에 빠져 있다. 그러면서도 그는 쏟아지는 눈물로 인해 성화들을 제대로 보지 못하자, 가슴이 메는 모습을 보여준다. 이어서 그는 기도하면서 자신이 과거에 지은 많은 죄로 인해 곧 발생할 불행이 빨리 지나가게 해달라고 신에게 비는 모습을 보여준다. 이어서 아니심은 죄를 너무 많이 지어서 이를 피할 수도 없고 회복할 수도 없는 상황임에도 불구하고 하나님에게 용서를 빌면서, 심지어 큰 소리로 흐느껴 우는 모습을 보여준다. 여기서 화자는 상당히 위선적인 모습을 보이는 신자인 신랑−아니심의 그러한 행동에 대해 아무도 주목하지 않는 이유에 대해 간단한 부연 설명을 하고 있다. 즉, 사람들이 그가 술에 취해서 그런다고 생각했기 때문이라는 설명을 통해 그의 인격에 대한 간접적인 비판과 평가를 하고 있다.

이어서 우리는 작품의 제3장 중후반부에서 결혼식 피로연에 참석한 리파와 그녀의 남편 아니심의 모습에 대한 화자의 서술을 통해 이 신혼부부가 지닌 심각한 애정 부족의 문제를 엿볼 수 있다. 또한, 이러한 그들의 관계에 대한 화자의 서술은 아니심과 그의 계모의 대화에서 나타난 리파에 대한 화자의 직접적인 평가와도 긴밀히 연관되고 있다. 즉, 제4장 중간에서 아니심이 결혼한 지 5일 만에 집을 떠나기 전에 그의 계모인 바르바라(Варвара)가 그에게 한 말 속에도 이 신혼부부의 관계가 좋지 못하다는 것이 나타나 있다. 여기서 우리는 이 부부의 관계가 상호 사랑의 관계가 아닌, 상호 미움과 불만의 관계에 있음을 엿볼 수 있다. 아니심의 계모가 그러한 관계를 해소하기 위해 의붓아들에게 리파를 사랑해 주라고 조언했을 때, 놀랍게도 아니심은 다음과 같은 반응을 보인다.

> "네, 그 여잔 뭔가 이상한 여자더라고요⋯."라고 아니심이 말하더니 한숨을 푹 쉬었다. "아무것도 이해하지 못하고 늘 말이 없어요. 너무 어리지만, 성숙해지겠죠." (42)
>
> − Да, какая-то она чудная ⋯− сказал Анисим и вздохнул. − Не понимает ничего, молчит все. Молода очень, пускай подрастет. (426)

이처럼 아니심은 자기의 아내를 "뭔가 이상한 여자"라는 표현을 사용해 그녀를 직접 부정적으로 평가하고 있다. 또한, 그는 그녀의 이해력 부족과 소극적 성격, 그리고 어린 나이를 사랑이 없는 냉랭한 부부 관계의 이유로 들고 있다. 이처럼 이 신혼부부는 결혼한 지 얼마 되지도 않았음에도 불구하고 벌써 부부관계가 좋지 않다. 바로 이러한 상황이 더욱 악화돼 나중에 그들의 결혼 생활은 결국 파탄이 나게 된다. 이는 그들의 결혼이 진정한 사랑에 의해 이루어진 것이 아니라, 가난한 리파의 이모와 부자 상인(리파의 시아버지) 간의 합의에 의해 이루어진 것으로 인해 비롯된 결과에 해당한다.

또한, 아니심이 자기의 아내를 "뭔가 이상한 여자"라고 한 표현과 연관된 가정 파탄의 문제는 이후 이어진 아니심과 리파의 이별의 장면 문제와도 긴밀히 연관된다. 즉, 그 문제는 아니심이 징역살이를 하러 떠나기 직전 그의 계모와 동생 부부와 작별의 키스를 나누고 나서 리파에게 아주 형식적인 키스를 한 후 이별의 인사를 할 때, 그녀는 남편의 얼굴을 외면한 채 "이상한 웃음"을 짓고, 얼굴을 떨며 모두에게 불행한 모습을 보인 장면과 연관된다.

> (전략) 리파도 층계 위에 서 있었는데, 아무 꼼짝도 하지 않고 서서, 무엇 때문에 그렇게 하는지는 모르지만, 마치 배웅하러 나오지 않은 듯이 한쪽을 바라보고 있었다. 아니심은 그녀에게 다가가 그녀의 볼에다 아주 가볍게 입술을 댔다.
>
> "잘 있어." 하고 그가 말했다.
>
> 그러자 리파는 그를 쳐다보지도 않은 채 뭔가 이상한 웃음을 지었다. 그녀의 얼굴이 부들부들 떨리기 시작했다. 무엇 때문인지 모두 그녀를 불쌍하다고 생각했다. (42-43)
>
> (…)На крыльце стояла также Липа, стояла неподвижно и смотрела в сторону, как будто вышла не провожать, а так, неизвестно зачем. Анисим подошел к ней и прикоснулся губами к ее щеке слегка, чуть-чуть.
>
> – Прощай, – сказал он.
>
> И она, не поглядев на него, улыбнулась как-то страно ; лицо у нее задрожало, и всем почему-то стало жаль ее. (426)

우리는 이 제4장 마지막 부분의 이별 장면에서 리파의 표정과 행동이 갑자기 완전히 변한 것을 알 수 있다. 다음 장면은 남편-아니심이 그녀의 곁을 떠나자마자 그녀의 표정과 행동이 완전히 돌변한 모습을 묘사한 것이다.

노인이 역에서 돌아왔을 때, 그는 처음 한순간은 새 며느리를 알아보지 못했다. 남편이 마당에서 마차를 타고 나가자마자, 리파의 모습이 변하더니 갑자기 명랑해진 것이다. 오래되고 낡아빠진 치마를 입고, 소매를 양어깨까지 걷어 올린, 맨발인 그녀가 현관 계단을 닦으면서, 가느다랗고 명랑한 목소리로 노래를 불렀다. 그리고 그녀는 구정물이 담긴 큰 대야를 들고나와, 아기 같은 미소를 지으며 해를 쳐다보고 있었다. 그런데 그 모습이 마치 한 마리의 종달새 같았다.

현관 계단 옆을 지나가던 늙은 하인이 한두 번 고개를 젓더니 큰 소리로 말했다.

"아 참. 그리고리 페트로프, 나리의 며느님들은 하나님이 나리께 보내신 겁니다!" 하고 그는 말했다. "아낙네들이 아니라, 진짜 보물입니다요!"

(43-44)

Когда старик вернулся со станции, то в первую минуту не узнал своей млад шей невестки. Как только муж выехал со двора, Липа изменилась, вдруг повес елела. Босая, в старой, поношенной юбке, засучив рукава до плеч, она мыла в сенях лест ницу и пела тонким серебристым голоском, а когда выносила боль шую лохань с помоями и глядела на солнце со своей детской улыбкой, то было похоже, что это тоже жаворонок.

Старый работник, который проходил мимо крыльца, покачал голвой и крякн ул.

– Да, и невестки же у тебя, Григорий Петров, Бог тебе пос лал!– сказал он. – Не бабы, а чистый клад!

(427)

이처럼 리파는 남편이 자기의 곁을 떠나자마자 갑자기 명랑해진 것이다. 그래서 그녀의 시아버지가 역에서 돌아와 그녀를 봤지만, 즉시 알아보지 못한 것이다. 그 정도로 새롭게 변신한 리파는 즐겁게 노래를 부르면서 일하고 있다. 또한, 그녀가 마치 아기와 같은 미소를 지으며 해를 쳐다보는 모습이 마치 종달새를 닮은 모습이라고 화자에 의해 서술되고 있다. 여기서 바로 이 서술이 우리에게 매우 중요하다. 왜냐하면, 작가는 화자의 서술을 통해 이 작품의 여주인공-리파의 이미지가 새의 형상인 "종달새"에 비유하고 있기 때문이다. 바로 이 비유는 아크시니야가 "뱀"에 비유되는 것과 대조적인 역할을 하고 있기 때문이다. 리파-종달새와 아크시니야-뱀이란 대조적인 상징과 연관된 대조 분석은 나중에 다시 해보도록 하자.

한편, 우리는 화자의 서술에 나타난 리파-종달새의 비유가 아크시니야-뱀의 비유와 연관된 문제에 있어서 흥미로운 점을 발견할 수 있다. 즉, 앞에서 이미 언급한 바와 같이 새로운 모습으로 변신한 리파가 아기의 미소를 지으며 해를 쳐다보는 모습을 본 늙은 하인의 판단과 평가와 연관된 문제에서 작중인물-늙은 하인의 관점과 작가-화자의 관점이 차이가 있음을 발견할 수 있다. 작중인물-늙은 하인은 리파와 아크시니야를 주인어른의 "훌륭한 며느님들"이라고 평가하고 있다. 이 두 작중인물인 리파와 아크시니야에 대한 작중인물-늙은 하인의 평가에 대한 말인 "하나님이 나리께 보내신" 것, 즉 하나님의 선물이나 "보물"이란 말은 그들 모두에 대한 대단히 긍정적인 평가에 해당한다. 그런데 우리는 여기서 작중인물-늙은 하인이 내린 그들에 대한 평가가 리파에 대해서는 정확했으나, 아크시니야에 대해서는 부정확했음을 뒤에서(즉, 이 작품의 제5장 처음 부분에서) 작중인물-리파의 말을 통해 알 수 있다. 작품의 뒷부분에서 리파는 "풍요롭게 살고 있"지만, 그녀가 시댁에서 느끼고 있는 무서움에 대해 말하고 있기 때문이다. 즉, 우리가 보기에 독실한 러시아정교 신자의 형상인 리파가 '목발'이란 별명을 지닌 엘리자로프(Елизаров), 즉 일리야 마카르이치(Илья Макарыч)와 대화 도중 그 무서움의 대상인 아크시니야에 대해 다음과 같이 말하고 있기 때문이다.

> "사람들이 풍요롭게 살고는 있죠. 흰 빵을 곁들인 차가 있고요, 쇠고기들도 원하는 만큼 있어요. 풍요롭게 살고는 있는데, 단지 그들 집에선 무서워요, 일리야 마카르이치. 어휴, 너무 무서워요!"
>
> (중략)

"처음에는, 결혼식을 올릴 때, 아니심 그리고리치가 무서웠어요. 그 사람들은 나쁘진 않아요. 모욕하진 않았거든요. 그런데 저에게 가까이 다가오면, 전 온몸에 소름이 돋고 모든 뼛속까지 오싹했어요. 그러면 전 밤새 한 숨도 못 자고 계속 벌벌 떨면서 하나님께 기도하곤 했었죠. 그런데 지금은 아크시니야가 무서워요, 일리야 마카르이치. 그 여잔 나쁘진 않아요, 늘 웃고 있거든요. 그런데 가끔 창문을 힐끔 쳐다보더라고요. 그런데 그녀의 두 눈은 화가 나 있고, 외양간의 양의 눈처럼 녹색 눈이 이글거리고 있더라고요."

(44-45)

   – Богато живут. Чай с белой булкой ; и говядины тоже сколько хочешь. Богато живут, только страшно у них, Илья Мака рыч. И–и, как страшно!

   (…)

   – Первое, как свадьбу сыграли, Анисима Григорьича боялась. Они ничего, не обижали, а только, как подойдут ко мне близ ко, так по всей по мне мороз, по всем косточкам. И ни одной ноченьки я не спала, все тряслась и Бога молил а. А теперь Аксиньи боюсь, Илья Макарыч. Она ничего, все усмехается, а то лько часом взглянет в окошко, а в глазы у ней такие сердитые и горят зелен ые, словно в хлеву у овцы.

(428)

리파와 엘리자로프 간에 이루어지는, 이 긴 대화 속에서 우리는 리파가 그녀의 집안 식구 중에 남편 아니심과 손아래 동서인 아크시니야를 무서워했다는 것을 알 수 있다. 특히 리파는 결혼식을 올릴 때부터 남편 아니심을 무서워했었고, 후자가 전자에게 접근할 때는 온몸이 소름을 돋을 정도로 무서웠다. 그래서 그녀는 잠도 제대로 자지 못한 채, 떨면서 하나님께 기도하곤 했었다. 그런데 지금은 그녀의 무서운 대상이었던 남편이 사라지자 아크시니야가 그녀 앞에 나타난 것이다. 리파 앞에 새롭게 나타난 또 하나의 다른 무서움의 대상인 아크시니야가 지닌 이미지의 양면성, 즉 그녀가 외적으로 보여주는 표면적인 선과 악의 이중성이 리파의 눈과 입을 통해 잘 묘사되어 있다. 말하자면, 아크시니야가 겉으로는 항상 부드럽고 상냥한 미소를 짓고 있는 것처럼 보이지만, 가끔 창문을 통해 드러나는 그녀의 눈은 "화가 나 있고", 그 눈의 색깔도 마치 "양의 눈처럼 녹색"인 데다가 "이글거리고 있"다. 한마디로 아크시니야는 이중적이고 부정적인 여성의 이미지를 지니고 있다.

한편 아크시니야에 대해 계속 이어지는 리파의 이야기 속에는 전자가 지닌 그러한 외적인 악한 이미지에 대한 언급이 반복되고 있다. 즉, 리파는 아크시니야가 시아버지인 츠이부킨에게 벽돌 공장을 지어서 "훌륭한 상인"이 되겠다는 계획을 말했을 때, 츠이부킨이 이에 반대하자 그녀는 무서운 눈을 하고 이를 가는 모습을 보였다고 말한다. 이 상황은 나중에 그녀의 시아버지에 대한 무서운 복수로 연결된다. 이어서 리파는 잠도 제대로 자지 않은 채 농부들의 방화나 도둑 예방 감시를 위해 계속 여기 저기를 배회하는 아크시니야의 행동에 대해서도 언급한다. 리파는 그러한 아크시니야와 곁에 같이 있는 것이 무섭다고 말한다. 이처럼 작중인물-리파의 눈에 비친 아크시니야의 무섭고 탐욕스러운 이미지와 잔인한 성격에 대한 묘사는 결국 탐욕과 복수의 화신인 아크시니야의 잔인한 행동과 연관된 묘사와 이어지게 된다. 즉, 그녀는 리파의 아기를 살해하고, 온갖 수단과 방법을 동원해 자기의 계획과 꿈을 이루고 복수(시아버지의 재산과 위치를 차지하고 그를 추방)를 하게 된다.

이 제6장에는 리파의 사랑하는 아기에 대해 화자가 언급하기 직전에 아크시니야가 다음과 같이 사악한 뱀의 이미지에 비유해서 묘사되고 있다.

> (전략) 귀머거리(스체판-역자 주)와 아크시니야는 가게에서 장사하고 있었다. 새로운 사업인 부초키노 마을에 벽돌 공장을 세울 계획이 진행되자, 아크시니야는 거의 매일 마차를 타고 거기에 갔다 오곤 했다. 그녀가 손수 마차를 몰고 가다 지인들을 만나면, 마치 어린 라이보리 밭에서 나와 대가리를 치켜든 뱀들처럼 목을 쑥 내밀고 순진한 척한 알 수 없는 웃음을 지어 보이곤 했다. 그런데 리파는 재계 기간 전에 그녀에게서 태어난 자기 아기와

늘 놀아주곤 했다. 이 아기는 가냘프고 연약하고 키가 조그마했다. 그 아기가 큰소리를 치기도 하며 쳐다보는 것도 이상했고, 사람들이 그를 인간으로 간주한다는 것과 심지어 니키포르란 이름을 부르고 있다는 것도 이상했다. 그 아기가 요람에 누워 있으면, 리파가 문 쪽으로 물러가서, 인사를 하면서 다음과 같이 말하곤 했다.

"안녕하세요, 니키포르 아니시므이치!"

그리고 그녀는 아기에게 황급히 달려가서 입을 맞추곤 했다. 그 다음에는 문 쪽으로 물러가서, 인사를 하고 다시 다음과 같이 말하곤 했다.

"안녕하세요, 니키포르 아니시므이치!"

그러면 아기는 자기의 빨갛고 조그마한 발을 들어 올리며, 목수인 엘리자로프처럼 울음소리에 웃음소리를 섞어서 내곤 했다.

(중략)

"엄마, 왜 내가 이 애를 이렇게 사랑하죠? 왜 난 얘를 이렇게 불쌍해하는 거죠? 하고 그녀는 계속 떨리는 목소리로 말하며, 그녀의 두 눈은 눈물로 반짝였다. "이 아기는 누구죠? 이 앤 어떤 사람이죠? 마치 새털처럼, 빵조각처럼 가볍지만, 난 이 아기를 사랑해요. 얘를 정말 사랑해요. 이 얘가 아무것도 할 수 없고, 말도 못하지만, 난 얘가 조그마한 눈으로 뭘 원하는지 다 알아요."

(53-54)

여기서 아크시니야와 리파가 보이는 행위와 관심의 대상이 화자의 서술을 통해 대조적으로 묘사되고 있다는 점이 흥미롭다. 새로운 사업에 관심이 많은 아크시니야는 마차를 몰고 가다가 지인들을 만나면 마치 "대가리를 치켜든 뱀들처럼 목을 쑥 내밀고 순진한 척한 알 수 없는 웃음을" 짓고 있다. 여기서 화자는 아크시니야가 뱀의 형상을 한 음흉하고 사악한 이미지를 지닌 여성이라는 점을 강조하고 있다. 바로 이어서 화자는 아크시니야의 부정적인 이미지와는 정반대로 매우 선한 이미지를 지닌 리파와 그녀의 아기인 니키포르(Никифор)를 묘사하고 있다. 우리는 리파에 대한 화자의 묘사를 통해 그녀가 자기의 연약하고 불쌍한 아기를 매우 사랑하는 어머니의 이미지를 지닌 여성임을 알 수 있다. 특히 그녀가 니키포르에게 인사를 하면서 아기의 이름을 부르는 행위의 반복 묘사 방법을 통해 아기에 대한 리파의 뜨거운 사랑을 표현하고 있음을 강조하고 있다.

제6장 끝부분에는 리파의 시부모인 츠이부킨과 바르바라가 손자인 니키포르를 걱정하면서 손자에게 부초키노의 땅을 유산으로 물려주자고 말한다. 왜냐하면, 반년 전에 위조지폐를 만들어 사용한 죄로 감옥에 간 그들의 아들인 아니심이 재산권을 비롯한 모든 권리를 박탈당하고, 6년 징역형을 선고받았기 때문이다. 이와 연관하여 바르바라가 그녀의 남편인 츠이부킨에게 한 다음의 말은 그녀의 아들 부부의 비극적인 운명과 긴밀히 연관된 복선에 해당한다.

(전략) "페트로비치, 이건 생각해봐야 해요…. 무슨 일이 일어날지 몰라요. 당신이 청년이 아니잖아요. 당신이 죽게 될 텐데, 당신이 없으면 사람들이 손자를 함부로 대할 것 같아요. 아이고, 걱정이에요. 그 사람들이 니키포르를 함부로 대할 거에요! 함부로 대할 거라구요! 아빠는 벌써 없고, 엄마는 어리고 순진하니 말이죠…. 당신이 아기에게 땅이라도 양도하는 게 좋겠어요. 부초키노 땅이라도 말이에요. 페트로비치, 정말이에요! 생각해봐요!" 하고 바르바라는 계속 설득했다. "착한 아긴데, 불쌍해요! 바로 내일 가서 문서를 만드세요. 뭘 기다려요?"

"참, 내가 손자를 잊고 있었네…." 하고 츠이부킨이 말했다. "인사를 나누러 가야겠군. (중략)"

그는 문을 활짝 열고 손가락을 까닥여서 리파를 자기에게로 불렀다. 그녀는 아기를 두 손에 들고 그에게 다가갔다.

(중략) 노인은 아기에게 성호를 그어서 축복해주었다. "손자를 소중히 지켜라. 아들은 없지만, 이렇게 손자가 남았으니 말이야."   (57)

(…) - Надо б об этом подумать бы, Петрович… Неровен час, что случится, человек ты не молодой. Помрешь, и гляди, без тебя б внучка не обидели. Ой, боюсь, обидят они Никифора, обидят! Отца, считай так, уже нет, мать молодая, глупая… Записал бы ты на него, на мальчишку-то хоть землю, Бутёкино -то это, Петрович, право! Подумай!- продолжала убеждать Варвара. – Мальчик -то хорошенький, жалко! Вот завтра поезжай и напиши бумагу, Чего ждать?

> – А я забыл про внучка-то… – сказал Цыбукин. – Надо поздороваться. (…)
>
> Он отворил дверь и согнутым пальцем поманил к себе Липу. Она подошла к нему с ребенком на руках.
>
> (…) – Он перекрестил ребенка. – И внучка береги. Сына нет, так внучек остался.
>
> (437-438)

제7장 맨 처음 부분에서는 아크시니야는 츠이부킨이 부초키노 마을의 땅을 손자에게 유산으로 양도한다는 말을 어떤 사람으로부터 듣고, 시부모에게 찾아가 불만과 항의의 표시로 큰소리를 지르고 울면서 난동과 행패를 부리고 악담을 하는 등 악독한 며느리의 모습으로 묘사되고 있다. 그래서 마을 사람들은 그러한 그녀를 "대단한 여자", "무서운 여자"라고 악평을 하고 있다. 바로 이어서 그녀가 저지른 잔인하고 극악무도한 행동—천진무구한 아기 니키포르 살해 사건—에 대한 묘사가 제7장 후반부에 다음과 같이 나타나 있다.

> (전략) 마침 아크시니야가 들어왔을 때, 리파는 많은 빨래들에서 그녀의 내의를 꺼내 통 속에 넣고, 테이블 위에 있던 펄펄 끓는 물이 담긴 큰 양동이에 이미 손을 쭉 뻗었다.
>
> "이리 줘!" 아크시니야는 그녀를 증오스러운 눈으로 흘낏 째려보며 통 속에서 내의를 꺼냈다. "내 내의를 건드리는 건 네 일이 아니야! 넌 죄수 여편네야! 네가 누군지 네 위치를 알아야지!"
>
> 리파는 아크시니야를 멍하게 쳐다보더니, 이해하지 못했지만, 갑자기 그녀가 아기에게 던진 시선을 알아차리고, 문득 깨닫더니 온 얼굴이 죽은 사람처럼 창백해졌다.
>
> "네년이 내 땅 뺏었으니, 이렇게 갚아 주마!"
>
> 아크시니야는 이렇게 말하고 나서, 끓는 물이 담긴 양동이를 낚아채더니 니키포르에게 확 끼얹어버렸다.
>
> 이후 우클레예보에서 아직 한 번도 들어본 적이 없는 비명이 들렸는데, 리파처럼 키가 작고 가냘픈 존재가 그렇게 큰소리를 지를 수 있으리라고는 믿지 못할 정도였다. 그러자 마당이 갑자기 조용해졌다. 아크시니야는 예전

의 순진한 척하는 웃음을 지으며 말없이 집 안으로 지나가버렸다…. 귀머거리(남편)는 내의를 한 아름이나 든 채로 마당을 왔다 갔다 하다가, 나중에는 그것을 말없이 천천히 다시 사방에 널기 시작했다. 그래서 여자 요리사가 강에서 돌아오지 않을 동안에는 아무도 부엌에 들어가서 거기서 무슨 일이 벌어지는지 들여다보려고도 하지 않았다.   (60)

아크시니야는 자신이 노리는 땅이 아기에게 넘어갔다는 데 대한 분노와 증오심을 리파와 아기에게 매우 극단적인 복수의 방법을 사용해 표현하고 있다. 이때 작가-화자 체호프는 아크시니야가 리파의 아들 니키포르에게 죽음의 테러를 감행할 때 한 문장으로 간결하게 표현하고 있다. "아크시니야는 이렇게 말하고 나서, 끓는 물이 담긴 양동이를 낚아채서 니키포르에게 확 끼얹어버렸다." 여기서 우리는 악마-아크시니야의 선명한 이미지를 엿볼 수 있다. 우리는 여기서 그녀가 아무 죄도 없는 아기에게 끓는 물로 테러를 가해 리파가 엄청나게 커다란 비명을 지르게 할 정도로 극악무도하고 잔인한 짓을 하고도 아무렇지 않은 듯 태연히 행동하는 악마의 모습을 볼 수 있다. 화자-작가는 그녀의 이러한 이미지와 성격을 매우 간결하게 "예전의 순진한 척하는 웃음을 지으면서, 말없이 집 안으로 지나가버렸다"고 표현하고 있다. 보통 사람이라면 이처럼 잔인하고 끔찍한 짓을 저지르고도 그처럼 웃음을 지으며 사라질 수 있을까? 악마가 아니라면 도저히 할 수 없는 행동이다. 그처럼 악한 행동을 스스럼없이 저지르고도 아무렇지도 않은 듯 태연히 행동하는 아크시니야의 모습은 화자-작가 체호프가 그녀를 악마의 이미지로 형상화한 것이다. 이 비극적인 테러 사건에 대한 묘사에 이어서 바로 연결된 제8장의 맨 처음 문장에서 작가-화자 체호프는 리파의 아들 니키포르의 비극적 사망을 앞에서 간결하게 묘사한 것처럼 역시 한 문장으로 매우 간결하게 서술하고 있다.

니키포르는 지방자치 병원으로 옮겨져 저녁 무렵에 그곳에서 죽었다. 리파는 사람들이 그녀를 데리러 오는 것을 기다리지도 않고, 죽은 아기를 조그만 모포로 둘둘 싸서 집으로 가지고 갔다.　　　　　　　　　　(60-61)

　－Никифора свезли в земскую больницу, и к вечеру он умер там. Липа не стала дожидаться, когда за ней приедут, а завернула покойника в одеяльце и понесла дамой.　　　　　　　　　　　　　　　　　　　(440)

　제8장의 끝부분에서 리파는 사랑하는 아기의 장사를 치른 후에야 자기가 이 집안에서 더 이상 불필요한 존재라는 것을 깨닫는다. 그런데 슬피 울고 있는 그녀에게 아크시니야가 나타나더니 조용히 하라고 말한다. 그럼에 불구하고 리파가 더 크게 울자, 아크시니야가 고함을 지르며 격노하고 또 다시 악담을 퍼부으며 그녀를 집에서 내쫓는다. 결국, 리파는 시집에서 떠나 친정어머니 집으로 돌아가고야 만다.

　　"듣고 있어?" 하고 아크시니야가 고함을 꽥 지르더니 강렬한 분노에 사로잡혀 '탕'하고 발을 굴렀다. "내가 누구한테 말하는 거야? 집에서 나가! (중략) 도둑년아! 나가란 말이야!"
　　(중략)
　　이튿날 아침 일찍 리파는 토르구예보에 있는 어머니에게로 떠났다.
　　　　　　　　　　　　　　　　　　　　　　　　　　(67)

　　－ Слышишь?－ крикнула Аксинья и в сильном гневе топнула ногой. － Кому говорю? Пошла вон со двора, (…)каторжан ка! Вон!
　　(…)
　　На другой день рано утром Липа ушла в Торгуево к матери.　　(445)

　작품의 마지막 장인 제9장의 처음 부분에서 화자는 리파가 친정어머니에게 돌아간 후 3년 뒤에 아크시니야가 이 집안의 실권을 완전히 장악한 상황을 서술하고 있다. 이 집안의 명목상 주인은 츠이부킨 영감이지만 아크시니야가 실질적인 주인인 것이다. 그녀는 흐르이민 집안과 손을 잡고 공장을 운영하면서 선술집도 차린다. 그래서 그녀는 마을에서 "대단한 권력을 지닌 여자"로 불린다. 여기서 화자는 새로운 권력자가 된 아크시니야가 공장에 출근할 때 "순진한 척한 웃음"을 지으며 아름답고 행복한 모습을 보이며, 공장에서 지시하면서 커다란 힘을 느낀다고 묘사하고 있다. 이처럼 아크시니야는 외적으로는 선하고 아름다운 이미지를 지닌 권력자 여성으로 그려지나, 집이나 마을 그리고 공장에서는 모든 사람이 무서워하는 권력자의 이미지를 지닌 여성으로 그려지고 있다.

제9장 중간 부분에서는 많이 노쇠한 츠이부킨 영감이 가족으로부터 거의 관심을 받지 못하게 되며, 결국 아크시니야에게 집에서 추방당해 동냥으로 살아가는 비참한 존재로 전락한다. 이에 비해 제9장의 끝부분에서는 그가 집을 나간 큰며느리 리파에게서만 인간적인 대접을 받는 존재로 나타나 있다. 그의 옛 며느리인 리파가 친정어머니 프라스코비야(Прасковья)와 함께 날품팔이 노동을 마치고 귀가하던 중 오랜만에 옛 시아버지인 츠이부킨을 만나자 그에게 공손히 절한 뒤, 가지고 있던 음식을 드린 것이다. 이처럼 이 부분에서 화자-체호프는 따뜻한 마음과 동정심을 지닌 리파의 이미지를 선명히 묘사하고 있다. 또한, 그는 리파 모녀가 성호를 긋는 장면의 묘사를 통해 러시아 지방의 한 농부 가족의 슬픈 운명, 인간의 도리, 그리고 진정한 신자의 믿음과 그러한 믿음에 바탕을 둔 삶의 의미가 무엇인지를 독자에게 성찰하도록 하고 있다.

결론적으로 이 작품에서 체호프는 상이한 두 여성의 이미지 창조를 위해 대조 묘사 기법을 사용하고 있다. 이 기법에 있어서 그 대립의 주요한 토대는 사회적 차이보다는 이보다 더 큰 심리적 차이다. 츠이부킨 노인의 두 며느리인 리파와 아크시니야의 상이한 이미지적인 특징은 그들 간의 대조를 더 강하게 강조하는 역할을 하고 있다. 아크시니야는 뱀의 이미지를 지닌 여성, 즉 전형적인 탐욕적 여성의 형상이다. 이는 그녀에 대한 작가의 직간접적인 성격묘사를 통해서 강조되고 있다. 이에 비해 종달새의 이미지를 지닌 리파는 젊고, 순수하고, 나약하고, 남을 잘 믿는 여성의 형상이다. 그리고 그녀를 상징하는 종달새는 그녀의 정신적인 순수함과 진심을 의미한다. 또한 기독교적 상징인 이 "천상의 새"는 리파의 동정심, 무한한 기독교적 관용, 운명과 하나님의 뜻에 맡기는 믿음과 순종 등을 강조하고 있다. 이처럼 천사처럼 진실한 기독교적 이미지를 지닌 여주인공 리파는 자기의 사랑하는 아들 니키포르를 죽인 악마적 이미지를 지닌 아크시니야를 용서하는 모습을 보여준다. 아울러 그녀는 아크시니야에 의해 불행해진 옛 시아버지인 츠이부킨에게 따뜻한 사랑과 동정을 베푸는 모습을 보여준다.[42]

우리는 체호프의 중편 〈골짜기에서〉란 작품 분석을 통해 두 여주인공인 리파와 아크시니야의 이미지와 성격 및 사랑에 대해 살펴보았다.

체호프는 이 작품에서 러시아 농촌 사람들의 열악한 삶의 문제, 선과 악의 문제, 탐욕과 잔혹함과 부도덕함과 연관된 문제, 우울하고 고통스러운 상황에 처한 수동적인 여성의 문제 등을 다루고 있다. 이와 연관된 여주인공 리파는 가난한 환경 때문에 사랑하지도 않는 사람과 중매 결혼해 불행한 삶을 살아가는 여성이다. 하나님의 말씀에 순종하는 순진하고 착한 마음씨를 소유한 여주인공 리파는 선의 세계를 대표하는 이상적이고 긍정적인 이미지를 지닌 여성이다. 이에 반해 뱀의 형상을 한 탐욕스럽고 교활한 독부인 아크시니야는 악의 세계를 대표하는 부정적인 이미지를 지닌 여성이다. 이처럼 체호프는 이 작품에서 민속학적 요소와 모티브를 도입해서 얼굴은 예쁘지만, 마음과 행동이 대립적인 두 여성의 이미지를 새와 뱀의 의인화라는 독특한 대조 묘사 기법을 통해 선과 악의 세계를 대립적으로 선명히 그리고 있다.

---

42 Пак Чжин Хван. Женские образы в прозе А.П. Чехова. Кандидатская Диссертация, СПГУ, СПб., 2005, CC. 245-246.

특히 이 작품의 제7장 끝부분에서 아크시니야가 마음속에 증오와 복수심을 품고 리파의 아기에게 펄펄 끓고 있는 물을 퍼부어 살해하는 끔찍한 사건이 벌어졌을 때, 리파는 엄청난 충격을 받아 비명을 지르는 모습을 보인다. 여기서 화자-작가 체호프는 이처럼 잔악한 짓을 저지르고도 아무 일도 안 했다는 듯이 태연한 태도를 취하는 아크시니야의 모습에 대한 매우 간결한 묘사를 통해 그녀의 악마 이미지를 선명히 형상화하고 있다. 또한, 그는 아크시니야가 시아버지인 츠이부킨과 손윗동서인 리파를 집에서 내쫓을 만큼, 그리고 집과 마을 및 공장에서 모든 사람이 무서워할 정도로 무소불위의 권력을 휘두르며, 안하무인의 행동을 서슴지 않는 성격과 탐욕적이고 악마적인 이미지를 지닌 여성으로 형상화하고 있다.

이에 비해 화자-작가 체호프는 기독교적 상징인 천상의 새-종달새의 이미지를 지닌 어리고 힘이 없는 리파를 순수하고 선한 이미지를 지닌 여성으로 형상화하고 있다. 또한, 화자-작가는 강한 분노와 증오의 감정 때문에 리파의 사랑하는 아기-니키포르를 잔인하게 죽여서 그녀에게 복수한 살인범-아크시니야를 용서한 리파의 이미지를 그녀의 기독교적인 무한한 관용, 운명과 하나님의 뜻에 맡기는 믿음, 그리고 순종과 연관해서 형상화하고 있다. 리파는 다른 농촌 여성들과는 달리 주변의 추악한 조건들에 의해 변화되거나 손상되지 않는 긍정적이고 도덕적인 여성의 이미지를 소유하고 있다. 이처럼 선한 본성을 지닌 리파는 악한 본성을 지닌 부도덕한 두 인물인 그녀의 남편과 동서인 악시니야로 인해 고통스러운 삶을 산 수난자의 이미지를 지니고 있다.

리파는 자신과 이 악의 세계(골짜기에 있는 농촌 마을의 한 집안의 비도덕적인 인물들. 즉 츠이부킨 집안사람들) 간의 연결고리 역할을 했던 아기-니키포르가 아크시니야에 의해 살해된 후 즉시 이 악한 세계를 떠나게 됨으로써 자기의 선하고 순수한 본성을 유지할 수 있게 된다. 아울러 리파에게 사랑의 대상이기는커녕 무서움의 대상인 무정하고 부도덕한 남편 아니심과 역시 그녀에게 매우 무서운 대상이었던 사악하고 탐욕적인 손아랫동서 아크시니야로 인해 불행한 삶을 살아야만 했던 리파는 역시 자신처럼 바로 그들에 의해 불행한 삶을 살게 된 옛 시아버지인 츠이부킨에게 따뜻한 사랑과 동정을 베푸는 천사의 이미지를 지닌 여성의 형상이다.

5. 체호프의 단편 〈약혼녀〉에 나타난 여주인공의 이미지와 성격 및 사랑

이 글에서 분석하려는 체호프(А. П. Чехов)(1860~1904)의 마지막 단편소설 〈약혼녀〉(Невеста)는 1903년에 발표되었다. 체호프의 작품 세계를 크게 전기와 후기로 구분할 경우, 〈약혼녀〉는 후기에 속하며, 이 후기를 4단계로 세분할 경우, 네 번째 단계인 '얄타 시대(1899~1904)'의 작품이다.

문석우는 러시아 비판적 사실주의 장르의 혁신자인 체호프가 약 1900년까지 비평가들로부터 공격을 받은 이유와 체호프 특유의 문체가 지닌 통찰력을 설명하고 있다.[43] 또한, 그는 러시아 혁명 이전뿐만

---

43 "혁신자로서, 시학에서 수용된 규범을 위반한 위험스런 파괴자로서 체홉은 십여 년 동안 거의 모든 권위 있는 비평가들로부터 공격의 대상이 되었다. 거의 1900년까지 비평가들은 체홉의 작품에서 진정한 리얼리즘과 완전히 단절하고 있음을 목격했다. 이것은 체홉의 적대자들의 견해뿐만 아니라 당시에 자신을 '사실주의자'라고 결코 생각해 본 적이 없는 작가 고리키의 견해이기도 했다. (중략) 그러나 비평가들과 부정적인 견해를 가진 작가들조차도, 체홉의 문체가 지닌 많은 특징이 비록 서투르긴 하지만 통찰력을 보여주었다고 지적한 사실은 주목해야 한다." 문석우 지음, 『장르진화란 무엇인가? -체홉의 형식 찾기와 패러디』, 조선대학교 출판부, 2003, pp.69-70.

아니라 20세기 이후 체호프 연구에서 제기된 많은 문제 중 "가장 논쟁적이고 연구가 미진한 곳"이 "아마도 여성 문제"라고 주장하고 있다.[44]

따라서 우리는 이처럼 체호프 연구에서 가장 논쟁적이고 비교적 연구가 부족한 러시아 여성의 특성에 관한 문제에 대해 고찰하는 것은 유의미한 일이라고 생각한다. 이와 더불어 우리는 단편 〈약혼녀〉에서 체호프가 여주인공 나쟈(Надя)의 형상 창조를 통해 자기의 "미래에 대한 믿음"[45]을 강하게 표현한 측면과 연관해서 살펴보는 것도 역시 의미가 있다고 본다.

이 글의 목표는 체호프의 단편 〈약혼녀〉에 나타난 여주인공-나쟈의 이미지와 성격과 사랑을 작품 분석을 통해 고찰해 보는 데 있다.

체호프의 단편 〈약혼녀〉에 나타난 여주인공-나쟈의 이미지와 성격 및 사랑과 연관된 주제를 중심으로 작품을 분석하기 전에 먼저 이 작품 전체에 나타난 여주인공의 이미지와 성격 등에 대해 간단히 살펴보자.[46]

문석우는 작품세계에서 "가장 열성적이고 저항적인 인물이 종종 여성으로 나타난다. (중략) 여성의 심리를 직관적인 관찰에 의해 문학으로 형상화함으로써 (중략) 체홉은 당시 수많은 여성으로부터 동정과 존경을 얻기도 했다. 그것은 특히 인류를 위한 보다 나은 미래에 희망을 가진

---

44 체호프가 "인간을 묘사하는 수법의 특성과 예술적 관계, 주인공에 대한 작가의 견해와 관련하여 지속적인 관심을 보여 왔지만, 여전히 연구자들은 체홉의 창작에서 여성의 특성에 관한 문제에 주의를 돌리지 못했다. 여성의 특성에 관한 문제는 세심한 고찰이 필요한데, 그것은 체홉의 창작세계를 가장 완전하게 이해할 수 있기 때문이다." 문석우 저, 『체홉의 소설과 문학세계』, pp.147-148.

45 A.P. 체홉 지음, 김임숙 옮김, 『귀여운 여인』, 혜원출판사, 1992, p.384. 앞으로 체호프의 작품 인용 시 주로 이 번역본을 참조하면서, 필요할 경우 필자가 수정하면서, 인용문의 끝 괄호 안에 쪽수만 표시하겠음.

46 문석우는 〈약혼녀〉에 나타난 여주인공-나쟈의 성격과 이미지 연구를 러시아 여성의 문제로 확대하여 이를 유형별로 고찰하고 있다. 이에 관해서는 「체홉의 문학에 나타난 여성의 이미지 연구」란 제목의 글이 담긴 문석우 저, 『체홉의 소설과 문학세계』, pp.148-183 참조.

감성적이고 이상적인 여주인공의 본성을 표현했기 때문이었다."[47]라고 주장하고 있다. 이어서 그는 체호프의 작품에 나타난 여성의 성격을 크게 두 부분-대부분의 수동적인 여성과 〈약혼녀〉의 여주인공 나쟈를 비롯한 소수의 반항적인 여성-으로 구분한다. 소수의 반항적인 여성들은 "진부한 세계에서 질식한 채 정신적으로 위축되어있는 이들과 달리 주변의 평범하고 진부한 생활에 둘러싸여도 곤경에 빠지지 않으려고 노력하는 소수의 여주인공"[48]이다.

〈약혼녀〉보다 약 4년 전에 발표된 단편 〈귀여운 여인(Душечка)〉이 발표된 후 러시아 사회의 여론은 여성해방 운동에 대한 열렬한 지지파와 반대파로 나뉘어 이 작품을 서로 다른 관점에서 평가했다. 예를 들어, 톨스토이는 이 작품의 여주인공-올렌카를 완벽한 여성의 형상으로 보고, "여성 행복의 근원이 남편과 아이들을 향한 온통 희생적인 사랑 안에 있다"[49]고 주장했다. 이에 비해 고리키는 전자의 그러한 견해와는 정반대로 올렌카의 형상을 언급하면서, 그녀의 "의존적인 여성의 노예 근성"과 "모욕을 감내하는 그녀의 순종적인 사랑에 분개했"[50]다.

체호프의 작품에 나타난 '사랑'은 대체로 '이루어질 수 없는 사랑'으로 나타나는데, 〈약혼녀〉의 여주인공 -나쟈의 사랑 역시 그러한 형태의 사랑으로 나타난다. 그러면, 이 작품에 나타나 있는 나쟈의 사랑을 그녀의 이미지와 성격 등과 연관해서 살펴보도록 하자.

총 6장으로 구성된 단편 〈약혼녀〉의 제1장의 시작 부분에서 작가-

---

47 앞의 책, p.148.

48 앞의 책, p.156. 그런데, "저항하는 그녀들의 시도가 성공한 경우란 그다지 많지 않다. 질식할 것 같은 생활에서 해방을 찾는" 여성 중 나쟈는 체호프가 "가장 분명하게 다정하게 동정심을 보여"준 인물이다. 같은 곳.

49 Толстой Л.Н. "Послесловие к рассказу Чехова 〈Душечка〉", *Сочинения графа Л.Н. Толстого*, М., 1911, т. 7. С. 128. // 앞의 책, p.155.

50 Gorky M., "A.P. Chekhov", in Vosp. Sovr., p.519 // 같은 곳.

화자는 5월의 어느 날 밤 10시경에 끝난 밤 기도식에 참가한 사람들의 모습을 간단히 묘사하고 있다. 화자는 약혼녀인 나쟈와 그녀의 약혼자인 안드레이(Андрей), 그녀의 할머니와 그녀의 어머니, 그리고 약혼자의 아버지인 안드레이 신부를 간단히 소개하고 있다.

이어서 화자는 정원 등에 대한 자연 묘사 후 갑자기 왠지 모르지만 울고 싶은 기분이 든 나쟈의 심리 상태를 서술한다. 이와 더불어 화자는 16살부터 결혼을 꿈꾸었던 나쟈가 이제 23살이 되어 자신이 좋아했던 청년인 안드레이와 약혼했다고 서술하고 있다. 그리고 화자는 결혼식 날짜가 7월 7일로 예정되어 있음에도 불구하고, 기쁨도 없고, 밤에 잠도 잘 자지 못하고, 즐거움도 사라져 버린 나쟈의 모습을 서술하고 있다. 이어서 그는 나쟈가 밤 기도식 후 밤참 식탁을 준비 시, "왠지 이런 일이 아무런 변함 없이 평생 언제 끝날지도 모르는 채 이대로 반복될 것이라고 느꼈다."[51] 말한다. 바로 여기서 우리는 이처럼 진부하고 아무런 변화가 없는 일상의 삶이 앞으로도 계속 반복될 자기의 미래의 삶에 대해 나쟈가 불안감을 느끼고 있음을 알 수 있다.

이처럼 나쟈는 심지어 자신이 좋아했던 사람과 약혼해, 결혼식을 불과 한 달 정도밖에 남겨두지 않은 상태임에도 불구하고, 오래전부터 그렇게 꿈꾸어 왔던 결혼을 기뻐하거나 행복해하지 않고 불안해하고 있다. 그녀의 뭔가 불안하고 우울한 심리 상태는 "왠지"라는 의문사의 반복적인 사용으로 강조되고 있다. 바로 그러한 그녀의 심리 상태는 아무런 변화가 없는 그녀의 가족의 일상적 삶, 그리고 미래에도 연속될 것 같은 그러한 변치 않는 일상생활에 대한 불안감으로부터 연유한다고 볼 수 있다.

이러한 나쟈의 불안한 심리 상태와 미래의 운명에 대한 불안감은

---

51 A.P. 체홉 지음, 김임숙 옮김, 위의 책, p.182.

바로 이어 소개되는 알렉산드르 치모페이치, 즉 사샤(Саша)란 등장인물에 의해서 조금씩 해소되기 시작한다. 그녀는 사샤의 도움을 받아 체호프의 〈무명씨의 이야기〉의 지나이다, 중편 〈지루한 이야기〉의 카탸 등 소수의 반항적인 여성과 다른 성격을 지닌 캐릭터다. 나쟈는 "고향의 숨 막힐 것 같은 답답한 환경에서 스스로 벗어난"[52] 유일한 여주인공이다. 체호프는 시대에 뒤진 사람들의 농촌 세계와 그러한 시대를 살아가야 하는 사람들 간의 어려운 힘든 투쟁이나 자기와의 싸움 등이 어떻게 발생하는지에 대해 깊은 문제의식을 지니고 이를 탐구하고 있다. 19세기 말에서 20세기 초로 갓 전환된 러시아 사회의 과도기에 있어서 중요한 특징 중 하나는 "옛날 방식으로는 살 수 없는" 인간들의 등장이다. 인간 영혼의 자유를 주장하는 것은 현대의 사회 구조에 대항하는 싸움과 관련이 있다. 이런 현상의 특징들이 단편 〈약혼녀〉의 여주인공 나쟈에게서 발견된다."[53]

이처럼 진실하고, 용감한 성격을 지닌 나쟈는 약혼자 안드레이와의 결혼식을 불과 한 달 정도밖에 남겨두지 않은 상태에서 그의 어리석고, 순진하며, 혐오스러운 행동을 보게 되어 그를 극도로 혐오한 나머지 파혼하고 자기의 새로운 미래의 삶을 위해 당시의 수도인 페테르부르크로 떠난다. 이처럼 자기의 집을 떠나 자기의 삶을 변화시키려는 나쟈의 결심, 즉 의식의 변화는 낭만적인 꿈의 소유자이자 나쟈의 훌륭한 멘토인 사샤의 도움을 받아 스스로 자각한 의식의 결과라고 볼 수 있다.[54]

먼저 나쟈의 의식의 변화에 커다란 영향을 미친, 그녀의 훌륭한 멘토로서 역할을 한 사샤와 연관해서 살펴보도록 하자.

---

52 문석우 저, 『체홉의 소설과 문학세계』, p.156.

53 앞의 책, p.160.

54 См.: Пак Чжин Хван. Женские образы в прозе А.П. Чехова. Кандидатская Диссертация, СПГУ, СПб., 2005. СС. 248-251.

결혼식을 불과 한 달 정도밖에 남겨두지 않은 상태에서 나쟈가 느끼는 무언가 불안한 심리 상태와 미래의 운명에 대한 불안감과 연관된 생각을 표현한 문장이 바로 다음과 같이 묘사되어 있다. "그녀는 왠지 그런 일이 평생 언제 끝날지도 모르는 채 이대로 계속되는 것은 아닌가 하는 생각이 들었다."(182) 바로 이 문장에 이어서 화자는 문단을 바꾸어 나쟈의 미래의 운명에 영향을 미칠 등장인물인 사샤를 다음과 같이 4개의 문단에 걸쳐 비교적 자세히 소개하고 있다. 여기서 소개되는 사샤는 나쟈의 할머니의 먼 친척이자 몰락한 귀족의 자제다. 그는 당시 러시아의 제2의 수도인 모스크바의 석판 인쇄소 직원이며, 몸이 몹시 허약한 환자다. 이 작품에서 나쟈와 제일 먼저 대화를 나눈 인물이 사샤다. 흥미로운 점은 그들의 대화 중에 제일 먼저 나쟈의 어머니에 대한 그의 긍정적이면서도 부정적인 평가가 함께 들어있다는 점이다. 이와 더불어 이 대화 속에서 사샤는 20년 전처럼 아무런 변화가 없는 냐쟈 가족의 일생 생활의 모습을 부정적으로 묘사하고 있다. 또한, 사샤는 집안의 독재자 역할을 하는 할머니와 나쟈의 약혼자인 안드레이, 그리고 그녀의 약혼자와 다를 것이 없다고 보는 나쟈에 대해서도 부정적으로 평가하고 있다.

이처럼 20년 전처럼 전혀 변하지 않는 나쟈의 가족들과 하녀들의 삶과 진부한 생활환경에 대한 사샤의 부정적인 평가에 대해 여주인공 나쟈는 왠지 모를 화가 치밀어 오름을 느낀다. 왜냐하면, 이와 똑같은 말을 오래전부터 계속 들어온 것 같은 기분이 들어서 이제는 그도 역시 아무런 변화와 발전이 없는 사람으로 보였기 때문이다. 그래서 그녀는 그에게 새로운 말을 하지 못한다고 핀잔을 준다. 이어서 그녀는 이처럼 똑같은 말만 반복하는 사샤에게서 답답함 마음과 지겹고 거북한 마음을 느낀다. 그러자 그녀는 무엇인가 예전과 달리 조금 더 새로운 말도 하지 못하고, 아무런 쓸모가 없는 말만 되풀이한다고 말하면서 그를 다시 한번 은근히 비판하는 모습을 보인다.

제2장의 처음 부분에서도 새벽 2시쯤 잠이 깬 나쟈가 지난밤처럼 불필요한 생각을 하며 공포와 불안을 느끼는 모습이 묘사되어 있다. 즉, 나쟈는 앞으로 한 달 정도밖에 남지 않은 결혼식을 앞두고서 왠지 알 수 없는 괴로움이 마치 자신을 기다리고 있기라도 한듯한 공포와 불안을 느끼고 있다. 이어서 그녀는 자기의 우울한 마음이 지난 몇 년 간 똑같은 말만 반복하는 사샤의 영향 때문인가, 아니면 그가 단지 "순진하고 괴짜 같은 사람으로만"(187) 보이는가에 대해 생각하면서, 사샤가 왜 자기의 머리에서 떠나지 않는지 의아해하는 모습을 보인다.

제2장 중간 부분에서 사샤가 나쟈에게 한 새로운 말 속에는 후자가 할머니 집을 떠나는 것과 긴밀히 연관된 모티프가 들어있다. 이 출발 모티프는 그녀의 새로운 삶의 변화, 새로운 인식의 변화에 영향을 준 그의 조언과 긴밀히 연관된다. 사샤가 나쟈에게 해 준 이 '새로운 이야기', 또는 '새로운 말'은 그녀가 그에게서 간절히 듣고 싶었던 말이다.

"아, 사랑스러운 나쟈." 하고 사샤는 여느 때처럼 점심 식사 후 대화를 하기 시작했다. "당신이 내 말을 들어준다면 좋을 텐데! 그렇게 해 준다면 좋을 텐데!" (중략)

"공부하러 떠나면 좋겠습니다!" 하고 그는 말했다. (중략) 떠나세요! 이 변화가 없고, 회색빛이 나며, 죄스러운 삶에 진절머리가 났다는 걸 모든 사람에게 보여주세요. 적어도 자기 자신에게라도 그걸 보여주시라고요."

"안 돼요, 사샤! 전 결혼할 거예요."

"아니, (그런 소린) 그만 하세요! 그게 누구에게 필요합니까?

(중략) 깊이 생각해볼 필요가 있어요. 이해할 필요가 있어요. 당신의 이 삶이 얼마나 더럽고, 얼마나 부도덕한지를 말이요." 하고 사샤는 말을 계속했다. "사실 당신과 당신의 어머니도 당신의 할머니도 아무 일도 안 한다면, 말하자면, 당신들을 위해 누군가 딴 사람이 일하는 것이고, 당신들은 누군가 타자의 삶을 괴롭히고 있는 것이오. 아니 이게 정말 깨끗한 거요? 더럽지 않나요?"

'네, 맞아요.'라고 나쟈는 말하고 싶었고, 이해한다고 말하고 싶었다. 하지만 그녀의 두 눈에 눈물을 글썽이더니, 갑자기 입을 다물고, 온몸을 움츠리고는 자기 방으로 갔다. (188-189)

– Ах, Милая Надя, – начал Саша свой обычный послеобеденный разговор, – если бы вы послушались меня! если бы! (…)

– Если бы вы поехали учиться! – говорил он. (…) поезжайте! Покажите всем, что эта неподвижная, серая, грешная жизнь надоела вам. Покажите это хоть себе самой!

– Нельзя, Саша. Я выхожу замуж.

– Э, полно! Кому это нужно?

(…) надо вдуматься, надо понять, как нечиста, как безнравственна эта ваша праздная жизнь, – продолжал Саша. – Поймите же, ведь если, например, вы, и ваша мать, и ваша бабулька нечего не делаете, то, значит, за вас работает кто-то другой, вы заедаете чью-то чужую жизнь, а разве это чисто, не грязно?

Надя хотела сказать:. 《Да, это правда》; хотела сказать, что она понимает; ео слезы показались у нее на глазах, она вдруг притихла, сжалась вся и ушла к себе. (488-489)

이처럼 사샤는 나쟈가의 "내 말을 들어준다면 좋을 텐데"라는 말을 반복해서 강조하면서, 그녀가 공부하러 이 집을 떠나길 간절히 바라고 있다. 그러면서 그는 교육받은 진실한 교양인들이 증가할수록 지상천국 도래 속도가 빨라지며, 모든 것이 점점 새롭게 변화될 것이라고 말하면서, 다시 한번 나쟈에게 이 집을 떠나라고 말한다. 마지막으로 그는 그녀가 그렇게 함으로써 그녀가 아무런 변화가 없고 죄스럽기조차 한 삶에 매우 싫증이 났다는 사실을 모든 사람에게나 아니면 자신에게라도 보여줄 것을 간청한다. 그런데 나쟈가 곧 있을 결혼을 이유로 그의 간청을 바로 거부하자, 사샤는 그녀의 결혼 불필요성을 역설하며, 그녀를 열심히 설득하는 모습을 보인다.

체호프는 사샤의 입을 빌려 자기의 메시지를 독자에게 강하게 전달하고 있다. 사샤는 아무런 변화가 없고 더러운 삶이 진절머리가 날 정도로 싫은 나쟈와 그녀의 할머니와 어머니도 역시 더럽고 부도덕한 삶, 즉 게으른 삶을 영위하면서 하녀들과 같은 사람들의 삶을 좀먹듯이 기생충처럼 살아가는 삶을 강하게 비판하고 있다. 사샤의 그러한 지적에 나쟈는 심적으로 동의하면서도 이를 입 밖에 내지 못하는 모습을 보이지만, 결국, 사샤의 새로운 말에 설득당해, 자신이 부도덕한 삶을 살고 있음을 깨닫게 된다. 그리고 그녀는 그러한 게으르고 부도덕한 삶의 연장인 안드레이와의 결혼도 그녀에게 불필요하다는 사샤의 주장에 결국 동의하는 모습을 보인다.

한편, 나쟈의 약혼자는 방금 자기의 약혼녀에게서 발생한 커다란 심적 변화를 알지도 못한 채 자기의 사랑하는 마음과 지극히 행복한 마음을 그녀에게 표현하는 모습을 보여준다. 즉, 안드레이는 그날 해가 질 무렵 나쟈와 만나 밤 10시가 넘어 작별 인사를 할 때, 그녀를 포용하고 그녀의 얼굴과 어깨와 손에 정열적인 키스로 자기의 지극히 행복한 마음을 표현한다. 하지만 약혼자로부터 애정 표현이 담긴 말을 들은 나쟈는 그의 그런 마음과는 전혀 다르게 반응한다. 즉, 그녀는 그의 그러한 사랑의 감정 표현에 대해 강한 거부감의 표시한다. 이는 얼마 남지 않은 그들의 결혼이 성공할 수 없음을 독자에게 미리 보여주는 복선이라고 볼 수 있다.

어제처럼 새벽에 일찍 잠이 깬 나쟈는 마음이 불안하고 괴로운 상태에서 약혼자와 얼마 남지 않은 결혼식에 대해 생각하면서 계속 고민하고 갈등하는 모습을 보인다. 그리고 그녀는 이미 고인이 된 아버지를 사랑하지도 않았고, 재산도 없어서 시어머니에게 의지해 사는 어머니를 자신이 왜 지금까지 특별한 여성이라 생각했고, 왜 어머니가 평범하고 불행한 여성이란 것을 깨닫지 못했는지에 대해 이상하게 느낀다. 그러다가 그녀는 세상 물정을 모르며 독특하고 순진한 사샤가 가지고 있는 허무맹랑하지만 멋지게 보이는 그의 공상에 대해 생각한다. 그러면서 그녀는 자신이 갑자기 공부하러 가보려고 생각한 것만으로도 상쾌한 기분과 커다란 기쁨을 느끼게 된다. 하지만 나쟈는 이내 단호히 그런 생각을 물리치려 하지만, 갑자기 '공부하러 떠나볼까'라고 생각하게 되고, 또한, 그렇게 생각만 해도 커다란 기쁨을 느낀다. 이는 앞에서 그녀가 느꼈던 심한 우울증을 겪었던 점과 크게 대조된다. 그러면서도 그녀는 세 번이나 반복해서 바로 그런 생각을 해서는 안 된다는 말을 중얼거리는 모습을 보인다. 이처럼 나쟈는 자기의 새로운 생각과 깨달음에 대해 강한 기쁨을 느끼면서도 그러한 생각을 강하게 거부하는 갈등 양상을 보인다. 여기서 우리는 자기의 미래 운명에 있어서 주요한 문제로 작용하게 될 결혼 문제 및 공부하러 떠나는 문제와 연관된 선택지를 두고 심각하게 고민하는 그녀의 모습을 발견할 수 있다. 그녀 자기의 장래 운명과 연관된 새로운 인식의 발아가 그녀의 결혼 문제 등과 연관된 복잡한 생각들과 충돌할 때 갑자기 발생한 강한 심리적 저항 상태에 처해 있음을 알 수 있다. 이와 동시에 우리는 나쟈의 생각과 심경에 벌써 점점 더 커다란 변화가 일어나고 있음을 볼 수 있다.

제3장 중간 부분에서 화자는 나쟈가 약혼자와 함께 모스크바에서 살게 될 신혼집을 미리 둘러보면서 느끼는 불쾌하고 괴로운 심정을 묘사하고 있다. 나쟈는 계속 자기의 허리를 감싼 채 행복해하는 표정을 짓는 약혼자와 방들을 둘러보며 가구와 약혼자가 "훌륭한 그림"이라고 평가한 여성의 누드화 등에 역겨운 기분을 느끼면서, 그에 대한 사랑이 식어버린 것을 강하게 느끼게 된다. 또한, 그녀는 그의 행동과 모든 것이 진부하게 느껴지고 견딜 수 없을 정도가 되자, 이러한 상황에서 벗어나 도망치고 싶고, 큰 소리로 울고 싶고, 창문에서 뛰어내리고 싶은 충동이 들 정도로 심각한 위기상황에 처하게 된다.

앞에서 살펴본 것처럼 제2장의 후반부에서 사샤의 새로운 말에 설득당한 나쟈는 자신이 부도덕한 삶을 살고 있음을 깨달았고, 그러한 게으르고 부도덕한 삶의 연장에 해당하는 안드레이와의 결혼을 통한 삶도 마찬가지로 불필요하다는 사샤의 주장에도 동의해서 눈물을 글썽이는 모습까지 보였다. 하지만 나쟈의 약혼자인 안드레이는 그녀에게서 발생한 커다란 심적 변화를 알지도 못한 채 자기의 지극히 행복한 모습을 그녀에게 보여주지만, 그녀는 그의 말을 오래전에 소설에서 읽은 것처럼 생각할 정도로 그의 사랑의 감정 표현에 강한 거부감을 표시했다. 이와 마찬가지로 제3장의 중간 부분에서 나쟈는 그와 똑같은 행동을 보이는 약혼자에게서 그때 느꼈던 기분보다 더 강한 혐오감과 식어버린 사랑의 감정을 느끼고 있다. 심지어 그녀는 약혼자를 처음부터 사랑하지 않았는지도 몰랐다고 생각한다. 또한, 그녀는 그를 사랑하지 않는다는 것을 누군가에게 털어놓고 싶었지만, 그렇게 하지 못한 채 매일 생각만 하면서 괴로워하는 모습을 보일 뿐이다. 최악의 상황은 행복한 결혼 생활의 보금자리가 될 미래의 신혼집에서 뛰어내리고 싶은 생각을 하고 있다는 점이다.

이러한 상황에서 나쟈는 제4장의 처음 부분에서 자정이 넘은 시간에 소리를 내어 울면서 할머니의 집을 떠나게 해 달라고 어머니에게 간청하면서, 결혼식도 올리지 않을 것이며, 약혼자를 사랑하지 않는다고 폭탄선언을 한다.

그러자 냐쟈의 어머니인 니나 이바노브나는 당황해하면서 딸의 갑작스러운 간청과 폭탄선언에 대해 강한 반대 의사를 표명한다. 그러자 나쟈는 자신에게 "평범한 말"로 가르치려 드는 어머니를 "불행"한 어머니라고 말하면서 공격하는 모습을 보인다. 이어서 나쟈는 자기의 말을 듣고 울어서 눈이 부어 있는 어머니의 방으로 다시 찾아가서 자기 생각을 어머니에게 강력히 표현한다. 또한, 나쟈는 자신을 포함한 주변인들의 삶이 아무 쓸모가 없다고 말하면서, 자신이 수치스러운 삶을 각성하고 통찰력 있는 사람으로 변신했음을 선언함과 동시에 자기의 약혼자를 바보라고 선언한다.

그런 다음 그 이튿날 아침에 나쟈는 사샤의 방으로 가서 절망적인 표정을 지으며, 나태하고 무의미한 삶을 살아온 약혼자와 자신과 이 공간을 경멸한다고 말하면서 내일 함께 떠나도록 도와달라고 사샤에게 간청한다.

나쟈의 그러한 요청을 듣는 순간 깜짝 놀란 사샤가 매우 기뻐하면서 "정말 멋진 일"이라고 말한다. 그러자 나쟈는 자기의 요청에 곧바로 호평을 곁들인 답변을 해주고, 자기의 인생의 전환점에서 구원의 길로 인도해줄 수 있는 사샤의 "중요한 말"을 기대하면서, 앞으로 자기의 넓은 신세계에서 일어날 모든 것을 담대히 받아들이겠다고 각오한다.

이어서 나쟈는 사샤의 다음과 같은 격려의 말을 듣고, 고무되고 매우 흥분한 모습을 보인다.

> "당신에게 맹세합니다. 당신이 절대 후회하진 않을 겁니다." 하고 사샤가 열심히 말했다. "가셔서, 공부하실 텐데, 거기서 운명에 맡기세요. 당신이 삶의 방향을 바꾸실 때, 당신의 모든 게 변할 겁니다. 중요한 건 삶의 방향을 바꾸는 일이고, 나머지 모든 건 중요하지 않아요. 그럼, 말하자면, 우리 내일 떠나는 거죠?"
> "오오, 네! 제발요!"   (197)

> – Клянусь вам, вы не пожалеете и не раскаетесь, – сказал Саша с увлечением. – Поедете, будете учиться, а там пусть вас носит судьба. Когда перевернете вашу жизнь, то все изменится. Главное – перевернуть жизнь, а все остальное не важно. Итак, значит, завтра поедем?
> – О да! Бога ради!   (495)

제4장의 마지막 부분에서 사샤는 나쟈의 새로운 삶의 방향 선택에 대해 매우 낙관적인 전망과 확신을 지니며, 그녀를 격려하고 있다. 또한, 그는 그녀가 당시 러시아의 수도인 페테르부르크에서 공부할 때

미래에 대한 모든 것을 운명에 맡기라고 말한다. 그러면서 그는 삶의 방향을 바꾸는 일이 가장 중요한 일이라고 반복해서 강조하고 있다. 이처럼 나쟈는 사샤로부터 자기의 과감한 결단에 대한 열렬한 칭찬과 격려를 받고, 미래의 삶에 대한 확실한 목표를 설정한 후 침대에 눕자마자 평안한 모습으로 바로 깊이 잠들게 된다. 그동안 매일 밤낮으로 생각하고 고민하면서 고통을 겪느라 우울하고 답답해서 제대로 자지 못했던 나쟈가 자기의 가장 중요한 문제를 해결하자마자 비로소 이처럼 빨리 깊은 잠을 잘 수 있게 된 것이다.

제5장에는 나쟈가 사샤와 함께 마을을 떠나는 장면이 묘사되고 있다. 그녀는 할머니하고만 작별 인사를 나눈 후 마을과 작별 인사를 나누자마자 약혼자와 그의 아버지, 모스크바의 신혼집, 여성의 누드화 등 모든 기억을 갑자기 소환하게 된다. 하지만 그녀의 삶을 지배해왔던 그 두렵고 고통스러웠던 과거의 삶의 모든 것이 이제는 한낱 어리석고 사소한 일로 여겨져서 저 멀리 사라진 것처럼 변한 모습으로 묘사된다.

이어서 화자는 나쟈와 사샤가 탄 기차가 출발하기 시작하자, 그녀를 지배해왔던 과거의 모든 것이 사소한 것으로 변하고, 넓고 새로운 미지의 세계가 도래했음을 서술하고 있다. 여기에 나타난 기차는 새로운 삶의 길로의 출발 모티프를 상징한다고 볼 수 있다. 또한, 이 기차의 움직임은 그동안 나쟈를 괴롭혔던 부동의 옛 세계를 뒤로하고, 미지의 새롭고 희망찬 크고 넓은 미래로 힘차게 떠나가는 나쟈의 새로운 삶의 시작을 상징한다고 볼 수 있다.

바로 이어서 제5장의 맨 마지막에 묘사된 나쟈의 심리 상태를 표현한 것과 연관된 그녀의 행위에 관한 간결한 장면 묘사다.

(전략) 그녀는 기뻐서 갑자기 숨이 막혔다. 그녀는 자신이 자유를 향해 가고 있으며, 공부하러 가고 있다는 것을 생각해냈다. (중략)

그녀는 웃기도 하고, 울기도 하고, 기도하기도 했다.

"괜찮아요-오!" 하고 가벼운 웃음을 지으며, 사샤가 말했다. "걱정하지 말아요-오!"[55]   (199)

(…) и радость вдруг перехватила ей дыхание: она вспомнила, что она едет на волю, едет учиться, (…) Она и смеялась, и плакала, и молилась,

— Ничего-о! — говорил Саша, ухмыляясь Ничего-о!   (496)

이처럼 나쟈는 자신을 괴롭히던 공간에서 탈출해 진리를 추구하는 자유로운 공간으로 교육을 받으러 간다는 사실을 인지하자마자 갑자기 커다란 기쁨을 느낀다. 이어서 그녀는 웃기도 하고 울기도 하고 기도하기도 하는 등 복합적인 심리 상태를 나타내고 있다.

이 작품의 맨 마지막 장인 제6장의 첫 문장은 가을과 겨울의 빠른 흐름에 대한 간결한 소개로 시작되고 있다. 그녀가 고향 마을을 떠난 후 그 이듬해 5월에 시험을 본 다음 기차를 타고 고향에 가던 중 모스크바에 내려서 사샤를 만난다. 그녀의 눈에 비친 그의 모습은 왠지 "회색빛의 지방사람"(200)으로 보였다. 수도 페테르부르크에서 1년 정도 교육을 받고 살면서 지적으로 크게 성장한 그녀의 눈에 그렇게 보인 것이다. 불과 1년여 전만 해도 그녀의 삶의 방향 전환에 커다란 조력자 역할을 했던 그가 그렇게 보인 것이다.

그리고 그녀는 담배 연기로 가득 찬 석판 인쇄소와 역시 담배꽁초와 지저분한 것들이 널려 있고, 무질서한 사샤의 방 안의 모습과 아무렇게나 살아가는 그의 삶의 모습 등을 목격하게 된다. 또한, 그녀는 병든 사샤가 치료도 하지 않고 있는 모습에 안타까워 눈물을 흘리면서, 다시 한번 왠지 약혼자, 여성의 누드 그림, 그리고 자기의 모든 과거를 생생히 회상한다. 1년 전 나쟈의 눈에 비쳤던 사샤의 "새롭고 지성적이고 흥미로

---

55 필자가 참고한 번역본에는 밑줄을 친 부분 대신, "빙그레 웃으면서 사샤가 말했다. "아무것도 아냐!""라고만 번역되어 있다.

운"(200) 모습이 정반대의 모습으로 보이자, 과거의 모든 것이 다시 회상되어 울기 시작한 것이다. 그러면서도 그녀는 사샤로부터 큰 은혜를 입었기 때문에 그의 치료를 위해 어떤 일이라도 하겠다고 말하면서, 그를 가장 가까운 가족의 일원으로 표현한다. "나의 훌륭한 사샤! 정말 사샤는 이젠 나에게 가장 가깝고, 가장 육친 같은 분이세요."(200)

제6장의 후반부에서 지방 소도시의 집을 떠나 수도 페테르부르크에서 1년 정도 살면서 교육을 받고 돌아온 나쟈의 눈에 비친 마을의 거리와 할머니 집의 낡고 시대에 뒤떨어진 모습이 다시 한번 묘사되고 있다. 이처럼 체호프-화자는 과거의 낡고 시대에 뒤떨어진 삶의 모습에 대한 회상 기법의 반복적 사용과 나쟈처럼 교육받은 신여성의 변화된 이미지의 대조 묘사를 통해 러시아 사회의 새롭고 밝고 희망찬 미래로의 생생한 변화에 대한 필요성을 강조하고 있다.

우리는 체호프의 마지막 단편 〈약혼녀〉의 작품 분석을 통해 여주인공-나쟈의 이미지 및 성격과 연관된 그녀의 사랑에 대한 문제를 고찰해 보았다.

체호프의 작품에 나타난 '사랑'은 대체로 '이루어질 수 없는 사랑'의 형태로 나타난다. 〈약혼녀〉의 여주인공-나쟈의 사랑 역시 그러한 형태의 사랑, 즉 약혼자 안드레이와의 파혼의 형태로 나타난다.

나쟈가 그와 파혼하게 된 주요한 이유는 후자에 대한 전자의 실망과 그녀가 사샤로부터 받은 충고와 영향 때문이다. 그녀는 방식에 얽매인 채 살 수 없는 자유로운 영혼의 소유자이자 당대의 낡고 진부한 사회의 인습에서 벗어나 자기의 길을 새롭게 창조하려는 의지와 용감한 성격의 소유자다. 나쟈는 러시아의 지방 소도시의 옛날 방식의 좁고 진부한 삶의 공간을 떠나 자유롭고 넓은 삶의 공간인 당시의 수도 페테르부르크로 가서 교육을 받고 지적인 여성으로 변신한 인물이다.

나쟈는 안드레이와의 결혼을 단념하고 할머니 집을 떠나 공부하러 가라는 사샤의 '새로운 말'의 영향으로 의식의 변화와 각성 과정을 거쳐 자기 주도적인 삶을 살아가는 용감한 여성이다. 이러한 냐자의 모습은 미래에 대한 꿈을 실현하기 위해 할머니 집에서 미지의 새로운 세계로 용감히 떠나는 그녀의 과감한 행동을 추동한 사샤의 바로 이 '새로운 말'과 긴밀히 연관된다. 이 떠남의 모티프, 즉 출발 모티프는 그녀의 새로운 삶의 변화, 새로운 인식의 변화에 영향을 준 사샤의 '새로운 말', 즉 그의 간절한 조언과 충고와 긴밀히 연관된다. 냐자는 그에게서 간절히 듣고 싶었던 이 '새로운 말'을 듣고도 처음에는 곧 있을 결혼 때문에 그의 제안을 거부하지만, 결국 그녀의 결혼 불필요성과 집 떠남에 대한 그의 제안을 수용한다.

체호프는 사샤의 입을 통해 아무런 변화가 없고 더러운 삶을 혐오하는 냐자와 그녀의 할머니와 어머니, 약혼자 등이 더럽고 부도덕한 삶, 즉 게으른 삶을 영위하면서 하녀들과 같은 사람들의 삶을 '좀 먹으며' 기생하는 삶을 강하게 비판하고 있다. 결국 냐자는 사샤의 그러한 강력한 비판과 '새로운 말'에 설득당해, 자신이 부도덕한 삶을 살고 있음을 깨닫게 되며, 그러한 게으르고 부도덕한 삶의 연장인 안드레이와의 결혼도 자신에게 불필요하다는 인식을 하게 된다.

그래서 냐자는 갑자기 '공부하러 떠나볼까'라고 생각하기만 해도 커다란 기쁨을 느끼는 장면은 그 이전에 그녀가 느꼈던 심한 우울증을 겪는 장면과 크게 대조된다. 그러면서도 그녀는 세 번이나 반복해서 떠나야 한다는 생각을 강하게 거부하는 갈등 양상을 보인다. 그녀의 이러한 갈등은 자기의 미래 운명에 있어서 주요한 문제로 작용하게 될 결혼 문제 및 공부하러 떠나는 문제와 연관된 선택의 문제와 긴밀히 연관되고 있다.

그 후 냐자는 자신에게 지극히 행복한 모습과 애정을 표현하는 안드레이에게 강한 거부감을 느끼며, 나중에는 더 강한 혐오감과 식어버린

애정을 느끼게 된다. 그녀는 심지어 그를 처음부터 사랑하지 않았는지도 몰랐다고 생각하는가 하면, 그를 사랑하지 않는다는 것을 누군가에게 말하고 싶지만, 그렇게 하지 못하고 괴로워한다. 결국, 그녀는 행복한 결혼 생활의 보금자리가 될 미래의 신혼집에서 뛰어내리고 싶은 충동을 느낀다.

그러자 나쟈는 새로운 삶의 방향 선택을 결심하게 된다. 그녀의 그러한 선택에 대해 매우 낙관적인 전망과 확신을 가진 채, 나쟈를 격려하는 사샤는 그녀에게 삶의 방향 전환의 중요성을 반복해서 강조한다. 그녀는 그의 열렬한 칭찬과 격려에 힘입어, 미래의 삶에 대한 확실한 목표를 설정한 후 침대에 눕자마자 평안한 모습으로 깊이 잠들게 된다. 그동안 매일 밤낮으로 생각하고 고민하면서 고통을 겪느라 우울하고 답답해서 제대로 자지 못했던 나쟈가 자기의 가장 중요한 문제를 해결하자마자 이처럼 빨리 깊은 잠을 잘 수 있게 된 것이다. 나쟈는 결혼식 준비 과정에서 안드레이의 저속하고 어리석고 유치하며 참을 수 없는 진부함을 목격하며, 이제는 어리석고 위선적으로만 보이는 약혼자와 결혼식 준비 등 가족의 모든 문제를 결정하는 할머니, 그리고 이제는 더 이상 그녀에게 지성의 본을 보여주지 못하는 어머니 등에게 실망하고 절망한 나머지 그들 곁을 떠난다.

이처럼 나쟈는 결혼을 얼마 앞둔 상황에서 똑같이 생기는 복잡한 생각들로 인한 고민과 갈등 등으로 인해 괴로워하기도 하고, 자신을 유혹하는 미래 앞에서 느끼는 공포로 인해 두려워하고 갈등하는 나약한 여성의 이미지도 지니고 있지만, 결국 자신이 선택한 결정으로 인한 고통을 잘 견뎌내는 강인한 여성의 이미지를 지니고 있다.

체호프-화자는 6장으로 구성된 이 작품의 맨 마지막 장의 후반부에서 지방 소도시의 집을 떠나 약 1년간 당시의 수도 페테르부르크에서 공부하고 고향에 돌아온 나쟈의 눈에 비친 거리와 집의 낡고 시대에 뒤떨어진 모습을 반복해서 묘사하고 있다. 이처럼 그는 과거의 기억을 소환하는 회상 기법의 사용과 교육받은 신여성 지성인 나쟈의 변화된 이미지 묘사를 통해 러시아 사회의 새롭고 밝고 희망찬 미래로의 변화에 대한 필요성을 강조하고 있다.

작품 색인

인명 색인

이영범

한국외국어대학교 노어과 학사 및 석사
모스크바국립대학교 문학박사(러시아문학 전공)
전) 청주대학교 러시아어문학과 교수
한국노어노문학회 회장 역임
현) 청주대학교 교양학부 교수(생활 러시아어, 러시아 문화와 예술, 러시아 문화 산책, 인간의
    가치, 성의 사회학, 다문화주의와 글로컬리즘 등 강의)

저서 『애니메이션 러시아어』, 『파워중급러시아어』, 『러시아어 말하기와 듣기』(공저), 『러시
     아 문화와 예술』(공저), 『한 - 러 전환기 소설의 근대적 초상』(공저), 『쉽게 익히는
     러시아어』(공저), 『러시아 문화와 생활 러시아어』, 『러시아 문학과 사상』 외 다수.
역서 『러시아 제국의 한인들』(공역), 『대위의 딸』, 『인생론』, 『참회록』, 『크로이처 소나타』,
     『체호프 유머 단편집』 외 다수.
논문 「뿌쉬낀의 '대위의 딸'의 시공간 구조와 슈제트의 연구」, 「고골의 중편 '따라스 불리바'
     에 나타난 작가의 관점 연구」, 「푸슈킨의 '보리스 고두노프'에 나타난 행위의 통일성」,
     「뿌쉬낀의 '스페이드 여왕'의 제사(題詞)연구」, 「폴리포니야'의 개념과 도스토옙스키
     의 장편 '죄와 벌'의 대화 구조」, 「도스토옙스키의 장편 '죄와 벌'의 큰 대화와 슈제트
     대화」, 「톨스토이의 '안나 카레니나'에 나타난 사고의 문제」 외 다수.

러시아 문학과 사상

푸시킨 · 고골 · 도스토옙스키 · 톨스토이 · 체호프

2022년 9월 8일 초판 1쇄 펴냄
2022년 11월 11일 초판 2쇄 펴냄

지은이 이영범
펴낸이 김흥국
펴낸곳 보고사

등록 1990년 12월 13일 제6-0429호
주소 경기도 파주시 회동길 337-15 보고사
전화 031-955-9797
팩스 02-922-6990
메일 kanapub3@naver.com / bogosabooks@naver.com
http://www.bogosabooks.co.kr

ISBN 979-11-6587-365-3 93890
ⓒ 이영범, 2022

정가 20,000원